MIRA®

Umwelthinweis:
Dieses Buch wurde auf chlor- und säurefreiem Papier gedruckt.

MIRA® TASCHENBUCH
Band 25736
2. Auflage: Februar 2014

MIRA® TASCHENBÜCHER
erscheinen in der Harlequin Enterprises GmbH,
Valentinskamp 24, 20354 Hamburg
Geschäftsführer: Thomas Beckmann

Titel der nordamerikanischen Originalausgaben:
Tender Trap

erschienen bei: Harlequin Books, Toronto

The Shadow Of Time

erschienen bei: Silhouette Books, Toronto

Published by arrangement with
Harlequin Enterprises II B.V./S.àr.l

Konzeption / Reihengestaltung: fredebold&partner GmbH, Köln
Umschlaggestaltung: pecher und soiron, Köln
Redaktion: Mareike Müller
Titelabbildung: Corbis Images, Düsseldorf;
Thinkstock / Getty Images, München
Autorenfoto: © Harlequin Enterprises S.A., Schweiz
Satz: GGP Media GmbH, Pößneck
Druck und Bindearbeiten: CPI – Ebner & Spiegel, Ulm
Printed in Germany
Dieses Buch wurde auf FSC®-zertifiziertem Papier gedruckt.
ISBN 978-3-86278-864-4

www.mira-taschenbuch.de

Lisa Jackson

Zwischen Verrat und Verlangen

Roman

Aus dem Amerikanischen von
Sonja Sajlo-Lucich

MIRA®

1. KAPITEL

„Zur Hölle, verdammt!“ Laut fluchend trat Colton McLean gegen den Strohballen und schlug die Stalltür mit solcher Wucht zu, dass die Holzwände bebten. Die Pferde schnaubten erschreckt. „Wo ist Black Magic?“ Auf dem Absatz wirbelte er zu Curtis Kramer herum, dem Vorarbeiter der Ranch.

„Weg.“

„Da sehe ich selbst.“

Curtis rieb sich über die grauen Bartstoppeln am Kinn. „Hab schon auf allen Koppeln nachgeschaut. Auf der Südweide auch.“

„Was ist mit den anderen Ställen? Hat ihn jemand vielleicht falsch untergestellt?“

Mit zusammengekniffenen Augen schüttelte der Ältere den Kopf. „Auch nicht. Len hat sämtliche Schuppen und Boxen überprüft. Black Magic ist nirgends zu finden.“

„Er kann doch nicht einfach spurlos verschwinden!“ Colton marschierte zum Stall hinaus, ohne auf das rastlose Scharren der Hengste zu achten. Black Magic war der wertvollste Besitz der McLean-Ranch – und das Pferd schien sich in Luft aufgelöst zu haben. „Ich wusste es“, murmelte er vor sich hin. „Ich hätte niemals zustimmen sollen, hierzubleiben.“ Er war Denver, seinem älteren Bruder, und Tessa, seiner Schwägerin, im Moment nicht besonders wohlgesonnen. Die beiden waren vor drei Wochen aus Montana abgefahren, um „noch ein paar letzte Dinge zu regeln“. Denver war nämlich dabei, die Baufirma von L. A. ins nahe gelegene Städtchen Three Falls zu verlegen. Eigentlich kümmerte Coltons Bruder sich auch um die Ranch – er selbst wollte mit all dem nichts zu tun haben.

Die Nacht war genauso düster wie Coltons Laune. Dicke Regentropfen prasselten unablässig aus dem weiten Himmel über Montana, überfluteten das Gras und verwandelten den Boden in Schlamm.

Curtis musste rennen, um mit Coltons ausholenden Schritten

mithalten zu können. „Also, wenn du mich fragst", schnaufte er, „dann steckt Ivan Aldridge dahinter."

Der Name des Erzfeindes ließ Colton herumschwingen. „Aldridge? Was hat der denn damit zu tun?"

„Ich verwette mein letztes Hemd, er hat Black Magic gestohlen."

„Blödsinn!"

Curtis reckte das Kinn. „Genau wie er den Hengst im letzten Frühjahr gestohlen hat, unter Garantie!"

„Im letzten Frühjahr? Wovon, zum Teufel, redest du da?"

„Hat dir niemand davon erzählt?"

Colton riss der Geduldsfaden. Ihm war kalt, er war bis auf die Haut durchnässt, und das Letzte, wozu er Lust hatte, war, weiter im strömenden Regen zu stehen und über Ivan Aldridge zu sprechen. „Letztes Jahr hatte keiner einen Schimmer, wo ich war", erinnerte er den Alten.

„Nun, während du dich in Nordirland hast zusammenschießen lassen, ist Black Magic fast zwei Wochen wie vom Erdboden verschluckt gewesen."

Colton wollte nicht an Nordirland denken. Vor sechs Monaten hatte sich dort jemand – er wusste nicht einmal, wer – von den Schnappschüssen, die Colton mit seiner Kamera in einem Pub gemacht hatte, so angegriffen gefühlt, dass er eine Waffe hervorgeholt und auf ihn geschossen hatte. Colton konnte von Glück sagen, dass er überlebt hat. „Der Hengst ist letztes Frühjahr ausgerissen?"

„Ich glaube, jemand hat ihm dabei geholfen. Natürlich ist es nicht zu beweisen, aber ich bin fest davon überzeugt, dass Ivan Aldridge sich den Hengst geholt hat, damit dieser seine Stuten deckt. Und dann hat er ihn wieder laufen lassen, bevor ihm jemand auf die Schliche kommen konnte."

„Das ist ja verrückt."

„Sicher, das haben letztes Jahr alle zu mir gesagt. Und als der Hengst plötzlich wieder auftauchte, ist jeder an seine Arbeit zurückgegangen und hat bequemerweise alles vergessen. Keiner hat weiter nachgeforscht. Die Versicherung war heilfroh, genau wie wir anderen auch."

„Und wie ist Ivan Aldrigde jetzt darin verwickelt?"

„Der alte Ivan hat versprochen, sich zu revanchieren."

Colton runzelte die Stirn. Er wusste besser als jeder andere, wie tief Ivan Aldridges Hass saß. „Unsinn, das Pferd wurde nicht gestohlen. Und was diese alte Fehde betrifft … Zerren wir sie nicht wieder ans Tageslicht, okay?" Es ärgerte ihn, dass allein der Name Ivan Aldridge die Erinnerungen an Cassie wachrief. Erinnerungen, die er sich geschworen hatte, ein für allemal zu begraben.

„Wenn du meinst." Curtis kramte nach seinen Zigaretten. „Schließlich muss ich nicht den Kopf dafür hinhalten. Doch wenn Denver herausfindet, dass der wertvollste Zuchthengst in ganz Montana vermisst wird, bricht die Hölle los."

„Vermutlich hätte er mir nie die Leitung überlassen sollen."

„Vermutlich hättest du nicht annehmen sollen."

„Erinnere mich bloß nicht daran!", stieß Colton aus. Er brauchte dringend einen Drink. Einen heißen Drink. Irish Coffee.

Die Hand schützend vor das Streichholz haltend, zündete Curtis sich eine Zigarette an. „Du bist der Boss." Er zupfte sich einen Tabakkrümel von der Lippe. „Aber ich an deiner Stelle würde mich von meinen Gefühlen für Ivans Tochter nicht irritieren lassen."

Drohend machte Colton einen Schritt auf den Alten zu. „Ich habe keine Gefühle für Cassie Aldrigde."

Curtis zuckte nur die Achseln. „Vor acht Jahren …"

„Acht Jahre sind eine lange Zeit", fiel Colton ihm ins Wort.

„Schon gut, schon gut! Vergiss Cassie."

„Habe ich längst." Eine Lüge.

„Also – was tun wir jetzt wegen Black Magic?"

„Wir finden ihn!" Colton rieb sich den Nacken. Die Haut war nass. „Wir teilen uns auf und suchen jede Weide ab. Len und Daniel übernehmen die westlichen Koppeln, du gehst nach Süden, und ich sehe im Norden nach."

„Einverstanden. Überprüf das Grenzgebiet zum Aldridge-Land auf jeden Fall gründlich!"

„Werde ich", erwiderte Colton nickend, kletterte in seinen Jeep und lenkte den Wagen Richtung Norden. Er würde sich jeden Meter Zaun und jeden Quadratmeter des nördlichen Gebiets anschauen, wenn auch nur, um zu beweisen, dass Curtis falsch lag. Er und Curtis hatten ein, vorsichtig ausgedrückt, gespanntes Verhältnis zueinander. Jahrelang war Colton überzeugt gewesen, dass Curtis für das Feuer verantwortlich war, in dem seine Eltern umgekommen waren. Letztendlich hatte sich herausgestellt, dass er sich irrte.

In den letzten Monaten jedenfalls hatte er herausgefunden, wie viel Curtis vom Ranching verstand. Der alte Mann hatte dem Alkohol abgeschworen und war ebenso zuverlässig wie grundehrlich – und Denvers Schwiegervater.

Da Denver allerdings im Moment in Kalifornien war, mussten sie zusammenarbeiten, zumindest noch für ein paar Wochen. Aber sobald die Wunde an seiner Schulter, die er sich bei dem Auftrag in Nordirland zugezogen hatte, wieder verheilt war, würde er seine Sachen packen. Colton konnte nicht schnell genug aus Three Falls, Montana, abhauen. Sobald der Doktor grünes Licht gab, würde ihn in dem Land mit dem weiten blauen Himmel niemand mehr zu Gesicht bekommen.

Zwei Stunden später hatte Colton noch immer keine Spur von dem Pferd entdeckt. In seiner Schulter pochte es schmerzhaft, und er hatte Muskelkrämpfe von der Kälte. Wütend über Black Magic im Besonderen und die Welt im Allgemeinen, starrte er durch die Windschutzscheibe, an der die Regentropfen in breiten Rinnsalen herabliefen.

„Das hat man davon, wenn man sich von seinem Bruder überreden lässt, noch eine Weile zu bleiben“, murmelte er missmutig vor sich hin. Er warf einen Blick in den Rückspiegel. Die eigenen grauen Augen blitzten ihn an, bevor er sich wieder auf den durchweichten Feldweg vor sich konzentrierte. „Verdammter Gaul!“

Er riss das Lenkrad herum und fuhr den Zaun ab. Vielleicht hatte er Glück und fand Black Magic. Vielleicht aber auch nicht. Der chronische Schmerz in seiner Schulter rief ihm ins Gedächtnis, dass seine Glückssträhne vor sechs Monaten geendet hatte.

Die Scheibenwischer arbeiteten unermüdlich gegen den Regen an. Colton nahm den Fuß vom Gas und ließ den Blick prüfend über den durchhängenden Zaun gleiten. Bei dem kleinen Eichenwäldchen im äußersten nordöstlichen Winkel des McLean-Landes hielt er an. Auf der anderen Seite schlängelte sich ein Fluss, der Sage, durch Aldridge-Land.

Colton war kurz davor gewesen, aufzugeben, doch jetzt galt seine ganze Aufmerksamkeit dem klaffenden Loch zwischen den beiden Pfosten.

Finster dreinschauend zog er die Handbremse an, ließ den Motor laufen und stieg aus. Mit den Stiefeln versank er bis zu den Knöcheln im Matsch. Trotzdem ließ er den Zaun keine Sekunde aus den Augen – oder von dem, was davon noch übrig war.

Ja, der Zaun war zerschnitten, alle vier Spanndrähte waren fein säuberlich durchtrennt worden. Der rostige Draht hing durch, bot genügend Platz für ein Pferd, sogar für eine ganze Herde, um auf das Land zwischen Zaun und Fluss zu wechseln.

Colton fasste nach einem der Enden; ein Büschel dunkler Haare hing daran, wahrscheinlich von Black Magics Schweif. Colton fluchte. Wind und Regen schlugen ihm ins bärtige Gesicht. „Der verfluchte Mistk…"

Donner grollte über den Hügeln.

Mit seiner Taschenlampe leuchtete Colton den Boden ab. Hufspuren und Stiefelabdrücke waren deutlich in der aufgeweichten Erde zu erkennen. Ein Zigarettenstummel war achtlos auf die Steine am Flussufer geschleudert worden. Tiefe Reifenspuren folgten dem gewundenen Flusslauf. Angeschwollen vom Frühlingsregen rauschte der Sage wie ein silbernes Band durch das Weideland, so wild und laut, dass das nächste Donnergrollen kaum zu hören war.

Düster starrte Colton auf die gurgelnden Wassermassen. Der Sage war so etwas wie eine natürliche Grenze zwischen der McLean-Ranch und dem Aldridge-Land, tief und breit wie die Fehde, die seit fast einer Generation zwischen den beiden Familien schwelte.

Also hatte Curtis doch recht gehabt. Black Magic war nicht ausgerissen, er war gestohlen worden! Schon wieder. Und diesmal direkt unter seiner Nase. Gott weiß wohin gebracht mit einem Transporter, der auf Aldrigde-Land gewartet hatte.

Er hatte alle Beweise, die er brauchte. Mit energischen Schritten marschierte er zu seinem Jeep zurück. Den Regen, der ihm am Nacken hinunter in den Kragen lief, ignorierte er ebenso wie den stechenden Schmerz in seiner Schulter, als er die Wagentür kraftvoll öffnete und einstieg.

Das Getriebe protestierte, als er mit Wucht den Gang einlegte. Wütend schaute er durch die Windschutzscheibe auf ein Wäldchen aus Eichen und Fichten. Dahinter lag das Aldrigde-Haus. Das Haus, in dem Cassie lebte.

Coltons Finger umschlossen den Schaltknüppel fester, da Cassies Bild vor seinem inneren Auge auftauchte. Unwirsch verdrängte er die Vision. Acht Jahre war es her, seit er sie das letzte Mal gesehen hatte, und wenn es nach ihm ginge, würde es dabei bleiben. Nie wieder würde er in ihr strahlendes Gesicht schauen, ihr nie wieder über ihr schimmerndes schwarzes Haar streichen.

Er trat das Gaspedal durch und lenkte den Jeep Richtung Aldridge-Ranch. Hoffentlich war Ivan zu Hause. Wenn er die Wahrheit aus ihm herausholen wollte, bot der heutige Abend eine ebenso gute Gelegenheit wie jeder andere auch.

Cassie stellte das Wasser ab und stieg aus der Dusche. Durch das Badezimmerfenster konnte sie Erasmus hören, den alten Collie ihres Vaters. Er bellte und knurrte laut genug, um Tote aufzuwecken.

„Ich komme ja schon!“, rief sie. „Immer langsam mit den jungen Pferden!“ Sie murmelte etwas über Erasmus’ beklagenswerten Mangel an Intelligenz in sich hinein, riss ihren Lieblingsbademantel vom Haken an der Tür und schlüpfte hinein.

Sie war zum Umfallen müde. Zwölf lange Stunden war sie auf der Lassiter-Ranch gewesen und hatte versucht, das Milchfieber bei George Lassiters Färsen einzudämmen. Zwei Tiere hatten es geschafft, drei waren verendet. Veterinärmedizin ist definitiv nichts für zarte Gemüter, dachte sie und zurrte den Gürtel fest um ihre Taille.

Über den ausgetretenen roten Läufer eilte sie die Treppe hinunter. Draußen überschlug Erasmus sich regelrecht. Bellend und knurrend lief der alte Hund über die Veranda hin und her und kratzte immer wieder an der Tür.

„Was ist denn mit dir los?“ Kaum dass Cassie die Tür aufzog, raste der Hund mit aufgestelltem Nackenfell an ihr vorbei, schlitterte um die Ecke und verschwand in der Küche. „Was, zum Teufel …?“

„Aus!“, befahl eine raue männliche Stimme. Es kam aus dem Innern des Hauses.

Cassie erstarrte.

Erasmus verstummte.

„Elender Kläffer“, brummte der Mann.

Cassies Herz hämmerte hart gegen ihre Rippen. Wer war in der Küche? Ihre Kehle war staubtrocken, als sie sich leise über den abgewetzten Teppich ins Wohnzimmer und an den Waffenschrank ihres Vaters schlich. Beim Klicken des Schlosses zuckte sie zusammen. Schnell nahm sie ihre alte 22er heraus. Die Flinte war zwar nicht geladen, aber das wusste der Eindringling, wer immer es war, ja nicht.

Kannte Erasmus den Mann etwa? überlegte sie angespannt. Es beunruhigte sie, dass der Hund dem Kommando sofort gehorcht hatte. Sie hob das Gewehr an, klammerte die Finger fest um Lauf und Griff. Barfuß tappte sie leise zur Küche. Die Waffe im Anschlag, trat sie ins Licht.

„Was geht hier vor?“, setzte sie an und erstarrte mitten in der Bewegung. Fast wäre ihr die Flinte aus den Händen gerutscht.

Colton McLean! Hier in ihrer Küche! Ausgerechnet der eine Mensch, den sie mit Inbrunst verabscheute. In voller Lebensgröße, den nassen Stetson tief in die Stirn gezogen, saß er rittlings auf einem der alten Stühle aus Ahornholz und kraulte Erasmus die Ohren, und der charakterlose Hund winselte vor Vergnügen.

Sein eiskalter Blick traf auf ihren. „Cassie“, erwiderte er träge. „Ist lange her.“

2. KAPITEL

Cassie stockte der Atem. „Was tust du denn hier?"

„Warten." Colton schob sich den Stetson in den Nacken und musterte sie mit zusammengekniffenen Augen.

„Worauf?"

„Auf deinen Vater."

„Der ist nicht hier."

Er zuckte nur mit den Schultern, kniff die Augen noch weiter zusammen und wirkte damit noch grimmiger. Sein Gesicht war markanter, als sie es in Erinnerung hatte. Er hatte sich einen Vollbart wachsen lassen; seine Züge waren mit den Jahren ausgeprägter, männlicher geworden. Die durchweichte Jeansjacke spannte über seinen breiten Schultern. Jetzt blickte er auf das Gewehr. Der Lauf blitzte bläulich im Licht der einzelnen Glühbirne, die von der Decke herunterhing.

„Was hast du jetzt vor, Cassie? Willst du mich erschießen?"

„Habe ich noch nicht entschieden." Immerhin senkte sie den Lauf.

„Man hat mich schon öfter als Zielscheibe benutzt."

Sie dachte an die Gerüchte über die Schießerei in Nordirland. Angeblich konnte man von Glück reden, dass er dabei nicht umgekommen war. „Wie bist du reingekommen?"

„Die Tür war nicht abgeschlossen."

„Und deshalb schlenderst du also einfach ins Haus und machst es dir gemütlich?"

„Glaub mir, Cassie, gemütlich habe ich es nicht."

„Du hattest kein Recht …"

„Vermutlich nicht." Sein Blick glitt von Kopf bis Fuß über sie, bis er auf ihrem Gesicht innehielt. Plötzlich kam Cassie sich nackt vor.

Mehrere Sekunden vergingen, bevor sie ihre Stimme wiederfand. Sie hatte feuchte Hände. Colton McLean war wirklich der letzte Mensch, den sie in ihrer Küche zu finden erwartet hatte. Seit sechs Monaten war er wieder in Montana, hatte aber sehr zurückgezogen gelebt. Wollte man dem Klatsch, der in der Stadt kursierte, glauben, so sah man ihn nicht oft. Cassie selbst war ihm bisher kein einziges Mal begegnet. „Du hältst scheinbar nicht viel von Anklopfen, oder?"

Er sah zur Tür und dem offen stehenden Fliegengitter. „Und du hältst offensichtlich nichts davon, abzuschließen."

„Dad hat seinen Schlüssel verloren und ... Ist auch egal."

„Ich habe geklopft. Zweimal sogar."

„Ich war unter der ..."

„Ich kann sehen, wo du warst. Außerdem habe ich das Wasser rauschen hören."

Jäh wurde sie sich ihres Aufzugs bewusst. Ihr Haar war noch nass, ihre Haut erhitzt und ihr nackter Körper nur von einem alten Bademantel bedeckt. Sie umfasste die Flinte fester. Angst hatte sie vor Colton McLean nicht, nicht wirklich, doch ihn hier vor sich zu sehen, brachte zu viele Erinnerungen zurück – gefährliche Erinnerungen. An eine Affäre, die sie lieber vergessen wollte.

„Du wusstest, dass ich oben unter der Dusche stand? Und bist trotzdem reingekommen?"

„Ich hab das Wasser rauschen gehört, mehr nicht."

„Du hast wirklich Nerven!"

Seufzend rieb er sich das Kinn. „Wann kommt Ivan zurück?"

„Weiß ich nicht. Aber du kannst hier nicht auf ihn warten."

„Wieso nicht?"

„Dreimal darfst du raten." Ihr Temperament flammte auf.

„Ich habe nicht die geringste Ahnung", behauptete er.

„Dann denk nach!" Die Überraschung, die sie überwältigt hatte, als sie Colton tropfnass in ihrer Küche vorfand, offensichtlich gewappnet für eine Schlacht, machte Platz für Ärger. Acht Jahre war es her, seit sie ihn zuletzt gesehen hatte! Acht Jahre, seit er zur Tür genau dieses Hauses hinausmarschiert war! Und jetzt wagte er es, sich auf einem ihrer Küchenstühle niederzulassen, als wäre er hier zu Hause?

„Warum gibst du mir nicht einen Tipp?", fragte er lässig.

„Weil ich dich hier nicht haben will, deshalb! Ich habe einen anstrengenden Tag hinter mir, ich will nur noch mit einem guten Buch ins Bett."

„Lass dich von mir nicht aufhalten", meinte er ungerührt.

„Ich bin nicht in Stimmung für Spielchen, Colton."

„Ich auch nicht."

„Ich richte Dad aus, dass du hier warst. Er wird dich anrufen."

„Oh ja, sicher wird er das!"

Sie hob eine Augenbraue. „Hat dir noch niemand gesagt, dass man Frauen, die ein Gewehr in der Hand halten, nicht provozieren sollte?"

Er lachte, ein trockener Laut, der schon fast vergessene Bilder an einen warmen Sommer und eine junge Liebe wiederauferstehen ließ. „Ich weiß noch, wie gut du mit einer Waffe umgehen kannst, Cassie. Du triffst nicht einmal die Scheunenwand direkt vor dir."

„Ich bin erheblich besser geworden."

Er zog eine Augenbraue in die Höhe, seine Augen blitzten. „Tatsächlich?" Seine Stimme war leise, nahezu verführerisch.

„Raus, Colton!"

„Du weißt ja nicht einmal, weshalb ich gekommen bin."

„Interessiert mich auch nicht."

„Nein? Selbst dann nicht, wenn ich dir sage, dass Black Magic verschwunden ist?"

„Black Magic?"

„Hast du von ihm gehört?"

„Sicher habe ich von ihm gehört – genau wie der Rest des ganzen Landes." Natürlich erinnerte sie sich an den pechschwarzen Hengst mit der gezackten weißen Blesse. „Letztes Jahr habe ich ihn einmal behandelt."

„Ach ja, richtig, du bist ja jetzt Tierärztin." Er verzog spöttisch die Lippen.

„Und du bist ein berühmter Fotoreporter, richtig?", konterte sie verärgert. Es gab nicht den geringsten Grund für ihn, sich über ihre Karriere lustig zu machen. *Er* hatte sie schließlich mit einem Scherbenhaufen zurückgelassen. Und *sie* hatte sich zusammengenommen und wieder aufgerappelt. Allein. „Was treibst du überhaupt hier?"

„Oh, ich schlage einfach Zeit tot." Unentwegt hielt er den Blick auf sie gerichtet.

Sie stellte die Flinte gegen die Wand und lächelte leicht.

Genauestens verfolgte Colton jede ihrer Bewegungen. „Ich wollte Ivan nur ein paar Fragen stellen."

„Über Black Magic?"

„Ja."

Cassie runzelte die Stirn. „Du glaubst, Dad könnte wissen, wo dein Pferd ist?"

„Denvers Pferd", korrigierte er.

„Ach ja. Du hast ja nichts fürs Ranching übrig, stimmt's?"

„Stimmt, noch nie gehabt."

„Denver anfangs auch nicht. *Er* jedoch hat sich geändert", erwiderte sie scharf. Doch auch die kleinste Hoffnung, Colton könnte mit den Jahren vielleicht nachgiebiger geworden sein, erlosch, als sie bemerkte, wie sein Gesicht erstarrte.

„In dieser Beziehung werde ich mich nie ändern." Aus stahlgrauen Augen musterte er sie, dann wanderte sein Blick wieder unstet umher. Er musterte die Wände, die dringend einen frischen Anstrich vertragen könnten, die abgenutzten Möbel, den ausgetretenen Fußboden und die rußigen Töpfe, die von den Trägerbalken hingen. Ihn umgab eine rastlose Aura, eine Schroffheit, an die sie sich nicht erinnerte.

„Wieso bist du gekommen und nicht dein Bruder?", fragte sie schließlich.

„Denver und seine Frau sind in Los Angeles."

Richtig. Jetzt fiel ihr wieder ein, was sie während ihrer Arbeit als Tierärztin auf den umliegenden Ranches aufgeschnappt hatte. Denver und Tessa würden noch für ein paar Wochen weg sein. „Und jetzt sitzt du auf der Ranch fest." Sie konnte es sich nicht verkneifen, ein wenig zu sticheln. „Wobei du es prompt geschafft hast, den wertvollsten Hengst weit und breit zu verlieren."

„Ich habe ihn nicht verloren. Er wurde gestohlen."

Mit einem Mal wurde ihr klar, wieso er in ihrer Küche saß. Als sie ihre Stimme wiederfand, kamen die Worte dennoch nur wie ein Flüstern über ihre Lippen. „Du willst doch nicht etwa andeuten, Dad hätte etwas mit Black Magics Verschwinden zu tun? Denn sollte das der Fall sein, kannst du deinen niederträchtigen Hintern gleich wieder hinausschwingen!"

Er rührte sich nicht.

Cassie ging auf ihn zu. „Dad würde niemals ..."

„Er hat so was angedroht."

Sie verzog abfällig die Lippen. „Das war vor langer Zeit, Colton."

„Fehden haben die Unart, lange zu schwelen. Und dann flammen sie auf, wenn man am wenigsten damit rechnet."

„Nicht diese!" Sie stach mit dem Zeigefinger in seine Brust. Seine Muskeln waren steinhart. „Sieh zu, dass du hier rauskommst! Steig in was auch immer du da draußen geparkt hast und sieh zu, dass du Land gewinnst, bevor ich dich erwürge!"

„Starke Worte, Cass", frotzelte er.

„Starke Anschuldigungen, Colt!"

Er musterte sie von Kopf bis Fuß. „Du hast dich verändert."

„Gott sei Dank!"

Sein Blick glitt zu ihrem Dekolleté. „In manchen Dingen jedoch bist du noch immer dieselbe ..."

„Geh, Colton!"

„Erst, wenn ich mit Ivan gesprochen habe." Er blieb aufreibend ruhig.

„Gut möglich, dass er heute nicht mehr zurückkommt."

„Vielleicht hab ich ja Glück."

„Du kannst nicht hierbleiben!"

Er zuckte nicht einmal mit der Wimper.

Eine Welle von altbekannten Gefühlen durchflutete Cassie. Sie *hasste* ihn, hasste allein seinen Anblick. Zumindest hatte sie sich das die letzten acht Jahre eingeredet. „Dad will dich hier nicht sehen. Hast du das etwa vergessen?"

„Wie könnte ich?“ Er kniff die Augen zusammen.

„Dann verschwinde endlich, und zwar schnell, oder ich rufe beim Sheriff an!“

„Mach nur.“ Mit einem herausfordernden Grinsen deutete er zum Telefon. „Ich kenne Deputy Mark Gowan. Vermutlich hast du auch schon von ihm gehört.“

Hatte sie. Mark war einer der besten Mitarbeiter, den der Sheriff hatte.

„Ruf ihn nur an! Wenn Gowan hier ist, werde ich ihm die Sache mit Black Magic schildern – und ihn wissen lassen, dass der Zaun zwischen deinem und meinem Land durchgeschnitten worden ist. Und dann werde ich jede einzelne Drohung wiederholen, die Ivan gegen die McLeans ausgestoßen hat.“

Cassie wurde blass.

„Und sollte das noch nicht reichen, gehe ich damit an die Presse. Ich habe die besten Verbindungen. Du weißt schon – so was ergibt sich nun mal aus dem Job.“

„Mistkerl!“

Colton zuckte leicht zusammen.

„Das würdest du nicht tun!“, zischte sie. „Du würdest dich nur lächerlich machen.“

„Und dein Vater würde als Krimineller dastehen“, knurrte er.

Er bluffte nur, das wusste sie! Er konnte es sich nicht leisten, noch einen Skandal heraufzubeschwören, in den der Name McLean verwickelt war. Nicht nach dem letzten Mal, als John McLean Cassies Mutter verführt hatte! Sie griff nach dem Telefon, doch Colton fing ihr Handgelenk ab. Der Hörer glitt ihr aus den Fingern.

„Es wäre wesentlich unkomplizierter, wenn du mir erlauben würdest, mich ein wenig umzusehen.“

Er hielt sie fest, seine Berührung brannte auf ihrer Haut. „Dad hat in seinem ganzen Leben noch nichts gestohlen!“

„Dann beweise es.“

Vernichtend starrte sie ihn an. Wozu sollte sie erklären? Seine Miene besagte deutlich, dass er das Urteil über ihren Vater längst gefällt hatte. Genau wie er sie damals vor Jahren verurteilt hatte. „Lass mich los, Colton!“

Tat er nicht.

Also versuchte sie es auf andere Art. „Das ist doch schon einmal passiert, oder? Letztes Jahr. Milly Samms, Denvers Haushälterin, hat mir davon erzählt. Der Hengst war verschwunden, und dann ist er wieder aufgetaucht. Hier wiederholt sich wahrscheinlich der gleiche Fehler.“

„Das ist kein Fehler, Cassie. Irgendjemand hat sich Black Magic geholt, und ich will wissen, wer.“ Sein Griff wurde fester, seine warmen Fingerspitzen auf ihrer Haut stellten unmögliche Dinge mit ihrem Puls an. Vergeblich versuchte sie, ihre Hand zurückzuziehen, doch er gab sie nicht frei. „Komm schon, Cassie! Das ist deine Chance, mir zu beweisen, wie sehr ich mich irre.“

„Einer eurer Stallburschen hat nicht aufgepasst“, funkelte sie ihn an.

Er ließ ihre Hand los. „Dann hast du sicherlich nichts dagegen, wenn ich einen Blick in eure Ställe und Scheunen werfe.“

„Bist du verrückt? Ich lasse dich doch nicht mitten in der Nacht hier herumschnüffeln und alle Tiere aufschrecken!“

„Sobald ich mich überzeugen konnte, gehe ich wieder.“

Sie war hin- und hergerissen. Natürlich wollte sie, dass er endlich verschwand, und die Möglichkeit, ihm zu zeigen, wie falsch er lag, war verlockend. Andererseits ... „Also gut. Aber das wird nicht die ganze Nacht dauern. Wir kontrollieren die Ställe, und das war's.“

Er nickte.

„Ich brauche ein paar Minuten, um mich anzuziehen.“

„Erspar dir die unnötige Mühe. Ich kenne mich hier aus ...“

„Kommt nicht infrage!“, fiel sie ihm ins Wort. „Du kannst nicht mit lächerlichen Anschuldigungen hereinschneien und dann damit anfangen, die Ranch auseinanderzunehmen! Dein Hengst ist wahrscheinlich einfach ausgerissen. Ich lasse nicht zu, dass du hier alles auf den Kopf stellst! Wenn du wirklich vermutest, dass Black Magic gestohlen wurde, solltest du besser zum Sheriff gehen – und wenn du das nicht willst, dann gib mir fünf Minuten, damit ich mich anziehen kann.“

Ein einnehmendes Lächeln breitete sich auf seinem Gesicht aus. „Wenn du unbedingt willst …“

Wutentbrannt stapfte sie aus dem Zimmer und nahm zwei Stufen auf einmal die Treppe hinauf. Die Gedanken wirbelten durch ihren Kopf, während sie sich erst das Haar zusammenband und dann eine Jeans aus dem Schrank zerrte. Sie glaubte keine Sekunde lang, dass Black Magic gestohlen worden war. Und der zerschnittene Zaun … das war purer Zufall. Vermutlich hatte jemand tagsüber daran gearbeitet, um das rostige Ding zu reparieren. Sobald sie mit ihrem Vater gesprochen hatte, würde sich die Sache aufklären, und dann würde Colton McLean in Sack und Asche wieder abziehen müssen!

Diese Aussicht zauberte ein Lächeln auf ihr Gesicht. Sie zog einen naturfarbenen Pullover über den Kopf und eilte zurück in die Küche.

Colton lehnte am Türrahmen, einen Fuß auf den Stuhl gestützt. Voller Ungeduld starrte er hinaus in den strömenden Regen. Er war reifer geworden in den vergangenen acht Jahren. Das Leben als Fotojournalist, der Aufnahmen in Kriegsgebieten machte und Unruhen in fremden Ländern mit seinen Bildern einfing, hatte jede Spur von Jungenhaftigkeit aus seinen Zügen vertrieben. An den Schläfen entdeckte sie die ersten grauen Strähnen in seinem kaffeebraunen Haar, und um seine Augenwinkel hatten sich feine Linien eingegraben.

„Von hier aus wirst du sicher nichts erkennen“, sagte Cassie.

Er drehte sich zu ihr um, und für einen Moment sah sie wieder den attraktiven, charmanten und herzlichen Colton McLean vor sich, der er damals gewesen war. Sie erinnerte sich an das einnehmende Grinsen, das sich so oft auf seinem gebräunten Gesicht ausgebreitet hatte, an sein aufbrausendes Temperament, an seine düstere, gefährliche Seite. Aber vor allem erinnerte sie sich daran, wie liebenswürdig er gewesen war … Bevor sie Colton kennenlernte, hatte Cassie natürlich auch für andere Jungs geschwärmt – ihn aber hatte sie geliebt, mit der ganzen Macht ihres jungen naiven Herzens, seit ihrem vierzehnten Lebensjahr. Doch das war lange her.

„Gehen wir", brummte er.

Wortlos schob sie sich an ihm vorbei. Sie riss ihre Jacke vom Hacken, nahm die Taschenlampe aus dem Schrank und schlüpfte in ihre Stiefel.

Draußen schlug ihr der Wind ins Gesicht. Regentropfen liefen ihr in den Kragen und rannen den Rücken hinunter. Das Licht der Taschenlampe auf den Boden gerichtet, musste sie fast rennen, um mit Coltons ausholenden Schritten mithalten zu können.

„Reg bloß die Pferde nicht auf!", warnte sie ihn.

„Würde mir im Traum nicht einfallen."

„Gut." Sie legte die Hand auf die Türklinke. „Einige der Stuten fohlen bald. Ich will nicht, dass sie gestört werden."

Er warf ihr einen scharfen Blick zu. „Deine Stuten interessieren mich nicht. Ich will nur Black Magic finden."

„Dann mach dich auf eine Enttäuschung gefasst."

„Wäre ja nicht das erste Mal", sagte er und sah ihr in die Augen. Für einen Augenblick zögerte sie, verloren in seinem Blick. Ihre Kehle zog sich zusammen, plötzlich kratzte es dort.

Sie schüttelte sich leicht, nahm sich zusammen und trat in den Stall. Der vertraute Geruch von geöltem Leder, warmen Tieren und Stroh hing in der Luft. Cassie drehte den Lichtschalter.

Spinnweben hingen von den Balken herunter, die Fensterscheiben waren blind vor Staub. Die Pferde schnaubten und tänzelten auf dem Stroh, das in den Boxen ausgestreut lag. Sie streckten ihre großen dunklen Köpfe neugierig über die Türen, einige Tiere wieherten, als sie Cassie erkannten.

„Ist schon in Ordnung", murmelte sie beruhigend und streichelte die samtweichen Nüstern, die sich ihr entgegenreckten.

Colton ließ den Blick prüfend über die Boxen gleiten, nahm jedes Detail in sich auf. Die Stuten mit den gewölbten Leibern, die nervös tänzelnden Hengste. Ein Grauer mit wildem

Blick stieg drohend auf die Hinterbeine und schüttelte zornig die Mähne, als Coltons unbekannter Geruch an seine Nüstern wehte. „Netter Kerl“, bemerkte Colton trocken.

„Genau wie du“, gab Cassie zurück.

Coltons Stiefelabsätze klackten laut auf dem Betonboden. „Black Magic ist nicht hier“, murmelte er. Seine Miene war verschlossen.

Zu gern hätte Cassie triumphierend gegrinst. „Zufrieden?“

„Noch nicht.“

„Komm schon, Colton!“ Ihre Augen blitzten. „Gib's zu! Du warst auf dem Holzweg.“

„Hier gibt es doch noch andere Ställe.“

„Ja, für die Rinder.“

„Gehen wir nachsehen.“

„Nein!“ Sie riss die Stalltür auf und schaltete das Licht aus. „Ich habe bei dieser ... dieser blöden Idee nur mitgemacht, um dir zu zeigen, wie sehr du dich über Dad irrst. Aber ich bin nicht bereit, dich die ganze Ranch auf den Kopf stellen zu lassen, nur um zu beweisen, dass ich recht habe!“

Mit einer schnellen Bewegung packte er sie am Oberarm. „Ich würde ja gerne glauben, dass dein alter Herr der ehrliche Mann ist, für den du ihn hältst.“ Seine Augen glitzerten in der Dunkelheit. „Aber ich muss *sicher* sein. Deine Familie ist ja bekannt dafür, dass sie es mit der Wahrheit nicht so genau nimmt.“

Ihr war, als würde ihr Herz brechen. Sie hatte doch so hart daran gearbeitet, dass er sie nie wieder verletzen konnte! Aber offensichtlich hatte sie sich nur etwas vorgemacht. Der alte Schmerz war wieder da. „Ich habe dich nie angelogen, Colton“, flüsterte sie.

„Ach ja?“

Als sie trotzig das Kinn anhob, begegnete ihr Blick dem kalten Zynismus in seinen Augen. „Glaub doch, was du willst! Aber ich schwöre bei allem, was mir heilig ist, dass ich dich *nie* belogen habe.“

Ein Muskel zuckte in seiner Wange. Für einen Sekundenbruchteil flackerte so etwas wie Zweifel in seinem Blick auf. Seine

Züge wurden weicher, als er jetzt auf Cassie hinunterblickte. Sie spürte, dass er einen inneren Kampf mit sich ausfocht. „Vielleicht hast du die Wahrheit ja nur verdreht."

„Oder vielleicht hast *du* das getan", sagte sie leise. Sein Atem, so warm und vertraut, strich über ihr Gesicht. Er stand ihr so nah, dass sich ihre Kehle unwillkürlich zusammenzog.

Wenn sie doch nur vergessen könnte, wie sehr sie ihn geliebt, wie viel er ihr bedeutet hatte …

Und dann, genauso plötzlich, wie sie aufgetaucht waren, verschwanden die Zweifel aus seinem Blick. Den Kopf zur Seite geneigt, taxierte er sie aus schmalen Augen. „Du hast mich schon einmal zum Narren gehalten, Cassie." Die Lippen zu einer schmalen Linie zusammengepresst, ließ er ihren Arm abrupt los. „Sei versichert, das passiert mir nicht noch einmal."

„Du arroganter Widerling!" Mit einem leisen Aufschrei trat sie von ihm zurück. „Du hast wirklich Nerven." Und da sie wusste, dass sie eine aussichtslose Schlacht schlug, führte sie ihn quer über den Hof zur anderen Scheune. Regen und Schlamm waren ihr inzwischen längst egal, als sie in den Stall marschierte und Licht einschaltete. Ein paar von den Hereford-Rindern mit den weißen Gesichtern steckten die Köpfe durch die Metallgitter, hofften darauf, dass Extrafutter für sie in dem Trog landen würde.

Colton folgte Cassie. Sie warf ihm einen herausfordernden Blick zu, während sie ihm den Stall mit einer ausholenden Geste präsentierte. „Bitte, sieh dich nur in Ruhe um", lud sie ihn spitz ein.

„Werde ich." Er ging das gesamte Gebäude ab, von einem Ende zum anderen, und fand absolut nichts. Nicht die geringste Spur von Black Magic. Fluchend marschierte er durch Futtercontainer und gestapelte Heuballen zurück zu dem staubigen Tor, an dem Cassie lässig lehnte. Sie hatte die Arme vor der Brust verschränkt, ihre Lippen waren zu einem verächtlichen Lächeln verzogen.

„Und? Hast du deinen Hengst hier gefunden?" Sie studierte aufmerksam ihre Fingernägel.

„Nein."

„Bist du sicher?", hakte sie herausfordernd nach.

„Ganz sicher."

Sie legte den Kopf in den Nacken, sah zum Heuboden hinauf. „Vielleicht solltest du da oben noch mal nachsehen", schlug sie zuckersüß vor. Ganz offensichtlich genoss sie die Situation. „Dad könnte deinen wertvollen Hengst ja mit dem Flaschenzug da hinaufverfrachtet haben."

Unerwarteterweise grinste er. Er ließ den Blick über den Heuboden gleiten, eine drei Meter hohe Plattform, auf der sich die Heuballen bis unters Dach stapelten. In dem kleinen runden Fenster im Giebel spiegelte sich der Strahl von Cassies Taschenlampe. „Na schön, du hast deinen Standpunkt unmissverständlich klargemacht, Miss Aldrigde."

„Wurde auch Zeit." Sie schob die Stalltür auf und leuchtete auf Coltons verbeulten Jeep. „Wenn du dann fertig damit bist, grundlose Anschuldigungen gegen meine Familie vorzubringen und alles hier auf den Kopf zu stellen, gehe ich jetzt ins Haus zurück. Es war nämlich ein langer Tag für mich."

„Es ist noch nicht vorbei."

„Oh doch, das ist es", widersprach sie prompt. „Zumindest für mich." Ihre Augen blitzten. „Das nächste Mal solltest du deine Fakten genau sortieren, bevor du unschuldigen Menschen Verbrechen vorwirfst, die sie nicht begangen haben!"

„Das sagt die Richtige! Ausgerechnet du bestehst auf der Wahrheit, Cass?"

Seine Worte trafen sie tief. „Wie ich schon sagte, Colton – ich habe dich nie angelogen. Du warst einfach nur nicht Manns genug, um mir zu vertrauen."

„Dir *vertrauen*?"

„Genau, mir vertrauen. Du hast dir ja nicht einmal meine Erklärung angehört."

„Welche Erklärung? Dass du mich mit einem Baby, das nie existiert hat, zur Ehe zwingen wolltest?"

„Nein!"

„Lass gut sein, Cassie!“ Er bedachte sie mit einem düsteren Blick.

„Verschwinde von meinem Land, McLean!“ Sie machte auf dem Absatz kehrt und marschierte in Richtung Haus.

Colton sah ihr nach, wie sie über den Hof stürmte. Das schwarze Haar wehte hinter ihr her, als sie die Stufen zum Anbau hinaufeilte und die Tür mit Wucht hinter sich zuschlug. In ihm brodelte es. Er ging zu seinem Jeep und kletterte hinein. Was war das nur an Cassie? Sie war eine Lügnerin, die ihn als Siebzehnjährige mit einem Trick in die Ehe hatte locken wollen. Und trotzdem … Sie hatte etwas Faszinierendes an sich, mit ihrem verführerischen Lächeln und den großen grün-braunen Augen.

Viel zu heftig legte er den Gang ein und trat das Gaspedal durch. Er hatte genügend Frauen gekannt, vor und nach der kurzen Affäre mit Cassie, aber keine war ihm je so unter die Haut gegangen wie sie.

„Nie wieder“, murmelte er vor sich hin. Der Motor heulte auf, und er schaltete in den zweiten Gang. „Definitiv nie wieder.“

3. KAPITEL

„Du bist eine Närrin“, schimpfte Cassie vor sich hin und kickte die Stiefel von den Füßen. Draußen hörte sie, wie Colton mit heulendem Motor davonbrauste. Sie war wütend auf sich und den gesamten McLean-Clan. Mit energischen Schritten stapfte sie durch die Küche und dann nach oben in ihr Zimmer.

Eigentlich war sie davon überzeugt gewesen, über Colton hinweg zu sein. Doch nachdem sie ihn heute wiedergesehen hatte, war sie sich da keineswegs mehr so sicher. In den Hass, den zu hegen und pflegen sie sich geschworen hatte, mischte sich plötzlich ein anderes Gefühl, das sie allerdings nicht genauer analysieren wollte. Ihre längst vergangene Liebesgeschichte schien mit einem Mal lebendiger zu sein als angenommen.

„Was für eine Liebesgeschichte?“, fragte sie ihr Spiegelbild und zog unwirsch den Kamm durch ihr nasses Haar. Liebe war in jenem Sommer ganz bestimmt nicht im Spiel gewesen.

Ein Stich fuhr ihr durchs Herz. Hatte sie diesen Schmerz nicht eigentlich zusammen mit ihren albernen Gefühlen für Colton begraben? Ihre Knie bebten, als sie sich auf die Bettkante sinken ließ und die Finger in die Bettdecke krallte. Die Erinnerung quälte sie; es kam ihr vor, als wäre es erst gestern gewesen, als sie siebzehn und bis über beide Ohren verliebt gewesen war …

Es war ein erinnerungswürdiger Sommer, eine wunderbar träge Zeit, in der alles möglich schien. Cassie rannte am Seeufer entlang, die sanften Wellen leckten an ihren Füßen. Hinter den Hügeln im Westen stand die Sonne bereits tief am endlos weiten Himmel über Montana.

„Ich wette, du schaffst es nicht, mich einzuholen“, rief sie über ihre Schulter zurück.

„Weshalb sollte ich das denn überhaupt wollen?“ Colton lehnte an einer mächtigen Fichte. Seine Mundwinkel hoben sich leicht, als Cassie bis zu den Knöcheln im nassen Sand versank.

„Das musst du schon selbst herausfinden", neckte sie ihn.

Er schob die Hände tief in die Taschen seiner abgeschnittenen Jeans und tat, als würde sie ihn nicht im Mindesten interessieren. Aber natürlich hatte sie längst das Leuchten in seinen Augen gesehen. Er gab sich alle Mühe, ungerührt und gleichgültig zu wirken, dabei wusste Cassie, dass er eine verlorene Schlacht schlug.

Sie beugte sich vor, zog die Finger durch das kühle Wasser und musste lächeln. Schon so lange war sie in ihn verliebt, und endlich erwiderte er ihre Gefühle. Seit sechs Wochen trafen sie sich. Heimlich, natürlich. Ihr Vater würde sie umbringen, wüsste er, dass sie sich mit einem McLean verabredete.

Heute aber schwebte ihr Herz hoch in den Wolken, schwerelos und frei wie ein Falke. Sie spürte Coltons Blick auf sich und drehte sich um. Er hatte seinen Aussichtspunkt am Baum verlassen und kam auf sie zugeschlendert.

„Wir sollten besser gehen", schlug er vor. Seine Stimme klang heiser, seine Augen waren dunkler geworden.

Cassies Herz machte einen Hüpfer. „Wir sind doch gerade erst gekommen." Sie ging tiefer ins Wasser, die Wellen schwappten bis an ihre Schenkel und benetzten den Saum ihrer Shorts.

„Wartet dein Vater nicht auf dich?"

„Der ist in der Stadt. Es wird noch Stunden dauern, bevor er zurückkommt." Sie warf sich das Haar über die Schulter zurück, wischte sich die Handflächen an den Shorts ab.

„Ivan würde es nicht gutheißen, dass du hier mit mir zusammen bist."

„Er braucht es ja nicht zu wissen."

Streng zog er eine Augenbraue in die Höhe. „Benutz mich nicht dazu, um gegen deinen Vater zu rebellieren."

„Das tue ich nicht!" Die Kehle wurde ihr eng, wenn sie ihn ansah. Colton war alles, was sie sich immer erträumt hatte – und noch so viel mehr. Wie er so mit nackter Brust am Seeufer stand … Seidige dunkle Härchen schimmerten auf der gebräunten Haut, jeder einzelne Muskel war genau zu erkennen. Seine Gesichtszüge waren markanter geworden, viel männlicher als noch im letzten Sommer, und seine Augen blitzten grau wie frisch gegossener Stahl.

Er kam noch näher. Cassies Herz hämmerte so laut in ihren Ohren, dass sie weder das Summen der Insekten noch das leise Schwappen des Wassers hörte.

„Mir gefällt diese Versteckspielerei nicht."

„Mir auch nicht."

„Denk mal darüber nach, Cass! Wir wissen doch beide, dass dein Vater uns das Fell über die Ohren zieht, falls er herausfindet, dass wir uns hinter seinem Rücken treffen."

„Darüber habe ich schon nachgedacht."

„Ach ja?" Er war abgelenkt, weil sein Blick nicht mehr auf ihrem Gesicht lag, sondern über ihr pinkfarbenes Top glitt. Cassie spürte, wie ein Schweißtropfen über ihre Haut perlte, fühlte das Kitzeln ihrer nasser Locken am Hals.

Colton schluckte schwer. „Kannst du dir auch vorstellen, was *mein* Dad dazu sagen würde?"

Cassies heitere Sorglosigkeit schwand.

„Und dann ist da auch noch Onkel John. Er würde mich umbringen."

Sie krümmte sich leicht, als die Sprache auf Coltons Onkel kam. Sie wollte nicht an John McLean denken, nicht an die Affäre, die er vor langer Zeit mit ihrer Mutter gehabt hatte. Auch wenn das alles schon so lange her war, löste es noch immer einen schier unerträglichen Schmerz in ihrem Herzen aus, und sie wollte diesen Schmerz nicht fühlen. Nicht heute. Sie kannte die Gerüchte. Ihre Mutter hatte sie vor langer Zeit aufgegeben – wegen John McLean.
„Weil ich Vanessas Tochter bin?" Trotzig schob sie das Kinn vor.

„Weil du *Ivans* Tochter bist."

Bisher hatte sie es nicht gewagt, die Fehde ihm gegenüber zu erwähnen, jetzt jedoch nahm sie ihren ganzen Mut zusammen. „Das, was zwischen deinem Onkel und meiner Mutter damals passiert ist, gehört längst der Vergangenheit an." Die Affäre hatte mehr als nur einen bitteren Nachgeschmack hinterlassen: Sie hatte Cassie die Mutter und Ivan den Stolz geraubt.

„Sag das deinem Vater!“

„Hab ich schon.“

Sein Kopf ruckte hoch, er blickte sie überrascht an. „Und was hat Ivan der Schreckliche dazu gesagt?“

„Nichts.“ Sie hasste es, wenn Colton von ihrem Vater sprach, als wäre er ein Monster. Trotzdem konnte sie verstehen, warum er das tat. Ivan war nie über den Betrug seiner Frau hinweggekommen. Er machte John und alle anderen, die den Namen McLean trugen, dafür verantwortlich, sein Leben ruiniert zu haben. Und dazu gehörte eben auch Colton.

„Du lügst! Ivan hat nie einen Hehl daraus gemacht, dass er John und alle, die mit John verwandt sind, die alleinige Schuld zuschiebt. Vanessa ist schließlich nie zurückgekommen, nicht wahr? Sie hat deinen Vater verlassen, so wie sie es ihm überlassen hat, sich um dich zu kümmern. Man kann es ihm wirklich nicht verübeln, dass er verbittert ist.“

Der Kloß in Cassies Hals wurde immer größer. Mit einem Mal überschatteten schmerzvolle Erinnerungen den sonst so perfekten Tag. „Ich … ich will nicht von Mom reden.“

„Meldet sie sich überhaupt noch bei dir?“

„Natürlich“, log sie und mied Coltons Blick.

„Ja, sicher.“

„Außerdem ist das unwichtig. Was zwischen dir und mir ist, geht nur uns etwas an. Das hat überhaupt nichts mit Dad oder Mom zu tun.“

„Cassie“, murmelte er. Er war ihr nah genug, um die Zweifel in ihren Augen zu sehen. Mit einem Finger fuhr er unter den Träger ihres knappen Tops, das hinter ihrem Hals verknotet war. „Es *ist* wichtig.“

Sie schluckte. „Dad lebt in der Vergangenheit, Colton, und es gibt nichts, was wir sagen oder tun könnten, um das zu ändern. Deshalb sollten wir uns erst gar keine Sorgen darum machen.“

Er verzog skeptisch die Lippen. „Und wenn er es herausfindet?“

„Wird er nicht!“ Trotzig schob sie das Kinn vor. „Ich bin

siebzehn, und ich habe bereits die Highschool abgeschlossen. Ich kann meine eigenen Entscheidungen treffen."

Colton sog scharf die Luft ein und zog seine Hand zurück.

Cassie hätte sich am liebsten die Zunge abgebissen. Wieso hatte sie ausgerechnet jetzt ihr Alter erwähnt? Aus irgendeinem Grund hielt Colton sie noch immer für ein Kind, dabei war er nur vier Jahre älter als sie.

„Komm, ich bring dich nach Hause", sagte er rau.

„Aber uns bleibt doch noch die ganze Nacht!" So forsch war sie noch nie gewesen.

Er fluchte lautstark, während sein Blick von ihren festen Brüsten über ihren flachen, gebräunten Bauch zu ihren Hüften wanderte. „Nein, uns bleibt *nicht* die ganze Nacht!" Am Handgelenk zog er sie hinter sich her durch das flache Wasser Richtung Ufer.

„Du hältst mich noch immer für ein Kind", schmollte sie und bemühte sich, auf dem schlüpfrigen Seeboden Halt zu finden.

„Das *bist* du ja auch!"

„Colton, ich liebe dich!"

„Oh Cass, nein!" Er blieb so abrupt stehen, dass sie gegen ihn prallte. Sie strauchelte, wankte, rutschte. Er wollte sie auffangen und stützen und verlor dabei selbst das Gleichgewicht. Zusammen fielen sie in das kalte Wasser, die Wellen schlugen über ihnen zusammen. Cassie spuckte und prustete, als Colton sie wieder auf die Füße zog. „Liebe?" Wassertropfen hingen in den Härchen auf seiner Brust bis hinunter zum Saum seiner nassen Jeans. „Was weißt du schon von Liebe?"

„Ich weiß, dass ich nicht klar denken kann, wenn ich in deiner Nähe bin. Und wenn ich nicht mit dir zusammen bin, kann ich es gar nicht abwarten, dich wiederzusehen."

„Du hast dich doch schon in die Hälfte der Jungs hier verliebt."

„Das ist nicht wahr!"

„Und was war mit Dave Lassiter?"

Ein Lächeln stahl sich auf ihre Lippen. Colton hatte also offensichtlich Buch über sie geführt. „Wir haben uns einmal getroffen.

Er ist der Bruder meiner besten Freundin, mehr nicht." Und er war wirklich nur ein Junge, Colton dagegen ... Colton war viel reifer.

„Und Mike Jones?"

„Er hat mich gefragt, ob ich mit ihm zum Abschlussball gehe." Sie zwang sich, ihm in die Augen zu sehen. „Natürlich hatte ich schon ein paar Verabredungen, Colton. Einige von den Jungs mag ich auch. Aber das ist nicht dasselbe, was ich für dich empfinde."

„Nicht, Cass, tu das nicht ..." Er sah regelrecht gequält drein.

„Wieso willst du mir nicht glauben?"

„Weil es nicht geht! Du bist zu jung, und ich ... Ich habe andere Dinge mit meinem Leben vor. Ich kann nicht in diesem gottverlassenen Nest bleiben und den ganzen Tag über Viehfutter und Grundsteuern diskutieren ..." Er brach ab, presste die Lippen zusammen, und für einen Moment glaubte Cassie, Liebe in seinen Augen zu erkennen. „Verdammt, was rede ich hier eigentlich?"

Cassie wurde rot. Sie kam sich unglaublich jung und naiv vor. Aber seine Hand lag noch immer um ihr Handgelenk, und er ließ sie auch nicht los. Dafür wanderte sein Blick von ihrem Gesicht weiter nach unten.

Sie sah an sich herab. Sah, wie wenig ihr nasses Top noch verbarg. Ihre Brustspitzen hatten sich aufgerichtet, drängten sich deutlich sichtbar gegen das knappe Stückchen Stoff.

„Oh Cassie, was tust du mir an?", stöhnte er.

„Nichts. Ich ..."

Er zog sie an sich und presste seinen Mund auf ihre Lippen. Cassie konnte nicht mehr atmen, spürte nur noch die nassen Härchen auf seiner Brust, die ihre Haut kitzelten, während seine Lippen, fest und sinnlich, fordernd über ihre glitten. Das harte Hämmern seines Herzens fand sein Echo in ihrem rasenden Puls.

Sie schmiegte sich an ihn, doch er trat einen Schritt zurück. „Von wegen nichts! Du weißt ganz genau, was du da tust. Ich hätte nie zustimmen sollen, mich hier mit dir zu treffen."

„Hast du aber."

„Es war eine verrückte Idee." Er kniff die Augen zusammen, um das Verlangen in seinem Blick zu verbergen.

„Aber wieso?“ Der Hoffnungsfunke glomm wieder auf. „So glaub mir doch, Colton, ich weiß genau, was ich fühle!“ Sie ließ allen Stolz beiseite. „Seit letztem Sommer träume ich von dir und warte auf dich.“

„Du weißt ja nicht, was du da redest! Noch bevor dieser Sommer vorbei ist, wirst du es dir schon anders überlegt haben.“

Ein dicker Kloß saß ihr in der Kehle. „Du liebst mich nicht“, hielt sie ihm anklagend vor.

Er umfasste ihre Wangen und hob ihr Gesicht an. „Wir kennen uns doch kaum.“ Er ließ die Hände wieder sinken. „Außerdem bist du noch ...“

„... noch ein Kind?“, beendete sie niedergeschmettert den Satz für ihn. „Das denkst du doch, nicht wahr?“

„Du bist viel mehr als ein Kind.“ Er blickte auf ihre Brüste. „Aber du weißt nicht, auf was du dich da einlässt! Du spielst mit dem Feuer, Cass.“

„Ich liebe dich ...“

„Hör auf damit!“, befahl er rau. „Du hast nicht die geringste Ahnung!“

Sie machte sich von ihm los. Sie kämpfte mit den Tränen. Sie hatte ihm ihre Seele offenbart, und er lachte sie aus. Sie nahm allen Stolz zusammen, der ihr noch geblieben war, und rannte zurück, über den sandigen Uferstreifen auf den Wald zu. Und wenn sie den ganzen Weg zum Haus ihres Vaters barfuß zurücklaufen musste, sie würde es tun!

„Cassie! Warte!“

„Lass mich in Ruhe!“

Doch kurz vor dem Waldrand hatte Colton sie eingeholt. Die Arme um ihre Taille geschlungen, hielt er Cassie fest. „Wohin willst du?“

„Nach Hause!“

„So? Barfuß?“

„Ja!“

„Es ist schon fast dunkel.“

„Das ist mir doch egal!“ Sie versuchte, sich aus seinem Griff zu befreien. „Lass mich endlich los, Colton! Ich denke, für einen Abend habe ich genügend Demütigungen ertragen, meinst du nicht auch?“ Sie würde nicht zugeben, dass ihre Knie nachgeben und ihre Lungen kaum noch Luft aufnehmen wollten. Sie trat und schlug um sich, um aus der Umklammerung seiner starken Arme und von seinem männlichen Duft wegzukommen.

„Ich bringe dich nach Hause.“ Seine Stimme klang rau.

„Ich kann allein laufen!“

„Kommt nicht infrage!“

Sein Blick war so intensiv, dass ihr der Protest auf den Lippen erstarb. In seiner Umarmung gefangen, seine nasse Haut an ihrer, war es ihr unmöglich, noch einen Ton hervorzubringen oder sich an dem Ärger festzuhalten, der vor Sekunden noch so brennend in ihr aufgeflammt war. Ihr Vorhaben, von hier, vor ihm davonzulaufen, löste sich in nichts auf.

Sie wusste, er würde sie küssen. Als er den Kopf beugte, reckte sie sich ihm entgegen. Sein Mund berührte ihre Lippen, erstickte den leisen Laut, den sie ausstoßen wollte. Er küsste sie langsam, verlangte vorsichtig Einlass in ihren Mund, erkundete ihn behutsam, bevor er ihn vollends eroberte.

Cassie schlang die Arme um seinen Hals und schmiegte sich an seine muskulöse Brust. Wie selbstverständlich und völlig natürlich reagierte ihr Körper auf Colton, auf seine raue Sinnlichkeit, seine Hitze. Ihre Haut prickelte dort, wo seine Hände die nackte Haut an ihrem Rücken streichelten und jene verbotenen Flammen der Leidenschaft anfachten, von denen sie bisher nur geträumt hatte.

„Halt mich auf!“, flüsterte er rau.

Doch das konnte sie nicht. Sie fühlte seine Hand an ihrer Brust, wie seine Finger sanft den Hügel umfassten, und sie hielt die Luft an, als er die Konturen nachzeichnete, die der nasse Stoff so verführerisch offenbarte. „Hör nicht auf!“, hauchte sie. „Bitte Colton, nicht aufhören!“

Er ließ einen dunklen Laut hören, tief und ursprünglich. Es war das Signal seiner Kapitulation, und ihr Blut verwandelte sich in flüssiges Feuer. Hitze schoss in ihr auf, während er die

Schleife in ihrem Nacken aufzog und ihre Brüste in der lauen Nachtluft entblößte. Er schluckte schwer, als er sie betrachtete. „Du bist viel zu jung, um so auszusehen“, murmelte er, als er mit dem Daumen die harte Knospe reizte und fasziniert die Reaktion mitverfolgte.

„Liebe mich einfach“, erwiderte Cassie keuchend.

„Das kann ich nicht.“

„Bitte, Colton! Oh bitte …“

Stöhnend senkte er den Kopf, um sacht mit dem Mund über ihren schlanken Hals zu fahren. Eine Hand in ihrem Haar, zog er sie mit sich auf die Knie hinunter. „Das ist gefährlich“, raunte er heiser.

„Nein …“

„*Du* bist gefährlich.“

Instinktiv legte sie den Kopf zurück, damit sie seine Lippen noch intensiver spüren konnte. Zärtlich glitt er mit dem Mund weiter und weiter hinunter, bis er genau über der aufgerichteten Brustspitze verharrte.

„Du bist so schön!“, murmelte er, und sein heißer Atem strich über ihre Haut. Dann umschloss er die Knospe mit seinen Lippen und saugte daran.

Cassie vergrub die Finger in seinem dichten Haar. Ein unbekanntes Gefühl, warm und wunderbar und quälend zugleich, breitete sich in ihr aus, eine brennende Sehnsucht, die sie ein wenig ängstigte. Aber sie protestierte nicht, als Colton sie sanft in den Sand drückte, auch nicht, als er ihr das knappe Top auszog.

Sie hauchte einen Kuss auf seinen Schopf, setzte eine Spur kleiner Küsse auf seine Schulter, während er versunken ihre Brust liebkoste. Cassie erschauerte. Sie genoss mit jeder Faser ihres sehnsüchtigen Körpers, ihn auf sich zu spüren. Seine Muskeln waren so hart!

„Das hier ist ein Fehler“, stieß er heiser hervor. Schweißperlen standen auf seiner Stirn. Er schob die Finger in den Bund ihrer Shorts.

„Nein, Colton. Es ist richtig, so absolut richtig. Ich liebe dich.“

Für einen Moment schloss er so fest die Augen, als versuche er, wieder Herr seiner Sinne zu werden. Cassie blieb das Herz stehen, sie befürchtete, dass er sich wirklich von ihr abwenden würde. Doch das tat er nicht. Und sowie er den Mund wieder auf ihren presste, da war der Kuss noch leidenschaftlicher und fordernder als zuvor. Er hatte alle Selbstbeherrschung aufgegeben. Nervös spielte er mit dem Reißverschluss ihrer Shorts.

Dann streifte er ihr die kurze Hose so schnell herunter, dass Cassie die Luft anhielt. Hungrig fuhr er mit den Händen über ihre Oberschenkel, streichelte die seidenweiche Haut. Sie öffnete die Beine für ihn, und er bewegte kreisend seine Finger über ihren Slip, bis sie sich unter ihm wand. Das Blut rauschte ihr heiß durch die Adern, ihr ganzer Körper pochte vor Verlangen.

„Ich will dich, Cassie!“, murmelte er an ihrem Haar. „Verdammt soll ich dafür sein, doch ich will dich!“

Irgendwo in ihrem von Begierde berauschten Verstand wusste sie, dass sie ihn aufhalten musste, dass Lust nicht Liebe bedeutete. Aber das war ihr gleich. Mit der Zeit würde Colton lernen, sie zu lieben, so wie sie ihn liebte.

„Fass mich an“, raunte er, nahm ihre Hand und führte sie.

Zögernd öffnete sie den Knopf seiner Jeans. Ihre Finger glitten hinein, und Colton sog scharf die Luft ein.

Er stöhnte auf, als sie ihn umschloss, jeder Muskel in ihm spannte sich an. „Oh Cassie!“ Gierig nahmen seine Lippen ihren Mund in Besitz. Hastig entledigte Colton sich seiner Kleidung, sein Körper in all seiner jugendlichen Kraft und Schönheit über ihr. „Ich … ich habe keinen Schutz dabei …“

„Ich brauche nichts anderes als dich“, wisperte Cassie. Entrückt sah sie ihn an.

Erregt schob er sich zwischen ihre Oberschenkel, drang in sie ein und zerriss die dünne Barriere ihrer Unberührtheit.

Cassie rang nach Atem, als der gleißende Schmerz sie durchzuckte. Doch schon besänftigte Colton das Brennen mit sanften, rhythmischen Bewegungen. Cassie schloss die Augen. Sie hörte weder das Zirpen der Grillen noch das leise Plätschern des Sees, auch nicht den leichten Wind, der in den Wipfeln der Fichten rauschte. All das war wie ausgeblendet. Sie hörte nur noch den eigenen Herzschlag und das harte Pochen von Coltons Puls, fühlte nur noch die schmelzende Hitze, die sich mit jedem lustvollen Stoß mehr und mehr in ihr ausbreitete. Als er schneller wurde, krallte sie die Finger in seine Schultern, presste ihre Brüste an seinen Oberkörper und bog sich ihm entgegen.

„Ich komme", raunte er heiser in ihr Ohr, gerade als sie spürte, wie die erste Welle heranrollte, die sie in eine unbekannte, wunderbare Welt katapultierte. Licht funkelte vor ihren geschlossenen Augen auf, und sie nahm wahr, dass Colton seine Lust herausschrie und der Laut im Wald widerhallte. Für einen Moment schien die Welt stillzustehen.

„Cassie, oh Cassie!" Er hielt sie fest in seinen Armen, ihre Körper noch immer vereint, und sah zu ihr herunter. Reue spiegelte sich in seinem Blick wider. „Oh Gott …"

„Schhh …" Sie legte einen Finger an seine Lippen und lächelte.

„Es tut mir leid", meinte er leise.

„Was tut dir leid?"

„Du … du warst noch Jungfrau."

„Natürlich war ich noch Jungfrau." Sie umfasste sein Gesicht mit beiden Händen. „Es gibt nichts, wofür du dich entschuldigen müsstest."

„Oh Gott, Cassie! Es gibt mindestens tausend Dinge." Er stützte sich auf einen Ellbogen und schaute ihr tief in die Augen. Langsam ließ er den Blick über sie gleiten, betrachtete sie genau, und Bedauern und Trauer waren in seiner Miene zu erkennen. „Das war wirklich nicht der richtige Zeitpunkt", murmelte er.

„Es war absolut perfekt."

„Genau das ist das Problem, Cassie! Du siehst die Dinge, wie du sie sehen willst. Ich sehe die Dinge, wie sie sind."

„Und wie sind die Dinge?", fragte sie, dabei hatte sie Angst vor der Antwort.

„Das hier …" Er lächelte traurig, schluckte dann schwer. „Es war ein Fehler."

„Nein, war es nicht!“

„Cassie, du bist noch nicht so weit, für nichts von dem hier.“

„Ich weiß genau, was ich will.“

„Das kannst du gar nicht.“ Er starrte in den sich verdunkelnden Himmel, als könne er dort Antworten finden.

„Colton? Rede mit mir.“

Er fuhr sich mit den Fingern durch das noch feuchte Haar. „Wir sollten uns besser anziehen.“

„Schon?“

„Herrgott, Cassie!“, stieß er barsch hervor, während er sich seine Shorts überstreifte. „Denk doch mal nach!“

„Ich schäme mich nicht.“

Er wandte den Kopf ruckartig zu ihr um. „Gut. Das solltest du nämlich auch nicht.“

„Du allerdings auch nicht.“

Er presste die Lippen zusammen. „Vergiss es einfach!“

„Colton, es war unheimlich schön. Ich liebe …“

„Nicht!“, fiel er ihr ins Wort. Nervös rieb er sich den Nacken, biss sich auf die Unterlippe. „Ich mag dich, Cass. Verdammt, das weißt du doch. Aber du bist so jung … Ich will damit sagen, wir sollten die Dinge langsamer angehen.“

„Was meinst du damit?“ Sie war am Boden zerstört.

„Ich meine, das geht alles viel zu schnell.“

Benommen zog sie ihren Slip an und hielt entschlossen die Tränen zurück, die ihr in den Augen brannten. Colton mochte sie vielleicht noch nicht lieben, nicht in diesem Moment, nicht in dieser Minute, aber er würde es! Da war sie sich absolut sicher! Es war doch unmöglich, dass er sie so intim berührte, so zärtlich zu ihr war, wenn er nicht …

„Was zum Teufel treibt ihr da?“

Cassie erstarrte. Sie kannte diese Stimme und war dankbar für die Dunkelheit im Schatten der Bäume.

Colton hob abrupt den Kopf und stellte sich vor Cassie, um sie vor den vorwurfsvollen Blicken seines Bruders zu schützen.

Vom Rücken seines braunen Wallachs sah Denver McLean

auf die beiden hinunter. Missbilligung war deutlich in seinen Zügen zu lesen. „Bist du völlig verrückt geworden?“, schnauzte er Colton wütend an.

Jeder Muskel in Colton spannte sich an, als würde er seinen Bruder jeden Moment aus dem Sattel reißen wollen. „Du solltest besser weiterreiten!“

„Damit du noch einmal mit Ivan Aldridges Tochter schlafen kannst?“, argwöhnte Denver verächtlich. „Davon träumst du wohl.“

Cassie wäre am liebsten gestorben. Hastig zwängte sie sich in Top und Shorts.

Colton schloss den Knopf seiner Hose. „Das geht dich überhaupt nichts an!“

„So? Und wenn sie schwanger wird? Was, glaubst du wohl, wird ihr alter Herr dazu sagen?“

„Ich schwöre dir, Denver, wenn du nicht endlich abziehst …“, warnte Colton. Noch immer nutzte er seinen Körper als Schild für Cassie.

„Na dann … Komm nur, versuch’s ruhig!“ Dennoch blieb Denver im Sattel sitzen. Mit einem Seufzer sah er zu Cassie. „Verdammt, Colt, sie ist doch noch ein Kind!“

„Ich bin siebzehn!“, begehrte Cassie auf, jetzt, da ihre Kleider wieder ordentlich saßen. Nur ihr Stolz lag in Scherben da.

„Großer Gott! Siebzehn?“, rief Denver aus. Wütend schwang er zurück zu Colton. „Ivan Aldridge wird dich höchstpersönlich an seinem Scheunentor festnageln!“

„Lass das mein Problem sein“, gab Colton zurück. Einen Arm hatte er beschützend um Cassies Taille geschlungen.

„Es wird zu jedermanns Problem werden“, stellte Denver klar. „Zwischen den beiden Familien gibt es noch immer genug böses Blut. Wenn Ivan herausfindet, dass seine Tochter und du ein Paar seid, bricht die Hölle los.“

„Ich warne dich“, knurrte Colton.

„Das geht dich wirklich nichts an!“, mischte Cassie sich ein.

„Nicht?“ Denvers blaue Augen funkelten. „Ich bete zu Gott,

dass du alt genug bist, um dich zu schützen“, stieß er wütend aus. „Ich will gar nicht wissen, was dein Dad davon halten würde, der Großvater eines McLeans zu werden.“

„Mich schützen?“, wiederholte Cassie verständnislos.

„So weit ist es nicht gekommen“, log Colton.

„Aber fast.“

Colton kochte vor Wut. „Ich weiß schon, was ich tue.“

„Benutz einfach deinen Kopf!“

„Oh, du meinst, so wie du, wenn Tessa in der Nähe ist?“

Denvers Gesicht versteinerte. „Lass Tessa aus dem Spiel!“, knurrte er. „Und sieh zu, dass du zum Haus zurückkommst! Dad will etwas mit dir besprechen. Und du, Cassie …“

„Ich kümmere mich um sie“, zischte Colton.

„Wenn du das nicht schon getan hast.“ Denver zog fluchend an den Zügeln. Der Wallach drehte sich auf den Hinterläufen und galoppierte in einer Staubwolke davon.

„Komm“, sagte Colton leise zu Cassie. „Ich bringe dich nach Hause.“

„Ich will aber nicht zurück.“

Ein Muskel zuckte in seiner Wange, seine grauen Augen blitzten. „Du weißt doch selbst, dass Denver recht hat. Das hier würde nur Probleme einbringen.“ Er nahm ihre Hand und zog sie mit sich zu seinem Truck.

„Aber ich will nur dich! Ich will dich heiraten.“

„Großer Gott, Cassie! Heiraten?“

„Ja.“

Wild schüttelte er den Kopf. In seinen Augen spiegelte sich das letzte Licht des Tages. „Du wirst deine Meinung mindestens noch ein Dutzend Mal ändern, bevor …“

„Erzähl mir jetzt nicht, ich sei zu jung, um zu wissen, was ich will“, unterbrach sie ihn. Tränen rannen ihr über die Wangen, während Colton ihr beim Einsteigen in den verbeulten Ford Pick-up half. Sie hasste es, dass sie erst siebzehn war. Hasste es!

„Gut, dann werde ich das nicht. Aber ich sage dir, was ich will. Ich will das College zu Ende machen. Ich will reisen. Ich will der beste Fotograf werden, den die Pressewelt je gesehen hat." Ungeduldig rammte er den Gang ein, der Truck machte einen Satz nach vorn. „Und was ich nicht will, ist eine Ehefrau. Zumindest jetzt noch nicht."

Er hätte sie nicht mehr verletzen können, wenn er ihr ein Messer an die Gurgel gehalten hätte. Auf dem Beifahrersitz zusammengesunken, überlegte Cassie verzweifelt, wie sie seine Meinung ändern könnte. Er will mich doch, dachte sie elend, und an unserer Beziehung ist doch mehr als nur Lust.

Da *musste* einfach mehr sein! Irgendwie würde sie ihm das schon beweisen.

Am nächsten Morgen arbeitete Cassie an einem Plan, wie sie Colton wiedersehen könnte, als ihr Vater sie in der Küche zur Rede stellte.

„Ich hab gehört, du warst gestern aus", hob er an. Er saß an dem zerkratzten alten Tisch und nippte Kaffee aus seinem angeschlagenen Lieblingsbecher.

„Ja." Sie hauchte einen Kuss auf die kahle Stelle an seinem Hinterkopf. „Aber ich war rechtzeitig wieder zu Hause."

„Mit wem warst du zusammen?", fragte er.

„Mit einem Freund." Sie holte einen Becher für sich aus dem Schrank.

„Ein besonderer Freund?"

„Ja." Naiverweise glaubte sie tatsächlich, sie könnte die Fehde hier und jetzt auf immer beenden. „Mit Colton McLean."

Abrupt hob ihr Vater den Kopf. An seinem Nacken kroch heiße Röte empor, während er sie grimmig anfunkelte. „Ich dachte, ich hätte deutlich klargemacht, dass die McLean-Jungs tabu für dich sind."

„Und ich dachte, es wäre an der Zeit, endlich Brücken zu bauen."

Der Hals ihres Vaters wurde dunkelrot. „Manche Brücken werden nie gebaut werden. Hast du vergessen, was die McLeans uns angetan haben? Unserer Familie angetan haben?" Er schob seinen Teller von sich.

„Das war John."

„Ich will diesen Namen in meinem Haus nicht hören!", donnerte er. „Und dir sollte klar sein, dass alle McLeans aus dem gleichen verrotteten Holz geschnitzt sind. Gerade Colton! Der Junge ist wild und absolut verantwortungslos!"

„Du kennst ihn einfach nur nicht."

„So?" Ivans Hände zitterten. Er ballte seine Hände zu Fäusten und dann lockerte er die Finger wieder. Mehrere Male wiederholte er das, bevor er seine Stimme wiederfand. „Sei vernünftig, Cassie! Denk doch nach! Colton McLean bist du völlig egal."

„Du weißt überhaupt nichts von ihm!", schrie sie.

Ivan zog die Augenbrauen in die Höhe. „Eines weiß ich auf jeden Fall: Du wirst nicht wieder mit ihm ausgehen."

„Du kannst mich nicht aufhalten!"

„Noch bist du minderjährig, Cassie. Und solange du unter meinem Dach lebst, hältst du dich auch an meine Regeln."

Sie umklammerte ihre Tasse so fest, dass ihre Fingerknöchel weiß hervortraten. Sie schluckte. „Ich liebe ihn, Dad."

Er ließ die Schultern sinken. „Du bist noch viel zu jung, um zu wissen, was Liebe ist."

„Mom war siebzehn, als ihr geheiratet habt."

„Und sieh dir an, wie es ausgegangen ist! Sie ist mit John McLean durchgebrannt. Und als er dann fertig mit ihr war, hat sie es nicht für nötig befunden, wieder zurückzukommen."

„Und dafür machst du jeden verantwortlich, der den Namen McLean trägt."

„In ihren Adern fließt dasselbe Blut." Er stand auf und setzte sich den Hut auf den Kopf. „Du wirst Colton McLean nicht mehr sehen, hast du verstanden?"

„Und wenn ich es doch tue?"

Trauer lag um seine Augen. „Lass es nicht darauf ankommen, Cassie! Es ist falsch, zwischen der Familie und einem Mann zu wählen, der dich weder will noch braucht."

„Du täuschst dich in Colton."

„Tue ich das wirklich?" In der Tür blieb Ivan stehen. „Wenn

er dich will, dann soll er offen um dich werben. Ich erlaube nicht, dass du dich hinter meinem Rücken davonstiehlst!"

Doch Colton meldete sich nicht. Nicht an diesem Tag, auch nicht am nächsten, die ganze Woche nicht. Ihr Vater erwähnte seinen Namen nicht mehr, und doch musste Cassie ständig an ihn denken. Sie ritt den Zaun ab, in der Hoffnung, einen Blick auf ihn zu erhaschen, wenn er auf dem McLean-Land arbeitete. Sie verbrachte Stunden mit ihren Freunden in der Stadt – vielleicht würde sie ihm ja hier über den Weg laufen? Tatsächlich sah sie ihn manchmal, und dann starrte er sie aus der Entfernung an, doch schließlich wurde seine Miene schuldbewusst und er wandte sich sofort wieder ab.

Zwei Wochen später saß Cassie bei Jerrys Diner. Ganz bewusst hatte sie die Fensternische gewählt, damit sie die Hauptstraße überblicken konnte – nur für den Fall, dass Colton oder ein anderer McLean in die Stadt gefahren kam.

Eine gute Viertelstunde nippte sie hier schon an ihrer Cola und verging vor Sehnsucht nach Colton, als ihre beste Freundin Beth Lassiter durch die Eingangstür gerauscht kam.

Sie erblickte Cassie, winkte ihr zu, kam auf den Tisch zugeeilt und schob sich auf die roten Plastikpolster. „Ich nehme eine Cola und die Zwiebelringe", bestellte sie, bevor sie die blauen Augen auf Cassie richtete. „Weißt du, was ich gehört habe?", flüsterte sie mit erhitzten Wangen. Der braune Pferdeschwanz rutschte ihr über die Schulter, als sie sich verschwörerisch vorbeugte.

„Was?" Mit dem Strohhalm rührte Cassie in ihrer Cola und brachte die Eiswürfel zum Tanzen.

Beth kaute an ihrer Unterlippe. „Colton McLean geht mit Jessica Monroe."

Cassie schnappte nach Luft. Ihr Magen krampfte sich zusammen und ihre Hände begannen zu zittern, deshalb versteckte sie sie schnell unter dem Tisch und gab sich alle Mühe, so gelassen wie nur möglich zu wirken. „Nein!"

„Ich wollte es ja auch nicht glauben, aber … Ellen hat's mir erzählt."

Ellen war Jessica Monroes jüngere Schwester. Insgesamt gab es drei Monroe-Schwestern, alle blond mit blauen Augen, alle zierlich und ausnehmend hübsch. Jessica war die Älteste und wahrscheinlich Hübscheste von den dreien.

„Das kann unmöglich stimmen!" Cassie trank ihre Cola aus. Dass Colton sie betrog, wollte sie nicht glauben, *konnte* es einfach nicht – denn sie befürchtete, dass ihre Affäre sie weit mehr gekostet hatte als nur ihre Unschuld. Ihre Periode war überfällig. Cassie war überzeugt, dass sie schwanger war.

Beth verdrehte die Augen. „Süße, ich weiß, dass du für Colton schwärmst, aber das solltest du wohl besser vergessen. Er hat doch nur noch ein halbes Jahr oder so auf dem College in Kalifornien, und dann ist er sowieso weg. Und er kommt ganz bestimmt nicht mehr hierher zurück."

„Das weißt du doch gar nicht …"

„Und ob! Er erzählt praktisch jedem, dem er über den Weg läuft, dass er vorhat, ein berühmter Fotoreporter zu werden. Akzeptier's endlich – diese Stadt langweilt ihn nur."

„Vielleicht hat er es sich ja anders überlegt …"

„Machst du Witze? Cass, was ist los mit dir? Er hat mehr mit seinem Onkel John gemein als der gesamte Rest der Familie und … Oh Gott, tut mir leid!" Beth schnitt eine Grimasse. „Das mit … mit deiner Mom hatte ich völlig vergessen."

„Schon in Ordnung." Cassie zwang sich zu einem Lächeln, das mehr als zittrig ausfiel. Tränen brannten in ihren Augen, wenn sie an ihre Mutter dachte – und vor allem, wenn sie daran dachte, dass sie mit Colton geschlafen hatte. „Aber was Colton angeht, irrst du dich."

Bonnie, eine mollige Frau mit einer Schürze um die ausladenden Hüften, die irgendwann mal weiß gewesen sein musste, brachte Beths Bestellung an den Tisch.

Beth bezahlte direkt, zog dann die Ketchupflasche heran und spritzte großzügig Tomatensauce auf die Zwiebelringe in dem

Plastikkörbchen. „Ich an deiner Stelle würde Colton vergessen", riet sie. „Andere Mütter haben auch schöne Söhne."

„Angeblich, ja."

Beth seufzte. „Colton ist einfach nichts für dich."

Das konnte Cassie einfach nicht glauben. Sie hatte doch gesehen, wie er sie angestarrt hatte, hatte die elektrische Spannung zwischen ihnen gefühlt. Und sie wusste, welche Ekstase sie erlebt hatten, als sie einander in den Armen lagen …

Doch eine weitere Woche verging, ohne dass sie auch nur ein Wort von Colton gehört hätte. Und weil sie ihn von ganzem Herzen liebte und überzeugt war, dass sein Kind in ihr heranwuchs, missachtete sie das Verbot ihres Vaters, der ihr natürlich jeden Kontakt zu Colton McLean untersagt hatte. Aber sie konnte ihm nicht gehorchen. Nicht, wenn ein Baby unterwegs war.

Sie lag auf ihrem Bett und lauschte auf die Geräusche der Nacht, bis sie sicher sein konnte, dass ihr Vater eingeschlafen war. Dann schlich sie die Treppe hinunter und stahl sich zur Hintertür hinaus. Erasmus bellte einmal kurz auf, als er sie erkannte, und Cassie zuckte zusammen.

„Du hast mich zu Tode erschreckt!", zischte sie dem Hund zu. „Sei doch still!"

Sie stopfte die Hände in die Taschen ihrer Jeansjacke und ging im Mondlicht über den Hof zum Pferdestall.

Sie konnte es nicht riskieren, den Truck zu starten; davon würde ihr Vater aufwachen. Also warf sie Tavish, ihrem Lieblingsbraunen, das Zaumzeug über den Kopf und führte den Wallach aus dem Stall. Auf einen Sattel verzichtete sie, schwang sich auf seinen breiten Rücken und stieß ihm leicht die Fersen in die Flanken.

Der Wallach galoppierte los, seine Hufe donnerten über den trockenen harten Boden. Cassies langes Haar flatterte im lauen Sommerwind, und sie blinzelte, weil ihr die Tränen in die Augen stiegen.

Sie wusste, wie gefährlich das, was sie hier tat, war. Tavish könnte in der Dunkelheit stolpern und sie abwerfen. Ihr Vater könnte wach werden und nach ihr suchen. Aber sie musste einfach mit Colton reden.

Als sie der Landgrenze näher kam, zog sie die Zügel an und lenkte Tavish vorsichtig durch das Fichtenwäldchen. Schon von hier aus konnte sie das Rauschen des Flusses hören.

Sobald Tavish aus dem Wald trat, sah sie im Mondlicht den Sage silbern schimmern. Gurgelnd fraß er sich seinen Lauf durch die Erde, sprudelte schäumend über Steine und Gras.

Am Flussufer scheute das Pferd, und Cassie klopfte ihm beruhigend auf den Hals. „Komm schon, Junge, das schaffen wir! Das haben wir doch auch schon vorher gemacht."

Tavish warf den Kopf zurück. Das dunkle Wasser wirbelte ihm um Beine und Bauch. Cassie hielt die Zügel locker, und der kalte Sage spülte ihr über die nackten Beine. Tavish ging tiefer ins Wasser hinein, begann zu treiben.

Cassie fühlte die Bewegungen seiner Beine, er schwamm jetzt, trug sie durch die Strömung auf das andere Ufer zu. „So ist's gut", sprach sie ihm zu, auch wenn ihr Mund staubtrocken war und sie kaum zu atmen wagte. „Halte durch, nur noch ein bisschen länger …"

Endlich berührten seine Hufe wieder Boden. Tavish kletterte über Steine und zog sie beide die Böschung hinauf. Wieder an Land, schüttelte er sich schnaubend das Wasser aus der Mähne. Das Zaumzeug klirrte laut.

„Guter Junge!" Cassie ließ sich von seinem Rücken gleiten und band die Zügel an dem durchhängenden Zaun fest, der den McLean-Besitz vom Aldridge-Land abgrenzte. „Warte hier auf mich."

Wasser knarzte in ihren Leinenschuhen, als sie unter dem Stacheldrahtzaun durchkroch. Mit hämmerndem Herzen rannte sie über die Felder, ohne viel zu sehen, aber sie kannte die Richtung. Trotz der kalten, nassen Shorts begann sie zu schwitzen. Was, wenn Colton gar nicht zu Hause war? Was, wenn er sie nicht sehen wollte? Oder noch schlimmer – was, wenn Jessica zu Besuch war?

„Darüber machst du dir Gedanken, wenn es so weit ist", murmelte sie vor sich hin. Inzwischen war sie so nahe gekommen, dass sie die Ställe und Außengebäude der McLean-Ranch erkennen konnte. Hinter den Gebäuden und jenseits des Hofes schimmerten die hell erleuchteten Fenster des Wohnhauses.

Fast hätte Cassie der Mut verlassen, als sie über den letzten Zaun kletterte und über den Hof lief. Irgendjemand würde sie bestimmt aus einem der Fenster sehen. Und dann?

Sie war fast bei der Haustür angekommen, als sich ein Auto näherte. Die Lichtkegel hüpften durch die Dunkelheit, als der schnittige Sportwagen mit heulendem Motor über den unebenen Weg auf das Haus zufuhr. Hastig duckte Cassie sich hinter einen Baum und schickte ein Stoßgebet zum Himmel, dass man sie nicht entdecken würde.

Mit kreischenden Reifen bremste der Wagen ab, nicht weit von dem Baum entfernt. Die Beifahrertür ging auf.

„Ich will dich nie wiedersehen!", fauchte eine weibliche Stimme aus dem Wagen heraus, und Cassie erkannte die Stimme als die von Jessica Monroe.

„Tatsächlich?", erwiderte Colton träge.

Cassie wollten die Knie nachgeben. Sie lehnte sich gegen die raue Rinde. Es stimmte also! Colton ging mit Jessica aus! Nachdem er mit ihr geschlafen hatte! Ihr Magen revoltierte, sie hatte das Gefühl, sich jeden Moment übergeben zu müssen.

„Du bist ein verlogener Mistkerl, McLean!"

„Ich war es nicht, der angerufen hat", erinnerte er sie lässig.

„Es ist diese Aldridge-Kleine, stimmt's?" Jessica ging zum Angriff über.

„Lass sie da raus!", warnte er.

„Gott, Colton, sie ist doch gerade erst aus den Windeln heraus! Und sollte ihr Vater Wind davon bekommen, wird er dich umbringen und …"

„Hör einfach auf damit", fiel er ihr ins Wort.

„Bedeute ich dir denn gar nichts?" Sie klang weinerlich, und nach ihrer Frage blieb es lange still.

Colton macht sich nichts aus Jessica! Cassie drückte sich flach an den Baumstamm, das Herz hämmerte ihr wild gegen die Rippen.

„Du bist ein Narr, Colton McLean!“ Jessica hatte sich schnell wieder erholt.

„Vermutlich.“

Cassie hörte entschiedene Schritte auf dem Kies, dann wurde eine Autotür mit Wucht zugeschlagen. Vorsichtig lugte sie um den Stamm herum und sah das Cabrio die Auffahrt hinunterbrausen. Jessicas lange blonde Haare flatterten wie eine Fahne hinter ihr her.

Cassie sah zu Colton. Er stand mitten im Hof, schien aber nicht das geringste Interesse an dem sich entfernenden Wagen zu haben. Stattdessen stemmte er die Hände in die Hüften, und ein amüsiertes Grinsen zog auf seine Lippen, als er sich in Cassies Richtung drehte.

„Hast du auch alles genau mitbekommen, Cass?“, frotzelte er.

Sie schluckte. Am liebsten hätte sie sich auf dem Absatz umgedreht und wäre wie der Wind zu Tavish zurückgerannt. Doch sie zwang sich, einen Schritt vor zu machen. Sie fühlte sich schrecklich jung und dumm und naiv. „Ich hatte gehört, dass du dich mit Jessica triffst“, gestand sie ein und hob das Gesicht, um seinem fragenden Blick zu begegnen.

„Keine besonders interessante Verabredung“, meinte er abschätzig. „Es war ihre Idee.“

Cassie versuchte sich an einem spöttischen Lächeln – nicht sehr erfolgreich. „Dir scheinen alle möglichen Frauen nachzulaufen.“

„Nicht besonders viele. Manche davon sind noch kleine Mädchen.“

„Wie kannst du so etwas sagen?“, fuhr sie gereizt auf. „Nachdem … nachdem …“

Mit einem Seufzer fuhr Colton sich durchs Haar. Dann überbrückte er den Abstand zwischen ihnen und zog sie am Oberarm zurück in die Schatten, weg vom Haus. „Du *bist* definitiv noch ein Mädchen", knurrte er, mehr frustriert als wütend. „Gerade mal siebzehn, Herrgott!" Er ließ ihren Arm los und fluchte. „Ich weiß nicht, was ich von dir halten soll, Cassie!"

„Wir haben miteinander geschlafen."

Scharf sog er die Luft in die Lungen. „Das habe ich nicht vergessen."

„Dann … Warum hast du dich nicht mehr gemeldet?" Vor Angst hämmerte ihr Herz wie verrückt – vor Angst, dass er sie zurückweisen würde, vor Angst, dass er das Baby nicht haben wollte.

„Oh Gott, Cassie", raunte er. „Meinst du, das war leicht?"

„Willst du mich denn nicht mehr sehen?"

Seine Gesichtszüge verspannten sich. „Mehr, als ich dürfte."

„Aber … warum hast du nicht …"

„Weil ich den gleichen Fehler nicht noch mal machen will."

„Fehler?" Ihre Kehle zog sich zusammen. „Fehler?", wiederholte sie. Tränen schossen ihr in die Augen. „Wie kannst du das, was wir miteinander erlebt haben, einen Fehler nennen? Ich liebe …"

Er hob abwehrend eine Hand. „Ich will das nicht hören!"

„Wieso nicht, Colton? Weil du dich davor fürchtest?"

„Ja, verdammt! Ich habe Angst!" Mit beiden Händen umfasste er ihre Oberarme. „Ich habe Angst vor dem, was mit mir passiert. Mit dir, mit uns. Was soll aus dem Rest unseres Lebens werden, Cassie? Du hast doch auch Träume oder etwa nicht? Hast du mir nicht erzählt, dass du Tierärztin werden willst?"

„Ja. Doch …"

„Und ich will das College abschließen und bei der besten Zeitung im ganzen Land anfangen."

„Das kannst du doch auch …"

„Mit einer Ehefrau?", spottete er. „Denn darauf bist du doch aus, nicht wahr? Hast du ja selbst zugegeben." Er musterte sie und stöhnte laut. „Du bist schön, Cassie, und liebenswert und intelligent. Du hast dein ganzes Leben noch vor dir. Du kannst alles haben, was du willst."

„Nur dich nicht."

Colton schluckte. Er suchte ihren Blick, und für einen Moment glaubte sie, er würde sie küssen. „Gib uns Zeit“, bat er rau.

„Vielleicht haben wir keine Zeit“, flüsterte sie.

„Natürlich haben wir …“ Er starrte sie an, so als würde er erst jetzt bemerken, wie blass sie war. „Was meinst du damit?“

„Ich bin schwanger.“

Er ließ die Arme fallen, seine Schultern sackten nach unten. Er musste sich an den Baum lehnen. „Schwanger?“, fragte er mit kalkweißem Gesicht. „Bist du sicher?“

„Natürlich bin ich sicher.“

„Warst du bei einem Arzt?“

Sie schüttelte den Kopf, kämpfte gegen die Tränen. „Noch nicht.“

„Dann ist es vielleicht gar nicht …“

„Ich *bin* sicher, Colton! So etwas sagt man nicht einfach dahin. Ich bin auf einer Ranch aufgewachsen, ich weiß Bescheid, wie so etwas läuft.“

„Aber bis du dich von einem Arzt hast untersuchen lassen, kannst du es nicht sicher wissen“, beharrte er.

Cassie ließ sich nicht beirren. „Ich bin fast zwei Wochen drüber, und heute nach dem Frühstück habe ich mich übergeben.“

„Großer Gott!“ Mit Daumen und Zeigefinger massierte er sich die Nasenwurzel und kniff die Augen zusammen.

Maßlose Enttäuschung überfiel Cassie, als ihr klar wurde, wie wenig er das Baby wollte und wie wenig sie ihm bedeutete. Der Schmerz war schier unerträglich. „Hör zu“, hob sie schließlich an, ihre Stimme kaum hörbar, „das ist nicht dein Problem. Ich … Ich komme schon klar damit.“ Sie drehte sich um, setzte einen Fuß vor den anderen. Sie musste weg von ihm, bevor die Tränen, die in ihren Augen brannten, zu strömen begannen.

„Ich habe genauso viel Schuld daran wie du.“

„Niemand hat *Schuld*, Colton. Es ist einfach passiert.“

Harsch stieß er die Luft aus. „Ich heirate dich.“

Abrupt blieb sie stehen. Sie traute ihren Ohren nicht. „Du musst nicht …“

Er hatte sie eingeholt, seine Miene wirkte hart und entschlossen. „Ich drücke mich nicht vor meiner Verantwortung, Cassie. Du bist schwanger, das Kind ist von mir, und wir heiraten."

„Es besteht kein Grund, so nobel zu sein."

Er schnaubte. „Mit ‚nobel' hat das nichts zu tun."

Wenn sie ihm doch nur glauben könnte! „Und was wird aus deiner Karriere?"

Er hob den Blick zum Himmel und ein trauriges Lächeln umspielte seine Lippen. „Dafür ist noch Zeit, das kann warten. Wir werden hier leben, bis wir auf eigenen Beinen stehen können, dann suchen wir uns etwas Eigenes. Und wenn es möglich ist, sollten wir beide die Ausbildung zu Ende bringen."

Das klang so nüchtern, so leer. Wo blieb das Glück? Wo war die Freude über die immerwährende Liebe? Über die welterschütternde Erkenntnis, dass diese Liebe – ihre Liebe – sie auf ewig zusammenschweißen würde? „Ich will dir nicht im Weg stehen, Colton." Plötzlich hatte sie das Gefühl, mit ihrer Eröffnung über das Baby einen Riesenfehler begangen zu haben. „Du hast bereits Pläne für dein Leben gemacht …"

Er packte sie wieder bei den Oberarmen. „Wir schaffen das, Cassie", versprach er, „aber leicht wird es nicht werden. Das muss dir klar sein."

„Ich bin bereit, alles dafür zu tun und mich anzustrengen."

„Gut. Ich auch." Er sah zum Mond auf. „Es ist nicht das, was ich geplant hatte", gab er zerknirscht lächelnd zu. „Doch vielleicht ist es genau das, was ich – was *wir* brauchen."

„Sicher ist es das", bekräftigte sie. Sie würden glücklich werden, ganz sicher. Sie mussten einfach!

Und endlich hielt er sie fest, schlang die Arme um ihre Taille und küsste sie auf den Mund. Wärme breitete sich in ihr aus, und sie verschränkte die Finger hinter seinem Nacken, zog ihn mit sich auf den Boden. „Ich liebe dich, Colton", flüsterte sie, wobei ihr Herz wild pochte. „Ich werde dich immer lieben."

„Schhh, Cass, ich weiß, ich weiß", sagte er seufzend.

Aber er sagte nicht, dass er sie auch liebte. Doch zumindest begehrte er sie. Cassie sah es in seinen Augen, merkte es an der Dringlichkeit, mit der er sie beide ihrer Kleider entledigte. Und sie blickte verwundert zu seinem Gesicht auf und freute sich darauf, dass dieser wunderbare Mann schon bald ihr Ehemann sein würde.

Zwei Tage später rutschte Cassie unruhig auf dem harten Stuhl in Dr. Jordans Sprechzimmer hin und her.

Dr. Jordan war ein Mittfünfziger mit grauem Haar und einem schmalen Gesicht mit regelmäßigen Zügen, der sie jetzt von hinter seinem Schreibtisch aus über den Rand seiner Brille ansah. Eine Hand hatte er auf den Laborbericht mit ihren Testergebnissen gelegt. „Die Ergebnisse sind gerade gekommen. Du bist nicht schwanger."

Cassie erstarrte. „Ich bin nicht schwanger?", wiederholte sie ungläubig.

„Der Test war negativ. Das sind doch gute Nachrichten, oder?" Dabei konnte er die Enttäuschung auf ihrer Miene deutlich erkennen.

„Da muss ein Fehler vorliegen!"

„Kein Fehler, Cassie."

„Aber meine Periode ist zwei Wochen zu spät … und mir ist übel …"

„Vermutlich hast du dir einen Infekt eingefangen. So etwas kann den Zyklus manchmal durcheinanderbringen."

„Nein …"

Der Doktor lächelte. „Du hast doch noch so viel Zeit."

Hatte sie die? Sie hatte das Gefühl, als wären die letzten Körnchen soeben durch die Sanduhr gerieselt.

Benommen verließ sie die Praxis. Draußen streichelte der warme Sommerwind über ihr Gesicht und spielte mit ihrem Haar. Über ihr raschelten die Blätter in den Bäumen, Eichhörnchen huschten durch die Äste. Die Luft war frisch und warm, und doch war Cassie eiskalt. Wie ging es jetzt weiter? Wie sollte sie Colton beibringen, dass sie sich geirrt hatte?

Sie schlang die Arme um sich und eilte über den staubigen Bürgersteig, versuchte angestrengt, die jungen Mütter mit ihren Kinderwägen nicht zu bemerken, auch nicht die verliebten jungen Pärchen, die sich im Park verstohlen küssten.

Sie kam an einer Boutique vorbei, in der ein Brautkleid aus Spitze ausgestellt war. Ob Colton sie jetzt noch würde heiraten wollen? Zwei Läden weiter blieb sie vor den Auslagen des einzigen Kinderladens in Three Falls stehen. Ihr wurde die Kehle trocken. Bunte Rasseln, flauschige Decken und Babysachen in allen Farben des Regenbogens waren um ein hölzernes Schaukelpferd mit Hanfmähne und -schweif dekoriert. „Eines Tages vielleicht", flüsterte sie und fuhr mit den Fingerspitzen über die Glasscheibe. Dann betrat sie den Laden, strich vorsichtig über die weichen Strampler und die kuscheligen Plüschtiere, bis sie die selbst auferlegte Folter nicht mehr aushielt.

„Närrin!", murmelte sie und machte sich auf den Nachhauseweg. Die Sonne ging schon unter, sie kniff die Augen zusammen. Sie wusste, sie musste Colton die Wahrheit sagen, und sie hatte auch vor, auf die Straße abzubiegen, die zur McLean-Ranch führte … Doch im letzten Moment änderte sie ihre Meinung und fuhr an der Abzweigung vorbei. Was sollte sie sagen, wenn Denver an die Tür kam? Oder noch schlimmer – Coltons Eltern oder gar sein Onkel John? Nein, sie musste warten, bis sie die Möglichkeit hatte, allein mit ihm zu reden.

Sie war noch immer in ihre quälenden Gedanken vertieft und krank vor Sorge, wie sie Colton die Nachrichten überbringen sollte, auch als sie den Pick-up schon neben der Scheune parkte.

„Wo warst du?", fragte ihr Vater, als sie durch die Hintertür in die Küche kam. Er saß am Tisch und löste das Kreuzworträtsel in der Tageszeitung.

„In der Stadt."

„Hast du was Nettes für dich gefunden?"

Nur schlechte Neuigkeiten. „Nein, ich hab nichts Interessantes gesehen." Sie zwang sich zu einem Lächeln, auch wenn ihr überhaupt nicht danach zumute war.

Ivan wandte sich wieder seiner Zeitung zu, und Cassie rannte nach oben in ihr Zimmer, um sich umzuziehen. Sie fühlte sich so schrecklich elend.

Sie überlegte, ob sie Colton anrufen sollte, doch das war zu riskant, solange Ivan im Haus war. Sollte er auch nur ein Wort von der Unterhaltung mithören, würde er durch die Decke gehen. Und noch einen nächtlichen Ausflug konnte sie sich nicht leisten; sie könnte von einem der McLeans entdeckt werden oder von ihrem Vater.

Eine kleine Stimme in ihrem Hinterkopf schalt sie, dass sie nur nach Ausflüchten suchte, um das Unvermeidliche hinauszuzögern, doch sie hörte nicht auf sie. Es ist noch genügend Zeit, versicherte sie sich. Außerdem war es immer besser, langsam und überlegt vorzugehen, damit man es hinterher nicht bereute.

Während der folgenden Tage verließ ihr Vater die Ranch kein einziges Mal. Und leider erwartete er auch von ihr, dass sie beim Einbringen des Heus und bei der Kornernte half. Was bedeutete, dass sie genauso viel Zeit auf den Feldern verbrachte wie er. Praktisch war sie vierundzwanzig Stunden am Tag mit ihm zusammen. Falls Colton angerufen haben sollte, so hatte sie es verpasst.

Als ihr Vater eines Abends noch einige letzte Dinge draußen sortierte, zwang sie sich dazu, es zu versuchen. Mit flatterndem Magen griff sie nach dem Hörer des Wandtelefons in der Küche und wählte die Nummer.

„Hallo?“ Denver McLeans Stimme erklang am anderen Ende. Bildete sie sich das nur ein oder klang er wirklich feindselig?

„Hallo?“, fragte er noch einmal, als niemand sich meldete.

Cassie schluckte.

„Hallo, ist da jemand?“ Jetzt klang Denvers Stimme ganz sicher verärgert.

„Cass?“ Ihr Vater rief nach ihr.

Hastig hängte sie ein und wirbelte auf dem Absatz herum.

„Lass dich von mir nicht stören." Mit dem Kopf deutete ihr Vater zum Telefon.

Cassie schüttelte den Kopf. „Ich war sowieso fertig", murmelte sie.

„Wer war das denn?"

„Nur Beth", log sie. Sie hasste es, ihren Vater so zu täuschen.

Er schmunzelte. „Ihr zwei würdet den ganzen Tag miteinander am Telefon hängen, wenn man euch lassen würde", erwiderte er vergnügt, und Cassie fühlte sich umso elender.

Ivan griff seine Kappe vom Haken und verschwand wieder nach draußen. Cassie ließ sich gegen die Wand sacken. Sie musste Colton sehen, ihm die Wahrheit sagen. Sie würde ihn von jeglicher Verantwortung freisprechen, und er könnte wieder mit den Plänen für sein Leben fortfahren. Früher oder später mussten sie miteinander reden.

Ein Tag nach dem anderen verging, und das Schuldgefühl in Cassie wuchs mehr und mehr. Ein winziger Teil von ihr hielt an der Hoffnung fest, dass Colton, obwohl es kein Baby gab, lächelnd zu ihr sagen würde: „Ist schon in Ordnung, Cass. Wir heiraten trotzdem. Ich liebe dich."

Immerhin hatte sie bis zum Ende der Woche all ihren Mut zusammengenommen und auch die Gelegenheit gefunden, um allein auszureiten. Die Sonne ging gerade hinter den Hügeln im Westen unter, und Cassie war klar: Jetzt oder nie. Sie ritt denselben Weg, den sie neulich nachts genommen hatte. Tavish flog im langgestreckten Galopp über die Felder bis zum Fluss, und nachdem er schnaubend seinen Unmut kundgetan hatte, brachte er sie beide doch schwimmend durch das Wasser ans andere Ufer, Cassie an seinen Hals geklammert.

Ihr Puls raste, ihre Handflächen waren feucht, als sie Tavishs Zügel am Zaun festband und unter dem hängenden Stacheldrahtzaun durchkroch, um dann über die gemähte Weide zum Ranchhaus der McLeans zu rennen.

Bitte, lieber Gott, lass ihn zu Hause sein! betete sie still. Doch als sie über den letzten Zaun kletterte, hatte der Mut sie fast verlassen. Der Hof war leer, aber sie konnte Katherine McLean im Gemüsegarten neben dem Haus sehen.

Cassie kämmte sich mit den Fingern das Haar, straffte den Rücken und ignorierte die Tatsache, dass der Saum ihres Jeansrocks nass war. Dann zwang sie sich, den überwachsenen Pfad bis zum Garten hinaufzugehen.

„Mrs McLean?“

Katherine stand gerade über eine Reihe Bohnen gebückt und schaute über die Schulter zu Cassie. Ihre blauen Augen weiteten sich ein wenig unter dem breitkrempigen Strohhut. Doch sollte sie überrascht sein, Ivan Aldridges Tochter hier mitten in ihrem Gemüsegarten stehen zu sehen, so zeigte sie es nicht. „Cassie! Wie geht es dir?“

„Danke, gut.“ Nervös fingerte sie an ihrem Rock herum. Sie konnte das Brennen in ihren Wangen fühlen, ihr Herz musste mindestens tausendmal in der Minute schlagen. „Ist … ist Colton da?“

Mit gerunzelter Stirn wischte Katherine sich die Erde von den Händen. „Nein. Er ist vor gut einer Stunde weggefahren. Er wollte in die Stadt. Ich glaube, er hat auch noch gesagt, dass er bei dir vorbeischauen wollte. Wahrscheinlich ist er schon bei euch.“

Cassie schluckte schwer, das Rot auf ihren Wangen wich einer geisterhaften Blässe. „Ich muss ihn verpasst haben“, brachte sie nur hervor. Tausend schreckliche Gedanken wirbelten durch ihren Kopf, sie malte sich das Schlimmste aus. Was, wenn Colton genau in diesem Moment mit ihrem Vater redete und ihm von dem Baby erzählte? Ihm erzählte, dass er vorhatte, Cassie zu heiraten? Sie wich rückwärts. „Nun, ähm, dann sehe ich ihn sicher dort.“

Katherine griff sich an den Rücken und verzog das Gesicht. „Ist alles in Ordnung mit dir? Du siehst blass aus. Warum kommst du nicht mit mir ins Haus und trinkst erst einmal etwas Kaltes? Ich könnte auch eine Pause gebrauchen. Im Kühlschrank steht noch Eistee …“

„Nein … nein danke“, lehnte Cassie hastig ab. Nur ungern schlug sie die Einladung von Coltons Mutter aus. Es wäre vielleicht ein erster Schritt, um die schwelende Feindschaft zwischen den McLeans und den Aldridges beizulegen, aber sie konnte es nicht riskieren, dass Colton ihrem Vater sagte, dass er sich opfern und Cassie heiraten würde – und das wegen eines Babys!

Sie rannte über die Felder zurück, das Haar wehte hinter ihr im Wind. Beim Zaun duckte sie sich nicht tief genug und zerriss sich die Bluse, aber sie achtete nicht darauf.

Fahrig fingerte sie an dem Knoten in den Zügeln. Das nasse Leder war getrocknet, hatte den Knoten festgezogen. „Komm schon, komm schon“, murmelte sie. Endlich hatte sie den Knoten gelöst, sie schwang sich auf den breiten Rücken des Wallachs und stieß ihm leicht die Fersen in die Seiten.

Sie lenkte Tavish in den Sage, nahm nicht einmal wirklich wahr, wie kalt das Wasser war, das um ihre Beine spülte.

Tavish mühte sich die Flussböschung hinauf, und Cassie beugte sich über seinen Hals vor. „Und jetzt, so schnell wie möglich nach Hause“, spornte sie ihn an. Sobald er wieder auf festem Boden stand, galoppierte Tavish los, durch den Wald und dann über die offenen Felder. Grillen und Feldhasen suchten das Weite, und Tränen ließen Cassies Sicht verschwimmen.

„So ist’s gut, mein Junge!“ Sie beugte sich tief über ihn, klammerte sich mit den Schenkeln an seine Seiten.

Bei den Ställen riss sie die Zügel an, und der Wallach kam schlitternd zum Stehen. Cassie nahm sich nicht die Zeit, ihn auslaufen zu lassen oder ihm das Zaumzeug abzunehmen, wickelte die Zügel nur über die oberste Zaunlatte und kletterte über den Zaun – nur um Coltons Truck im Hof stehen zu sehen.

„Nein!“ Der leise Schrei entfuhr ihr ungewollt. Ihr wurde die Kehle eng, für einen Moment musste sie sich an die rauen Bretter der Scheunenwand lehnen, um Atem zu schöpfen. Aber vielleicht war es ja noch nicht zu spät. Colton konnte noch nicht lange hier sein, auch wenn die violetten Streifen am Himmel ihr sagten, dass reichlich Zeit vergangen war. Vielleicht zu viel Zeit.

Mit aller Würde, die sie aufbringen konnte, stieg sie die Treppen der hinteren Veranda hinauf, zog die Tür auf und ging ins Haus.

Ivan und Colton waren zusammen im Wohnzimmer. Sie standen sich gegenüber und taxierten sich wie Todfeinde. Colton stand mit dem Rücken zum Kamin, auf dessen Sims die alte Uhr leise neben dem verblichenen Bild ihrer Mutter tickte.

„Ich wusste nicht, dass du herkommen würdest." Ihre Stimme war kaum hörbar. Sie fühlte Coltons Blick auf sich, wusste, er nahm ihr zerzaustes Haar wahr, ihre erhitzten Wangen, den nassen Rocksaum.

„Ich hätte vermutlich vorher anrufen sollen", erwiderte er angespannt. Sie ahnte, dass er wütend war. Sein sonnengebräuntes Gesicht war blass, die Lippen zu einer dünnen harten Linie zusammengepresst.

„Was geht hier eigentlich vor?" Ivan deutete auf Colton, ohne ihn anzusehen. „McLean hier behauptet, dass er mit dir reden muss – allein. Ich habe ihm gesagt, dass du ausgeritten bist, aber er wollte so lange warten."

Cassie rutschte das Herz in die Kniekehlen. „Das ist ... das ist schon in Ordnung, Dad."

Ivan runzelte böse die Stirn. „Was immer du meiner Tochter zu sagen hast, kannst du auch mir sagen."

„Das denke ich nicht", erwiderte Colton.

„Dad, bitte ..."

„Du weißt genau, wie ich dazu stehe."

„Es wird nicht lange dauern", sagte Colton zu ihm.

Ivan zögerte, sah zu Cassie und fluchte. „Ich brauche einen Drink." Er musterte Colton mit zusammengekniffenen Augen, dann wandte er sich wieder seiner Tochter zu. „Ich bin auf der Veranda." Mit einem letzten vernichtenden Blick auf Colton stapfte Ivan wütend in die Küche, kramte in den Schränken nach seiner Flasche Whiskey und einem Glas und marschierte dann lautstark nach draußen. Hinter ihm schlug die Fliegentür klappernd an den Rahmen.

„Stimmt was nicht?“, stammelte Cassie, als sie allein waren. Sie wusste nicht, wie sie das Eis brechen sollte.

„Sag du’s mir“, meinte Colton tonlos.

„Um genau zu sein … es gibt da etwas“, gestand sie. „Ich … ich war gerade bei dir drüben und hab nach dir gesucht.“

„So?“

In Coltons Blick lag nichts als Verachtung. Seine Nasenflügel bebten. Sie fragte sich, wieso er so wütend war, und dann traf sie die Erkenntnis wie ein Schlag: Er wusste es. Irgendwie hatte er es herausgefunden! Ihr wurde eiskalt. „Es … es gibt kein Baby“, sagte sie.

„Nur hattest du nicht vor, mich das wissen zu lassen.“ Seine Stimme klang kalt und fremd.

„Natürlich wollte ich es dir sagen! Aber ich wollte eine Gelegenheit abpassen, bei der wir allein sind.“ Mit flehenden Augen sah sie ihn an. Das musste er doch verstehen!

Für einen kurzen Augenblick wankte der Ärger in seinem Blick, und Hoffnung keimte in Cassie auf. „Seit wann weißt du es?“

„Letzten Montag“, gab sie zu und verfolgte entsetzt mit, wie seine Miene zu Stein erstarrte.

„*Montag!* Das ist fast eine Woche her! Und du hast es nicht für nötig gehalten, mir Bescheid zu sagen? Wie lange wolltest du warten, Cass? Bis *nach* der Hochzeit?“ Seine Stimme wurde lauter, an seinem Hals pochte eine Ader.

Sie streckte die Hand nach ihm aus. „Nein, Colton, ich schwöre …“

„Spar dir die Mühe!“, knurrte er.

„Aber ich habe angerufen … Und ich war gerade bei dir zu Hause, weil ich …“

Die Hintertür flog auf, Ivan kam ins Zimmer gestürmt. „Was zum Teufel ist hier los?“, wollte er wissen. Sein Blick ging von Colton, der mit steifen Schultern reglos dastand, zu Cassie, der die Tränen über die Wangen liefen.

Coltons Gesicht war nur noch eine steinerne Maske. Er steuerte auf die Tür zu, doch Cassie lief ihm nach. Sie bekam seinen Ärmel zu fassen. „Warte! Ich kann es erklären …"

„Oh, darauf wette ich, dass du das kannst!" Er riss die Tür auf. Die warme Abendluft strömte herein. „Was glaubst du wohl, wie ich mir vorgekommen bin, als ich einem Freund von mir erzählte, dass ich bald heirate?"

„Aber …"

„Genau. Ich habe es Warren Mason gesagt. Zufälligerweise arbeitet Warren im LTV Labor. Er hat mir gratuliert und wollte wissen, wer die Glückliche ist. Als ich dann jedoch deinen Namen nannte, wurde er plötzlich ganz still. Ich meine, wirklich sehr, sehr still."

„Oh nein."

„Und als ich dann fragte, was nicht stimmt, hat er mir, wohlgemerkt nur sehr unwillig, anvertraut, dass er das Ergebnis deines Schwangerschaftstests vorliegen hatte. Ich war auch noch dumm genug, um davon auszugehen, dass er mir jetzt gratulieren wird, weil ich demnächst Vater werde … Aber nein! Stattdessen hat er angedeutet, dass der Test negativ ausgefallen ist."

„Großer Gott", flüsterte Cassie.

„Es gab nie ein Baby, und du wusstest es, Cassie!"

„Aber warum sonst hätte ich den Test machen lassen sollen?"

„Um mich in Sicherheit zu wiegen", knurrte er.

„Nein!"

„Warum hast du es mir dann nicht am Montag schon gesagt?"

„Das wollte ich ja …"

„Wirklich?" Er starrte auf ihre Finger, die sich verzweifelt in seine Jeansjacke krallten. „Lass mich los, Cassie!"

„Das kann ich nicht. Ich liebe dich!"

„Zwischen uns ist es vorbei!"

„Ich wollte doch nicht …"

„Was? Du wolltest mich nicht anlügen? Wolltest mich nicht täuschen? Mich nicht in eine Falle locken, damit ich dich heirate?"

„Ich habe nie …"

Langsam und betont bog er ihre Finger vom Stoff seiner Jacke zurück. „Spar dir das für jemanden, der dir noch glaubt. Vielleicht der nächste arme Trottel, den du verführst."

Bei seinen grausamen Worten zuckte sie zusammen. „Ich kann dich nicht loslassen", jammerte sie flüsternd.

„Dir wird wohl nichts anderes übrig bleiben."

Es gab keine Worte, um zu beschreiben, wie verletzt sie war. Sie begann, wie Espenlaub zu zittern, und sackte gegen die vertäfelte Wand.

„Raus hier, McLean!", knurrte Ivan, seine Stimme gefährlich leise, als er mit geballten Händen in die Diele kam. Sein Gesicht war puterrot, seine Augen funkelten. „Ich weiß nicht, was zum Teufel hier vorgeht, aber das ist mir auch egal. Mach, dass du von hier verschwindest, und lass gefälligst meine Tochter in Ruhe! Setzt du auch nur noch einmal einen Fuß auf mein Land, ich schwöre dir, ich bringe dich um!"

„Dad, nicht!"

Mit zusammengekniffenen Augen sah Colton von Cassie zu ihrem Vater und wieder zurück. „Wie der Vater, so die Tochter. Schwüre, die absolut keine Bedeutung haben."

„Nein!", schrie sie auf. Ihr war kälter, als ihr jemals gewesen war. Sogar noch kälter als in jener schrecklichen Nacht, als ihre Mutter mit rot geweinten Augen und wehendem Mantel zu genau dieser Tür hinaus geflohen war. „Ich liebe dich!", rief sie verzweifelt und konnte sehen, wie Colton sich versteifte.

„Lass es, Cassie!" Er schüttelte den Kopf, als müsse er sich selbst davon überzeugen, dass es ihm gleichgültig war. „Lass es einfach!" Und damit marschierte er entschieden aus Cassies Leben hinaus.

„Also gut, Cassie", sagte ihr Vater leise. „Ich denke, du hast mir einiges zu erklären."

„Was möchtest du wissen?", fragte sie flüsternd.

„Alles."

„Oh Dad …"

„Komm." Seine Stimme war sanft und unnachgiebig zugleich.

Er legte den Arm um ihre Schultern. „So schlimm kann es doch nicht sein."

„Du hast ja keine Ahnung …"

„Was immer es ist, gemeinsam schaffen wir es." Sie konnten Coltons Jeep die Auffahrt hinunterbrausen hören. „Bisher haben wir immer alles gemeinsam geschafft."

„Dieses Mal ist es anders."

„So viel anders kann es gar nicht sein! Du bist verletzt worden, wieder einmal, und ich bin immer noch hier und für dich da."

Ihr Herz war in tausend Scherben zersprungen. Sie klammerte sich an den Hals ihres Vaters, barg das Gesicht in seinem Holzfällerhemd. „Ich liebe ihn so sehr!", schluchzte sie, unfähig, die Tränenflut einzudämmen. „Ich werde nie einen anderen lieben!"

„Aber natürlich wirst du das", sagte Ivan und strich seiner untröstlichen Tochter sanft übers Haar. „Das wirst du ganz bestimmt."

Doch Ivan irrte sich. Kein Mann hatte Cassie je so berührt wie Colton McLean, weder in der Schule noch auf dem College. Niemandem gelang es, die Barriere zu durchbrechen, die sie nach Colton aufgebaut hatte, Stein um quälenden Stein.

Und jetzt, acht Jahre später, nachdem er sie allein und elend zurückgelassen hatte, fielen die Tränen erneut auf das Federbett. Trauer erfüllte Cassie, Trauer um eine Liebe, die nie existiert hatte, Trauer um die Erinnerungen, die von Coltons kaltem Herzen zerstört worden waren, Trauer um die liebeskranke Närrin, die sie einst gewesen war.

Cassie blinzelte und kniff dann die Augen zusammen, drängte die Tränen zurück. Nein, sie würde seinetwegen nicht weinen! Nicht seinetwegen.

Sie achtete nicht auf den Kloß, der ihr brennend in der Kehle saß. Nur die Zukunft war wichtig. Ganz gleich, was auch passieren mochte, sie würde stark sein müssen. Stärker, als sie es sich je zugetraut hätte. Denn ob es ihr gefiel oder nicht – Colton McLean war wieder in ihrem Leben aufgetaucht.

4. KAPITEL

Colton trat das Gaspedal durch. Der alte Jeep machte einen Satz vorwärts, die Räder spritzten den Schotter auf der Aldridge-Auffahrt auf. Welcher Teufel hatte ihn geritten, hierherzukommen? Und wieso war er geblieben, obwohl Ivan nicht zu Hause war?

Cassie. Immer wieder Cassie. Verflucht, er wünschte wirklich, er könnte sie vergessen! Sie hatte sich verändert – natürlich hatte sie das. Ihre Unschuld und ihr Optimismus waren gereift. Obwohl sie nicht welterfahren war, strahlte sie eine Kultiviertheit aus, die sie mit siebzehn noch nicht besessen hatte. Sie hatte ihren eigenen Kopf, sagte offen, was sie dachte, und hatte einen wunderbaren Sinn für Humor entwickelt.

Um es kurzzufassen – sie hatte ihn überrascht. Er hatte nicht damit gerechnet, dass er sich zu ihr hingezogen fühlen würde. Eigentlich hatte er darauf gehofft, mit der Zeit immun gegen sie zu sein und dass diese Faszination für sie mit einundzwanzig nur die Vernarrtheit eines unreifen Schuljungen gewesen war.

Aber da hatte er sich wohl geirrt. Sie heute zu sehen, eine schöne junge Frau, die sich wohl jedem gegenüber behaupten konnte, hatte ihn gefesselt. Gefesselt. Schon wieder.

„Du warst nur einfach zu lange von allem weg“, sagte er laut und schlug das Lenkrad ein, um auf den Highway aufzufahren. Der Schmerz schoss wieder in seine Schulter, Colton biss die Zähne zusammen. „Du musst einfach öfter ausgehen.“ *Und endlich aus diesem gottverlassenen, verstaubten Nest wegkommen.*

Schon als Kind war er sicher gewesen, dass er von hier weggehen würde. Er wollte mehr vom Leben als das Ranching zu bieten hatte. Nur hatte er während der letzten sechs Monate keine große Wahl gehabt. Seine Verletzung hatte mehrere Operationen nötig gemacht, um das zerschossene Gelenk und die gerissenen Bänder zu flicken.

„Aber bald", murmelte er. Er tröstete sich damit, dass er verschwinden konnte, sobald Denver und Tessa wieder zurück waren. Es sei denn natürlich, das Problem mit diesem Pferd wäre bis dahin nicht gelöst. Und dass er Cassie Aldridge bis dahin nicht aus seinen Gedanken herausbekommen hatte.

Um sich auf andere Gedanken zu bringen, stellte er das Autoradio an. Natürlich mussten sie ausgerechnet jetzt ein altes Liebeslied aus jenem Sommer spielen, in dem er mit Cassie zusammen gewesen war …

Verärgert wechselte er den Sender und hörte sich die Nachrichten an. Die Scheibenwischer kämpften gegen den Regen an. Im Lichtkegel der Scheinwerfer blitzte der Postkasten auf, der an der Abbiegung zur Ranch stand. Colton drosselte das Tempo, dann trat er das Gaspedal wieder durch und fuhr vorbei. Er war viel zu rastlos, um jetzt dorthin zurückzukehren.

Er konnte einen Drink gebrauchen. Außerdem war es an der Zeit, sich in der Stadt sehen zu lassen. Er fuhr die Hauptstraße hinunter, vorbei an blinkenden Neonschildern.

The Livery Stable, die Pferdevermietung, von außen mit verwitterten Holzplanken beschlagen und nach ihrem ursprünglichen Zweck benannt, befand sich am anderen Stadtrand. Colton fuhr auf den Parkplatz, stellte den Motor ab, zog die Handbremse an und stieg aus. Den Kopf wegen des Regens eingezogen, hastete er durch die Pfützen auf den Eingang zu.

Dichter Zigarettenrauch hing im Inneren. Die Bar war gut besetzt, genau wie die meisten Sitznischen. Billardkugeln klackten, die Leute unterhielten sich und lachten, die Spielautomaten ratterten und blinkten. Colton stellte sich an die Theke und erkannte Ben Haley, der zusammen mit Denver zur Schule gegangen war. Ihm gehörte jetzt die Bar.

„Sieh einer an, wer sich endlich mal blicken lässt!", lautete Bens Begrüßung. Er war ein massiv gebauter Mann mit einem breiten Gesicht und einem spöttischen Lächeln, das Coltons in nichts nachstand. Er deutete auf einen der freien Barhocker. „Was soll's denn sein?"

Colton ließ den Blick prüfend über die Flaschen gleiten, die hinter der Theke auf einem Glasregal vor einer deckenhohen Spiegelwand aufgestellt waren. „Irish Coffee."

Es zuckte um Bens Lippen. „Irish Coffee, also." Er sah betont auf Coltons Schulter. „Hast du noch nicht genug Souvenirs von dort drüben?"

„Muss wohl eine masochistische Ader haben." Colton übersah die Menge. „War Ivan Aldridge heute hier?"

Ben schob ihm den großen Becher über die zerkratzte Theke zu und nickte. „Vor gut zwei Stunden."

„Allein?"

„Nein, mit Monroe und Wilkerson. Sie schauen ab und zu auf ein Bier herein."

„He, Ben, ich krieg noch einen", rief ein junger Mann mit Lockenkopf vom anderen Ende der Theke.

„Komme sofort." Ben sah zu Colton zurück. „Gut, dich wieder bei uns zu haben, McLean! Melde dich, wenn du noch etwas brauchst."

„Werde ich." Colton starrte in seinen Becher, schwenkte das heiße Gebräu und fragte sich, warum er trotz allem, was er unternahm, Cassies Bild nicht aus seinem Kopf herausbekam.

„So … McLean ist also schon wieder sein Hengst abhanden gekommen, was?", fragte Ivan am nächsten Morgen. Mit einem Fuß zog er den Stuhl unter dem Tisch hervor, setzte sich und legte die Füße in den dicken Socken auf den anderen. Den Kaffeebecher in der Hand, lehnte er sich gemütlich zurück und sah grinsend zu seiner Tochter. „Zu schade aber auch."

„So sieht er das wohl auch." Cassie drehte die Pfannkuchen in der Pfanne und betrachtete ihren Vater aus dem Augenwinkel. Sein einst rabenschwarzes Haar war ergraut und schütter geworden, sein Gesicht von den endlosen Stunden in der glühenden Sonne mit unzähligen Linien durchzogen. Seine hellbraunen Augen leuchteten nicht mehr ganz so hell wie früher. In einem ausgewaschenen roten Flanellhemd und weiten Arbeitshosen, die von rot-schwarzen Hosenträgern gehalten wurden, ließ er sich vom Feuer den Rücken wärmen.

„Geschieht ihm recht. Ihnen allen!“ Ivan setzte sich auf, als Cassie die Teller mit Pfannkuchen, gebratenem Speck und Spiegeleiern auf den Tisch stellte.

„Du freust dich, dass das Pferd verschwunden ist?“

Ivans Grinsen erstarb. „Ich freue mich, dass er Probleme hat. So, wie ich das sehe, gibt es keinen Grund für ihn, um wieder in Montana zu sein.“

„Er ist verwundet worden.“

„Ach ja, richtig. Hat eine Kugel in seinen Allerwertesten bekommen.“

„In die Schulter.“

„Ist doch egal, wohin. Wird Zeit, dass er sich wieder aus dem Staub macht. Darin ist er doch besonders gut, oder?“

Cassie spürte, wie die Hitze ihren Nacken hinaufkroch. Sie setzte sich an den Tisch und legte sich Pfannkuchen auf den Teller. „Nehme ich an.“

„Du *weißt* es.“ Ivan wedelte mit seiner Gabel vor Cassies Gesicht. „Er lässt sich von nichts und niemandem festhalten, er kümmert sich um niemanden. Seit sechs Monaten ist er wieder hier, und niemand in der Stadt hat ihn zu sehen bekommen.“

„Vermutlich muss er sich erholen“, sagte sie und wünschte, es würde sich nicht so anhören, als würde sie nach Entschuldigungen für einen Mann suchen, den sie verabscheute.

„Na, das kann er auch woanders.“

Cassie lächelte schmal. „Ich bin sicher, bei der ersten Gelegenheit ist er so schnell wieder von hier weg, dass man nur noch die Staubwolke hinter ihm sieht.“

„Je eher, desto besser, sage ich!“, erklärte Ivan entschieden, legte sich zwei Spiegeleier auf die Pfannkuchen und goss großzügig Ahornsirup darüber.

„Was, glaubst du, ist mit Black Magic passiert?“

„Weiß ich nicht und interessiert mich auch nicht.“

„Dad, komm schon!“, schnurrte Cassie. „Sag, was denkst du?“

„Woher soll ich das wissen? Wahrscheinlich ist er ausgerissen. Der Hengst ist ja nicht dumm." Ivan lachte leise. „Vielleicht hatte Black Magic einfach die Nase voll von Colton McLean und ist abgehauen, um sich nach saftigeren Weiden umzusehen."

„Sei doch mal ernst!"

„Na schön! Also, ich denke, der Hengst hat ein paar hübsche Stuten gesehen und ist über den Zaun gesprungen."

„Der Zaun war durchgeschnitten."

Ivan zog die Augenbrauen hoch. „Durchgeschnitten?"

„Ja, fein säuberlich durchtrennt, gleich hinter dem Sage, wo unser Land an das der McLeans grenzt."

„Und deshalb denkt Colton jetzt, ich hätte etwas damit zu tun?"

„Deshalb, und weil da auch Reifenspuren in dem nassen Boden waren."

„Na und?"

„Für Colton ist die Sache damit klar. Er kam hier angerauscht, um dich zur Rede zu stellen."

„Tatsächlich?" Ivans Augen funkelten auf. „Ich hoffe, du hast ihm ordentlich die Meinung gegeigt."

„Nun, ich hab mein Bestes getan, um ihn von unserem Land zu vertreiben, aber das hat nicht wirklich geklappt. Und unser toller Wachhund", sie deutete auf den ausgelegenen Platz unter dem Tisch, wo Erasmus wie immer lag und darauf hoffte, dass etwas vom Frühstück für ihn abfiel, „hat sich zwar die Seele aus dem Leib gebellt, aber dann ist er prompt übergelaufen und hat sich winselnd von Colton den Bauch kraulen lassen."

Ivan gluckste, auch wenn seine Züge ernster wurden. „Tut mir richtig leid, dass ich nicht hier war. Ich hätte McLean schon gesagt, wo's langgeht. Das hätte dir den Ärger erspart."

„Ich bin schon klargekommen."

Sein Blick wurde düster. „Er ist ein nichtsnutziger Windhund, Cassie. War es schon immer und wird es immer bleiben. Ich habe nicht vergessen, was er dir angetan hat."

Cassies Magen zog sich bei den Worten ihres Vaters zusammen. „Lass uns nicht darüber reden."

„Du hast recht", nickte er und blickte sie zärtlich an. „Das ist längst vorbei."

„Genau", stimmte sie zu. Und konnte doch den fragenden Blick des Vaters auf sich spüren.

„Vielleicht ist der Zaun einfach gerissen."

„Colton schien da anderer Ansicht zu sein. Ich dachte, ich sehe mir das mal an, wenn ich nachher aus der Stadt zurückkomme."

Ivan zuckte nur mit den Schultern. „Wenn du unbedingt willst. Aber ich an deiner Stelle ..."

„Ich weiß. Du an meiner Stelle würdest dich von Colton McLean fernhalten."

„Von allen McLeans", stellte Ivan richtig. Seine Miene wurde hart. „Vor allem aber von Colton. Er ist genauso schlimm wie sein Onkel." Und dann, so als würde auch er nicht mehr über die Vergangenheit und die quälenden Erinnerungen sprechen wollen, machte er sich wieder mit Appetit über sein Frühstück her.

Schweigend beendeten sie das Mahl, und Cassie bemühte sich, alle Gedanken an Colton zu verdrängen. „Du bist an der Reihe mit dem Geschirr", erinnerte sie ihren Vater, als sie schließlich ihren Teller in die Spüle stellte. „Ich muss mich noch fertig machen."

„Das ist Frauensache!", brummte er, trotzdem begann er damit, die Teller in die Spülmaschine einzuräumen. Cassie hatte sie von ihrem ersten Gehalt als Tierärztin gekauft.

„Das überlebst du schon", neckte sie ihn. „Es wird höchste Zeit, dass du in den modernen Zeiten ankommst."

„Ich lebe schon länger in den modernen Zeiten, als du überhaupt auf der Welt bist."

Sie lachte, auch vor Erleichterung, dass das Thema Colton McLean beendet war. „Ich muss noch bei der Lassiter-Ranch vorbeifahren und mir ein paar der Lämmer ansehen, danach fahre ich in die Klinik. Wenn kein Notfall dazwischenkommt, bin ich gegen sechs wieder zu Hause."

„Ich bin entweder hier oder drüben bei Vince Monroe. Sein

Traktor macht Probleme. Er hat mich darum gebeten, ihn mir mal anzusehen.“

„Du hättest Mechaniker werden sollen.“

„Bin ich doch.“ Er grinste leicht. „Ich werde nur nicht dafür bezahlt.“

„Ich bin mir nicht sicher, ob das besonders clever ist“, rief Cassie über die Schulter zurück, während sie schon die Treppe hinaufrannte. In ihrem Zimmer zog sie sich um, wählte einen Jeansrock und ein schlichtes T-Shirt, legte ein wenig Make-up auf und kämmte sich. Sie musste gähnen und ermahnte sich, nicht mehr an Colton zu denken. Er hatte ihr schon während der Nacht den Schlaf geraubt. Stundenlang hatte sie auf die Leuchtziffern des Digitalweckers gestarrt, ohne dass es ihr gelungen wäre, Coltons Bild aus ihrem Kopf zu verbannen. Die ganze Zeit hatte sie sein bärtiges Gesicht, seine stahlgrauen Augen und sein Lächeln vor sich gesehen.

„Hör endlich auf damit!“, murmelte sie ihrem Spiegelbild zu. Sie hatte heute genug Arbeit vor sich. Sie hatte keine Zeit, um an Colton McLean und sein verschwundenes Pferd zu denken.

„Also, was hat Aldridge gesagt?“ Curtis eilte neben Colton her, der mit großen Schritten über den regennassen Hof zum Pferdestall ging. Ein Sonnenstrahl brach durch die tief hängende Wolkendecke.

„Er war nicht da.“

„Also weißt du nicht mehr als gestern Abend?“

„Ich habe mit Cassie gesprochen.“ Colton zog die Stalltür auf und starrte mit gerunzelter Stirn auf Black Magics leere Box. Einige der Hengste schnaubten leise zur Begrüßung, der Geruch der Tiere wehte Colton in die Nase.

„Sieh einer an. Und? Was hatte sie zu berichten?“

Colton zog einen Mundwinkel in die Höhe. „Nicht viel. Sie hat mit der Flinte auf mich gezielt und mir gesagt, dass ich verschwinden soll.“

„Das war aber nett von ihr.“

„Eher nicht."

„Du hast also nichts herausfinden können?"

„Nun … Nachdem ich sie davon überzeugen konnte, dass ich erst mal genug Schusswunden abbekommen habe, hat sie mich über die Ranch geführt."

„Und?"

„Nichts." Colton war froh, das Thema Cassie fallen zu lassen. Seit dem Wiedersehen mit ihr hatte er an wenig anderes denken können als an sie, aber er hatte nicht vor, sich wieder mit ihr einzulassen. Nicht, dass sie das wollen würde. Sie hatte mehr als deutlich gemacht, was sie von ihm hielt. „Nicht die geringste Spur von Black Magic."

Mit gerunzelter Stirn maß Curtis Futter ab und schüttete es in den Trog. „Also glaubst du, dass Ivan nichts damit zu tun hat?"

„Ich weiß nicht, was ich denken soll", gestand Colton und kletterte die Leiter zum Heuboden hinauf. Verdammt sollte der Gaul sein! Und Denver! Verdammt, verdammt, verdammt! Er trat zwei Heuballen nach unten auf den Zementboden und sah von hier oben in den leeren Stellplatz des Hengstes. Warum musste das Pferd ausgerechnet jetzt verschwinden? Er kletterte wieder hinunter und zerschnitt die Plastikkordeln, die die Ballen zusammenhielten, mit seinem Taschenmesser. „Ich muss noch immer erst mit Ivan reden."

„Was ist mit dem Sheriff? Vielleicht sollten wir da anrufen und erklären, was los ist", schlug Curtis vor. Er griff sich eine Heugabel und verteilte Futter in die Tröge.

„Später – wenn wir mehr wissen." Colton war jahrelang investigativer Fotojournalist gewesen, hatte jahrelang am Rande des Abgrunds gelebt. Er zog es vor, die Dinge auf seine Art zu erledigen, und hielt nicht viel davon, die Gesetzeshüter hinzuzuziehen. Das verkomplizierte immer nur alles. „Erst reden wir mit den angrenzenden Ranchern. Vielleicht hat ja jemand etwas gehört oder gesehen. Und es besteht immer noch die Chance, dass das Pferd wieder auftaucht."

Curtis Lippen wurden schmal. „Wenn du meinst …"

„Ich meine nur, wir sollten erst mehr herausfinden, noch ein oder zwei Tage warten. Wenn wir ihn bis zum Ende der Woche nicht gefunden haben, rufe ich Mark Gowan an."

„Und was ist mit Denver?"

„Dem sagen wir vorerst nichts." Colton konnte sich genauestens vorstellen, wie sein älterer Bruder die Nachricht aufnehmen würde. „Das hat auch noch Zeit, bis er zurückkommt. Es gibt sowieso nichts, was er oder Tessa tun könnten." Er schnitt den zweiten Ballen auf. „Und wie gesagt – erst will ich mit Ivan Aldridge reden."

„Darum beneide ich dich nicht", brummte Curtis.

Colton zog eine Grimasse. Nein, er freute sich auch nicht unbedingt auf ein Treffen mit Cassies altem Herrn, aber es ließ sich nicht vermeiden. Sobald er sich hier noch einmal genau umgesehen hatte, würde er Ivan Aldridge zur Rede stellen und sich anhören, was der zu sagen hatte.

Und was ist mit Cassie?

Er seufzte laut und rieb sich den Nacken. Ja genau – was war mit Cassie? Es musste doch irgendwie möglich sein, sie aus seinem Kopf herauszubekommen. Die ganze Nacht hatte er von ihr geträumt. Hatte sich eingebildet, ihren Duft in den Laken zu riechen, ihr langes schwarzes Haar auf seinen Kissen zu sehen, ihre seidige Haut zu spüren und ihre vollen roten Lippen zu küssen.

Ob er es wollte oder nicht, früher oder später würde er ihr gegenübertreten müssen.

Cassie zog das Zaumzeug über Macbeths mächtigen Kopf. Der langgliedrige Wallach hatte generell ein garstiges Gemüt, er drückte seinen Unmut mit einem mürrischen Schnauben aus und tänzelte seitwärts, als sie sich auf seinen breiten Rücken schwang.

„Komm schon, Junge, zeig mir, was in dir steckt", flüsterte sie ihm zu. Sie beugte sich über seinen Hals vor und drückte ihm die Fersen in die Rippen. Das Pferd galoppierte los. Mit angelegten Ohren und langgestrecktem Hals flog er über den durchgeweichten Boden.

Die tief stehende Sonne warf goldene Schatten auf die Felder und das grüne Gras malte orangefarbene und tiefrote Streifen in den Himmel. Der Wind verfing sich in Cassies Haar, als sie sich eng an die Schulter des großen Rotschimmels drängte. Adrenalin pumpte durch ihre Adern, und der lange Arbeitstag, den sie hinter sich hatte, verlor mehr und mehr an Bedeutung. Sie war todmüde nach Hause gekommen, hatte festgestellt, dass Ivan nicht da war, und beschlossen, ihre verspannten Muskeln mit Reiten zu lockern. Außerdem plagte sie die Neugier, wie es mit Colton und seinem angeblich gestohlenen Hengst weitergegangen war.

Am Waldrand zog sie an den Zügeln. Macbeth wurde langsamer. Sie lenkte ihn unter den schattigen Fichten hindurch und erinnerte sich daran, wie sie diesen Pfad früher einmal geritten war – vor acht Jahren, um Colton von einem Baby zu erzählen, das nie existiert hatte.

Das ist schon lange her, versuchte sie sich zu beruhigen, trotzdem gelang es ihr nicht, ihr ungutes Gefühl abzuschütteln. Schon konnte sie den Sage rauschen hören. Der Fluss war angeschwollen vom Frühlingsregen, strömte gurgelnd durch sein Flussbett.

Der Pfad wand sich bis ans Flussufer. Cassie starrte auf die aufspritzenden Wasser. Der breite Fluss war wie ein natürlicher Bruch zwischen McLean- und Aldridge-Land. Allerdings gab es noch den bewachsenen Streifen zwischen der natürlichen Grenze, die der Sage bildete, und dem Zaun der McLeans. Und genau dort arbeitete Colton McLean in Fleisch und Blut.

Seine Jeans war völlig mit Schlamm bespritzt, sein offenes Hemd flatterte im Wind. Er verzog das Gesicht, als er den neuen Stacheldrahtzaun straff zwischen den beiden roten Metallpfosten spannte. Seine breiten Schultern waren ständig in Bewegung, und die Jeans schmiegte sich um seine schmalen Hüften.

Er sah auf, als Cassie Macbeth langsam nach vorn lenkte. Ein zynisches Lächeln zuckte um seine Mundwinkel. „Bist du hier, um den Tatort zu begutachten?“, rief er zu ihr hinüber.

„Falls es so etwas wie einen Tatort überhaupt gibt."

„Sieh's dir ruhig selbst an." Er richtete sich auf und massierte sich mit beiden Händen die untere Rückenpartie.

Sie ließ den Blick am Flussufer entlanggleiten. Die Reifenspuren waren deutlich im schlammigen Boden zu erkennen. Der Zaun war bereits repariert worden, aber Cassie bezweifelte nicht, dass Colton durchgeschnittene Zaundrähte von zerrissenen unterscheiden konnte. Schlimm war nur, dass er wirklich glaubte, ihr Vater hätte dabei irgendwie seine Hand im Spiel.

„Dein Hengst ist also nicht zurückgekommen?"

„Noch nicht. Und ehrlich gesagt, rechne ich auch nicht damit."

„Das letzte Mal war es aber so."

„Habe ich mir sagen lassen." Colton wischte sich mit dem Handrücken den Schweiß von der Stirn, bevor er den Blick auf sie richtete. „Ist Ivan zu Hause?"

„War er nicht, als ich von der Arbeit kam."

„Richte ihm aus, dass ich mit ihm reden will."

„Habe ich schon."

„Und?"

„Er hält dich für verrückt." Sie strich sich das Haar aus dem Gesicht. „Falls dein Hengst wirklich gestohlen wurde, dann war es auf jeden Fall nicht Dad."

„Da bin ich mir nicht so sicher."

Gereizt ließ sie sich von Macbeths Rücken gleiten und kam bis ans Flussufer heran. Der Strom donnerte über abgebrochene Äste und glatt gespülte Felsbrocken. Die Luft roch frisch und feucht, und wäre da nicht Colton mit seiner lächerlichen Anschuldigung, hätte Cassie es wahrscheinlich genossen, hier zu sein.

„Wieso verdächtigst du eigentlich meinen Vater?", rief sie Colton über den Fluss zu. Auch er war jetzt auf seiner Seite bis ans Ufer gekommen. Nur gute zehn Meter trennten sie, aber es schienen Welten zu sein. „Genauso gut könnten die Lassiters, die Monroes oder auch die Wilkersons oder die Simpsons verantwortlich dafür sein."

„Soll das ein Witz sein?“

„Sie alle sind Rancher.“

„Der Zaun wurde hier durchtrennt. Genau hier. Und der Truck ist über Aldridge-Land gefahren.“

„Das glaubst du! Du weißt ja nicht einmal sicher, ob Black Magic tatsächlich gestohlen wurde.“

Seine Miene wurde grimmig. „Und ob ich mir da sicher bin!“

„Und warum dann nicht von jemand anderem? Jemand, der wusste, dass du automatisch meinen Dad verdächtigen würdest?“

„Weil niemand anders eine Vendetta gegen die McLeans führt.“

„Eine Vendetta?“, wiederholte sie ungläubig. „Also ehrlich, Colton, du kannst doch nicht ernsthaft glauben …“

„Was ich nicht kann, ist bestreiten, dass zwischen deiner und meiner Familie eine Fehde herrscht.“

„Aber eine Vendetta … So ein Unsinn! Du hast zu viele Jahre damit verbracht, den Maschinengewehrkugeln auszuweichen!“ Würde der Fluss sie nicht trennen, hätte sie ihm eine saftige Ohrfeige verpasst. „Entweder das, oder du hast zu viele Mafiafilme gesehen!“

„Ha!“

„*Falls*, und ich wiederhole, *falls* dein Pferd wirklich gestohlen wurde, kann es praktisch jeder gewesen sein! Black Magic ist ja so etwas wie eine lebende Legende. Jeder, der ihn haben wollte, hätte ihn sich holen und es dann so aussehen lassen können, als ob Dad darin verwickelt wäre. Schließlich weiß jeder hier von der Fehde.“

„Du klammerst dich an einen Strohhalm, Cass.“

„Und du verurteilst von vornherein meinen Vater!“ Wütend wickelte sie sich Macbeths Zügel um die Hand und schwang sich auf seinen Rücken. „Werd endlich wieder vernünftig, Colton! Oder geh zurück in den Mittleren Osten oder an einen anderen Kriegsschauplatz und lass uns hier in Ruhe!“

„Genau das habe ich auch vor“, brummte er vor sich hin,

während er zusah, wie Cassie ihren Rotschimmel antrieb. Vor Wut waren ihre Wangen rot und erhitzt. Macbeth stob schließlich davon, und Pferd und Reiterin verschwanden zwischen den Bäumen. „Und auf Nimmerwiedersehen!“, knurrte er, marschierte zum Zaun zurück und duckte sich darunter hinweg. Er riss seine Jacke vom Pfosten und fluchte auf dem ganzen Weg zu seinem Truck.

Wieso ließ er nur zu, dass sie ihm so unter die Haut ging? Warum konnte er nicht immun gegen das spöttische Glitzern in den grün-braunen Augen sein, gegen ihre ironisch verzogenen Lippen, gegen ihre scharfe Zunge? Er hatte genügend Frauen kennengelernt, viele davon wesentlich erfahrener und gewandter als Cassie, und doch war es keiner gelungen, ihn so zu berühren wie Cassie Aldridge.

Vor Jahren glaubte er, er würde sie lieben. Dass sie es probieren sollten und auch schaffen würden. Aber dann hatte sie ihn belogen und versucht, ihn mit einem Trick zur Ehe zu zwingen.

Und trotzdem fühlte er sich noch immer zu ihr hingezogen.

„Narr“, knurrte er laut und kletterte in die Führerkabine. „Verdammter Narr!“

„Genau. Vor zwei Tagen“, sagte Colton rau und drückte den Telefonhörer ans Ohr. „Das Pferd ist spurlos verschwunden.“

„Und du glaubst, Black Magic wurde gestohlen?“, fragte Mark Gowan. Er war ein gedrungener Mann mit feuerrotem Haar und wachem Verstand. Colton kannte ihn schon seit Jahren.

„Der Draht ist durchgeschnitten worden. Von uns hier war das keiner.“

„Hast du schon mit Ivan Aldridge gesprochen?“

„Noch nicht.“

„Vielleicht wollte er ja ein Stück Zaun erneuern.“

Colton kniff die Augen zusammen. „Das werde ich ihn fragen, wenn ich ihn sehe.“

„Was ist mit den anderen Nachbarn?“

„Vince Monroe, George Lassiter und Matt Wilkerson schwören alle, dass ihnen nichts Ungewöhnliches aufgefallen ist."

„Na schön." Der Deputy seufzte. „Ich komme raus, sobald ich hier ein paar Dinge erledigt habe."

„Danke." Colton unterbrach die Verbindung. Auf dem Weg zum Wohnraum sah er in die Küche. Das Haus ist ein einziges Chaos, dachte er. Er hoffte nur, dass Milly Samms bald aus ihrem Urlaub zurückkommen und sauber machen würde. Sonst würde er sich noch eine Schürze anziehen müssen.

Unwillkürlich zuckten seine Mundwinkel nach oben. Natürlich würde er es nie zugeben, aber ihm fehlte die rundliche Haushälterin, die immer einen guten Rat und ein herzliches Lächeln parat hatte. Vorsicht, McLean! warnte er sich still. *Du hast dich schon viel zu sehr eingewöhnt.*

„Niemals!", murmelte er vor sich hin und stieß die Hintertür auf.

Die Luft war frisch und klar. Weiße Wolken zogen über den weiten blauen Himmel von Montana. Colton steuerte die Ställe an. Die frische Farbe schimmerte im Sonnenlicht, das sich in den sauberen Fensterscheiben brach. Der Neubau war erst kürzlich beendet, die letzten kleineren Dinge noch im letzten Dezember fertiggestellt worden.

Colton knirschte mit den Zähnen. Die Ställe repräsentierten alles, was er an dieser Ranch verabscheute. Vor acht Jahren, zu der Zeit, als Colton alles über Cassies Lügen herausgefunden hatte, waren seine Eltern bei einem Brand, der unabsichtlich von Tessa Kramers Bruder Mitchell verursacht worden war, ums Leben gekommen. Bei dem Versuch, die Eltern und einige der Pferde zu retten, hatte Denver sich so schwere Verbrennungen zugezogen, dass er fast gestorben wäre. Trotz mehrerer Operationen und plastischer Chirurgie würde Denver für den Rest seines Lebens mit den Narben leben müssen.

Und ich auch, dachte Colton düster. Auch wenn seine Narben nicht zu sehen waren, weil sie in seinem Inneren lagen. Sie gingen ebenso tief und waren genauso schmerzhaft.

Er lehnte sich auf die oberste Zaunplanke und starrte grimmig zu dem Gebäude hinüber. Den Wind, der mit seinem Haar spielte, fühlte er nicht.

Trauer und Schmerz hatten ihn dazu gebracht, die Ranch und alles, was damit zu tun hatte, zu hassen.

Er schloss die Augen und erschauerte. An jenem Abend war er ausgeritten, hatte versucht, Cassie für immer aus seinen Gedanken zu verbannen. Und dann hatten sich die Tore der Hölle geöffnet, im wahrsten Sinne des Wortes …

Die Luft flirrte vor Hitze, der Boden war hart und ausgetrocknet. Bienen summten um seinen Stetson herum, die Fliegen klebten am Kopf seines Wallachs. „Komm schon!", knurrte Colton sein Pferd an. Er war übelster Laune. Cassies Betrug krampfte ihm den Magen zusammen, so sehr er sich auch bemühte zu vergessen, dass sie je existiert hatte.

Sei doch froh! sagte er sich, während der Braune träge über die vertrocknete Weide zum Fluss trabte. Colton starrte hinüber zum Wäldchen und ließ den Blick über das Land jenseits des silbernen Rinnsals gleiten. Aldridge-Land. Cassies Zuhause. Ohne sie war er besser dran.

Trotzdem verspürte er alles andere als Freude, noch nicht einmal Erleichterung. Stattdessen brodelte das Gefühl von Verlust in ihm – und Ärger, ein tief sitzender, glühend heißer Ärger. Er wurde also nicht Vater. Eigentlich müsste er überschäumen vor Freude. Keine Verantwortung, keine Fesseln und vor allem – keine Ehefrau!

Sollten sie doch alle zur Hölle fahren!

So frustriert war er in seinen ganzen einundzwanzig Jahren noch nicht gewesen. Er glitt von seinem Wallach und trat eine Staubwolke mit der Stiefelspitze auf. Wütend starrte er auf den Fluss. Wieso hatte sie ihn angelogen? Wieso, wieso, wieso?

Der Himmel wurde fahl, als Schleierwolken vor die Sonne zogen, doch Colton bemerkte nicht, was dort über ihm vor sich ging. Das Pferd schnaubte unruhig, tänzelte nervös seitwärts.

„Ganz ruhig!“, murmelte Colton und schnupperte erstmals den Rauch in der Luft. „Was ist denn los mit dir?“

Endlich tauchte er aus seinen düsteren Gedanken auf und erstarrte. Ein ungutes Prickeln lief ihm über den Rücken. Erst jetzt bemerkte er, dass das Sonnenlicht unnatürlich dunkel geworden war. Die Härchen in seinem Nacken richteten sich auf.

Feuer!

Mit hämmerndem Herzen drehte er sich abrupt um. Schwarze Rauchwolken quollen auf, stiegen unheimlich und drohend in den Himmel. „Großer Gott, nein! Oh nein!“, rief er aus. Er sprang auf sein Pferd und trieb die Absätze in die Seiten des Wallachs.

Er ritt, als wäre ihm der Leibhaftige auf den Fersen. Mit den Zügeln trieb er sein Pferd weiter an. Den Blick unablässig auf die quellende Rauchsäule gehalten, fluchte er lautstark. Hässliche rote Flammen stiegen zuckend über den Ställen auf. Von hier aus konnte Colton schon die Feuerwehrautos über die Auffahrt rumpeln sehen.

Der Zaun lag direkt vor ihm. „Komm schon“, spornte Colton sein Pferd an. Er hoffte, der Wallach würde über die oberste Latte springen können. Doch das Tier ahnte, was sein Reiter vorhatte, und scheute, ging auf die Hinterbeine, weigerte sich schlicht, den Sprung auszuführen.

Fluchend glitt Colton vom Rücken des Pferdes. „Elender Feigling!“, brüllte er, kletterte über den Zaun und sah nicht weit entfernt den alten Pick-up seines Onkels in einem verfallenden Schuppen stehen. Ihm war nicht einmal bewusst, dass er rannte, er dachte nur daran, dass er so schnell wie möglich zu dem Truck kommen musste.

Mit rasselndem Atem riss er die Tür auf und kletterte hinter das Steuer. Gut, der Schlüssel steckte. Colton drehte ihn, den Blick unablässig auf den Rückspiegel gehalten, in dem die lodernden Flammen zu sehen waren. „Komm schon, komm schon!“ Er pumpte das Gaspedal mehrere Male, der alte Motor spuckte und stotterte und erwachte endlich zum Leben.

Colton trat das Gaspedal durch. Ein Rütteln durchlief den alten Truck, dann schoss er vor. Colton machte sich nicht die Mühe, anzuhalten und das Tor zu öffnen, er durchbrach den alten Zaun mit dem Wagen, Holzstücke und Splitter flogen in alle Richtungen durch die Luft. Innerhalb kürzester Zeit war er beim Haus angekommen, abrupt bremste er ab. Sirenen heulten. Pferde wieherten völlig verängstigt. Der Tag war zu einer Nacht in der Hölle geworden.

Colton stieß die Fahrertür auf und sprang aus dem Wagen. Sofort brannte der Rauch ihm in Lungen und Augen. Er spurtete über den Hof, auf die brennenden Ställe zu, stolperte, rang hustend nach Luft …

Der Feuerwehrhauptmann schrie Kommandos durch ein Megafon. Männer liefen hektisch umher, Pferde brüllten vor Angst und Schmerz.

Tessa Kramer und ihr Bruder Mitchell beugten sich über eine Gestalt auf dem Boden. Es war ihr Vater. Curtis Kramers Haar war versengt, auf seinem gespenstisch bleichen Gesicht prangten schwarze Rußflecken.

„Platz! Machen Sie Platz!" Zwei Sanitäter kamen herbeigerannt, um den alten Mann wiederzubeleben. Sein Atem stank nach Whiskey und vermischte sich mit dem Gestank des Rauchs, der aus seiner Kleidung aufstieg.

„Alle zurück, lasst die Leute durch!", befahl der Chief.

„Was zum Teufel ist hier passiert?", rief Colton.

Der Mann ignorierte ihn.

Voller Entsetzen starrte Colton auf die Ställe. Grellrote Flammen schossen aus dem Dach. Die Hitze des Infernos war unerträglich.

Curtis kam wieder zu Bewusstsein, er hustete rasselnd. Seine rot geränderten Augen verharrten auf seiner Tochter. „Tessa, mein Mädchen?", murmelte er und lächelte schwach.

Colton sah die Tränen in Tessas Augen glitzern. „Dem Himmel sei Dank, du lebst!", flüsterte sie ergriffen, schlang ihrem Vater die Arme um die Schultern und barg ihr Gesicht an seinem verrußten Holzfällerhemd. „Weißt du, wo Denver ist? Hast du ihn gesehen?“

„Du warst doch bei ihm.“ Curtis schüttelte den Kopf. „Niemand hat …“

„Aber Denver ist noch da drinnen! Und seine Eltern auch!“ Abrupt hob Tessa den Kopf.

Colton gaben die Knie nach. „Großer Gott! Nein!“ Er strauchelte rückwärts, musste gegen die Schwärze ankämpfen, die ihn einhüllen wollte. Es fühlte sich an, als würde eine Herde wilder Pferde durch seinen Kopf galoppieren.

„Hey, alles in Ordnung mit dir?“, hörte er jemanden rufen.

Ohne etwas um sich herum wahrzunehmen, rannte Colton auf die Ställe zu.

„Es ist zu spät!“, rief Mitchell ihm nach. „Colt – Stopp! Es hat keinen Sinn … Verdammt!“

„Bleiben Sie zurück!“, brüllte der Chief durch sein Megafon. „Herrgott, jemand muss ihn aufhalten!“

Im Stall verpufften Gase, und die Scheune explodierte mit dröhnendem Getöse. Glas zersprang, die brennenden Holzwände sackten ächzend in sich zusammen. Funken stieben in die Luft, Flammen leckten wie gelbe Zungen am Himmel.

Die Explosion war so heftig, dass die Erde bebte. Colton wurde von den Füßen gerissen und auf den Rücken geschleudert. Er hörte das panische Wiehern der Pferde, die lauten Schreie der Feuerwehrmänner. Sie waren alle tot! Denver, Mom, Dad!

Seine Finger krallten sich in den Kies der Auffahrt. Sein Magen drehte sich, ihm wurde übel. Scharfe Steine schnitten in seine Handflächen, während er von Schluchzern geschüttelt wurde. Seine ganze Familie, auf einen Schlag zerstört, von der Ranch, die sie so sehr geliebt hatten. Mit den geballten Fäusten hieb er auf den Kies ein, bis seine Hände bluteten.

„Komm, Junge.“ Der Feuerwehrhauptmann streckte ihm die Hand hin. „Es gibt nichts mehr, was du hier noch tun kannst.“

Colton rappelte sich schließlich mühsam auf die Füße, kämpfte verzweifelt gegen Tränen und Rauch.

„Hier ist noch einer!"

Zwei Feuerwehrleute trugen einen leblosen Körper aus dem flackernden Flammenschein heraus.

„Holt den Sauerstoff!"

Denver! Colton machte einen Satz nach vorn. Der Einsatzleiter wollte ihn am Arm festhalten. „Du wartest besser …"

Doch Colton hörte gar nicht hin. Er wusste, wessen Kleider das waren. Doch als er näher kam, blieb er wie vom Donner gerührt stehen. Erneut stieg Übelkeit in ihm auf, fast hätte er sich übergeben. Denvers Gesicht war schwarz vom Rauch, sein Haar komplett versengt, eine Seite des Gesichts bis zur Unkenntlichkeit verbrannt.

„Ist er … Ist er …?"

„Er lebt noch! Aus dem Weg!" Die Sanitäter hoben Denver mit der Trage in den Notarztwagen.

Colton wollte hinterherlaufen, doch dieses Mal erwischte der Einsatzleiter seinen Arm. „Da drinnen ist kein Platz!"

Colton riss sich los. „Das da ist mein Bruder, verdammt!", brüllte er. „Ich weiß nicht, wie lange er noch zu leben hat! Gehen Sie mir aus dem Weg!"

„Vorsicht! Wahrscheinlich steht er unter Schock", rief einer der Feuerwehrmänner.

„Frank, Tom, bringt den Schlauch hier rüber …"

Für einen Moment war der Einsatzleiter abgelenkt. Zeit, die Colton nutzte, um in Onkel Johns Truck zu springen. Er drehte den Schlüssel, drückte das Gaspedal durch und raste der Ambulanz nach.

„Bitte, lieber Gott", betete Colton das einzige Mal in seinem Leben, „lass ihn überleben!"

Es war ein Wunder, aber Denver überlebte tatsächlich. Nach den ersten Tagen im hiesigen Krankenhaus wurde er mit dem Hubschrauber nach Los Angeles geflogen, wo er sich mehreren komplizierten Operationen unterziehen musste. Und Colton verschwand. Seine Eltern waren tot, sein Bruder würde monatelang in der Klinik zubringen. Für Colton hatte es keinen Grund mehr gegeben, zu bleiben.

Außer Cassie, dachte er, als er jetzt mit gerunzelter Stirn auf die neuen Stallgebäude starrte. Damals, in seiner verzweifelten Trauer, hätte er sie fast angerufen. Sie hatte ihm eine Beileidskarte geschickt, und er, nachdem er ihre tröstenden Worte gelesen hatte, hatte die Karte in winzige Schnipsel zerrissen, nur um es prompt zu bereuen. Dann hatte er auch nach dem Telefon gegriffen – und den Hörer wieder aufgelegt. Er hätte sie aus Verzweiflung und Trauer angerufen, nicht aus Liebe.

Sein Herz war eiskalt. Er hatte sich gezwungen, jeden liebevollen Gedanken an sie zu verdrängen. Auch wenn ein Teil von ihm sich noch immer etwas aus ihr machte, wusste er doch, wie aussichtslos es wäre, Cassie Aldridge zu lieben. Also hatte er seine Siebensachen zusammengepackt und war ohne einen Blick zurück gegangen.

Und doch war er jetzt wieder hier. Und genau wie damals, als er sich heimlich mit ihr getroffen hatte, seine Eltern und ihre angelogen hatte, nur um ein paar gestohlene Momente mit ihr verbringen zu können, verfiel er ihr schon wieder mehr und mehr.

„Ein Narr bleibt eben ein Narr", murmelte er grimmig vor sich hin und schlug mit der Faust auf die Zaunlatte. Ein schmerzhafter Stich fuhr durch seine Schulter, und er verzog gepeinigt das Gesicht. Sobald Denver und Tessa wieder zurück waren, würde er von hier verschwinden. Die Ranch bedeutete ihm nichts. Nichts außer rauchender Asche war von einer Vergangenheit zurückgeblieben, die nur auf Lügen und Tragödien aufgebaut gewesen war.

Cassie grinste, als Beth Lassiter Simpson, im siebten Monat schwanger, einen sich windenden Cockerspanielwelpen in den Untersuchungsraum brachte. Sanfte braune Locken umrahmten Beths Gesicht. Seit der Schule war sie Cassies beste Freundin.

„Das ist also Webster?" Cassie sah auf die neu angelegte Patientenkarte.

„Wie er leibt und lebt."

„Na, dann sehen wir uns doch mal an, wie es ihm geht." Cassie nahm Beth das sandfarbene Fellbündel aus dem Arm und setzte den Hund auf die Waage aus Edelstahl.

Amy, Beths vierjährige Tochter, schlüpfte in den Raum. Die Kleine hatte eine feuerrote Lockenmähne und über Wangen und Nase waren unzählige Sommersprossen verteilt. Mit riesengroßen braunen Augen starrte sie zu Cassie auf. „Gibst du ihm jetzt eine Spritze?", fragte sie besorgt.

„Eine Impfung", antwortete Cassie lächelnd, während sie bei dem Welpen die Temperatur maß. „Er wird kein bisschen davon merken."

Amy schob die Unterlippe vor. „Ich hasse Spritzen."

„Ich auch." Cassie trug Gewicht und Temperatur auf der Karte ein und legte das Stethoskop an. Das arme Hündchen bebte am ganzen Leib, sein Herz raste.

Voller Argwohn und sehr genau verfolgte Amy mit, wie Cassie den Welpen untersuchte. Als Cassie dann eine Hautfalte hinter dem Ohr des Hündchens fasste und die Nadel unter das Fell schob, zuckte der Hund nicht einmal zusammen.

Amy schnappte trotzdem nach Luft und hielt sich die Hände vor die Augen. „Ich kann nicht hinsehen", flüsterte sie ihrer Mutter zu.

„Das war's auch schon." Cassie warf die Einwegnadel in den Abfalleimer. „Ihm geht es bestens." Sie hielt Amy den Welpen hin.

Die machte vorsichtshalber lieber erst mal nur ein Auge wieder auf. „Wirklich?"

„Ganz wirklich", bekräftigte Cassie. „Geh mit ihm ins Wartezimmer. Sandy, das Mädchen am Schreibtisch, hat bestimmt einen Hundekeks für Webster … und für dich ganz sicher einen Lutscher."

„Welcher Geschmack?" Amy war schon auf halbem Wege zur Tür.

„Such dir aus, was immer du möchtest."

Amy grinste strahlend von einem Ohr zum anderen und war auch schon zusammen mit dem strampelnden Cockerspaniel verschwunden.

„Du kannst wirklich mit Tieren umgehen – und mit Kindern“, meinte Beth.

„Ich mag sie ja auch beide.“ Cassie steckte das Stethoskop zurück in die Kitteltasche und lehnte sich an den Behandlungstisch.

Beth grinste. „Ich auch – meistens zumindest.“

„Das solltest du auch besser.“ Cassie sah betont auf Beths gewölbten Leib.

„Das brauchst du mir nicht zu sagen. Ich weiß schon jetzt, dass ich demnächst alle Hände voll zu tun haben werde.“ Sie kramte ihr Portemonnaie hervor und sah fragend zu Cassie. „Du hast sicher schon gehört, dass Denver McLeans Hengst verschwunden ist?“

Cassie nickte. Beth war die Einzige außer ihrem Vater und Colton selbst, die wusste, wie viel Cassie früher für Colton empfunden hatte.

„Colton kam gestern bei uns vorbei. Er war richtig geladen.“

„Ich weiß. Er scheint zu glauben, dass der Hengst gestohlen wurde.“

„Du hast ihn also gesehen?“

„Allerdings“, antwortete Cassie mit einem kleinen Lächeln.

„Heute sieht er noch besser aus als damals.“

„Hm.“

„Und das ist dir etwa nicht aufgefallen?“

Cassie zuckte nur mit den Schultern. Und ob! Wie könnte einem das nicht auffallen? Auch wenn der Mann absolut unmöglich war … Cassie verstand genau, was Beth sagen wollte: Colton war unglaublich männlich, attraktiv und sexy. Sie biss sich auf die Unterlippe und runzelte die Stirn.

„Wer hätte wohl die Unverfrorenheit, Denvers Pferd zu stehlen?“

„Wer weiß?“ Cassie musste wieder an Coltons wütend vorgebrachte Anschuldigung denken. Zumindest schien er gegenüber

Beth und Josh nichts von seinem Verdacht über ihren Vater gesagt zu haben. „Wenn du mich fragst – der Hengst ist vermutlich einfach ausgerissen."

Beth grinste. „Versuch mal, Colton davon zu überzeugen!"

„Habe ich. Wollte er aber nicht glauben."

„Na, vielleicht taucht Black Magic wieder von allein auf, so wie letztes Jahr."

„Das hoffe ich auch", meinte Cassie leise. Das würde die Dinge sehr viel einfacher machen.

„Also, bis dann", verabschiedete ihre Freundin sich, um im Wartezimmer ihre putzmuntere Tochter und einen überdrehten Welpen einzusammeln.

„Bis in sechs Monaten?"

Beth schüttelte den Kopf. „So lange sollten wir nun wirklich nicht warten! Unsere Treffen müssen sich nicht auf Tollwutimpfungen beschränken. Ich finde, wir sollten uns irgendwann demnächst zum Lunch treffen, bevor Nummer zwei auf der Welt ist."

„Ich werde dich daran erinnern."

„Abgemacht!" Mit einem Grinsen hakte Beth die Leine an Websters Halsband fest.

„War's das für heute?", fragte Cassie ihre Assistentin, als die Tür hinter dem Trio ins Schloss fiel.

„Ja, bis morgen früh um neun", antwortete Sandy.

Cassie lockerte ihre verspannten Schultern und zog sich den Arztkittel aus, den sie in den bereitstehenden Wäschekorb warf. Dann wusch sie sich die Hände und ging in den hinteren Teil der Tierklinik, in dem die vielen Käfige standen.

Vor dem ersten Käfig ging Cassie in die Hocke. Der Schäferhund der Monroes lag hier nach einer Bänderoperation und wachte langsam aus der Narkose auf. Sie steckte die Hand durch die Stäbe und streichelte dem Hund den inzwischen ergrauten großen Kopf. Mit glasigen Augen sah er sie an, die Zunge hing ihm aus der Schnauze. „Halte durch", wisperte Cassie ihm aufmunternd zu. „Wirst schon sehen, alter Kerl, morgen fühlst du dich wie neu geboren."

Sie ging auch noch die anderen Käfige ab und sah nach, wie es der Siamkatze der Fullmers ging und was der Hamster der Wilkersons machte. Alles war ruhig und in bester Ordnung, als sie das Licht ausschaltete.

Draußen zogen dünne Wolken über die umliegenden Hügel. Der warme Frühlingswind spielte mit Cassies Haar und verfing sich in den noch kahlen Äste der alten Platane, die auf dem Parkplatz vor der Klinik stand. Cassie stieg in ihren Wagen, startete den Motor und legte den Gang ein.

Ihre Gedanken wanderten zurück zu Colton und den leeren Jahren, seit er die Gegend verlassen hatte. Sie war damals völlig am Boden zerstört gewesen, aber ihr Vater hatte ihr geholfen und sie unterstützt, wo er nur konnte. Und sie hatte sich in ihr Studium gestürzt und so ein Stipendium für Veterinärmedizin erhalten.

Sie hatte neue Freunde gefunden und war auch mit jungen Männern ausgegangen, aber sie hatte niemanden mehr wirklich an sich herangelassen. Niemand hatte Colton das Wasser reichen können. „Idiot!“, stieß sie hervor.

Warum ausgerechnet jetzt? fragte sie sich. Es war so viel Zeit vergangen; sie hatte sich in der Sicherheit gewiegt, über ihn hinweg zu sein. Warum musste er nach acht Jahren unbedingt wieder auftauchen?

5. KAPITEL

Cassie fuhr mit dem Striegel über Macbeths Flanke und wurde dafür mit einem Schnauben und einem Tritt belohnt, der sie fast am Kinn getroffen hätte. „Du freches Biest“, murmelte sie und versetzte ihm einen Klaps auf das Hinterteil. Sie liebte Macbeth mit seinem übellaunigen Temperament. „Na los, dann lauf schon.“ Sie entknotete die Führungsleine, und Macbeth galoppierte bis zum anderen Ende der Koppel, um sich dann unter der allein stehenden Fichte im Dreck zu wälzen. „Na großartig“, brummte Cassie. Die ganze Arbeit war also umsonst gewesen!

Lange Schatten krochen über das Land, der Himmel hatte sich dunkelblau verfärbt. Bald würde die Nacht hereinbrechen. „Wozu mache ich mir eigentlich die Mühe mit dir?“, rief Cassie dem Pferd zu, das jetzt wieder aufstand, mit völlig verschmutztem Fell, und wild die Mähne schüttelte.

„Du bist schrecklich, weißt du das?“ Lachend wusch Cassie sich die Hände und wischte sie an ihrer Jeans ab, als sie einen Wagen die Auffahrt heraufkommen hörte. Sie musste nicht einmal hinsehen. Seit drei Tagen rechnete sie damit, dass Colton jeden Moment auftauchen würde. „Auf in den Kampf“, murmelte sie vor sich hin, als der Motor abgestellt wurde. Sie drehte sich um und sah Colton hinter dem Steuer sitzen.

Er stieg aus, doch als er sie erblickte, zögerte er kurz. „Ist Ivan zu Hause?“ Er schlug die Wagentür hinter sich zu.

„Ist drinnen.“

„Gut. Ich muss mit ihm reden.“

„Das sagest du ja schon.“

Fast amüsiert zog er eine Augenbraue hoch. „Keine Einwände von dir?“

„Würde das etwas ändern?“

„Nein.“

„Wozu also dann?“, konterte sie sofort. „Das wäre reine Zeitverschwendung.“ Ohne ein weiteres Wort ging sie voraus zur

Hintertür und ließ Colton eintreten. Ivan saß im Wohnzimmer und blätterte die Zeitung durch. „Wir haben Besuch", kündigte sie an und versuchte zu ignorieren, dass ihr Magen sich zu einem einzigen harten Klumpen verknotet hatte. Sich mit Colton und ihrem Vater in einem Raum aufzuhalten, brachte unerwünschte Erinnerungen zurück.

Ivan sah hoch, dann faltete er betont langsam die Zeitung zusammen und stand auf. „Ich habe dich erwartet", sagte er. „Scheinbar streust du in der Stadt Gerüchte über mich."

„Ich habe nur ein paar Fragen gestellt."

Cassie runzelte die Stirn. „Du erzählst den Leuten, dass Dad deiner Meinung nach etwas mit Black Magics Verschwinden zu tun hat?"

„Natürlich nicht!", widersprach Colton schroff und richtete den Blick auf Ivan. „Aber ich wollte herausfinden, was du darüber weißt."

„Nichts!", schnaubte der.

„Der Zaun zwischen unseren Ländern ist durchgeschnitten worden."

„Ja, und?" Ivan runzelte die Stirn. „Wenn du gekommen bist, um mich zu beschuldigen, dass ich dein Pferd gestohlen hätte, dann tu's endlich und geh wieder. Oder wende dich ans Büro des Sheriffs."

„Das habe ich schon."

„Und was haben sie gesagt?"

„Mark Gowan wird der Sache nachgehen."

„Gut. Hoffentlich gelingt es ihm, das große Rätsel zu lösen. Aber wenn du meine Meinung hören willst ... Du und deine Stallburschen haben es an der nötigen Sorgfalt mangeln lassen, und der verdammte Gaul ist schlichtweg ausgerissen."

„Bestimmt nicht."

„Dann frag doch mal Kramer. War es nicht sein Sohn, der für das Feuer verantwortlich war?" Schweiß trat auf Ivans Oberlippe. Er war so wütend, dass er am ganzen Körper bebte.

Unter seinem Bart wurde Colton blass. „Das ist vorbei."

„Ja, sicher! Und jetzt seid ihr alle eine große glückliche Familie, was?“

Coltons Augen wurden schmal. „Vorsicht, Ivan!“, presste er hervor.

„Hör zu“, mischte Cassie sich ein, „du bist gekommen, um mit Dad zu *reden*. Bist du jetzt fertig mit den Anschuldigungen? Dann konzentrier dich bitte aufs Wesentliche, und dann geh wieder.“

Colton sah von Ivan zu Cassie. „Also gut. Reden wir über den Zaun.“

„Cassie hat mir erzählt, du behauptest, er sei durchgeschnitten worden.“

„Stimmt.“

„Und du glaubst, ich wäre das gewesen.“

„Oder aber du weißt, wer es war.“

„Du suchst beim Falschen, McLean“, knurrte Ivan und drehte Colton den Rücken zu. Er warf ein moosbewachsenes Holzscheit in den brennenden Kamin und stocherte mit dem Feuerhaken nach. „Falls jemand tatsächlich den Hengst geholt haben sollte, und ich sage bewusst *falls*, dann musste er über mein Land kommen. Unser Nordtor führt direkt auf die Straße. Wir nutzen es für unsere Ballenpresse.“

„Ich weiß, welches Tor du meinst.“

„Gut.“ Ivan richtete sich auf und wischte sich die Hände ab.

„Warum sollte jemand über dein Land fahren?“

„Aha. Hier geht es ums Motiv, richtig?“ Ivan funkelte Colton böse an. „Da habe ich natürlich das beste überhaupt, nicht wahr? Schließlich hat dein Onkel sich an meine Frau herangemacht, und du hast mit meiner Tochter …“

„Das reicht!“, fiel Cassie ihm aufgewühlt ins Wort. Die alten Wunden brachen wieder auf.

Colton sog scharf die Luft ein. Er ballte die Fäuste und machte einen Schritt vor, bevor er sich wieder unter Kontrolle hatte. „Lassen wir doch Cassie aus dem Spiel!“, zischte er grimmig.

„Du vergisst scheinbar schneller als ich.“

„Was damals zwischen Cassie und mir passiert ist, hat hiermit überhaupt nichts zu tun!"

„Von wegen!"

Coltons graue Augen verdunkelten sich, wurden düster wie Gewitterwolken. Ist er etwa auch immer noch verletzt? fragte sich Cassie. Aber wenn ja, warum dann diese Hexenjagd?

„Glaubst du wirklich, ich würde dein Pferd stehlen und dann überall auf meinem Land Spuren hinterlassen?", kam es wütend von Ivan. „Ich habe mit deinesgleichen genug erleben müssen. So dumm bin ich nicht!"

„Vielleicht wolltest du es uns ja genau deshalb unter die Nase reiben."

„Hört auf damit!", mischte Cassie sich wieder ein. „Jeder hat gesagt, was er zu sagen hatte."

Colton warf ihr einen Seitenblick zu. „Und damit ist die Sache erledigt?"

In ihrem Innern begann es zu beben, ihre Stimme zitterte. „Es ist schon lange erledigt." Sie sah ihm direkt in die Augen, hoffte, dass sie nicht so zerbrechlich wirkte, wie sie sich fühlte.

„Geh wieder nach Hause, McLean!" Ivan schien plötzlich müde und ausgelaugt. „Bevor ich auch noch den letzten Rest meiner Geduld verliere."

„Ich werde nicht locker lassen", warnte Colton.

„Bitte, verschwende deine Zeit ruhig, wenn du willst", erwiderte Ivan. „Aber meine nicht, verstanden?"

Colton marschierte zur Haustür, Cassie war direkt hinter ihm. Sie konnte ihn nicht einfach gehen lassen. Es waren viel zu viele unterdrückte Gefühle an die Oberfläche gekommen.

„Dein Vater weiß mehr, als er zugibt", murmelte Colton.

„Nein, ganz bestimmt nicht."

„Bist du dir da so sicher?" Er war bei seinem Jeep angekommen, aber er stieg nicht ein, sondern drehte sich zu ihr um.

„Mein Vater hat nichts zu verbergen, Colton. Er ist nur ein alter Rancher, der versucht, seinen Lebensunterhalt zu verdienen. Er hat gar keine Zeit für einen Schülerstreich."

„Einen wertvollen Zuchthengst zu stehlen ist kein Streich, sondern ein Verbrechen!“

„Fahr einfach nach Hause, Colton.“

Er rührte sich nicht von der Stelle, musterte sie durchdringend. „Du hast dich verändert, Cassie.“

„Genau wie du. Was ist mit dir passiert, Colton? Was ist dir zugestoßen? Monatelang versteckst du dich auf der McLean-Ranch wie ein Einsiedler, und jetzt, da es dir offensichtlich besser geht, kommst du her mit unsinnigen Anschuldigungen!“

Er verzog abfällig den Mund. „Vielleicht bin ich ja nur schlauer geworden.“

„Schlauer – oder verbitterter?“

„Wahrscheinlich beides. Aber dazugelernt habe ich in den letzten acht Jahren auf jeden Fall.“

„Wie man alte Männer unnötig aufregt und sie fälschlich beschuldigt?“, warf sie ihm vor.

„Ich wollte mir nur anhören, was er dazu zu sagen hat.“

„Aber du glaubst ihm nicht.“

„Ich bin vorher auch schon belogen worden.“

Seine bitteren Worte versetzten ihr einen schmerzhaften Stich. „Ich habe dich nie angelogen, Colton! Aber du bist ja auch nicht lange genug geblieben, um es herauszufinden, nicht wahr? Du hast geglaubt, was du glauben wolltest. Auf diese Art brauchtest du dir keine Vorwürfe zu machen und dein Gewissen blieb völlig rein.“

„Mein Gewissen?“, wiederholte er ungläubig. „Mein Gewissen?“, sagte er noch einmal, als er nach dem Griff der Autotür fasste. „Ich war doch nur darauf aus, mich zu amüsieren, erinnerst du dich nicht mehr?“

Cassie wünschte verzweifelt, die Tränen hinter ihren Lidern würden endlich wieder verschwinden. „Woran ich mich erinnere, McLean, ist, dass du dich aus dem Staub gemacht hast. Nur weg von mir, von jeder Verantwortung, von möglichen Bindungen. Vermutlich muss ich dir dankbar dafür sein.“

Er schwang herum, griff nach Cassies Handgelenk. „Ich hätte

meine Pflicht getan, Cassie“, knurrte er mit blitzenden Augen. „Aber austricksen lasse ich mich nicht. Damals genauso wenig wie heute.“

„Ich habe dich geliebt, Colton.“

„Du kanntest ja nicht einmal die Bedeutung des Wortes.“

Ihre Kehle wurde eng und ihre Augen feucht, aber sie hielt die Tränen zurück. Nein, diese Genugtuung würde sie ihm nicht verschaffen! Sie würde ihn nicht wissen lassen, wie verletzt sie war, wie sie innerlich blutete, wie tief die Wunden gingen! Wild schüttelte sie ihr Haar aus dem Gesicht, um ihn wütend anzufunkeln. „Zumindest wäre ich mit dir zusammen gewesen, weil ich es so wollte, und nicht aus irgendeinem verqueren Pflichtgefühl heraus so wie du!“ Ihr Puls raste, dennoch hielt sie ihre Stimme bewusst ruhig. „Ich wollte dich und dein Kind! Ich weiß nicht mehr, wie viele Nächte ich mich in den Schlaf geweint habe. Aber das ist jetzt glücklicherweise vorbei, längst vorbei. Also lass mich gefälligst los! Vergrab dich wieder in deinem Haus und brüte weiter aberwitzige Szenarien aus, in denen dir mein Vater angeblich irgendetwas heimzahlen will!“

Er ließ ihre Hand los, als hätte er sich verbrannt. Die Farbe wich aus seinen Wangen. „Das ist doch total verrückt.“

Sie wusste, dass er recht hatte, doch das ließ sie sich nicht anmerken, *durfte* es sich nicht anmerken lassen. Denn sie befürchtete, dass er dann hinter die Fassade blicken würde. „Vielleicht. Ich hatte einen guten Lehrer.“

Er runzelte die Stirn, dann wurden seine Züge weicher. „Habe ich dich so sehr verletzt, Cassie?“

Ihr Herz raste, und am liebsten hätte sie ihm die Arme um den Hals geschlungen. Stattdessen jedoch stieß sie nur aus: „Du hast mich nur so weit verletzt, wie ich es zugelassen habe. Und das war allein mein Fehler.“ Bevor sie noch mehr sagte und sich selbst verriet, trat sie einen Schritt zurück, verschränkte die Arme vor der Brust und sah stumm zu, wie er einstieg und die Auffahrt hinunterfuhr. So stand sie reglos da und sah dem Wagen im dämmrigen Licht nach, bis das Brummen des Motors nur noch schwach zu hören war.

Seit Colton im Krankenhaus in Belfast aufgewacht war, mit Schläuchen in den Armen und unerträglichen Schmerzen in der Schulter, war seine Laune nicht mehr so schlecht gewesen. Vergeblich versuchte er, alle Gedanken an Cassie und ihren Vater aus seinem Kopf zu vertreiben. Er trank mehr, als gut für ihn war, wanderte ziellos durch das leere Haus und verbrachte unzählige Stunden damit, am Ufer zu sitzen und auf die andere Flussseite hinüber auf Aldridge-Land zu starren.

Mit den Stallhelfern sprang er nur noch ruppig um, zu Curtis war er schlichtweg unhöflich, und so verwunderte es ihn nicht wirklich, dass praktisch jeder einen weiten Bogen um ihn machte. Umso besser! Ihm war es gleich. Er wollte nur dieses verdammte Pferd wiederbeschaffen, und dann hoffte er, dass Denver und Tessa so schnell wie nur möglich wieder hierher zurückkamen.

Zwei Tage waren seit der Konfrontation mit Cassie und Ivan vergangen. Colton stieg die Veranda herunter und erblickte Curtis auf dem Weg zu den Ställen. Plötzlich jedoch blieb der alte Mann stehen und hob den Kopf, um mit zusammengekniffenen Augen zu den Hügeln am Horizont zu sehen. „Na, da will ich doch verdammt sein …“, murmelte er.

Colton folgte Curtis Blick. Noch hing Nebel über den Wiesen, die schneebedeckten Gipfel der Berge glitzerten golden im Licht der Morgensonne. Auf einer Wiese im Vorgebirge stand ein einzelnes schwarzes Pferd mit hocherhobenem Kopf, Mähne und Schweif flatterten im Wind. Jetzt kniff auch Colton die Augen zusammen. „Ist das etwa Black Magic?“, fragte er und rannte über den Hof zu Curtis.

„Oder sein Zwilling.“

Sie verschwendeten keine Zeit. Beide kletterten gleichzeitig in den Truck und rasten dann durch eine Folge von Gattern hinaus bis zur Westweide, auf der der Hengst seelenruhig die ersten Frühlingshalme abgraste.

„Wo hast du dich bloß rumgetrieben?“, murmelte Colton, während Curtis eine Laufleine am Halfter des Pferdes befestigte.

„Und vor allem … was hast du die ganze Zeit gemacht?“ Curtis fuhr dem Pferd mit einer Hand über Seite und Beine, dann sah er dem Tier in die Augen. „Er sieht gut aus“, meinte er dann mit einem erleichterten Seufzer und klopfte Black Magic auf den Hals. „Nur gut, dass wir Denver nicht angerufen haben. Er und Tessa hätten sich für nichts und wieder nichts aufgeregt.“

„Ja“, stimmte Colton zu. Trotzdem blieb ein ungutes Gefühl in ihm zurück. Es stimmte schon: Der Hengst sah aus, als ginge es ihm prächtig. Das schwarze Fell schimmerte in der Morgensonne, in seinen Augen brannte das gleiche Feuer, an das Colton sich erinnerte, und er stupste Colton auch spielerisch an, trotzdem … „Wie bist du nur hierhergekommen?“

Es war Curtis, der antwortete. „Ist mir auch unverständlich. Aber ich an deiner Stelle würde mich jetzt nicht beschweren.“

Curtis fuhr den Truck zurück zur Ranch, und Colton führte den Hengst am Halfterstrick zum Stall. Black Magic zog an der Leine und tänzelte immer wieder seitwärts. „Du bist wirklich von dir überzeugt, was?“, meinte Colton und verschloss das letzte Gatter hinter sich, bevor er Black Magic in den Stall führte.

Curtis wartete bereits. Er hatte frisches Stroh in die Box gestreut und Hafer in den Trog gefüllt. Jetzt füllte er noch einen Eimer mit frischem Wasser und hielt ihn dem Hengst hin, bevor er die Box verriegelte. „Also gut. Jetzt, da er wieder da ist, wo er hingehört – was meinst du, wo er gewesen ist?“, fragte er Colton.

„Ich wünschte, ich wüsste es!“

Curtis rieb sich den Nacken. „Ich verwette noch immer einen Monatslohn, dass Aldridge etwas damit zu tun hat. Du hast ihm wahrscheinlich eine Heidenangst eingejagt, als du neulich bei ihm warst. Und er hat sich gedacht, er geht lieber auf Nummer sicher. Wenn du mich fragst … Aldridge hat den Hengst wieder zurückgebracht.“

Coltons Blick lag nachdenklich auf dem Pferd. „War das im letzten Jahr nicht genauso?“

„Ja, so ziemlich. Nur dass er da länger weg war."

Verständnislos drehte Colton sich zu Curtis. „Wieso sollte Aldridge sich den Hengst im letzten Jahr auch geholt haben? Wenn er eine Rechnung mit der Familie offen hat, dann mit mir. Und ich war letztes Jahr gar nicht hier."

„Für John hegte er auch keine großen Sympathien. Und letztes Jahr lebte John noch." Curtis zuckte mit den Schultern. „Eigentlich kann er euch alle nicht riechen."

Eine einleuchtende Erklärung, aber wohl nicht ausreichend.

„Wart's nur ab! Ich gehe jede Wette ein – wenn die Fohlen dieses Jahr auf der Aldridge-Ranch zur Welt kommen, werden sie unserem Pferd hier sehr ähneln." Curtis streichelte Black Magic über die samtweichen Nüstern.

„Nun, bis dahin werden wir wohl warten müssen, richtig?" Colton ließ den Blick durch den Stall wandern. Bei der leeren Box neben der von Black Magic hielt er dann an. „Vielleicht sollte ich heute Nacht hier draußen schlafen."

Curtis blasse Augen verdunkelten sich. „Du glaubst, sie wollen ihn noch einmal holen?"

„Das weiß ich nicht." Colton wurde das Gefühl einfach nicht los, dass der Fall noch lange nicht geklärt war. „Aber ich will kein Risiko eingehen."

Curtis besah sich die leere Box. „Besonders bequem wird das sicherlich nicht."

„Ich habe schon schlechter geschlafen."

„Und sieh dir an, wohin das geführt hat."

„Dieses Pferd wird mir nicht noch einmal abhandenkommen."

Mit der Heugabel gab Curtis noch zusätzliches Futter in den Trog. „Wenn du unbedingt willst."

Es ist ganz bestimmt nicht das, was ich will, dachte Colton unzufrieden. Aber es war nötig. Er hatte keine Lust, Denver erklären zu müssen, dass der Hengst gleich zweimal innerhalb weniger Wochen verschwunden war. „Bleib bei ihm, bis ich wieder zurück bin."

„Sicher, was immer du sagst."

Colton zerbrach sich den Kopf, um eine plausible Erklärung für Black Magics Verschwinden zu finden. Er sattelte Tempest, einen Fuchs mit starker Persönlichkeit und noch mehr Temperament. Colton hatte vor, den Zaun noch einmal abzureiten. Das einzige Gatter zu der Weide, auf der sie Black Magic gefunden hatten, war in der Nähe des Hauses. Entweder war der Hengst also über den Zaun gesprungen, über den Hof gelaufen und hatte das Gatter geöffnet – oder aber der Zaun war noch an einer anderen Stelle zerschnitten worden.

„Komm, Tempest, sehen wir uns mal um", meinte Colton leise, als er sich in den Sattel schwang. In seiner Schulter stach es schmerzhaft zu. Der Hengst wankte zur Seite.

Im Trab ritt Colton den Zaun der Koppel ab, auf der Black Magic gegrast hatte, den Blick stets auf die vier Drähte aus Stacheldraht gerichtet.

Der Zaun war intakt. Keiner der Drähte war durchtrennt worden, keiner ersetzt. Alle zeigten sie noch immer dasselbe matte Braun wie alle Koppeln, die um das Haus herum lagen. „Tja, so viel also zur Theorie", brummte Colton.

Als er dann wieder den Sattel von Tempests Rücken abhob, war er genauso schlau wie vorher. Sah aus, als gingen ihm die Optionen aus. Wenn er also mit einem Schlafsack im Stall schlafen musste, dann war das eben so. Hauptsache, Black Magic verschwand nicht wieder, bevor Denver zurückkam.

„Irgendwas gefunden?", fragte Curtis, als Colton einen zerschlissenen Schlafsack auf dem Armeebett ausbreitete, das er in der Box neben Black Magic aufgestellt hatte.

„Absolut nichts." Colton schüttelte den Kopf.

„Wenn er doch nur reden könnte!" Curtis stützte einen Arm auf die Box und musterte den Hengst.

Colton rieb sich das Kinn und schaute sich mit gerunzelter Stirn in der schmalen Box um, die für die nächsten Wochen sein Schlafzimmer sein würde.

Steckte Aldridge nun hinter dem Verschwinden des Pferdes?

Oder hielt er nur als Sündenbock her? Oder vielleicht hatte jemand anders sich den Hengst geholt – Matt Wilkerson oder Bill Simpson? Hatten Denver oder John sich Feinde gemacht, von denen Colton nichts wusste? Oder hatte Black Magic einfach nur ein Loch im Zaun gefunden und war auf Erkundungstour gegangen?

„Nein, auf keinen Fall", entschied Colton laut und schlug mit der flachen Hand auf die oberste Stange. Black Magic schnaubte, sein schwarzes Fell schimmerte im Licht der Deckenleuchten.

Die beste Vorgehensweise war wohl, einfach so lange hier durchzuhalten, bis Denver zurückkam. Es war nicht seine Angelegenheit, dass der Hengst verschwunden war. Er war ja wieder hier. Sollte sein älterer Bruder sich um den Rest kümmern.

Dennoch wurmte ihn die Sache noch immer. Die letzten Jahre hatte er inmitten von allen möglichen Krisengebieten überall auf der Welt zugebracht, und sein für Konflikte geschärfter Verstand kam nicht zur Ruhe, wollte das Rätsel unbedingt lösen. Es würde ihm grimmige Befriedigung bereiten, den Übeltäter zu überführen – sollte es denn einen geben.

Nachdenklich rieb er sich wieder über das Kinn, der Bart kratzte an seinen Fingerspitzen. Und wenn sich herausstellen sollte, dass der Übeltäter tatsächlich Ivan der Schreckliche war? Was dann? Wie sollte er das Cassie beibringen? Statt Triumph und Befriedung zu empfinden, würde er sich wahrscheinlich nur maßlos schuldig fühlen.

Verärgert über die Richtung, die seine Gedanken nahmen, trat er gegen die Holzwand. Ein Wassereimer fiel klappernd um, die Pferde schnaubten und wieherten, doch Colton registrierte es kaum. Er war zu beschäftigt mit seinen düsteren Gedanken. Ob es ihm gefiel oder nicht – Ivan war Cassies Vater, und der hatte ihr beigestanden, als Colton gegangen war. *Nicht, dass sie das nicht verdient hätte*. Er verließ den Stall und trat in die helle Vormittagssonne.

Ein Schwarm Krähen fühlte sich gestört und beschwerte sich lautstark mit schlagenden Flügeln. „Ja, ja, ich weiß", brummte

Colton. Er wollte weder an Cassie noch an ihren alten Herrn denken. Da kochten zu viele Emotionen hoch, die er lieber vergessen würde. Allein die Tatsache, dass sie gleich nebenan lebte, stellte eine viel zu große Versuchung dar. Ja, er würde sie gern wiedersehen! Weiß Gott, wie viele Nächte er wach gelegen und an sie gedacht hatte. Aber er würde den Teufel tun und noch einmal in die süße Falle tappen!

Nein. Bei der ersten Gelegenheit würde er von diesem vom Wind gebeutelten öden Landstrich verschwinden. Und die Gedanken an Cassie würde er allesamt hier zurücklassen!

Cassie parkte neben der Garage und runzelte die Stirn, als sie Vince Monroes grünen Chevy auf dem Hof stehen sah. Über die Jahre waren Vince und ihr Vater Freunde geworden und halfen sich öfter gegenseitig bei der einen oder anderen Sache. Zwar mochte Cassie Vince nicht besonders, aber sie behielt ihre Meinung für sich. Ihr Vater brauchte Hilfe auf der Ranch, mehr, als sie beitragen konnte, und Vince hatte nun mal breite Schultern und starke Arme. Die Tatsache, dass er Jessicas Vater ist, kann man ihm wohl nicht zum Vorwurf machen, dachte sie und hievte die beiden Tüten mit Lebensmitteln aus dem Wagen. Außerdem … Was mal zwischen Jessica und Colton abgelaufen war, gehörte längst der Vergangenheit an.

Sie versetzte der Autotür einen Tritt und wäre fast über Erasmus gestolpert, der die Veranda heruntergerannt war, um sie zu begrüßen.

„Du solltest wirklich vorsichtiger sein“, rügte sie den alten Hund und stieß mit dem Rücken die Tür zur Küche auf. Erst stellte sie die beiden Tüten auf der Anrichte ab, dann ging sie in die Hocke, um Erasmus die Ohren zu kraulen. Begeistert ließ er sich prompt auf den Rücken fallen, damit sie ihm auch noch den Bauch streichelte. „Du kriegst nie genug, was?“, schalt sie ihn liebevoll.

„Ich dachte mir doch, dass ich dich gehört habe.“ Ivan kam in die Küche, gefolgt von Vince Monroe. Im Wohnzimmer plärrte der Fernseher, an den Wortfetzen, die sie auffing, konnte Cassie ausmachen, dass eine Sportsendung lief. „Ich habe gerade zu Vince gesagt, dass du langsam wieder zurückkommen müsstest."

„Freut mich, dass du mich so vermisst hast", neckte sie ihren Vater.

Grinsend setzte Ivan sich auf seinen Lieblingsstuhl beim Holzofen.

Während Cassie die Vorräte einräumte, musterte sie die beiden Männer heimlich. Die beiden waren so unterschiedlich wie Tag und Nacht. Ihr Vater war dünn und drahtig, fast schon hager, Vince dagegen massiv gebaut. Auch trug er einen Bauch vor sich her, der dem Hosengürtel das Letzte abverlangte. Das Haar ihres Vaters war grau und schütter geworden, während Vinces sandblondes Haar noch immer voll und dicht war, die blauen Augen flink und hellwach. Cassie war sicher, dass Vince Monroe nicht viel entging. Schon oft hatte sie sich gefragt, ob er von ihr und Colton wusste. Als Jessicas Vater musste er doch geahnt haben, dass seine Tochter und sie damals um Coltons Aufmerksamkeit konkurriert hatten. Aber vielleicht auch nicht. Vielleicht interessierte er sich ja nicht besonders für das, was seine Töchter taten.

„Hast du die Neuigkeiten schon gehört?", fragte ihr Vater jetzt mit einem breiten Grinsen und funkelnden Augen.

„Welche Neuigkeiten?"

„McLeans Black Magic ist wieder aufgetaucht. Curtis Kramer soll den Hengst auf einer der oberen Weiden gefunden haben."

„Aber …"

Vince schüttelte grinsend den Kopf. „Das Gleiche ist letztes Jahr auch passiert! Wochenlang war der Hengst verschwunden, und urplötzlich war er wieder da. Der alte John wäre fast durchgedreht!" Vince lachte laut, und Ivan schmunzelte in sich hinein.

„Das ergibt doch keinen Sinn!" In Cassies Kopf wirbelten Gedanken, die es eigentlich längst nicht mehr geben dürfte. „Einen solchen Fehler würde Colton doch nicht machen. Er würde doch nicht hier reinstürmen wie ein wütender Bulle und alle möglichen Anschuldigungen vorbringen, wenn der Hengst einfach nur auf eine andere Weide gewandert wäre …"

„Ich hätte zu gern McLeans Gesicht gesehen, als er das Pferd gefunden hat!" Ivan griff nach der Kaffeekanne auf dem Ofen und füllte seinen Becher nach. „Geschieht ihm recht." Er hielt die Kanne in die Richtung seines Freundes. „Auch noch?" Aber Vince winkte dankend ab und schüttelte den Kopf.

„Woher wisst ihr davon?", fragte Cassie.

Vince stellte seine leere Tasse in die Spüle. „Ich hab Bill Simpson heute in der Stadt getroffen. Er war auf der McLean-Ranch, weil er irgendwas mit Curtis Kramer besprechen musste. Er sagt, dass beide, McLean und Kramer, noch immer keine Ahnung haben, was sich da abgespielt haben könnte."

„Dabei war doch jeder auf der McLean-Ranch davon überzeugt, dass der Hengst gestohlen wurde. Irgendeine große Verschwörung oder so was. Und jetzt finden sie keine Erklärung dafür, dass irgendjemand sich die Mühe machen sollte, das Pferd wieder zurückzubringen." Vince lachte dröhnend. „Also, wenn ihr mich fragt … Colton McLean ist einmal zu oft angeschossen worden. Muss wohl am Kopf getroffen worden sein."

Cassie versteifte sich unwillkürlich, sagte aber nichts zu Coltons Verteidigung. Schließlich hatte er ihren Vater verdächtigt. „Und wo war Black Magic die ganze Zeit?"

„Das weiß keiner. Vielleicht hat er sich ja bei den Wildpferden herumgetrieben", meinte ihr Vater.

Cassie wusste nicht, ob sie lachen oder weinen sollte. Sie war froh, dass Black Magic wieder zurück war, aber sie verspürte auch einen Hauch von Schadenfreude. Es würde Spaß machen, Colton genauestens die Meinung zu sagen und ihn zu Kreuze kriechen zu sehen! „Das heißt also, der Hengst war die ganze Zeit über auf McLean-Land?"

„Das kann niemand genau sagen."

„Und der zerschnittene Zaun?"

„Woher soll ich das wissen? Wahrscheinlich hat McLean das nur erfunden." Vince griff nach seinem Hut und setzte ihn auf seinen großen Kopf. „Danke für die Hilfe mit dem Traktor", sagte er zu Ivan. „Ich bin dir was schuldig." Er winkte zum Abschied, dann war er zur Hintertür hinaus und stieg die Stufen hinunter.

Ivan sah zu seiner Tochter. „Also, was denkst du über die ganze Geschichte?"

„Ich weiß nicht", murmelte sie und sah zum Fenster hinaus, wie Vinces Truck die Auffahrt hinunterrumpelte. „Aber ich wette, da steckt mehr dahinter, als wir ahnen."

„Nun, das soll uns jetzt nicht mehr interessieren", meinte Ivan entschieden. Für ihn war das Thema damit beendet. „McLean hat sein Pferd zurück und lässt uns hoffentlich wieder in Ruhe."

Da war Cassie sich nicht so sicher. Colton hatte sie in die Sache mit hineingezogen und ihrem Vater scheußliche Dinge vorgeworfen. Er konnte wohl kaum von ihr erwarten, dass sie das so einfach hinnehmen und seinen Irrtum ignorieren würde.

Sie schloss die Schranktüren und faltete die Einkaufstüten zusammen. „Ich denke, ich gehe zu Colton und höre mir an, was er dazu zu sagen hat." Sie sagte es mehr zu sich selbst. Sie wusste, sie spielte mit dem sprichwörtlichen Feuer, trotzdem ließ die Idee sie nicht los. Schon jetzt malte sie sich aus, wie süß Coltons Entschuldigung in ihren Ohren klingen würde.

„Vielleicht wäre es besser, die Sache auf sich beruhen zu lassen." Ivan zog sich die Stiefel von den Füßen.

„Du meinst, so wie Colton es getan hat?" Neuer Ärger über Colton McLeans Unverschämtheit flammte in ihr auf. „Hast du es etwa schon vergessen, Dad? Er ist hier hereingestürmt und hat dich praktisch beschuldigt, ein Pferdedieb zu sein!"

„Na, er lag daneben, nicht wahr? Damit muss er jetzt leben." Und das schien Ivan diebisch zu freuen.

„Trotzdem habe ich vor, ihm anständig die Meinung zu sagen!" Ja, die Idee gefiel ihr wirklich immer besser. „Ich komme gleich wieder zurück."

„Cass..."

Sie hörte, wie Ivan ihr etwas nachrief, als die Fliegentür hinter ihr zuschlug, aber sie achtete nicht darauf. Seit Tagen schlich sie wie auf Eiern um ihren Vater herum. Seit Coltons Besuch war er extrem gereizt, und abends saß er im Dunkeln und grübelte. Aber jetzt war das vorbei. Und es war dringend nötig, die Dinge wieder ins richtige Lot zu bringen!

Colton schuldet mir eine Erklärung, sagte sie sich, als sie den Gang einlegte und der alte Truck anfuhr. Die Finger fest um das Lenkrad geklammert, sah sie mit gegen die untergehende Sonne zusammengekniffenen Augen durch die schlammbespritzte Windschutzscheibe.

Zwar konnte sie Coltons Reaktion kaum abwarten, trotzdem aber verkrampfte sich ihr Magen bei dem Gedanken, ihm wieder gegenüberzustehen. Da war etwas an ihm, diese Kraft, diese Energie – das hatte sie noch nie ignorieren können.

Die Reifen gruben sich in den Schotter, als Cassie den Wagen unter der alten Eiche vor dem Ranchhaus der McLeans abbremste. Sie stieg aus, steckte den Schlüssel ein, und bevor sie Zeit hatte, es sich doch noch anders zu überlegen, marschierte sie entschlossen zur Haustür.

Das Haus der McLeans war alles, was das Heim der Aldridges nicht war: Frisch gestrichen in einem hellen Grau, mit Schiefergrau abgesetzt und mit blauen Fensterläden stand es auf einem Hügel mitten auf dem Besitz. Eine breite Veranda lief um das gesamte Haus herum und war auf der hinteren Seite zu einer Sonnenterrasse ausgebaut. Rasen und Garten waren trotz Tessa McLeans Abwesenheit perfekt gepflegt.

Cassie verschwendete keine Zeit. Sie stieg die Stufen hinauf und klopfte energisch an die Tür. Mit vor der Brust verschränkten Armen wartete sie und wünschte, sie wüsste, was sie zu Colton sagen sollte, wenn sie ihm gegenüberstand.

Es dauerte nur Sekunden, bevor sie Stiefelschritte hörte.

Ihr Puls begann zu rasen.

Die Tür wurde aufgezogen, und Colton stand vor ihr, mit nacktem Oberkörper. Unter seiner gebräunten Haut zeichneten sich genau definierte Muskeln ab, und über seine Schulter verliefen in einem roten Zickzackmuster mehrere Narben. Er war wohl mitten beim Rasieren gewesen, denn er hatte ein Handtuch um den Hals geschlungen, an seinen Schläfen klebte noch ein wenig Rasierschaum – und der Bart war verschwunden.

Cassie wurde die Kehle eng. Dort, wo die Haut vor Kurzem noch von einem dunklen Bart bedeckt war, erschien sie nun blass und glatt. Seine fein konturierten schmalen Lippen verzogen sich leicht, als er sie sah, doch sein Kinn blieb unnachgiebig und hart.

„Sieh einer an. Cassie.“ Er verschränkte die Arme und lehnte sich mit der verletzten Schulter an den Türrahmen. „Du bist nun wirklich die Letzte, die ich zu sehen erwartet hätte. Sag nichts! Das ist kein Anstandsbesuch, oder?“

Ihre Kehle fühlte sich so rau an, dass sie kaum sprechen konnte. Stumm starrte sie ihn an. Ohne den Vollbart sah er genauso aus wie der junge Mann, den sie vor all den Jahren so sehr geliebt hatte. „Ich ... äh ... ich habe gehört, dass du dein Pferd wiedergefunden hast.“ Großer Gott, warum klang ihre Stimme nur so kratzig?

Sein Grinsen wurde breiter. „Gute Nachrichten verbreiten sich schnell.“

„Und er war mitten auf eurem Land?“

„So ungefähr“, stimmte er zu. In seinen grauen Augen funkelte es amüsiert.

„Also ist er gar nicht gestohlen worden.“

„Oh doch, das schon. Wer immer ihn sich geholt hat, hat sich wohl entschlossen, ihn wieder zurückzubringen.“

„Das ist doch verrückt!“

Colton zupfte sich an der Unterlippe. „Vermutlich haben sie kalte Füße bekommen.“

„Glaubst du.“

„Ich war zwar nicht hier, aber Curtis ist überzeugt davon, dass es letztes Jahr genauso war.“

„Curtis könnte sich irren.“

„Das glaube ich eher nicht. Irgendjemand hat sich den Hengst

‚ausgeliehen' – entweder, um sich die Kosten fürs Decken zu sparen, oder einfach nur, um mir eins auszuwischen. Wie auch immer … Noch mal wird das nicht passieren."

„Wieso bist du da so sicher?"

Er zog einen Mundwinkel leicht nach oben und nahm das Handtuch vom Hals. „Ich zeige es dir. Gib mir nur eine Minute."

„Das ist nicht …", setzte sie an, doch Colton hatte sich bereits umgedreht und war ins Haus gegangen.

Cassie wartete, lauschte auf seine Schritte und kam sich völlig idiotisch vor. Sie war in aller Eile hergekommen, fest entschlossen, Colton seine eigene Medizin zu verabreichen. Doch ihn mit nacktem Oberkörper und ohne Bart zu sehen, ließ sie verstummen. Das leidenschaftliche Feuer, das sie hergetrieben hatte, war von den bittersüßen Erinnerungen gelöscht worden.

Sie klammerte die Finger um das Verandageländer und sagte sich, dass sie besser wieder gehen sollte. Mit ihm allein zu sein brachte mehr Schaden als Nutzen ein. Doch das wäre ein feiger Ausweg, und sie war kein Feigling. Der Ärger hatte sie hierhergebracht, der Stolz hielt sie davon ab, wieder zu gehen.

Sie versteifte sich unwillkürlich, als sie Colton zurückkommen hörte.

„Komm, lass uns gehen", sagte er und trat auf die Veranda. Er steckte den verwundeten Arm in den Ärmel eines blauen Holzfällerhemds und verzog dabei vor Anstrengung das Gesicht.

„Wohin?"

„Ich dachte mir, du würdest dir vielleicht gern ansehen, worum sich der ganze Wirbel dreht." Er nahm ihre Hand, zog sie mit sich die Verandatreppe hinunter und ging mit ihr um das Haus herum, bevor sie protestieren konnte.

„Ich sollte wohl besser wieder gehen."

„Da bin ich anderer Meinung. Du bist doch hergekommen, um mich zu ködern, oder nicht?"

„Eigentlich habe ich erwartet, dass du dich entschuldigst."

„Entschuldigen?", wiederholte er, starrte sie einen Moment an und lachte dann auf. „Wofür?"

„Nun, angefangen damit, dass du meinen Dad als Pferdedieb beschuldigt hast!"

„Das Thema ist noch nicht abgeschlossen."

Sie zerrte an ihrer Hand, doch sein Griff wurde nur fester. „Du hast ja völlig den Verstand verloren!"

„Das hast du inzwischen schon öfter behauptet."

Er ging so schnell, dass Cassie fast rennen musste, um mit ihm mitzuhalten. Ihr dunkler Jeansrock flatterte hinter ihr her, ihre Stiefel knirschten im Kies. Colton führte sie über den Hof und auf die Ställe zu, dann stieß er die Scheunentür mit einer Schulter auf und zog sie ins dämmrige Innere. Es roch nach Pferd und Staub und nach geöltem Leder. Pferde schnaubten unruhig, als sie an den Boxen vorbeigingen, doch Colton hielt erst an, als sie bei der hintersten Box angekommen waren.

Cassie erkannte Black Magic sofort. Denvers preisgekrönter Hengst war das berühmteste Pferd im ganzen County, vielleicht sogar im ganzen Bundesstaat. Im Licht der Lampe schimmerte sein Fell bläulich schwarz. Über seinen Kopf lief eine gezackte weiße Blesse.

„Das ist er – Black Magic", sagte Colton und ließ endlich Cassies Hand los. Er betrachtete den Hengst so gleichgültig, als wäre ihm das Tier völlig egal.

„Wir sind uns bereits vorgestellt worden." Cassie konnte die Ironie nicht aus ihrer Stimme heraushalten.

„Sieh ihn dir genau an, Cass. Denn seit er wieder im Stall steht, hat niemand ihn auch nur angefasst."

„Ja … und?"

„Wie erklärst du dir dann, dass ein Pferd, das angeblich tagelang über die Hügel gewandert ist und auf den Weiden geschlafen hat, so perfekt aussieht? Sollte er nicht schmutzig sein? So, wie es seit Tagen regnet, müsste sein Fell vor Schlamm starren. Und Hunger hat er auch nicht. Um genau zu sein …" Colton nickte leicht. „Ich würde sogar behaupten, er sieht besser aus als vorher."

„Was natürlich beweist, dass ihn sich jemand geholt hat, um

ihn als Deckhengst zu benutzen", spöttelte sie und blies sich eine Strähne aus der Stirn.

„Genau!"

„Und wozu sollte das alles gut sein? Mal angenommen, deine Theorie stimmt – wobei ich keineswegs sage, dass dem so ist –: Der Dieb hätte doch keinen Nutzen davon! Er könnte nie bekannt werden lassen, dass seine Fohlen von Black Magic abstammen. Sie wären deshalb also nicht wertvoller. Wo läge da der Sinn?"

„Das Blut wird aufgefrischt, die Erbeigenschaften verbessert. Deshalb stimmt es nicht, dass sie nicht wertvoller wären." Er warf ihr einen Seitenblick zu. „Wie heißt das wertvollste Pferd deines Vaters?"

„Devil Dancer."

„Ein Rappe?"

„Ja, aber …"

„Nimm einfach mal an, die Fohlen von Devil Dancer sind die besten, die du je aufgezogen hast. Besser, als du je erwartet hast, besser als Hengst und Stute selbst. Dann wäre nicht nur das Fohlen mehr wert – die Deckgebühr für Devil Dancer würde auch schlagartig in die Höhe schießen."

Fast wäre Cassie in lautes Lachen ausgebrochen. Das war ja völlig absurd! „Das ist doch an den Haaren herbeigezogen, McLean!" Sie schüttelte den Kopf. „Warum sollte sich jemand so viel Mühe machen, und dann auch noch ausgerechnet mein Dad?" Sie konnte mitverfolgen, wie seine Augen dunkler wurden, und sie wusste, was er antworten wollte. Die Fehde. Natürlich. Immer ging es um die Fehde. „Ich dachte, ich hätte es dir bereits gesagt … Das, was in der Vergangenheit passiert ist, ist längst vorbei, Colt." Sie konnte sich nicht dazu bringen, das Thema einfach fallen zu lassen.

„Ist es das wirklich?" Er sah von dem Hengst zu ihr, ließ den Blick unverfroren von Kopf bis Fuß über sie wandern, und plötzlich schien es in der Scheune drückend schwül zu sein, viel wärmer als vorhin noch.

„Natürlich."

„Warum bist du dann hier?" Lässig lehnte er sich an die Tür der Pferdebox und wartete.

„Aus zwei Gründen." Dieses Bedürfnis, offen und ehrlich zu sein, war geradezu lächerlich. Außerdem schien der stickige Raum immer kleiner zu werden und sie einzuzwängen. Sie wandte den Blick von Colton ab. „Zu meiner Schande muss ich gestehen, dass es vor allem die Schadenfreude war, die mich hergetrieben hat."

Aus dem Augenwinkel sah sie, dass er verblüfft die Augenbrauen hochzog.

Ihr Puls raste. Herzukommen war ein Fehler gewesen. Ein kapitaler Fehler. Erst jetzt wurde ihr das klar, aber sie war wie erstarrt. Sie hätte nicht einmal sagen können, ob sie überhaupt vor ihm wegrennen wollte. „Ob du es glaubst oder nicht, Colton, aber du förderst das Schlimmste in mir zutage. Du bist vor Wut schäumend in mein Haus gestürmt, hast dich in meiner Küche breitgemacht und meinen Vater beschuldigt. Ich wollte einfach nur sehen, wie es dir gefällt, wenn der Spieß umgedreht wird." Plötzlich nervös, stopfte sie die Hände in die Taschen ihres Jeansrocks.

„Und der zweite Grund?", hakte er leise nach.

„Der zweite Grund ..." Sie fuhr sich mit der Zunge über die trockenen Lippen und wagte den Sprung. „Es wird Zeit, dass diese dumme Fehde endlich begraben wird – zusammen mit der Vergangenheit!" Herausfordernd hob sie das Kinn an und begegnete seinem fragenden Blick mit kühlem Ärger in ihren Augen.

„Sag das deinem Vater!"

„Mein Vater hat nichts damit ...", hob sie an, brach jedoch ab, als sie seine Finger an ihrem Handgelenk spürte.

„Lass es gut sein, Cass!", knurrte er mit funkelnden Augen.

„Was ist denn in dich gefahren?"

Er biss sich auf die Lippe. Er wollte es ihr sagen, Gott, *wie sehr* er es ihr sagen wollte! Wollte sie wissen lassen, wie sehr sie ihm zusetzte, trotz all der Versprechen, die er sich selbst gegeben hatte. Der Duft ihres Haares, die blitzende Herausforderung in ihren Augen, ihr zierliches Kinn, so angriffslustig angehoben … All das lockte ihn auf eine ursprüngliche und primitive Art, die er verabscheute. „Ich will kein Chaos mehr, Cass“, stieß er aus, und sein Griff um ihr Handgelenk wurde noch fester.

„Soll heißen?“

„Soll heißen, dass ich Black Magic nicht noch einmal verlieren will.“ Mit dem Kopf deutete er zu der Box neben der von Black Magic, wo das Feldbett mit dem Schlafsack stand. „Und ich gedenke sicherzustellen, dass das nicht noch einmal passiert.“

Ein Grübchen erschien auf ihrer Wange. „Wie hingebungsvoll!“, spottete sie.

„Wenn es sein muss.“

„So?“ Sie musste an die Zeit zurückdenken, in der sie ihn so sehr gebraucht und er sie allein gelassen hatte. „Bei mir musste das wohl nicht sein.“ Sie riss ihren Arm los und marschierte zur Tür, weg von der intimen Nähe, weg von ihm. Sie zog die Tür auf, doch er hatte sie schon eingeholt und drückte die Tür wieder ins Schloss, legte eine Hand auf ihre Schulter und zog sie zu sich herum. „Lass mich gefälligst los, Colton!“, fauchte sie, mit dem Rücken hart an die Holzwand gedrückt.

„Erst, wenn du mich angehört hast.“ Seine Stimme klang sanfter, seine Züge waren lange nicht mehr so angespannt. „Ich habe nie andeuten wollen, dass du mir nichts bedeutest.“

Was sie in seinen Augen las, ließ Übelkeit in ihr aufsteigen. Mitleid. Sie tat ihm tatsächlich leid! „Mach dir deshalb keine Gedanken.“

„Das tue ich aber, Cass.“

„Wieso?“

„Weil wir beide jung waren und Fehler gemacht haben.“

„Mein einziger Fehler war es, dass ich dich geliebt habe, Colton.“ Ihre Stimme klang erstaunlich ruhig. Sein Gesicht war dem ihren so nah, dass sie den Duft des Rasierschaums auf seiner Haut noch riechen konnte. „Du jedoch hast mir klargemacht, wie dumm und albern dieses Gefühl sein kann, nicht wahr?“

„Ich habe dich nicht angelogen“, erinnerte er sie.

Der Schmerz breitete sich jäh in ihr aus, wollte sie überwältigen. „Du hast mich jedes Mal angelogen, wenn du mich in deinen Armen gehalten hast“, wisperte sie, und ihr Herz zerbrach erneut in tausend Scherben. „Jedes Mal, wenn du mich geküsst hast, jedes Mal, wenn du so getan hast, als läge dir etwas an mir.“

„Ich habe nie *so getan*, Cass.“ Er umfasste ihre Schulter zärtlich und fest zugleich, und der zynische Ausdruck in seinen Augen schwand.

„Lügner!“, stieß sie aus. Blinzelnd strauchelte sie rückwärts, suchte verzweifelt nach einem Weg nach draußen. Sie hätte sich nie darauf einlassen dürfen, hier allein mit ihm zusammen in der Scheune zu sein. Die Gefühle für ihn saßen zu tief, genau wie die Wunde, die seine Zurückweisung ihr zugefügt hatte. Auch wenn das alles acht Jahre her war, schmerzte es noch immer.

Sie fand die Klinke und drückte sie herunter, schlüpfte hastig durch den Spalt nach draußen und atmete tief die frische Luft ein.

„Das hier ist noch nicht zu Ende, Cass.“

Sie zwang sich, langsam zu laufen, obwohl sie eigentlich rennen wollte. Gemessenen Schrittes ging sie zu ihrem Truck, stieg ein und drehte mit zitternden Fingern den Schlüssel.

Der alte Motor sprang an. Cassie schlug das Lenkrad ein und legte den Rückwärtsgang ein. Colton stand in der Stalltür. Er starrte ihr nach, kühl und distanziert, das Gesicht reglos wie eine Maske.

Viel zu heftig rammte Cassie den ersten Gang ein und gab Gas. Kies spritzte unter den Reifen auf, als sie losfuhr. Sie wagte es nicht, in den Rückspiegel zu sehen, aus Angst, sie könnte ihr Herz erneut an einen Mann verlieren, der seine Gefühle so schnell änderte wie der Winterwind seine Richtung.

6. KAPITEL

In Coltons Schulter pochte es dumpf. Nach ein paar Nächten auf dem Feldbett protestierten seine verkrampften Muskeln. Inzwischen fragte er sich, ob dieses Wachehalten bei Black Magic die Sache überhaupt wert war. „Das ist alles nur deine Schuld“, brummte er dem Hengst zu, als er das Tor öffnete.

Black Magic schoss hinaus, über die durchweichten Felder, springend und sich aufbäumend unter dem grauen Himmel. Er benahm sich mehr wie ein übermütiges Fohlen denn wie ein ausgewachsener Hengst, galoppierte wild von einem Ende der Weide zum anderen, wieherte den anderen Pferden auf der benachbarten Koppel zu.

„Angeber“, murmelte Colton. Trotz seiner schlechten Laune stahl sich ein Grinsen in seine Mundwinkel.

Er lief zurück ins Haus und setzte Kaffee auf, dann ging er nach oben. In seinem Schlafzimmer zog er sich die zerknitterten Sachen aus und starrte sein Spiegelbild an, bevor er sich die verspannten Muskeln massierte. Nach zwanzig Minuten unter der prasselnden heißen Dusche fühlte er sich besser, und das Pochen in seiner Schulter ließ langsam nach.

Rasiert und in frischen Sachen fühlte er sich fast wieder menschlich. Fast, dachte er, und zog eine Grimasse, als seine Gedanken, wie immer in letzter Zeit, wieder zu Cassie wanderten. „Vergiss sie endlich!“, befahl er dem düster dreinblickenden Mann im Spiegel und wusste doch, dass es eine unmögliche Aufgabe war.

Missmutig vor sich hin brummend, ging er nach unten in die Küche und goss sich einen Becher Kaffee ein. Cassies Vorwürfe hingen schon seit Tagen wie eine Dunstglocke über ihm. Trotz all der guten Gründe, die er sich zurechtgelegt hatte, meldete sich immer wieder sein Gewissen. Vielleicht hatte er ja tatsächlich zu vorschnell Schlüsse gezogen. Und vielleicht hatte er ja sogar die falschen Schlüsse gezogen. Vielleicht hatte er sich tatsächlich in Ivan Aldridge getäuscht?

Vielleicht aber auch nicht.

Nur hatte es auch keinen Sinn, in alten Wunden zu bohren, mahnte ihn sein Gewissen. Er nippte an seinem Kaffee, ignorierte die Unordnung, die seit Denvers und Tessas Abwesenheit immer schlimmer geworden war, und steckte zwei Scheiben Brot in den Toaster. Während er darauf wartete, dass der Toast wieder heraussprang, spielte er mit dem Gedanken, ob er nicht vielleicht zur Aldridge-Ranch rüberfahren und die Sache mit Ivan Aldridge bereinigen sollte. So viel schuldete er dem Alten wohl.

Colton machte sich eigentlich nie etwas vor, suchte auch grundsätzlich nicht nach Vorwänden. Er wusste genau, weshalb er zur Aldridge-Ranch fahren wollte – und der Grund hieß Cassie. Er wollte sie wiedersehen, so einfach war das. Und so kompliziert.

Das Klingeln des Telefons unterbrach seine Gedanken. Er nahm das Telefon auf und hörte Denvers Stimme am anderen Ende der Leitung.

„Du bist also tatsächlich noch da“, frotzelte der ältere Bruder. „Tessa und ich haben nämlich gewettet.“

„Wer hat gewonnen?“, wollte Colton wissen.

„Tessa. Ich dachte, du wärst inzwischen längst durchgedreht.“

„Noch nicht ganz“, antwortete Colton grinsend. Er sah zum Küchenfenster hinaus zu Black Magic, der nahe dem Zaun zufrieden graste. „Wurde auch Zeit, dass du was von dir hören lässt.“

„Wir haben hier wirklich viel zu tun. Wir sind die ganze Zeit beschäftigt.“

„Tatsächlich?“ Colton konnte den Sarkasmus nur schwer im Zaum halten.

„Allerdings. Aber wir sind bald fertig. Keine drei Wochen mehr, und wir kommen zurück.“

Drei Wochen! Eine gefühlte Ewigkeit. „Ich versuche, solange noch alles zusammenzuhalten.“

„Gab es irgendwelche Probleme?“

Colton sah wieder nach draußen zu Black Magic. Sollte er seinem Bruder die Wahrheit sagen? Doch wozu? Denver zu beunruhigen würde ihn auch nicht schneller zurückbringen. Nein, es würde den Bruder nur nervös und reizbar machen. Und Denvers Temperament war ebenso aufbrausend wie sein eigenes. „Nichts, womit ich nicht fertig werde", behauptete er vage, bevor er sich verabschiedete und die Verbindung unterbrach.

Er trank noch einen Schluck Kaffee, goss den Rest in den Ausguss und ging nach draußen. Die Wolken zogen über den Himmel, der Wind hatte aufgefrischt, pfiff durch die Eichen und Fichten bei den Scheunen. Coltons Blick fiel auf den Jeep. Vielleicht sollte er zu Cassie rüberfahren? *Nein!* Es bedurfte fast übermenschlicher Willenskraft, dieser speziellen Versuchung nicht zu erliegen.

Unwirsch schob er die Hände in seine Jeans und marschierte über den Hof. Für den Rest des Tages stürzte er sich in die Arbeit, reparierte zersplitterte Planken und morsche Balken. Und mit jedem Hammerschlag, mit dem er die Nägel in das Holz rammte, versuchte er auch, Cassie Aldridges Bild aus seinem Kopf zu vertreiben.

Umsonst.

„So, das war's für heute. Der letzte Patient ist behandelt." Sandy verriegelte die Tür hinter dem Bordercollie, der mit dem verbundenen Hinterbein hinter seinem Herrchen her humpelte.

„Gott sei Dank!" Cassie desinfizierte den Behandlungstisch, zog ihren Arztkittel aus und warf ihn in den Wäschekorb.

Im Hinterzimmer verschloss Craig Fulton, der Tierarzt, mit dem Cassie zusammenarbeitete, die Käfigtür hinter einer dicken grau getigerten Katze. Craig war ein kleiner Mann mit dichtem braunen Haar und unzähligen Sommersprossen im runden Gesicht. Seit seiner Scheidung vor drei Jahren lebte er allein. Er hatte Cassie den Job angeboten, nachdem sie das Studium beendet hatte. Er sah immer ein wenig unordentlich aus, und seine große Hornbrille saß ihm auch immer ein wenig schief auf der Nase.

„Heute war ein langer Tag, was?“ Er lächelte müde. Seit dem Morgen war er von einer Ranch zur nächsten unterwegs gewesen, hatte Schafe, Rinder und Pferde untersucht.

„Vielleicht bleibt es dafür am Wochenende ruhig.“

„Ja, vielleicht.“ Craig schmunzelte. „Vergiss nur nicht, dass du dieses Wochenende Dienst hast.“

Cassie lachte. Theoretisch wechselten sie sich mit dem Wochenenddienst ab; meistens aber waren sie dann doch beide im Einsatz. „Das vergesse ich schon nicht“, versprach sie, hielt sich ihre Jacke über den Kopf und stieß die Tür mit der Schulter auf.

Draußen regnete es in Strömen. Den Kopf eingezogen, rannte sie über den unebenen Parkplatz und wich auf dem Weg zu ihrem Wagen den größten Pfützen aus. Sie riss die Tür auf, doch als sie schon hineinklettern wollte, verharrte sie abrupt. Auf dem Beifahrersitz, die Miene so harmlos, als könnte er kein Wässerchen trüben, die langen Beine bequem ausgestreckt, den nassen Stetson in den Nacken geschoben, saß Colton McLean. „Was tust du in meinem Wagen?“, fragte sie verdattert.

„Auf dich warten.“

„Das scheinst du in letzter Zeit häufiger zu tun.“

„Viel zu oft wahrscheinlich“, gab er mit einem zerknirschten Grinsen zu. „Du solltest einsteigen, bevor du völlig durchgeweicht bist.“

Sie rührte sich nicht vom Fleck. Der Regen lief ihr den Nacken hinunter, doch das war ihr egal. „Und warum wartest du auf mich?“, funkelte sie Colton an.

„Das Gewitter ging los, und ich dachte mir, es ist besser, wenn ich trocken bleibe.“

„Du kannst doch nicht einfach in meinen Truck steigen und …“

„Du schließt deine Autotür genauso wenig ab wie deine Haustür. Komm schon, steig endlich ein!“ Er beugte sich über den Fahrersitz und streckte ihr die Hand entgegen, seine Augen leuchteten erstaunlich warm. „Ich beiße nicht – versprochen.“

Fast hätte sie gelacht. „Ob beißen oder nicht beißen – ich habe keine Angst vor dir, Colton." Sie ignorierte seine Hand und kletterte hinters Steuer. „Musst du nicht irgendein Pferd bewachen oder so was?", stichelte sie. „Stell dir nur vor, genau in dieser Minute könnte irgendjemand Black Magic Gott weiß wohin entführen."

Sein Grinsen wurde breiter. „Vermutlich habe ich das verdient."

„Und noch mehr."

„Zugegeben, ich hab's vielleicht übertrieben."

„*Vielleicht?*", fragte sie betont.

Colton tippte seinen Hut noch weiter in den Nacken. Eine dunkle Strähne fiel ihm in die Stirn. „Ich bin nicht hergekommen, um zu streiten."

„Schön. Vielleicht kommen wir jetzt endlich weiter", spottete sie. „Warum bist du dann hier?"

„Um dich zum Dinner einzuladen."

„Du erwartest tatsächlich von mir, dass ich mit dir ausgehe?", fragte sie verdattert. „Das ist ein Witz, oder?"

„Nein."

„Aber …"

„Hör zu, Cass – ich weiß, ich habe mich wie ein Volltrottel benommen", gab er zu. „Aber ich hatte meine Gründe."

„Und die haben sich plötzlich in Luft aufgelöst?"

„Ich habe über das nachgedacht, was du gesagt hast. Der Hengst ist wieder da, es ist kein Schaden entstanden, und ich …" Seine Miene veränderte sich, seine Augen wurden ein wenig dunkler. „Ich würde gern mit dir essen gehen. Sieh es als meine Art an, mich zu entschuldigen."

„Mir war nicht bewusst, dass du so etwas überhaupt kannst."

„Vielleicht kann ich das ja auch nicht. Bis jetzt sieht es jedenfalls nicht so aus, als könnte ich dich überzeugen."

Plötzlich war es im Auto viel zu eng. Die Scheiben, an denen außen der Regen in Strömen herablief, waren von innen beschlagen. Cassie kaute an ihrer Lippe. „Wozu soll das gut sein?"

„Stell dir vor, wir könnten einfach Spaß zusammen haben."
Fast hätte Cassie sich verschluckt.

„Und ich würde gerne ein wenig Zeit mit dir verbringen", gab er seufzend zu. Natürlich war da noch mehr. Colton hatte den ganzen Tag mit sich gekämpft. Mit ihr zusammen zu sein, würde ihn in ein emotionales Netz verstricken, aus dem er sich möglicherweise nie wieder befreien konnte.

Cassie sah, wie er leicht mit den Fingern auf sein Knie trommelte, sah die feinen dunklen Härchen auf seinem Handrücken, und ihr Puls begann härter zu schlagen, auch wenn sie sich dazu zwang, es zu ignorieren. „Ich weiß nicht, ob ich das kann."

„Erwartet dein Vater dich zu Hause?"

„Nein." Sie schüttelte den Kopf. „Er weiß, dass ich oft noch spät arbeiten muss."

„Warum dann also nicht?" Ein kleines Lächeln spielte um seinen Mund. Sie starrte auf seine sinnlichen Lippen, und ihr Herz begann zu flattern. Hastig richtete sie die Augen auf die Schlüssel in ihrer Hand.

„Vermutlich gibt es keinen Grund, der dagegenspricht", gab sie nach und steckte den Schlüssel in den Anlasser. „Wohin also?"

„Wie wär's mit Timothy's?"

Ihr wurde die Kehle eng. Timothy's war ein kleines Restaurant am anderen Ende der Stadt. „Sicher, warum nicht?", stimmte sie so gelassen wie möglich zu und startete den Wagen. Ihre Augen funkelten, als sie sich zu ihm drehte. „Fährst du mit mir oder lieber selbst?"

Colton grinste. „Ich verlasse mich ganz auf dich."

„Tatsächlich?" Sie konnte nicht anders, sie lächelte. „Das wäre ja mal was Neues."

„Vielleicht nicht, Cassie", murmelte er, mehr zu sich selbst.

Ihre Hände zitterten leicht, als sie vom Parkplatz fuhr und sich in den ruhig fließenden Abendverkehr einreihte. Die Scheibenwischer kämpften gegen den Regen an, und Cassie kniff leicht die Augen zusammen, wann immer die Lichter des Gegenverkehrs sie blendeten.

Colton rutschte tiefer in den Sitz, und Cassie konnte seinen musternden Blick auf sich liegen spüren. Sie weigerte sich, den Kopf zu drehen und ihn anzusehen, sondern konzentrierte sich ausschließlich auf die Straße und den Verkehr.

Timothy's lag gleich bei den Wasserfällen, nach denen die Stadt benannt worden war. Einst eine Mühle, schmiegte sich das alte Natursteinhaus mit den dunklen Fachwerkbalken direkt ans Flussufer. Neben der Eingangstür drehte sich das alte Mühlenrad noch immer ächzend im Sage, das Wasser rann über die von der Zeit geschwärzten Schaufeln.

Cassie stieg aus dem Wagen und ging auf das Restaurant zu, sich viel zu bewusst, dass Colton direkt an ihrer Seite war. Er rührte sie nicht an, streifte nicht einmal ihren Arm, und sie achtete sehr genau darauf, ihm nicht zufällig zu nahe zu kommen, während sie über den rutschigen Ziegelsteinpfad auf die großen Doppeltüren zueilten.

Fackeln flackerten an den Natursteinmauern, von der Gewölbedecke hingen alte, zu Kerzenlüstern umfunktionierte Wagenräder, die Tische waren mit dunkelrotem Tuch und Sturmlampen dekoriert: Schon wenn man das Timothy's betrat, nahm einen die romantische Atmosphäre des Restaurants gefangen.

„Ich war seit Jahren nicht mehr hier", meinte Cassie, als der Kellner sie zu ihrem Tisch brachte. Sie blickten von dort aus direkt auf die Wasserfälle. Angefüllt vom Frühlingsregen und der Schneeschmelze aus den Bergen, stürzte das grüne Wasser gurgelnd und schäumend die steile Felswand hinunter. Um sich von Colton abzulenken, starrte Cassie aus dem Fenster auf den reißenden Strudel.

„Was möchtest du gern?"

Von hier wegrennen – weg von dir. „Irgendetwas. Ist mir gleich." Sie zwang sich, den Blick auf ihn zu lenken.

Als der Kellner mit den Getränken kam, bestellte Colton für sie beide, dann lehnte er sich in seinem Stuhl zurück.

Nervös nippte Cassie an ihrem Wasserglas. Wenn sie vorgab, die Weinkarte zu studieren, konnte sie wenigstens noch eine Zeit lang seinen Blick meiden. So viel war klar – er hatte nicht vor, es ihr leichter zu machen.

„So …“, setzte sie schließlich an und gab sich alle Mühe, so ruhig wie möglich zu wirken, auch wenn sie vor Nervosität fast zitterte. „Wieso hast du deine Meinung geändert? Es muss ja etwas wirklich Weltbewegendes passiert sein, dass du meinst, dich entschuldigen zu müssen.“

„Es ist auch weltbewegend.“

Ihre Bestellung wurde gebracht – knackiger Salat, frisch gefangene Forelle, gedünstetes Gemüse und ein Korb mit frischem Sauerteigbrot. Doch auch als der Kellner sich wieder zurückgezogen hatte, ignorierte Colton sein Essen. „Du warst es, die meine Meinung geändert hat, Cassie.“

Er sah ihr tief in die Augen. Cassie hätte schwören können, dass seine Wangen dunkler geworden waren … „Ich?“

„Ja. Deine flammende Empörung.“

„Das hat dich beeindruckt?“

Er zuckte mit einer Schulter. „Sieht so aus.“

„Und jetzt glaubst du endlich, dass Dad unschuldig ist?“

Colton runzelte die Stirn. „So weit würde ich nicht gehen“, wich er aus. „Aber was immer mit dem Pferd geschehen ist – es ist vorbei. Außer, dass ich wie ein Idiot dastehe, ist wohl kein Schaden entstanden.“

Argwöhnisch musterte sie ihn. „Und das soll ich dir glauben?“

„Glaub, was du willst, Cass“, sagte er mit einem Seufzer. „Ich dachte mir nur, anstatt ständig zu streiten, sollten wir versuchen, zivilisiert miteinander umzugehen.“

Ihre Kehle war plötzlich staubtrocken. „Wieso?“

„Es ist längst überfällig.“

Colton griff nach seiner Gabel und probierte den Fisch, doch Cassie bekam keinen Bissen hinunter. „Das hier ist also deine großmütige Geste, um die Fehde zu beenden? Ist es das?“

Er schüttelte langsam den Kopf. „Ich glaube nicht, dass ich das schaffe“, gab er zu. „Aber ich möchte einfach noch einmal von vorn mit dir anfangen.“

Von vorn anfangen. Cassie wandte das Gesicht ab. Wenn sie doch nur die Zeit zurückdrehen und den Kummer ausradieren könnte, der diesen Graben zwischen ihnen geschaffen hatte!

„Wir haben neulich auf dem falschen Fuß angefangen."

„Das stimmt", erwiderte sie nach einer Weile. Sie versuchte, sich daran zu erinnern, dass sie ihn eigentlich verabscheuen müsste. „Ich mag es nicht, wenn der Name meiner Familie in den Schmutz gezogen wird."

„Das mag ich auch nicht." Er bemühte sich, ruhig zu bleiben. „Ich lasse mich nur ungern zum Narren machen. Von welcher Seite man es auch betrachtet – der Hengst wurde gestohlen, während ich für ihn verantwortlich war."

„*Möglicherweise* gestohlen", berichtigte sie.

Colton atmete tief durch. „Wie auch immer ... Ich sagte ja schon, es ist vorbei. Vergessen wir die Sache mit Black Magic."

„Amen", flüsterte Cassie. Sie wünschte, sie könnte der Vergangenheit ebenso leicht den Rücken kehren wie er. Lustlos stocherte sie in ihrem Essen, sah immer wieder verstohlen zu Colton und wünschte, die Fragen, die in ihrem Kopf herumwirbelten, würden sich einfach in Luft auflösen. „Weißt du", sagte sie schließlich, als das Schweigen zwischen ihnen schier unerträglich wurde, „ich hätte nicht gedacht, dass ich dich noch einmal wiedersehe."

Er schob seinen Teller von sich. „Manchmal laufen die Dinge eben nicht so, wie man sich das vorstellt."

„Wärst du aus eigenen Stücken zurückgekommen?"

„Du meinst, wenn ich nicht dazu gezwungen gewesen wäre?" Unbewusst rieb er sich über die verletzte Schulter. „Ich weiß es nicht. Vermutlich nicht", sagte er und ahnte nicht, wie er sie mit seinen Worten verletzte. „Mom und Dad sind im Feuer umgekommen, Onkel John ist letztes Jahr gestorben. Vielleicht wäre ich ab und zu auf einen Besuch zu Denver gekommen, aber sicher bin ich mir da auch nicht. Du weißt ja – wir sind nie sonderlich gut miteinander ausgekommen."

„Ja, ich erinnere mich", erwiderte sie leise. Die Bilder, wie

Denver Colton und sie damals am See überrascht hatte, waren nur allzu lebendig. Und trotz der vielen Jahre, die seither vergangen waren, begannen ihre Wangen zu brennen. „Aber dir gehört doch jetzt ein Teil der Ranch. Hat John dir nicht die Hälfte vermacht?“

Colton lächelte über seinen eigenwilligen Onkel. „Das war nur sein Versuch, mich dazu zu bringen, sesshaft zu werden. Er wusste, dass ich nichts mit der Ranch zu tun haben wollte, nicht nach dem Feuer, genau wie Denver. Aber bei ihm hat es funktioniert – mein Bruder ist tatsächlich ein Familienmensch geworden. Der gute alte Onkel John hat gewonnen.“

„Was für ein Sinneswandel!“ Sie lächelte kühl, auch wenn ihr überhaupt nicht danach war.

„Es ist das, was er will.“

„Und was willst du, Colton?“ Schon jetzt befürchtete sie, dass sie nie wieder die Gelegenheit haben würde, ihm Fragen zu stellen. „Gefahr? Abenteuer? Was?“

„Warum interessiert dich das?“

„Ich wollte es schon immer wissen“, gab sie zu. „Du läufst schon praktisch dein ganzes Leben vor etwas weg oder auf etwas zu, und ich habe mich immer gefragt, was das sein könnte.“

Das Lächeln in seinen Augen erlosch. „Du hast mich nie verstanden, Cassie.“

„Weil du es nicht zugelassen hast.“

Und plötzlich waren sie ganz allein, nur sie beide in einem voll besetzten Restaurant. Die Gespräche und das Geklapper von Tellern und Besteck verstummten für ihre Ohren. Cassie hörte nur noch den eigenen Atem und das Pochen ihres Herzens. Colton sog scharf die Luft ein. Er sah aus, als wollte er etwas sagen, doch er schwieg.

Die Sekunden zogen sich endlos, bis der Kellner diskret die Rechnung auf eine Ecke des Tisches legte. Colton schien dankbar für die Ablenkung zu sein. Er holte seine Brieftasche hervor, nahm ein paar Geldscheine heraus und stand auf. „Ich glaube, es wird Zeit zu gehen.“

„Ja, du hast recht“, stimmte sie traurig zu.

Sie fuhren zum Parkplatz der Tierklinik zurück, wo Colton seinen Pick-up unter einem jungen Ahornbaum geparkt hatte. Cassie stellte den Motor ab und wartete eine Weile. „Ich sollte mich wohl bedanken“, sagte sie schließlich mit einem ruhelosen Seitenblick auf Colton.

„Wenn du nicht willst …“ Er legte eine Hand um den Türgriff.

„Nein, ich möchte es.“ Impulsiv legte sie ihm die Hand auf die Schulter. „Danke.“

Colton krümmte sich leicht, und zu spät erkannte sie, dass sie seine verletzte Schulter gepackt hatte. Sie wollte die Hand zurückziehen, doch Colton hielt sie mit seiner freien Hand auf, verschränkte die Finger mit ihren und sah ihr tief in die Augen. „Ist schon in Ordnung“, versicherte er ihr. „Und was das Dinner angeht … Es war mir ein Vergnügen, Cass. Vielleicht sollten wir das als Anfang vom Ende ansehen.“ Als sie nichts sagte, sah er auf ihre Hand hinunter, die noch immer auf dem weichen Leder seiner Jacke lag. „Das Ende der Fehde.“

„Ich glaube, dazu ist mehr als nur ein Abendessen nötig.“ Sie grinste, trotz der nahezu greifbaren Spannung zwischen ihnen. Sie zog ihre Hand unter seiner hervor und sah, wie er schluckte.

„Ja, wahrscheinlich.“ Für einen Augenblick hielt er ihren Blick gefangen, und Cassies selbstbewusste Fassade verrutschte. In diesem einen Moment erkannte sie, dass Colton lange nicht so immun gegen sie war, wie sie angenommen hatte. Auch wenn sie sich nicht berührten, so spürte sie doch über die Autositze hinweg die Hitze in seinem Blick, fühlte das Verlangen, das in seinen Adern pulsierte.

„Wir sehen uns dann später.“ Sie zwang sich dazu, ihre Stimme ruhig zu halten.

„Ja. Später.“ Colton zog eine Grimasse und fasste ein zweites Mal nach dem Türgriff. Dieses Mal jedoch fluchte er leise, und anstatt auszusteigen, drehte er sich um, legte eine Hand in Cassies Nacken und zog ihren Kopf zu sich heran.

Cassie schnappte nach Luft, aber ihr blieb keine Zeit, um sich zu wehren. Er presste seine Lippen auf ihren Mund, und sie spürte, wie seine Zunge Einlass verlangte. In ihrem Kopf begann sich alles zu drehen, ihr Puls raste, und sie schloss die Augen und erlaubte sich diese eine winzige Kostprobe. Sie wusste, dass Colton nicht viel an ihr lag – nicht mehr als damals vor all den Jahren jedenfalls –, und doch konnte sie sich nicht zurückhalten, seinen Geschmack zu erkunden, ihn zu fühlen und den bittersüßen Druck seiner Lippen auf ihrem Mund auszukosten.

Er vergrub die Finger in ihrem Haar und stöhnte. Als er dann endlich den Kopf hob, blickte er sie voller Leidenschaft an. „Manche Dinge ändern sich nie“, raunte er, öffnete die Wagentür und schlüpfte ins Freie. „Gute Nacht, Cass.“ Ohne auf eine Antwort von ihr zu warten, schlug er die Tür zu und stellte den Kragen gegen den Wind hoch. Während er über den Parkplatz lief, verfluchte er sich in Gedanken. Warum hatte er sie nur geküsst? Warum? Das war wirklich extrem dumm gewesen.

Er riss die Tür seines Trucks auf, glitt hinters Steuer und rammte fluchend den Schlüssel in den Anlasser. Hatte er darauf gehofft, dass ein Kuss ihm beweisen würde, dass es zwischen ihm und Cassie vorbei war, so war diese Hoffnung soeben erloschen. Er hatte sich geirrt, und zwar gründlich.

„Narr!“, stieß er aus und ließ den Wagen an. „Verdammter Narr!“ Im Seitenspiegel beobachtete er, wie Cassie aus der Parklücke fuhr.

Wie es wohl sein mochte, die Nacht mit ihr zu verbringen? Oder ein ganzes Wochenende? Der Kuss hatte ihm nur klargemacht, dass er mehr wollte. Ob ein Wochenende mit ihr im Bett seinen Hunger stillen würde? Würde er sie dann endlich vergessen? Oder würde das Zusammensein mit ihr wie eine Droge wirken?

„Denk nicht mal dran!“, knurrte er. Diese Frau brachte nichts als Probleme mit sich, riesige Probleme. Und Colton gedachte, sich aus Problemen rauszuhalten.

Ivan saß im Wohnzimmer und sah fern, als Cassie leise ins Haus schlüpfte. Sie konnte das eingespielte Lachen einer wöchentlichen *Sitcom* hören und das amüsierte Schnauben ihres Vaters.

Offensichtlich hatte er schon gegessen, das sah sie, als sie sich in der Küche umschaute. Sein Geschirr hatte er abgewaschen, aber er hatte vergessen, den Rest Hühnchen wieder einzupacken und in den Kühlschrank zurückzulegen.

„Wurde auch Zeit, dass du nach Hause kommst", begrüßte er sie, als sie ihre Jacke in den Dielenschrank gehängt hatte und den Kopf zur Wohnzimmertür hereinsteckte. „Wo warst du so lange? Ein Notfall?"

„Ausnahmsweise mal nicht."

Er sah auf. Die Lesebrille saß ihm auf der Nasenspitze, die Füße mit den dicken Wollsocken hatte er auf einem Schemel abgelegt. Nur eine Stehlampe brannte, die Tageszeitung lag ausgebreitet auf einem Seitentisch, die Seite mit dem halb ausgefüllten Kreuzworträtsel zusammengefaltet neben ihm.

Cassie beschloss, offen zu sein. Three Falls war ein kleines Städtchen, es war besser, wenn Ivan die Wahrheit von ihr erfuhr, bevor er den Klatsch in der Stadt aufschnappte. „Ich war mit Colton essen."

Ihr Vater riss die buschigen Augenbrauen hoch. „Was du nicht sagst!"

„Ja. Er hat mich abgefangen, als ich aus der Praxis kam. Wir waren im Timothy's."

„Aus irgendeinem bestimmten Grund?"

Ein Streit lag in der Luft, das spürte Cassie. Sie holte tief Luft. „Ob du es glaubst oder nicht – das war seine Art, sich zu entschuldigen." Sie ließ sich neben ihrem Vater auf der Couch nieder und nahm die Kreuzworträtselseite in die Hand.

„McLeans entschuldigen sich nicht."

Cassie grinste. „Nun, leicht ist es Colton nicht gefallen. Er ist auch nicht besonders gut darin, aber es sah so aus, als sei es ihm ernst."

„Pah!"

„Ausflüchte."

„Was?" Mit einem Ruck drehte er den Kopf zu ihr, sah sie an, als hätte sie den Verstand verloren.

„Achtzehn abwärts – Lügen. *Ausflüchte* ist das Wort, das du suchst." Sie reichte ihm das Kreuzworträtsel, und er trug die Antwort ein.

„Du kannst Colton nicht trauen." Ivan sah sie über den Brillenrand an, füllte dann die nächsten Buchstaben in die Kästchen.

„Weil er ein McLean ist?"

„Das ist mehr als Grund genug."

„Dad", begann sie leise, „meinst du nicht, es wird Zeit, diese unsinnige Fehde endlich zu beenden?"

„Niemals!"

„Aber John ist doch längst tot."

„Das ändert nichts an dem, was er getan hat", murmelte Ivan. Röte kroch in seine Wangen. „Und Colton lebt schließlich noch. Er ist genauso schlimm wie sein Onkel. Ich habe nicht vergessen, was er dir angetan hat."

„Ich auch nicht." Mit zitternden Fingern strich sie sich das Haar aus dem Gesicht zurück. „Nur habe ich beschlossen, nicht auf ewig daran festzuhalten."

„Gut."

„Und ich werde auch Denver und Tessa und Colton nicht wie Aussätzige behandeln."

„Gegen Tessa Kramer habe ich nichts", versicherte Ivan sofort. „Sie ist nur eine arme Närrin, die ihr Herz an einen McLean verloren hat. Aber Denver und Colton … die beiden können mir gestohlen bleiben. Keiner von den beiden wäre noch hier, hätten sie die Wahl. Sie haben alle Welt deutlich wissen lassen, was sie übers Ranching denken: Sie halten sich für zu gut dafür."

„Aber Denver ist doch hier."

„Wer braucht den schon? Und Colton wartet nur ab, bis er von hier weg kann. Je eher, desto besser, sage ich." Verärgert reckte er das Kinn vor, doch als er Cassie dann ansah, wurden seine wettergegerbten Züge wieder weicher. „Colton hat dich schon einmal verletzt, Cassie. Aber du bist ein cleveres Mädchen. Du wirst nicht zulassen, dass das noch einmal passiert, richtig?"

„Natürlich nicht", behauptete sie hastig.

„Gut." Er legte die Zeitung ab. „Hattest du schon Nachtisch? Was hältst du von einer Portion Eis?"

„Eigentlich habe ich keinen Hunger."

„Na, ich schon, da kannst du mir auch Gesellschaft leisten." Er stand auf, legte ihr kurz die Hand auf die Schulter und ging dann in die Küche.

Cassie lehnte sich in die Polster zurück. Ihr Vater hatte natürlich recht. Colton McLean hatte ihr schon einmal Kummer und Herzeleid zugefügt, und Ivan war für sie da gewesen, um die Scherben wieder aufzusammeln. Er hatte alles Menschenmögliche getan, um ihr zu helfen. Hatte einen Kredit aufgenommen, damit sie aufs College gehen konnte, hatte sie darin bestärkt, Veterinärmedizin zu studieren, hatte ihr eine Wohnung in der Stadt besorgt. Er war absolut wundervoll gewesen – und gleich zweimal war er durch Zusammenstöße mit den McLeans demontiert worden. Nein, das würde sie nicht noch einmal geschehen lassen.

Cassie dachte an ihre Mutter, die schöne Vanessa Shilcoat Aldridge mit dem rabenschwarzen Haar. Ohne einen Blick zurück war sie gegangen, nachdem ihre katastrophale Affäre mit John McLean zum Stadtgespräch geworden war. Sie war nach South Carolina zurückgekehrt und hatte sich einen reichen Arzt geangelt, innerhalb eines Jahres wieder geheiratet und dann drei Kinder zur Welt gebracht – Cassies Halbgeschwister, die sie aber nie kennengelernt hatte.

Zu ihrer Mutter hatte Cassie keinerlei Kontakt. Keine Karte zu Weihnachten, kein Anruf zum Geburtstag – nein, Vanessa hielt sich nicht mit der Vergangenheit auf. Cassie wusste, dass sie und ihr Vater nicht mehr für sie existierten.

Sie blinzelte die Tränen zurück, von denen sie sich geschworen hatte, dass sie sie nicht vergießen würde, und versuchte, nicht mehr an ihre Mutter zu denken. Wer brauchte schon Vanessa?

Ivan und sie waren bestens ohne sie zurechtgekommen. Trotzdem drückte ein bleischweres Gewicht auf ihre Seele.

„Vanille oder Schokolade?“, rief ihr Vater aus der Küche.

„Ehrlich, Dad, ich habe keinen …“

„Ach, Unfug!“ Schmunzelnd kehrte er ins Wohnzimmer zurück, zwei Schalen mit riesigen Portionen von beidem und triefend vor Schokoladensirup in den Händen.

„Ich werde noch dick und kugelrund“, warnte sie ihn.

„Du?“ Prüfend ließ er den Blick über ihre grazile Gestalt wandern und reichte ihr eine Schüssel. „Niemals. Du hast den gleichen Körperbau wie ich. Komm, jetzt iss und hilf mir bei dem vermaledeiten Kreuzworträtsel.“ Er ließ sich neben sie auf die Couch fallen, nahm die Zeitung und fragte: „Hier: Vorspiegelung falscher Tatsachen. Fängt mit T an und hat zehn Buchstaben.“

Cassie dachte einen Moment nach. „Täuschung. *T-ä-u-s-c-h-u-n-g.*“

„Passt.“ Ivan trug das Wort ein. Das einzige Geräusch waren das Kratzen des Bleistifts auf dem Papier und das Geplapper aus dem leise gestellten Fernseher.

Lügen. Ausflüchte. Vorspiegelung falscher Tatsachen. Täuschung. Die Worte wirbelten durch ihren Kopf, auch wenn ihr Vater keinen Ton von sich gab.

Cassie richtete ihre Aufmerksamkeit auf den Bildschirm. Für heute hatte sie genug über Lügen und Täuschung und Einsamkeit nachgedacht.

„Weißt du, du bist die hässlichste Kreatur, neben der ich je geschlafen habe“, brummte Colton Black Magic zu. Er streichelte dem Tier über die samtweichen Nüstern, wurde dafür aber nur mit einem wilden Kopfschütteln und einem beleidigten Schnauben belohnt. „Tja, mir gefällt es genauso wenig wie dir.“

Colton hing seinen klammen Stetson an einen Nagel in dem rauen Stützbalken und setzte sich mit einem schweren Seufzer auf die Kante des Feldbetts. Mit den Fußspitzen streifte er sich die Stiefel von den Füßen.

Er lauschte auf das Pfeifen des Windes in den Schindeln und das Rascheln des Strohs, als die Pferde sich für die Nachtruhe bereitmachten. Er hörte Schnauben, Kaugeräusche und ein stilles, trockenes Husten. Draußen schlug der Wind einen Ast gegen das Gebäude, aber Colton fiel absolut nichts Ungewöhnliches auf.

Den Hengst zu bewachen, könnte sich als kolossale Zeitverschwendung erweisen. Er streckte sich auf dem schmalen Bett aus und starrte nach oben auf den Heuboden. Er verlagerte sein Gewicht, damit er seine schmerzende Schulter nicht belastete. Sollte das der Fall und Black Magic in Sicherheit sein, dann gab es auch keinen Grund für Colton, hier draußen zu campieren, anstatt in einem sauberen Bett in einem warmen Haus zu schlafen.

Du verweichlichst langsam! schalt er sich selbst, als ihm klar wurde, dass er das Ranchhaus zum ersten Mal in acht Jahren als sicheren Hafen ansah.

Es wurde Zeit, weiterzuziehen. Er musste hier weg, bevor er zu träge und selbstzufrieden wurde. Er dachte an sein Leben jenseits dieser Ranch zurück, an die Gräben in Afghanistan, den drückend schwülen Dschungel in Mittelamerika, die zerbombten Häuser in Beirut. Und er fragte sich, warum dieses Leben auf Messers Schneide, das er so lange geführt hatte, plötzlich seinen Reiz zu verlieren schien.

7. KAPITEL

Beth Lassiter Simpson akzeptierte grundsätzlich kein Nein. Und deshalb nahm sie auch Cassies Nein nicht ernst. In ihrem Zustand waren geregelte Mahlzeiten wichtig, und wenn sich dann ein Lunch auch noch mit Freundschaft, ein wenig Klatsch und gutem Essen kombinieren ließ, dann wurde es zu einem Ereignis.

„Komm schon, du hast es versprochen!“, beharrte sie und verlagerte ihr ansehnliches Gewicht von einem Fuß auf den anderen. Vor dem Empfangstisch in der Tierklinik verschränkte sie die Arme über ihrem ausladenden Bauch und schob schmollend die Unterlippe vor.

Doch Cassie konnte sich nicht weglocken lassen, zumindest nicht im Moment. „Beth, du weißt, dass ich dich liebe, und es tut mir auch leid, aber ich kann nicht. Nicht, bis Craig wieder von der Wilkerson-Ranch zurück ist.“

„Und wann ist das?“

„In ungefähr einer Stunde.“ Mit gerunzelter Stirn sah Cassie auf ihre Armbanduhr.

„Fein. Dann warte ich eben mit dem Lunch“, beschloss Beth. „Ich habe sowieso noch was zu erledigen. Wir treffen uns um halb zwei im The Log Cabin.“ Ihr musste das Zögern in Cassies Miene aufgefallen sein. „Du musst doch auch etwas essen, Cassie! Und wie oft kommt es vor, dass ich ohne Amy in der Stadt bin? Denk doch mal nach – in ein paar Wochen habe ich noch ein Baby, und dann wird es Ewigkeiten dauern, bevor wir mal wieder zusammen essen gehen können!“

„Schon gut, schon gut!“ Mit erhobenen Händen gab Cassie auf. „Aber falls ich nicht auftauche, dann deshalb, weil Craig aufgehalten wurde.“ Cassie machte sich Sorgen. Craig war seit heute Morgen unterwegs. Er war zu der Ranch am Stadtrand gefahren, weil der Rancher vermutete, dass eines seiner Pferde an der Pferdegrippe erkrankt war, die sich vielleicht sogar schon zu einer Lungenentzündung verschlimmert hatte.

Beths Augen funkelten munter. „Wenn du nicht auftauchst, komme ich dich holen!“ Kichernd rauschte sie zur Praxis hinaus und ließ Cassie mit zwei leukämiekranken Katzen und einer Hausratte mit einem Abszess am Bein zurück.

Zwei Stunden später saß Cassie dann tatsächlich zusammen mit Beth an einem Ecktisch im The Log Cabin, einem gut bürgerlichen Restaurant, das für seine großzügigen Portionen bekannt war. Messinglampen hingen von der Decke, die Tische waren mit blau-weiß karierten Tischtüchern gedeckt.

Beth schob ihren Teller mit dem Rest des Spinatsalats beiseite. „Du errätst nie, wen ich heute gesehen habe!“ Ihre Augen blitzten verschwörerisch.

„Nein, vermutlich nicht“, erwiderte Cassie.

„Ryan Ferguson! Er ist wieder hier!“

Cassie hob abrupt den Kopf. Ihr halb gegessenes Sandwich war vergessen. „Hatte er nicht geschworen, nie wieder einen Fuß nach Three Falls hineinzusetzen?“

„Tja, den Schwur hat er wohl gebrochen. Ich bin ihm heute Morgen in der Bäckerei begegnet. Amy und ich wollten uns ein paar Donuts kaufen – und da stand er, wie er leibt und lebt, trank Kaffee und unterhielt sich mit Jessica Monroe!“ Sie winkte nach der Bedienung, um ein sündhaft kalorienreiches Dessert zu bestellen, sah dann wieder zu Cassie. „So viel ich gehört habe, hatte Denver McLean Ryan letzten Winter gefeuert, angeblich, weil er ihn dabei erwischt hat, als er Material oder so was stehlen wollte.“

Cassie konnte sich noch an den Klatsch damals erinnern, nur hatte sie nicht viel darauf gegeben. Schließlich war sie selbst mehr als einmal zum Hauptgesprächsthema der Stadt geworden. „Das weiß wohl niemand so genau – außer Denver.“

„Und Ryan“, fügte Beth sofort an. „Ich wette, er traut sich nur her, weil Denver in L. A. ist.“

„Ryan hat doch Familie hier.“

„Nur eine Schwester“, wusste Beth. „Angeblich sollen sie sich aber nicht sehr gut verstehen.“

„Das könnte auch nur erfunden sein. Vielleicht ist er ja zu Besuch hier."

Beth schürzte die Lippen und schüttelte den Kopf. „Nein. Ich hab hinterher noch mit Jessica gesprochen. Sie hat mir erzählt, dass er Arbeit sucht."

„Du glaubst, er will hierbleiben?" Das überraschte Cassie nun doch. Nachdem Denver ihn des Diebstahls beschuldigt und hinausgeworfen hatte, war Ryan einfach gegangen, ohne sich die Mühe zu machen, sich auch nur mit einem Wort zu verteidigen.

„Wer weiß? Jessica hat gesagt, dass er Anfang der Woche bei ihrem Dad auf der Ranch war und nach einer Anstellung gefragt hat." Beth kniff die Augen zusammen. „Also, wenn du mich fragst, wäre es gut möglich, dass Ryan sich Black Magic geholt hat, nur um Denver eins auszuwischen. Und es würde ihm auch ähnlich sehen, damit zu warten, bis Denver nicht in der Stadt ist."

„Aber warum sollte er dann bleiben?"

„Nur, um Denvers Reaktion mitzuerleben."

Wirklich überzeugt schien Cassie nicht. „Das hört sich doch alles sehr nach an den Haaren herbeigezogen an."

„Mag sein", stimmte Beth zu. „Aber eine Menge Leute hier haben noch ein Hühnchen mit den McLeans zu rupfen. John mochte eigentlich kaum jemand." Sie schürzte die Lippen. „Der Mann hat sich mehr Feinde als Freunde gemacht. Und Denver und Colton … Selbst jetzt, da John nicht mehr lebt, würden sie bei einem Sympathiewettbewerb wohl auch nicht unbedingt gewinnen. Erst können sie beide nicht schnell genug aus Three Falls wegkommen, dann tauchen sie nach Johns Tod wieder auf, weil sie die Ranch geerbt haben. Manchen Ranchern, die ihr ganzes Leben hart arbeiten und auch die schlechten Jahre durchstehen müssen, stößt das ziemlich auf."

„Manchen Ranchern … so wie Josh?", fragte Cassie nach Beths Mann.

Die Freundin schüttelte den Kopf. „Nein, Josh mag Denver und Colton sogar. Aber Bill, sein Vater, und auch mein Dad haben sich noch nie für die McLean-Jungs erwärmen können."

„Mein Dad auch nicht." Cassie fragte sich, wer wohl so viel gegen Colton und Denver hatte, dass er es riskierte, ihren Preishengst zu stehlen. Das war entschieden mehr als nur ein dummer Streich – ein wertvolles Pferd zu stehlen war eine Straftat. Cassie zweifelte keine Sekunde daran, dass Colton Anzeige gegen den Übeltäter erstatten würde, sollte sich die Gelegenheit dazu bieten.

Beth strahlte, als die lockenköpfige Bedienung ein riesengroßes Stück Schokoladenkuchen mit frischer Schlagsahne vor sie hinstellte. „Das sieht wunderbar dekadent aus", murmelte sie und hielt Cassie eine Kuchengabel hin. „Komm, dabei musst du mir helfen."

Cassie seufzte theatralisch, doch sie konnte das Grinsen nicht zurückhalten. „Erst Dad – und jetzt du." Trotzdem schob sie sich einen großen Bissen in den Mund. „In einem ganzen Monat habe ich nicht so viele Kalorien in mich hineingestopft wie in den letzten zwei Tagen."

Beth grinste. „Ein paar Pfund kannst du dir erlauben." Sie schob sich ein Stück in den Mund und kaute genüsslich. „Ich habe gehört, du warst gestern mit Colton beim Essen?"

Cassies Augenbrauen schossen in die Höhe. „Woher weißt du das denn?"

„Joshs Bruder war gestern mit seiner Frau im Timothy's."

„Colton tauchte gestern nach der Arbeit vor der Klinik auf und hat mich praktisch gezwungen", erklärte Cassie. „So wie du heute."

„Und? Wie war er? Rastlos und geheimnisvoll wie immer?"

Cassie dachte nach. „Nein, eher versöhnlich. Sogar schon ein bisschen nachgiebig."

„Das ist nicht der Colton McLean, an den ich mich erinnere."

„Nein, so kenne ich ihn auch nicht", stimmte Cassie zu. „Aber es war nett."

„Also habt ihr beide die Fehde jetzt mit einem Rendezvous beendet?"

„Es war kein Rendezvous."

„Wenn du es sagst …“ Beth leckte den letzten Klecks Sahne von der Gabel und lehnte sich in den Stuhl zurück. Die Hände über ihrem ausladenden Bauch verschränkt, seufzte sie zufrieden. „Ist er noch immer der Meinung, dass irgendjemand sein Pferd gestohlen hatte?“

„Oh ja.“ Cassie nickte. „Davon ist er fest überzeugt.“

„Aber du glaubst das nicht?“

„Ich weiß es ehrlich nicht. Ich bin einfach nur froh, dass Black Magic wieder da ist und Colton meinem Vater nicht mehr im Nacken sitzt.“

Die Nachtwachen bei Black Magic brachten nicht auch nur den geringsten Hinweis. Alles, was Colton dafür bekam, waren Schmerzen in der Schulter und schlechte Laune.

Jahrelang war er mit zwei, maximal drei Stunden Schlaf ausgekommen, immer auf der Hut, immer beunruhigt, dass er mit einem Messer an der Kehle oder einem Gewehrlauf im Rücken aufwachen könnte. Doch seit er wieder in Montana war, reichten selbst fünf Stunden Schlaf nicht aus, um die Erschöpfung durch die körperliche Arbeit wieder wettzumachen.

Insgeheim fragte er sich, ob der Grund für seine ständige Müdigkeit nicht vielleicht Cassie war. Die Träume von ihr suchten ihn jede Nacht heim – wild, lebendig, ungezügelt. Und die Bilder ließen sich einfach nicht aus seinem Kopf verbannen. Er wünschte, er würde irgendeinen Weg finden, um das brennende Feuer in seinem Körper zu löschen.

Außer einer Frau fiel ihm nicht viel ein. Er hatte zwei Möglichkeiten: Entweder, er warb um Cassie und versuchte, eine Beziehung mit ihr aufzubauen – oder aber er suchte sich eine andere.

„Als ob das passieren würde“, murmelte er. Solange Cassie in der Nähe war, hätte keine andere auch nur die geringste Chance. Er rammte die Heugabel in den Strohballen und ging nach draußen. Zwei Tage waren vergangen, seit er sie zuletzt gesehen hatte. Zwei Tage, die sich anfühlten wie eine Ewigkeit.

Während er den Blick über das sonnenbeschienene Land schweifen ließ, fühlte er ein Zugehörigkeitsgefühl in sich, wie er es seit Jahren nicht verspürt hatte. Die tragenden Stuten grasten friedlich. Red Wing und Ebony, Tessas Lieblinge und der ganze Stolz ihrer kleinen Herde, standen mit den anderen Stuten zusammen. Colton hoffte nur, dass sie nicht fohlen würden, bevor Tessa und Denver wieder zurück waren. Tessa freute sich schon seit Monaten auf die Geburt der Abkömmlinge ihres Preishengstes Brigadier. Auf der nächsten Weide tobten die Jungtiere springlebendig durchs Gras, bockten übermütig und bissen sich gegenseitig spielerisch in die Hälse.

Nein, so schlimm war es hier gar nicht – wenn einem die fehlende Aufregung nichts ausmachte. Zu Denver passte es. Sein älterer Bruder hatte sich mit den Jahren geändert. Colton jedoch nicht. Und wäre Cassie nicht hier, würde es absolut nichts geben, was ihn hier reizen könnte.

Die Richtung, die seine Gedanken einschlugen, gefiel ihm gar nicht. Dass Cassie mehr als nur ein flüchtiges Abenteuer für ihn war, trieb ihn um, doch leider war dem nun mal so. Colton belog sich grundsätzlich nie selbst, und sosehr es ihm auch zuwider war – er musste zugeben, dass Cassie Aldridge ihm wieder unter die Haut gegangen war. Unruhe überkam ihn, die gleiche Unruhe, die er jede Nacht verspürte, seit er sie an jenem Abend wiedergesehen hatte.

„Trottel", schimpfte er vor sich hin, marschierte über den Hof und stapfte die Verandatreppe hinauf. Er riss die Hintertür auf – und blieb wie vom Donner gerührt stehen.

Eine alte Schürze um die breiten Hüften gebunden und ihr stahlgraues Haar frisch dauergewellt, stand Milly Samms in der Küche und putzte mit feurigem Schwung den Herd. Sie drehte den Kopf zu dem Neuankömmling, dann verharrte sie und starrte Colton mit offenem Mund an.

„Na, sieh einer an!" Ein strahlendes Lächeln breitete sich in Windeseile auf ihrem Gesicht aus. „Ohne den Bart hätte ich dich fast nicht erkannt!"

„Ich war das Gestrüpp leid.“ Er beobachtete, wie sie wieder zu schrubben begann. „Wolltest du nicht erst in einer Woche wiederkommen?“

Die Haushälterin nickte. Sollte sie seine Ungeduld bemerkt haben, so zeigte sie es nicht. „Eigentlich schon. Aber als ich das mit Black Magic hörte, habe ich beschlossen, meine Ferien abzukürzen.“

„Wir haben ihn wiedergefunden.“

„Das hat Curtis mir schon erzählt. Aber ich wollte auch Tessa und Denver nicht im Stich lassen.“

Colton grinste amüsiert und hängte seinen Hut neben der Tür auf. „Bis jetzt haben wir überlebt.“

Mit gerunzelter Stirn zeigte Milly auf die Anrichte voll schmutzigem Geschirr und die vielen Flecken auf dem Holzboden. „Sieht aus, als könntest du etwas Hilfe gebrauchen – von einer Frau. Tessa hat den ganzen letzten Herbst damit zugebracht, das Haus zu renovieren. Du könntest zumindest versuchen, es in Ordnung zu halten, solange sie nicht hier ist.“

„Ich werde dran denken“, versprach Colton schmunzelnd. Wenn er jetzt die frisch gestrichenen Schränke und das polierte Eichenparkett betrachtete, musste er zugeben, dass das Familienhaus mit Denvers Mitteln und Tessas harter Arbeit wirklich wieder wohnlich gemacht worden war.

„Ich bitte darum!“, sagte Milly betont und stellte ihm eine Tasse Kaffee hin. „Dann erzähl mir mal alles über die Sache mit Black Magic. Madeline Simpson erzählte mir, dass du glaubst, er sei gestohlen worden.“

„Genau.“ Colton pustete ein wenig auf den Kaffee, bevor er einen Schluck nahm und dann einen Bericht über die Ereignisse der letzten drei Wochen ablieferte. Milly putzte weiter, während sie ihm genau zuhörte, rieb mit dem Lappen gründlich die Anrichte, den Kühlschrank und die Lampenschirme ab. Zwischendurch gab sie einen Kommentar oder eine Bemerkung ab, doch keine Minute setzte sie sich.

„Na, Ende gut, alles gut“, sagte sie schließlich, als Colton fertig war, und wusch sich wohl zum zehnten Mal die Hände, um sie dann an der Schürze abzutrocknen.

„Falls es zu Ende ist."

„Du glaubst doch nicht, dass so etwas noch einmal passiert?"

„Hoffentlich nicht. Aber sicher können wir nicht sein, oder?", erwiderte er mit zusammengekniffenen Augen.

„Nein, vermutlich nicht", bemerkte Milly zerstreut. Sie stand mitten in der Küche und begutachtete ihre Arbeit. Alle Oberflächen und Küchengeräte blitzten wieder, genau wie die Töpfe mit den Messingböden. „Aber ich würde mich nicht daran festbeißen, dass Ivan Aldridge etwas damit zu tun hat."

Kritisch zog Colton eine Augenbraue hoch.

„Es hätte jeder gewesen sein können. Unter den Ranchern herrscht große Hilfsbereitschaft und gute Nachbarschaft", meinte Milly nachdenklich und goss sich eine wohlverdiente Tasse Kaffee ein, „aber auch eine Menge Neid und Eifersucht. Alle Rancher hier haben vor ein paar Jahren eine Menge Geld verloren. Die Winter waren hart, die Ernten ruiniert, und so manches Tier ist erfroren. Aber diese Ranch hier …", mit ihrer ausholenden Geste schloss sie das Haus und die Weiden draußen mit ein, „ist über die Runden gekommen, wenn auch nur knapp. Ich weiß noch, als Denver damals wieder zurückkehrte, hat er Tessa und Curtis beschuldigt, die McLean-Ranch ruiniert zu haben. Doch er musste bald einsehen, dass Tessa es mit harter Hand geschafft hatte, hier alles am Leben zu halten. Sie hat schwarze Zahlen geschrieben, während andere wie Bill Simpson, Matt Wilkerson, Vince Monroe und viele mehr ihre liebe Mühe hatten, die Banken davon abzuhalten, die Zwangsversteigerung einzuleiten."

„Scheint aber allen gelungen zu sein", meinte Colton.

Milly kniff die Brauen zusammen. „Ja, indem sie mehr Schulden machten."

„Aldridge auch?"

Sie zuckte die Achseln. „Weiß ich nicht, würde mich aber nicht wundern. Cassie hat das College abgeschlossen und sich auf Veterinärmedizin spezialisiert. So eine Ausbildung ist bestimmt nicht billig.“

„Curtis hält Aldridge für den einzigen Verdächtigen.“

„Aha. Jetzt hörst du also auf einen Kramer?“

„Er gehört zur Familie.“

„So hast du aber nicht immer gedacht.“

„Ich habe mich eben geirrt“, gab Colton mit vorgerecktem Kinn zu.

„Allerdings. Und es könnte gut sein, dass du dich wieder irrst. Nur weil es da diese Fehde zwischen den Familien gab, heißt das nicht automatisch, dass Ivan deshalb etwas Dummes anstellt. Zumindest nicht mehr. Und was Curtis denkt …“ Sie schnaubte. „Der Mann ist stur und uneinsichtig wie ein Esel.“ Sie war so aufgeregt, dass Colton schon befürchtete, sie würde ihren Kaffee verschütten. „Nun“, gestand sie ruhiger zu, „jeder hat wohl das Recht auf seine eigene Meinung.“

„Ich etwa auch?“ Der Schalk blitzte aus seinen Augen.

„Nein, du zählst nicht auf dieser Ranch“, neckte sie ihn schmunzelnd. „Übrigens, ich hab da vorhin etwas gefunden … Wo habe ich es bloß hingetan? Ach ja …“ Sie griff in einen Küchenschrank und holte eine Ledertasche hervor. „Das gehört doch dir, oder?“

Colton nickte und nahm sie entgegen. Seine Weitwinkelkamera befand sich darin.

„Lag im Tagesraum unter einem Stapel alter Zeitungen begraben. Ich dachte mir, du hättest vielleicht danach gesucht.“

„Hier habe ich ja keine Verwendung dafür.“

„Wieso nicht? Mir scheint, du kannst überall Fotos machen.“ Ihre Augen funkelten. „Du musst dich ja nicht auf Krieg und politische Skandale und solchen Unsinn beschränken.“

„Unsinn ist das also, ja?“

„Meiner Meinung nach schon.“

Er legte sich den Ledergurt über die Schulter. „Für ländliche Idylle habe ich nun mal nicht viel übrig.“

„Vielleicht wird es Zeit, dass du es dir anders überlegst. Ein wenig kürzertrittst. Bevor die nächste Kugel noch mehr Schaden anrichtet."

„Das wird sie nicht", versicherte er und stellte seine leere Tasse ins Spülbecken. „Danke für den Kaffee."

„Keine Ursache."

Noch immer von Rastlosigkeit erfüllt, stieß Colton mit der Schulter die Tür auf und ging nach draußen. Er dachte über Millys Ratschläge nach und verwarf das meiste davon, dennoch fragte er sich, ob sie mit Ivan nicht vielleicht recht hatte. Wie viel einfacher es doch wäre, wenn Aldridge nicht hinter Black Magics Verschwinden steckte! Wie viel unkomplizierter seine Beziehung zu Cassie dann doch sein könnte!

Er musste nicht hinsehen, um den Film einzuspannen. Dann hob er die Kamera, schaute durch die Linse, schoss ein paar Fotos. Len – groß, schlank, kräftig, die Verkörperung des modernen Cowboys –, wie er mit einem bockenden Fohlen arbeitete. Curtis – die Arme auf die oberste Zaunlatte gestützt, eine Zigarette in der Hand –, wie er auf die Koppel hinausschaute. Die Sonne – hoch am Himmel, hinter dünnen weißen Schleierwolken versteckt … Klick, klick, klick.

Dennoch war er mit seinen Gedanken nicht bei der Sache. Immer wieder musste er an Cassie denken. Er zwang sich, sich zu konzentrieren. Klick. Curtis, der Black Magic auf die Koppel führte. Klick. Der Hengst, der den Kopf zurückwarf und vor dem Hintergrund des blauen Himmels die Mähne schüttelte.

Das Klicken hörte sich richtig an, die Motive sahen richtig aus, und doch fehlte etwas, etwas Essenzielles – der Adrenalinschub, den er immer verspürte, wenn er durch den Sucher sah.

„Zur Hölle damit!", murmelte er wütend, drehte das Objektiv wieder ab und verstaute alles in der Tasche. Er rief Curtis zu, dass er nach Black Magic sehen solle, und marschierte mit Riesenschritten über den Hof zu seinem Jeep. Viel zu heftig steckte er den Schlüssel in den Starter und fluchte vor sich hin. Und wenn die ganze Welt unterging – heute Abend würde er Cassie wiedersehen.

Sie sah ihn kommen. Das Sonnenlicht brach sich in Chrom und Stahl, während das Motorrad frontal auf sie zuschoss. Cassie riss das Steuer herum und spürte die Hinterräder des alten Trucks ausbrechen, als sie auf dem schmalen Pfad Platz für den Motorradfahrer machte. Der Fahrer, ganz in schwarzem Leder, raste an ihr vorbei, ohne ihr auch nur einen Blick zu gönnen, weiter die Auffahrt hinunter, die vom Ranchhaus wegführte.

„So ein Trottel!", schimpfte Cassie. Mit hämmerndem Puls starrte sie in den Rückspiegel und sah das Motorrad um die Kurve verschwinden.

Sie ließ den Truck wieder zurück in die zwei ausgefahrenen Spuren rumpeln und fuhr das letzte Stück bis zum Haus. Ihr Herz hämmerte noch immer wie wild, als sie den Truck neben der Garage abbremste und ausstieg. „Wer war das?", fragte sie sofort, als sie ihren Vater in der Stalltür stehen sah. Erasmus kam freudig bellend angerannt und drückte sich schwanzwedelnd an ihr Bein.

„Ferguson", antwortete ihr Vater.

„Ryan Ferguson? Was hat der hier verloren?" Cassie beugte sich vor, um dem alten Hund die Ohren zu kraulen. „Der fährt ja wie ein Verrückter!"

„Er sucht Arbeit." Ivan wischte sich mit einem Taschentuch den Schweiß von der Stirn und stopfte es zurück in die Overalltasche. „Ich hab ihn eingestellt."

„Du hast was?", brauste sie auf. Noch immer saß ihr der Schreck über den Beinahezusammenstoß in den Knochen. „Er hätte mich fast von der Straße gedrängt!"

Echte Sorge zog auf Ivans Züge. „Wirklich?"

„Hast du das etwa nicht gesehen?"

„Ich war in der Scheune." Er legte eine Hand auf ihre Schulter. „Alles in Ordnung mit dir?"

„Ja, aber *ihm* habe ich das auf jeden Fall nicht zu verdanken!", fauchte sie verärgert.

„Ich werde mit ihm reden." Mit gerunzelter Stirn sah Ivan den Weg hinunter. „Er fängt morgen hier an."

„Morgen?“, hakte sie verdutzt nach. „Aber wieso?“

„Weil ich Hilfe brauche, deshalb“, erwiderte Ivan. „Nächste Woche müssten die Stuten mit dem Fohlen anfangen, und bald muss ich die Saat ausbringen, ganz zu schweigen von den restlichen Aufgaben, die zu erledigen sind.“

„Aber warum ausgerechnet Ryan Ferguson? Denver McLean hat ihn gefeuert, weil …“

„Ich weiß, weshalb Denver McLean ihn gefeuert hat. Ryan schwört, dass er unschuldig ist. Außerdem wurde nie Anzeige erstattet.“

„Und warum hat Ryan dann die Stadt verlassen?“

„Er behauptet, er musste einfach hier raus. Kann man ihm wohl nicht verübeln. Für die McLeans zu arbeiten muss die Hölle sein.“

„Oh Dad, das ist doch Unsinn! John McLean hat Curtis Kramer den Rücken gestärkt, als jeder in der Stadt ihn für das Feuer auf der McLean-Ranch verantwortlich gemacht hat. Und manche von den Helfern arbeiten schon seit Jahren auf der Ranch und sind mehr als zufrieden.“

Ivan knirschte mit den Zähnen. „Erwähne diesen Namen nie wieder in meiner Gegenwart!“ Wütend marschierte er zur Veranda.

„Aber es stimmt doch!“

„Jetzt ist der Mann also ein Heiliger, was?“, rief er ihr zu. „Aber ich gebe einem zu Unrecht beschuldigten Mann einen Job und bin nicht mehr ganz richtig im Kopf.“

„Das habe ich nie gesagt!“

Ihr Vater schwang mit blitzenden Augen zu ihr herum. Sein Nacken war vor Ärger feuerrot angelaufen. „John McLean ist der Grund, warum Vanessa mich verlassen hat und du ohne Mutter aufgewachsen bist!“, riss er alte Wunden auf. „Du weißt genau, was ich von den McLeans halte! Lassen wir das Thema!“

Cassie hörte Motorengeräusch und sah die Auffahrt hinunter. „Ich fürchte, das ist nicht möglich.“

„Und warum, zum Teufel, nicht?“

Ihr rutschte das Herz in die Hose. „Sieht so aus, als wäre Colton auf dem Weg hierher."

„Was?" Ivan sah jetzt auch zu dem herankommenden Wagen hin. „Der Teufel soll den Kerl holen! Was will er hier?"

„Das werden wir wohl gleich erfahren", sagte sie und wünschte, Colton hätte einen besseren Zeitpunkt abgepasst. Im Moment würde ihr Vater liebend gern jeden in der Luft zerreißen, der den Namen McLean trug.

„Er ist hier nicht willkommen!", erwiderte Ivan wütend.

„Das weiß er bestimmt. Warum hörst du dir nicht an, was er zu sagen hat? Vielleicht ist es ja wichtig", versuchte sie ihren Vater zu beruhigen.

Ivan verengte die Augen. „Ich habe mir oft genug die Lügen der McLeans anhören müssen, das reicht mir fürs Leben. Und ich nehme an, für dich gilt das Gleiche."

„Colton hat mich nie angelogen." Unwillkürlich versteifte sie sich.

„Nein, das nicht. Was er getan hat, war viel schlimmer. Er hat dich eine Lügnerin genannt, die ihn austricksen und zu einer Ehe zwingen wollte." Seine Wangen färbten sich rot, seine Augen blitzten. „Vergiss das nicht, Cassie! Colton McLean hätte dich fast zerstört!"

„Ich kann auf mich selbst aufpassen!"

„Kannst du das wirklich?" Der bittere Zug um seinen Mund und seine Augen ließ ein wenig nach. „Das hoffe ich." Und damit stürmte er ins Haus, Erasmus auf den Fersen.

Cassie zuckte zusammen, als die Fliegentür gegen den Rahmen schlug. Natürlich hatte ihr Vater recht. Colton hatte sie so tief verletzt. Er hatte das naive junge Mädchen, das sie einst gewesen war, zerstört. Aber das würde nicht noch einmal passieren. Schon allein deshalb, weil sie heute älter und hoffentlich weiser war. Jenes junge Mädchen konnte nicht mehr verletzt werden, weil es nicht mehr existierte, und sie würde ihr Bestes tun, damit die junge Frau, zu der sie geworden war, nie so wegen eines Mannes leiden würde. Schon gar nicht wegen Colton McLean.

Von den Stufen aus sah sie zu, wie er seinen Jeep neben ihrem Truck parkte und ausstieg. Ihre Blicke trafen sich, und ein Lächeln hob seine Mundwinkel an. Es war dieses lässig-träge Lächeln, das sie immer wieder faszinierte.

„Ich schaffe es einfach nicht, wegzubleiben", sagte er, als hätte er ihr die Frage von den Augen abgelesen.

„In den letzten acht Jahren hattest du keine Schwierigkeiten damit", stellte sie nüchtern fest.

„Autsch." Er schob seinen Hut in den Nacken und musterte sie nachdenklich. „Stehe ich wieder auf der roten Liste?"

„Du warst nie davon gestrichen." Sie gab sich alle Mühe, ernst und entschieden zu klingen, trotzdem konnte sie das belustigte Funkeln nicht aus ihren Augen heraushalten. „Seien wir ehrlich, McLean – du bringst nur Unheil."

„Das hast du dir von deinem Vater einreden lassen."

„Vielleicht hat er mir ja nur den Kopf zurechtgerückt."

Colton grinste. „Weißt du, wenn du es darauf anlegst, Cass, kannst du regelrecht gemein sein."

„Weil du es verdient hast."

Ohne Vorwarnung fasste er sie beim Arm und drehte sie so schnell herum, dass sie gegen ihn prallte.

„Hey!"

„Lass uns von vorn anfangen", schlug er raunend vor. Sein Blick lag warm auf ihr, sein Duft war so frisch wie ein strahlender Montana-Sommermorgen. Wie eine sachte Liebkosung strich sein Atem über ihre Wangen.

„Dafür ist es längst zu spät", erwiderte sie kühl. Verzweifelt bemühte sie sich, nicht zu bemerken, wie ihre Brüste sich an seinen muskulösen Oberkörper schmiegten, wie ihre Beinen sich berührten und wie ihr Körper prompt auf seine Nähe reagierte.

Seine starken Arme hielten sie gefangen. „Ich dachte, das hätten wir hinter uns gelassen."

„Was? Die Tatsache, dass du meinen Vater als Pferdedieb bezeichnest? Oder die Fehde? Oder jene Nacht, als du mich als

Lügnerin abgestempelt hast und einfach gegangen bist?“ Die Worte sprudelten nur so aus ihr heraus.

Colton erstarrte. „Ich denke, das sollten wir alles ruhen lassen.“

„Nichts war jemals ‚gut genug‘, nicht wahr?“

„Was erwartest du von mir?“

„Die Chance, dir zu erklären, warum ich dir vor acht Jahren nicht sagen konnte, dass ich nicht schwanger war“, schoss sie zurück. Alles in ihr bebte. Ihm so nah zu sein, ließ all die früheren Unsicherheiten wieder aufleben. Doch dieses Mal würde sie nicht klein beigeben.

Etwas funkelte in seinen Augen auf. Qual? Oder Mitleid? „Ist das noch wichtig?“

Sie schnappte nach Luft. Natürlich war es wichtig! Wichtiger als alles andere. „Vor acht Jahren war es das Einzige, was wichtig war.“

„Acht Jahre sind eine lange Zeit“, sagte er, während sein Blick auf ihren Lippen haften blieb.

„Kommt mir vor, als wäre es gestern gewesen.“

Colton starrte sie an. „Flüchtest du dich jetzt in Klischees, Cass?“ Er unterdrückte das Lachen, konnte jedoch nicht verhindern, dass sein Mund sich zu einem amüsierten Lächeln verzog.

Was sie unglaublich wütend machte. „Weißt du“, fauchte sie entrüstet, „du bist zweifelsohne der unerträglichste, egoistischste und unmöglichste Kerl auf Gottes Erdboden!“

Colton lachte herzhaft heraus, ein tiefer, klangvoller Laut.

„Du findest das also komisch?“ Abrupt stieß sie sich von ihm ab, so heftig, dass das schwarze Haar ihr ums Gesicht flog, und ballte frustriert die Hände.

„Nein, vermutlich stimmt das sogar“, gab er mit einem aufreibend übermütigen Grinsen zu. Schneller wie der Blitz zog er sie erneut an sich. „Was ist das nur mit dir?“, wunderte er sich laut. „In der einen Minute denke ich, dass du die faszinierendste Frau sein musst, die ich je getroffen habe, und in der nächsten gehst du mir einfach nur ganz schrecklich auf die Nerven.“

„Das beruht auf Gegenseitigkeit."

„Genau", murmelte er, und sein Blick verdunkelte sich, als er auf ihren Mund sah.

Cassie wurde die Kehle eng.

Quälend langsam beugte er den Kopf und strich sacht mit seinen Lippen über ihre.

Cassie musste ein Stöhnen zurückhalten.

Jetzt erhöhte er den Druck, und fast hätten Cassies Knie nachgegeben. Die Stimme der Vernunft mahnte sie, diesen Wahnsinn zu beenden, und sie versuchte es auch. Sie wollte ihn von sich stoßen, doch er gab nicht nach, hielt sie in seinen Armen mit einer Kraft, die an Verzweiflung grenzte. Die Handflächen flach auf die Jeansjacke gelegt, unter der sie seinen muskulösen Oberkörper fühlen konnte, wehrte sie sich kaum noch, als seine Zunge das warme Innere ihres Mundes erkundete. Hitze floss durch ihre Adern. Einen Moment lang dachte sie, dass sie ihn beißen sollte, doch sie tat es nicht. Stattdessen schloss sie seufzend die Augen. Wieso sich wehren, wenn sie acht Jahre lang darauf gewartet hatte, dass er genau das hier tat?

Als er den Kuss unterbrach, murmelte sie: „Du bist wirklich absolut unverschämt!"

„Und du liebst es, richtig?"

„Du schmeichelst dir nur selbst."

„Komm schon, Cass, gib's zu", flüsterte er lockend. „Das hält dein Interesse wach."

Vorwurfsvoll sah sie ihn an. „Ich bin nicht interessiert."

„Blödsinn." Er lehnte die Stirn an ihre. „Aber lass uns nicht streiten."

„Scheint sich nicht vermeiden zu lassen."

„Alles lässt sich vermeiden", erwiderte er, und ihr Herz setzte einen Schlag lang aus. „Aber jetzt sag – ist Ivan der Schreckliche zu Hause?"

„*Dad* ist da, und er ist nicht gerade bester Laune. Ich an deiner Stelle würde ihn nicht provozieren."

„Werde ich nicht", versprach er und gab sie frei, um die Stufen hinaufzugehen. „Um genau zu sein, ich bin gekommen, um mich zu entschuldigen."

Cassie zog die Augenbrauen hoch. „Du steckst voller Überraschungen, was?"

„Das hält dich auf Trab."

„Meinetwegen brauchst du dir keine Mühe zu geben."

Er grinste, trotz ihrer spitzen Ironie. „Ich bin zu dem Schluss gekommen, dass es nicht ausreicht, wenn ich dir sage, dass ich mich geirrt habe. Ich sollte auch Ivan wissen lassen, dass ich ihn nicht länger in Verdacht habe."

„Ich glaube, ihn interessiert weder das eine noch das andere", sagte Cassie. Sie bemühte sich, ihre Stimme ruhig klingen zu lassen, wo doch ihre Gedanken wild in ihrem Kopf wirbelten. Colton tat den ersten Schritt, und vielleicht würde Ivan irgendwo in sich die Kraft finden, um ihm zu vergeben. Und vielleicht fand sie dann ja auch die Kraft dafür …

„Wenigstens habe ich es dann versucht."

Cassie verkniff sich ein Lächeln. „Dann auf in die Höhle des Löwen!"

Colton lachte leise, als Cassie die Hintertür aufdrückte. Erasmus kam herausgestürmt und rannte sie fast um. Holterdiepolter raste er die Stufen hinunter und über den Hof, scheuchte bellend einen Schwarm Amseln auf die kahlen Äste eines Ahornbaums. „Dir ist schon klar, dass du nicht mehr auf der Liste seiner Lieblingsmenschen stehst?"

„Sieht so aus."

Seite an Seite gingen sie in die Küche. Ivan saß am Tisch, einen großen Becher Kaffee in der Hand. „McLean", sagte er knapp.

Colton blieb im Türrahmen stehen und nahm den Stetson ab. „Ich dachte mir, du würdest vielleicht wissen wollen, dass Black Magic gefunden wurde."

„Hab ich schon gehört." Ivans Blick bohrte sich in die Augen des Jüngeren, doch der ließ sich davon nicht einschüchtern. „Man sagt, er soll ausgerissen und dann wieder von allein zurückgekommen sein."

Coltons Lippen wurden schmal. „Davon bin ich noch nicht überzeugt. Aber ich bin zu dem Schluss gekommen, dass ich dich vorschnell beschuldigt habe."

„Scheint die Macht der Gewohnheit zu sein."

Ein Muskel zuckte in Coltons Wange. „Ich bin vorbeigekommen, um mich zu entschuldigen, dass ich so übertrieben reagiert habe."

Ivan wandte den Blick ab. „Ist es nicht ein bisschen spät für Entschuldigungen?"

„Vermutlich ist es zu spät für viele Dinge", nickte Colton mit einem grimmigen Lächeln. Sein Blick wanderte zu Cassie. „Aber das heißt nicht, dass wir nicht endlich das Kriegsbeil begraben können."

„Einfach so?"

Colton lehnte sich mit der Hüfte an die Anrichte und schüttelte den Kopf. „Nun, ich nehme an, ein wenig Anstrengung wird dafür schon nötig sein."

„Und vieles wird vergessen werden müssen." Ivan starrte in seine Tasse, stürzte dann den Rest seines Kaffees hinunter und stand langsam auf. „Es hat zu viel böses Blut zwischen unseren Familien gegeben, um so zu tun, als wäre das alles nie geschehen." Er rieb sich das stoppelige Kinn. „Ich kann mir nicht vorstellen, es einfach so zu vergessen."

„Dad …", mischte Cassie sich ein.

„Hör zu, McLean! Du hast gesagt, was du zu sagen hattest, und ich habe mir alles angehört. Ich bin froh, dass du dein Pferd wieder zurück hast. Ehrlich. Was nun den Rest angeht …" Ivan zog die Brauen zusammen, dann zuckte er mit einer Schulter. „Ich sehe keinen Grund, etwas an den Dingen zu ändern. Was mich betrifft, so bist du noch immer nicht willkommen hier."

Cassies Hoffnungen sanken im Sturzflug. „Bitte, Dad, überleg es dir noch einmal …"

„Was soll ich mir überlegen?", konterte Ivan sofort und presste die Lippen zusammen. „Ich habe mich lange genug mit den McLeans beschäftigen müssen. Du fällst vielleicht auf sein Gesäusel herein, ich nicht", knurrte er.

„Ist es nicht an der Zeit, die Dinge wieder ins Lot zu bringen?"

„Warum sagst du das nicht deiner Mutter?" Seine Augen funkelten, und die Adern an seinem Hals traten hervor. „Sei vorsichtig, Cassie! Du bist jetzt fünfundzwanzig, alt genug, um deine eigenen Entscheidungen zu treffen. Ich kann dir nicht mehr vorschreiben, was du zu tun hast. Aber du solltest wirklich vorsichtig sein", warnte er sie.

„Dad, so warte doch … Wir sollten darüber reden …" Cassie lief ihm nach, als er die Küche verließ, doch Ivan schüttelte nur den Kopf, fuhr sich mit zitternden Fingern über die Stirn und stieg die Treppe nach oben.

„Werd ihn los! Dann reden wir."

Cassie hatte das Gefühl, zwischen zwei Stühlen zu sitzen. Auf der einen Seite wollte sie nur zu gern all den Kummer der Vergangenheit vergessen und endlich mit ihrem Leben weitermachen. Andererseits wusste sie, dass ihr Vater recht hatte: Eine einzelne Entschuldigung konnte nicht das jahrelange Leid und Misstrauen vergessen machen.

Mit einem Knoten im Magen ging sie zurück in die Küche. Colton stand am Fenster, drehte den Stetson in der Hand und starrte hinaus. „Netter Mann, dein Vater", murmelte er, als er sie kommen hörte.

„Er kann sogar sehr nett sein."

„Mich hätte er glatt getäuscht."

„Das gilt wohl für beide Seiten."

Eine tiefe Falte erschien auf Coltons Stirn, als er zu ihr hinsah. „Lass uns von hier verschwinden."

„Ich bin gerade erst nach Hause gekommen!"

„Ich weiß, aber ich bin lieber irgendwo, wo ich willkommen bin. Und ich möchte dich gern dabeihaben."

Cassie zögerte. Sie war wirklich versucht, keine Fragen zu stellen und einfach mit ihm zu gehen. Sie musste sich zügeln, um jeden Preis. „Wieso?"

„Weil ich Zeit mit dir verbringen möchte“, sagte er schlicht, doch seine Miene wirkte bedrückt.

Ihr Puls begann zu rasen. „Hältst du das für eine gute Idee?“

„Ich *weiß*, dass es keine gute Idee ist – aber was soll's?“ Ein flüchtiges Grinsen huschte über sein Gesicht, und Cassies Herz machte einen Hüpfer. Coltons verletzliche Seite zu sehen, jene Seite, die er so sehr zu verbergen versuchte, berührte sie mehr als alles andere.

„Wenn ich daran denke, dass …“

„Dann denk einfach nicht daran“, unterbrach er sie. „Komm einfach mit!“

Sie schluckte alle Zweifel hinunter. „Also gut.“ Und noch während sie sich fragte, ob sie den zweitschwersten Fehler ihres Lebens beging, eilte sie an ihm vorbei nach draußen. Die Schatten waren lang geworden, die Nachmittagssonne verlor an Kraft, und die Luft wurde kühl. Zitternd steckte Cassie die Hände in die Taschen ihrer Jacke, als sie den Hof überquerte.

Colton hielt die Beifahrertür seines Jeeps für sie auf und half ihr beim Einsteigen. Als er sich hinters Steuer gleiten ließ, sah Cassie am Ranchhaus hoch.

„Ich fühle mich wie der größte Verräter aller Zeiten.“

„Dein Vater wird darüber hinwegkommen.“

„Da bin ich mir nicht sicher“, murmelte sie, während der Jeep anfuhr und in einem großen Bogen über den Hof wendete.

„Du bist fünfundzwanzig – hat Ivan selbst gesagt.“

„Oh, jetzt bin ich also alt genug, ist es das?“ Ein trauriges Lächeln spielte um ihre Lippen.

„Alt genug?“

„Weißt du nicht mehr? Das war damals doch dein Hauptargument gegen eine Beziehung. Damals war ich nur ein Kind für dich.“

„Das warst du ja auch“, sagte er und rumpelte die Auffahrt entlang. An der Ecke bog er nicht in Richtung Three Falls, sondern in die entgegengesetzte Richtung.

„Wohin bringst du mich?“, fragte Cassie.

Er warf ihr einen herausfordernden Blick zu. „Wenn ich dir das sagen würde, wäre es ja keine Überraschung mehr."

„Was für eine Überraschung?", wollte sie wissen, und ein erwartungsvoller Schauer lief ihr den Rücken hinunter. Unberechenbar, geheimnisvoll und verschlossen war Colton, aber eines auf jeden Fall nicht: langweilig. „Weißt du, man könnte das auch für eine Entführung halten."

„Hatten wir nicht schon festgestellt, dass du kein Kind mehr bist? Außerdem bist du freiwillig mitgekommen."

„Dem lässt sich wohl nicht widersprechen." Sie vibrierte innerlich vor erwartungsvoller Aufregung, lehnte sich in den Sitz zurück und starrte zur Windschutzscheibe hinaus.

Sie fuhren gen Westen. Die zerklüfteten Berge, die zackigen Gipfel schneebedeckt, reckten sich in den dämmrigen Abendhimmel.

Cassie kaute nervös an ihrer Lippe. Wohin fuhr Colton mit ihr, fragte sie sich, und wohl noch wichtiger, *weshalb*?

8. KAPITEL

Colton fuhr durch die Nachbarstadt und dann tiefer in die Berge hinein. „Fahren wir etwa bis nach Garner's Ridge?", fragte Cassie überrascht. „In die Geisterstadt?"

Colton lachte. Die Straße wand sich in Kurven aufwärts, wurde dann zu einer Kiesbahn, die sich unter Fichten durch Gestrüpp und Unterholz schlängelte. Der Jeep rumpelte über den Pfad, schließlich war die Fahrbahn nicht mehr als ein Feldweg. Zur einen Seite ragte eine Granitwand in den Himmel, auf der anderen fiel eine bewaldete Klippe in die Tiefe.

Jedes Mal, wenn Colton den Gang wechselte, berührte er fast Cassies Knie, und wenn der Jeep besonders stark schwankte, streiften sich ihre Schultern.

Der Weg wurde schmaler und schmaler. Eine letzte Kurve. Colton hielt am Ende eines Weges, der einst die Hauptstraße gewesen sein musste.

„Nicht viel übrig geblieben, nicht wahr?"

Gemeinsam wanderten sie durch die alte Minenstadt. Vor fast hundert Jahren hatte man hier Gold gefunden. Anfangs waren die Goldgräber in Scharen gekommen, dann aber bald wieder weitergezogen, weil die Hauptader nie entdeckt worden war. Und die wenigen Siedler, die sich hier niederließen, hatten keine zwanzig Jahre später auch aufgegeben.

Colton stieg auf den wackeligen Verandagang und stieß eine Tür auf. Die verrosteten Scharniere quietschten. Drinnen huschten Mäuse über die alten Holzbohlen; durch ein großes Loch im Dach konnte man den dunklen Abendhimmel sehen.

„Warum hast du mich hergebracht?" Cassie lugte vorsichtig durch die zerbrochenen Scheiben, die noch in den Fenstern saßen.

„Ich dachte, wir brauchen einen Ort, an dem wir allein sein können."

„Was denn? Du und ich und die Geister?"

Lächelnd ergriff Colton ihre Hand. „Wir müssen die Dinge

aus der richtigen Perspektive sehen", meinte er. „Manchmal stehen dafür zu viele Menschen und andere Dinge im Weg."

„Du meinst, Dad?"

„Der auch. Und Onkel John."

„Ganz zu schweigen von Black Magic."

„Richtig", stimmte er leise zu. Er ging wieder zu dem alten Krämerladen hinaus, stieg vorsichtig die morschen Stufen hinunter und lehnte sich mit der Schulter an eine riesige alte Fichte.

Nebel stieg vom feuchten Waldboden auf, dünne Schleier waberten um die Gebäude und hüllten die verlassene Stadt in eine gespenstische Atmosphäre. „Fast könnte man glauben, dass es hier wirklich Geister gibt", murmelte Colton.

„Kannst du sie sehen?" Cassie stellte sich neben ihn, folgte seinem Blick mit den Augen. „Die Geister aus deiner Vergangenheit?"

„Der einzige Geist aus der Vergangenheit, der mich plagt, bist du", gab er zu.

„Ich?"

„Ja, du." Mit einer Fingerspitze hob er sacht ihr Kinn an, studierte ihre nahezu perfekten Züge, die sich unauslöschlich in seine Erinnerung eingebrannt hatten. Mit rosigen Wangen sah sie ihn aus ihren großen grün-braunen Augen an, das schwarze Haar umrahmte schimmernd ihr Gesicht. „Seit acht Jahren versuche ich, dich auszutreiben."

„Und? Ist es dir gelungen?"

Er presste die Lippen zusammen. „Sieht nicht danach aus, oder?"

„Es scheint aber acht Jahre lang ganz gut funktioniert zu haben."

Er senkte den Blick. „Nicht wirklich."

Cassies Herz hämmerte wild. Wenn sie ihm doch nur glauben könnte! „Und jetzt?"

„Das Jetzt ist schwierig, Cass", gestand er, „ein echtes Problem. Jedes Mal, wenn ich dich aus meinem Kopf verdrängt habe, gelingt es dir irgendwie, dich wieder hineinzuzwängen."

„Das stimmt überhaupt nicht! Ich habe mich dir kein einziges Mal aufgedrängt oder dich belästigt."

„Ach, Cassie!" Er seufzte, seine Schutzmauern wankten. „Das brauchtest du auch gar nicht. Du warst immer da. Selbst als ich glaubte, dich endlich vergessen zu haben, weckte irgendetwas die Erinnerung … und dann warst du wieder da."

„Du erwartest doch nicht ernsthaft von mir, dass ich dir abnehme, du hättest mir acht Jahre lang nachgeschmachtet …"

„Ich schmachte nicht."

„Das hätte ich auch nicht vermutet."

„Aber ich bin nicht zur Ruhe gekommen."

„Nun, offensichtlich war deine Unruhe nicht stark genug, um anzurufen oder vielleicht zu schreiben oder sogar mal vorbeizuschauen", stellte sie fest. Sie bemühte sich, nicht zu vergessen, wie viel Kummer er ihr zugefügt hatte, doch hier, in dem dämmrigen Zwielicht, allein mit ihm, schienen diese quälenden Erinnerungen mehr und mehr zu verblassen.

„Ich war ja nicht einmal in der Nähe."

„Deine Entscheidung." Sie fühlte seine starken warmen Finger an ihrem Kinn und war wütend auf sich, dass sie ihm überhaupt zuhörte.

„Ich wollte aber nicht ständig von Unruhe und Rastlosigkeit erfüllt sein", raunte er, streichelte über ihren Hals, sah ihr dabei tief in die Augen.

Dunkelheit senkte sich über die verfallenen Gebäude, und Cassie wünschte, sie hätte die Willenskraft, sich abzuwenden; zu verlangen, dass sie wieder zurückfuhren; ihm zu sagen, dass sie ihn nie wiedersehen wollte, solange sie lebte. Doch sie tat nichts von all dem. Von seinen silbergrauen Augen wie hypnotisiert fragte sie: „Was hat deine Meinung geändert?"

„Du."

Sie lachte glockenhell.

„Doch, es stimmt", sagte er leise. „Solange ich in einer anderen Stadt, in einem anderen Land war, ließ es sich aushalten. Doch seitdem ich wieder hier bin …"

„Du bist schon seit Monaten wieder hier“, fiel sie ihm ins Wort. Sie durfte ihm nicht wieder verfallen! „Du bist erst gekommen, als Black Magic verschwunden war.“

Sein Mund zeigte ein wissendes Lächeln. „Zum Teil liegt es daran, dass ich wirklich viel zu tun hatte“, erwiderte er und beugte sich vor. Ihre Gesichter berührten sich fast.

„Und woran lag es noch?“

„Reine Willenskraft.“

„Tja – ein Armutszeugnis für meine Verführungskünste“, spöttelte sie.

„Oh, die hast du“, flüsterte er, und sein Atem strich warm über ihre Haut. „Ich bin nicht immun dagegen, aber ich hatte so weit alles unter Kontrolle. Bis ich dich wiedergesehen habe.“

„Worum geht es hier eigentlich, Colton?“, fragte sie und wünschte, ihre Stimme würde nicht so schrecklich zittern. Sie wollte unbedingt den Eindruck machen, als könnte sie sich bestens beherrschen, auch wenn Colton all ihre Sinne gefangen nahm, auch wenn ihr Körper von Coltons Berührungen zu vibrieren schien. Sein männlicher Duft ließ ihre Knie weich werden, und sie konnte den Blick nicht von seinen sinnlichen Lippen abwenden.

„Ich wollte einfach mit dir allein sein“, gab er zu, und seine Stimme klang genauso rau und heiser wie ihre.

„In einer Geisterstadt?“

„Irgendwo, ganz gleich, wo.“ Und dann presste er den Mund auf ihre Lippen. Cassie hörte nur noch das wilde Hämmern ihres Herzens, fühlte nur noch seine starken Arme und die Macht der Leidenschaft, die zwischen ihnen entflammt war. Sie brannten vor Verlangen, das noch stärker, noch gewaltiger, noch heißer loderte als vor acht Jahren.

„Das … das ist ein Fehler“, murmelte sie und klammerte sich verzweifelt an den letzten Rest Vernunft. *Was mache ich hier nur?* Ihr Atem ging flach.

„Es wäre nicht unser erster.“ Wieder nahm er ihren Mund in Besitz. Die eine Hand in ihrem Haar verfangen, legte er die andere an ihren Rücken und drückte sie eng an sich.

Durch den Stoff der Kleidung konnte sie die Kraft seines Körpers fühlen, die Stärke seiner Muskeln, die Erregung, die durch sein Blut raste.

Denk nach, Cassie! Doch sie konnte nicht denken, und sowie er mit ihr auf das Bett aus Tannennadeln und weichem Moos sank, schlang sie seufzend die Arme um seinen Nacken. Ich liebe dich, wurde ihr verzweifelt klar. *Ich habe dich immer geliebt.*

Als er sie wieder fordernd küsste, wehrte sie sich nicht gegen die Hitze, die sich in ihr ausbreitete und durch ihre Adern strömte, während sie mit ihm auf dem Boden lag. Er schob die Hand unter ihren Pullover, weiter hinauf, bis er ihren BH berührte. Ein prickelnder Schauer durchlief sie. Ihre Knospen richteten sich auf, und sowie er sacht mit den Fingerspitzen darüber fuhr, erbebte sie.

„Ich habe dich vermisst, Cass", raunte er und strich zärtlich mit seinen Lippen über ihre, wobei er mit der Hand ihre Brust verwöhnte.

Ihr Herz flatterte wild, während er sie liebkoste, alles klare Denken verflüchtigte sich. „Das ist mir nicht aufgefallen."

„Weil ich es nicht zugeben wollte", gestand er und knabberte spielerisch an ihrer Unterlippe. Er ließ seine Hände unter ihrem Pullover über ihre Haut gleiten, löste damit eine Flutwelle von Emotionen in ihr aus.

Mit zitternden Fingern fand und öffnete sie die Knöpfe seines Hemdes, schlüpfte mit den Händen unter den rauen Stoff und streichelte die weiche Haut über den harten Muskeln.

Scharf sog er die Luft ein, schloss die Augen. „Du bist eine Hexe", stieß er leise stöhnend aus.

„Erst ein Geist … und nun eine Hexe", murmelte sie. „Kein Wunder, dass ich verrückt nach dir bin."

„Bist du das, Cass?"

„Muss ich wohl sein – verrückt, meine ich. Ich schleiche durch eine Geisterstadt und falle einem Mann in die Arme, der geschworen hat, sich an meiner Familie zu rächen. Ganz ehrlich, Colton", scherzte sie, „das würde viel eher in einen schlechten Horrorfilm passen."

„Keine Angst, ich beschütze dich! Vertrau mir."

Es war, als hätte er mit den letzten beiden Worten einen Eimer kaltes Wasser über sie gegossen. Die Wärme, die sie empfunden hatte, schwand jäh. „*Dir* vertrauen? Nach allem, was zwischen uns passiert ist?" Auch wenn Coltons Griff fester wurde, schubste sie ihn von sich. Sie brauchte Raum, um klar denken zu können. „Und wie genau sieht das bei dir aus? Vertrauen ist keine Einbahnstraße, Colton, und es ist noch gar nicht so lange her, dass du weder mir noch meinem Dad vertraut hast!"

Er wollte nach ihr greifen, doch sie wich ihm aus. Sie rückte ihren Pullover zurecht und schlug die Jacke um sich. Tannennadeln kratzten an ihrem Rücken.

Was hatte sie sich nur dabei gedacht? Sich hier mit ihm einzulassen! „Ich glaube, wir sollten besser wieder zurückfahren", erklärte sie und rappelte sich auf.

Colton sprang auf die Füße, drückte sie gegen die raue Rinde einer Fichte. „Was ist los, Cassie?" Er musterte sie aus zusammengekniffenen Augen. „Was geht in dir vor?"

„Vertrauen kann man nicht verlangen, man muss es sich verdienen." Sie reckte das Kinn rebellisch empor. „Wie soll ich einem Mann vertrauen, der mich ohne die Chance zu einer Erklärung einfach hat sitzen lassen?"

„Es gab nichts zu erklären!"

„Es gab sogar viel zu erklären!" Sie schrie jetzt. Die Worte, die seit Jahren in ihrem Kopf eingebrannt waren, bahnten sich jetzt unaufhaltsam den Weg über ihre Lippen. „Ich dachte, ich wäre schwanger, Colton, und ich hatte Angst! Ich kam vor Angst schier um, dass du mich zurückweisen würdest."

„Ha!"

„Bei mir zeigten sich alle typischen Symptome. Ich übergab mich mindestens einmal am Tag, meine Periode blieb aus ... und ich hatte mit dir geschlafen, ohne dass mir Empfängnisverhütung auch nur in den Sinn gekommen wäre."

Im schimmernden Mondlicht konnte sie deutlich erkennen, wie er blass wurde.

„Aber das war mir damals ja auch nicht wichtig. Du hattest recht – ich war zu jung, als dass ich mir deshalb Sorgen gemacht hätte. Mir war gar nicht klar, was es wirklich bedeuten würde, ein Kind großzuziehen. Ich sah nur die positiven Seiten, die Aufregung und die Freude, alles mit dir zu teilen, deinen Sohn oder deine Tochter auf die Welt zu bringen …"

„Cassie, nicht!", warnte er. Seine Miene wirkte angespannt.

Aber sie konnte nicht aufhören. Die Worte sprudelten aus ihr heraus, als wäre ein Damm gebrochen. „Ich habe dir vertraut, Colton, und ich habe dich geliebt. Großer Gott, wie sehr ich dich geliebt habe! Aber du hast meine Liebe und mein Vertrauen nur benutzt … Du hast geglaubt, was du glauben wolltest, damit du ohne Blick zurück aus Montana weggehen konntest. Du hast mir überdeutlich klargemacht, dass du keine Ehefrau wolltest, dass wir zu jung waren, dass wir Träume hatten, die wir erst verwirklichen sollten. Und bei der ersten Gelegenheit, hast du mir den Rücken gekehrt und bist verschwunden. Und deshalb … erzähl du mir nichts über Vertrauen!"

Colton ballte die Hände, mit denen er sie an dem Baum gefangen hielt. Getroffen von Cassies grimmigem Zorn, spürte er weder die Splitter, die sich in seine Haut gruben, noch den Schmerz. „Bist du jetzt fertig?"

„Mehr ist dazu nicht zu sagen." Sie duckte sich unter seinem Arm hindurch, um von ihm wegzukommen, doch er erwischte sie beim Handgelenk und zog sie zu sich zurück.

„Das war eine ganze Menge."

„Es gab doch sicher *Gründe* für dein Verhalten, oder? *Entschuldigungen?*"

„Nur die Wahrheit. Du hast zu sehr gedrängt, Cassie. Du hattest schon länger von Heirat gesprochen, und da kam dir ein Baby doch gerade recht. Vor allem, wenn es überhaupt nicht existierte."

„Vielleicht habe ich wirklich darauf gehofft."

„Und vielleicht kam es nicht gut bei mir an, zum Narren gemacht zu werden!"

„Zum Narren machen kann man sich immer nur selbst, Colton", fauchte sie. Sie riss sich aus seinem Griff los, eilte zum Jeep zurück. Doch mit drei großen Schritten hatte er sie eingeholt und ging neben ihr her, hielt mit ihren wütenden Schritten mit.

„Würde es helfen, wenn ich sagte, dass es mir leidtut?"

„Nein!"

„Warum nicht?"

„Weil du mir nicht *glaubst*, Colt! Und darum geht es letztendlich doch!" Heiße Tränen strömten ihr aus den Augen, sie konnte sie nicht zurückhalten. Beim Wagen schwang sie zu ihm herum. „Du hattest völlig recht – wir *waren* viel zu jung! Aber ich hätte gewartet, wenn ich gewusst hätte, dass du dir etwas aus mir machst."

Er verfluchte sich selbst, kämpfte mit seinen Gefühlen. Mit einem Finger fuhr er ihr zärtlich über die Wange, wischte sanft eine Träne fort. „Ich *habe* mir etwas aus dir gemacht." Seine Stimme klang rau. „Der Himmel weiß, wie viel! Und das hat mich zu Tode geängstigt." Er zog sie in seine Arme und drückte einen Kuss auf ihre Stirn. „Es tut mir leid", murmelte er mit einem schweren Seufzer. „Ich hatte nie vor, dich zu verletzen. Auch wenn du mir nichts anderes glaubst ... Ich bitte dich, glaub mir, dass ich dich niemals verletzen wollte! Ich hätte dir das schon vor langer Zeit sagen sollen, aber ich konnte nicht. Lange habe ich es selbst nicht verstanden. Und als ich es dann endlich verstanden habe, stand mir mein Stolz im Weg."

Sie spürte den Schauer, der ihn durchlief, hörte das Schwanken in seiner Stimme. Und nach acht langen Jahren glaubte sie ihm. Herzzerreißende Schluchzer rissen sich los, stiegen direkt aus ihrer Seele empor. Sie nahm sein Gesicht zwischen beide Hände, fühlte seine warme Haut an ihren Handflächen und wusste tief in ihrem Herzen, dass er ihr seine Seele offenbart hatte.

Er drehte leicht den Kopf, drückte einen Kuss in ihre Handfläche. „Gäbe es einen Weg, all unsere Fehler auszuradieren – ich würde ihn gehen, Cass! Und wenn ich wüsste, wie ich dir beweisen kann, dass ich mir damals viel aus dir gemacht habe, genau wie heute, dann würde ich es tun." Er küsste sie auf die Stirn und hielt sie fest in seiner Umarmung.

Cassie barg das Gesicht an seiner weichen Lederjacke und holte tief Luft, um sich zu beruhigen.

Die Zeit verstrich. Ihr einvernehmliches Schweigen war wie Balsam auf ihren alten Wunden. Cassie fühlte sich befreit, befreit von dem Gewicht, das sie schon so lange mit sich herumtrug.

„Komm", sagte Colton schließlich, „ich lade dich ein. Wo würdest du gerne essen gehen?"

„Paris?", antwortete sie lächelnd, wobei ihre Augen feucht schimmerten.

Er lachte leise, auch wenn sein Blick ernst blieb. „Wenn es das ist, was du möchtest ..."

„Es ist eigentlich egal." Sie schniefte und schluckte die Tränen hinunter.

„Wie wär's, wenn wir uns erst den Wetterbericht für Paris ansehen und bis dahin etwas suchen, das näher liegt?"

„Ich nehme dich beim Wort! Ich werde es nicht vergessen."

„Ich weiß, Cass", sagte er und hielt die Beifahrertür für sie auf. „Das ist mir völlig klar."

Im gleichen Moment, in dem sie das Pinewood Café betraten, wurde Cassie klar, dass sie einen nicht rückgängig zu machenden Fehler begangen hatten. Jedermann in dem kleinen Restaurant drehte sich um, alle Augen lagen neugierig auf ihnen.

Die meisten der Nischen, die Polster mit dunkelgrünem Kunstleder überzogen, waren besetzt. Rauch kräuselte sich träge zur Decke empor, wo ein Ventilator einen vergeblichen Kampf um Frischluft führte. Gedämpftes Stimmengemurmel hallte durch den Raum, Gläser klirrten, und die Kellnerinnen eilten geschäftig von Tisch zu Tisch.

Eine Hand an ihrem Ellbogen, führte Colton Cassie zu einer der hinteren Nischen. Auf dem Weg dorthin entdeckte sie Matt Wilkerson und Bill Simpson an einem Tisch, Nate und Paula Edwards an einem anderen, und Vince Monroe saß mit seiner Frau

Nadine und seiner Tochter Jessica zusammen. Die halbe Stadt schien beschlossen zu haben, heute Abend im Pinewood zu essen.

Cassie nickte einigen Leuten, die ihr zuwinkten, grüßend zu, lächelte auch jene an, die keine Reaktion zeigten. Sie fragte sich, ob ihre Lippen noch immer vom Küssen geschwollen waren und ob ihr Mascara vielleicht bis auf die Wangen verschmiert war. Auf der Fahrt hierher hatte sie versucht, zu retten, was zu retten war, aber sie ahnte, dass sie nicht gerade aussah wie frisch aus dem Ei gepellt.

Die meisten Leute in Three Falls kannten sie seit ihrer Kindheit. Sie war hier in der kleinen Stadt aufgewachsen und inzwischen einer der beiden Tierärzte, die sich um das Vieh der Rancher kümmerten und die Haustiere der Leute versorgten, die in der Stadt wohnten. Also setzte sie ein strahlendes Lächeln auf und tat so, als wäre es das Natürlichste von der Welt, dass sie mit Colton McLean zum Dinner ausging.

„Scheint ein wirklich beliebtes Lokal zu sein“, bemerkte Colton und sah sich um, während er ihre beiden Jacken an dem Ständer gleich neben der Nische aufhängte.

„Vielleicht wussten sie ja alle, dass wir heute kommen“, meinte Cassie und schob sich in die Bank.

Colton lachte. Cassie entspannte sich etwas, als die Gäste ihre Aufmerksamkeit wieder ihren Mahlzeiten zuwandten, auch wenn sie das sichere Gefühl hatte, dass Jessica wie auch ihr Vater noch immer interessierte Blicke in ihre Richtung warfen.

Lächelnd setzte Colton sich und lehnte sich in die Polster zurück, ein paar dunkle Strähnen fielen ihm in die Stirn. Er wirkte entspannt und locker.

Eine zierliche Brünette in dunkelgrüner Uniform, das Haar zu einem wippenden Pferdeschwanz zusammengebunden, kam an ihren Tisch. „Hallo, ich bin Penny“, stellte sie sich leicht atemlos vor und reichte ihnen die Speisekarte. „Als Empfehlung des Tages haben wir heute gefüllte Forelle und *Prime* Rib-Steak. Sehen Sie sich nur in Ruhe die Karte an, ich komme dann gleich wieder zu Ihnen, um die Bestellung aufzunehmen.“ Mit einem

Lächeln eilte sie zum nächsten Tisch. Sie wirkte nervös, so als wäre ihr erster Arbeitstag.

Cassie überflog die Karte, die sie eigentlich auswendig kannte. Als Vanessa damals gegangen war, hatte ihr Vater sie jeden Donnerstag mit ins Pinewood genommen. Auch wenn das Restaurant inzwischen mehrmals den Besitzer und auch die Einrichtung gewechselt hatte, so hatte sich an der Speisekarte nicht viel geändert.

„Ich nehme das Hühnchen“, bestellte sie, als Penny wieder zurückkam. Colton bestellte Steak mit Pommes Frites. Die kleine Kellnerin kritzelte eifrig auf ihren Bestellblock, wobei sie die ganze Zeit über an ihrer Lippe kaute.

„Auch Dessert?“

„Für mich nicht, danke“, lehnte Cassie ab.

Colton dagegen hielt sich die Möglichkeit offen. „Mal sehen, wie es nach dem Essen aussieht.“

„Sicher. Ihre Bestellung kommt sofort.“ Penny ging zur Theke zurück, um die Getränke zu holen, brachte dann einen Eistee für Cassie und ein eisgekühltes Bier für Colton.

„Wenn Sie noch etwas brauchen, lassen Sie es mich wissen“, erbot sie freundlich und verschwand dann durch die Schwingtüren in die Küche.

Cassie nippte an ihrem Eistee, Colton trank von seinem Bier. Ein kalter Luftschwall zog in den mit Fichtenholz vertäfelten Raum, als die Eingangstür aufging. Sie sah flüchtig zur Tür, und unwillkürlich umfasste sie das Glas fester. Ein einzelner junger Mann kam herein – Ryan Ferguson. Den Motorradhelm unter den Arm geklemmt, steuerte er die Nische beim vordersten Fenster an. Von draußen warf die Neonreklame für eine bekannte Biersorte ihr grün-gelbes Licht blinkend auf den Tisch.

„Hast du einen Geist gesehen?“, erkundigte sich Colton, dem Cassies verblüffte Miene nicht entgangen war.

„Wir sind ja nicht mehr in der Geisterstadt“, gab sie zurück und wandte ihm wieder das Gesicht zu.

Colton jedoch musterte den Mann, den Cassie angestarrt hatte. Er war groß und sportlich, hatte blondes Haar, das ihm wirr vom Kopf stand, und braune Augen. Colton schätzte ihn auf Mitte zwanzig. Er wirkte ziemlich arrogant.

Achtlos warf der Mann seinen Helm neben sich auf die Bank, zog den Reißverschluss seiner Lederjacke auf und kramte eine Schachtel Zigaretten aus der Tasche. Er sah sich nicht um, zündete sich eine Zigarette an und blies den Rauch an die Decke.

„Kennst du ihn?“ Colton fragte sich, ob Cassie wohl etwas mit dem Mann gehabt hatte, verwarf die Idee aber sofort wieder. Instinktiv spürte er, dass er nicht ihr Typ war.

„Du etwa nicht?“

Colton schüttelte den Kopf. „Sollte ich ihn denn kennen?“

„Er ist hier aufgewachsen. Hat für Denver gearbeitet, und jetzt wird er wohl für Dad arbeiten. Er heißt Ryan Ferguson.“

Alarmsirenen schrillten in Coltons Kopf los. „Ist das nicht der Typ, der deiner Meinung nach darauf aus sein könnte, Denver eins auszuwischen, weil der ihn damals gefeuert hat?“

„Genau der. Er ist wieder in der Stadt.“

„Seit wann?“ In seinem Kopf überschlugen sich die Gedanken. War Ryan Ferguson des Rätsels Lösung? War er verantwortlich für Black Magics Verschwinden? Schnell ließ Colton den Blick durch den Raum wandern. Scheinbar war Fergusons Erscheinen auch anderen aufgefallen. Bill Simpson hatte die grauen Augenbrauen hochgezogen, jetzt beugte er sich zu seiner Frau hinüber. Vince Monroe musterte den jungen Mann mit zusammengekniffenen Augen und gerunzelter Stirn. Colton sah zurück zu Cassie. „Seit wann ist Ferguson wieder in der Stadt?“, wiederholte er seine Frage.

Cassie zuckte mit den Schultern und brachte die Eiswürfel in ihrem Glas mit dem Strohhalm zum Tanzen. Die Zitronenscheibe drehte sich mit. „Weiß ich nicht genau, aber angeblich schon eine Weile.“

„Und er hat die ganze Zeit für deinen Dad gearbeitet?“

„Nein, Dad hat ihn gerade erst heute Nachmittag angeheuert.“

Seine Gedanken schwenkten in eine neue Richtung. War es möglich, dass Ryan Ferguson und Ivan Aldridge bei der Entführung des Pferdes unter einer Decke steckten? „Er sieht nicht aus wie jemand, den dein Vater gern den ganzen Tag um sich haben würde."

„Dad braucht Hilfe." Sie versuchte ein Lächeln. „Wegen meiner Arbeit bin ich oft nicht zu Hause, viel seltener, als Dad oder ich uns das vorgestellt hatten. Und bald ziehe ich auch aus."

Coltons Kopf ruckte hoch. Das war neu. „Wohin? Wann?"

„Wahrscheinlich nehme ich mir irgendwann im Sommer ein Apartment hier in der Stadt."

Colton vergaß Ryan Ferguson vorerst. „Wieso?"

„Langsam wird's Zeit, findest du nicht? Ich bin ja nur wieder nach Hause gezogen, um meine Collegeschulden abzubezahlen und um Dad mit der Arbeit auf der Ranch zur Hand zu gehen. Doch wie ich schon sagte – ich bin nicht oft genug da, um wirklich helfen zu können. Und jetzt, da ich nicht mehr studiere, kann er es sich leisten, jemanden einzustellen."

„Warum hat er dann ausgerechnet Ferguson genommen?"

Ich wünschte, ich wüsste es. „Ryan brauchte einen Job, nehme ich an."

Colton setzte sich in die Ecke zurück und beobachtete Ferguson. Auch während des gesamten Essens ließ er immer wieder den Blick zu dem Mann schweifen. Er trug Bikerkleidung und machte eigentlich einen harmlosen Eindruck. Doch in den Jahren, in denen Colton immer wieder mit gefährlichen Terroristen zu tun gehabt hatte, hatte er auch gelernt, dass der erste Eindruck täuschen konnte. Es würde sich wohl lohnen, ein paar Nachforschungen über Ryan Ferguson anzustellen.

Vince Monroe schob scharrend seinen Stuhl zurück. Colton sah auf und erwischte den alten Mann dabei, wie er ihn anstarrte – und zwar mit einem vernichtenden Blick. Seine Nackenhaare richteten sich unwillkürlich auf. Auch wenn Vinces Miene völlig ausdruckslos blieb, so verrieten ihn seine Augen dennoch. In ihnen erkannte Colton eiskalte Wut und Hass.

Jessica drehte jetzt den Kopf zu Colton. Ihre Lippen bebten, sie lächelte schwach, und Colton erwiderte mit einem offenen, freundlichen Grinsen. Jetzt stand Jessica auf und verließ am Arm ihres Vaters zusammen mit ihrer Mutter das Restaurant.

„Irgendwie habe ich den Eindruck, dass die Monroes mich nicht besonders gut leiden können", sprach Colton seine Gedanken laut aus. Still fragte er sich, wie viele der hiesigen Rancher nicht gut auf die McLeans zu sprechen waren.

„Vince hatte eine lange Pechsträhne."

„Und das ist meine Schuld?"

„Nein, das nicht." Cassie spielte nervös mit ihrer Serviette. „Aber da ist schließlich auch noch Jessica."

„Ich hab dir doch schon gesagt, dass da nie etwas zwischen uns war."

„Ob sie das auch weiß? Es wäre doch denkbar, dass du sie verletzt hast. Und wenn das stimmen sollte, dann gehörst du bestimmt nicht zu den Lieblingsmenschen ihres Vaters."

Colton rieb sich nachdenklich das Kinn. Der brennende Hass in Monroes Blick ließ sich nicht damit erklären, dass Colton einige Male mit Jessica ausgegangen war und danach die Stadt verlassen hatte. „Ich glaube nicht, dass es etwas mit Jessica zu tun hat. Da muss es noch mehr geben. Ist in der Zeit, als ich nicht hier war, etwas zwischen den Monroes und den McLeans vorgefallen?"

„Das weiß ich nicht. Ich weiß nur, dass Vince gezwungen war, letztes Jahr einige seiner Tiere an Denver zu verkaufen."

„Sollte er dann nicht froh sein, dass Denver ihm aus der Patsche geholfen hat?", sagte Colton nachdenklich, während er beobachtete, wie der große Mann mit steifem Rücken die Tür aufhielt.

„Das bezweifle ich allerdings", erwiderte Cassie. Ihr war der Appetit vergangen. „Dad ist es vor einigen Jahren ähnlich ergangen. Er musste ein Pferd an Tessa verkaufen, noch bevor sie mit deinem Bruder verheiratet war. Das hat er nie verwunden."

„Ivan hat nichts von dem verwunden, was auch nur im Entferntesten mit den McLeans zu tun hat", brummte Colton.

„Und er hat sicher seine Gründe dafür. Weißt du, Dad kann wirklich ein wunderbarer und aufmerksamer Mann sein. Mein ganzes Leben hat er sich um mich gekümmert. Du musst ihm eine Chance geben."

Zu ihrer Überraschung griff Colton über den Tisch und legte seine Hand auf ihre. „Ich bemühe mich ja, Cass. Glaube mir, ich bemühe mich wirklich." Mit seiner von der Arbeit rauen Hand strich er über ihren Handrücken, und ein wohliges Prickeln lief ihren Arm hinauf. „Komm, ich sollte dich jetzt besser nach Hause bringen. Ich will es mir ja nicht mit deinem Vater verderben."

„Richtig", gab sie grinsend zurück und ließ sich von ihm in ihre Jacke helfen.

Die Nacht draußen war kühl und ruhig. Unter einem pechschwarzen Himmel gingen sie zusammen zu Coltons Jeep. Cassies Lippen fühlten sich kalt an, die Kälte ließ ihr eine Gänsehaut über den Körper laufen, und doch wärmte das Zusammensein mit Colton sie bis in die Fingerspitzen.

Als er die Wagentür für sie öffnete, nahm er Cassie bei der Hand, zog sie an sich und küsste sie mit all der Leidenschaft, die sich in den verlorenen acht Jahren aufgestaut hatte.

„Danke, dass du mich heute Abend begleitet hast", flüsterte er.

„Danke, dass du mich eingeladen hast."

Auf der Rückfahrt zur Aldridge-Ranch schwiegen sie beide. Colton ging die Feindseligkeit, die ihm im Pinewood von einigen entgegengeschlagen war, nicht aus dem Kopf. Natürlich nicht von jedem, aber die Monroes und die Wilkersons waren definitiv alles andere als freundlich gewesen. Und dann war da auch noch Ferguson. Dass Ivan Ryan eingestellt hatte, beunruhigte ihn, ohne dass er mit Sicherheit sagen konnte, weshalb das so war.

Cassie tippte an seine Schulter. „Du wirkst, als wärst du meilenweit weg", sagte sie und hakte sich bei ihm unter.

Er lächelte. „So weit nun auch wieder nicht."

„Sondern?"

„Nur im Restaurant." Er schaltete den Gang herunter und bog in die Auffahrt ein. Spritzend schoben die Scheibenwischer die Regentropfen vom Glas. Colton räusperte sich. „Kennt dein Vater Ferguson schon lange?"

„Praktisch sein ganzes Leben. Ryan ist doch hier aufgewachsen“, antwortete sie und fragte dann: „Wieso?“

Er fuhr auf den Hof. „Bin nur neugierig.“

„Oder misstrauisch.“

„Vermutlich beides.“

„Oh Colton, ich dachte, das wäre endlich vorbei!“ Sie seufzte. „Ich hoffte, jetzt, da du Black Magic zurück hast, bist du zufrieden.“

„Erleichtert, nicht zufrieden.“

„Gute Nacht, Colton“, sagte sie leise. Sie weigerte sich, sich jetzt wieder auf einen Streit einzulassen. Sie griff nach dem Türgriff, doch Colton beugte sich über sie und hielt sie gefangen.

„Geh nicht“, flüsterte er ihr ins Ohr. „Noch nicht.“

„Du könntest ja mit reinkommen.“

Er lachte leise. „Ich bin sicher, Ivan wäre begeistert.“

„Er wird schon darüber hinwegkommen.“ Sie lächelte, fast schüchtern, und zeichnete mit einer Fingerspitze die Konturen seiner Wangenknochen nach. „Im Gegensatz zu dem, was du vielleicht denkst, ist er kein Ungeheuer. Zu mir war er immer nur gut.“

„Du bist ja auch gut zu ihm.“

Sie errötete leicht. „Außer, wenn es um dich geht.“

„Noch habe ich dich nicht komplett verdorben, aber gib mir noch ein wenig Zeit.“

„Ich kann's gar nicht abwarten“, ging sie auf seinen neckenden Ton ein, und dann schnappte sie nach Luft, da er sie küsste. Ihr Herz begann wild zu schlagen.

„Oh Cass“, raunte er, nachdem er den Mund von ihren Lippen löste. Seine Augen schienen zu glühen, die Hand, die er an ihre Wange legte, zitterte leicht. „Was soll ich nur mit dir machen?“

„Das Gleiche habe ich mich auch gerade gefragt.“ Ihre Stimme klang so heiser, dass sie sie kaum wiedererkannte.

„Ich ruf dich an“, versprach er.

„Ich verlasse mich darauf.“ Sie gab ihm ein Küsschen auf die Wange, dann kletterte sie aus dem Wagen und winkte ihm nach, als er den Jeep wendete und davonbrauste. Noch lange stand sie in dem stillen Hof, bis die Rücklichter des Jeeps in der Dunkelheit nicht mehr zu sehen waren.

Mit flatterndem Rock rannte sie den restlichen Weg zum Haus und die hintere Veranda hinauf.

Ein Lächeln umspielte immer noch ihre Lippen, während sie das Haus betrat. Sie fand ihren Vater im Wohnzimmer vor. Mit der Brille auf der Nasenspitze löste er wieder Kreuzworträtsel. Nur die Leselampe brannte, und der laufende Fernseher war so leise gestellt, dass kaum etwas zu hören war.

„Hast du dich gut amüsiert?“, fragte Ivan tonlos. Er schaute nicht einmal hoch.

„Fantastisch!“ Nein, sie würde sich nicht von der Missbilligung ihres Vaters die Laune verderben lassen! Nicht heute Abend.

Die Stirn gerunzelt nahm er die Brille ab und putzte die Gläser mit der Ecke seines Hemdes. „Ich würde wirklich zu gerne wissen, was Colton McLean an sich hat, das dich so durcheinanderbringt.“

„Ich bin überhaupt nicht durcheinander.“ Sie ließ sich auf eine abgenutzte Ottomane fallen. Erst jetzt bemerkte sie die müden Linien, die sich um die Augen ihres Vaters eingegraben hatten.

„Aha. Jetzt ist Colton McLean also wieder ein strahlender Held?“

„Nein. Aber auch kein Schuft. Er ist einfach nur ein Mann.“

Ivan schnaubte und warf das Kreuzworträtsel beiseite. „Du hast dich schon öfter mit anderen Männern verabredet, doch noch keiner hat dich je so zum Lächeln gebracht.“

„Das stimmt doch gar nicht, Dad!“

„Du hast ihnen nie eine wirkliche Chance gegeben.“

Cassie zog die Augenbrauen zusammen. „Worauf willst du hinaus?“

„Seit Jahren lässt du keinen einzigen Mann an dich heran. Und dann taucht Colton McLean in der Stadt auf, bleibt gerade lange genug, damit seine Schussverletzung verheilen kann, und plötzlich benimmst du dich wieder wie ein liebeskranker Teenager mit Sternchen in den Augen." Er seufzte schwer. „Es ist mir völlig unverständlich, warum du einem Mann, der dir nichts als Kummer bereitet hat, die nächste Chance gibst, dich zu verletzen."

Da sie sich von ihrem Vater nicht ihre Hochstimmung trüben lassen wollte, sagte sie nur: „Ich dachte, das hätten wir schon alles besprochen." Sie beugte sich vor und drückte einen Kuss auf seine Stirn. „Mir geht es gut. Du brauchst dir keine Sorgen zu machen."

„Das hoffe ich", hörte sie ihn noch sagen, während sie nach oben in ihr Zimmer rannte und das Rascheln der Zeitung, die ihr Vater wieder aufnahm, sie begleitete. In gewisser Weise hat Dad ja recht, dachte sie, während sie den Blick durch ihr Zimmer schweifen ließ. Auch wenn all die Poster und Rüschen und das Himmelbett schon vor Jahren entfernt worden waren, erinnerte sie alles hier an ihre Kindheit, vom vergessenen Stapel alter CDs im Regal bis hin zu den Medaillen, die sie bei irgendeinem Sportfest gewonnen hatte. Sie alle waren Erinnerungen an eine Kindheit ohne Mutter und eine Teenagerzeit, die von der einen Besessenheit bestimmt worden war: Colton McLean.

Die Warnung ihres Vaters hallte in ihren Ohren nach. Sie musste schlucken. Sie war auf dem besten Wege, sich wieder in Colton zu verlieben, und es gab nicht viel, was sie dagegen hätte tun können. Doch dieses Mal war sie älter, sie war eine erwachsene Frau, die in einer florierenden Tierarztpraxis arbeitete und ein erfülltes Leben führte. Daran würde auch Colton McLean nichts ändern können.

Oder?

Frustriert ließ sie sich aufs Bett fallen und starrte an die Decke. Ohne sich dessen bewusst zu sein, hielt sie ihr Kissen fest an die Brust gedrückt. Entschieden verdrängte sie alle Zweifel über die eigene Zukunft. Sie war ihr eigener Herr, und nichts und niemand würde das ändern können. Nicht einmal Colton McLean.

9. KAPITEL

Cassie gab gerade ein Siamkätzchen, das sich nach der Impfung langsam wieder beruhigte, seiner Besitzerin zurück, als am nächsten Nachmittag Colton ins Wartezimmer der Tierarztpraxis platzte. „Ich brauche dich“, sagte er, sobald Mrs Anderson gegangen war.

Er wirkte verzweifelt. Er hatte sich nicht rasiert, die Bartstoppeln standen ihm auf Kinn und Wangen, dunkle Ringe lagen unter seinen Augen, und mit fahrigen Fingern fuhr er sich immer wieder durchs Haar.

Cassie schluckte schwer. Wie viele Jahre wartete sie jetzt schon darauf, diese drei Worte von ihm zu hören? Doch hier, mitten im Wartezimmer der Tierklinik, hatte es wohl wenig mit der leidenschaftlichen Liebe zu tun, auf die sie so sehr hoffte. „Was ist denn los?“

„Es geht um Black Magic.“

Natürlich! Immer und immer wieder Black Magic! Cassie presste die Lippen zusammen. „Was ist mit ihm?“

„Verdammt, ich weiß es nicht, aber irgendetwas stimmt mit ihm nicht. Er frisst nicht und er wird immer schwächer. Und seine Temperatur ist viel zu hoch – über neununddreißig Grad.“

Sofort meldete sich Cassies schlechtes Gewissen wegen ihrer egoistischen Gedanken. „Hustet er?“

„Nein.“

„Läuft Sekret aus seinen Nüstern?“

Colton rieb sich den Nacken. „Ist mir nicht aufgefallen. Aber letzte Nacht war er sehr unruhig.“

„Wie sieht es mit seinen Impfungen aus? Sind die alle aktuell?“ Sie überlegte, für welche Krankheit die Symptome stehen könnten.

„Davon gehe ich aus. Tessa und ihr alter Herr sind sehr genau, wenn es um die Tiere geht.“

Cassie hob eine Augenbraue. So, so. Curtis Kramer war es also gelungen, Coltons Meinung über ihn zu ändern. Vielleicht bestand dann ja auch noch Hoffnung für ihre Familie. „Lass mich eben in den Unterlagen nachsehen.“ Sie ging zum Aktenschrank und zog die Akte der McLean-Ranch heraus, kontrollierte Black Magics Impfnachweise. „Wie es aussieht, sind alle Impfungen gemacht worden“, murmelte sie und studierte die Notizen über Black Magic genauer. „Noch andere Symptome?“

Colton schüttelte den Kopf. „Ich weiß nur, dass es ohne jede Vorwarnung kam. Einfach so!“ Er schnippte mit Daumen und Zeigefinger. „Ich habe ihn dir doch neulich erst noch gezeigt. Es ging ihm prächtig.“

Cassie nickte. Als sie den Rappen gesehen hatte, da hatte er praktisch vor Gesundheit gestrotzt, seine Augen hatten geleuchtet und sein Fell seidig geglänzt.

Kein Wunder, dass Colton sich Sorgen machte. „Ich komme zu euch raus und sehe ihn mir an“, sagte sie und brachte tatsächlich ihr professionellstes Lächeln zustande. Sie bemühte sich, ihre echte Sorge um das Tier zu verbergen. „Vielleicht hatte er nur einen schlechten Tag.“ Das glaubte sie keine Sekunde. Black Magic war jung und kerngesund; es gab keinen Grund, weshalb er lustlos oder schwach sein sollte. „Craig müsste jede Minute zurückkommen.“ Sie sah auf ihre Armbanduhr und blätterte dann durch den Terminkalender. Glücklicherweise hatte sie heute keinen weiteren Patienten mehr.

Sie streifte sich den Arztkittel von den Schultern. „Sollte ein Notfall reinkommen, bevor Craig wieder zurück ist, erreichst du mich auf der McLean-Ranch“, gab sie Sandy am Empfang Bescheid. Mit ein paar letzten Instruktionen nahm sie ihren Arztkoffer und folgte Colton zur Praxis hinaus.

„Du kannst mit mir fahren“, schlug er vor, doch Cassie schüttelte den Kopf. Natürlich würde sie gern ein paar Minuten allein mit ihm verbringen, aber sie hatte keine Lust, auf der McLean-Ranch festzusitzen und davon abhängig zu sein, dass er sie wieder nach Hause brachte.

„Ich nehme lieber meinen eigenen Wagen“, sagte sie. „Wir treffen uns bei dir.“

Colton nickte knapp und kletterte in seinen Truck. Keine Minute später brauste er auch schon zur Stadt hinaus.

Cassie folgte ihm in entsprechendem Abstand. Sie fragte sich, was mit Denvers preisgekürtem Hengst nicht stimmen mochte. Der Hengst hatte Fieber. Was löste dieses Fieber aus? Eine Infektion? Ein Virus? Nachdenklich kaute sie an ihrer Unterlippe. Die McLean-Ranch stand allgemein in dem Ruf, sich bestens um ihren Tierbestand zu kümmern. Sah man von den üblichen kleineren Eifersüchteleien ab, respektierten eigentlich alle Rancher in der Gegend Tessa Kramer-McLean für ihre Arbeit mit ihren Rindern und Pferden. Und Denver hatte sich seit seiner Rückkehr als fähiger, verantwortungsbewusster Rancher bewiesen.

Aber beide, Tessa und Denver, waren im Moment nicht hier, schon seit mehreren Wochen nicht. Und wie kam Colton mit der Ranch zurecht? Hatte er nicht immer wieder betont, wie sehr er alles, was mit der Ranch zusammenhing, verabscheute? War er nicht nur deshalb hier, weil er verwundet worden war und sich auskurieren wollte?

Hör auf damit! ermahnte sie sich selbst und stellte das Radio an. Offensichtlich fühlte Colton sich für die Ranch verantwortlich, sonst wäre er wohl kaum derartig übermüdet in die Tierklinik gerast gekommen. Und sicherlich hätte er die Verantwortung gar nicht erst übernommen, wenn er nicht bereit gewesen wäre, vollen Einsatz zu bringen.

Bis sie bei der Ranch angekommen war und auf dem Hof abbremste, der zwischen Wohnhaus und Ställen lag, stand Colton bereits mit Curtis zusammen. Die Arme vor der Brust verschränkt, hörte er sich mit besorgter Miene an, was der zu sagen hatte.

„… ich fürchte, ja“, nickte Curtis gerade, als Cassie dazutrat. Er hatte die Zigarette im Mundwinkel hängen und kniff die Augen zusammen. „Was immer es ist, es ist ansteckend.“ Er warf einen kritischen Blick auf Cassie. „Ich kann nur hoffen, dass Sie Ihr Handwerk verstehen.“ Er warf den Zigarettenstummel auf den Boden und drückte ihn mit der Stiefelspitze aus.

„Ansteckend?“ Cassies Mut sank. „Mehrere Pferde haben die Symptome?“

„Kommt, seht es euch selbst an.“ Ohne weiteres Wort drehte der drahtige Vorarbeiter sich um und ging zum Stall voraus.

Schon beim ersten Blick auf Black Magic wusste Cassie, dass Coltons Sorge mehr als begründet war. Etwas stimmte mit dem Hengst nicht – etwas wirklich Ernstes.

Den vor Kraft und Gesundheit strotzenden Hengst, den sie vor ein paar Tagen gesehen hatte, gab es nicht mehr. Black Magic hielt seinen Kopf still und steif vorgereckt, seine Augen, einst klar und feurig funkelnd, waren jetzt trüb und glasig. „Du armes Ding“, murmelte Cassie. Vorsichtig untersuchte sie ihn. Sie ging sehr sorgfältig vor, tastete ihn mit den Händen ab, besah sich seine Nüstern, sein Maul, seine Ohren und seine Augen genau. Das Fieber war noch weiter gestiegen, der Puls ging viel zu schnell, und aus den Nüstern sonderte sich schleimig-eitriges Sekret ab.

„Und?“, fragte Colton beunruhigt, als sie vorsichtig den Hals des Pferdes befühlte. Ihre Fingerspitzen ertasteten die geschwollenen Lymphdrüsen, und prompt warf Black Magic den Kopf zurück und stieß ihre Hand von der schmerzenden Stelle weg.

„Sieht nach Druse aus“, sagte sie.

„Druse? Was zum Teufel ist das?“

Curtis fluchte laut. „Eine hoch ansteckende Infektionskrankheit.“

„Verdammt!“ Colton presste frustriert die Lippen zusammen. „Er muss sofort isoliert werden.“

„Ist wahrscheinlich schon zu spät“, knurrte Curtis.

„Zu spät für was?“, verlangte Colton zu wissen.

„Um die anderen Tiere zu schützen. Druse verbreitet sich wie ein Lauffeuer in den Ställen“, antwortete Cassie. „Jedes Tier, mit dem er Kontakt hatte, kann sich angesteckt haben. Sein Futter, seine Bürsten, sein Zaumzeug … alles, was mit ihm in Berührung kommt, muss täglich desinfiziert werden. Das Stroh aus seiner Box muss sofort verbrannt werden.“ Sie öffnete ihren Arztkoffer, nahm eine Spritze und eine Penizillinlösung heraus. „Er hat Halsschmerzen. Gebt ihm warmes und weiches Futter, und er soll nicht vom Boden fressen. Benutzt einen Eimer, der unbedingt sterilisiert werden muss. Die nächsten Tage sollte er im Stall bleiben, aber ausgeführt werden, damit er genügend frische Luft bekommt." Sie zog die Spritze auf und setzte sie geschickt. Dann holte sie eine Tube Salbe aus dem Koffer und reichte sie Colton. „Hier, trag das auf den Abszess auf. Das wird ihn schneller reifen lassen, damit er dann ablaufen kann."

Colton starrte auf den kranken Hengst. „Gibt es denn keine Impfung gegen so etwas?"

Cassie nickte. „Doch, aber da ist man sich nicht wirklich einig über den tatsächlichen Nutzen. Zu viele Nebenwirkungen. Bei unserem Bestand wende ich die Impfung auch nicht an. Die beste Vorsorge ist, jeglichen Kontakt zu vermeiden." Sie sah an den Boxenreihen hinunter. „Hatte er Kontakt mit anderen Pferden?"

„Genau das ist hier die Preisfrage, nicht wahr?", knurrte Colton und musterte sie mit schmalen Augen.

Cassie sah ihn fragend an, doch dann verstand sie, was er meinte.

„Offenbar hat er sich das eingefangen, während er weg war", sprach er vielsagend weiter. „Und das ist eine absolute Schweiner…"

„Du kannst nicht wissen, wo er sich die Krankheit zugezogen hat", fiel Cassie ihm ins Wort.

„Ich kann es mir aber lebhaft vorstellen!"

„Wir sollten alle vernünftig bleiben", mischte Curtis sich ein, bevor Cassie eine Erwiderung hervorbringen konnte. Er sah von einem zum anderen. „Geht Druse gerade um?"

Von Coltons hitziger Anschuldigung verletzt, antwortete Cassie kühl: „Nicht, dass ich wüsste. Aber Craig ist heute Morgen zur Monroe-Ranch gerufen worden, und heute Nachmittag musste er zu Matt Wilkerson rausfahren."

„Weshalb?"

„So genau weiß ich das nicht“, erwiderte sie besorgt. „Angeblich sollen sich ein paar Pferde nicht wohlgefühlt haben.“

Colton runzelte die Stirn. „Scheint sich zu einer Epidemie auszubreiten. Dabei ist dieses Pferd hier“, er zeigte mit dem Daumen auf Black Magic, „nur mit den Pferden auf der Ranch in Kontakt gekommen – und natürlich mit denen, die er in der Zeit getroffen hat, in der er verschwunden war.“ Böse funkelte er Cassie an, dann entspannten seine Züge sich plötzlich, so als wäre ihm klar geworden, dass ein Streit sie nicht weiterbrachte. Abrupt sah er zu Curtis. „Du sagtest etwas von einem zweiten Pferd mit den gleichen Symptomen?“

„Tempest.“

Colton sog scharf die Luft ein. Tempest war keineswegs das wertvollste Pferd auf der Ranch. Der Hengst hatte ein wildes Temperament und war unberechenbar, aber genau deshalb gefiel er Colton. Über die Monate war Tempest eindeutig zu Coltons bevorzugtem Reittier geworden. „Na großartig!“, schnaubte er ironisch. „Gehen wir ihn uns ansehen.“

Cassie musste fast rennen, um mit Coltons ausholenden Schritten mithalten zu können. Seine Stiefelabsätze klickten laut auf dem Betonboden. Die Pferde reckten ihre großen Köpfe neugierig über ihre Boxen.

Colton blieb so abrupt bei einer Box stehen, dass Cassie fast auf ihn geprallt wäre. Ein Blick auf das Pferd reichte, und sie seufzte lautlos. Oh ja, Tempest war auch krank. Der Fuchs wirkte matt und kraftlos, er hatte weder Wasser noch Futter angerührt. Cassie vermutete, dass er ebenfalls Fieber und erhöhten Puls hatte. Sie wusch sich die Hände, streifte neue Latexhandschuhe über und untersuchte den Hengst ebenso gründlich wie Black Magic.

„Hat er es auch?“, fragte Colton.

„Ja.“ Cassie blies sich eine Haarsträhne aus der Stirn. Diese beiden Pferde waren die ersten, aber es war gut möglich, dass noch mehr aus dem McLean-Stall erkranken würden. Sie nahm eine neue Injektionsnadel und eine neue Ampulle hervor und spritzte auch diesem Pferd das Antibiotikum. Sie klopfte Tempest auf die Flanke, bevor sie aus der Box schlüpfte und die Handschuhe abstreifte. In ihrem Arztkoffer suchte sie eine große Tablettenflasche mit Antibiotikumpillen heraus und gab sie Colton. „Black Magic und Tempest müssen sofort in Quarantäne“, wies sie an.

„Wie schlimm steht es?“

Cassie redete nicht um den heißen Brei herum. „Es ist ernst, aber wenn keine Komplikationen auftauchen, sollten sie überleben.“

„Was für Komplikationen?“

„Zum Beispiel Lungenentzündung.“

„Lungenentzündung, ja? Na, das ist doch bestens, wirklich bestens!“ Geräuschvoll stieß er die Luft aus.

Sie wünschte, sie könnte ihm irgendwie Trost spenden. „Lungenentzündung ist eine Komplikation, ja, aber lass uns darauf hoffen, dass es nicht so weit kommt. Die Antibiotika schlagen normalerweise gut an. Die beiden sind jung und stark, sie sollten sich wieder erholen. Doch die nächste Zeit wird anstrengend werden.“

„Solange sie nur wieder gesund werden.“

„Das müssten sie eigentlich. Wirklich.“ Impulsiv legte sie Colton die Hand auf den Arm und konnte spüren, wie sich seine Muskeln anspannten. Sie wandte sich zum Vorarbeiter um. „Gibt es noch andere Pferde, die die gleichen Symptome zeigen?“

„Bis jetzt nicht. Len hat die ganze Herde kontrolliert.“

„Auch Tessas Stuten?“ Sie wusste, wie wichtig die Tiere Coltons Schwägerin waren.

Curtis nickte knapp. „Sie sahen gesund aus.“

„Was ist mit den Stuten auf den Nachbarranches? Sind davon welche von euren Hengsten gedeckt worden?“

„Die sollten erst nächste Woche hier ankommen.“ Curtis spitzte die Lippen, seufzte dann auf. „Ich nehme an, das kann gestrichen werden, oder?“

„Auf jeden Fall. Ihr habt keine andere Wahl, ihr müsst absagen."

Curtis ließ die Schultern hängen.

„Moment mal", protestierte Colton, „wir können doch nicht …"

„Euch bleibt gar nichts anderes übrig. Ihr könnt froh sein, dass sich nur zwei eurer Pferde infiziert haben!"

„Sie hat recht", bestätigte Curtis. Er zog die Brauen so dicht zusammen, dass sein altes Gesicht nur noch aus Falten zu bestehen schien. „Ich sage Len Bescheid, dass er die Boxen ausräumen und desinfizieren soll." Er legte Tempest die Führungsleine an. „Wir können sie im alten Fohlenstall unterbringen. Dann komm, Junge!" Er schnalzte mit der Zunge und zog leicht an dem Seil. Hals und Kopf steif gehalten, folgte Tempest zahm, was völlig untypisch für ihn war.

Colton zog den ebenso dumpfen Black Magic zum Stall hinaus und folgte Curtis zu einer verwitterten Scheune, die heute eigentlich nur noch als eine Art Abstellraum benutzt wurde.

Langsam zog die müde Karawane über den Hof, durch zwei Gatter hindurch zu dem kleinen Gebäude. Das Innere der Scheune war sauber und hell. Während Cassie die beiden Pferden hielt, wischten Colton und Curtis den Boden mit Desinfektionsmittel, streuten frisches Stroh aus und holten Futter und Wasser für die Tiere. Die Hengste waren so apathisch, dass sie nicht darauf reagierten.

Cassie fühlte mit den Tieren. Mit etwas Glück würden sie überleben, aber die Krankheit würde Spuren hinterlassen.

Nachdem die beiden Hengste untergebracht und versorgt waren, meinte Cassie: „Ich denke, ich sehe mir besser den Rest der Herde an." Sie hoffte inbrünstig, dass sie keine weiteren Tiere entdecken würde, die die gleichen Symptome zeigten.

„Glaubst du, es hat sich schon ausgebreitet?" Colton klang so ernst, als würde er sich bereits auf das Schlimmste einstellen.

„Ich hoffe nicht", antwortete sie leise. Die nächsten drei Stunden war sie damit beschäftigt, jedes Pferd auf der McLean-

Ranch zu untersuchen, einschließlich der Stuten, die bald fohlen würden.

Colton blieb die ganze Zeit über an ihrer Seite, starrte jedes Tier, das sie untersuchte, mit einer tiefen Falte auf der Stirn und angespannter Miene an, so als warte er auf die Hiobsbotschaft, dass noch ein Tier infiziert war.

„So weit, so gut.“ Schließlich untersuchte Cassie auch das letzte der Pferde, einen Braunen mit weißer Blesse – Tessas Lieblingshengst Brigadier.

Brigadier tänzelte vor Ungeduld in seiner Box und versuchte, Cassies geschickten Händen auszuweichen. Als sie sich seine Augen und Nüstern ansehen wollte, ruckte er immer wieder den Kopf zurück. „Du bist ganz schön eigensinnig, was?“, murmelte sie, aber sie war froh, dass sie keinen weiteren Fall von Druse entdeckt hatte.

Brigadier schnaubte hochmütig, und Cassie versetzte ihm einen leichten Klaps auf die Flanke. „Der hier ist auch gesund!“ Ihre Hoffnung war leicht gewachsen. Sie schlängelte sich zur Box hinaus und verließ zusammen mit Colton den Stall.

„Aber für wie lange noch?“, fragte Colton.

„Ich wünschte, ich könnte dir das sagen. Hatte er Kontakt mit den infizierten Pferden?“

Er schüttelte den Kopf. „Tessa hat ihre Pferde immer separat untergestellt, selbst nachdem Denver und sie geheiratet hatten.“

„Und der Rest der Herde?“

„Die Stuten und Fohlen sind zusammen auf einer Weide untergebracht, die Jungtiere auf einer anderen, Hengste und Wallache stehen noch isolierter. Um genau zu sein: Seit Black Magic wieder zurück ist, ist er nicht in die Nähe der anderen Pferde gekommen – auch nicht in Tempests.“

„Dann habt ihr vielleicht Glück.“ Sie ließ den Blick über die Koppeln und Weiden gleiten, die um das Haus herum lagen. Feuchtigkeit lag in der Abendluft, aber es war noch warm. Die letzten Sonnenstrahlen vergoldeten die Berggipfel und malten rote und violette Streifen auf den Himmel. Übermütige Fohlen galoppierten durch das dichte Gras, sprangen und bockten munter umher, rannten im Zickzack die Länge der Weide ab.

„Wie überträgt sich die Krankheit überhaupt?"

„Über das Blut und die Lymphe, aber auch, wenn die Stellplätze, das Wasser oder das Futter kontaminiert sind – selbst durch Kot oder die üblichen Gebrauchsgegenstände."

„Wie lange ist die Inkubationszeit?"

„Von drei Tagen bis zu zwei Wochen."

Mit den Fingern fuhr Colton sich durchs Haar. „Das heißt, jedes Tier, das mit Black Magic in Kontakt gekommen ist, könnte infiziert sein?"

„Ja." Von Coltons grimmiger Miene konnte Cassie ablesen, dass ihm das Ausmaß der möglichen Epidemie, die vielleicht bevorstand, durchaus bewusst war.

Das schlechte Gewissen lastete auf seinen Schultern. Er hatte das Gefühl, seit Tagen nicht mehr geschlafen zu haben. „Ich denke, ich sollte wohl besser Denver anrufen." Nachdenklich rieb er sich die verletzte Schulter und zog eine Grimasse. Er hatte Denver Black Magics Verschwinden verschwiegen, um dem Bruder die Sorgen zu ersparen, doch der Schuss war wohl jetzt nach hinten losgegangen. Denver würde vor Wut explodieren!

„Möchtest du, dass ich mit ihm rede?", fragte Cassie.

„Das ist mein Problem!", knurrte er, und dann, als er sich seines feindseligen Tons bewusst wurde, zwang er sich zu einem dünnen Lächeln. „Ich will damit sagen … dass ich damit schon fertig werde. Aber warum kommst du nicht mit, sozusagen als Unterstützung? Nur für den Fall, dass Denver die Meinung eines Experten hören will."

„Ja, sicher."

Die Zähne fest zusammengebissen, ging Colton zum Haus zurück und ins Arbeitszimmer. Er wählte Denvers Nummer, setzte sich auf eine Schreibtischkante und tippte ungeduldig mit den Fingerspitzen auf die zerkratzte Holzplatte, während er darauf wartete, dass die Verbindung zustande kam. Es würde extrem unangenehm werden, Denver die Situation zu erklären.

Doch nach dem vierten Klingeln schaltete sich automatisch die Mailbox ein. „Toll“, brummte Colton. Einer Maschine würde er ganz gewiss nicht erklären, was auf der Ranch los war. Also hinterließ er nur die knappe Nachricht, dass Denver ihn sofort zurückrufen solle.

„Kein Glück?“, fragte Cassie.

Er lachte bitter auf. „Offensichtlich hat das Glück mich schon vor sechs Monaten verlassen.“

„Es wird auch wieder besser werden, bestimmt.“

„Tatsächlich?“ Mit zusammengekniffenen Augen sah er zum Fenster hinaus. Da draußen liefen Len und Curtis über den Hof. Beide trugen Futtersäcke auf dem Rücken, die sie in die Scheune mit den Zuchtstuten brachten. „Ist das deine professionelle Meinung?“

„Nein.“

„Hatte ich auch nicht angenommen.“ Er massierte die verspannten Nackenmuskeln, die praktisch mit jeder Stunde härter wurden. Gott, er war so müde! Den größten Teil der Nacht hatte er wach gelegen und sich unruhig auf diesem verdammten Feldbett gewälzt. Bilder von Cassie und der Ranch und einer Zukunft, die in weiter Ferne lag, hatten ihn gequält. Eine Zukunft, die er in irgendeinem fremden Land am anderen Ende der Welt hinter der Linse einer Kamera verbringen würde. Allein. Ohne Cassie.

Sie hatte einen Arm auf die Rücklehne der ausgesessenen Couch gelegt und musterte ihn mit ihren großen Augen, die einem Menschen bis in die Seele sehen konnten. Die Wärme und das Mitgefühl in ihrem Blick regten ihn auf. „Alles in Ordnung mit dir?“

„Sehe ich aus, als wäre alles in Ordnung mit mir?“

Cassie lächelte schwach. „Willst du die Wahrheit hören?“

„Tu dir keinen Zwang an.“

„Du siehst miserabel aus“, sagte sie ehrlich.

„Vielen Dank für das Kompliment.“ Er zog einen Mundwinkel in die Höhe. „Das ist nämlich noch immer besser, als ich mich fühle.“

„Es ist nicht deine Schuld."

„Nicht? Das Pferd ist verloren gegangen, während ich die Leitung der Ranch hatte, oder etwa nicht?"

„Jetzt warte mal! Bevor du in Schuldgefühlen erstickst, sollten wir einen Blick auf die Fakten werfen, okay?" Mit erhitzten Wangen stand sie auf. „Wir können nicht einmal sicher sagen, ob Black Magic sich das Virus eingefangen hat, während er ‚verloren gegangen' war. Und was deine angebliche Verantwortung dafür angeht: Ich denke nicht, dass du dir deswegen den Kopf zerbrechen solltest. Letztes Jahr ist das Gleiche passiert, und da warst du nicht einmal hier."

„Letztes Jahr hat Black Magic ja auch überlebt."

„So, wie er dieses Jahr überleben wird." Sie ging durch den Raum zu ihm, blieb einige Zentimeter vor ihm stehen. „Es sei denn natürlich, wir beschließen von vornherein, dass es keinen Sinn hat, und geben ihn auf! So hab doch etwas mehr Hoffnung, Colt!"

„Hast du sie denn?"

„Ich habe dir bereits gesagt, dass Druse nicht unbedingt tödlich enden muss."

Sie war so nah bei ihm, dass Colton die grünen Flecken in ihren Augen sehen und ihren Duft riechen konnte. Das seidige schwarze Haar floss ihr über die Schultern. „Und worauf setzt du deine Hoffnungen, Cass?", fragte er und fasste sie an den Händen.

Cassie hielt den Atem an. Ihr Blick fiel auf seine langen Beine, die er ausgestreckt hatte, sodass sie den Saum ihres Rocks berührten. Sie schluckte schwer. „Das … das hängt davon ab."

„Wovon?" Colton merkte, wie das Blut schneller durch seine Adern zu rauschen begann. Cassie war zweifelsohne die verführerischste Frau, die er je kennengelernt hatte.

„Von dir, Mr McLean." Ihre Lippen teilten sich unwillkürlich, und ihr Puls begann zu rasen. „Ich würde gern meine Hoffnung auf dich setzen."

Sein Inneres begann von einem Moment auf den anderen zu brennen. „Vielleicht solltest du das auch."

Sie hob das Kinn an. „Meinst du? Warum?“, fragte sie, und ihr warmer Atem strich über sein Gesicht.

„Colton? Bist du hier drinnen?“ Milly Samms Stimme drang durch die geschlossene Tür, dann ertönte ein lautes Klopfen.

Cassie errötete wie ein Teenager, dann trat sie hastig von ihm zurück.

Colton räusperte sich amüsiert, trotzdem klang seine Stimme rau, als er rief: „Ja, komm nur rein.“

„Das Abendessen ist fer…“ Mitten im Satz brach Milly ab, als sie ins Zimmer trat. „Oh, Cassie! Ich wusste nicht, dass du noch hier bist.“

Cassie steckte die Hände in die Rocktaschen. „Ich dachte, es ist besser, wenn ich noch eine Weile bleibe, um sicher zu sein, dass sich nicht noch mehr Tiere mit dem Virus angesteckt haben.“

„Virus?“, fragte Milly mit gerunzelter Stirn.

Colton erklärte die Situation mit Black Magic und Tempest und verschwieg der Haushälterin auch nicht, dass die Gefahr einer Epidemie bestand. „Ich habe Denver angerufen, aber ich habe ihn nicht erreicht. Sollte er sich melden, will ich sofort mit ihm sprechen. *Sofort.*“

Millys runde Wangen waren aschfahl geworden. „Was ist mit den Fohlen?“

„Bisher ist alles in Ordnung“, versicherte Cassie. „Aber wie gesagt, ich hielt es für besser, noch eine Weile zu bleiben.“

„Dann iss mit uns“, lud Milly sie ein.

Cassie hob abwehrend die Hände. „Nein danke, das ist nicht …“

„Unsinn. Ich koche immer genug für ein ganzes Bataillon. Es ist genug da, also isst du mit uns.“ Milly war schon wieder zur Tür hinaus, bevor Cassie noch ein weiteres Wort des Protests herausbringen konnte.

„Ich kann wirklich nicht mit euch essen“, sagte sie dann zu Colton, als Millys Schritte nicht mehr zu hören waren.

„Und warum nicht?“

„Darum nicht. Ich möchte nicht stören …“

„Das tust du nicht. Außerdem möchte ich, dass du mitisst." Er legte einen Finger unter ihr Kinn, hielt ihren Blick mit seinem gefangen, und zum ersten Mal an diesem Tag schimmerte Zärtlichkeit in seinen Augen.

Sie schluckte nervös. Dabei schien es ihr so natürlich und richtig, bei Colton zu bleiben. Und sie wäre dann auch vor Ort, sollte noch eines der Tiere die Krankheitssymptome entwickeln …

„Jetzt sag nicht, dass du schon bessere Angebote hast", scherzte Colton.

„Hunderte."

„Das dachte ich mir."

Cassie verzog lächelnd die Lippen. „Ehrlich gesagt bin ich heute Abend sowieso allein. Dad spielt heute Karten mit ein paar Freunden."

„Dann bestehe ich darauf, dass du bleibst."

„Und ich nehme die Einladung an", gab sie zurück und verdrängte alle noch verbliebenen Zweifel. Colton brauchte sie heute Abend, und bedauerlicherweise brauchte sie ihn auch.

Milly Samms erwies sich als exzellente Köchin. Es gab Schweinekoteletts, Kartoffeln, frischen Spargel und selbst gebackenen Kirschkuchen zum Nachtisch. Nach dem Essen war Cassie rundherum satt.

Curtis und Len hatten den Tisch bereits verlassen, nur sie, Milly und Colton saßen noch beim Kaffee in dem großen Esszimmer auf der McLean-Ranch zusammen. „Ich helfe mit dem Abräumen", erbot sie sich, doch davon wollte Milly nichts hören.

„Du kümmerst dich um die Pferde, und ich übernehme das hier."

„Aber …"

Colton legte seine Hand auf ihre und drückte ihre Finger. „Lass gut sein, Cass! Die Küche ist Millys Reich. Gerade gestern hat sie mich mal wieder hinausgeworfen."

„Und es war auch gut, dass ich das getan habe", sagte Milly, während sie die Platte mit dem übrig gebliebenen Fleisch und die

Schüssel mit den restlichen Kartoffeln zusammenstellte. „Dieses Haus war ja in einem chaotischen Zustand. Dir ist es nicht einmal aufgefallen.“

„Das bisschen Unordnung …“

„Das bisschen? Er nennt es doch tatsächlich ‚das bisschen‘“, murmelte sie vor sich hin, musste sich aber das Lächeln verkneifen.

Cassie griff nach der Butterdose. „Ich kann doch wenigstens …“

„Kommt nicht infrage! Schließlich bist du Gast, schon vergessen?“ Milly warf Cassie einen strengen Blick zu. Dann griff sie nach den Tellern und verschwand durch die Schwingtür in die Küche.

Cassie verspürte einen ungläubigen Stich. Milly betrachtete sie als Gast! Auf der McLean-Ranch! In den fünfundzwanzig Jahren ihres Leben hatte sie kein einziges Mal das McLean-Haus betreten, nicht einmal damals vor Jahren, als sie noch geglaubt hatte, Colton und sie würden heiraten. Sie war eine Aldridge, kein Freund der Familie.

„Ich bin die Tierärztin“, stellte sie richtig, „und deshalb werde ich jetzt auch besser nach Black Magic sehen.“

Das Telefon klingelte, und Colton sprang auf. „Denver“, sagte er, und schon hörte er Milly rufen: „Colt, Denver will mit dir sprechen!“

„Das kann ja heiter werden“, murmelte er, rief Milly aber zu: „Ich nehme das Gespräch im Arbeitszimmer an.“ Cassie schob ihren Stuhl zurück und stand auf, doch Colton hielt sie sofort auf. „Bitte geh erst, nachdem ich mit meinem Bruder geredet habe.“

Sie sah über die Schulter zu ihm. „Das hatte ich auch vor.“

„Gut.“ Colton marschierte ins Arbeitszimmer und griff nach dem Telefon. „Ich bin froh, dass du anrufst“, begann er. „Wir haben ein Problem.“ Und dann schilderte er seinem Bruder alles, was passiert war, angefangen bei Black Magics Verschwinden, seinem plötzlichen Wiederauftauchen und schließlich den ersten Anzeichen der Krankheit.

Denver sagte kein einziges Wort, er unterbrach seinen Bruder kein einziges Mal. Trotzdem kam eine fast greifbare Spannung durch die Leitung.

„Also können wir nur hoffen, dass sich kein anderes Pferd angesteckt hat", endete Colton seinen Bericht.

„Wir können nur hoffen? *Hoffen?*"

„Noch ist es zu früh, um Genaueres zu sagen."

„Verdammt!" Am anderen Ende fluchte Denver. Schließlich knurrte er: „Und du bist sicher, dass mit Tessas Pferden alles in Ordnung ist?"

„Sicher bin ich mir im Moment bei gar nichts", gab Colton zu und fuhr sich mit der Hand über das stoppelige Kinn. „Aber es ist unwahrscheinlich, da sie weder in Black Magics noch Tempests Nähe gekommen sind."

„Wahrscheinlich muss man sich damit zufriedengeben."

„Ja, wahrscheinlich", verteidigte Colton sich. War das alles wirklich seine Schuld? Hätte nicht irgendwer ihn darüber informieren können, dass Black Magic letztes Jahr schon einmal verschwunden war? Er lehnte sich mit der Hüfte an den Schreibtisch. Es hatte jetzt keinen Sinn, mit Schuldzuweisungen anzufangen, das würde nicht das Geringste ändern.

„Verdammter Mist!" Denvers Vokabular schien deutlich geschrumpft zu sein.

„Genau."

„Im Moment können wir hier nicht weg, aber es ist möglich, dass wir das Ganze um eine Woche verkürzen."

„Dazu sehe ich keinen Grund. Du könntest hier auch nicht mehr tun."

„Aber ich kann dem Mistkerl, der Black Magic gestohlen hat, den Hals umdrehen! Ganz offensichtlich hat Magic sich das Virus eingefangen, während er weg war."

„Sieht so aus", sagte Colton und hörte, wie Denver scharf die Luft einsog.

„Glaubst du, das war Absicht?"

„Absicht?", wiederholte Colton und sah durch den Raum.

„Ja, genau. Ist es etwa nicht möglich, dass der, der dahintersteckt, bösartiger ist, als du denkst? Vielleicht war es mehr als nur ein dummer Streich …"

Colton gefiel überhaupt nicht, was Denver da andeutete. „Du glaubst wirklich, jemand würde Black Magic absichtlich mit einem Virus infizieren?"

„Das weiß ich doch nicht, zum Teufel!", brauste Denver auf. „Aber du musst zugeben, dass die Möglichkeit besteht. Um genau zu sein, ergibt es sogar Sinn!"

„Das ist doch wohl sehr weit hergeholt", erwiderte Colton. Er fragte sich, wann sein Bruder noch misstrauischer geworden war als er selbst.

„Findest du? Aber es ist auch nicht weiter hergeholt als die Annahme, dass jemand sich Black Magic holt, nur um Verwirrung zu stiften, oder?! Herrgott, denk doch mal nach! Druse könnte die Ranch ruinieren! Wir würden nicht nur viele Tiere verlieren und ein Vermögen an Tierarztrechnungen ausgeben, die Hengste wären auch während der Deckzeit nicht mehr einzusetzen. Kein vernünftiger Mensch schickt seine Stuten auf eine Ranch, auf der ein Virus umgeht. Ich sage dir – das war kein Zufall!"

„Das ist doch …"

„Es ist genau das, was ich denke, verdammt!"

Colton fühlte sich plötzlich unendlich müde. Was, wenn Denver recht hatte? Er schloss die Augen. „Ich werde Curtis von deinem Verdacht berichten. Damit will ich nicht sagen, dass du recht hast, aber ich kann mir schon vorstellen, dass es den einen oder anderen gibt, der sich rächen will."

„Zum Beispiel jemand wie Ivan Aldridge."

Colton runzelte die Stirn. Selbst er glaubte nicht, dass Ivan zu so etwas Hinterhältigem fähig war. „Aldridge ist es nicht."

„Woher willst du das wissen? Hat überhaupt schon irgendjemand mit ihm gesprochen?"

„Ja, ich. Ich habe vor ein paar Tagen mit ihm geredet. Er und Cassie schwören, dass er nichts damit zu tun hat."

„Er und *Cassie*? Was hat Cassie damit zu tun?"

„Sie ist hier und behandelt die Pferde. Sie war es, die die Krankheit bei Black Magic festgestellt hat."

Denver stieß zischend die Luft durch die Zähne. „Warum nicht Fulton?"

Colton versteifte sich. „Er ist beschäftigt", knurrte er.

Eine Weile sagte Denver gar nichts, doch Colton fühlte die Wut und die unausgesprochenen Anschuldigungen durch die Leitung rauschen. „Halt mich auf dem Laufenden!", sagte er schließlich.

„Werde ich." Colton unterbrach die Verbindung mit dem seltsamen Gefühl, dass er Cassie und ihren Vater schützen musste. Ivan und er hegten sicherlich keine großen Sympathien füreinander, aber er konnte sich beim besten Willen nicht vorstellen, dass Cassies Dad absichtlich einem Tier schaden würde – nicht einmal einem Tier, das den McLeans gehörte. Überhaupt schien ihm niemand von den Ranchern hier dazu fähig zu sein. Sie alle hielten das Ranching hoch, behandelten ihre Tiere mit viel Respekt und Sorgfalt.

Er ging in die Küche, wo Milly gerade die letzten Teller in die Geschirrspülmaschine einräumte. „Wie hat Denver die Nachrichten aufgenommen?", fragte sie, als Colton nach seiner Jacke und seinem Hut griff, die neben der Tür hingen.

„Genau so, wie ich erwartet hatte."

„So schlimm also?", versuchte sie zu scherzen, doch keinem von ihnen beiden war nach Lachen zumute.

„Schlimmer", murmelte Colton. Er sah sich in der Küche um. Fast alles war wieder aufgeräumt und in Ordnung gebracht. „Warum gehst du nicht nach Hause?"

„Gleich. Ich bin fast fertig." Sie trocknete einen Kupfertopf ab und lächelte Colton aufmunternd zu.

Er trat die Tür auf und eilte die Verandastufen hinunter. Es war dunkel geworden, dünne Wolken zogen über den Halbmond. In dem Wind, der ihm über die Wangen strich, lag noch die letzte Kälte des Winters.

Seine Schritte knirschten auf dem Kies, als er über den Hof ging. War das wirklich möglich? Hatte jemand vor, die McLeans zu ruinieren? Bei dem hässlichen Gedanken drehte sich ihm der Magen um. Er hatte die alte Fohlenscheune erreicht und riss die Tür auf.

Er sah Cassie, die bei Black Magic saß und mit leiser Stimme beruhigend auf den Hengst einredete. Sacht streichelte sie dem Tier über Hals und Schulter. Als sie Colton hörte, sah sie auf und lächelte leicht. „Sein Fieber ist nicht mehr gestiegen."

„Ist das ein gutes Zeichen?"

„Ich denke schon, aber noch ist es zu früh, um etwas Genaues zu sagen."

„Und Tempest?"

„Keine Veränderung. Beide haben nichts gefressen." Sie schlüpfte aus der Box und wusch sich die Hände, während Colton die beiden Hengste musterte. Tempest hatte nur schwach die Ohren bewegt, als er in den Stall gekommen war. Den Hals hielt er noch immer steif vorgereckt, seine Augen waren matt und glanzlos.

„Halte durch", flüsterte Colton dem Tier zu und fragte sich besorgt, ob der sonst so aufsässige Hengst noch schwächer werden würde.

„Was hat Denver gesagt?"

„Nichts Gutes", antwortete Colton vage. Es gab keinen Grund, Cassie einzuweihen – noch nicht. Denvers Theorie konnte auch einfach nur aus der Wut geboren worden sein. Sobald sein Bruder sich wieder ein wenig beruhigt hatte, würde er es sich sicher anders überlegen. Oder? Unbehaglich sah Colton von Cassie wieder zu Black Magic. Er überlegte, wer die Verantwortung für dieses schreckliche Durcheinander trug, und der einzige Name, der ihm einfiel, war sein eigener.

„Ich möchte mir noch einmal die anderen Pferde ansehen, bevor ich gehe", sagte Cassie. „Nur für den Fall."

„Sicher." Colton ging voraus zu den anderen Ställen. Glücklicherweise hielten sich alle anderen Pferde gut, auch wenn sie ihren Unmut über die Störung ihrer Nachtruhe deutlich machten. Colton wartete bei der Tür auf Cassie und drehte das Licht ab, als sie an ihm vorbei den Stall wieder verließ.

Außer ihrem Truck und Coltons Jeep stand kein anderer Wagen mehr im Hof. Milly und die Stallhelfer waren längst nach Hause gefahren. Cassie lief neben Colton auf ihren Wagen zu, als er sie an der Hand fasste und zu sich umdrehte. Er wollte nicht, dass sie schon ging, noch nicht. Es war beruhigend, sie hier bei sich zu haben. Fragend schaute sie ihn an, und sein Inneres begann zu beben.

„Falls ich es noch nicht gesagt habe … Danke, dass du alles hast stehen und liegen lassen und sofort hergekommen bist!"

„Das ist mein Job", erwiderte sie.

Er ließ ihre Hand nicht los. „Aber du bist geblieben. Das ist weit mehr als nur deine Pflicht."

„Nicht wirklich." Irgendwo in der Ferne stieß ein Nachtvogel einen klagenden Schrei aus, der leichte Wind verfing sich in ihren Haaren und pfiff leise durch die Bäume. Ihre Augen schimmerten im Mondlicht. Sie entzog ihm ihre Finger und schlang die Arme um sich, als wäre ihr die Kälte bis in die Knochen gekrochen.

„Frierst du?"

„Ich werd's überleben."

„Komm her." Bevor ihm wirklich klar war, was er da tat, zog er sie in seine Arme, hielt sie ganz fest, ihre Beine zwischen seinen.

Er schloss die Augen und vergaß für einen Moment alle Sorgen um die Ranch, die Zweifel an seinem Beruf, sogar die Vergangenheit. Nur das Hier und Jetzt zählte. Sein Puls raste, während er den Kopf beugte und sacht ihre Lippen berührte.

„Colton", protestierte sie leise. „Vielleicht sollten wir uns das noch einmal genauer überlegen …"

„Zu spät", raunte er dicht an ihrem Mund und erstickte jedes weitere Argument mit seiner Zunge. Leise stöhnend öffnete sie die Lippen für ihn.

Coltons Herzschlag dröhnte in seinen Ohren. Sein Verlangen

steigerte sich zu Besessenheit, schien sein Blut in glühende Lava zu verwandeln, betäubte seinen Verstand, sodass nur noch diese eine wunderbare Frau für ihn existierte. Sie wehrte sich nicht länger. Ihr Körper wurde weich und anschmiegsam, sobald er mit den Händen über ihren Rücken wanderte. Willig bot sie ihm ihren köstlichen Mund.

Sie presste sich an ihn, und er konnte nicht mehr zurück. Er vertiefte den Kuss, fordernd glitt er mit dem Mund über ihren. Er vergaß alles außer Cassie – süße, wunderschöne Cassie.

Er knöpfte ihre Bluse auf, strich den Stoff zur Seite, entblößte ihre Brüste. Die rosigen Spitzen hatten sich aufgerichtet und drängten sich verlockend durch den feinen Stoff ihres BHs.

Ohne auch nur einen Gedanken an Zeit oder Ort zu verschwenden, schob Colton ihr einen der dünnen Träger von der Schulter. Die andere Hand an Cassies Rücken, drückte er sie eng an sich, schlang ein Bein um ihre, und seine Hände zitterten, als er ihre Brust sanft anhob und mit der Zungenspitze über die harte Brustwarze fuhr. Cassie legte den Kopf in den Nacken, den schlanken Hals zurückgebogen, ihre Hüften an seine geschmiegt.

„Oh Gott", hauchte sie, während er sie liebkoste. Der süße Duft ihrer Weiblichkeit umfing sie beide, eine verführerische, lockende Wolke aus Leidenschaft und Verheißung.

Colton hatte Mühe, sich auf den Beinen zu halten, als er seine Aufmerksamkeit auf die andere aufgerichtete Spitze lenkte, die sich ihm entgegendrängte. Sacht blies er seinen warmen Atem über den dünnen Stoff. Cassie vergrub die Finger in seinem Haar, führte seinen Kopf zu der süßen Knospe. Colton umschloss die Brustwarze mit den Lippen, überließ die andere dem kühlenden Frühlingswind.

Jetzt gaben seine Beine tatsächlich nach, und er zog Cassie mit sich auf den Boden. Ohne das feuchte Gras zu bemerken, liebkoste er ihren Körper, fand ihren Mund und nahm ihn erneut in Besitz, mit einer Intensität, die seinen Verstand ausschaltete. „Bleib bei mir!", flüsterte er an ihrem Ohr und fühlte, wie sie unter ihm erschauerte.

„Ich … Ich kann nicht.“

„Doch, du kannst.“

„Oh Colton …“ Obwohl sie wusste, dass sie die Katastrophe herausforderte, spürte Cassie, wie sie nachgiebig wurde. Sie würde eine Ausrede erfinden, um ihrem Vater ihre Abwesenheit zu erklären. Sie war schließlich alt genug, um ihre eigenen Entscheidungen zu treffen.

Colton streichelte sie so sinnlich, dass alles in ihrem Kopf begann, sich zu drehen. Schmelzende Hitze breitete sich vom Zentrum ihrer Lust in ihrem ganzen Körper aus, strömte durch ihre Adern, erhitzte ihr Blut, trug sie davon.

Die kühle Nachtluft strich über ihre nackte Brust, dann wärmten Coltons Lippen wieder ihre Haut. Mit dem Mund wanderte er ihren Bauch hinunter, seine Finger fanden den Saum ihres Rocks.

„Schlaf mit mir, Cassie“, wisperte er rau. Seine Stimme drang zu ihr wie aus weiter Ferne. „Liebe mich und höre nicht auf damit. Niemals.“

Wo habe ich diese Worte schon einmal gehört? fragte sie sich benommen, und dann wusste sie es: *Sie* war es gewesen, die ihn angefleht hatte, mit ihr zu schlafen, ihr die Unschuld zu nehmen, sie zu lieben.

Sie erstarrte. Das Verlangen, vor einem Moment noch so brennend heiß, erlosch abrupt. „Ich sollte jetzt besser gehen“, flüsterte sie und wand sich unter seinen unablässigen Liebkosungen hervor.

Colton hob den Kopf, und ihr Herz zog sich zusammen. Im fahlen Mondlicht schien sein Gesicht zu glühen, seine Züge wirkten markanter als sonst. Und seine Augen glitzerten vor Leidenschaft. „Wieso?“ Er fragte so leise, dass Cassie ihn kaum verstehen konnte.

„Ich bin nicht bereit, den gleichen Fehler zweimal zu machen.“

„Das hier ist kein Fehler.“

„Wenn es kein Fehler ist, hat es auch noch Zeit.“ Sie musste den Impuls unterdrücken, ihm zu sagen, dass sie ihn liebte. Sie setzte sich auf und rückte BH und Bluse zurecht, obwohl sie doch nichts anderes tun wollte, als die Hände an sein Gesicht zu legen und ihn zu küssen.

„Was ist plötzlich geschehen, Cass?"

„Ein massiver Anfall von Déjà-vu." Sie knöpfte ihre Bluse zu, dankbar und erleichtert, dass ihre tiefroten Wangen in der Dunkelheit nicht zu erkennen waren.

Colton richtete sich ebenfalls auf und schob die Finger in sein Haar. „Wir sind keine Kinder mehr."

„Dann sollten wir uns auch nicht wie Kinder benehmen."

Seine Augen blitzten auf. „Also gut. Lass uns noch einmal anfangen, dieses Mal wie Erwachsene. Ich möchte, dass du hierbleibst, Cassie!" Sein Blick war so intensiv, dass sie nicht wegschauen konnte. „Bleib hier, in meinem Bett. Verbring die Nacht mit mir!"

Großer Gott, die Versuchung wollte sie überwältigen. Allein mit Colton, eine ganze Nacht! „Tut mir leid", erwiderte sie und hoffte inständig, dass sie weltgewandt und selbstsicher wirkte, auch wenn ihre Stimme rau und heiser klang, „aber One-Night-Stands sind nicht so mein Ding. Und … oh!"

Schnell und geschmeidig wie eine Katze hatte Colton sie wieder in seine Arme gerissen. „Acht Jahre würde ich nicht gerade als One-Night-Stand bezeichnen."

„Acht Jahre?", wiederholte sie. „Wann sind wir denn in den letzten acht Jahren auch nur ein Mal zusammen gewesen? Wo warst du überhaupt? Und wer war bei dir?"

Der ärgerliche Ausdruck verschwand aus seinem Blick. „So viele hat es nicht gegeben, Cassie", gestand er seufzend. „Und die, die es gegeben hat, konnten dir alle nicht das Wasser reichen."

Es kratzte in ihrer Kehle. Wie sehr sie ihm glauben wollte! Oh Gott, sie wollte ihm so unbedingt glauben!

Sein Griff wurde sanfter. „Und wie sieht es bei dir aus?", fragte er leise.

„Du willst, dass ich dir von meinen Lovern erzähle? Von allen?“ Sie war überrascht über die Qual, die sie in seinen Zügen aufblitzen sah.

„Nein. Ich nehme an, das geht mich nichts an.“

„Nun – es gab keine. Nicht auf dem College und hier auch nicht.“ Plötzlich lag ihr viel daran, dass er es wusste. Er sollte verstehen, wie wichtig er ihr gewesen war.

„Keinen Einzigen?“, hakte er ungläubig nach.

„Nein, niemanden. Keinen Einzigen.“

„Oh Cass“, entfuhr es ihm flüsternd, und er ließ sie los. „Kein Wunder, dass dein Vater mich hasst.“

„Er hasst dich n…“

„Und ob er das tut.“ Er stand auf, wischte sich den Staub von den Händen und streckte Cassie eine Hand hin.

Sie nahm sie, und er half ihr hoch, gab ihre Finger allerdings nicht frei. „Weißt du“, gestand er, „ich habe mir immer viel aus dir gemacht. Immer.“

Der Kloß in ihrer Kehle war so groß, dass sie kaum sprechen konnte. „Das … das sagtest du schon.“

Und er drückte einen Kuss auf ihre Stirn, so sacht und mit solcher Zärtlichkeit, dass es ihr fast das Herz zerriss. „Bitte“, wisperte er, „bleib.“

„Nicht heute Nacht.“ Sie zog ihre Hand zurück, schüttelte den Kopf. „Noch nicht. Bevor ich mit dir schlafe, Colton, will ich mir die Sache genau überlegen.“

„Das hört sich ziemlich kalt und berechnend an.“

„Nein, es ist nur klug und reif.“ Sie legte die Hände auf seine Schultern, zog sich auf die Zehenspitzen hoch und küsste ihn auf die Stirn. „Das letzte Mal habe ich nur auf mein Herz gehört, jetzt benutze ich erst meinen Kopf.“

Bevor sie sich zurückziehen konnte, schlang er die Arme um ihre Taille. „Sag mir, wie sehr hasst dein Vater Denver und mich?“

„Bei Denver bin ich mir nicht einmal sicher, aber dich kann er nicht ausstehen.“

Colton schwieg und aus seiner versteinerten Miene war nicht das Geringste abzulesen.

„Eine echte Überraschung kann das doch für dich nicht sein, oder?“

„Nein.“ Er zuckte mit einer Schulter, so als wäre es ihm egal. Aber Cassie hatte das Gefühl, dass er etwas zurückhielt. Das er ihr auch nicht sagte, als er sie wieder freigab.

Er geleitete sie auch zu ihrem Pick-up, ohne noch ein Wort zu sagen. Und als sie schließlich losfuhr, sah sie ihn im Rückspiegel im Mondlicht stehen und ihr hinterherschauen.

10. KAPITEL

„Verflixte Dinger!“ Ivan ruckte und zerrte an seinem Stiefel, bis der Fuß endlich hineinglitt. Von seinem Stammplatz neben dem Ofen sah er zu Cassie auf. „Du warst gestern erst spät zu Hause.“

Cassie nickte. „Ich war drüben auf der McLean-Ranch. Zwei ihrer Pferde sind an Druse erkrankt.“

„Druse?“ Der Fuß mit dem Stiefel landete polternd auf dem Holzboden. „Hier in unserer Gegend?“

„Sieht ganz danach aus.“

„Welche Pferde?“

„Black Magic und noch ein anderer Hengst, ein Fuchs namens Tempest.“

Ivan sah auf seine Armbanduhr, streckte sich und durchquerte die Küche, um eine blaue Emailletasse mit dem Kaffee zu füllen, der auf dem Herd stand. Bildete Cassie sich das nur ein oder war ihr Vater blass geworden? „Und mit dem Rest der Herde ist alles in Ordnung?“ Er hielt ihr den Becher hin.

„Soweit ich das sagen kann, ja. Aber auf dem Weg in die Stadt werde ich noch einmal bei der Ranch vorbeischauen.“ Sie nippte an dem heißen Gebräu und verzog das Gesicht. Gott, war der bitter! „Wann lernst du endlich, anständigen Kaffee zu machen?“

„Der Kaffee ist in Ordnung“, brummte er. „Du bist nur anspruchsvoll geworden. Da schicke ich dich aufs College, und was bringst du mit zurück?“

„Einen Abschluss“, neckte sie ihn.

„Stimmt – und den sogenannten gewählten Geschmack“, frotzelte er zurück, aber das üblichen Funkeln in seinen Augen fehlte. „Kommst du heute wieder spät?“

„Das kann ich noch nicht sagen.“ Sie dachte an die kranken Pferde der McLeans.

Ivan goss den Rest seines Kaffees in den Ausguss und nahm seine Jacke. „Wir sehen uns dann später. Ich muss die Tiere füttern, dann fahre ich in die Stadt. Ich muss ein paar Ersatzteile für John Deere bestellen." Er pfiff nach Erasmus und verließ das Haus.

Vom Fenster aus sah Cassie ihm nach. Er ging über den Hof, blieb stehen, um ein paar Pferden über die Nüstern zu streicheln, und lachte laut über die munteren Kapriolen eines jungen Fohlens, bevor er in der Scheune verschwand. Er ist immer nur gut zu mir gewesen, dachte Cassie, schlang sich den Gurt ihres Arztkoffers über die Schulter und zog die Tür auf. Frische Morgenluft begrüßte sie – und das kreischende Brummen eines Motorrads, das die Stille durchschnitt.

Ryan Ferguson trat also zur Arbeit an. Dass er jetzt hier arbeitet, sollte mich eigentlich nicht stören, schoss es ihr durch den Kopf, als sie den Koffer auf den Beifahrersitz ihres Trucks stellte. Dennoch tat es das. Sie wartete, bis Ryan sein Motorrad auf dem Hof abbremste, den Motor abstellte, den Helm abzog und sich vom Sitz schwang. Sein blondes Haar stand wirr ab, mit der flachen Hand presste er es an den Kopf zurück.

„Du hast mich neulich fast von der Straße gedrängt", sagte sie, als er fragend zu ihr hinschaute.

„War nicht meine Absicht."

„Du solltest besser darauf achten, wohin du fährst."

„Tue ich." Ironisch zog er einen Mundwinkel in die Höhe. „Und du solltest nicht die ganze Straße besetzen. Da war genug Platz. Außerdem hat Ivan mir schon die Leviten gelesen, das reicht." Er sah sich um. „Ist er da?"

„In der Scheune."

„Du brauchst dir keine Mühe zu machen, ich finde den Weg schon allein", spottete er. Er legte den Helm auf seiner Maschine ab und marschierte zur Scheune, ohne sich noch einmal umzudrehen. Erasmus, der unter seinem Lieblingswacholderbusch döste, schreckte auf und knurrte leise. „Halt's Maul!", murmelte Ryan und stieß die Scheunentür auf.

„Netter Mensch", sagte Cassie laut, als sie in den Pick-up stieg. Sie wünschte, ihr Vater hätte Ryan nicht eingestellt. Ryan

Ferguson hatte nie etwas Falsches getan – zumindest nichts, was man ihm hätte beweisen können –, und trotzdem mochte sie ihn nicht. Sie traute ihm nicht über den Weg.

Mit einem letzten skeptischen Blick auf das blitzende schwarze Motorrad legte sie den Gang ein. Ihre Gedanken wanderten wie von selbst zu Colton. Fast hätte sie die Nacht mit ihm verbracht!

Auf der Nachhausefahrt gestern war sie hart mit sich ins Gericht gegangen. Zum Glück war ihr Vater bereits zu Bett gegangen! Sie selbst war auch hundemüde gewesen, und obwohl sie an Colton gedacht und ihrer Fantasie freien Lauf gelassen hatte, war sie schnell eingeschlafen. Über die subtile Veränderung ihrer Beziehung hatte sie überhaupt nicht nachgedacht.

„Mach dir doch nichts vor!“, sagte sie jetzt laut und sah ihr Konterfei im Rückspiegel kritisch an. „An dieser Beziehung ist nichts subtil – ebenso wenig, wie irgendetwas an Colton subtil ist. Und genau das ist ja das Problem.“

Sie bog auf den Weg ein, der zur McLean-Ranch führte. Das zweistöckige Haus, das so imposant auf der Anhöhe lag, strahlte in der Morgensonne. Bis zu Denvers Rückkehr war es mit den Jahren langsam verfallen, doch Denver hatte für die nötigen Reparaturen, ein neues Dach und einen frischen Anstrich gesorgt.

Sie erblickte Coltons Jeep und fing sofort an, auf ihrer Unterlippe herumzukauen, wobei sie sich bemühte, ihren plötzlich schneller schlagenden Puls zu ignorieren. Das hier ist dein Job! ermahnte sie sich in Gedanken, als sie den Wagen neben der Garage parkte. Mit dem Arztkoffer in der Hand eilte sie zur Haustür und klopfte. Innerhalb von Sekunden hörte sie schnelle Schritte im Haus.

Die Tür wurde aufgerissen, und Milly, wie immer in Schürze, lächelte sie traurig an. „Gott sei Dank, du bist hier! Die Männer sind in der Fohlenscheune.“

Cassies Mut sank. Sobald sie Millys Miene sah, wusste sie, dass es einem der beiden Pferde – oder sogar beiden – schlechter ging.

„Es ist Tempest. Heute Morgen haben sie ihn liegend im Stall gefunden“, berichtete Milly jetzt.

„Warum hat Colton mich nicht angerufen?“

„Hat er. Dein Vater sagte, du seist schon auf dem Weg.“

Cassie wartete keine weiteren Erklärungen ab. Sie rannte die Stufen hinunter und um das Haus herum, dann weiter über die Weide auf das kleinste der Außengebäude zu.

Sie warf sich gegen die Tür, die mit quietschenden Angeln aufschwang. Der Geruch von Pferden, Leder und Stroh schlug ihr entgegen. Staubkörnchen wirbelten vor den Fensterscheiben, als sie über den kurzen Gang zu den letzten Boxen hastete.

Colton und Curtis standen mit hängenden Schultern in der Box.

„Wie geht es ihm?“

„Nicht gut“, presste Curtis hervor.

Er hatte recht: Tempest sah alles andere als gut aus.

Cassie vergeudete keine Zeit. Sie schlüpfte in die Box und untersuchte den Hengst kurz. Er glühte regelrecht vor Fieber, und sein Puls schlug viel zu schnell. „Komm schon, Junge!“, flüsterte sie ihm zu. Sie fühlte sich so hilflos. Was nützte die ganze Ausbildung, wenn sie nichts für dieses Tier tun konnte? „Halte durch!“ Sie klopfte ihm auf die Schulter, prüfte sein Futter und sein Wasser. „Hat er gefressen?“

„Kein Interesse, an nichts.“ Curtis nahm den Hut ab und kratzte sich den Kopf. „Wir haben ihm die Pillen einflößen können, aber mehr auch nicht.“

„Wasser?“

„Nicht viel.“

„Ich will nicht, dass er dehydriert“, fauchte sie.

„Wir auch nicht.“ Er setzte den Hut wieder auf.

Entmutigt strich sie Tempest über die Nüstern, dann ging sie schnellen Schrittes zu Black Magics Box. „Der hier sieht etwas besser aus.“ Und das erleichterte sie ein wenig, vor allem, als seine Augen störrisch auffunkelten.

Coltons Lippen wurden schmal. „Aber wie lange noch?"

„Das weiß ich nicht", musste sie zugeben. „Hat jemand schon nach den anderen Pferden gesehen?"

„Ja." Curtis fasste in seine Hemdstasche und zog ein zerknittertes Päckchen Zigaretten hervor. „Len und ich haben sie heute Morgen alle kontrolliert. Soweit scheint alles in Ordnung zu sein."

„Zumindest *eine* gute Nachricht", meinte Colton grüblerisch, als sie alle den Stall verließen und er hinter ihnen die Tür verschloss. „Viele gibt es davon ja wohl nicht."

Curtis steckte sich die Zigarette an und blies den Rauch in den blauen Himmel. „Ich lasse alle Gerätschaften noch einmal desinfizieren, vor allem Magics und Tempests. Wir nehmen uns auch noch mal die Ställe vor." Breitbeinig ging er auf das Gerätehaus zu und ließ Colton und Cassie allein zurück.

Colton ließ nachdenklich den Blick über das Tal und die Weiden schweifen, als könnte er dort die Antwort auf das ungelöste Rätsel finden. „Als ich gestern mit Denver telefoniert habe, habe ich ihm erzählt, was hier in den letzten Wochen vorgefallen ist. Auch, dass Black Magic eine Weile verschwunden war."

Cassies Magen zog sich zusammen. Sie wusste, jetzt würde etwas Unangenehmes folgen, und sie konnte sich denken, was es war. „Er vermutet, dass der Hengst gestohlen wurde und dass mein Dad dahintersteckt", sagte sie nüchtern.

„Er vermutet es nicht nur, er ist davon überzeugt. Nicht sicher ist er sich allerdings, ob das Pferd das Virus zufällig aufgeschnappt hat – oder ob das mit Absicht passiert ist."

„Mit Absicht?", wiederholte sie verständnislos. „Was meinst du damit?" Doch dann wurde ihr der Sinn seiner Worte langsam klar. „Oh Colton, nein! Das kann er doch nicht tatsächlich annehmen – dass jemand absichtlich eines eurer Pferde infizieren würde!" Die Vorstellung entsetzte sie. „Das wäre ja … das käme ja praktisch einer biologischen Kriegsführung gleich!"

Colton nickte und schob sich den Stetson in den Nacken. „Ich schildere dir nur seine spontane Reaktion."

„Dann hat er spontan falsch reagiert!"

„Er scheint da anderer Meinung zu sein."

„Und du? Welcher Meinung bist du? Sag mir, dass du auch glaubst, dass er falsch damit liegt!", verlangte sie. Ihre Augen blickten ihn flehentlich an, ihre Finger gruben sich in das weiche Leder seines Ärmels. Er konnte doch nicht ernsthaft denken, dass Ivan in etwas so Finsteres verstrickt war!

„Ich hoffe, dass er sich irrt."

„Du *hoffst*?" Ihre Stimme wurde schrill. „Ja, *weißt* du es denn nicht? Oh Colton ..."

„Hör zu, Cass, ich erzähle es dir nur, mehr nicht", erwiderte er scharf.

Sie ließ seinen Arm los, als hätte sie glühende Kohlen berührt. „Dieses Mal ist Denver zu weit gegangen", stieß sie wütend aus. „Aber das wäre ja nicht das erste Mal, nicht wahr?"

„Bei deinem Vater wäre es auch nicht das erste Mal."

Der Schmerz, scharf wie ein Rasiermesser, ging tief. Sie drehte sich zu ihm um und pikste ihm mit dem Zeigefinger immer wieder in die Brust. „Mein Vater hat guten Grund, dir nicht zu vertrauen und deinen Onkel zu hassen. Nur dachte ich, *wir* würden das Kriegsbeil begraben und versuchen, das alles zu vergessen. Ich dachte sogar, du und ich würden von vorn anfangen. Warst nicht du es, der das vorgeschlagen hat? Ich denke, jemand sollte Denver darüber aufklären!"

„Das werde ich. Wenn er zurückkommt."

„Und wann soll das sein?"

„Sobald er kann."

„Gut! Ich kann es nämlich gar nicht abwarten, ihm meine Meinung zu sagen", verkündete sie entschieden, drehte sich auf dem Absatz um und stapfte auf ihren Pick-up zu. Also wirklich, von allen irrsinnigen, abscheulichen Verleumdungen ...! Wäre Denver McLean jetzt hier, würde sie ihm höchstpersönlich an die Gurgel gehen!

Flammende Empörung verlieh ihren Wangen die gleiche Farbe wie die Morgenröte. Mit einem Ruck riss sie die Tür der

Fahrerkabine auf und kletterte hinein. Doch bevor sie die Tür wieder zuziehen konnte, stellte Colton sich dazwischen.

„Wer übertreibt jetzt hier?“, fragte er verärgert.

„Du musst schon entschuldigen, aber hier sind soeben mein Ruf und der meines Vaters in den Schmutz gezogen worden.“ Sie rammte den Schlüssel in den Anlasser und drehte ihn. Der alte Motor erwachte stotternd zum Leben. „Eines würde ich allerdings noch zu gern wissen, Colton!“, sagte sie und schaute vom Fahrersitz auf ihn herab. „Was genau ist zwischen gestern Nacht und heute Morgen passiert? Erinnerst du dich noch an gestern Nacht, genau hier auf diesem Hof? Warst du nicht der Typ, der mich gebeten hat zu bleiben? Der mich angefleht hat, mit ihm zu schlafen? Ihn zu lieben und niemals damit aufzuhören?“

Stumm ballte er die Fäuste, bis die Knöchel weiß hervortraten.

„Ehrlich gesagt, ich habe kein Interesse daran“, fuhr sie fort. „Nicht, solange du und ich einander nicht vertrauen, und zwar *gegenseitig*!“ Sie schüttelte ihr Haar zurück, zog die Tür zu und brauste davon.

Bis Cassie bei der Tierklinik angekommen war, hatte ihr Ärger einer Mischung aus Fassungslosigkeit, Enttäuschung und Entrüstung Platz gemacht.

„Irgendwas Neues?“, fragte sie, als sie sich zur Hintertür einließ und Sandy erblickte, die gerade die Patienten im Hinterzimmer fütterte.

„Nein. Dein erster Termin ist um neun.“ Sandy kippte Trockenfutter in ein Schälchen und stellte es durch die Käfigtür einem weißen Kaninchen hin. „Kaffee läuft schon durch, wenn du gleich eine Tasse möchtest.“

„Danke, den kann ich gebrauchen. Ich hoffe, es ist kein entkoffeinierter?“

„Autsch. Schlechten Morgen gehabt?“, erkundigte Sandy sich mitfühlend.

„Kann man wohl sagen, ja.“ Cassie besah sich den Pudel

der Edwards und die drei Welpen, die per Kaiserschnitt auf die Welt gekommen waren. „Wie geht es euch, hm?“ Sie streichelte dem Hund den weichen grauen Kopf. Die drei winzigen Welpen wanden sich fiepend am rasierten Bauch der Mutter. Cassie kontrollierte die Stiche der Hündin.

„Den Welpen geht es prächtig, nur die Mutter ist ziemlich groggy“, sagte Sandy,

„Das kann man dir auch wohl nachempfinden“, murmelte Cassie dem Hund leise zu, und ihr Mitgefühl wurde mit einer feuchten Zunge an ihrer Handfläche belohnt. „Dir geht es also schon ein wenig besser, nicht wahr?“ Sie richtete sich auf und nahm lächelnd die dampfende Kaffeetasse an, die Sandy ihr hinhielt.

„Von Craig soll ich dich daran erinnern, dass am Freitag die Party bei den Edwards stattfindet.“

Cassie schnitt eine Grimasse. Sie hatte das jährliche Ereignis völlig vergessen. Da sie gerade ihr erstes Jahr Vollzeitarbeit in der Klinik hinter sich gebracht hatte und Nate Edwards die Klinik immer wieder an alle möglichen Leute weiterempfahl, bestand Craig darauf, dass sie auch kam. „Du weißt auch nicht, wie sich das umgehen lässt, oder?“

„Warum solltest du das umgehen wollen?“

„Ich hasse solche Veranstaltungen“, stieß Cassie mit Inbrunst aus.

„Oh, aber das wird lustig! Niemand schmeißt so tolle Partys wie Paula Edwards!“

„Weil niemand solche Partys feiern will.“ Nachdem sie sich alle Tiere in den Käfigen angesehen hatte, fragte sie: „Hat jemand wegen erkrankter Pferde in der Praxis angerufen? Pferde mit Fieber und zu hohem Puls?“

„Nur Colton McLean gestern ... und vor ein paar Tagen Vince Monroe. Craig ist doch rausgefahren, um sich die Stute anzusehen.“

Vince Monroe! Einer der besten Freunde ihres Vaters! Cassies Handflächen wurden feucht. „Haben wir die Akte da?“

„Sicher. Es sei denn, Craig hat sie mitgenommen." Durch eine Verbindungstür ging Sandy in das kleine Aktenzimmer, zog eine Schublade im Aktenschrank auf und ließ den Zeigefinger über die bunten Karteikärtchen gleiten. „Hier ist sie ja." Sie zog die dicke Aktenmappe der Monroe-Ranch heraus und reichte sie Cassie.

Die aktuellen Einträge lagen obenauf. Cassie überflog den Bericht über das Fohlen mit dem verletzten Bein, das Craig behandelt hatte, und einen weiteren über eine Stute mit leicht erhöhter Temperatur. Kein Wort von Druse, nicht einmal der Verdacht. Cassie war heilfroh.

„Craig hat nicht zufällig erwähnt, dass es etwas Ernsteres geben könnte? Druse zum Beispiel?"

Sandy runzelte die Stirn. „Nein, zumindest nicht mir gegenüber." Ein frischer Lufthauch erreichte sie, jemand musste die Hintertür geöffnet haben.

„Redet ihr da etwa über mich?", fragte Craig, als er ins Hinterzimmer kam.

„Richtig, wir lästern gerade ganz fürchterlich", meinte Cassie lachend. Bei Craigs Anblick mit den nicht zu bändigenden abstehenden Haaren und den roten Wangen hellte sich ihre Laune sofort auf.

„Dachte ich's mir doch." Er hing seinen Mantel an den Haken bei der Tür und zog sich einen grünen Arztkittel über. „Was gibt es Neues?"

„Auf der McLean-Ranch ist Druse ausgebrochen."

„Druse?" Craig pfiff leise durch die Zähne. „Welches Pferd?"

„Black Magic und Tempest, beides Hengste." Als Craig in die Küche ging und sich erst einmal eine Tasse Kaffee einschenkte, erzählte Cassie ihm alles.

„Und Colton vermutet also, dass Black Magic sich das eingefangen hat, während er verschwunden war?", fragte Craig nachdenklich und gab Süßstoff in seine Tasse.

„Ja, das nimmt er an."

Craig schürzte die Lippen. „Ergibt Sinn. Passt auch von der Zeitspanne her. Oben in den Bergen leben noch wilde Pferde.

Wahrscheinlich hat McLeans Hengst sich unter die Herden gemischt."

Cassie schüttelte den Kopf. „Das glaube ich nicht. So, wie Colton und Curtis Kramer erzählen, sah Black Magic genauso gepflegt aus wie vorher, als er wieder auftauchte. Er war gestriegelt und bestens versorgt worden. Ich selbst hab ihn kurz danach gesehen, und er sah wirklich nicht aus wie ein Pferd, das für eine Zeit in der Wildnis gelebt hat."

Craig runzelte die Stirn. „Also glaubt Colton noch immer, dass der Hengst gestohlen wurde."

„Ja." *Und noch so einiges mehr.* Cassie stellte ihre leere Kaffeetasse in das kleine Spülbecken. „Sollte er recht haben und sich irgendein Rancher den Hengst ‚ausgeliehen' haben, dann haben wir mindestens noch einen Fall von Druse. Wahrscheinlich sogar mehrere."

„Eine mögliche Epidemie." Craig rührte seinen Kaffee um und starrte dabei in die Tasse. „Gehört habe ich noch nichts, aber ich werde mich auf jeden Fall mit den anderen Tierkliniken im County in Verbindung setzen."

Das Glöckchen über der Eingangstür klingelte und kündigte den ersten Termin an.

„Die Pflicht ruft. Das wird Mrs Silvan sein, um ihr Kaninchen abzuholen. Sie wird bestimmt noch mit dir reden wollen", sagte Sandy zu Craig.

Er nahm noch schnell einen großen Schluck von seinem Kaffee, bevor er die Tasse abstellte. „Ich nehme Herman mit in Zimmer zwei."

„Gut." Sandy eilte zur Anmeldung zurück. Der Empfangsbereich trennte das Wartezimmer von den Behandlungsräumen.

Craig deutete auf die wenigen besetzten Käfige. „Wenn du heute früher gehen willst, damit du auf der McLean-Ranch nach den Pferden sehen kannst … nur zu! Wenn wir nicht gerade mit Notfällen überschwemmt werden, komme ich hier allein klar. Das Gleiche gilt für morgen."

„Bist du sicher?"

„Ja. Du hast dir einen freien Tag verdient“, meinte er, dann schnitt er eine Grimasse. „Obwohl ... Die Druse wird bestimmt kein Spaziergang.“

„Wem sagst du das“, stimmte Cassie zu. Vorn an der Tür klingelte es schon wieder, und Craig hob das weiße Kaninchen aus dem Käfig.

In dem Stall, in dem die tragenden Stuten untergebracht waren, musterte Colton grüblerisch Red Wings runden Leib. Die Stute war nervös. Sie rollte mit den Augen und legte die Ohren an, als Curtis sie abtasten wollte.

„Ja, sie ist fast so weit“, nickte er dann und strich Red Wings sanft über den Rücken.

Am liebsten hätte Colton laut geflucht. Das Letzte, was sie jetzt gebrauchen konnten, waren anfällige neugeborene Fohlen, die dann Gott weiß was ausgesetzt sein würden. „Bist du sicher?“

„So sicher, wie man nur sein kann. Ich verwette mein ganzes Geld, dass sie noch heute Nacht fohlt. Spätestens morgen Nacht.“

„Na großartig“, brummte Colton.

„Schade, dass Tessa nicht hier ist, um das mitzuerleben“, sagte Curtis und schlüpfte aus der Box. „Sie hat so lange darauf gewartet.“

Colton antwortete nicht. Seine Laune war so schwarz wie Black Magics Hinterteil. Er ging nach draußen und merkte nicht einmal, dass der Wind sich gedreht hatte und von Westen her auffrischte.

Es war zwar erst vier Uhr nachmittags, aber Milly hatte Licht in der Küche eingeschaltet. Die erleuchteten Fenster strahlten bis zu ihm herüber. Colton stieg die Verandastufen hoch, streifte die Stiefel ab, hängte Jacke und Hut an den Haken und stieß mit der Schulter die Hintertür ins Haus auf.

Der Duft von frischem Kaffee und Braten hing in der Luft. Milly war dabei, den seiner Meinung nach blitzsauberen Küchenboden zu wischen. Als er eintrat, sah sie auf.

„Da hat jemand für dich angerufen. Ein Typ von irgendeiner Zeitung, ein gewisser Grover."

Colton war das ziemlich egal. „Was wollte er?"

„Mit dir reden." Milly stützte sich auf den Schrubberstiel. „Mehr hat er mir nicht verraten. Seine Nummer liegt im Arbeitszimmer auf dem Schreibtisch."

Colton konnte sich das Grinsen nicht verkneifen. Er hatte sich an Millys Herumkommandieren gewöhnt, genauso wie an Curtis stachelige knappe Art. Und Cassie … Gott, sie saß ihm wirklich tief unter der Haut. Er wusste, was Steve Grover von ihm wollte, und zum ersten Mal in seinem Leben interessierte es ihn nicht.

Im Arbeitszimmer starrte er lange auf die Nummer, bevor er sie schließlich wählte. Er musste sich über den Verlagsempfang und eine Sekretärin vorarbeiten, bevor er endlich mit Steve verbunden wurde.

„McLean!", brüllte Steve laut durch die Leitung. „Ich hatte dich schon fast aufgegeben! Dachte, du hättest dich in Luft aufgelöst."

„Noch nicht ganz." Ein Lächeln breitete sich auf Coltons Gesicht aus. Er konnte sich Steve Grover genauestens vorstellen. Der Mann war klein, hager und steckte voll nervöser Energie, wahrscheinlich marschierte er jetzt beim Telefonieren im Stechschritt durch sein Büro.

„Bereit für einen neuen Auftrag?"

„Vielleicht", antwortete Colton vage. Er lehnte sich an die Schreibtischkante und starrte zum Fenster hinaus auf die Weiden. Auf der einen sprangen und bockten die übermütigen Jungtiere, auf der angrenzenden grasten friedlich die rot-braunen Hereford-Rinder. „Wo?"

„Südkorea."

„Wann?"

„Gestern."

Colton lachte laut auf. „Dann hättest du vielleicht etwas früher anrufen sollen."

„Du hast natürlich recht.“ Grover stieß geräuschvoll die Luft aus. „Aber jetzt mal im Ernst … Das Flugzeug geht Sonntagnacht von Seattle aus.“

„Seattle“, wiederholte Colton und sah, wie Cassies weißer Pick-up draußen vorfuhr.

„Genau. Direktflug nach Seoul. Wir schicken ein ganzes Team. Knox, Winston, Overgaard und dich – wenn du annimmst.“

Colton beobachtete Cassie, wie sie aus dem Wagen stieg, ihre Jeansjacke überzog und zur Vordertür eilte. Sein Herz machte einen seltsamen kleinen Hüpfer, und er musste grinsen. „Tut mir leid, ich kann nicht“, sagte er impulsiv, ohne überhaupt nachzudenken.

„Was?“

„Ich kann nicht“, wiederholte er. „Ich muss mich hier um ein paar Dinge kümmern.“

„Aber das ist möglicherweise die größte Story des Jahres! Studentenunruhen, die Miliz ist aufmarschiert, und es kursieren Gerüchte über einen möglichen Angriff vonseiten Nordkoreas.“

„Schick jemand anderen hin.“

„Aber …“

„Wir hören wieder voneinander.“ Colton legte auf. Sein Puls ging schneller, als er direkt zur Haustür marschierte und sie aufriss, noch bevor Cassie klingeln konnte.

Mit vor der Brust verschränkten Armen lehnte er sich an den Türrahmen. „Ich hätte nicht erwartet, dich so schnell wiederzusehen.“

Cassie strich sich das Haar aus dem Gesicht. „Ich bin auf dem Nachhauseweg und dachte mir, ich schaue vorbei, ob es Tempest etwas besser geht.“

„Hat sich nicht viel verändert.“

„Und Black Magic?“

„Ihm geht es tatsächlich besser.“ Colton nahm ihre kalten Finger in seine großen Hände. „Komm, sieh sie dir selbst an.“ Er zog sie ins Haus, trat die Tür mit dem Fuß zu und ging den Gang entlang zum hinteren Teil des Hauses.

„Cassie!“ Milly schaute erfreut auf, als Colton mit ihr in

die Küche trat. „Du kommst genau richtig zum Abendessen!"

„Heute nicht – wirklich." Sie konnte die Enttäuschung in den Augen der Haushälterin sehen. „Vielleicht ein anderes Mal."

„Ich werde dich dran erinnern."

„Hast du schon was vor?", fragte Colton.

Cassie antwortete nicht.

„Warum bleibst du dann nicht?", hakte er nach. Er musste ihre Hand loslassen, um die Hintertür zu öffnen und sich die Stiefel anzuziehen.

Cassie kniff leicht die Augen zusammen. „Zwischen uns ist noch eine Rechnung offen."

Colton sah zu Milly, deutete aber mit dem Kopf zu Cassie. „Ich habe sie heute Morgen beleidigt", erklärte er.

„So, wirklich?" Milly musste sich das Lächeln verkneifen. Sie sah von einem zum anderen. „Tja, dann wirst du dich wohl besser entschuldigen und sie offiziell einladen müssen."

Er lächelte träge. „Vielleicht tue ich das ja sogar."

Cassie schäumte innerlich. *Wie großzügig! Und wie unglaublich eingebildet!*

Milly hob den Deckel vom Topf auf dem Herd, und ein köstlicher Duft füllte den Raum. „Hast du diesen Grover erreicht?", fragte sie Colton.

Colton gab einen knurrenden Laut von sich, als er sich die Stiefel anzog. „Ja."

„Und?"

„Und ich habe ihm gesagt, dass ich zu beschäftigt bin, um mal eben in den nächsten Flieger nach Südkorea zu steigen."

Abrupt sah Cassie zu ihm hin. Meinte er das ernst? Sein Verantwortungsgefühl hielt ihn davon ab, zu seinem Leben auf Messers Schneide zurückzukehren?

„Komm." Er griff wieder nach ihrer Hand, hielt die Tür für sie auf und ließ sie vorausgehen. „Und es gibt noch einen anderen Grund, weshalb ich beschlossen habe zu bleiben."

„So? Und welcher wäre das?"

„Eine schöne Frau."

Er hörte, wie sie nach Luft schnappte, sah den Hoffnungsfunken in ihren grün-braunen Augen aufglimmen. „Als du vorhin aus dem Truck geklettert bist, habe ich …“ Seine Stimme erstarb, er sprach den Satz nicht zu Ende. Er hatte es noch nie über sich gebracht, Versprechen zu machen, wenn er sich nicht absolut sicher war, dass er sie auch würde halten können. Auch hielt er nichts davon, ein rosarotes Bild zu malen, wenn es eines Tages ganz plötzlich grau werden könnte.

Cassie hob ihr Gesicht zu ihm an. Die Kälte hatte ihre Wangen rot gefärbt, ihre Miene war ernst. Seine Hand, die ihre hielt, war jedoch so warm …

„Tja, ich muss zugeben, du hattest recht. Zwischen uns gibt es tatsächlich noch eine offene Rechnung. Mehrere sogar.“

„Und die willst du jetzt begleichen?“ Es fiel ihr schwer, ihm zu glauben.

Er schloss für einen Moment die Augen. „Ich glaube nicht, dass es so bleiben sollte.“

„Versuch nicht, mir Honig ums Maul zu schmieren, McLean!“ Sie hatte nicht vergessen, nur zu gut erinnerte sie sich an die Anschuldigung, die zwischen ihnen stand. Mit kerzengeradem Rücken ging sie den ausgetretenen Pfad durch das Gras entlang, der zu den Ställen führte. „Ich bin nicht mehr so leicht einzulullen wie mit siebzehn. Weißt du, Dad hat recht! Ihr McLeans seid alle aus dem gleichen Holz geschnitzt!“

„Ich habe dich weder eingelullt noch übertölpelt.“

„Sah aber so aus.“ Sie war bei der Fohlenscheune angekommen und griff nach dem Türriegel, doch kaum hatte sie die Tür einen Spaltbreit aufgezogen, landete Coltons Hand auf dem Holz und drückte die Tür wieder ins Schloss zurück.

„Lass uns nicht wieder damit anfangen, Cassie! Hier geht es nur um das Hier und Jetzt. Und um den Grund, wieso diese Pferde erkrankt sind. Um mehr nicht.“

„Und das beinhaltet natürlich auch die Unterstellung, dass mein Vater ganz bewusst einem Tier Leid zufügen würde!“ Vor Ärger brannte ihr Gesicht.

Coltons Frustration war deutlich von seiner Miene abzulesen. „Wenn es dir ein Trost ist … Ich glaube nicht, dass Ivan einem Tier absichtlich Schaden zufügen würde.“

„Nicht einmal, um dir eins auszuwischen?“, forderte sie ihn heraus. Sie konnte sich einfach nicht zurückhalten.

„Nein, nicht einmal deshalb.“

„Gut. Jetzt musst du nur noch Denver davon überzeugen.“

Das wird nicht einfach werden, dachte er, als er die Tür wieder entriegelte und für Cassie aufhielt.

Beim Eintreten wurde sie von einem leisen Schnauben begrüßt. „Oh, sieh dich nur an“, redete sie leise auf Black Magic ein und streichelte seine Nüstern. Mit einem Lächeln drehte sie sich zu Colton um. „Ihm geht es ja schon viel besser.“ Doch als sie die Schwellung an seinem Hals berührte, zuckte der Hengst zurück und schüttelte schnaubend die Mähne. „Ruhig, ganz ruhig … Ich wollte dir nicht wehtun.“

In der Scheune war es warm und trocken. Frisches duftendes Stroh war über den Boden ausgebreitet worden, und Black Magics Trog war mit Hafer gefüllt.

Tempest jedoch ging es nicht besser. Im Gegenteil – sein Zustand hatte sich verschlechtert. Sank das Fieber bei Black Magic langsam, so war es bei Tempest noch angestiegen. Das zähe Sekret lief jetzt unaufhörlich aus seinen Nüstern. „Hat er inzwischen gefressen?“, fragte Cassie, doch sie ahnte bereits die Antwort.

Colton schüttelte den Kopf. „Curtis hat versucht, etwas in ihn hineinzubekommen, Len auch. Aber es ist schon Schwerstarbeit, ihn dazu zu bringen, die Tabletten zu schlucken.“

„Komm schon, Junge!“, flüsterte Cassie mit gerunzelter Stirn. „Du kannst das doch! Du schaffst das!“

Der mächtige Fuchs rührte sich nicht. Er zuckte nicht einmal mit den Ohren, sondern blieb völlig apathisch. Cassie klopfte ihm leicht auf die Schulter und sandte ein Stoßgebet zum Himmel, für dieses Pferd im Besonderen und allgemein für den gesamten Viehbestand der McLean-Ranch.

Zusammen machten Colton und sie die Runde. Ein Jungtier hatte angefangen zu husten, und Cassie wies an, es sofort zu isolieren. „Es könnte mehr sein als nur eine Erkältung", sagte sie und betete im Stillen, dass dem nicht so war. „Wir können es uns auf jeden Fall nicht leisten, ein Risiko einzugehen."

Nachdem Curtis das junge Pferd weggebracht hatte, machten Len und Daniel sich sofort daran, die Box des Tieres auszuräumen und zu desinfizieren. Colton bot derweil seinen ganzen Charme auf, um Cassie davon zu überzeugen, zum Dinner zu bleiben.

Nach dem Essen gingen sie gemeinsam zum Stutenstall. Red Wing bewegte sich unruhig, stampfte mit den Hufen unablässig auf dem Stroh.

„Sie ist so weit. Es geht los!", sagte Cassie. Die Arme auf die oberste Latte gelegt, musterte sie Tessas kleine Stute genau.

Colton war ihr so nah, dass sie die Hitze von seinem Körper ausstrahlen fühlte. „Vielleicht solltest du über Nacht bleiben", schlug er vor, und sein Atem strich über ihren Nacken. „Kann sein, dass sie dich braucht." Vertraut schlang er die Arme um ihre Taille und zog Cassie an sich, sodass sie auf Hüfthöhe aneinandergepresst dastanden.

Reiß dich zusammen! Denk nach! Sie wünschte, sie besäße die Willensstärke, sich aus seiner Umarmung zu winden und von ihm abzurücken. Doch sie bewegte sich nicht und blieb, wo sie war, und kaum strich er mit den Daumen leicht über die Unterseiten ihrer Brüste, durchlief sie ein erregender Schauer.

„Ich … ich sollte nach Hause gehen."

„Du hast doch gesagt, dass dein Vater nie zu einer festen Zeit mit dir rechnet."

„Natürlich habe ich nicht immer geregelte Arbeitszeiten, aber …"

„Kein Aber. Bleib. Die Pferde brauchen dich. Und ich brauche dich auch."

Sie schloss die Augen und schluckte schwer. „Colton, nicht …"

„Du hast selbst gesagt, wir haben noch eine Rechnung offen."

„Damit meinte ich allerdings nicht *das* hier!“

„Ich schon.“

Wie sollte sie vernünftig denken können, wenn sie seinen Mund auf ihrem Haar spürte, seine Finger so besitzergreifend auf ihrer Hüfte, wenn sich seine Wärme durch ihre Kleidung zu brennen schien und ihre Haut liebkoste?

Sie nahm all ihre Willenskraft zusammen und drehte sich in seinen Armen zu ihm um. „Aha. Jetzt willst du mich also, ist es das?“

„Genau.“

Ein Beben durchfuhr sie, und ihr Puls raste wie wild, als sie das sexy Grinsen auf seinen Lippen sah, das selbstsichere Funkeln in seinen Augen, die amüsiert hochgezogenen Brauen. *Benutz deinen Verstand, Cassie!* Sie zwang sich, das Kinn anzuheben und ihn mit durchdringendem Blick herausfordernd anzuschauen. „Nach all den Jahren, all dem Kummer, all den Missverständnissen und sogar nach diesen neuesten – *Denvers* – Unterstellungen, dass mein Vater irgendeine arglistige Verschwörung angekurbelt hat, um die Tiere auf der McLean-Ranch zu töten und so die Ranch zu ruinieren, begehrst du mich?“

„Du solltest mich nicht mit meinem Bruder verwechseln.“

„Und du solltest weder meinen Vater noch mich für etwas verantwortlich machen, das wir nicht getan haben!“

Seine Mundwinkel zuckten leicht, und sie konnte nichts dagegen machen – ihr Blick wurde magisch von seinen sinnlichen Lippen angezogen. Ihr Herz klopfte heftig, ihr Atem stockte, sobald sein Griff fester wurde und er sie so eng an sich presste, dass nicht mal mehr ein Blatt Papier zwischen sie gepasst hätte. Er küsste sie gierig und verlangend und gleichzeitig so zärtlich, als hätten sie alle Zeit der Welt.

Cassie schloss die Augen und genoss diesen einen atemlosen Moment. Alles, was vorher geschehen war, war nicht mehr wichtig. Als er mit seiner Zunge zwischen ihre Lippen glitt, hieß sie sie willkommen, gab sich den Berührungen hin. Jeder klare Gedanke verflüchtigte sich. Sie versuchte gar nicht mehr, ihn aufzuhalten.

Colton stöhnte, ein ursprünglicher Laut, der tief aus seinem Inneren kam. Langsam wanderten seine Hände höher, bis er ihre Brüste umfassen konnte, so zärtlich und ehrfürchtig, dass es Cassie nahezu zu Tränen rührte. Mit den Daumen rieb er sacht über ihre Bluse, und brennendes Verlangen erfüllte sie. „Bleib, Cassie", flüsterte er. „Zumindest noch eine Weile."

Sie wollte Nein sagen. Tief in ihrem Herzen wusste sie, dass sie einen Fehler beging, der nicht wiedergutzumachen war. „Für eine Weile", stimmte sie dennoch leise zu, und hungrig nahm er ihren Mund in Besitz.

Er hob sie auf seine Arme und trug sie zum Ende des Stalls. Ohne sie abzusetzen, schaltete er das Licht aus und trat mit dem Fuß die Tür einer leeren Box auf. Duftendes frisches Stroh bedeckte den Boden.

Mit einer Hand griff Colton eine saubere Decke, ließ sie fallen und breitete sie auf dem Stroh aus, dann legte er Cassie behutsam darauf ab. „Was, wenn jemand hier reinplatzt?", fragte sie, auch wenn ihr Verstand längst nicht mehr richtig zu arbeiten schien.

„Es wird niemand kommen."

„Aber …"

„Schhh … Milly ist in der Küche beschäftigt, und die anderen sind alle draußen auf den Weiden. Hier sind nur du und ich."

Draußen pfiff der Wind durch die Bäume. Die Rinder muhten, ein Nachtvogel stieß seinen Schrei aus. Hier drinnen im Stall war es warm, Pferde rührten sich und schnaubten, und vorsichtig streifte Colton Cassie den Pullover über den Kopf.

Im dämmrigen Zwielicht starrte Cassie zu ihm auf, schlang ihre Hände um seinen Nacken und zog ihn zu sich herunter, um ihn zu küssen.

Sie seufzte, als er den Träger ihres BHs sacht von ihrer Schulter schob. Mit den Lippen reizte er eine der Spitzen, dann hauchte er eine brennende Spur von Küssen auf ihre Haut. Cassie erschauerte.

„Colton", wisperte sie und schmiegte sich enger an ihn.

„Ich bin hier, Liebling." Er hob den Kopf und schaute ihr ins Gesicht, und für einen Moment vergaß sie den Kummer und das Leid aus der Vergangenheit, vergaß, dass er sie alleingelassen hatte, vergaß, dass er geschworen hatte, ihr nie wieder zu vertrauen. „Gott, du bist so schön!", meinte er heiser.

Stöhnend nahm er eine der harten Brustwarzen in den Mund und verwöhnte sie, bis Cassie ganz schwindlig wurde. Ihr Herz schlug ihr bis zum Hals. Sie war kein schüchternes Mädchen mehr. Sie wusste, was sie wollte. Und sie lenkte seinen Kopf zu ihrer anderen Brust und keuchte auf, als er ihr seine erotische Aufmerksamkeit widmete. Colton überließ es der Nachtluft, die feuchte Spur, die seine Küsse hinterlassen hatten, auf ihrer Haut zu trocknen. Cassie glaubte, vor Lust zu vergehen. Das Feuer, das er in ihren Adern entfacht hatte, verlangte nach Befriedigung.

Ungeduldig zerrte sie an seiner Jacke, streifte sie ihm von den Schultern. Colton schleuderte sie achtlos in die Ecke der Box, sein Hemd folgte nur einen Augenblick später. Wie gebannt betrachtete Cassie den Mann, den sie schon so lange liebte und über alles begehrte. Sie strich fasziniert über seine definierten Muskeln, tastete und erkundete seinen Körper, bis Colton stöhnend seinen Mund auf ihre Lippen presste.

Ihre Körper passten perfekt zueinander, seiner stark und sehnig, ihrer weich und zart. Die seidigen dunklen Härchen auf seiner Brust kitzelten sie, seine Bartstoppeln kratzten leicht an ihrer Wange.

Ohne Zögern öffnete er ihren Rock und zog ihn ihr zusammen mit dem Slip aus. Sobald sie nackt vor ihm lag und ihre Brüste sich mit jedem schnellen Atemzug hoben und senkten, kniete er sich hin und machte seinen Gürtel auf.

Cassies Kehle war mit einem Mal staubtrocken. Ihre Blicke schienen zu verschmelzen. Mit einer schnellen Bewegung schob Colton die Jeans von seinen Hüften herunter.

Cassie konnte kaum noch atmen. Jahrelang hatte sie von diesem Moment geträumt. Fasziniert und ohne Scham sah sie ihn an, musterte seinen wunderschönen Körper in seiner Nacktheit.

Sie streckte die Hand aus, zeichnete die dunklen Härchen auf seinen Oberschenkeln nach. Colton hielt die Luft an und schloss die Augen, sowie sie ihn berührte, ihn umfasste und quälend langsam an seiner Erektion entlangstrich. Nein, länger hielt er es nicht mehr aus. Er musste sie einfach besitzen, er konnte nicht mehr warten.

Sie biss sich auf die Lippe, als er sich langsam auf sie schob, sein Gewicht schwer und doch angenehm auf ihr. „Jetzt ist die letzte Möglichkeit, um noch Nein zu sagen", raunte er mit tiefer, heiserer Stimme. „Halt mich auf, bevor es zu spät ist."

„Das will ich gar nicht", flüsterte sie.

Die Finger in ihrer seidigen schwarzen Mähne vergraben, betrachtete er ihr Gesicht. „Oh Cass", murmelte er. „Wieso habe ich dich nie vergessen können?"

„Vermutlich aus dem gleichen Grund, aus dem ich dich nie vergessen konnte."

Cassie spürte seine Lippen auf ihren, verlor sich in seinem Verlangen, seiner Zärtlichkeit und seiner Leidenschaft. Ab jetzt gab es kein Zurück mehr. Haut an Haut lagen sie da, seine Hände überall. Sie erkundeten einander, streichelten und erregten sich. Cassie fuhr vorsichtig mit den Fingerspitzen die Narben auf seiner Schulter nach. Sehnsüchtiges Verlangen überwältigte sie, als seine harte Männlichkeit über ihre Oberschenkel und ihren Schoß strich, lockend, verführerisch, berauschend. Jeder noch verbliebene Zweifel war aus ihrem Kopf verschwunden.

Auf die Ellbogen gestützt, legte er die Hände an ihre Wangen und blickte in ihr erhitztes Gesicht. „Ich liebe dich, Cassie", sagte er schlicht, und seine Augen schienen vor Leidenschaft zu glühen. „Ich habe dich immer geliebt."

Und dann drang er in sie ein, langsam und tief. Cassie schossen Tränen in die Augen. Colton McLean füllte eine Leere, die allein er und niemand sonst auf der Welt füllen konnte. Für sie gab es nur ihn, diesen wunderbaren, maskulinen Mann.

Als er sich in ihr bewegte, passte sich ihr Körper dem Rhythmus an, den er vorgab. „Oh Cassie, Liebling", flüsterte er immer und immer wieder, während er das Tempo behutsam steigerte, weiter und weiter tanzten sie ihren erotischen Tanz, bis sie glaubte, zu explodieren. Leuchtende Funken, rote und goldene, blitzten hinter ihren geschlossenen Lidern auf. Sie bog den Rücken durch, krallte die Fingernägel in seinen Rücken.

„Ich kann nicht mehr …" Colton erreichte laut aufschreiend seinen Höhepunkt. Sein Herz hämmerte ebenso wild wie ihres, als er erschöpft und atemlos auf ihr zusammensank. Schweißperlen glitzerten auf seiner Stirn, während er ihr zärtlich die Haare aus dem Gesicht strich.

Cassie schlang Arme und Beine um ihn und wünschte, dass sie ihn niemals wieder würde gehen lassen müssen. Doch sie wusste, es war nur ein Wunschtraum. Colton McLean war kein Mann, der sich binden ließ, und sie war nicht dumm genug, um zu denken, dass sie ihn ändern könnte. Sie küsste ihn immer und immer wieder. Sie fürchtete, dass sie nie wieder die Chance dazu erhalten würde.

11. KAPITEL

Cassie war fast eingeschlafen, als sie spürte, wie Colton alle Muskeln anspannte. Sie rückte näher an ihn heran. „Was ist?“, murmelte sie verschlafen und rekelte sich genüsslich.

„Nichts“, flüsterte er und drückte einen Kuss auf ihr Haar. Allerdings stützte er sich auf einen Ellbogen und lauschte in das Dunkel der Scheune.

Und dann hörte sie es auch. Das klagende Schnauben eines Pferdes. Tessas Stute! Red Wing! Sofort war sie hellwach. Sie zupfte sich das Stroh aus dem Haar und tastete nach dem Lichtschalter, Colton war jedoch schneller als sie und drehte das Licht an. Die Pferde schnaubten, stampften und wieherten leise über die Störung.

Cassie stopfte die Bluse in ihren Rock, während sie zu Red Wings Box eilte. Bei der Stute hatten die Wehen eingesetzt. Sie hatte die Augen aufgerissen und atmete unregelmäßig und heftig. Cassie entriegelte die Boxentür.

Red Wings Fruchtblase platzte, das Fruchtwasser brach in einem Schwall, füllte die Luft mit dem Geruch der Geburt. Jetzt ist es so weit, dachte Cassie. Solange Red Wing allein zurechtkam, würde sie nicht eingreifen. „Bleib ganz ruhig, Mädchen!“

Doch Red Wing bewegte nervös die Ohren hin und her. Die Augen schienen ihr aus dem Kopf zu treten, und sie tänzelte unruhig. Der Schweiß färbte ihr Fell dunkler, vor Anstrengung zeichneten sich die Adern darunter ab. Als die nächste Wehe anrollte, bebte sie am ganzen Leib.

„Komm schon, Red Wing, schön langsam“, redete Cassie dem Pferd zu. Trotzdem tänzelte die Stute gereizt. Cassie spürte Colton neben sich stehen. „Ich brauche saubere Handtücher, Wasser und Jod“, sagte sie leise, als Red Wing ein lautes Stöhnen ausstieß. Cassie zog die Tür auf und schlüpfte in die Box, um die Stute zu untersuchen. Dabei war sie achtsam darauf bedacht, genügend Abstand zu Red Wings Rückseite zu halten. „Ganz ruhig, Mädchen." Ein Teil der Eihülle war zu sehen. Behutsam befühlte Cassie den weißen Ballon. Sie ertastete das Maul des Fohlens und ein Bein. Nur eines. Das war nicht gut.

„Hier." Colton war mit Handtüchern und einem Eimer Wasser zurückgekommen.

„Du musst mir helfen."

„Gibt es Probleme?"

„Ein Bein ist nach hinten geknickt." Sie bemühte sich, sich die Sorgen nicht anhören zu lassen. „So wird es nicht durch den Geburtskanal passen. Wir müssen das Fohlen wieder zurückdrücken, das Bein gerade ziehen und ihm dann hinaushelfen."

Colton krempelte sich schon die Ärmel auf. „Sag mir, was ich tun muss."

Vorsichtig schob Cassie das Fohlen wieder in den Mutterleib zurück, dann machte sie sich daran, den nach hinten verdrehten Huf nach vorn zu richten. Die Prozedur dauerte nur wenige Minuten, dennoch fühlte sie sich an wie eine Ewigkeit. Glücklicherweise hielt Red Wing still, weder biss noch trat sie aus.

„So ist's gut. Und jetzt …" Cassie führte Coltons Hand. „Bei der nächsten Wehe ziehst du vorsichtig nach unten und hilfst dem Fohlen nach draußen."

Er sah kurz zu ihr hin. „Verstanden."

Keine Sekunde später erbebte das Pferd unter der nächsten Wehe, und beide, Cassie und Colton, zogen vorsichtig an den zierlichen Beinen, bis der Kopf und die Hufe frei waren. Einen Moment später schnaubte Red Wing schmerzgepeinigt, und eine weitere Wehe drückte die Schultern des Fohlens nach draußen. Sobald die Schultern weit genug herausstanden, glitt das Fohlen zusammen mit Fruchtblase und Geburtsflüssigkeit zu Boden.

Die Nabelschnur riss. Cassie öffnete die Eihüllen und säuberte schnell die Nüstern des Fohlens. „Komm schon, atme!", flüsterte sie dem kleinen Pferd drängend zu, hoffte, ihm damit Leben einzuhauchen.

Colton nahm ein Handtuch und rieb das kleine Wesen kräftig ab. Die Lider und Lippen des Fohlens waren blau. „Komm schon, komm schon!“, flehte Cassie. Sie hielt ihre Finger unter die Nüstern und fühlte den ersten warmen Atem aus den Lungen strömen. Die schmale Brust des Kleinen hob sich, es öffnete die Augen, und am liebsten hätte Cassie vor Freude gejubelt. „Ist er nicht wunderschön?“, rief sie aus und griff nach dem Jod, um den Nabel des Fohlens zu desinfizieren.

Schnaubend blickte Red Wing auf das dunkle kleine Bündel im Stroh mit den dünnen Beinchen. „Vorsicht!“, warnte Cassie, und Colton sprang gerade rechtzeitig aus dem Weg, bevor die Stute zubeißen konnte. „Ich denke, Mommy will jetzt übernehmen.“

„Gut“, erwiderte er grinsend. „Lassen wir sie in Ruhe. Ich bin wohl nicht unbedingt zur Hebamme geboren.“

„Oh, ich weiß nicht, McLean“, neckte sie. Auch wenn ihr ein Kloß in der Kehle saß, konnte sie das Lächeln nicht zurückhalten. „Für jemanden, der vorgibt, fürs Ranching nichts übrig zu haben, hast du dich ziemlich gut gehalten.“

„Das nehme ich als Kompliment.“

„So war es auch gemeint.“ Aus dem Augenwinkel warf sie einen Blick auf ihn. Männlich und kraftvoll und gleichzeitig zärtlich und fürsorglich betrachtete er Mutter und Kind, das Hemd immer noch offen. Kein Wunder, dass sie nie aufgehört hatte, ihn zu lieben!

Red Wing konzentrierte sich derweil ganz auf ihr Neugeborenes. Sie leckte ihr Fohlen ab und regte so den Blutkreislauf des Kleinen an, während sie ihn gleichzeitig säuberte. Dann stieß sie den Kleinen mit dem Maul an, drängte ihn dazu, aufzustehen. Er versuchte es auch, doch die dünnen Beinchen wollten ihn noch nicht tragen. Er rappelte sich auf und sackte sofort wieder in einem drolligen Durcheinander von vier staksigen Beinchen zusammen.

„Er braucht wohl ein paar Ballettstunden“, schmunzelte Colton.

„Vielleicht solltest du ihn Misha nennen.“

Sie verließen die Box und säuberten sich, so gut es ging.

„Nach Misha Baryshnikov?“ Colton grinste. „Das schlage ich Tessa vor, wenn sie wieder hier ist.“

„Ja, tu das.“ Cassie wich nicht aus, als er den Arm um ihre Hüfte schlang, dennoch fühlte sie sich plötzlich bedrückt. Es gab noch immer solche Hürden zwischen ihnen, beginnend mit Denvers Unterstellung. Glaubte Colton etwa wirklich, dass ihr Vater ein so gemeines Verbrechen begehen und Black Magic absichtlich mit einem Virus infizieren würde? Und wenn das erst einmal aufgeklärt war – was sicherlich bald passieren würde, davon war Cassie überzeugt –, blieb noch immer Coltons Abenteuerlust und unbändige Neugier auf fremde Länder. Sie dagegen gehörte hierher. Und was die Vergangenheit betraf … Hatte Colton wirklich alles vergessen?

Das neugeborene Fohlen stand endlich und stupste die Mutter an, und dann machte es sich an seine erste Mahlzeit. Ein stolzes Grinsen breitete sich auf Coltons Gesicht aus, und er drückte Cassie eng an sich. „Na endlich!“, murmelte er.

„Tessa wird stolz sein.“

„Das sollte sie auch.“ Er blickte auf Cassie hinunter, und seine Augen funkelten zärtlich auf. „Du, Miss Aldrigde, siehst ziemlich chaotisch aus.“

„Wirklich?“

Um seine Aussage zu bekräftigen, zupfte er ihr einen Strohhalm aus den Haaren. Cassie sah an sich herab. Sie war von oben bis unten mit Blut und Fruchtwasser beschmiert. „Da hast du wohl recht.“

„Wie wär's mit einer Dusche?“, schlug er vor und zwinkerte ihr vielsagend zu.

„Kommt nicht infrage!“ Doch sie lachte. Sie sah schon vor sich, wie das Wasser über Coltons nackte Haut und sein dichtes dunkles Haar lief.

„Warum nicht?“

„Nun, ich könnte dir mindestens ein Dutzend Gründe aufzählen. Curtis, Len, Daniel, Milly …“

„Ich habe doch schon gesagt, dass sie alle draußen sind. Und

Milly … Wir könnten sie in die Stadt schicken, um Besorgungen zu erledigen."

„Nein." Sie kicherte.

„Es könnte wirklich Spaß machen."

Sein Blick tauchte in ihre Augen, und plötzlich hatte Cassie das Gefühl, keine Luft mehr zu bekommen. In ihrem Magen flatterten tausend Schmetterlinge umher. „Du bist richtig unverfroren, Colton McLean!"

„Eine meiner einnehmendsten Eigenschaften."

Das Fohlen saugte schmatzend die Muttermilch, einige der anderen Pferde schnaubten leise, und Cassie war gefangen von Coltons Augen. „Ich … äh … wir sollten besser Curtis suchen", murmelte sie. „Er wird Red Wings Fohlen sehen wollen. Und dann sollte ich besser nach Hause fahren."

Colton lehnte sich lässig mit einer Schulter an die raue Holzwand. „Angst?", fragte er herausfordernd.

„Wovor?"

„Vor mir."

„Unsinn!"

„Dann vor uns?"

„Es gibt kein ‚uns'. Gab es nie. Schon vergessen?" Ihr Herz pochte wie wild, die Luft knisterte.

„Kein ‚uns'? Und was war das dann vorhin?"

„Leidenschaft."

„Aha. Also hast du Angst vor der Leidenschaft."

„Nein!"

„Warum willst du dann nicht bleiben?"

Sie schluckte, in ihrem Kopf drehte sich alles. All die Jahre über hatte sie sich danach gesehnt, mit ihm zusammen zu sein, und jetzt brausten sie mit dem Tempo eines entgleisenden Zuges voran, der nicht mehr zu kontrollieren war. „Du warst doch derjenige, der so taktvoll angedeutet hat, dass ich unmöglich aussehe!" Sie war nicht bereit, näher auf die ernsteren Themen einzugehen.

„Du kannst dich hier umziehen. Leih dir etwas aus Tessas

Kleiderschrank. Oder ...“, seine Stimme wurde tiefer, und er warf ihr einen sinnlichen Blick zu, „... aus meinem.“

„Ich würde lächerlich mit Stetson, Lederjacke und viel zu großen Jeans aussehen.“ Sie schüttelte den Kopf. „Danke für das Angebot, aber ich kann nicht annehmen. Ich sehe besser zu, dass ich nach Hause komme.“

„Warum? Ivan wartet doch nicht auf dich.“ Er schob die Hände in die Hose und baute sich vor ihr auf, den Blick unverwandt auf sie gerichtet. „Die Dinge zwischen uns haben sich verändert, Cass.“

„Wirklich?“ Sie dachte daran, wie sie sich im Stroh geliebt hatten und lief rot an wie ein Schulmädchen. „Vermutlich schon.“ Verlegen begann sie, an ihrem Rock zu nesteln, dann nahm sie sich zusammen, hielt ihre Hände bewusst ruhig, hob das Gesicht zu ihm und schaute ihn an. „Und wie geht es jetzt weiter?“

„Ich wünschte, ich wüsste es.“ Er konnte nicht anders, er hob ihr vorgerecktes Kinn noch ein Stück höher. Ein Beben durchlief sie, und sie wusste, wenn sie jetzt nicht ging, würde es ihr nicht mehr möglich sein.

„Ich auch“, gab sie zurück und trat einen Schritt zurück. Sie brauchte Zeit und Abstand, um in Ruhe nachdenken zu können. Vor Jahren war sie es gewesen, die die Dinge überstürzt hatte, die ihm mit der grenzenlosen Naivität eines verliebten jungen Mädchens nachgelaufen war. Aber sie war nicht bereit, sich wieder zum Narren zu machen – nicht einmal für Colton.

„Gehst du zu der Party der Edwards?“, fragte er, als sie bei der Tür angekommen war.

„Ich muss. Befehl von oben.“

Er lächelte über ihre mangelnde Begeisterung. „Würdest du mich denn begleiten?“

„Ja, gern“, gab sie zu.

„Dann hole ich dich um sieben ab.“

Sie nickte und stieß die Stalltür auf. „Wir sehen uns also nachher“, rief sie über die Schulter zurück.

„Verlass dich drauf.“

Cassie kletterte in ihren Truck und blickte in den Rückspiegel. Funkelnde grün-braune Augen sahen ihr entgegen, und das Herz schlug ihr wie wild in der Brust. Zeit und Abstand würden keinen großen Unterschied machen. Denn ob es ihr gefiel oder nicht – sie war verliebt.

In den nächsten zwei Tagen sah sie Colton nicht. Obwohl sie mehrmals bei der Ranch vorbeifuhr, um Black Magic und Tempest zu untersuchen, bekam sie Denver McLeans kleinen Bruder nicht zu Gesicht. Milly erklärte, er habe Geschäftliches in der Stadt zu erledigen, und Curtis, so höflich er auch war, blieb vage. Cassie konnte nicht umhin zu denken, dass Colton ihr vielleicht einen Wink mit dem Zaunpfahl geben wollte. War es ein Fehler gewesen, dass sie sich geliebt hatten, genau wie damals?

Auch wenn sie verletzt war, ging sie ihrer Arbeit nach. Black Magic erholte sich gut. Seine Temperatur war wieder normal und der Abszess gereift. Cassie legte eine Drainage und reinigte dann die Wunde. Black Magic gefiel die Behandlung überhaupt nicht, immer wieder schnappte er nach ihr und versuchte, sie zu beißen.

Tempest schien auch endlich über dem Berg zu sein, er erholte sich nur wesentlich langsamer als Black Magic. Das Jungtier dagegen durchlief jetzt das, was Tempest durchgemacht hatte. Cassie sorgte sich um die beiden. Komplikationen wie eine Lungenentzündung waren selten, aber vorstellbar, in seltenen Fällen konnte es zu einer Streuung der Abszesse in andere Organe kommen, auch wenn das seltener vorkam. In Gedanken drückte sie die Daumen, als sie die alte Fohlenscheune verließ und zu ihrem Pick-up zurückging. Auf dem Weg ließ sie den Blick suchend über den Hof wandern, ob sie nicht irgendwo Coltons Jeep sehen würde.

Mied er sie bewusst? Weder hatte er angerufen, noch war er vorbeigekommen. Vielleicht bereute er es ja, mit ihr geschlafen zu haben. Und vielleicht war es dann auch besser so.

Die Stirn in tiefe Falten gelegt, fuhr sie nach Hause und steuerte auf die Garage zu. Sie musste ihren Wagen zwischen dem von Vince Monroe und Ryan Fergusons Motorrad parken.

Sie hatte jetzt keine Lust, die beiden Männer zu sehen, weder den einen noch den anderen, aber da blieb ihr wohl nichts anderes übrig. Leicht missmutig kletterte sie aus dem Truck. Erasmus kam aus der Küche auf sie zugestürmt, sprang zur Begrüßung bellend an ihr hoch und setzte seine großen schmutzigen Pfoten auf ihren Rock.

„Ja, ich freue mich auch, dich zu sehen“, sagte sie und zog eine Grimasse, als sie die Flecken begutachtete. „Komm, lass uns mal reingehen.“

Der Hund sprang um sie herum, als sie die Stufen zur hinteren Veranda hinaufstieg und die Tür aufstieß. Die Männer saßen um den Küchentisch herum, Zeitungen, Kaffeetassen und Aschenbecher bedeckten die zerkratzte Tischplatte, Rauch kräuselte sich an der Decke, und bei Cassies Eintreten verstummte das Gespräch abrupt. Drei Augenpaare wandten sich ihr zu, und sie kam sich in ihrem eigenen Heim wie ein Eindringling vor.

„Störe ich?“, fragte sie, aber ihr Vater wischte ihre Frage mit der Hand beiseite.

„Natürlich nicht.“

Vince Monroe warf einen flüchtigen Blick auf sie, schob dann scharrend seinen Stuhl zurück und stand auf. „N'abend, Cassie.“

Was für ein Gentleman! dachte sie voller Ironie. Ryan befand es nicht mal für nötig aufzustehen. Nicht, dass sie Wert darauf legte. Er nickte ihr nur knapp zu, ohne sie aus den Augen zu lassen; seinen Fuß nahm er allerdings nicht von ihrem Stuhl. Eine Zigarette hing in seinem Mundwinkel, der Rauch zog über sein Gesicht. Seinen Motorradhelm hatte er neben sich auf den Boden gestellt, und jetzt verzog er seine Lippen zu einem anzüglichen Lächeln.

Eine seltsam angespannte Atmosphäre hing im Raum. Cassie grinste, um die Stimmung aufzulockern. „Was ist das hier? Ein Gluckentreffen?“

Ivan lachte, Vince schnaubte und Ryans dunkle Augen blitzten. „So könnte man es nennen.“ Endlich nahm Ryan seinen Fuß vom Stuhl und schubste ihn in Cassies Richtung. „Eigentlich ist es eher ein Gockeltreffen, aber wir könnten ein paar Hennen gebrauchen. Setz dich doch zu uns!“

Ivans Lächeln erstarb, und er schickte Ferguson einen warnenden Blick.

„Keine Zeit“, sagte sie und sah zu ihrem Vater. „Ich muss mich fertig machen. Und du auch.“

„Wofür?“

„Nates und Paulas Party.“

„Oh, das.“ Ivan schüttelte den Kopf. Bei dem Gedanken an das große jährliche Ereignis erschien eine tiefe Falte auf seiner Stirn. „Ich gehe nicht hin.“

„Warum nicht? Nate ist doch ein Freund von dir.“

„Ich weiß, aber ich habe zu tun“, brummte er. „Ich denke, Sylvia wird heute noch fohlen.“ Sylvia war das Lieblingspferd ihres Vaters, die beste Stute auf der Ranch. „Aber du ... geh nur! McLean hat angerufen. Hat gesagt, dass er dich abholen kommt.“

Cassies Herz machte einen begeisterten Hüpfer. Also hatte Colton sie doch nicht absichtlich gemieden! Nur erklärte das noch immer nicht den plötzlichen Sinneswandel ihres Vaters. Oder?

Vince trank den letzten Schluck seines Kaffees. „Ich mache mich besser auf den Weg.“ Er reckte sich. „Sonst sucht meine Frau noch nach mir.“ Er setzte sich den großen grauen Stetson auf den Kopf, ging zur Tür und blieb noch einmal stehen, so als wäre ihm etwas eingefallen. Er suchte Cassies Blick, und seine wasserblauen Augen glitzerten. „Wie sieht es denn auf der McLean-Ranch aus? Geht es den Pferden inzwischen besser?“

„Ja, viel besser“, antwortete Cassie. Ein Schauer lief ihr über den Rücken. In Vince Monroes Nähe hatte sie sich noch nie wohlgefühlt, aber seltsamerweise war das Gefühl jetzt noch stärker. „In ein paar Wochen müsste Black Magic wieder so gut wie neu sein, und die anderen Pferde ... Nun, sie erholen sich, langsam zwar, aber immerhin.“

„Gut“, brummte Monroe. „Mit Druse ist nicht zu spaßen. McLean kann von Glück sagen, dass nur ein paar Pferde betroffen sind.“

„Ich glaube nicht, dass er es ‚Glück‘ nennt, dass seine Pferde erkrankt sind.“ Cassie musterte den älteren Mann argwöhnisch.

„So was gehört nun mal dazu – wenn auch zum unangenehmen Teil. Gute Nacht, Aldridge.“ Er rückte seinen Hut zurecht, nickte allen noch einmal zu und ging hinaus.

Ryan zog ein letztes Mal an seiner Zigarette und griff nach seinem Helm. „Ich bin dann auch weg.“ Er ließ den Blick unverschämt über Cassie wandern, bevor er den Stummel ausdrückte und zu Ivan sah. „Bis morgen früh also.“

Ivan nickte. „Solltest du mich hier nicht finden, bin ich wahrscheinlich bei den Stuten. Ich tippe darauf, dass Sylvia nicht mehr lange wartet.“

Cassie sah ihn überrascht an. „Ich dachte, sie ist erst in zwei Wochen ausgerechnet?“

„Ist sie ja auch. Aber überzeug du sie mal davon“, scherzte ihr Vater, nur funkelten seine Augen dabei nicht wie sonst immer.

„Bis später dann“, rief Ryan über die Schulter zurück, und die Tür fiel hinter ihm zu.

„Soll ich bleiben?“, fragte Cassie ihren Vater.

„Nicht nötig, ich komme schon zurecht. Geh du dich nur amüsieren.“ Er sah auf seine Hände und kratzte sich nervös über den Daumen.

„Ich dachte, du gehst auch auf Nates Party.“

Ivan zog die Brauen zusammen, eine Falte erschien auf seiner Stirn. „Du weißt doch, was ich davon halte, mich so piekfein zu machen.“

„Es wird bestimmt lustig.“ Sie wiederholte Sandys Worte und kam sich wie eine Heuchlerin vor. Bevor Colton sie eingeladen hatte, mit ihm hinzugehen, hatte sie auch nicht die geringste Lust gehabt.

„Es ist eine Plage.“

„Seit wann?“ Sie wusste doch, dass ihr Vater gern ein oder

zwei Drinks nahm und auch einmal ein Tänzchen wagte. Er liebte es, alle seine Freunde auf einmal zu sehen.

„Seit diese eigensinnige Stute es sich in den Kopf gesetzt hat, früher zu fohlen."

„Oder seit ich beschlossen habe, mit Colton hinzugehen?" Sie ahnte, dass da mehr war, als er zugab.

Ivan schnitt eine Grimasse. „Wie du ja immer so gerne betonst: Es ist dein Leben. Wir brauchen wohl nicht darüber zu reden, was ich davon halte, dass du mit Colton McLean irgendwohin gehst. Fast hätte ich einfach wieder aufgelegt, als der Kerl heute angerufen hat, aber ich habe mich zusammengerissen. Deinetwegen."

„Danke."

Er biss sich auf die Unterlippe. „Ich nehme an, ich kann deine Meinung nicht ändern?"

„Keine Chance."

Seufzend starrte er über den Tisch. „Ich kann dir keinen Rat mehr geben, Cassie. Selbst wenn ich es tun würde, wärst du zu dickköpfig, um ihn anzunehmen. Aber ..." Er schien nicht mehr zu wissen, was er noch sagen sollte, schüttelte nur den Kopf. „Lass dich nicht auf etwas ein, aus dem du nicht mehr rauskommst."

„Werde ich nicht", versprach sie und fragte sich still, ob es überhaupt möglich war, Vorsicht walten zu lassen, so weit es Colton betraf. Dabei wusste ihr Herz bereits, dass es längst nicht mehr wichtig war.

Vor dem hohen Spiegel im Gang fingerte Colton frustriert an seinem Krawattenknoten herum und fragte sich, ob er auch nur irgendetwas Vernünftiges zustande gebracht hatte, seit Cassie und er sich geliebt hatten.

Seit zwei Tagen hatte er sie nicht mehr gesehen. Er wusste, dass sie Raum brauchte, und er hatte ihn ihr gelassen. Er wusste es, weil er damals vor Jahren das Gleiche gefühlt hatte.

Er drehte den Kopf und lockerte den Knoten. Seine Handflächen wurden feucht, wenn er an den Abend dachte, der vor ihm lag. Denn er hatte vor, jede Minute des heutigen Abends in

Cassies Gesellschaft auszukosten. Er hatte sogar mit ihrem Vater am Telefon gesprochen und sein Temperament eisern im Zaum gehalten. Die erste Hürde war also genommen. Jetzt stand die nächste bevor: Denver.

Colton hörte den alten Truck die Auffahrt heraufkommen und wappnete sich. Denver hatte gestern Abend noch angerufen, um Bescheid zu geben, dass Tessa und er heute zurückkommen würden. Curtis war vor Stunden zum Flughafen gefahren, um die beiden abzuholen. Jetzt waren sie also hier.

Colton freute sich nicht unbedingt darauf, Denver gegenüberzutreten, aber er hatte wohl keine große Wahl. Mit einem letzten bösen Blick auf die Krawatte riss er sie sich vom Hals, eilte nach unten und durch die Hintertür nach draußen.

Noch bevor Curtis die Handbremse angezogen hatte, sprang Denver bereits aus dem Wagen, um Tessa beim Aussteigen zu helfen. Sie war hochschwanger und strahlte regelrecht von innen heraus.

Die beiden waren ein wirklich auffallendes Paar, musste Colton zugeben. Denver, groß, mit breiten Schultern, rabenschwarzem Haar und stechend blauen Augen, und Tessa mit der leuchtend rotgoldenen Mähne, der gebräunten Haut und den unzähligen Sommersprossen auf der Nasenwurzel. Die Finger ineinander verschränkt, kamen sie Seite an Seite auf das Haus zu.

Colton verspannte sich unwillkürlich. Die Beziehung zu seinem älteren Bruder war noch nie einfach gewesen. Auch wenn sie einander respektierten und einer für den anderen mit dem Leben einstehen würde, waren sie doch von Kindheit an eindeutig Konkurrenten. Zwischen den Brüdern bestand eine Art Hassliebe, die sich auch mit den Jahren nur leicht abgeschwächt hatte. Stolz und aufbrausendes Temperament standen dem gesunden Menschenverstand meist im Weg.

Tessa jedoch rannte zu ihrem Schwager und umarmte ihn herzlich. „Dad hat mir gesagt, dass Red Wing vorgestern ihr Fohlen bekommen hat“, rief sie mit funkelnden Augen. „Ein Hengst! Das erste Fohlen von Brigadier. Ich kann’s kaum abwarten, ihn endlich zu sehen!“ Voller Begeisterung drehte sie sich zu ihrem Mann um. „Komm!“

Denver sah aus, als wollte er widersprechen, doch die Freude stand seiner Frau so deutlich auf dem Gesicht, dass er es nicht über sich brachte. „Kann das nicht noch warten?“

„Nein! Komm schon, Denver, du weißt doch, wie wichtig mir das ist!“

„Ja, ich weiß.“ Er lächelte leicht. „Gehen wir ihn uns also ansehen.“

Tessa war schon auf dem Weg zur Stutenscheune, sie lief ihrem Vater und den beiden McLean-Brüdern voraus. Drinnen in der dick mit Stroh ausgelegten Box passte Red Wing auf ihr schlaksiges rotbraunes Fohlen auf. Die Augen des kleinen Hengstes waren groß und rund, er blähte die Nüstern, und seine Ohren zuckten vor Nervosität.

Red Wing, eigentlich immer sanft und freundlich, stellte sich schützend vor ihr Fohlen und legte die Ohren an. Sie beäugte jeden, sogar Tessa, voller Misstrauen.

„Oh, seht ihn euch nur an!“, rief Tessa glücklich. „Er ist absolut hinreißend!“

Curtis lachte. „Du wärst anderer Meinung, wärst du bei seiner Geburt dabei gewesen.“

Coltons Magen zog sich zusammen. Zu gut erinnerte er sich an das, was kurz vor der Geburt des Kleinen passiert war – wie er zusammen mit Cassie im Stroh gelegen hatte, eingehüllt in ihren Duft, erfüllt von dem Gefühl ihrer Nähe …

„Nur gut, dass Cassie hier war“, erzählte Curtis aufgekratzt weiter, und Denver warf seinem Bruder einen vernichtenden Blick zu. „Der kleine Kerl lag falsch, ein Bein war nach hinten geknickt. Sie musste Red Wing helfen.“

„Ich hätte hier sein sollen“, sagte Tessa und sah zu dem Fohlen, das neugierig den Hals reckte und mit großen Augen hinter seiner Mutter hervorlugte. „Er ist perfekt!“

Ihr Vater legte ihr liebevoll den Arm um die Schultern. „Das ist er, mein Mädchen.“

„Und es ist ja alles gut gegangen", fügte Colton an. Er blickte zum Ende des Stalls, zu der Box, in der Cassie Aldridge und er eine so leidenschaftliche Stunde verbracht hatten. Etwas in seinem Inneren rührte sich. Der Gedanke allein reichte und Erregung flammte in ihm auf.

Abrupt steckte er die Hände in die Hosentaschen und verlagerte sein Gewicht. Denvers fragend hochgezogene Augenbraue ignorierte er.

Jetzt sah Denver kühl zu Curtis. „Und nun bist du also ein glühender Fan von Cassie Aldridge?"

„Das Mädel kennt sich aus", erwiderte der.

„Und ihr Vater?"

Curtis schnaubte. „Ohne den kann ich gut leben."

„Es reicht!", mischte Tessa sich ein. „Verderben wir es nicht." Sie schlüpfte in die Box.

„Ich weiß nicht, ob das eine so gute Idee ist", warnte Denver. Seine Aufmerksamkeit galt jetzt allein seiner Frau. Doch wie immer, wenn es um Pferde ging, achtete sie nicht auf ihn. Sanft strich sie Red Wing über die weichen Nüstern.

„Ist doch alles in Ordnung", meinte sie, und niemand hätte sagen können, ob sie sich damit an Denver oder an die Stute richtete.

Denver sah zu seinem Bruder, musterte seinen Anzug. „Gehst du aus?"

„Zu Nate und Paula Edwards Party. Ihr seid auch eingeladen."

Tessa schnappte nach Luft. „Das habe ich völlig vergessen!"

Mit gerunzelter Stirn betrachtete Denver seine Frau. „Es war ein langer Tag …"

„Versuch jetzt nicht, dich zu drücken!" Über die Schulter warf sie ihm einen warnenden Blick zu. „Ich hatte Paula schon vor Monaten zugesagt!"

Die Falte auf Denvers Stirn wurde tiefer. „Ich dachte immer, schwangere Frauen sollten kürzertreten."

Sie lachte munter auf. „Da hast du wohl falsch gedacht. Übrigens – Paula ist auch schwanger."

Colton konnte sich das Grinsen nicht verkneifen. Es machte ihm riesigen Spaß, dabei zuzusehen, wenn Tessa ihren Mann um den kleinen Finger wickelte. Sein sturer Bruder ließ sich von niemandem etwas sagen, aber Tessa, nur halb so groß wie er und clever wie ein Fuchs, schaffte es immer wieder.

Denver seufzte ergeben. „Wir sollten uns die anderen Tiere noch ansehen. Wie geht es Black Magic?"

„Besser. Nur Tempest lässt sich Zeit mit der Genesung", murmelte Curtis, rieb sich mit der Hand den Nacken und kniff nachdenklich die Augen zusammen. „Warum geht ihr nicht in die Küche zu Milly und trinkt erst einmal einen Kaffee, bevor wir die Runde machen?"

„Lass es uns einfach sofort erledigen", widersprach Denver ungeduldig.

Tessa war kaum von dem neuen Fohlen und Red Wing wegzubekommen, doch Denver gelang es schließlich, sie zu überzeugen.

In der alten Fohlenscheune besah Denver sich Black Magic, Tempest und das Jungtier, das sich langsam erholte, sehr genau.

Tessas Stimmung verdüsterte sich. „Denver glaubt, es ist dazu gekommen, als man Black Magic gestohlen hatte", sagte sie leise.

„Das glaube ich auch", flüsterte Colton zurück.

Sie wandte ihm das Gesicht zu, dann sah sie zu Denver, der mit Curtis zusammen am anderen Ende des Stalls bei Tempests Box stand. „Aber er glaubt, dass jemand das mit Absicht getan hat."

„Und du nicht?"

„Das kann ich mir nicht vorstellen. Unschuldige Tiere leiden zu lassen, nur um uns zu ruinieren?" Sie schüttelte den Kopf, und ihr Haar schimmerte wie pures Gold im grellen künstlichen Licht. „Niemals. Niemand hier ist so gemein."

„Ich hoffe, du hast recht", erwiderte Colton. Er sah zu Denver, der frustriert auf Tempest starrte. Grimmige Linien hatten sich in die Miene des Bruders eingegraben, er ballte die Hände. „Ich hoffe bei Gott, dass du recht hast!"

12. KAPITEL

Als Colton an die Haustür klopfte, wartete Cassie schon seit einer Viertelstunde. Sie flog regelrecht die Treppe hinunter, der weite Rock ihres Seidenkleides bauschte sich um ihre Beine wie eine blutrote Wolke.

Vor der Tür blieb sie stehen, atmete noch einmal tief durch, um sich zu beruhigen, dann fasste sie nach dem Türknauf und drehte ihn.

Colton stand unter dem Verandalicht. Sein Haar schimmerte, und er fühlte sich ganz offensichtlich unwohl in dem dunkelgrauen Anzug, dem gestärkten blütenweißen Hemd und der roten Krawatte. Wäre da nicht das aufrührerische Blitzen in seinen Augen und das ironische Lächeln auf seinen Lippen gewesen, hätte Cassie wahrscheinlich nicht glauben können, dass dieser Mann das draufgängerische Raubein ihrer Träume war.

„Bist du bereit?" Mit vor der Brust verschränkten Armen musterte er sie von Kopf bis Fuß.

„So bereit, wie ich nur sein kann", erwiderte sie selbstbewusst, auch wenn ihr Magen sich vor Nervosität zusammenzog, als sie in den Garderobenschrank fasste, um ihren langen schwarzen Mantel hervorzuholen. Sie fühlte sich ein wenig unsicher in der für sie so untypischen Aufmachung, mit dem eleganten Knoten im Nacken, dem Seidenkleid, das schicker war als alles, was sie sonst besaß, und den unpraktischen Schuhen mit den hohen Absätzen.

Es war ein lauer Frühlingsabend. Eine warme Brise wehte um die Stallgebäude, die Sterne glitzerten hell, und der silberne Halbmond tauchte die Landschaft in geheimnisvolles blaues Licht.

„Musst du nicht noch deinem Vater Bescheid sagen?", fragte Colton.

Sie schüttelte den Kopf. „Hab ich schon."

„Geht er nicht hin? Ich dachte, jeder Rancher aus sämtlichen angrenzenden Countys ist eingeladen."

Im Wagen lehnte Cassie sich mit der Schulter an die Beifahrertür. „Er bleibt bei Sylvia. Sie kann jeden Moment ihr Fohlen bekommen."

Colton erwiderte nichts darauf, als er den Wagen auf die Hauptstraße lenkte. Keiner von ihnen beiden sagte ein Wort während der Fahrt zu den Edwards, bis die Ranch in Sicht kam. Nate Edwards Ranch war eines der größten Anwesen im Bundesstaat und breitete sich aus, soweit das Auge reichte. Das Wohnhaus war im Stil eines Plantagenherrenhauses gebaut und hätte gut nach Virginia gepasst. Imposant zeichnete sich die Silhouette gegen den tiefblauen Nachthimmel ab. Drei Stockwerke hoch, mit einer Ziegelfront und weißen Seitenverkleidungen, Bogenfenstern und blauen Fensterläden, war es jetzt hell erleuchtet. Autos, Pick-ups und Geländewagen parkten entlang der kreisförmigen Auffahrt.

„Ich muss dich warnen", sagte Colton, als er anhielt. „Denver und Tessa sind heute zurückgekommen. Sie werden auch hier sein."

Auch wenn sich Cassie bei dem Gedanken, Coltons strengen älteren Bruder zu treffen, ein wenig unbehaglich fühlte, warf sie leicht den Kopf zurück. „Warum warnen?"

„Denver kann manchmal ziemlich ..."

„Ich weiß, wie Denver sein kann", unterbrach sie ihn. „Ihr seid euch ziemlich ähnlich." Mit einem liebenswürdigen Lächeln öffnete sie die Wagentür und stieg aus. Sie hörte Colton leise lachen und redete sich ein, dass ihre Nerven nicht zum Zerreißen gespannt waren.

Vor der breiten Außentreppe hatte Colton sie eingeholt. Cassie klingelte an der Haustür. Durch die geschlossenen Fenster waren Lachen und Stimmen zu hören.

Colton schlang den Arm um ihre Taille. „Weißt du", sagte sie, als sich drinnen Schritte näherten, „ich hatte schon geglaubt, du würdest mich absichtlich meiden."

„Niemals." Er drückte sie an sich, und sie konnte nicht anders – sie lächelte.

„Auf der Ranch warst du nicht zu finden."

„Wegen Denver. Ich musste mit seinem Anwalt in Hellena sprechen und ein paar Dinge in die Wege leiten. Außerdem" – er sah auf sie herab, und seine Hand auf ihrem Rücken fühlte sich wunderbar warm an – „dachte ich mir, dass du Zeit brauchst, um gründlich über alles nachzudenken."

„Stimmt."

Die Tür ging auf und Paula Edwards, das rote Haar hoch auf dem Kopf aufgetürmt und mit rundem Babybauch, winkte sie herein. „Colton und Cassie! Nur herein, nur herein! Hier, Nate, kümmere dich um Cassies Mantel."

Nate Edwards, ein massiger, muskulöser Mann mit den ersten grauen Strähnen im dunklen Haar, nahm Cassie den Mantel ab und hängte ihn in die Garderobe. Er war fünfzehn Jahre älter als seine junge Frau, trug einen Westernanzug mit Bolotie und hatte sich einen Schnauzbart wachsen lassen, unter dem bei jedem Lächeln eine Goldkrone aufblitzte. „Wie sieht's aus bei euch auf der Ranch?", fragte er Colton.

„Besser. Denver ist seit heute zurück."

„Ah, dann kannst du dich also wieder absetzen, was?", fragte Nate und klopfte Colton jovial auf den Rücken. „Du hast es ja noch nie lange an einem Ort ausgehalten."

Colton warf Cassie einen Blick zu, bei dem ihr das Herz stehen blieb. „Vielleicht habe ich mich ja geändert."

„Aber sicher doch!" Nate lachte kehlig auf. „Das glaube ich erst, wenn in den Rockys Palmen wachsen! Kommt, ich versorge euch erst einmal mit einem Drink." Er führte sie in das riesige Wohnzimmer, in dem sich die anderen Gäste versammelt hatten und an ihren Drinks nippten. Das Gemurmel der Gespräche wurde von Musik aus dem Nebenzimmer untermalt.

„Champagner oder Scotch?"

Colton warf dem Gastgeber einen Seitenblick zu.

„Scotch, also", entschied Nate und nahm seinen Platz als Barkeeper hinter der verspiegelten Hausbar ein. Er schenkte Champagner für Cassie und Scotch für Colton ein und reichte den beiden die Gläser, dann zerrte er frustriert an seiner Westernkrawatte. „Verdammtes Ding! Ich weiß wirklich nicht, warum Paula darauf besteht, dass wir uns so übertrieben herausputzen müssen."

„Das ist ihre Art, dich in der Spur zu halten", neckte Cassie und trank von ihrem Champagner.

„Wahrscheinlich", stimmte er zu und goss einen Drink für sich ein. „Ist aber lästig." Er nahm einen kräftigen Schluck. „Ich habe von dem ganzen Ärger mit Black Magic gehört. Tut mir echt leid. Das ist eine Schande! Erst zweimal verschwunden, und jetzt auch noch Druse. Manchmal kann einem die Ranch wirklich den letzten Nerv rauben." Er schüttelte den Kopf und fuhr sich übers Haar.

Cassie versteifte sich unwillkürlich. Colton würde jetzt doch bestimmt behaupten, dass das Pferd gestohlen wurde, doch er nickte nur zustimmend.

Die Klingel ertönte, und Nate suchte Paulas Blick. Schnell stürzte er seinen Drink hinunter. „Die Pflicht ruft", meinte er und machte sich auf den Weg ins Foyer, ließ Cassie und Colton zurück in dem Raum mit den Ranchern und Einwohnern der Stadt.

Cassie kannte praktisch jeden der hier Anwesenden. Sie lächelte und winkte, mischte sich unter die Menge und machte Small Talk. Colton blieb ständig an ihrer Seite. So manch neugieriger Blick lag auf ihnen, und das Lächeln einiger Rancher wirkte so gezwungen, dass man ihre Abneigung fast greifen konnte. Matt Wilkerson presste die Lippen zusammen, als er Colton erblickte, und Vince Monroes Lächeln erstarb abrupt.

Dann bemerkte Cassie, wie Jessica Monroe Colton immer wieder verstohlen ansah. Das blonde Haar fiel ihr in schimmernden Wellen über die Schultern, ihr weißes Satinkleid mit Spitze wirkte eher wie ein Brautkleid. An Ryan Fergusons Arm nippte sie Champagner und kicherte übertrieben, doch ihr Blick wanderte immer wieder zu Colton und blieb dann lange auf ihm haften. Was ihm jedoch nicht aufzufallen schien.

„Cassie!“ Beth Simpson winkte ihr von der gegenüberliegenden Seite des Raumes zu. Sie hatte ihre Schuhe abgestreift und es sich in einem der apricotfarbenen Samtsessel gemütlich gemacht. Ihr Kleid, fließende Stoffmassen mit gelb-braunem Muster, bauschte sich über ihrem ausladenden Bauch.

Cassie war froh, ein freundliches Gesicht zu sehen, winkte zurück und begann, sich ihren Weg durch die Menge zu bahnen. „Ich dachte, du liegst längst in der Klinik.“ Sie hatte den Klatsch in der Stadt gehört. „Was tust du noch hier?“

„Darauf warten, dass die Fruchtblase platzt“, schmollte Beth. „Ich war im County General, aber das war nur falscher Alarm. Ich kam mir vor wie eine Idiotin. Schließlich ist das“, sie tätschelte ihren Bauch, „ja nicht mein erstes Mal.“

„Auf jeden Fall passt du genau ins Bild“, meinte Cassie, als Tessa und Denver zusammen ankamen. Tessa sah absolut fantastisch aus. Sie strahlte regelrecht, und ihr Haar glänzte im sanften Licht. „Sieht aus, als wäre eine Schwangerschaftsepidemie ausgebrochen“, scherzte sie.

Beth lachte, aber Cassies Blick wurde von Coltons älterem Bruder angezogen. Denver sah besser aus denn je. Auch wenn er nach dem schrecklichen Feuer mehrere plastische Operationen über sich hatte ergehen lassen müssen, sah er genauso maskulin und attraktiv aus wie Colton. Und er wich Tessa nicht von der Seite, als sie sich zusammen unter die Menge mischten.

So einige Köpfe drehten sich nach dem Paar um, vielsagende Blicke wurden getauscht. Als Ryan Ferguson Coltons Bruder erblickte, blieb er prompt mitten im Tanz mit Jessica Monroe stehen. Er musterte Denver mit hasserfüllter Miene und er machte einen Schritt vor, doch Jessica hielt ihn fest.

Denver bemerkte es nicht einmal.

Tessa erblickte Colton und Cassie und zog ihren sich sträubenden Mann hinter sich her, direkt auf die beiden zu. Colton stellte sich unwillkürlich näher an Cassies Seite und legte den Arm um ihre Hüfte, als Tessa sich zu ihnen gesellte. „Ich kann dir gar nicht genug danken“, sagte sie ein wenig atemlos und sah

Cassie mit strahlenden Augen an. „Dad sagt, du hast Red Wings Fohlen praktisch allein auf die Welt geholt."

„Allein sicher nicht. Red Wing hat den größten Teil der Arbeit übernommen, und Colton hat geholfen."

„Du hast geholfen?" Stirnrunzelnd sah Tessa ihren Schwager an.

„Ich habe nur Instruktionen befolgt", stellte Colton richtig.

„Das möchte ich mal miterleben!" Tessa lachte auf, und Denver schlang von hinten zärtlich die Arme um ihren dicken Bauch.

„Ja, ich muss dir wohl auch danken", sagte Denver, doch er lächelte nicht, und seine blauen Augen blickten todernst. „Du hast Black Magic und noch zwei weitere Pferde gerettet."

„Wir alle haben zusammen dafür gearbeitet." Cassie entspannte sich, aber sie fühlte, wie Colton neben ihr immer steifer dastand.

Denver kniff nachdenklich die Augen zusammen. „Was ist mit den anderen Ranchern im Tal? Hat es noch andere Fälle von Druse gegeben?"

Cassie verstand genau, worauf er mit seiner Frage hinaus wollte. Ihr sträubten sich die Nackenhärchen. „Ich habe von keinem weiteren Fall gehört." Und da Denver keineswegs überzeugt schien, fuhr sie fort: „Craig und ich haben darüber gesprochen – schließlich ist Druse ja hoch ansteckend. Er ist der Meinung, dass Black Magic sich einer Wildherde angeschlossen und sich dort angesteckt hat."

Denver runzelte die Stirn. „Halt mich auf dem Laufenden", sagte er und erntete dafür von Tessa einen vorwurfsvollen Blick.

„Du, mein geliebter Ehemann, denkst wirklich immer nur an das eine. Cassie ist nicht hier, um über ihre Arbeit zu diskutieren, und ich, außer dass ich ihr für ihre tolle Arbeit auf unserer Ranch danken wollte, übrigens auch nicht. Lass uns tanzen!"

„Gute Idee!", meinte Colton grinsend. Tessa verschränkte ihre Finger mit denen ihres Mannes und zog ihn in den angrenzenden Raum, aus dem man die Möbel ausgeräumt hatte. Das

Eichenparkett war auf Hochglanz poliert worden, und mehrere Paare drehten sich hier bereits zur Musik.

„Beim Tanzen passe ich“, meinte Beth, als Colton die Hand unter Cassies Ellbogen legte, und Cassie musste trotz Denvers spitzen Bemerkungen lachen.

„Du solltest dieses Baby davon überzeugen, endlich auf die Welt zu kommen.“

„Das Baby ist nicht das Problem“, erwiderte Beth, während ihr Mann sich mit zwei vollen Tellern vom Büfett zu ihnen gesellte, „sondern meine Füße sind es!“

„Komm“, flüsterte Colton Cassie ins Ohr. Eine Hand an ihrem Arm, führte er sie durch einen breiten Bogen und auf die Tanzfläche. Er zog sie in seine Arme, wiegte sich mit ihr im Rhythmus des langsamen Songs. Um sie herum tanzten andere Paare, doch für Colton schienen sie gar nicht zu existieren. „Falls ich es noch nicht erwähnt haben sollte – du siehst fantastisch aus.“

„Danke.“ Bei seinem Kompliment schoss ihr die Röte in die Wangen. Sie konnte seinen warmen Atem an ihrem Hals spüren. „Ich komme mir lächerlich vor.“

„Wieso?“

„Das hier“, sie sah an sich herab, „bin ich einfach nicht.“

„Du kannst nicht immer nur in Jeans und Arztkittel herumlaufen.“

„Oh, und du fühlst dich also wohl?“ Sie lehnte sich leicht zurück, schaute ihn mit hochgezogenen Brauen an. Er sollte es nicht wagen, ihr etwas vorzumachen!

„Solange ich dich in meinen Armen halte …“, gab er zurück, und seine grauen Augen glitzerten durchtrieben.

„Wo hast du das denn gelesen?“

„Nicht gelesen, sondern in einem Film gesehen.“

Sie lachte, und sie tanzten selbstvergessen weiter, hatten nur Augen füreinander. Colton wirbelte mit ihr im Arm über die Tanzfläche, hielt sie eng an sich gedrückt.

Cassie lachte, tanzte, hielt Colton fest und fühlte, wie er ihr immer wieder Küsse aufs Haar hauchte, bis sie glaubte, es nicht mehr aushalten zu können. „Ich denke, wir brauchen eine Pause“, flüsterte er ihr ins Ohr.

„Und ob!“

„Möchtest du etwas trinken?“

Sie nickte und wollte ihm zur Bar folgen, als sie Craig in der Menge erblickte. Er stand mit einem großen schlanken Mann zusammen, den sie nicht kannte. Eine Hand in die Hosentasche gesteckt, in der anderen ein halb volles Glas, sah er zu ihr herüber und winkte sie zu sich.

Ohne auf Colton zu warten, wand sie sich zwischen den tanzenden Paaren hindurch und ging zu den beiden Männern. „Großartige Party“, sagte sie lächelnd. „Ich bin froh, dass du mich überredet hast, zu kommen.“

Craig lachte leise. „Dann muss ich dir beim nächsten Mal also hoffentlich nicht mehr die Pistole an die Schläfe setzen.“

Cassie verdrehte die Augen. „Schon gut, schon gut! Ich lag also falsch.“

„Und jetzt, da das geklärt ist … Darf ich dir einen Freund von mir vorstellen?“ Er deutete auf den großen Mann neben sich. „Das ist Frank Belmont – Dr. Frank Belmont. Wir haben zusammen studiert. Frank hat eine Klinik weiter unten im Süden. Und Cassie arbeitet mit mir zusammen. Ich denke, sie wird mich bald auskaufen wollen.“

Cassie lächelte. „Vielleicht zweitausenddreißig – wenn du allmählich deinen Ruhestand planst.“

„Ich werde dich daran erinnern.“ Craig schwenkte seinen Drink im Glas und wurde plötzlich ernst. „Frank hat vor ein paar Wochen mit einem Fall von Druse zu tun gehabt.“

Abrupt sah Cassie den anderen Mann an. „Wo?“

Die beiden Männer tauschten einen Blick. „Hier in der Gegend“, erklärte Craig. „Eine von Vince Monroes Stuten. Sie kam in Quarantäne.“

„Aber warum hat er uns denn nicht angerufen?“, fragte sie, doch sie konnte sich die Antwort bereits denken: Weil jeder dann sofort gewusst hätte, dass Vince mit Black Magics Verschwinden zu tun hatte. Eine wirre Mischung aus Erleichterung und Angst überkam Cassie. Erleichterung, dass Vince der mutmaßliche Übeltäter war, und Angst, dass ihr Vater ebenfalls in die Sache involviert war. Er und Vince steckten in letzter Zeit häufig die Köpfe zusammen. Ihr Magen drehte sich um.

„Das habe ich Vince vorhin auch gefragt.“ Craig starrte in seinen Drink.

„Und?“

„Er behauptet, er hat angerufen, aber niemanden erreicht. Angeblich ist er auch vorbeigekommen, aber die Klinik sei geschlossen gewesen. Und da er Frank kennt, hat er ihn angerufen.“

„Wir haben eine Notfallnummer“, merkte Cassie an.

„Ich weiß.“

Sie überblickte den Raum, doch Vince Monroes große Gestalt war nirgendwo zu entdecken. „Wo ist er?“

Craig zuckte mit den Achseln. „Vielleicht ist er ja schon gegangen. Es wird langsam spät.“

„Da wir gerade davon reden – ich sollte auch besser gehen. Ich habe noch eine lange Fahrt bis nach Hause“, sagte Frank.

Cassie erblickte Colton, wie er lässig an der Bar lehnte. Die Krawatte hatte er gelockert, und mit einem amüsierten Lächeln starrte er zu ihr hin. Er hielt eine Champagnerflöte hoch und lockte sie mit dem Zeigefinger zu sich.

Cassies Herz stockte, als sie durch die Menge auf ihn zuging. Nichts wollte sie mehr, als ihm von Vince Monroe zu erzählen, doch bevor sie das tat, musste sie mehr in Erfahrung bringen. Sie brauchte Beweise, bevor sie eine solche Anschuldigung vorbrachte. Wenn sie damals vor acht Jahren eines durch Colton gelernt hatte, dann, dass man sich erst alle Seiten anhören sollte, bevor man mit Anschuldigungen um sich warf.

„Wieder über die Arbeit geredet?“, fragte Colton, als sie in Hörweite kam.

„Hm.“ Sie nahm das Glas von ihm an und protestierte auch nicht, als er den Arm um sie legte.

„Genug davon!“, flüsterte er an ihrem Ohr und jagte ihr damit einen prickelnden Schauer über den Rücken. „Wir haben Wichtigeres zu tun."

„Nämlich?"

„Wirst du schon sehen", sagte er geheimnisvoll, und im Stillen stimmte Cassie ihm zu. Ja, sie hatte viel zu tun. Als Colton ihre Hand nahm und sie zur Tanzfläche zog, sah sie Jessica Monroe zusammen mit Ryan Ferguson die Party verlassen. Automatisch fragte sie sich, ob Jessica oder Ryan oder vielleicht beide mit Vince gemeinsame Sache gemacht hatten. Oder – viel schlimmer – ihr Vater.

Später, als die Gäste sich allmählich einer nach dem anderen verabschiedeten, bedankte Cassie sich bei Paula für die Einladung, während Colton ihren Mantel holte und ihn ihr um die Schultern legte. Mit den Fingerspitzen strich er dabei über ihre bloßen Schultern, und sie erschauerte leicht.

Die Nacht war erstaunlich mild, als sie nach draußen traten. Dünne Schleierwolken zogen über den Mond. Eine leichte Brise verfing sich in Cassies Haar und bauschte ihren Rock, als sie zu Coltons Jeep gingen.

Sie saß noch gar nicht richtig im Wagen, als Colton auch schon den Motor startete. „Es ist viel zu früh, um dich schon nach Hause zu bringen."

„Es ist fast Mitternacht."

„Sage ich doch – viel zu früh." Er grinste, schlug das Lenkrad ein, gab Gas und brauste Richtung Highway.

„Sag jetzt nicht, dass du mich schon wieder entführst."

„Nein."

„Wohin fahren wir also?"

„An eine Stelle, die wir schon viel früher wieder hätten besuchen sollen", sagte er. Seine Stimme klang leise und tief, seine Miene war nachdenklich geworden.

„Und die wäre?"

„Zum See."

Fast blieb ihr das Herz stehen. Erinnerungen stürzten auf sie ein, Bilder, wie sie und Colton sich geliebt hatten, Erinnerungen an einen strahlenden Sommertag und kaltes Wasser, an den Geruch von Fichten und an Denver McLean auf seinem großen Wallach, der den wunderbaren Tag ruiniert hatte. „Es führt doch gar keine Straße zum See."

„Dann reiten wir."

„Reiten? Du meinst, auf Pferden? So?", rief sie aus und zeigte an sich herab. Und dann lachte sie hell auf, weil die Idee so wunderbar verrückt war. Sie überlegte, ob sie ihm von Vince Monroe erzählen sollte, aber ... dafür war später auch noch Zeit. Nichts sollte diesen großartigen Moment stören, nichts sollte zwischen sie kommen. Und bis sie Genaueres wusste, konnte sie sowieso nicht viel unternehmen.

„Warum denn nicht?", fragte er.

„Wenn du es nicht selbst weißt ... Ich wüsste nicht einmal, wo ich anfangen sollte, um es dir zu erklären."

Lachend riss Colton sich die Krawatte vom Hals, während er den Jeep mit rasantem Tempo zur McLean-Ranch lenkte.

„Du bist ja völlig verrückt!"

„Das sagtest du schon." Er bog auf die Auffahrt, die zum Haus führte, parkte auf dem Hof, nahm Cassie bei der Hand und zog sie mit sich zu den Ställen, in denen die Wallache untergebracht waren.

Cassie blinzelte, als das helle Licht im Stall anging. Sofort stieg ihr der Geruch von Pferden, Leder und Stroh in die Nase. Colton sattelte zwei Pferde, einen kleinen grauen Wallach, der auf den Namen Lamont hörte, und einen schlanken Hellbraunen, der Joshua hieß.

„Du hast wohl keinen Damensattel hier, was?", fragte Cassie, als Colton den Sattelgurt um Lamonts Leib festschnallte.

Mit einem Seitenblick auf sie schüttelte er den Kopf. „Nein. Du wirst wohl deine Röcke raffen müssen."

Der Unsinn dauerte jetzt lange genug an. „Colton, das kannst du nicht wirklich ernst meinen ...", sagte sie, als er ihr Lamonts Zügel in die Hand drückte und die Stalltür aufzog. Der Graue hob den Kopf und spitzte die Ohren.

„Wo ist dein Sinn für Abenteuer geblieben?"

„Wahrscheinlich zusammen mit meinem gesunden Menschenverstand in der Schublade verstaut", erwiderte sie. Sie zog ihren Mantel aus und hängte ihn über eine Boxentür, bevor sie Colton und Joshua nach draußen folgte. „Das ist völlig verrückt ... der pure Wahnsinn!"

Colton schwang sich in den Sattel, und Cassie, jetzt von der Aufregung befallen, tat es ihm nach. Den weiten Rock ihres Kleides hoch über ihre Schenkel gezogen, drückte sie die Knie in Lamonts Seiten. Das agile kleine Pferd verfiel in einen leichten Galopp, um mit den größeren Schritten des Hellbraunen mitzuhalten.

Der Wind blies Cassie ins Gesicht, verwehte ihre Frisur, raubte ihr den Atem. Ihr Kleid flatterte hinter ihr wie eine rote Fahne. Sie schmiegte sich ganz eng an den Hals des Pferdes, Adrenalin rauschte durch ihre Adern. Das Gefühl von Freiheit war überwältigend, während die Hufe des Wallachs durch das frische Frühlingsgras donnerten.

Vor ihnen lag das Fichtenwäldchen, übergossen vom silbernen Licht des Mondes. Durch die hohen dunklen Stämme blitzte der See bis zu ihnen, die stille Wasseroberfläche funkelte auf wie ein riesiger Diamant.

Cassie fühlte, dass ihr Pferd auf die Trense biss, dann beschleunigte es sein Tempo. Mit eng angelegten Ohren forderte es den Wallach heraus. Coltons Pferd nahm die Herausforderung prompt an, und gleich darauf galoppierten die beiden Tiere mit ihren Reitern über das freie Feld, die Nüstern gebläht, die Augen funkelnd vor Energie und Lebensfreude, begleitet vom Donnern der Hufe.

Cassie lehnte sich noch weiter vor, flüsterte dem kleinen Pferd aufmunternde Worte zu, spornte es an. Unter dem sternenübersäten Himmel flogen sie dahin über das vom Mond beschienene offene Feld, und der Wind trieb Cassie die Tränen in die Augen.

Coltons Lachen stieg in die Nacht auf, und ihr Herz setzte

einen Schlag lang aus. Wie lange war es her, dass sie sich so frei, so jung gefühlt hatte?

Mit einem lauten Aufschrei trieb Colton seinen Wallach noch an, und so sehr Lamont sich auch bemühte, mit den langen Schritten des größeren Pferdes konnte er nicht mithalten.

Kurz vor dem Waldrand zog Colton die Zügel an und ließ sein Pferd Schritt gehen. Lamont holte auf, tänzelte schnaubend und versuchte, Joshua in die Flanke zu beißen.

„Ein wirklich schlechter Verlierer", frotzelte Colton und lenkte sein Pferd über den ausgetretenen Pfad durch die Fichten. Cassie folgte ein Stückchen hinter ihm. Die Geräusche und Gerüche des Waldes hüllten sie ein: der Schrei einer Eule, das Knacken der Zweige, das Rascheln im Unterholz, der frische Duft von Pinien, vermengt mit dem würzigen Geruch der Erde.

Vor dem Seeufer lichtete sich der Wald. Blasse Felsen säumten das Ufer, Mondlicht ergoss sich über die spiegelnde Wasseroberfläche. Cassie hatte das Gefühl, als wären sie und Colton die einzigen beiden Menschen auf der Welt. Nur ein Mann und eine Frau.

„Willst du die ganze Nacht dort oben sitzen bleiben?", fragte Colton.

Versunken in die Schönheit der Nacht, hatte sie nicht bemerkt, dass Colton aus dem Sattel gestiegen war. Er streckte die Arme zu ihr empor, legte die Hände um ihre Taille und hob sie vom Pferd. Sobald ihre Füße auf dem Boden standen, glitt er mit den Händen an ihren Seiten höher und zog sie eng an sich.

„Das hier habe ich mir ausgemalt, seit du die Tür geöffnet hast", flüsterte er. Er schob die Hände in ihr Haar und zog die letzten verbliebenen Haarnadeln heraus.

„Wir hätten die Party auch ausfallen lassen können."

„Oh nein!" Er fasste ihr Gesicht mit beiden Händen, als ihr das Haar über den Rücken fiel. „Dann hätte ich ja nicht mit dir angeben können."

„Ist es das, was du getan hast?"

„Hm. Du warst mit Abstand die schönste und betörendste Frau dort auf der Party."

Sie lachte glockenhell, unterdrückte den Gedanken an Vince Monroe. „Hast du das auch aus einem Film?"

„Nein. Das ist von mir."

„Du bist einfach nicht aufzuhalten." Sie liebte ihn! Hingerissen hob sie das Gesicht zu ihm an.

Er seufzte. „Weißt du" – er löste die letzte Haarnadel, und die lange Strähne glitt auf ihre Schulter –, „ich wollte dich eigentlich eine Woche in Ruhe lassen, vielleicht sogar zwei, damit dir klar wird, wie leer und öde dein Leben ohne mich ist. Aber ich habe es nicht durchgehalten."

Vergeblich bemühte sie sich, ein glückliches Lachen zu unterdrücken. „Fünfundzwanzig Jahre Elend und Öde. Da fragt man sich doch, wie ich das nur überlebt habe."

„Ein Wunder", sagte er noch, dann presste er die Lippen auf ihren Mund. Sie waren kühl und schmeckten nach Scotch, und sie passten so perfekt auf ihren Mund. Mit seinen starken Armen hielt er sie so fest an sich gepresst, dass sie kaum atmen konnte. Er öffnete den Reißverschluss ihres Kleides. Ein kühler Luftzug streichelte sie am Rücken.

Sie schlang die Arme um seinen Nacken, und er hob sie schwungvoll von den Füßen. Ein Schuh glitt von ihrem Fuß, aber Cassie merkte es nicht einmal. Colton trug sie zu genau dem Baum, unter dem sie sich damals vor so langer Zeit geliebt hatten.

Zärtlich bettete er sie auf den Boden. Das Kleid rutschte ihr von einer Schulter herab, und ihre Haut schimmerte wie Elfenbein. „Ich liebe dich, Cassie", raunte er. „Ich glaube, ich habe dich immer geliebt."

Ihr Herz hämmerte wie wild, dennoch versuchte sie noch immer, sich an einen letzten Rest Vernunft zu klammern. Sie legte ihm einen Finger auf die Lippen. „Schhhh … du brauchst nichts zu sagen."

„Falsch, Cass. Ich hätte meine Gefühle schon vor langer Zeit aussprechen sollen." Er drückte einen kleinen Kuss auf ihre Fingerspitze und erbebte, als sie die Konturen seiner Lippen nachzeichnete. „Damals vor acht Jahren wollte ich dich nicht lieben. Der Himmel weiß, dass ich dagegen angekämpft habe. Doch ich habe die Schlacht verloren."

„Nein …"

„Doch." Er schob die Finger in ihr windzerzaustes Haar. „Warum, glaubst du wohl, bin ich weggegangen, Cass? Wieso habe ich nie geheiratet, mich irgendwo niedergelassen, eine Familie gegründet?"

Sie hielt den Atem an.

„Deinetwegen", gestand er. Flüchtig strich er mit den Lippen über ihren Mund, und ihr Puls schlug immer schneller. „Nur deinetwegen. Sicher, ich habe es immer bestritten", gab er zu. „Wollte es nicht einmal mir selbst eingestehen. Aber tief in mir habe ich es immer gewusst." Mit der Zunge fuhr er über ihre Lippen, verlangte Einlass, erkundete, schmeckte.

Und Cassie überließ sich den Emotionen, als die Flammen tief in ihr heiß aufloderten. Ein Prickeln überlief sie, als er die Hand auf ihre Brust legte.

„Heirate mich, Cass", bat er, während er sanft an ihrer Halsmulde knabberte und den festen Hügel unter seiner Handfläche reizte und liebkoste. „Sag Ja."

Tausend Fragen wirbelten durch ihren Kopf, tausend Fragen ohne eine einzige Antwort. „Schhhh", wisperte sie und glitt mit den Händen unter sein Hemd, um seine starken Muskeln fühlen zu können. „Sag jetzt nichts."

Und das tat er auch nicht mehr, so lange nicht, bis sie befriedigt seufzend Seite an Seite lagen, Arme und Beine verschlungen, und zu einem Vogel aufsahen, der vor dem Mond seine Kreise zog.

„Ich meine das ernst, Cassie", fing Colton wieder an. Er stützte sich auf einen Ellbogen und drehte sich eine ihrer langen Haarsträhnen um den Finger. „Ich möchte, dass du mich heiratest."

Cassie lachte. „Und wo leben wir dann? In Beirut oder Seoul?"

„Irgendwo hier in der Nähe."

Sie zupfte sich die Tannennadeln aus dem Haar und betrachtete ihn nachdenklich. „Und du würdest glücklich und zufrieden sein – mit Ranching?“ Das glaubte sie keine Sekunde lang.

„Nein. Aber ich könnte glücklich und zufrieden mit freiberuflicher Arbeit hier im Land sein.“

„Ich enttäusche dich wirklich nur ungern, Colton“, meinte sie leicht spöttisch, „aber hier hat es schon seit Jahren keine größeren Kriege mehr gegeben.“

„Vielleicht wird es einfach Zeit, dass ich kürzertrete.“

„Ha!“

„Ich kann mich auf nationale Storys konzentrieren.“

„Du würdest dich schnell langweilen“, sagte sie und wünschte, es wäre anders. Unbewusst zog sie mit dem Finger die roten Narben seiner Verwundung nach.

„Du würdest schon dafür sorgen, dass ich mich nicht langweile“, beharrte er. Er legte ein Bein über sie und hielt sie so auf dem Boden fest. „Mir ist klar, dass es nicht einfach wird. Es wäre schließlich kein Job mit festen Arbeitszeiten, aber ich würde die Reisen auf ein Minimum beschränken.“

„Warum?“

„Ob du es glaubst oder nicht, ich bin es leid, ständig meinen Hintern aus der Schusslinie retten zu müssen.“

„Wirklich?“

Er schien so ernsthaft, seine Augen blickten dunkel und nachdenklich. „Ich meine es genau so, wie ich es sage, Cassie! Sag, dass du mich heiratest!“

Eine Mischung aus Entschlossenheit und Liebe trat auf sein Gesicht. Und zum ersten Mal, seit sie ihn in der Küche im Haus ihres Vaters wiedergesehen hatte, zweifelte sie nicht mehr daran, dass es ihm wirklich ernst war. „Du sagst das nicht nur so dahin, nicht wahr?“, flüsterte sie mit ehrfurchtsvoller Verwunderung.

„Nein, Cassie, ganz und gar nicht. Ich wünsche mir, dass du meine Frau wirst.“

„Und was ist mit all dem anderen?“, fragte sie flüsternd. Sie musste an die Fehde denken, an ihren Vater, an Black Magics Verschwinden und an ihre lang verlorene Sommerliebe.

„Das ist unwichtig." Er brachte sein Gesicht so nah an ihres heran, dass sie kaum noch zu atmen wagte. „Heirate mich, Cassie."

Ihr Herz schwang sich in die Lüfte empor. Er wollte sie! Er liebte sie! „Oh ja, Colton, ja! Ja! Ja! Ja!" Mit einem glücklichen Seufzer verschränkte sie die Hände in seinem Nacken. Endlich hatten sie alle Barrieren überwunden! Endlich war sie dort, wo sie hingehörte – in der Sicherheit und Geborgenheit von Coltons Armen.

Er griff in seine Tasche und holte einen Ring hervor, einen Diamantring mit einem einzelnen blitzenden Stein. „Trag ihn." Seine Stimme wollte brechen, als er ihr den Ring an den Finger steckte. „Er gehörte meiner Mutter."

Katherines Ring? „Oh Colton!" Tränen schwammen in ihren Augen, als sie an seine resolute Mutter dachte, die das eigene Leben verlor, als sie versuchte, das ihrer Pferde zu retten. „Du brauchst nicht …"

„Acht Jahre habe ich auf das hier gewartet", murmelte er.

„Wohl kaum …"

„Nun, vielleicht war es mir nicht klar, aber ich wusste immer, dass, sollte ich eines Tages heiraten, meine Frau diesen Ring tragen würde."

Cassie blinzelte heftig. „Danke", wisperte sie. Ihr Herz quoll über vor Liebe, sie hatte Angst, es könnte jeden Moment zerbersten.

„Danke mir nicht", flüsterte er in ihr Ohr. „Zeig mir lieber, wie sehr du mich liebst."

„Das werde ich … Oh ja, und wie ich das werde!" Sie fand seine Lippen und küsste ihn so, als wolle sie nie wieder damit aufhören. Sie dachte nicht mehr an den Kummer der letzten acht Jahre, dachte weder an die Fehde zwischen ihren Familien noch an Black Magic. Dafür war kein Platz. Colton McLean hatte ihr Herz, ihren Kopf und ihren Körper gänzlich eingenommen.

13. KAPITEL

Cassie schmiegte sich eng an Colton. Es war ihr gleich, dass ihr Kleid wahrscheinlich nicht mehr zu retten war und ihr Haar ein einziges Chaos sein musste. Mit einem glücklichen Seufzer schloss sie die Augen, während Colton sie von der McLean-Ranch zurück zum Haus ihres Vaters fuhr.

„Irgendetwas ist hier los“, sagte Colton, sobald er in die Abzweigung zur Aldridge-Ranch einbog. Obwohl es drei Uhr in der Früh war, strahlte ihnen helles Licht von der Ranch entgegen, sowohl vom Haus als auch vom Stall der Stuten auf der anderen Seite des Hofs.

„Das muss Sylvia sein“, sagte Cassie, als Colton den Jeep neben der Scheune abbremste. Hastig stieg sie aus und eilte zum Stall. Wie sie erwartet hatte, fand sie ihren Vater hier. Er saß auf einem alten umgestülpten Fass und starrte über die Latten in Sylvias Box.

Er hob den Kopf, als sie eintrat, presste aber die Lippen zusammen, als er Colton gleich hinter ihr erblickte.

„Sylvia?“, fragte sie nur, und ihr Vater nickte.

Cassie grinste, als sie die kurze schwarze Schwanzspitze sah, die unter dem Bauch der Stute wackelte. Das Fohlen mit den langen schlaksigen Beinen saugte gierig Muttermilch, sein pechschwarzes Fell ein scharfer Kontrast zu dem Fuchsschimmel. Sylvia änderte ihre Stellung, um ihr Neugeborenes zu schützen.

„Eine kleine Schönheit“, sagte Cassie und wunderte sich, wieso kein Stolz bei ihrem Vater zu bemerken war.

„Das ist sie.“

„Und so schwarz.“

„Genau wie Devil Dancer“, nannte er schnell den Namen des Vaters. Er stützte die Hände auf die Knie und stand auf. Kalt sah er zu Colton, dann fiel ihm Cassies verschmutztes Kleid auf. „Die Party ist wohl außer Kontrolle geraten, was?“

„Etwas, ja“, erwiderte Cassie mit funkelnden Augen. Colton stand hinter ihr, einen Arm hielt er um ihre Taille geschlungen.

Und auch wenn sie nie glücklicher gewesen war, kamen ihr die Worte nicht leicht über die Lippen. „Dad …"

„Was ist?"

„Colton und ich werden heiraten."

Ivan ließ die alten Schultern hängen, und dann seufzte er schwer. „Das hatte ich befürchtet", sagte er und stützte sich mit einer Hand an der Boxenwand ab, als hätte er einen Schlag in den Magen bekommen.

Die Sekunden tickten weiter. Cassie hörte nur den eigenen Herzschlag und das schmatzende Geräusch, das das Fohlen beim Saugen machte. „Ich liebe ihn", sagte sie schlicht. „Ich habe ihn die ganze Zeit über geliebt."

Ein Muskel zuckte in Ivans Gesicht. „Und was hat dir das eingebracht?" Sein Gesicht war jetzt hochrot, eine Faust hielt er an der Seite geballt. „Nichts außer Kummer! Und was hat deine Mutter davon gehabt, dass sie sich eingebildet hat, einen McLean zu lieben? Nichts!" An seinem Hals traten die Adern hervor. „Ich habe immer nur das Beste für dich gewollt, Cassie. Immer. Ich würde alles tun, um dich glücklich zu sehen, aber … Ach, zum Teufel!" Er trat gegen einen Wassereimer, der scheppernd über den Betonboden durch den Stall kullerte, dann stapfte er Richtung Tür.

Colton fasste ihm am Arm und hielt ihn zurück. „Warte, Aldrigde!"

„Wozu?"

„Hör dir an, was ich zu sagen habe."

„Das interessiert mich nicht!", donnerte Ivan. Er sah zu Cassie und schloss die Augen, augenscheinlich um Beherrschung bemüht. Er schüttelte Coltons Hand ab und funkelte ihn zornig an. „Also schön – dann sag, was du zu sagen hast."

„Ich werde für deine Tochter sorgen."

Ivan schwieg.

„Ich liebe sie."

Cassie meinte, ihr Herz müsse hier und jetzt zerspringen.

„Was weißt du schon über Liebe?"

„Ich weiß, dass ich vor acht Jahren ein Narr war. Dass ich Cassie hätte glauben und vertrauen sollen. Dass ich einen Fehler gemacht habe."

Ivan starrte auf einen Punkt in der Ferne. „Und?"

„Und ich werde den Rest meines Lebens damit zubringen, meinen Fehler bei ihr wiedergutzumachen, wenn es sein muss."

Ivan blinzelte ein paarmal und starrte dann zu Boden. Seine Stimme hatte alle Kraft verloren, war jetzt nur noch ein Flüstern. „Ist es wirklich das, was du willst?", fragte er seine Tochter.

„Ja!"

Es war deutlich zu sehen, wie Ivan nach Worten rang, Worte, die nicht kommen wollten. „Ich ... nun ... dann werde ich dir nicht im Weg stehen." Er hob den Blick zu Coltons Augen und fügte hinzu: „Du wirst jederzeit in meinem Haus willkommen sein." Ohne noch ein weiteres Wort zu verlieren, riss er die Stalltür auf und marschierte steif nach draußen.

Colton sah dem alten Mann nach. „Das wird nicht leicht werden", murmelte er.

„Hattest du das etwa erwartet?"

„Aber sicher doch ... ein Kinderspiel." Er lachte leise und zog sie an sich, um sie zu küssen. Der Kuss dauerte eine kleine Ewigkeit, und als er die Lippen von ihrem Mund löste, lachte er wieder. „Wenn du das hier für schwer hältst, dann warte nur, bis wir mit Denver reden."

„Oh ..." Cassie stöhnte. „Daran will ich gar nicht denken." Ihr Herz schäumte über vor Glück. Den Kopf an Coltons Schulter gelegt, sah sie durch die Latten in Sylvias Box, und genau in diesem Moment drehte das Fohlen ihr den Kopf zu. Ihr stockte der Atem. Unfähig, etwas zu sagen, starrte sie auf das perfekte kleine Wesen mit der gezackten weißen Blesse auf der Nase. Das neugierige Fohlen hob den Kopf und schüttelte die schwarze Mähne. Es war praktisch Black Magics Spiegelbild.

Coltons Augen folgten ihrem Blick, und die Farbe wich aus seinen Wangen.

Cassie sah ihn flehentlich an. *Sag jetzt nichts,* schien sie zu bitten, auch wenn kein Wort zwischen ihnen gesprochen wurde. *Verdirb diese wunderbare Nacht nicht.*

Er sagte nichts, kein Wort, aber im Stall schien es plötzlich so kalt zu sein, als wäre ein eisiger Nordwind hindurchgefahren.

„Ich denke, ich sollte jetzt gehen“, setzte er schließlich an. Seine Stimme klang plötzlich distanziert, und in seinen Augen brannte ein Ärger, der sich bis in ihr Herz fraß.

„Du brauchst nicht zu gehen ...“

Er trat einen Schritt von ihr ab, zögerte kurz. „Ich glaube, wir beide haben über vieles nachzudenken.“ Er drehte sich um, die Schultern steif unter dem Anzugjackett, und verließ wortlos den Stall. Cassie sackte gegen die Holzwand, ihre Finger glitten über die rauen Latten. Das konnte doch nicht möglich sein? Oder etwa doch?

Mit bleischweren Beinen ging sie zur offenen Stalltür. Sie konnte Colton sehen, wie er in seinen Jeep stieg und davonfuhr. Sie bemühte sich, ihren Verdacht zu verdrängen. Nein, Ivan konnte Black Magic nicht gestohlen haben, ganz bestimmt nicht! Devil Dancer war der Vater des Fohlens! Anders konnte es nicht sein!

Doch die Zweifel in ihr konnte sie nicht abschütteln. Die Kälte, die ihr in die Knochen gekrochen war, hatte jetzt auch ihr Herz erreicht. Oh bitte, flehte sie stumm, bitte, lass mich mich irren!

Sie holte mehrmals tief Luft und wappnete sich. Sie wusste, was sie zu tun hatte. Die Furcht wuchs mit jedem Schritt, den sie auf ihren Truck zurannte. Sie holte ihren Arztkoffer heraus und eilte damit wieder zum Stall zurück. Nur ungern würde sie dem Fohlen Blut abnehmen, aber sie musste einfach die Wahrheit wissen. Und sie musste sie schnell herausfinden.

Und dann? Was, wenn du herausfindest, dass dein Vater dich angelogen hat? Die Beine wollten unter ihr nachgeben, sie musste sich zwingen, weiterzugehen.

Vor der Stalltür blieb sie stehen und starrte auf ihre linke Hand. Der Diamantring funkelte in der Dunkelheit, und sie fragte sich, ob sie nicht einen schrecklichen Fehler gemacht hatte, Colton nicht zu erzählen, was sie auf der Party gehört hatte.

„Jetzt ist es zu spät“, flüsterte sie vor sich hin und drückte entschlossen die Stalltür auf.

Colton fuhr nicht zur Ranch zurück. Er war zu aufgewühlt. Dieses Fohlen – das neue kleine Pferd auf der Aldrigde-Ranch … Black Magic *musste* der Vater sein! Cassie war die Ähnlichkeit auch aufgefallen. Nur ein Blinder hätte nicht gesehen, dass in den Adern des kleinen Rappen Black Magics Blut floss.

„Zur Hölle damit!“, fluchte er knurrend. Impulsiv fuhr er Richtung Berge. Er konnte es nicht ignorieren, konnte nicht so tun, als wüsste er von nichts. Ganz offensichtlich hatte Ivan Aldridge sich vor einem Jahr Black Magic geholt und seine Stute Sylvia von dem Hengst decken lassen. Dieses Jahr musste er sich das Pferd wieder geholt haben, aber dieses Mal hätte der Hengst sterben können.

Er lenkte den Jeep von der Landstraße herunter und auf die gewundene Straße, die nach Garner's Ridge und der alten Geisterstadt führte. Dort angekommen, kletterte er aus dem Wagen und wanderte die verlassene Hauptstraße hinunter. Doch die verfallenen Gebäude mit den zerbrochenen Fensterscheiben und den durchhängenden Veranden nahm er gar nicht wahr. Nein. Stattdessen sah er überall Cassie. Cassie, die mit einem Gewehrlauf auf seine Brust zielte. Cassie, wie sie mit Blut und Fruchtwasser beschmiert, Red Wings Fohlen auf die Welt holte. Cassie, lachend im Mondlicht auf dem ehrgeizigen kleinen Lamont. Cassie als junges Mädchen, verführerisch und unschuldig, wie sie bis zu den Schenkeln im See stand. Und Cassie jetzt als junge Frau, mit vor Glück schimmernden Augen, Cassie, die kaum sprechen konnte, als sie den Ring seiner Mutter annahm.

Er trat einen Stein aus dem Weg, der gegen eine Hauswand flog und abprallte. Er wünschte, er könnte Montana einfach verlassen und Cassie vergessen. Doch die Vorstellung, wieder in Kriegsgebieten überall auf der Welt auf die Jagd nach Sensationsfotos zu gehen, hatte ihren Reiz für ihn verloren. Wenn er es genau bedachte, kam es ihm wie ein Leben im Exil vor, wenn er der nächsten Schlagzeile für die Titelseite nachjagte.

„Cassie, oh Cassie“, murmelte er und fragte sich, seit wann er so gefühlsduselig war. „Was soll ich nur mit dir anfangen? Was, zum Teufel, mache ich bloß mit dir?“ Er hielt sich den Kopf.

Als er Garner's Ridge endlich verließ, wich die Nacht im Osten dem ersten grauen Licht. Als er dann in die Abzweigung einbog, die zur McLean-Ranch führte und einen Blick auf die Hereford-Rinder mit den weißen Gesichtern warf, die auf dem Feld standen, durchzuckte ihn der Gedanke, dass es hier vielleicht doch nicht so übel war. Eine Erkenntnis, die ihn bis in die Tiefen seiner Seele erschütterte. Er könnte Glück und Frieden hier finden – solange wie er jederzeit wieder gehen konnte, wann immer ihn der Drang überkam. Und solange Cassie an seiner Seite blieb.

Er parkte neben der Garage und war kaum ausgestiegen, als Denver mit wütend geblähten Nasenflügeln und blitzenden blauen Augen auf ihn zukam. Er trug noch immer die Anzughose und das weiße Hemd, die er zu der Party getragen hatte. Denver hielt sich nicht unnötig mit Worten auf. „Wo, zum Teufel warst du?“

„Unterwegs.“

„Während hier die Hölle losgebrochen ist. Tempest ist vor zwei Stunden verendet.“

Übelkeit stieg in Colton auf. Er dachte an den rebellischen, kraftvollen Hengst, und die Kehle wurde ihm eng. „Nein …“

„Es ist aber passiert.“

„Wie, verdammt?“

„Lungenentzündung.“

„Aber gestern war er doch noch auf dem Weg der Besserung! Es ging ihm viel besser.“ Er konnte es nicht glauben, wollte es nicht.

„Das war gestern. In der Nacht hat sich sein Zustand verschlechtert. Als Curtis ihn fand, war es schon zu weit fortgeschritten."

„Aber die Antibiotika ..."

„Haben nicht gewirkt!" Denver war blass unter seiner Bräune, tiefe Linien hatten sich um seinen Mund eingegraben.

Coltons Wut richtete sich gegen sich selbst. Er war es, dem Black Magic verloren gegangen war, und er hatte die ganze Zeit vermutet, wer sich den Hengst geholt hatte. Ivan Aldridge. Sein zukünftiger Schwiegervater. „Großer Gott!", entfuhr es ihm.

„Aber das ist noch nicht alles."

Colton hob ruckartig den Kopf.

„Bis Curtis Craig Fulton erreicht hatte, war es schon zu spät für Tempest."

„Fulton hat ihn untersucht?"

„Genau." Vor Wut waren Denvers Augen dunkel geworden, auch wenn etwas in ihnen zu lesen stand, das an Mitgefühl erinnerte, als er seinen jüngeren Bruder musterte. „Und er hat eine seltsame Bemerkung fallen lassen. Eine, die du dir anhören solltest. Er meinte, er hätte sich auf der Edwards-Party mit einem anderen Veterinär unterhalten. Der andere Arzt kannte noch jemanden hier oben bei uns, auf dessen Ranch ein Fall von Druse aufgetreten ist."

Jeder Muskel in Colton spannte sich an. „Sprich weiter."

„Sieht so aus, als wäre bei Vince Monroe ein Pferd an Druse erkrankt, kurz vor Black Magic."

„Monroe?" Gott, sollte das möglich sein? War er mit Aldridge so völlig auf dem Holzweg gewesen?

„Seltsam ist nur, dass Craig das auch Cassie Aldridge gesagt hat."

Colton rührte sich nicht. „Wann?"

„Gestern Abend auf der Party." Denvers Miene hatte sich angespannt. „Hat sie dir gegenüber nichts davon erwähnt?"

„Nein."

„Schon komisch, oder?"

Colton holte tief Luft. *Oh Cassie! Oh Liebling! Warum hast du nichts gesagt?*

Als hätte Denver die Gedanken des Bruders gelesen, seufzte er. Etwas von dem Ärger in seiner Miene schwand. „Wenn es dir ein Trost ist: Ich glaube, sie will jemanden schützen. Vielleicht Monroe, vielleicht ihren Vater – sie haben wohl finanzielle Probleme. Lass uns hören, was sie dazu zu sagen hat."

„Und Monroe?"

„Ich habe schon beim Sheriff angerufen, ein Deputy ist bereits unterwegs. Über die Monroe-Ranch wurde Quarantäne verhängt."

„Ich denke, das übernehme ich besser allein."

„Ich komme mit dir."

„Nein, dieses Mal nicht!"

„Aber …"

„Denver!" Tessas Stimme hallte durch die Morgendämmerung. Als Colton sich zum Haus drehte, sah er sie auf der Veranda stehen und sich an einen der Stützpfosten klammern, während sie sich mit der anderen Hand den Bauch hielt. Sie krümmte sich und wimmerte leise.

„Was …?" Denver schwang herum, alle Farbe wich aus seinem Gesicht.

„Das Baby", rief sie. Tapfer mühte sie sich ein schwaches Lächeln ab, auch wenn ihr Gesicht vor Schmerz verzerrt war.

„Aber es ist doch noch gar nicht so weit!" Denver spurtete über den Hof und die Stufen hinauf, um seine Frau zu stützen. „Ich wusste es doch … Wir hätten nie auf diese Party gehen sollen", knurrte er. „Alles in Ordnung mit dir?"

Sie lächelte bebend, doch eine neuerliche Wehe rollte mit voller Wucht heran, und sie klammerte sich an ihren Mann, presste die Augen zusammen und barg das Gesicht an seiner Brust, um den Schmerzensschrei abzudämpfen.

Colton erkannte die Angst im Gesicht des Bruders, und auch er fühlte den scharfen Stich. Tessas Baby sollte erst in sechs Wochen kommen. „Ich fahre euch zur Klinik", sagte er, doch Denver geleitete Tessa bereits zu seinem Wagen.

„Ich kümmere mich darum! Komm, Tessa …" Seine Züge

wirkten hart und angespannt, als er ihr in den Wagen half. Dann stieg er hinter das Steuer und fuhr los.

Einen Moment lang blieb Colton allein mitten auf dem Hof stehen. Dann ging er zu seinem Jeep zurück und startete den Motor, so müde er auch war. Wieso hatte Cassie ihm nicht von dem Druse-Fall auf der Monroe-Ranch erzählt? Wieso hatte sie so unbedingt verschweigen wollen, dass Sylvias rabenschwarzes Fohlen von Black Magic abstammte? Um ihren Vater zu schützen? Auf irgendeine Weise war Ivan in die Sache verwickelt, und Cassie machte sich so wenig aus Colton, dass sie sich ihm nicht anvertrauen wollte.

Hart trat er das Gaspedal durch.

Cassie hatte die ganze Nacht kein Auge zugetan. Jetzt sah sie zu, wie die Morgendämmerung den Himmel grau färbte. Sie hörte ihren Vater unten in der Küche rumoren, hörte Erasmus bellen, damit man ihn hinausließ. Dann sah sie vom Fenster aus, wie ihr Vater mit hängenden Schultern über den Hof zur Stutenscheune ging.

Mit schwerem Herzen stand sie auf, duschte, stieg in ausgewaschene Jeans und band sich das Haar zu einem Pferdeschwanz zusammen. „Jetzt oder nie“, sagte sie zu ihrem Spiegelbild.

In der Küche schenkte sie sich eine Tasse Kaffee ein und setzte sich an den Tisch, um zu warten. Als sie die schweren Schritte ihres Vaters auf den Verandastufen hörte, stockte ihr der Atem. Sie umklammerte die Kaffeetasse mit beiden Händen, ohne jedoch davon zu trinken. Ihr Vater kam in die Küche, und aus seiner Haltung und den tiefen Linien um seine Augen schloss sie, dass er nicht besser geschlafen hatte als sie.

„Morgen, Cassie“, murmelte er. Er machte sich nicht die Mühe, seine Stiefel auszuziehen oder seinen Hut abzunehmen. „Es gibt da etwas, über das ich mit dir reden muss.“

Der Kloß in ihrer Kehle wurde größer. „Hat es mit dem neugeborenen Fohlen zu tun?“

„Was meinst du damit?“

Ihre Finger zitterten, als sie ihren Arztkoffer öffnete und zwei Phiolen mit dunkelrotem Blut herausholte. „Das hier meine ich", antwortete sie, ihre Stimme nur noch ein Flüstern. „Eine Probe ist von dem neuen Fohlen, die andere von Devil Dancer."

Ihr Vater atmete tief durch. „Ich verstehe."

„Und ich dachte mir, ich fahre nachher zur McLean-Ranch und nehme Black Magic eine Blutprobe ab. Vielleicht kann ich danach noch immer nicht sagen, wer der Vater des Fohlens ist, aber ich weiß dann auf jeden Fall, wer *nicht* der Vater ist."

Ivan stützte den Kopf in eine Hand. „Du weißt es doch schon."

Es war also wahr. Ihr drehte sich der Magen um. „Oh Dad, warum?", rief sie aus, ihre Augen füllten sich mit Tränen. Dann vernahm sie das Rumpeln eines Wagens auf der Auffahrt, und instinktiv wusste sie, dass Colton zurückgekommen war. Was sollte sie zu ihm sagen? Wie sollte sie es ihm erklären? Als sie die Tasse auf den Tisch zurückstellte, blinkte Katherines Ring an ihrem Finger auf, und ihre Augen begannen zu brennen.

„Ich habe es für dich getan", sagte Ivan.

„Für mich?", wiederholte sie schrill. „Nein …"

Er starrte auf seine Fingernägel. „Es war falsch, ich weiß. Aber ich fand, die McLeans hatten es verdient. Sie haben uns – dir – nur Leid und Kummer gebracht."

Colton kam durch die Hintertür herein. Sein Miene war undurchdringlich, seine Augen blitzten.

Ivan sah nicht auf. „Verstehst du denn nicht? Ich wollte das Beste für dich. Ich hätte alles gegeben, damit du die Ausbildung machen kannst. Du solltest die Chance haben, von hier wegzukommen, von hier und den ganzen Erinnerungen."

„Oh Dad …"

„Vince kam zu mir und erzählte mir von seinem Plan. Wir wollten uns den Hengst ausleihen, damit er unsere Stuten deckt, dann wollten wir ihn wieder zurückbringen. Damit hätten wir unseren Bestand aufgewertet und dem alten John McLean einen anständigen Schreck verpasst. Es hat ja auch funktioniert! Wir wollten doch niemandem wirklich schaden!"

Ein Muskel zuckte in Coltons Wange, aber er kam nicht weiter in den Raum hinein. Er stellte nur einen Fuß auf einen Schemel und beugte sich vor, den Blick unentwegt auf Ivan gerichtet.

„Dieses Jahr wollte Vince es wiederholen. Mir gefiel das alles nicht … John lebt ja gar nicht mehr.“

„Aber dafür war ich wieder da“, ergänzte Colton.

Mit einem Seufzer nickte Ivan und ließ dann bedrückt den Kopf hängen. „Es war von vornherein ein Fehler. Es hat nur dazu geführt, dass du hier reingestürmt bist.“ Er warf Colton einen müden Blick zu. „Ich wollte dich von Cassie fernhalten, aber der Schuss ging nach hinten los.“

„Und woher ist die Druse gekommen?“

Ivans Kopf ruckte hoch. „Das war keine Absicht.“

„Wirklich nicht?“

„Vince brachte eine Stute an, die er irgendwo unten im Süden gekauft hatte. Sie bekam Fieber, gleich nachdem sie von Black Magic gedeckt worden war. Daraufhin habe ich ihn sofort zurückgebracht.“ Ivan sah zu Cassie. „Keins von unseren Pferden ist in seine Nähe gekommen, dem Himmel sei Dank dafür.“

„Verdammt, Aldridge, hasst du mich wirklich so sehr?“ Colton trat gegen den Schemel, der polternd umfiel. „Und wo habt ihr die Pferde versteckt gehalten?“

„Das war ja das Schöne an Vinces Plan“, erklärte Ivan. „Sie haben euer Land nie verlassen, nur für den Transport. Sie waren die ganze Zeit über auf dem Bergkamm, in einem Schuppen bei den alten Silberminen.“

„Du alter Mistkerl!“, donnerte Colton los.

Cassie konnte ihre Augen nicht von ihm wenden. Sie verfolgte die Veränderungen seines Gesichtsausdrucks mit – von Liebe zu Hass, dann zu Mitleid und schließlich zu ungläubiger Fassungslosigkeit. Als er das Gesicht zu ihr wandte, erkannte sie auch seine Wut … und seinen Schmerz. „Du hättest es mir sagen sollen“, warf er ihr vor. „Gestern Abend, Cass, auf der Party! Da wusstest du schon das meiste.“

„Ich wollte erst mit Dad sprechen.“

„Genau das ist das Problem, nicht wahr?“, murmelte er. „Du hast es noch nie gekonnt, mir direkt die Wahrheit zu sagen. Immer verschiebst du es, machst dir selbst etwas vor – dass du es mir sagen wirst, aber erst, wenn der richtige Zeitpunkt gekommen ist. Wann wäre denn dieses Mal der richtige Zeitpunkt gewesen? Heute? Morgen? Oder nach der Hochzeit? Sag's mir, Cassie! Hattest du vor, mich schon wieder hinters Licht zu führen? Wolltest du mich in die Ehe tricksen?“

„*Nein!*“ Wild schüttelte sie den Kopf. „Nein! Nein! Nein! Das kannst du unmöglich glauben!“

„Ich weiß nicht, was ich noch glauben soll.“ Seine Augen waren schwarz vor Wut.

„Lass sie in Ruhe!“, schaltete Ivan sich ein. „Sie hat nichts damit zu tun! Ich habe schon im Sheriffbüro angerufen. Sie schicken jemanden her.“

„*Was?!*“ Cassie sprang von ihrem Stuhl auf. „Was soll das heißen?“

„Es ist vorbei, Cassie.“ Zärtlich strich Ivan ihr übers Haar.

„Nein! Dad, das kannst du nicht ernst meinen.“ Ihr Blick flog zu Colton. „Sag es ihm! Sag ihm, dass du keine Anzeige erstattest!“

„Tempest ist tot, Cass.“

„Lass gut sein, Cassie“, sagte Ivan und setzte seinen Hut auf. Er pfiff nach Erasmus. „Ich werde schon fertig mit dem, was auf mich zukommt.“

„Nein! Das lasse ich nicht zu! Dad, du bist die einzige Familie, die ich habe. Verlass du mich nicht auch noch!“

Doch die Tür schlug hinter ihm zu, und er ging über den Hof.

Cassie wirbelte zu Colton herum. „Das kannst du nicht zulassen!“

Er zögerte.

„Bitte, Colton! Sieh ihn dir doch nur an, Herrgott!“ Mit einem zitternden Finger zeigte sie zum Fenster hinaus in den Hof, wo ihr Vater sich vorgebeugt hatte, um Erasmus die zotteligen Ohren zu kraulen. „Er kann dir doch nichts mehr tun.

Und was den Schaden betrifft – dafür komme ich auf. Ich zahle dir den Preis für Tempest und Black Magics Deckgebühr und was immer sonst noch angefallen ist." Mit brennenden Augen trat sie auf ihn zu, zerrte an dem Ring, der an ihrem Finger steckte. „Ich komme für den zerschnittenen Zaun auf und die Medikamente, die ganze Summe, die du verloren hast. Aber du kannst ... Du *darfst* meinen Vater nicht ins Gefängnis schicken!" Endlich glitt der Ring von ihrem Finger, und sie wollte ihn Colton in die Hand drücken. „Mein Vater ist meine Familie! Er hat alles für mich geopfert. Ganz gleich, was er getan hat, ich stehe zu ihm!"

„Und wendest dich gegen mich."

„Es muss nicht immer alles nur Schwarz und Weiß sein", sagte sie. Sie hatte Mühe, das Beben aus ihrer Stimme herauszuhalten. Colton verließ sie – ein weiteres Mal. Ein weiteres Mal weigerte er sich, auf die Vernunft oder ihre Erklärungen zu hören. Ihr war klar, dass Ivan im Unrecht war, wusste, dass er mit seinem Hass viel zu weit gegangen war, doch er litt schon genug, sie konnte es in seinen Augen sehen. Ihn jetzt hinter Gitter zu schicken, für ein Verbrechen, das er nur ihretwegen begangen hatte ... das würde ihn umbringen.

„Was ist mit Vertrauen?", fragte sie, und jetzt bebte ihre Stimme doch, als sie noch näher auf Colton zuging.

„Gestern Abend hast du mir auch nicht vertraut."

„Ich musste erst die Fakten sammeln."

„Ach ja?"

„Und was ist mit Liebe?"

Er blinzelte. „Ich habe dich immer geliebt."

„Und jetzt?"

Sein Blick bohrte sich in ihre Augen, und obwohl er kein Wort sagte, spürte Cassie die Intensität, konnte die Liebe in diesen stürmischen grauen Tiefen schimmern sehen. Sie streckte die Hand aus und berührte seine weiche Lederjacke. „Ich habe dich vor acht Jahren nicht angelogen, Colton, und ich habe dich gestern Abend nicht angelogen. Aber ich brauche Zeit und Abstand, um alles zu durchdenken und meine Gedanken zu ordnen. Ich würde dich *niemals* manipulieren, damit du mich heiratest." Sie musste heiße Tränen zurückblinzeln. „Um genau zu sein – wenn du mich nicht willst, glaub mir, dann will ich dich auch nicht." Sie legte den Ring seiner Mutter in seine Handfläche und schloss seine Finger über den goldenen Reif. „Wenn deine Liebe nicht so dauerhaft ist wie dieser Stein, so unendlich wie der goldene Reif, so perfekt wie der Ring selbst, dann will ich dich nicht!"

Colton rang verzweifelt nach Luft, sein Blick schien mit ihrem zu verschmelzen.

„Ich will keinen Mann, der mich nicht liebt."

„Cass …" Er wollte sie in seine Arme ziehen, doch sie wich zurück.

„Es ist mir ernst, Colton! Entweder alles … oder nichts."

„Ich liebe dich, Cassie." Seine Stimme klang belegt, seine Worte waren nur ein Flüstern. „Ich kann mir ein Leben ohne dich nicht vorstellen."

Sie wartete stumm.

Er sah auf den Ring in seiner großen Hand und schluckte. „Es hat schon genug Feindschaft und Hass gegeben", sagte er leise. „Genug Kummer. Genug Einsamkeit."

Ihre Knie wollten nachgeben, als er ihre Hand nahm und den Ring wieder auf ihren Finger steckte. „Ich liebe dich, Cass", sagte er noch einmal und strich ihr über die Wange. „Ganz gleich, was auch passiert, ich wünsche mir, dass du meine Frau wirst."

Ein klagender Aufschrei kam über ihre Lippen, und sie schlang die Arme um ihn.

„Heirate mich."

„Ja, das werde ich", versprach sie mit Tränen in den Augen. Sie schlang die Arme um seinen Hals und barg ihr Gesicht an seiner Brust, bis er ihr Kinn anhob und sie küsste, mit all den Emotionen, die sein Innerstes bewegten. „Das hier ist für immer", meinte er leise.

„Das sollte es auch besser sein!"

Einen Monat später legte Ivan Aldrigde die Hand seiner Tochter Cassie in die von Colton McLean. Die Anklage gegen Ivan war fallen gelassen worden, und trotz des nagenden Gefühls, dass er etwas unschätzbar Wertvolles verlor, hatte er stoisch akzeptiert, dass Colton Cassie liebte. Er würde gut zu ihr sein.

Cassie war eine strahlende Braut. Vor dem Altar der hundert Jahre alten Kirche kniend, die elfenbeinfarbenen Stoffmassen ihres Brautkleides auf den Stufen um sich herum ausgebreitet, gelobte sie ihre Liebe zu Colton.

Ivans Augen wurden feucht.

„Sie dürfen die Braut jetzt küssen", verkündete der Priester, und Colton richtete sich auf, zog Cassie in seine Arme, hob ihren Brautschleier an und küsste sie. Cassie schmiegte sich an ihn. Endlich waren sie zusammen, und nichts, absolut nichts konnte sie mehr trennen.

Orgelmusik setzte in der kleinen Kirche ein, und die kräftige Stimme von Katy McLean, Denvers vier Wochen alter Tochter, hallte in der Kapelle wider. Als die Hochzeitsglocken zu läuten begannen, schwebte ihr Klang über das Tal unter dem weiten Himmel von Montana.

Seite an Seite schritten Mr und Mrs Colton McLean über den mit Blütenblättern bestreuten Gang nach draußen, und als die Kirchentüren sich öffneten, war das der Beginn ihres gemeinsamen Lebens.

„Dieses Mal hast du es geschafft", raunte Colton ihr zu. „Du wirst mich nie wieder los."

Cassie raffte ihr Brautkleid auf den staubigen Stufen zusammen und lachte fröhlich. „Ist das ein Versprechen oder eine Drohung?"

„Beides", murmelte er und zog sie wieder in seine Arme. Ihr Herz schlug genauso laut und heftig wie sein eigenes.

Und Colton wusste: Er war endlich zu Hause.

– ENDE –

Lisa Jackson

Und das Herz schweigt

Roman

Aus dem Amerikanischen von
Barbara Alberter

MIRA®

1. KAPITEL

Shane Kennedy hatte sich geirrt, und zwar gewaltig. Das kam eigentlich nicht oft vor. Tatsächlich unterlief ihm nur äußerst selten ein Fehler. Als er sich eingestehen musste, dass dieser Vormittag aufgrund seiner Fehleinschätzung höchst frustrierend zu werden drohte, biss er in der kühlen Novemberluft die Zähne zusammen und reckte das Kinn. Er war stolz auf seine Fähigkeit, klar zu denken, Probleme zu lösen und jede Situation in den Griff zu bekommen und darüber hinaus kostspielige oder zeitraubende Fehler zu vermeiden. Doch nun stand er hier und tat genau das Gegenteil von dem, was sein Instinkt ihm riet. Wie ein Narr erlag er der Sehnsucht nach der verlockenden, aber auch bitteren Vergangenheit!

An den moosbewachsenen Stamm einer kahlen Eiche gelehnt fragte er sich, was ihn nur dazu getrieben hatte, hierherzukommen. Schließlich war es nicht so, als sei er willkommen. Leise fluchend beobachtete er die Szene, die sich vor seinen Augen abspielte, fasziniert … und voller Verachtung. Er musste den Verstand verloren haben, den größten Teil der Nacht durchzufahren, nur um … Was eigentlich? schoss es ihm durch den Kopf. Sie wiederzusehen? Mit ihr zu reden … sie zu berühren? Verdammt! Als er spürte, wie ihn das Gefühl, das er eiskalt betrogen worden war, zu überwältigen drohte, schloss er die Augen und zog den Mantelkragen enger um den Hals, um die vorzeitige Winterkälte abzuwehren.

Vielleicht lag es daran, dass er geglaubt hatte, nach vier einsamen Jahren habe die Zeit in gewisser Weise seine Erinnerungen verzerrt, sodass die Dinge aufregender schienen, als sie es in Wirklichkeit waren. Vielleicht hatte er auch einfach vergessen, wie rätselhaft schön sie sein konnte. Oder – und das hielt er selbst für wahrscheinlicher – er hatte insgeheim gehofft, die Jahre hätten auch von Mara ihren Tribut gefordert, sodass er nun immun gegen ihre Schönheit wäre. Doch er hatte sich geirrt. Es war dumm, auch nur im Entferntesten zu glauben, dass die Leidenschaft, die sie einmal in ihm geweckt hatte, erloschen sein könnte. Selbst jetzt, an diesem kalten, nebligen Vormittag, eingehüllt in einen schwarzen Mantel, schien ihm Mara sogar noch schöner zu sein, als er sie in Erinnerung hatte. Und wenn das Alter sie eingeholt hatte, dann nur, um ihr eine Sicherheit und Reife zu verleihen, die sie noch verführerischer wirken ließ. Die Erinnerungen, die ihre Gegenwart weckte, brachten Shanes Entschlossenheit ins Wanken.

Die Entscheidung, diesen einsamen Friedhof aufzusuchen, hatte er spontan gefasst, und nun begriff er, dass es ein schwerer Fehler gewesen war. Maras Anblick genügte ihm nicht. Angewidert stellte er fest, dass er sie, trotz der schmerzhaften letzten vier Jahre, noch genauso verzweifelt begehrte wie zuvor. Seine schwarzen Augen funkelten vor Verachtung. Der fadenscheinige Vorwand, der ihn zu diesem gepflegten Friedhof am Berghang getrieben hatte, hielt schon jetzt nicht mehr stand. Er hätte niemals kommen, niemals in ihr Leben eindringen dürfen. Dennoch blieb er und konnte den Blick nicht von der attraktiven Frau losreißen, die gerade Witwe geworden war.

Der kalte graue Morgen war in Nebel gehüllt, was der Zeremonie eine gespenstische, beklemmende Atmosphäre verlieh, und der leichte Pulverschnee, der einen Hauch von Weiß auf dem Boden hinterließ, verstärkte das unwirkliche Gefühl, das Mara erfasst hatte. Ein leichter Wind ließ die letzten trockenen Blätter in der frostigen Kälte an den Ästen rascheln und blies sie trudelnd in die Luft.

Hinter dem hauchdünnen Schutz des schwarzen Schleiers hielt Mara die blauen Augen blicklos auf das offene Grab gerichtet. Das Strahlen, das ihr Gesicht normalerweise erhellte, war einem dunklen Ausdruck gewichen, durch den ihre feinen Züge härter wirkten als sonst. Ihre Haut war nach wie vor makellos. Aber der entschlossen vorgeschobene Unterkiefer nahm ihrem Gesicht die üblichen weichen Konturen. Unbewusst leckte sie sich über die trockenen Lippen und starrte auf den Metallsarg.

In einer Hand hielt sie eine einzelne weiße Rose vor der schwarz verhüllten Brust, mit der anderen umschloss sie die kleine Faust ihrer Tochter.

Auf die abschließenden Worte des Pastors hin ließ sie die schneeweiße Blüte auf den Sarg fallen und drängte ihr widerstrebendes Kind, das Gleiche zu tun. Langsam begannen die Trauergäste sich zu zerstreuen, wobei ihr nur einige heiser flüsternd ihr Beileid aussprachen. Hinter dem dünnen schwarzen Schleier lächelte sie verbissen und nickte jedem, der ihr kondolierte, kurz zu, bevor sie zu der schwarzen Limousine ging, die nicht weit entfernt auf sie wartete.

Nachdem sie in dem Luxuswagen saßen, sah Angie ihre Mutter fragend an. „Ist Daddy jetzt für immer weg, Mommy?"

„Ja, Liebes ... das ist er", antwortete Mara und gab dem Kind einen tröstenden Kuss auf die Stirn.

„Gut!", schnaubte Angie.

Bei der heftigen Bemerkung ihrer Tochter schnürte sich Mara die Kehle zu, obwohl der Ausbruch nicht völlig unerwartet kam. Sie schloss die Augen und erwiderte in einem leisen, beschwichtigenden Tonfall: „Nein, Angie, das ist nicht gut ... Wie kannst du nur so etwas sagen?"

„Weil es stimmt! Daddy mochte mich nicht!" Als wollte sie ihre Mutter herausfordern, mit ihr zu streiten, verschränkte das kleine Mädchen die pummeligen Ärmchen vor der Brust.

„Nein ... oh nein ... so war das doch nicht, Liebes. Ganz und gar nicht. Daddy hat dich sehr geliebt."

Das Kind verzog den Mund und warf Mara einen Blick zu, der klarstellte, dass sie es besser wusste. Mara hatte Mühe zu schlucken und biss sich nervös auf den Daumennagel, während sie überlegte, wie sie die unvermeidliche Auseinandersetzung abwenden könnte, die sich da zusammenbraute. Wie sollte sie ihre eigene Tochter belügen? Auch wenn sie erst drei Jahre alt war, hatte Angie ein scharfes Wahrnehmungsvermögen ... ganz wie ihr Vater. Noch einmal versuchte Mara, vernünftig mit dem Kind zu reden. „Ich weiß, dass Daddy ... manchmal ein bisschen … barsch mit dir war, Angie. Und vielleicht war er auch zu miesepetrig. Aber, Liebes, du musst daran denken, dass Daddy sehr, sehr krank war. Manchmal … hat er etwas gesagt, was er … nun ja, einfach nicht so gemeint hat. Du musst mir glauben, dass dein Vater dich sehr lieb gehabt hat."

„Warum?", erwiderte Angie patzig.

Mara schaute kurz zum Chauffeur, dessen ausdruckslose Miene nichts von seinen Gedanken über die schwierige Unterhaltung zwischen Mutter und Tochter preisgab. „Weil … oh, Schätzchen, Daddy ist gestorben. Kannst du nicht einfach vergessen, dass ihr euch manchmal gezankt habt, du und er?"

„Nein!"

„Hör mir zu, Angie …", Mara sprach beruhigend auf sie ein, „… heute Nachmittag werden viele Leute im Haus sein. Bitte versprich mir, dass du lieb sein wirst."

„Wer?"

„Wer?", wiederholte Mara, einen Moment lang verwirrt. „Ach, du möchtest wissen, wer heute zu uns kommt?"

Angie nickte, sodass die blonden Locken flogen.

„Lass mal schauen", begann Mara und legte ihrer eigensinnigen Tochter aufmunternd einen Arm um die schmalen Schultern. „Ich weiß, dass Grammie und Tante Dena da sein werden. Vielleicht auch Sarah und …" Monoton listete Mara sämtliche Verwandte auf, die zu der intimen Versammlung derer, die Peter am nächsten standen, erscheinen würden. Sie war erleichtert, dass es ihr gelungen war, das Gespräch mit Angie in eine andere Richtung zu lenken, und hoffte inständig, dass das kleine Mädchen das heikle Thema um ihren Vater für den Rest des Tages ruhen ließ.

Innerlich stöhnend dachte Mara an den Nachmittag, den sie hinter sich bringen musste. Es würde anstrengend werden, bestenfalls. Wenn sie sich nur vorstellte, wie alle Freunde und Verwandten von Peter sie zu trösten versuchten, wurde ihr schwindlig. Konnten sie sie nicht einfach in Ruhe und allein mit ihrer Trauer umgehen lassen? Ganz gleich, wie ihre Ehe mit

Peter gewesen sein mochte, es war eine neue und beängstigende Erfahrung, Witwe zu sein. Sie brauchte Zeit für sich.

An ihr Dasein als Witwe dachte Mara mit Beklommenheit. Obwohl sie erleichtert war, dass Peters Leiden ein Ende gefunden hatte, fühlte sie sich irgendwie schuldig. Es kam ihr alles so sinnlos vor: dieser bösartige Tumor, der ihn so früh ins Grab gebracht hatte. Und jetzt, nachdem alle Tränen vergossen waren, und er nicht mehr leiden musste, fragte sie sich beunruhigt, ob es ihre Schuld war, dass die Ehe gescheitert war. Woran lag es, dass die Hiobsbotschaft seiner tödlichen Krankheit am Ende das Einzige war, das sie noch an Peter festhalten ließ? Peter war freundlich zu ihr gewesen, zumindest am Anfang, und diese Freundlichkeit konnte sie nicht vergessen, auch wenn er auf andere Weise versagt hatte. Niedergeschlagen seufzte sie in sich hinein. Was brachte es schon, alte störende Erinnerungen wachzurufen? Der arme Peter war gestorben, und was wäre ohne ihn aus ihr und Angie geworden? Besorgt betrachtete Mara ihr aufgewecktes Mädchen, das neben ihr auf dem grauen Samtpolster des langen schwarzen Wagens saß. Angie fielen die Augen zu, und die verworrene Masse goldblonder Löckchen lugte unter dem unpassenden kleinen schwarzen Hut hervor. Es ist eine Schande, ein derart lebhaftes Kind in Schwarz zu kleiden, schoss es Mara durch den Kopf. Aber schließlich war es Peters Beerdigung, eine Zeit der Trauer. Wenn Peter sie vor vier Jahren nicht geheiratet hätte, was hätte sie dann gemacht? Mara schloss die Augen und schob die brennenden Fragen beiseite. Es hatte keinen Sinn, der Vergangenheit nachzuhängen. Heute nicht und auch sonst nicht. Wie oft schon hatte sie sich selbst diesen Rat erteilt und immer aus demselben Grund.

Vorsichtig manövrierte der Fahrer den tiefschwarz glänzenden Wagen auf dem kurvenreichen Weg über den Friedhof, und die Fahrzeugkolonne folgte ihm durch das Tor den Berg hinunter nach Asheville, North Carolina, und weiter zum Anwesen der Familie Wilcox, das am westlichen Stadtrand lag.

Wäre Mara von ihrer Tochter nicht so abgelenkt worden, hätte sie vielleicht den Trauergast bemerkt, der sich ein wenig abseits der Menge aufhielt. Sie war jedoch viel zu sehr mit Angie beschäftigt, als dass ihr auffiel, dass der große Mann mit grüblerischem Blick jede ihrer Bewegungen verfolgte. Selbst als die imposante Limousine bereits auf die Straße einbog, wartete dieser Mann noch immer und schaute ihr hinterher. Verzweifelt versuchte er, sein Verlangen zu leugnen. Allerdings wusste er auch, dass er einen Weg finden würde, sich Mara wieder zu nähern. Er würde sie wiedersehen. Und sei es auch nur für eine kurze Weile. Das schwor er sich. Vier qualvolle Jahre hatte er hinter sich, aber der verfrühte Tod von Peter Wilcox hatte Shanes grausam schlaflosen Nächten ein Ende bereitet. Pech für Wilcox, dachte Shane grimmig, aber ziemlich das Gegenteil für Kennedy. Sein Ansinnen war unbarmherzig, und er empfand durchaus leichte Gewissensbisse. Die allerdings ignorierte er, indem er sich daran erinnerte, dass Mara es verdient hatte. An dieser Tatsache war nicht zu rütteln, ebenso wenig wie an dem Zorn, der in seiner Seele schwelte, weil sie ihn betrogen hatte.

Das Bild der leidenden Witwe ließ ihn nicht mehr los und spielte gefährliche Spiele mit seiner Fantasie. Er konnte sich noch immer die schlanke Form ihrer Wade, die Biegung ihres Knies, die Rundung ihrer Brüste und die Vollkommenheit ihres Gesichts vergegenwärtigen. Es war ein Bild, das ihn seit mehr als vier Jahren nachts verfolgte. Er hatte sich geduldet, sich in jeder Hinsicht wie ein Gentleman verhalten, doch jetzt hatte das Warten ein Ende. Einen kurzen Augenblick war seinem kantigen Gesicht so etwas wie Genugtuung anzusehen.

Wie gebannt blieb Shane stehen und beobachtete die Fahrzeugkolonne. Und obwohl Wind aufgekommen war, der weiteren Schnee für die Blue Ridge Mountains versprach und ihm die dichten rabenschwarzen Haare zerzauste, hielt Shane der frostigen Kälte stand, bis auch das letzte Fahrzeug hinter der Kurve verschwunden und außer Sichtweise war. Eilig ging er zu seinem Wagen zurück. Sowie er in dem silberfarbenen Audi saß, drehte er den Zündschlüssel um, und mit einem lauten Dröhnen sprang der Sportwagen an. Die Hände schon fahrbereit am Steuer, hielt er einen Moment inne, und ärgerte sich gleich darauf über sein Zögern, das ihm wie ein Zeichen der Schwäche erschien. Ja, es war ein Fehler, aber zum Teufel, er musste Mara wiedersehen, von Angesicht zu Angesicht, und er musste herausfinden, warum sie ihn vor vier Jahren betrogen hatte. Sein Gewissen hielt ihm zwar vor, dass es der Tag der Beerdigung ihres Mannes war, und jeder in einer solchen Situation ein wenig Zeit brauchte, um sich daran zu gewöhnen. Doch er ignorierte den Gedanken, und während er noch mit sich haderte, schlug er das Lenkrad ein, um dem Trauerzug zu folgen.

In gemessenem Tempo fuhr die Limousine, in der Mara und Angie sich befanden, zum Herrenhaus der Wilcox'. Nach den gelten Maßstäben des Südstaatenflairs war es relativ klein, aber dennoch beeindruckend und prächtig. Die zweispurige Zufahrt war lang und wurde von uralten Eichen umsäumt. Auch wenn die riesigen Bäume durch den Wintereinbruch ihres zuvor üppigen Blätterdachs beraubt waren, verliehen sie dem Landsitz eine fürstliche Würde.

Das Haus war ein mit weißen Schindeln verkleidetes zweistöckiges Gebäude. Vor der Kulisse aus Kiefern und einer lieblichen Hügellandschaft schien die weiße Farbe die makellose Leuchtkraft des frisch gefallenen Schnees zu reflektieren. Dunkeltürkise Fensterläden und eine breite Eingangsveranda aus roten Ziegeln zierten das elegante Kolonialhaus. Das von Neuschnee bedeckte Grundstück war nur ein kleiner Teil des einstmals riesigen Landguts. Der größte Teil der land- und holzwirtschaftlichen Nutzfläche war in den Jahren, als die Kosten für Maschinen immer weiter angestiegen und die Steuern immer höher geworden waren, stückweise an benachbarte Farmen verkauft worden.

Und wenn der Winter auch noch so hart war, unter ihrem Mantel aus trockenem weißem Schnee lugten Rhododendren hervor und zeigten ihre immergrünen Blätter. Auch einige Grasbüschel stachen aus den eisigen Verwehungen heraus und erinnerten Mara an wärmere Tage, während sich eine Atemwolke vor ihrem Mund bildete, als sie flüsternd mit ihrem Kind sprach. Es war ein bitterkalter Tag, und dennoch bewahrte der Landsitz der Familie Wilcox den ungezwungenen Charme des amerikanischen Südens und hieß die Trauergäste von Peter Wilcox willkommen.

Zum Glück für Mara war Angie im Auto eingeschlafen. Liebevoll trug sie das Kind ins Haus und schritt gleich auf die ausladende Doppeltreppe zu, die das elegante marmorgeflieste Foyer flankierte. Hier glänzten Eiche und Palisander, und Mara kuschelte Angie fester an sich. Wie schon so oft in der Vergangenheit empfand sie an diesem Tag eine tiefe Melancholie, weshalb sie ihre Tochter umso mehr liebte, als wäre Angie der größte Schatz im Universum.

Obwohl Peters Mutter protestierte, blieb Mara hart und bestand darauf, dass das müde Kind sich ausruhte. Sie wollte keinen weiteren Ausbruch von Angie über ihren verstorbenen Vater riskieren, schon gar nicht vor den Trauergästen. Es war nicht nötig, die ohnehin bedrückte und unbehagliche Stimmung an diesem Nachmittag durch zusätzliche Spannungen zu belasten.

„Erkläre den anderen bitte, dass ich ein paar Minuten oben bei Angie bleiben werde“, bat sie ihre Schwiegermutter.

June, die normalerweise umgänglich war, fingerte nervös am Kragen ihres ordentlichen schwarzen Seidenkleids herum. „Aber findest du nicht, dass Angie hier unten bleiben sollte und …“

„Nein, das möchte ich wirklich nicht“, unterbrach Mara sie so freundlich wie möglich und begann gleichzeitig, die alte geschwungene Treppe hinaufzusteigen. „Ich komme etwas später nach unten, sowie ich mich davon überzeugt habe, dass mit Angie alles in Ordnung ist.“ Mit dieser abschließenden Erklärung setzte Mara ihren Weg über die Treppe fort und trug ihr erschöpftes Kind ins Schlafzimmer.

Als Mara das Mädchen aufs Bett legte, öffnete Angie für einen kurzen Moment blinzelnd die Augen, und wieder einmal musste Mara daran denken, wie sehr diese Augen denen ihres Vaters glichen. Bei der Erinnerung zog sich ihr Herz schmerzhaft zusammen. Angie seufzte einmal tief und widerwillig schloss sie wieder die Augen. Dann aber kuschelte sie sich zufrieden unter die Decken. Vorsichtig nahm Mara ihr den Hut vom Kopf, und ihre goldblonden Löckchen breiteten sich in widerspenstigen Ringeln um ihr Gesicht aus. Nachdenklich strich Mara die blonden Haare von Angies engelhaften Pausbäckchen. Trotz aller Anspannung musste sie lächeln, während sie das schlafende Kind betrachtete. Es war ihre einzige physische Verbindung zu dem Vater des Mädchens.

Sie brauchte fast eine halbe Stunde, bis sie die Treppe wieder hinunterstieg und sich zu dem Rest der Familie gesellte. Aber Mara hatte sich die Zeit gelassen, damit sie sich auf den Ansturm der Kondolenzbekundungen seitens der leidtragenden Familie und der Freunde vorbereiten konnte. Das Begräbnis war eine kraftraubende Zeremonie gewesen und allmählich merkte sie, wie sehr dieser Tag sie erschöpft und die Sorgen der letzten sechs Monate an ihr gezehrt hatten. Sie wirkte ausgelaugt, blass und hatte stark abgenommen. Selbst der Glanz in ihren hellblauen Augen und das strahlende Lächeln, mit dem sie sonst nicht geizte, waren verschwunden. Die Qualen, die Peter während seiner Krankheit zu erleiden hatte, waren auch an seiner Frau nicht spurlos vorbeigegangen. Ganz gleich wie schwierig ihre Ehe auch gewesen sein mochte, Peters leidvolles Sterben schien Mara brutal und sinnlos zu sein. Wie gern wäre sie jetzt allein! Sie hatte einfach nicht die Kraft, sich lächelnd mit irgendeinem der Gäste zu unterhalten, und das galt ganz besonders für Peters Schwester Dena, um die sie in den letzten Tagen einen großen Bogen gemacht hatte. Dena hatte klargestellt, dass sie mit Mara reden wollte, damit sie Peters Testament erörtern konnten, und Mara fühlte, dass die unvermeidliche Auseinandersetzung gekommen war. Sie konnte nur hoffen, dass Dena so viel Verstand und Anstand besaß, das Thema an einem anderen Tag in einer vertraulicheren Umgebung anzuschneiden.

Während Mara die Treppe hinunterging, sah sie, dass ein paar der Gäste schon aufbrachen. June begleitete gerade einen jungen

Mann, den Mara als Peters Geschäftspartner erkannte, an die breite Haustür. Mara gesellte sich zu ihr, lächelte ihn höflich an und nahm seine Beileidsbekundung entgegen. Dabei konnte ihr nicht verborgen bleiben, dass June sehr angespannt wirkte, und wenn sie auch nicht weinte, so waren ihre Augen doch leicht geschwollen und rot gerändert. Sie wirkte völlig erschlagen und müde, und ihre sonst vollen Lippen hatte sie zu einer dünnen Linie verzogen. June Wilcox war ein sehr zurückhaltender Mensch, aber Mara wusste, wie sehr der Tod ihres einzigen Sohnes die ältere Lady erschütterte. Nervös fingerte June an ihrer einreihigen Perlenkette herum.

Nachdem sich die Tür hinter dem jungen Mann geschlossen hatte, waren Mara und June zum ersten Mal an diesem Tag miteinander allein. Sanft legte Mara eine Hand auf die schmale Schulter ihrer Schwiegermutter. „Warum gehst du nicht nach oben und ruhst dich ein wenig aus“, schlug sie vor. „Es war ein langer Tag.“

„Es geht mir gut“, behauptete June standhaft und wies Maras Rat mit einer Bewegung ihrer feingliedrigen Hand zurück.

Mara war nicht überzeugt. „Niemand wird dich vermissen. Die meisten Gäste sind bereits weg.“

„Ich weiß, doch ...“ June schwankte einen Moment und brachte ein steifes Lächeln für Dr. Bernard zustande. Er war der Arzt der Familie und zugleich ein alter Freund.

„Du solltest auf Mara hören“, bestätigte der freundliche alte Herr gebieterisch. „Es war schwer für dich.“ Mit seinen weisen braunen Augen musterte er Junes angespannte Gesichtszüge. „Und wenn du das Gefühl hast, du könntest sie brauchen, hab keine Angst, eine dieser Tabletten zu nehmen, die ich dir verschrieben habe.“

„Das werde ich“, versprach June hastig. Doch der Arzt zog misstrauisch eine Augenbraue hoch, während er sich seinen Regenmantel überwarf.

„Ich darf mich für heute verabschieden.“ Dr. Bernard winkte ihnen mit seiner großen Hand zu, und wieder war Mara mit ihrer Schwiegermutter allein.

„Tabletten?“, erkundigte sich Mara.

„Ach, du weißt schon“, antwortete June und schüttelte den perfekt frisierten grauen Kopf. „Irgendein Beruhigungsmittel oder sonst so ein Unsinn.“

„Ich wusste gar nicht, dass du überhaupt medikamentös behandelt wirst.“

„Sei nicht dumm“, unterbrach June sie leicht verärgert. „Das ist keine medikamentöse Behandlung. Jedenfalls nicht das, was du darunter verstehst. Das sind nur Nervenberuhigungspillen. Doktor Bernard verschreibt sie fast jeder zweiten Frau hier im Bezirk.“

Mara wollte ihr widersprechen, war jedoch gezwungen, das Thema ruhen zu lassen, als einige der noch verbliebenen Gäste auf den Flur traten und der Familie ein letztes Mal ihr Beileid bekundeten. Sie bedankte sich für das Mitgefühl und begab sich anschließend so würdevoll wie möglich durch die offene Tür in den Salon, wo nur noch eine Handvoll Gäste übrig geblieben war. Leise unterhielt sie sich mit ein paar von Peters Freunden, bevor auch die sich schließlich entschuldigten.

Zum Glück schlief Angie, die von der ausgedehnten Zeremonie am Vormittag erschöpft war, den größten Teil des Nachmittags durch. Als sie aufwachte, waren nur noch die direkten Angehörigen der Familie Wilcox im Haus anwesend: Peters Mutter June und seine Schwester Dena.

Die Auseinandersetzung bahnte sich gerade an, während Angie unbemerkt die Treppe herunterschlich, ihre ramponierte Kuscheldecke im Schlepptau.

„Ich weiß nicht einmal, wovon du sprichst, Dena“, sagte Mara mit fester, beherrschter Stimme. „*Welcher* Mann war hier?“

„Es ist wirklich nichts“, setzte June an, wurde jedoch von Denas eiskaltem Blick zum Schweigen gebracht.

„Oh, jetzt willst du also vorgeben, ihn nicht zu kennen?“, fragte Peters rothaarige Schwester frech.

„*Wen* kenne ich nicht?“, wiederholte Mara und drehte die Handflächen in einer Geste völliger Verwirrung nach oben.

„Hör mal, Mara, wenn du glaubst, du könntest mir etwas vormachen, so wie du es mit dem Rest der Familie getan hast, irrst du dich. Und zwar gewaltig!“, fuhr Dena sie an.

„Dena!“, presste June hervor. „Warum musst du so grob sein?“ In derselben Sekunde hatte sie die schlaftrunkene Angie auf der Treppe entdeckt. „Oh, oh … seht mal, wer da aufgewacht ist! Hast du gut geschlafen, mein Schätzchen?“ Mit dieser Frage hatte June die allgemeine Aufmerksamkeit auf ihre Enkelin gelenkt, erhob sich und ging zu ihr.

Das blonde Mädchen rieb sich mit den kleinen Fäusten die Augen und streckte ihrer Großmutter die Arme entgegen. June bückte sich und stöhnte leicht, als sie das Kind hochhob. Flüchtig fragte sich Mara, ob es ihrer Schwiegermutter nicht zu viel sei, immerhin hatte Dr. Bernard etwas von Tabletten erwähnt. Aber diese Gedanken waren verflogen, als June lächelte und ihr Gespräch mit dem Mädchen fortsetzte, derweil sie das kleine verschlafene Kind aus dem Raum trug. „Warum gehen wir zwei, du und ich, nicht mal ein Weilchen nach draußen“, schlug sie vor und griff auch schon nach Angies Mantel. „Mommy und Tante Dee Dee haben … ähem, etwas Geschäftliches zu besprechen.“

Dena zuckte sichtlich zusammen, als sie den süßen Namen hörte, den Angie ihr verpasst hatte. Sowie Großmutter und Kind sicher hinter der Glastür außer Hörweite waren, drehte Dena sich wieder zu Mara herum.

„Es ist mein Ernst, Mara!“, zischte sie. „Ich will alles über diesen Mann wissen!“

„Dena!“ Nun riss auch Mara der dünne Geduldsfaden und ihr Ton wurde frostig. „Zum letzten Mal, von *welchem* Mann redest du?“

Die Frau mit den kupferroten Haaren legte eine Pause ein und musterte Mara mit ihren grünen Augen, um das Bild, das sie von ihr hatte, zu überprüfen. Sie schürzte die vollen Lippen und kniff nachdenklich die sorgfältig gezupften Augenbrauen zusammen. Endlich schien sie zu begreifen, dass Mara nichts von dem Fremden wusste, und erklärte mit deutlich ruhigerer Stimme: „Heute war ein Mann hier. Ein großer Kerl. Attraktiv, aber unkonventionell, wenn du verstehst, was ich meine. Er wollte dich sehen und hat regelrecht darauf bestanden!“ Sie hielt Mara genau im Blick, um deren Reaktion zu beobachten. „Mutter hat sich geweigert, ihn hereinzulassen, weil sie ihn nicht kannte und er es ablehnte, sich vorzustellen. Er meinte, es beträfe eine Angelegenheit, die nur dich etwas anginge! Du warst zu der Zeit oben bei Angie. Ich dachte, er könnte vielleicht dein Anwalt sein.“

„Du weißt, dass mein Anwalt der Familienanwalt ist! Bist du sicher, dass es keiner von Peters Geschäftspartnern war? Ich kenne mit Sicherheit niemanden …“

Dena unterbrach sie. „Also, seinem Verhalten nach wird er *dich* jedenfalls kennen! Er war hartnäckig und wollte dich unbedingt sehen. Als Mutter sich weigerte, ist er verärgert abgedampft. Bist du dir wirklich sicher, dass du keine Ahnung hast, wer er ist?“, hakte Dena nach und musterte misstrauisch Maras nachdenkliche Miene.

„Ich kann es wirklich kaum wagen, Vermutungen anzustellen“, überlegte Mara laut und schien völlig ratlos zu sein. „Aber es muss ein Freund von Peter gewesen sein.“

„Das möchte ich bezweifeln“, entgegnete Dena und schlenderte gelassen zum Tisch, der noch mit Appetithäppchen beladen war, die niemand gegessen hatte. Mit vorgetäuschter Arglosigkeit schaute sie Mara an, während sie sich ein Shrimpkanapee in den Mund schob. „Dieser Mann, nun ja, er würde nicht zum Rest der üblichen Clique passen, wenn du verstehst, was ich meine.“

„Genau das ist es ja.“ Mara seufzte. „Mir ist nicht klar, was du meinst, und um genau zu sein, ich habe nichts von dem begriffen, was du gesagt oder *angedeutet* hast.“ Sie massierte sich die Schläfen, die plötzlich zu pochen begonnen hatten. Jede Diskussion mit Dena endete offenbar immer damit, dass sie Kopfschmerzen bekam.

„Also“, Dena beschäftigte sich angestrengt mit den Hors d'œuvres, um durch ihr Zögern die theatralische Spannung zu steigern. „Dieser Mann war anders.“ Einen Augenblick dachte sie nach, dann umspielte ein Lächeln ihre Lippen. „Ein wenig ungeschliffen …“

„Vulgär?“

„Hm … nein.“ In Gedanken versunken, schüttelte Dena die roten Locken. „Wie kann ich es nur erklären? Tougher, nehme ich an, irgendwie härter. Er sah aus, als wüsste er, was er vom Leben wollte, und als würde er niemals zulassen, dass sich ihm irgendjemand oder irgendetwas in den Weg stellt!“

„Netter Typ“, murmelte Mara sarkastisch.

„Keine Ahnung“, erwiderte Dena und zuckte mit den schmalen Schultern. „Doch er war definitiv interessanter als die Leute aus der Clique, mit der Peter sonst zu tun hatte.“ So als würde sie einem sehr angenehmen Gedanken nachhängen, tippte sie sich mit einem lackierten Fingernagel auf den Mund.

Mara war es leid, das Spiel noch länger mitzumachen, und Denas Interesse an diesem Mann ging sie nichts an. „Es ist mir egal, Dena. Ich habe keine Ahnung, wer der Mann war oder ist. Wenn er mich so dringend sprechen muss, wird er sicherlich zurückkommen. Und wenn nicht – wen kümmert's? Ehrlich gesagt, ich verstehe nicht, warum du dich so über ihn aufregst.“

„Er ist nicht der Grund, weshalb ich mich aufrege, und das weißt du!“, fuhr Dena sie an, und sofort war das nachdenkliche Lächeln aus ihrem Gesicht verschwunden.

„Das Testament?“, vermutete Mara, und Dena richtete sich leicht auf.

„Es ist mein Ernst, Mara“, drohte Dena. „Auch wenn Peter die meisten Firmenanteile von Daddy geerbt hat, ich habe immer noch ein Wörtchen mitzureden, wenn es darum geht, was dort geschieht!“

„Und ich wette, du wirst viel dazu sagen“, erwiderte Mara kläglich.

„Darauf kannst du dich verlassen! Imagination Toys gehört genauso zu meinem Leben, wie es zu Peters gehört hat. Und wenn du glaubst, dass ich untätig zusehe, wie du aus einem profitablen Spielzeugimperium ein … ein …“

„Ein Steuerabschreibungsprojekt?", soufflierte Mara. „So wie Peter es gemacht hat?"

„Peter war krank!"

„Ja … das war er", stimmte Mara ihr mit fester Stimme unbeirrt zu. „Aber nicht am Anfang, als die Gewinne zu schrumpfen begannen."

„Darum geht es nicht!"

„Worum genau geht es dann, Dena? Ich bin müde und möchte noch etwas Zeit mit Angie verbringen. Warum kommst du also nicht gleich zum Kern des Problems?"

„Angie! Angie! Immer dreht sich bei dir alles nur um dieses Kind, nicht wahr? Ich frage mich wirklich, warum du Peter überhaupt geheiratet hast. Oh ja, jetzt fällt es mir wieder ein. Du warst schwanger, so war es doch? Aber warum um alles in der Welt musstest du Peter heiraten? Es ist ja nicht so, als wäre Angie seine Tochter!"

„Jetzt reicht's!" Mara merkte, wie ihr bei Denas grausamer Unterstellung unwillkürlich das Blut in die Wangen schoss. „Lassen wir Angie, und was das betrifft, auch Peter aus dem Spiel. Ich werde mir ein paar Tage freinehmen, vielleicht sogar eine Woche oder auch zwei. Das weiß ich noch nicht genau. Aber diese Zeit werde ich mit meiner Tochter allein verbringen!" Ihre Stimme klang angespannt, dennoch bemühte Mara sich, ihren wachsenden Zorn zu beherrschen. „Es war ein langer harter Tag, und wir haben beide ein paar Dinge gesagt, die besser unausgesprochen geblieben wären. Wenn ich wieder im Büro bin, werden wir uns über die Firma unterhalten. Dann können wir unsere Meinungsverschiedenheiten klären."

„Und wer wird die Firma leiten, während du mit dem Kind Ferien machst?", folgte die unverschämte Frage.

„Sei unbesorgt deswegen. Das ist alles geregelt. John Hammel ist bestens geeignet …"

„Der Buchhalter?" Dena konnte es nicht fassen.

„Richtig", erwiderte Mara fest.

Denas Augen versprühten ein smaragdgrünes Feuer, aber

sie sprach die Worte, die sie auf der Zunge hatte, nicht aus. Sie konnte sehen, dass es nichts brachte, darauf zu bestehen, jetzt mit Mara reden zu wollen. Dena kannte ihre Schwägerin gut genug, um zu wissen, was das entschlossen vorgeschobene Kinn bedeutete. Mara meinte es ernst. Also musste sie sich damit zufriedengeben, dass ihre spitze Bemerkung über Angies Erzeuger Mara getroffen hatte. Der Gedanke ließ Dena leicht lächeln. „Also gut, Mara, ich werde warten, bis du wieder zurück bist. Aber wenn du mir auf die Zehen trittst, kannst du dir sicher sein, dass ich auf der Stelle meinen Anwalt anrufen und Peters Testament anfechten werde!" Um die Warnung zu unterstreichen, schnippte sie mit ihren langen Fingern.

„Oh, Dena", seufzte Mara, der es plötzlich leidtat. „Muss es zwischen uns denn immer so sein? Willst du mir wirklich drohen?" Mit großen Augen sah sie Dena flehend an, die aber nur triumphierend grinste.

„Betrachte es doch nicht als Drohung, *meine Liebe*", schlug Dena giftig vor, wobei sie selbstzufrieden lachte. „Sieh es als Versprechen!" Mit diesen abschließenden Worten machte die Rothaarige auf den hohen Lederpumps kehrt und stolzierte aus dem Raum.

Als die Verandatür zuknallte, dass sogar die Glasscheiben klirrten, hatte Mara nur noch das Bedürfnis, sich in den nächsten Sessel fallen zu lassen. Wie sollte sie nur mit der Familie Wilcox fertig werden? Was konnte sie denn überhaupt gegen Junes sich verschlechternde Gesundheit und Denas herrische Forderungen tun? Es war schwer genug, sich darauf einzustellen, jetzt Witwe und alleinerziehende Mutter zu sein. Als wäre das alles nicht schon schwer genug, musste sie nun auch noch um jedes Detail mit Dena ringen, was die Firma anging. Flüchtig dachte sie daran, die Wünsche von Peters älterer Schwester einfach zu erfüllen. Wenn „Imagination" dann Geld verlor, hätte Dena, außer sich selbst, niemanden mehr, dem sie die Schuld zuschieben konnte. Vielleicht wäre es das Beste für alle Beteiligten, wenn Mara sich mit Angie einfach aus dem Staub machen und ihre angeheiratete Familie mit ihren Streitereien sich selbst überlassen würde. Doch das würde sie nicht, das konnte sie nicht tun. Zu viele andere Menschen waren von ihr abhängig, sie konnte nicht einfach aufgeben. Insbesondere Peters Mutter June war immer freundlich zu ihr gewesen. Und Mara war eine Kämpfernatur. Es widersprach allem, woran sie glaubte. Sie konnte nicht einfach aufgeben, ohne vorher alle möglichen Alternativen ausgeschöpft zu haben. Es musste eine vernünftige Lösung für das Problem mit Dena geben.

Die Müdigkeit, die sich zunehmend bemerkbar gemacht hatte, übermannte sie schließlich, und sie begann zu zittern. Die letzten sechs Monate, in denen sie zusehen musste, wie Peter langsam dahinsiechte, waren entsetzlich gewesen, und zum ersten Mal seit seinem Tod ließ Mara den Tränen der Erschöpfung, die ihr schon die ganze Zeit in den Augen brannten, freien Lauf.

Shane konnte sich an die Rückfahrt nach Atlanta hinterher nur verschwommen erinnern. Er war so in Gedanken versunken gewesen, dass er nicht einmal bemerkt hatte, wie die höheren Berge in die flacheren Hügel von West Georgia übergingen. Er ärgerte sich über sich selbst, weil er versucht hatte, Mara zu sehen, und noch mehr ärgerte er sich über die elegante grauhaarige Lady, die ihn an der Tür abgewiesen hatte. Für einen Moment hatte er sogar daran gedacht, ihren Protest einfach zu ignorieren und sie beiseitezuschieben, um Mara zu finden, allerdings hatte ihn sein gesunder Menschenverstand davon abgehalten. Es war einfach der völlig falsche Zeitpunkt, und genauso hatte er alles andere falsch gemacht, seit er vor zwei Tagen Peter Wilcox' Todesanzeige in der Zeitung entdeckt hatte.

Er nahm sich vor, fürs Erste abzuwarten. Doch es stand außer Frage, dass er Mara wiedersehen musste, und zwar bald. Mit etwas Fantasie würde es ihm sicher gelingen, ihr nahe zu kommen … nur für eine kurze Zeit.

2. KAPITEL

Die eine Woche in der Sonne Floridas hatte Maras Stimmung aufgehellt und ihre Lebensgeister geweckt. Sie und Angie hatten die Zeit damit verbracht, am Strand zu spielen, Sandburgen zu bauen und nach Schätzen zu suchen, die die unermüdliche Flut auf den weißen Sand warf. Sie rannten vor den Wellen davon und beobachteten die Touristen, die in grellbunten Klamotten begierig die warmen Sonnenstrahlen aufsogen. Es war eine wunderschöne Zeit, und Mutter und Tochter waren sich wieder nähergekommen, nachdem Peters Krankheit nicht mehr wie ein schwarzer Schleier auf ihnen lag.

Die Sonne hatte ihre Haut gebräunt, und Mara sah gesund und kräftig aus. Ihre kornblumenblauen Augen hatten neuen Glanz gewonnen, und ein Hauch von Rosa betonte den Schwung ihrer Wangen. Angies Haare hatte die Sonne gebleicht, sodass ihre Farbe den langen goldblonden Strähnen ihrer Mutter glich, und der hellere Ton betonte ihre beinah schwarzen Augen. Das kleine Mädchen wirkte gesund und glücklich, und so kehrte Mara mit mehr als einer Spur von Bedenken und Grauen in das alte Haus zurück, in dem sie mit Peter gelebt hatte. Dasselbe galt für ihre Rückkehr in die Büros über der Fertigungsanlage der „Imagination Toys“ mitten in Ashevilles Industriegebiet.

Seitdem waren schon wieder Monate vergangen, und die Berge, die Asheville umgaben, hatten sich unter der Sommersonne erwärmt. Die weißen Eichen, die die Zufahrt säumten, stellten stolz ihre üppig grünen Blätter zur Schau, und die Luft war schwer vom Duft der Kiefern. Der Hartriegelbaum im Garten hinter dem Haus hatte seine Blüten bereits verloren, und nur noch einige wenige flammend rote Azaleen- und violette Rhododendronblüten hielten sich an den Zweigen.

Der Sommer war gekommen, und zum ersten Mal seit mehreren Jahren fühlte Mara sich frei. Frei von der Krankheit, die Peter heimgesucht hatte, die sie aber auch an ihn gebunden hatte, und frei von der Heuchelei einer lieblosen Ehe. Die Tage waren lang und warm, und obwohl Mara viele Stunden im Büro verbrachte, gelang es ihr doch jeden Tag, sich die kostbare Zeit zu nehmen, die sie mit Angie allein verbrachte. Tagsüber, während Mara arbeitete, kümmerte June sich liebevoll um ihre dreijährige Enkelin, aber am späten Nachmittag und abends, wenn in der Dämmerung eine leichte Brise die Zweige der Kiefern bewegte, waren Mara und Angie unzertrennlich. Für Mara war es die schönste Zeit des Tages. Sie liebte es, bei ihrer kraushaarigen, ein wenig altklugen Tochter zu sein, und deren strahlendes Lächeln und waches Köpfchen waren ihr ein unerschöpflicher Quell der Zufriedenheit. Und Angie selbst schien unter der Liebe, die sie von ihrer Mutter und Großmutter empfing, aufzublühen.

Die Tage, die Mara im Betrieb verbrachte, waren allerdings schwieriger als die ruhigen Abende zu Hause. Zwischen Mara und ihrer Schwägerin bestand eine unterschwellige Spannung, die nahezu unerträglich war. Nach ihrem Urlaub hatte Mara sich bereit erklärt, Dena die PR-Abteilung leiten zu lassen, wovon sie sich erhofft hatte, dass sich die hitzige Dena mit der zusätzlichen Verantwortung zufriedengeben würde. Sie hatte sich vorgestellt, dass ihre Schwägerin, wenn sie eine Chance erhielt, ihre Talente zeigen zu können, härter arbeiten und mit Mara an einem Strang ziehen würde. Anfangs schien Dena tatsächlich zufrieden zu sein, aber im Laufe der Zeit war ihr aufgegangen, dass ihr Job wenig mehr war als ein nichtssagender Titel – ein Placebo, um ihr Ego zu befriedigen –, und seitdem langweilte sie die Arbeit. Sämtliche wichtigen Entscheidungen bei Imagination Toys wurden nach wie vor von Mara getroffen, eine Verantwortung, in die sie langsam hineingewachsen war, nachdem Peters Krankheit ihn zur Untätigkeit verdammt hatte.

Hinzu kam, dass die Firma trotz aller Anstrengungen, die Mara unternommen hatte, noch immer Verluste machte. Einige größere Konzerne hatten Interesse gezeigt, die Mehrheitsbeteiligung an Imagination zu erwerben, aber Mara hatte die Angebote standhaft abgelehnt. Das Letzte, was sie zulassen würde, war, dass Dena recht behielt, und sie gezwungen wären, das Familienunternehmen zu verkaufen. Peters Urgroßvater hatte die Spielzeugfabrik gegründet, und alle nachfolgenden Generationen der Familie Wilcox hatten bequem von den Profiten gelebt, die sie abwarf. Jedenfalls war es so, bis die Firma unter Peters Missmanagement anfing, Geld zu verlieren. Weiter verschärft wurde das Problem durch die allgemeine Rezession, aber egal was, Mara würde nicht zulassen, dass die Firma in Konkurs ging. Jedenfalls hatte sie sich das selbst versprochen.

In Atlanta gab es einen größeren Konzern namens Delta Electronics, der hartnäckig anbot, „Imagination" zu übernehmen. Mara hatte noch nie direkt mit den Eignern verhandelt, aber jede Woche waren mehrere Anfragen von deren Anwälten eingegangen. Erst letzte Woche hatte sie mit Mr Henderson, der die Delta vertrat, gesprochen und hoffte, dass dieser nun endlich ihren Standpunkt zum Thema Verkauf begriffen hatte, dass es nämlich keinen Verkauf geben würde. Henderson hatte sich nicht so leicht abwimmeln lassen. Tatsächlich hatte er eine Hartnäckigkeit entfaltet, die schon an Aufdringlichkeit grenzte. Aber seit geraumer Zeit war dies nun die erste Woche, in der Mara keinen förmlichen Brief aus Atlanta mehr lesen musste. Mara gratulierte sich; es schien, als hätte Mr Henderson die Botschaft endlich verstanden.

Sie rekelte sich in ihrem Sessel. Es war später Freitagnachmittag, und in ihrem kleinen Büro hatten sich die Schatten ausgebreitet. Vom Schreibtisch aus warf sie einen Blick durch das große Fenster, und sah, dass die Sonne gerade hinter den Gipfeln der Appalachen versank. Lange lavendelfarbene Schatten legten sich auf die Dächer der modernen und kolonialen Gebäude im Zentrum von Asheville. Nach einer weiteren hektischen Arbeitswoche im Büro war die vertraute Aussicht auf die Stadtsilhouette und die schwarzblauen, von feinen Wolken verschleierten Berge beruhigend. Sie sah sich in ihrem Büro um, lächelte träge und beschloss, den kleinen Stapel unerledigter Papiere auf ihrem Schreibtisch zu ignorieren. So verschränkte sie also die Hände im Nacken, hob langsam ihre schwere blonde Mähne von den Schultern und drehte den Kopf hin und her in der Hoffnung, auf diese Weise die Verspannungen in Rücken und Schultern ein wenig zu lösen. Es war ein langer, ermüdender Tag gewesen, an dem es zu mehreren Auseinandersetzungen mit Dena gekommen war. Aber jetzt hatte sie es bald geschafft. Die antike Wanduhr aus Holz zeigte an, dass es beinahe sechs Uhr war, und Mara freute sich darauf, nach Hause zu fahren und einen langen, ruhigen Abend mit Angie zu verbringen.

Mara ließ ihren Blick in dem Arbeitszimmer schweifen. Obwohl sie mittlerweile rechtmäßige Vorsitzende und Geschäftsführerin von Imagination Toys war, wirkte das Büro ein wenig dürftig. Zu Peters Zeiten war es ein enorm großer Raum gewesen, aber sie hatte ihn verkleinern lassen, denn ihrer Meinung nach brauchte der Betrieb mehr Produktionsfläche und weniger Verwaltungsbüros. Deshalb hatte sie für sich nur ein kleines funktionales Büro abtrennen lassen, und dieselbe Fläche, die vorher Peter allein beherbergt hatte, bot heute noch Platz für eine Sekretärin und zwei Mitarbeiter aus der Verkaufsabteilung. Dennoch hatte Mara Platz genug, um sich bewegen zu können. Der einzige Luxus, auf den sie bestanden hatte, war das große Fenster mit dem Blick auf ihre geliebten Berge.

Gern hätte Mara das Büro neu eingerichtet, aber das war ein Aufwand, der ebenso zurückgestellt werden musste wie eine ganze Liste von wichtigeren und notwendigeren Anschaffungen. Wie die Dinge standen, konnte das Budget nicht einmal so weit gestreckt werden, dass die notwendigen Ausgaben für die neuen Drei-Nadel-Nähmaschinen gedeckt waren, die für die Puppen gebraucht wurden, und auch die neue Verpackung aus höherwertigem Plastik für die bunten Bausteine war nicht drin … oder Stoff, oder eine bessere Puzzlesäge. Die Liste schien endlos zu sein, und die neue Büroausstattung für Mara stand ganz unten.

Aus der Gegensprechanlage ertönte die samtweiche Stimme ihrer Sekretärin und riss sie aus ihren Gedanken. „Mrs Wilcox?"

„Ja?", fragte Mara automatisch, ohne die Begutachtung ihres Büros zu unterbrechen.

„Hier ist jemand, der Sie sprechen möchte – ein Mr Kennedy."

„Aber heute Nachmittag habe ich keine Termine." Kaum hatte sie den Satz beendet, als die Bedeutung von Lyndas überraschender Ankündigung zu ihr durchdrang. Plötzlich galt ihre ganze Aufmerksamkeit dem kleinen schwarzen Gerät auf der Ecke ihres Schreibtischs, und mit kaum hörbarer Stimme fragte sie: „Was haben Sie gesagt? Der Name des Mannes ist … Kennedy?" Maras Gedanken wirbelten in die Vergangenheit zurück. Sie holte tief Luft und ärgerte sich über die Erwartung, die ihr den Atem nahm. Nachdem sie nun vier Jahre mit der Wahrheit gelebt hatte, wie konnte es sein, dass die Erinnerung an Shane noch immer einen Schauer der Erregung auslöste? Und auf einmal fühlte sich ihre Kehle ganz trocken an.

Von der anderen Seite der Anlage war ein unverständliches leises Gemurmel zu hören, dann wieder laut Lyndas Stimme. „Es tut mir leid, Mrs Wilcox, aber Mr Kennedy besteht darauf, dass er einen Termin mit Ihnen hat. Er kommt … Augenblick … von Delta Electronics."

Kennedy … Kennedy … Kennedy, wiederholte Mara im Kopf. Es war lange her, dass sie sich wieder einmal erlaubte, an Shane zu denken: seine dunklen Augen, das tiefe volle Timbre seines Lachens, die Wärme seiner Berührung …

„Mrs Wilcox?", fragte Lynda bedrückt. „Er sagt, er muss Sie unbedingt sprechen." Maras Zögern und die Beharrlichkeit, die Mr Kennedy an den Tag legte, gingen Lynda langsam auf die Nerven. „Mrs Wilcox?"

Mara versuchte, ihr plötzlich laut hämmerndes Herz zu beruhigen und atmete tief. „Delta Electronics?", fragte sie, ohne sich die Mühe zu machen, ein Interesse vorzutäuschen.

„Genau", bestätigte Lynda rasch, erleichtert, dass Mara ihre gewohnte Souveränität offenbar wiedergewonnen hatte.

„Ich habe den Anwälten von Delta meine Antwort bereits mitgeteilt. Mr Henderson weiß genau, wie ich dazu stehe, aber wenn Mr Kennedy sich dann wohler fühlt, freue ich mich, ihn zu sehen. Bitte führen Sie ihn in mein Büro." Konzentriert schob Mara die dunkelblonden Augenbrauen zusammen. Warum war dieser Kennedy so hartnäckig? Hatte Henderson ihn nicht richtig informiert? Nervös klopfte sie mit den Fingernägeln auf den Schreibtisch und zog den Kragen ihrer Bluse zurecht.

Es hatte sie aus der Ruhe gebracht, zu erfahren, dass einer der Repräsentanten von Delta Electronics Kennedy hieß. Nicht, als wäre Kennedy ein ungewöhnlicher Name, ganz und gar nicht. Aber jedes Mal, wenn sie ihn hörte, wurde sie durch lebhafte Bilder aus der Vergangenheit abgelenkt, und längst erloschene Gefühle kämpften darum, die Oberhand zu gewinnen.

Ohne recht zu wissen, warum, beseitigte Mara alle Spuren ihres Privatlebens vom Schreibtisch: ein gerahmtes Foto von ihr und Angie; einen Plexiglaswürfel mit Schnappschüssen von Angie als Baby; und schließlich ein paar Schnipsel Bastelpapier – Angies erste unsicheren künstlerischen Versuche. Während Maras Nerven sich zunehmend anspannten, schob sie all diese Andenken an ihr Leben in die Schreibtischschublade und drehte den Schlüssel um. Gleichzeitig dachte sie, dass ihr Verhalten schon an Paranoia grenzte, denn das alles geschah wegen eines ganz gewöhnlichen Familiennamens.

Zufrieden, dass nichts mehr auf Angies Existenz hindeutete, setzte sie ein freundliches, wenn auch leicht gestresstes Lächeln auf. Sie stand auf, um den Mann kennenzulernen, der sie schon jetzt aus der Fassung gebracht hatte, wobei sie ein mulmiges Gefühl in der Magengrube verspürte.

Die Tür ging auf, und Mara gelang es, den Schrei zu ersticken, der sich ihrer Kehle zu entringen drohte. Ungläubig riss sie die Augen auf und drückte zitternd eine Hand an die Brust, während die Knie unter ihr nachgaben.

„Oh Gott!“, flüsterte sie heiser. „Oh, lieber Gott …“

Mara hatte Mühe zu atmen, als Shane Kennedy, der Mann, den sie für tot gehalten hatte, den Raum betrat. In einem einzigen Augenblick hatten sich vier Jahre ihres Lebens in Luft aufgelöst. Ihr Herz, dem es in ihrem Brustkorb zu eng zu werden schien, erhob ein unvernünftiges Geschrei, und verzweifelt wurde ihr bewusst, dass sie dringend frische Luft brauchte. Benommen schloss sie für einen Moment die Augen. War es wirklich Shane oder nur eine Fata Morgana, die ihr Geist dienstbereit für sie erstehen ließ? Eine Falle ihres Unterbewusstseins? Ihre Beine fühlten sich an wie Gummi, deshalb stützte sie sich auf die Kante ihres soliden Mahagonischreibtischs. Der Schock, ihn wiederzusehen, hatte alle Farbe aus ihrem Gesicht weichen lassen, und obwohl sie heldenhaft versuchte, ihre Fassung wiederzugewinnen, musste sie feststellen, dass dies unmöglich war. Sie grub die Fingernägel ins glänzende Furnier des Schreibtischs, und Tränen, die seit Jahren unterdrückt geblieben waren, trübten ihre Sicht.

Die Zeit war nicht besonders nett mit ihm umgegangen. Er hatte zwar noch immer dieselben kräftigen maskulinen Züge, wirkte jedoch härter und älter. Eine Spur von Grau ließ sein ansonsten tiefschwarzes Haar heller erscheinen, und in seine Stirn hatten sich tiefe Sorgenfalten eingegraben. Obwohl er einen sommerlichen jutefarbenen Geschäftsanzug trug, der perfekt saß, wies seine gebräunte Haut darauf hin, dass er viel Zeit im Freien verbrachte. Sein Gesicht war so markant, wie sie es kannte, aber Mara sah darin mehr Stolz und Arroganz, als sie in Erinnerung hatte. In diesem einen atemlosen Augenblick, als ihre Blicke sich trafen, schien alle Zeit stehen zu bleiben. Und obwohl er nicht lächelte, leuchteten seine Augen unter dem Ansturm des Wiedererkennens. Mara schluckte mit Mühe und versuchte, ihr rasendes Herz zu beruhigen, als er ihr die Hand reichte, und sie konnte nur hoffen, dass er ihre feuchten Handflächen nicht bemerkte.

„Lieber Gott, Shane“, murmelte sie. „Bist du es wirklich?“

„Mara“, begann er und näherte sich dem Schreibtisch. Seine Stimme hatte dasselbe tiefe Timbre wie die Stimme, die sie nachts verfolgte. „Es ist lange her … zu lange!“ Er ergriff ihre ausgestreckte Hand und schloss sie warm in seine. Mara glaubte, ohnmächtig zu werden. Sie sah ihm in die Augen, die so schwarz waren wie je, aber irgendwie anders, so als hätte er Dinge gesehen, die kein Mensch sehen sollte. In ihren ebenholzschwarzen Tiefen vergegenwärtigte sich Schmerz und unerträgliches Leid.

„Shane?“, flüsterte Mara erschüttert, und unter der Last von vier Jahren, in denen sie ihn tot geglaubt hatte, versagte ihr die Stimme. „Aber … dein Vater hat mir gesagt … Ich dachte …“

„Du dachtest, ich wäre tot“, beendete er den Satz für sie, ohne dass sein Tonfall auch nur die geringste Gefühlsregung erkennen ließ.

Ihr Gesicht war noch immer ganz bleich vom Schock des Wiedersehens, und nun gaben auch ihre Knie endgültig nach. Sie zog ihre Hand aus seinem kräftigen Griff, stützte sich am Schreibtisch ab und ließ sich auf den Sessel sinken. Fassungslos schüttelte sie den Kopf und hob ihm ihr Gesicht entgegen, um sich der elektrisierenden Wirkung seines Blickes zu stellen. Am liebsten wäre sie zu ihm gelaufen, um sich in die Sicherheit seiner kräftigen Arme zu flüchten. Sie sehnte sich danach, jeden Zentimeter an ihm zu berühren, um sich von ihren zitternden Händen bestätigen zu lassen, was ihre Augen sahen. Er lebte und war nicht mehr nur Teil einer Erinnerung an ferne Zeiten. Es drängte sie, ihm ihr verschwiegenstes Geheimnis anzuvertrauen und die Tränen von gestern zu weinen. Aber sie konnte es nicht. Sie brachte kein Wort heraus, während sein ernster Blick sie schweigend an ihren Stuhl fesselte.

Mara stützte ihren Kopf schwer in eine Hand, wobei ihr die goldblonden Haare über die andere Schulter nach vorne fielen. Sie versuchte, sich zu beruhigen und mit der Tatsache fertig zu werden, dass er hier war, hier bei ihr, nach so langer Zeit. Shane lebte! Als sie den Kopf langsam wieder hob, liefen ihr die Tränen, die sich in ihren großen Augen gesammelt hatten, ungehemmt über die Wangen.

Shane durchfuhr ein tiefer, elementarer Schmerz. Was hatte Mara nur an sich, dass er am liebsten ihr Kinn in die Hand genommen hätte, um ihr Versprechen zuzuflüstern, die er unmöglich halten konnte? Warum verspürte er noch immer das Bedürfnis, sie zu beschützen, obwohl sie ihn verletzt hatte?

„Ich hatte nicht vor, dich so zu erschrecken, Mara. Es wäre mir wirklich lieber gewesen, wenn mein Anwalt die Angelegenheit abgewickelt hätte.“ Shane wusste, dass nicht stimmte, was er da sagte. Er wich ihrem forschenden Blick aus und zog die Manschetten an seinem Hemd gerade. Als Mara begriff, dass er sie nicht einmal hatte sehen wollen, war es, als würde er ihr ein Messer im Herzen umdrehen. Shane war nur hier, weil sein Anwalt nicht weiterkam. „Aber es hat sich herausgestellt, dass du noch immer so dickköpfig bist wie früher", fuhr Shane fort. Ein leises Husten machte ihn darauf aufmerksam, dass die Sekretärin, die ihn in Maras Büro geführt hatte, noch da war. Das Mädchen war rot vor Verlegenheit, weil sie das ungewöhnliche und höchst intime Wiedersehen zwischen dem Fremden und ihrer Chefin mitbekam.

Shanes kühle Bemerkung, dass er ihr lieber nicht persönlich begegnet wäre, half Mara, die Fassung wenigstens teilweise wiederzufinden. Es gelang ihr, Lynda zu entlassen, die darüber offensichtlich sehr erleichtert war. „Danke, Lynda, ich werde Sie heute nicht mehr brauchen." Lynda nickte kurz und verließ rasch das Zimmer, nicht ohne die Tür sorgfältig hinter sich zu schließen.

Einen Moment lang schloss Mara die Augen und versuchte, ihre angeschlagenen Gefühle in den Griff zu bekommen. Shane war hier, nach vier langen Jahren. Die Erkenntnis, dass er die ganze Zeit gelebt hatte, und das kalte Gefühl, betrogen worden zu sein, waren ein einziger Hohn. Wo war er während der letzten vier Jahre gewesen? Was hatte er gemacht? Warum hatte sein Vater sie belogen? Und warum hatte er diese Lüge gestützt, indem er nicht wie versprochen zu ihr zurückgekehrt war?

Die Atmosphäre in dem kleinen Raum war spannungsgeladen, und die offenen Fragen türmten sich zwischen ihnen wie eine unsichtbare Barriere. Mehrere Sekunden verharrten sie in beklommenem Schweigen, als wären die Fragen zu der Vergangenheit unüberbrückbar.

„Warum?", begann sie schließlich und brachte irgendwie sogar die Kraft auf, ihm dabei in die kalten Augen zu sehen. „Warum hast du mich glauben lassen, dass du tot bist … all diese Jahre?" Ihre Stimme war nur noch ein heiseres Flüstern, sie klang fassungslos und gequält, und gleichzeitig kämpfte Mara gegen die Tränen an, die ihr unwillkürlich wieder in die Augen stiegen. Ohne sich deswegen zu schämen, wischte sie sie weg.

Ihre bittere Frage und die gequälte Miene waren mehr, als Shane ertragen konnte. Auch wenn er genau wusste, dass es ein Fehler war, ging er steifbeinig wieder zum Schreibtisch und beugte sich so weit vor, dass sein Gesicht nur noch wenige Zentimeter von ihrem entfernt war. Ohne zu zögern zeichnete er mit einem Finger die Kurve ihrer Wange nach und umschloss ihr zierliches Kinn mit einer Hand. Bei der vertrauten Berührung zitterte sie, und eine Träne lief ihr über die Wange. Seine Augen waren dunkel verschleiert, aber als sie genauer hinsah, hätte sie schwören können, dass in ihren Tiefen Zärtlichkeit und Sehnsucht lagen. Als er ihren Namen flüsterte und sein warmer Atem ihr Gesicht streifte, glaubte sie, zu zerschmelzen. „Mara, es gibt so viel zu sagen, so viele Fragen, die beantwortet werden müssen." Verwirrung stahl sich in seine Miene. „Aber ich glaube, dass das hier weder der richtige Zeitpunkt noch der richtige Ort ist. Du und ich ... wir brauchen Zeit und einen Ort, wo wir ungestört die Dinge miteinander klären können."

Seine Worte waren wie Balsam für ihre blank liegenden Nerven, und seine Berührung wirkte verlockend vertraut. Als sie die Augen schloss, kehrten die Erinnerungen mit aller Macht zurück.

Noch während er die Worte aussprach, verfluchte Shane sich im Stillen. Er hätte nicht zurückkommen dürfen. Niemals! Aber während die Monate verstrichen, war es ihm von Tag zu Tag schwerer gefallen, sich von ihr fernzuhalten. Also war er unter dem fadenscheinigen Vorwand hergekommen und hatte die Übernahme ihrer Spielzeugfabrik als Köder ausgeworfen. Er war wieder da und musste feststellen, dass er sich erneut in ihrem Netz gefangen hatte. Selbst jetzt war sie so arglos verführerisch, so feinsinnig, so perfekt. Seine Hand glitt so leicht über die seidige Haut an ihrem Hals, und mit der anderen strich er ihr das goldblonde Haar, das ihr Gesicht teilweise bedeckte, beiseite. Obwohl er sich lange genug Zeit ließ, ihr nur in die Augen zu schauen, wusste Mara, dass er sie küssen wollte. Vielleicht waren die letzten vier Jahre doch nicht vergeudet? Ihr Puls beschleunigte sich, und als er den Mund begierig auf ihren presste, fühle sie, wie eine Welle des Verlangens ihren ganzen Körper erbeben ließ. Heiß und verlockend schienen seine Lippen ihre Seele zu berühren und erregten sie, wie er es immer gekonnt hatte. Nun wusste sie, dass er sie noch begehrte, obwohl er sich während der letzten vier Jahre vor ihr versteckt hatte.

Als er den Kuss unterbrach, empfand sie Enttäuschung, aber sowie sie ihm in die Augen sah, erkannte sie die ungezügelte, nackte Leidenschaft in seinem Blick. Und da war noch etwas – ein unglaublicher Zorn, tief und hässlich.

„Warum bist du hier?“, fragte sie ihn. Ihre Sinne waren zwar noch wie benommen, wie betäubt von seiner Berührung, doch sie wollte unbedingt erfahren, was es mit dem Groll und der Skepsis auf sich hatte, die ihn zu beherrschen schienen.

„Das wüsste ich selbst gern“, antwortete er spontan. Und als wollte er die nackte Wahrheit leugnen, richtete er sich plötzlich auf und zog den Saum seiner Anzugjacke nach unten. „Hat sich mein Anwalt nicht mit dir in Verbindung gesetzt? Ich dachte, er hätte meine Position klargestellt. Ich will Imagination Toys übernehmen!“ Damit war die Vertrautheit von einer Sekunde auf die andere dahin.

„Du?“

„Lass es mich anders ausdrücken: Delta Electronics ist an deiner Firma interessiert.“ Noch immer klang seine Stimme emotional aufgewühlt, und wie um die Intensität des Augenblicks abzuschwächen, ging er zum Fenster und schaute zu den Bergen hinaus. Eine Hand hatte er tief in die Hosentasche gesteckt, wodurch die Jacke sich nach hinten verschob, und sich sein Hemd über dem flachen, festen Bauch spannte. Mara erinnerte sich trotz der Kleidung an seinen schlanken, muskulösen Körper. Vier Jahre hatten an seiner durchtrainierten Statur nichts verändert, und ebenso wenig das, was allein sein Anblick in ihr auslöste.

„Und Delta Electronics ist deine Firma?“, vermutete Mara und versuchte, sich auf das Gespräch zu konzentrieren, während sie mit hungrigen Augen jeden Zentimeter an ihm verschlang.

Shane starrte weiter zu den Bergen hinaus und nickte nur. Als Mara nicht sogleich weitere Fragen stellte, kam er zum Schreibtisch zurück. Sein nüchterner Blick provozierte sie.

„Oh Shane", murmelte sie, aber seine Miene blieb angespannt. Sie schluckte mühsam, und mit so viel professioneller Gelassenheit wie möglich sagte sie: „Es tut mir leid. Aber wie ich deinem Anwalt Mr Henderson bereits gesagt habe, die Firma wird nicht verkauft." Sie versuchte, den Ärger zu bezwingen, der langsam in ihr hochkochte. Sie war zornig, weil er sie verlassen hatte, entrüstet, weil er einfach wieder in ihr Leben platzte, ohne auch nur eine Erklärung oder Entschuldigung abzugeben, und wütend, weil alles, was er von ihr wollte, das Familienunternehmen der Wilcox' war. Und vor allem ärgerte sie sich darüber, dass sie ihn immer noch liebte. Sie hatte von ihm geträumt und den Horror seines brutalen Todes immer wieder durchlebt, aber nie war ihr ihre verzweifelte Liebe bewusst gewesen … Ihre Liebe, die offensichtlich eins immer gewesen war – unerwidert. Und jetzt dieser kalte Betrug. Er hatte sie verlassen, ohne sich einmal nach ihr umzusehen, bis jetzt, wo er etwas von ihr wollte.

„Ist das Angebot nicht hoch genug?", fragte er und unterbrach ihre Überlegungen.

Sie schüttelte den Kopf und sah ihm direkt in die Augen. „Das hat mit Geld nichts zu tun. Ende der Durchsage! Und jetzt, wenn es sonst nichts gibt …" Sie ließ den Satz zwischen ihnen in der Schwebe und bedeutete ihm wortlos, zu gehen. Der Gedanke, dass er das tatsächlich tun könnte, schnürte ihr zwar die Kehle zu, aber sie wusste, dass sie keine andere Wahl hatte, denn sie war ihm gegenüber viel zu verwundbar. Und schließlich wollte er nichts weiter von ihr als ein Geschäft – schlicht und ergreifend. Sie brauchte Zeit, um sich alles durch den Kopf gehen zu lassen und ihre verwirrten Gedanken vernünftig zu ordnen. Sosehr sie sich auch davor fürchtete, wieder von ihm getrennt zu sein, sie wusste, es war das Klügste, was sie tun konnte. Da sie jetzt wusste, dass er lebte, musste sie nur den Mut finden, ihm zu sagen, was er wissen musste.

Seine dunklen Augen wurden schmal, und nachdenklich rieb er sich den Nacken, während er unruhig vor ihr auf und ab lief. „Das würde dir gefallen, nicht wahr?"

„Was würde mir gefallen?", fragte sie verblüfft.

„Du wärest gern in der Lage, mein Angebot abzulehnen und mich zum Teufel zu jagen", antwortete er vorwurfsvoll. „Nun, das wird nicht funktionieren." Ein Lächeln zuckte um seinen Mund. „Ich will diese Firma und habe vor, sie zu bekommen."

„Einfach so?"

„Einfach so."

„Aber ich verkaufe nicht. Du erinnerst dich?" Mara konnte sich kaum noch beherrschen. „Ich weiß nicht, wie du darauf kommst, anzunehmen, du könntest mich davon überzeugen, meine Meinung zu ändern!" Trotz ihrer starken Worte merkte sie, wie sie anfing zu zittern.

„Vielleicht wird das nicht einmal nötig sein." Nachdenklich zupfte Shane an seiner Unterlippe. „Wenn ich richtig informiert bin, hast du nicht sämtliche Anteile der Firma geerbt. Du besitzt nicht einmal eine Mehrheitsbeteiligung. Vielleicht sind ja ein paar andere Mitglieder der Familie Wilcox an meinem Angebot interessiert ...", überlegte er.

Sofort stand Mara das Bild einer triumphierenden Dena vor Augen. Unbewusst schürzte sie die vollen Lippen, ohne jedoch den Blickkontakt mit Shane abzubrechen. „Soll das eine Drohung sein?", fragte sie und hoffte, dass ihrer Stimme keine Gefühlsregung anzumerken war. Interessiert legte er den Kopf zur Seite. „Ich weiß wirklich nicht, was du von mir erwartest", hielt sie ihm vor und warf verzweifelt die Hände in die Höhe. „Erst kommst du hier hereinmarschiert – direkt aus dem Grab, wie ich vielleicht hinzufügen sollte – und erschreckst mich zu Tode. Und gleich darauf versuchst du, mich unter Druck zu setzen, dir etwas zu verkaufen, das definitiv nicht zum Verkauf steht! Ich wüsste nicht, wie ich meinen Standpunkt klarer beschreiben könnte! Die Firma wird nicht verkauft." Ihre Augen hatten sich in blaues Eis verwandelt. „Es tut mir leid, wenn meine Antwort dich enttäuscht."

Shane lachte, und bei dem vertrauten Klang brach Maras Entschlossenheit komplett zusammen. „Du hast mich nicht enttäuscht, Mara. Ich dachte, du hättest dich vielleicht verändert, aber da habe ich mich geirrt. Gott sei Dank!" Seine ernste Miene entspannte sich, und zum ersten Mal an diesem Nachmittag sah Mara Freundlichkeit in seinen Augen – die Freundlichkeit, an die sie sich erinnerte.

Er griff nach ihrer Hand und hielt sie locker fest. „Es ist schön, dich wiederzusehen", flüsterte er aufrichtig.

„Aber Shane, warum?" Sie versuchte das Prickeln, das seine Berührung in ihren Fingerspitzen auslöste, zu ignorieren. „Warum?"

„Sch-sch-sch" Verständnisvoll legte er ihr einen Finger auf die Lippen, um die Fragen verstummen zu lassen, die ihr auf der Seele brannten. „Hast du schon zu Abend gegessen?", fragte er, ohne ihre Hand loszulassen.

„Um sechs in meinem Büro?", fragte Mara und merkte, wie auch ihr Körper entspannte. „Wohl kaum."

„Dann lass uns zusammen essen gehen."

„Jetzt?"

„Heute Abend."

Zögernd schüttelte Mara den Kopf. Alles geschah viel zu schnell, und ergriffen von denselben Gefühlen, die sie vor vier Jahren in die Falle gelockt hatten, bekam sie allmählich Platzangst. Er drängte sie, und sie brauchte Zeit zum Nachdenken. Es wäre viel zu leicht, seinem Zauber erneut zu verfallen. Sie sehnte sich danach, der Verlockung seiner Augen, die wie Onyx schimmerten, nachzugeben, aber das durfte sie nicht zulassen. Es war zu spät.

„Warum nicht?", fragte er weich. Viel zu weich.

„Ich … ich habe heute Abend schon etwas vor." Das war keine Lüge. Sie musste an Angie denken. Shanes heiße Hand schloss sich fester um ihre, und sie befürchtete zu schmelzen. „Und", unsicher entzog sie ihm ihre Hand, „ich glaube nicht, dass das eine besonders gute Idee wäre."

„Warum nicht?", warf er ein.

„Du wiederholst dich …"

„Also?"

„Ich … habe wirklich … sehr viel zu tun", stammelte Mara, und wusste im selben Moment, dass es haargenau wie die Lüge klang, die es war.

„Wohl damit, das Image der leidenden Witwe aufrechtzuerhalten?" Mara versteifte sich, aber über Shanes gebräuntes Gesicht huschte ein schiefes, schalkhaftes Lächeln. Einen Augenblick lang konnte Mara ihn so sehen, wie sie ihn in Erinnerung hatte: jünger, weicher und … wärmer. Genau, das war es: Jetzt konnte sie, selbst wenn er lächelte, noch eine beunruhigende Kälte unter der Oberfläche spüren.

Unbewusst rieb Mara den warmen Fleck in ihrer Handfläche, an dem sie seine Berührung noch spürte. „Mit irgendeinem Image hat das gar nichts zu tun", antwortete sie scharf. „Ich ersticke in Arbeit."

„Oh?" Er warf einen Blick auf ihren Schreibtisch, der, bis auf ein paar Versandrechnungen, leer war.

„Ja", sagte sie hastig und hatte plötzlich das dringende Bedürfnis, es ihm zu erklären. „Wir hinken mit einigen unserer Lieferungen hinterher."

„Das ist mir bekannt."

Ihre Blicke trafen in einer Kollision von Schwarz und Blau aufeinander. Wie viel genau wusste er eigentlich? Ein wenig atemlos fuhr sie fort: „Dann wirst du natürlich verstehen, dass ich tausend Dinge zu tun habe."

„Nenn mir eins", schlug er lakonisch vor und ließ sich auf einen der Stühle vor ihrem Schreibtisch fallen. Er verschränkte die Hände ineinander, stützte das Kinn darauf und betrachtete sie leicht amüsiert.

Mara holte tief Luft und fragte sich kurz, warum sie sich überhaupt auf dieses absurde Gespräch einließ. „Also, zum einen", begann sie etwas aus der Ruhe gebracht, aber nicht bereit, von ihrer Lüge abzuweichen, „ist es fast Ende August, unsere Hauptgeschäftszeit. Ich habe Bestellungen für Weihnachten, die versandt werden müssen, und das sehr bald."

„Ist das nicht Sache der Versandabteilung?", fragte er ironisch.

„Alle helfen mit!"

„Selbst die Geschäftsführerin?" Misstrauisch hob er eine Augenbraue.

„Selbst die Geschäftsführerin!" Mara schloss kurz die Augen, um die kühle Fassade zu errichten, die absolute Kompetenz ausdrückte. Sie nahm die Schultern zurück und hob unbewusst das trotzige Kinn ein wenig höher.

„Hat Peter die Firma genauso geführt?" Noch ehe Mara sich eine passende Antwort einfallen lassen konnte, fügte Shane hinzu: „Und wie läuft das eigentlich?"

„Wie läuft was?", fragte sie zurück. Sie nahm den Duft seines vertrauten Eau de Cologne wahr, was ihr zu schaffen machte, da ungewollt lauter Erinnerungen vor ihrem inneren Auge auftauchten.

„Das Geschäft! Jetzt, wo der gute alte Peter nicht mehr ist – übrigens, mein Beileid –, wie läuft das Geschäft?" Sein Ton triefte vor Sarkasmus, und wieder einmal flammte der Zorn in seinen schwarzen Augen auf.

„Bestens!", log sie erneut. Warum hatte sie das Gefühl, ihn anlügen zu müssen, um ihren Standpunkt zu verteidigen? Der Gedanke nagte an ihr, und vergeblich versuchte sie, ihn beiseitezuschieben.

„Tatsächlich?" Skeptisch sah er sie an, als wollte er sie auffordern, ihn zu überzeugen.

„Selbstverständlich!", betonte Mara leicht gereizt. Wer glaubte er eigentlich zu sein, ohne Termin einfach hier ins Büro zu schneien, sie zu Tode zu erschrecken, alte Erinnerungen auszugraben und das brennende Bedürfnis in ihr zu wecken, ihm ihr Leben zu erklären? Shane senkte den Blick auf ihre Hände, und sie merkte, dass sie an dem Ehering drehte, den sie noch immer an der rechten Hand trug. Eine dunkle Röte kroch ihr den Hals hinauf, und sie verbarg die Hand hinter dem Schreibtisch. Wieder einmal wurde sein Blick hart.

„Nun, wenn alles so glatt läuft, gibt es doch keinen Grund, weshalb du nicht mit mir essen gehen könntest, oder?"

Damit hatte er sie in der Falle! Er hatte sie ausgetrickst, und das wussten sie beide. Viel zu leicht hatte sie sich von ihm in die Ecke drängen lassen. Mara atmete noch tiefer und nahm einen neuen Anlauf, ihn davon abzubringen. Als sie ihm antwortete, war ihr gewinnendstes Lächeln an seinem Platz: „Also sieh mal, Shane, nur weil es der Firma gut geht, heißt das doch nicht, dass es keine Arbeit gäbe, die erledigt werden muss. Ganz im Gegenteil. Je mehr die Firma zu tun hat, desto mehr Arbeit habe ich." In einer Geste, die deutlicher als Worte ausdrückte, dass jeder Dummkopf diese simple Logik begriff, drehte sie die Handflächen nach oben. „Abgesehen davon habe ich dir gesagt, dass ich heute Abend beschäftigt bin."

„Und du kannst mich nicht in dein Programm einbauen?"

„Genau."

Shanes Augen schienen sich weiter zu verdunkeln. „Dann muss ich davon ausgehen, dass du an meinem Vorschlag nicht interessiert bist?"

Mara schob sich die Haare aus dem Gesicht und schaute einen Augenblick zur Seite. Was meinte er damit? „Vorschlag?", wiederholte sie. „Welchem Vorschlag? Ich habe dir bereits gesagt, dass die Firma nicht verkauft wird!" Sie versuchte, ihr Interesse nicht allzu deutlich zu zeigen, denn sie spürte, dass er ein anderes Angebot im Ärmel hatte, und sie hatte das Geschäft während der letzten drei Jahre nicht von Grund auf gelernt, um es an diesem Punkt in den Sand zu setzen. Vielleicht war er bereit, zu einem Minderheitsanteil Kapital in das Unternehmen zu investieren. Auf jeden Fall musste sie herausfinden, wie sein Vorschlag aussah. Offensichtlich war es so, dass Shane Kennedy etwas von ihr wollte, und das sehr dringend. Bei dem Gedanken, dass er vielleicht sie selbst wollen könnte, setzte ihr Herz aus, aber rasch verbannte sie die verräterische Vorstellung. Sie war nicht dumm, und ihr war klar, dass er nicht vier Jahre gewartet hatte, um das wieder aufzuheben, was er einmal so skrupellos weggeworfen hatte. Nein, hier geht es nur ums Geschäft, mahnte sie sich, aber ein Teil von ihr sehnte sich nach mehr. Sie würde ihr kühles Desinteresse beibehalten, bis sie alle Fakten kannte.

Als Antwort auf ihre Frage sagte er: „Der Vorschlag, den ich dir beim Essen machen werde." Seine Stimme hatte sich um eine Oktave vertieft, und Mara musste sich zwingen, dem Bedürfnis nicht nachzugeben, an frühere Zeiten zu denken, als sie ein Lächeln, einen Kuss, eine Zärtlichkeit ausgetauscht hatten.

„Ich dachte, das Thema Abendessen wäre geklärt", hörte sie ihre scharfe Antwort.

„Nicht solange du nicht zustimmst, es mit mir zusammen einzunehmen."

Allmählich war Mara völlig entnervt. Obwohl der Mann, der ihr gegenübersaß, ihre Sinne völlig durcheinanderbrachte, wusste sie, dass ihr Leben auch ohne Shane Kennedy momentan kompliziert genug war. Er war es, der sie verlassen hatte. Mara kannte sich gut und war sich bewusst, dass sie noch ebenso verwundbar war wie an dem Tag, an dem sie sich voneinander verabschiedet hatten. Vier Jahre hatten weder ihre Sinne abgestumpft noch ihre Vorstellungskraft; das bezeugte schon allein ihr rasender Puls. Auch wenn mehrere Jahre verstrichen waren, kein Mann hatte sie je so berührt wie Shane Kennedy. Kein Mann, auch Peter nicht. Mara wurde rot, wenn sie daran dachte, fühlte sich schuldig und beklommen. Warum war Shane zurückgekommen? Wusste er von Angie? Der Gedanke jagte ihr Angst ein. Warum hatte sie das Gefühl, dass es mehr war als nur sein Interesse an der Spielzeugfabrik, das ihn wieder nach Asheville und in die Berge geführt hatte, wo sie sich zum ersten Mal geliebt hatten?

Nachdenklich sah sie den Mann an, der einmal ihr engster Freund und intimster Liebhaber gewesen war. Sie fragte sich, ob er ihre Gedanken lesen konnte. Würde er jemals erkennen, wie verzweifelt sie ihn geliebt hatte, und wie viele Nächte sie von ihm geträumt hatte? Und seit Peters Tod war das Bild von Shane in ihrem müden Geist noch deutlicher geworden. Unbewusst befeuchtete sie die plötzlich trockenen Lippen mit der Zungenspitze.

Shane bewahrte Fassung, auch wenn ihm Maras unbeabsichtigte Provokation zu schaffen machte. Mit einem dünnen Lächeln erhob er sich vom Stuhl und ergriff Maras Hand. „Bitte, geh heute Abend mit mir essen, Mara“, flüsterte er, und im selben Moment als er ihren Namen hauchte, wusste sie, dass es keinen Sinn hatte, sich mit ihm zu streiten. In diesem Augenblick wünschte Mrs Mara Jane Stevens Wilcox, kürzlich verwitwete Gattin von Peter Wilcox, nichts sehnlicher, als mit dem einzigen Mann Zeit zu verbringen, den sie je geliebt hatte: dem Vater ihres Kindes.

„Also gut, Shane“, stimmte sie zu und lächelte zum ersten Mal an diesem Tag aufrichtig. „Ich werde gern mit dir zu Abend essen … und mir auch deinen Vorschlag anhören.“

„Angebot“, korrigierte er sie mit einem freudlosen Lächeln, und Mara musste sich fragen, ob sie nicht gerade dabei war, einen schweren Fehler zu begehen. Er hat sich verändert, stellte sie fest. Er hat sich sehr verändert.

3. KAPITEL

Die Begegnung mit Shane hatte Mara entkräftet und verwirrt. Ohne sich zu rühren, sah sie ihm nach, als er mit kraftvollen schnellen Schritten hoch aufgerichtet ihr Büro verließ. Er drehte sich nicht noch einmal um.

Ein Teil von ihr, ein noch immer sehr junger und unverbesserlich romantischer Teil, drängte sie, ihm nachzulaufen und ihn festzuhalten, denn sie fürchtete, er könnte noch einmal in die Nacht verschwinden, und diesmal für immer. Sie wollte und musste die Arme um ihn schlingen und seinen Kopf an ihre Brust drücken. Fast schon konnte sie seinen Herzschlag im Echo ihres eigenen hören.

Sie wollte ihm nachrufen: Ich habe eine Tochter von dir. Ich konnte sie nicht aufgeben, sie war meine einzige Verbindung zu dir. Ich habe dich geliebt. Gott, Shane, ich habe dich so sehr geliebt und liebe dich noch immer! – Aber reglos blieb sie an ihrem Schreibtisch sitzen. Zurückhaltung und gesunder Menschenverstand ließen sie schweigen. Sie wollte seinen Namen rufen, und er lag ihr bereits auf der Zunge, aber er erreichte ihre Lippen nicht. Ohne irgendetwas zu sagen, sah sie zu, wie die Tür sich hinter ihm schloss. Er war fort.

Mara zog das weizengelbe Leinenjackett von der Stuhllehne und nahm sich die Zeit, noch einmal zum Fenster zu gehen und einen letzten Blick auf die Berge zu werfen. Die Dämmerung malte dunkelviolette Schatten auf die sanften Hügel, und in der Ferne verschmolz der Horizont bereits mit der hereinbrechenden Nacht. Gedankenverloren strich sie mit den Fingern über die kühle Fensterbank, während sie versuchte, sachlich über Shane und die Vergangenheit nachzudenken. Je mehr der Schock dieses Wiedersehens abebbte, desto stärker brannte die stille Wut in ihr, und sie sah der Tatsache ins Auge, dass er sich erlaubt hatte, vier lange Jahre in der Versenkung zu verschwinden, verborgen hinter seinem vorgetäuschten Tod. Warum? Diese Gedanken ließen sie nicht mehr los, und konzentriert rieb sie sich die Schläfen.

Nach so vielen Monaten voller Zärtlichkeit und Liebe, die sie miteinander verbracht hatten, *warum* hatte er sie urplötzlich abgelehnt und ihr vorgespielt, er wäre tot? Sie war nicht wirklich in der Lage klar zu denken, aber auch wenn sie sich noch so sehr bemühte, zu ignorieren, was auf der Hand lag, es blieb die einzige mögliche Erklärung: Vier Jahre hatte Shane sie nicht gewollt. Hatte er damals etwa erfahren, dass sie schwanger war? War die Liebe, die aus ihrer Sicht von beiden Seiten ausging, nur ein dummer Mädchentraum gewesen, den er platzen ließ, als er irgendwie von ihrer Schwangerschaft gehört hatte?

Sie versuchte, sich zu konzentrieren und die Vergangenheit wachzurufen. Die Erinnerungen waren schwer zu fassen, denn sie lagen in einem Winkel ihrer Seele verborgen, den sie jahrelang nach Kräften gemieden hatte.

„Überstunden?" Eine kühle weibliche Stimme riss Mara aus ihren Gedanken, und sichtlich zuckte sie zusammen.

Sie fing sich wieder und drehte sich zu ihrer Schwägerin um, die lässig am Türrahmen lehnte. Mara warf kurz einen Blick auf die Uhr, und wandte sich Dena wieder zu. „Was machst du denn hier? Es ist schon nach sechs!"

„Was hältst du von Hingabe an den Job?", fragte Dena geziert und lachte über ihre sarkastische Antwort. Mara überkam das kalte, beklemmende Gefühl einer bösen Vorahnung. Es entstand eine lange verkrampfte Pause, während sie sich gegenseitig in die Augen blickten.

„Gibt es einen bestimmten Grund, weshalb du mich sprechen willst?", fragte Mara und suchte gleichzeitig in ihrer Tasche nach den Schlüsseln.

„Ich dachte, du wolltest mit mir das PR-Budget durchgehen", erklärte Dena.

„Oh ja, richtig!", bestätigte Mara und schüttelte den Kopf, als wollte sie die Spinnweben loswerden. „Es tut mir leid, Dena. Das hatte ich total vergessen."

„Du hast wohl andere Dinge im Kopf?" Dena verzog die Lippen zu einem falschen Lächeln und hob würdevoll eine Augenbraue.

„Ich schätze, ja", antwortete Mara ausweichend, ging zu ihrem Schreibtisch zurück, klappte ihren Terminkalender auf und kritzelte etwas hinein. „So!", sagte sie, entschlossen das Thema zu beenden. „Ich habe es mir notiert, um nicht zu vergessen, dass wir uns Montagmorgen ganz früh zusammensetzen." Sie hob den Kopf und bedachte Dena mit einem warmen, gewinnenden Lächeln, in der Hoffnung, sie möge den Wink verstehen. Aber da hatte sie sich geirrt.

Die rothaarige Frau blieb in der Tür stehen. Es war offensichtlich, dass sie etwas beschäftigte.

„Passt dir Montag nicht?", fragte Mara und kam wieder hinter dem Schreibtisch hervor.

„Montag ist in Ordnung", bestätigte Dena und zuckte gleichgültig mit den Schultern.

„Schön!", rief Mara mit übertriebener Begeisterung. „Dann sollte ich jetzt lieber gehen. Ich bin schon spät dran. Gibt es noch etwas?"

„Eigentlich nicht", antwortete Dena, scheinbar abgelenkt durch irgendeine Unebenheit in ihrer Nagelhaut. Als sie sich von ihrem Fingernagel losriss, lächelte sie. „Wer war der Mann, der dich vorhin besucht hat?"

Es überraschte Mara nicht, dass Dena von Shane gehört hatte. Mit Sicherheit hatte ihre Sekretärin Lynda das ungewöhnliche Wiedersehen erwähnt.

„Hast du dich etwa die letzten vierzig Minuten hier herumgedrückt, nur um herauszufinden, wer Shane ist?" Der Gedanke amüsierte Mara, und sie konnte ein Glitzern in den Augen nicht verbergen.

„Er ist der Mann, der an dem Tag, als Peter beerdigt wurde, zum Haus gekommen war", verkündete Dena und ließ Mara nicht aus den Augen, um zu sehen, wie sie reagierte. Und nun war die Reihe an Dena, sich zu amüsieren, denn Mara wurde blass und die Überraschung spiegelte sich in den kühlen blauen Tiefen ihrer Augen wider.

„Shane? Er war dieser Fremde?"

„Wenn dein Besucher heute Nachmittag Shane heißt, war er es und niemand anders. Ich nehme an, er hat dir von der Konfrontation mit Mutter nichts erzählt?“ Mara wusste nicht, was sie sagen sollte, aber Dena las die Antwort in ihrem Gesicht. „Das hätte mich auch gewundert.“ Offensichtlich war sie sehr mit sich selbst zufrieden.

„Du hast ihn kennengelernt?“, fragte Mara, noch immer damit beschäftigt, die Information, die Dena ihr gegeben hatte, zu verdauen. Shane war gekommen, um sie am Tag der Beerdigung zu sehen? Warum? Sicherlich nicht, um ihr ein geschäftliches Angebot zu machen. Er würde die trauernde Familie nur wegen eines Geschäfts nicht belästigen. Oder doch? Unwillkürlich musste sie an den eiskalten Blick in Shanes schwarzen Augen denken. Und, realistisch betrachtet, warum sonst hätte er versuchen sollen, sich mit ihr in Verbindung zu setzen? Aber dann – was war mit den letzten zehn Monaten? Warum hatte er so lange gewartet?

„Nein, ich kenne ihn nicht“, beantwortete Dena ihre Frage und beobachtete interessiert das Spiel der Gefühle in Maras Gesicht. „Jedenfalls noch nicht.“

„Aber du hast vor, ihn kennenzulernen?“, mutmaßte Mara und plötzlich war ihr ganz bang ums Herz.

„Das habe ich nicht gesagt“, erwiderte Dena geziert. „Aber ich wüsste zu gerne, woran es liegt, dass er so plötzlich auftaucht und wieder verschwindet. Was wollte er von dir?“

Seufzend lehnte Mara sich an den Schreibtisch und versuchte sich zu konzentrieren. Am liebsten hätte sie Dena gesagt, dass es sie nichts anginge, und es dabei belassen, aber das konnte sie nicht. Tatsächlich betraf Shanes Absicht auch Dena sowie alle anderen Mitglieder der Familie Wilcox. Und da Dena nun schon von der seltsamen Begegnung an diesem Nachmittag gehört hatte, war es für alle Beteiligten besser, wenn Mara ihrer Schwägerin eine ehrliche Antwort gab. Mara kreuzte die Füße vor sich und stützte ihr Gewicht mit Händen und Hüften auf der Schreibtischplatte ab.

„Shane ist ein alter Freund von mir“, begann sie, ohne die

Intimität ihrer Beziehung zum Gegenstand der Diskussion zu machen. „Ich hatte ihn ganz schön lange nicht mehr gesehen. Tatsächlich hatte ich geglaubt, er wäre tot." In Denas Augen glomm Interesse auf, das sich jedoch verlor, als Mara in dem flachen geschäftsmäßigen Tonfall fortfuhr, mit dem sie ihre Erklärung begonnen hatte. „Ich wusste nicht, dass er noch lebte, und deshalb war es natürlich ein ziemlicher Schock für mich, als er mit der robusten, gesunden Konstitution eines Pferdes hier hereinspazierte. Der Grund, weshalb er mich aufgesucht hat, ist der, dass er daran interessiert ist, Imagination Toys zu erwerben."

Wenn sie geglaubt hatte, Dena damit erschrecken zu können, dass Shane die Absicht hatte, Imagination Toys zu übernehmen, wurde sie eines Besseren belehrt. Dena hörte Mara aufmerksam zu und schürzte nachdenklich die Lippen.

„Und du ziehst in Erwägung, sein Angebot anzunehmen?", mutmaßte Dana.

„Nein. Ich habe ihm von Anfang an gesagt, dass Imagination nicht zum Verkauf steht!"

„Er sieht nicht aus wie ein Mann, der sich leicht entmutigen lässt", bemerkte Dena nachdenklich und blickte zu dem letzten Büro am Ende des Flurs, wo sie Shane gesehen hatte, als er das Gebäude verließ. „Vielleicht solltest du ihn mal ausreden lassen", schlug sie vor und schob eine widerspenstige kupferrote Locke an ihren Platz hinter dem Ohr.

„Über den Verkauf der Imagination? Das ist ja wohl nicht dein Ernst!"

„Nun ja", setzte Dena an und zuckte mit ihren schlanken Schultern, „warum nicht? Wenn der Preis stimmt …"

„Dena! Du solltest dich mal hören! Imagination war das Herzblut deines Urgroßvaters. Wir können die Firma nicht einfach an den erstbesten Interessenten verkaufen."

„Natürlich können wir das. Hör auf damit, im Glanz der Vergangenheit zu leben, und sieh dir die Fakten an, Mara! Das Unternehmen schreibt Verluste, und das schon seit geraumer Zeit. Wenn dir nichts Besseres einfällt als diese lächerlichen

Reinkarnationen von Außerirdischen aus dem letzten *Space Movie*-Renner …"

„Du meinst die letzten Plastikactionfiguren aus *Interplanetary Connection*?"

„Genau. Nachdem wir den Vertrag für die Fortsetzungen des Films nicht bekommen haben und es uns nicht gelungen ist, Spielsachen aus irgendwelchen anderen Kinohits zu produzieren, um die Lücke zu füllen, sind die Einnahmen von Imagination steil gefallen! Ein Mann wie …"

„Shane Kennedy", half Mara ihr mit einem leichten Zögern aus. Sie wusste, dass Dena nahe bei der Wahrheit lag, von persönlichen Gefühlen einmal abgesehen.

„Er könnte genau das Geschenk des Himmels sein, auf das wir gewartet haben!" Gedankenverloren tippte Dena sich an die Lippen, und Mara konnte geradezu hören, wie sich die Räder in ihrem Kopf drehten. Insgeheim musste Mara sich eingestehen, dass Denas Argument stichhaltig war. „Komm schon, Mara, wozu brauchst du schon dieses Unternehmen? Du weißt so gut wie ich, dass du viel lieber mehr Zeit mit Angie verbringen würdest. Sie braucht dich." Damit traf Dena einen sehr empfindlichen Nerv bei Mara. Sie hatte Schuldgefühle, weil sie ihre Tochter jeden Tag bei June ließ, um den ganzen Tag arbeiten zu können. Dena nutzte ihren Vorteil. „Und letztendlich – was verstehst du schon davon, wie man eine Spielzeugfabrik leitet?"

Mara versteifte sich. „Ich glaube, ich verstehe so viel davon wie Peter, zumindest sollte ich das." Sie seufzte. „Mein Diplom in Betriebswirtschaft müsste doch zu etwas gut sein, meinst du nicht? Und ich habe in mehreren Firmen gearbeitet, bevor ich Peter geheiratet habe und hier anfing."

Dena wirkte nicht überzeugt, und nach der Feuerprobe des Wiedersehens mit Shane fühlte Mara sich müde und erschöpft. Plötzlich gab sie dem Druck nach. „Also gut, Dena. Du weißt, dass ich gegen die Idee bin, aber wenn du dich dann besser fühlst, werde ich mit ihm reden und versuchen, für alles offen zu sein. Eigentlich wollte ich mich heute Abend mit ihm treffen, um einen Alternativvorschlag von ihm zu erörtern, anstelle einer kompletten Übernahme."

„Heute Abend?" In Denas Miene leuchtete Interesse auf, aber rasch wurde sie wieder ernst. „Gib ihm nur eine Chance, Mara. Hör dir an, was er zu sagen hat. Was hast du zu verlieren?"

„Die Firma", murmelte Mara, aber klugerweise sagte Dena nichts mehr dazu. Schwungvoll verschloss Mara die Tür ihres Büros und machte sich auf den Weg nach draußen. Sie wunderte sich über Denas Anteilnahme, die ihr fast zu echt erschien. Erschöpft dachte sie daran, dass sie Dena manchmal zu unfreundlich beurteilt hatte. Und doch, ob es nun Intuition war oder an den seelischen Verletzungen lag, die sie aus vergangenen Erfahrungen davongetragen hatte, Mara hatte noch immer nicht das Gefühl, der gertenschlanken rothaarigen Frau uneingeschränkt trauen zu können.

Später als sonst saß Mara endlich im Wagen. Sie fuhr vom Parkplatz herunter und fädelte sich umsichtig in den Verkehr des Industriegebiets von Asheville ein. Abends um diese Zeit waren die kleinen Nebenstraßen der Stadt relativ frei von Verkehr. Die Luft war drückend und diesig. Auf dem Weg zum Highway, der sie endlich aufs Land und zum Wilcox-Anwesen führen würde, passierte Mara die Kolonialstadt mit den eingestreuten Tupfern moderner Architektur. Glücklicherweise hatte sich der Freitagabendverkehr so weit zerstreut, dass Mara in Rekordzeit zu Hause war. Der zitronengelbe Renault schoss über die repräsentative baumbestandene Zufahrt und kam neben der Garage hinter dem Haus zum Stillstand. Mara rutschte vom Fahrersitz und rannte schon fast über den Steinweg. Viel zu beschäftigt, um die Blüte der späten Azaleen wahrzunehmen oder den leichten Duft der Heckenkirsche, öffnete sie die Küchentür und rief ihren üblichen Gruß.

„Angie! June, ich bin zu Hause."

Prompt kam June aus dem gemütlichen Wohnzimmer, das auf der Rückseite des Hauses lag, und ihren verhärmten Gesichtszügen war anzusehen, wie erleichtert sie war. „Ich wollte gerade im

Büro anrufen“, schalt die ältere Frau und nahm ihre Lesebrille ab. „Allmählich hatte ich mir Gedanken gemacht. Es ist spät …“

„Kein Grund zur Sorge“, erwiderte Mara mit einem matten Lächeln. June musterte Mara eindringlich. Um ihrem Blick auszuweichen, nahm Mara sich ein Glas und drehte den Wasserhahn auf. Das kühle Wasser schmeckte köstlich und war Balsam für ihre ausgedörrte Kehle. Nachdem sie ausgiebig ihren Durst gelöscht hatte, trocknete sie sich die Hände an einem herumliegenden Küchenhandtuch ab und drehte sich wieder zu ihrer Schwiegermutter um. June wirkte mitgenommen, und Mara blieb gar nichts anderes übrig, als sich Gedanken um die Gesundheit der älteren Frau zu machen.

„Ich hatte im letzten Moment noch eine Besprechung, die nicht eingeplant war“, erklärte Mara. „Deshalb bin ich so spät dran.“ Sie schenkte ihrer Schwiegermutter ein warmes Lächeln und versuchte, ihre Besorgnis zu zerstreuen, aber Junes ängstliche Miene ließ erkennen, dass es Mara nicht gelungen war. „Es tut mir leid“, erklärte Mara mit ehrlicher Zuneigung. „Ich hätte anrufen sollen.“

„Es ist in Ordnung, meine Liebe. Ich schätze, ich mache mir zu viele Sorgen“, gab June nach, und fügte mit überraschender Vehemenz hinzu: „Es ist ja nur, weil du so von dieser verdammten Spielzeugfabrik in Anspruch genommen wirst!“ Mara versteifte sich angesichts des plötzlichen Stimmungsumschwungs ihrer Schwiegermutter, und June kicherte leise. „Verzeih mir, Mara. Ich sollte keine solchen Kraftausdrücke benutzen.“

Mara sah die kleine Frau ernst an. „Glaubst du, dass ich Angie vernachlässige?“, fragte sie und wappnete sich innerlich vor Junes Antwort. Wieder einmal fühlte sie, wie das Schuldgefühl, so viele Stunden von ihrem Kind getrennt zu sein, ihr Gewissen schwer belastete.

„Oh, um Himmels willen, nein, Mara! Denk das nicht.“, murmelte June und legte ihr liebevoll eine Hand auf die Schulter. „Angie geht es gut. Wenn überhaupt, würde ich sagen, dass sie ein wenig verwöhnt ist.“

„Was ist es dann?"

„Ich finde, du nimmst dir nicht genug Zeit für dich selbst. Wenn du jemanden vernachlässigst, dann bist *du* es selbst."

Mara atmete auf, aber June war noch nicht fertig. „Es ist nicht normal, dass du deine gesamte Zeit zu Hause oder im Büro verbringst. Du bist jung, du solltest dich mit jungen Leuten umgeben ..."

June brach ihre Standpauke ab, als die Fliegengittertür zum Garten zuschlug, und sich schnelle leichte Schritte der Küche näherten. Angie stieß einen Freudenschrei aus und lachte stürmisch, als sie sah, dass ihre Mutter zurück war. „Mommy! Mommy!", rief sie und stürzte sich in Maras ausgebreitete Arme.

Mara hob ihre Tochter auf. „Wie geht's Mommys großem Mädchen?", fragte sie und drückte Angie einen Kuss auf die verschmutzte Wange.

Angie kicherte vor Freude und umarmte Maras Hals. „Southpaw hat kleine Kätzchen bekommen!", verkündete sie wichtig und verschränkte die pummeligen Ärmchen vor der Brust.

„Wirklich?", fragte Mara, und Angie entwand sich ihren Armen. Bevor die kleinen Füße den Boden berührten, waren sie auch schon in Bewegung, und das kleine blonde Mädchen rannte so schnell wieder durch die Hintertür, wie sie hereingekommen war. „Beeil dich, Mommy. Ich zeig dir die Kätzchen!", rief sie von irgendwoher aus der Nähe der Gartenveranda.

„Dann ist der große Tag also endlich gekommen?", wandte Mara sich an June.

„Oh ja, schätze ich. Jedenfalls hat Angie die Stelle gefunden, wo Southpaw ihre Jungen versteckt hat", erklärte June schmunzelnd. „Den ganzen Nachmittag ist es mir nicht gelungen, sie unter der Gartenveranda wegzuziehen!" Mara lachte laut über ihre Tochter und deren Begeisterung für die junge Familie der stolzen Southpaw.

Sie öffnete den Kühlschrank und suchte Gemüse für Angies Abendessen zusammen. Als sie nach ihrer Schwiegermutter schaute, fiel ihr auf, dass June zerstreut wirkte, während sie am

Fenster stand und nach Angie Ausschau hielt. „June, geht es dir gut?“, fragte Mara vorsichtig.

„Selbstverständlich, Liebes“, antwortete June und wirkte auf einmal so fit, dass Mara sich fragte, ob sie sich die Anspannung im Gesicht der älteren Frau nur eingebildet hatte.

„Ganz sicher?“, hakte sie nach.

„Natürlich, Mara. Warum fragst du?“

„Nun, ich hatte gehofft, dass du heute Abend vielleicht bei Angie bleiben könntest“, erklärte Mara und fügte hastig hinzu: „Aber wenn du etwas anderes vorhast ... oder dich lieber ausruhen möchtest ...“

„Unsinn! Das mache ich sehr gerne!“

„Schön. Ich behellige dich wirklich nur sehr ungern damit, aber der Mann, der mich heute so spät aufgesucht hat, besteht darauf, dass ich mir anhöre, was er zu sagen hat. Heute Abend!“ Einen Augenblick blieb Mara in Gedanken bei Shane.

„Das passt perfekt!“ Junes müde Augen hellten angesichts der Aussicht auf, mit Angie den Abend verbringen zu können. Es war ein Luxus, in dessen Genuss sie selten kam, denn seit Peters Tod ging Mara kaum einmal aus. „Sie kann bei mir übernachten! Ich habe schon länger vor, mit ihr mal im Park eine Fahrt in dieser Miniatureisenbahn zu machen, aber dazu ist es bislang nie gekommen, denn der Zug fährt nur an den Wochenenden.“

„Prima“, flüsterte Mara.

June kannte ihre Schwiegertochter gut, und nachdenklich betrachtete sie einen Moment lang Maras ovales Gesicht. In den weit auseinanderstehenden blauen Augen schien sich eine gewisse Unruhe abzuzeichnen. „Mara ...“

„Ja?“ Mara schaute von der Kartoffel auf, die sie gerade schälte.

„Ist alles in Ordnung?“ Einfühlsam schob June die ergrauenden Augenbrauen zusammen.

„Natürlich.“ Mara lachte zwar, konnte aber selbst hören, wie hohl es klang. Wie hätte sie ihrer Schwiegermutter, der Frau, die Angie so viel Liebe entgegenbrachte, auch erklären können, dass sie mit ihrem früheren Liebhaber, dem Vater ihres Kindes ausging, dem Mann, den sie geheiratet hätte, wenn es denn möglich gewesen wäre? Wie würde June reagieren, wenn sie wüsste, dass Angie nicht Peters Tochter war und dass der Mann, der das kleine Mädchen gezeugt hatte, für sein Kind ein völlig Fremder war? Wie könnte Mara sich von der Täuschung reinwaschen, die sie im falschen Glauben, Angies Vater sei tot, während der letzten vier Jahre aufrechterhalten hatte?

„Wenn du es sagst", gab June gedankenverloren nach, wobei sie Mara nicht aus den Augen ließ. June war in den Umgangsformen der Südstaaten erzogen worden und hatte zudem nie zu den Frauen gehört, die ihre Nase in die Angelegenheiten anderer Leute steckten, und das schloss auch das Privatleben ihrer eigenen Familie ein. Beklommen sah sie der schlanken eleganten Gestalt nach, als Mara zur Gartenveranda ging, um Angie zu suchen. Junes Meinung nach nahm Mara das Leben viel zu ernst.

„Angie", rief Mara, schob das Fliegengitter auf und suchte den Garten nach ihrer quicklebendigen kleinen Tochter ab. „Angie! Wo bist du?"

„Hier bin ich", kam die gedämpfte Antwort von irgendwoher ganz aus der Nähe. Der Herkunft der Stimme folgend, blickte Mara die Verandatreppe hinunter. Zwei staubige Tennisschuhe waren der einzige Beweis dafür, dass Angie darunter steckte. Schnell lief Mara die Treppe hinunter, setzte ein Knie auf den Boden und packte Angies nackte Fußgelenke. Von irgendwoher unter der Veranda erklang ein dumpfer Aufschrei der Überraschung und freudiger Erwartung.

„Angie Wilcox! Sieh dich nur an!", rief Mara aus und lachte gutmütig. Sie zog das kleine Mädchen aus dem Gitterwerk, das die Veranda stützte, und entfernte die Spinnweben aus Angies goldigen Löckchen. „Du bist wirklich ein Schmutzfink erster Klasse!", neckte sie das staubige Kind, während sie es genau absuchte.

„Die Kätzchen! Die Kätzchen! Southpaw hat die Kätzchen

da drin!“, plapperte Angie ganz aufgeregt, und voll informiert wies sie mit dem Finger unter die Veranda. Aber obwohl ihr Töchterchen etwas anderes im Sinn hatte, hob Mara sie auf und trug sie über die Treppe ins Haus.

„Lass uns etwas essen“, schlug sie ihr vor und hoffte, Angies Interesse an den Katzenbabys damit abzulenken. Aber Angie sah nur sehnsüchtig zur Veranda zurück, bis Mara ihr geheimnistuerisch ins Ohr flüsterte: „Weißt du was, Pummelchen?“ Sie legte eine Pause ein.

Erwartungsvoll riss Angie die Augen auf. „Was denn?“, flüsterte die Kleine zurück, wie um zu zeigen, dass sie mit ihrer Mutter gemeinsame Sache machte.

„Du wirst heute Nacht bei Grammie schlafen. Was hältst du davon?“ Liebevoll drückte Mara auf den Bauchnabel, der in der Lücke zwischen Angies T-Shirt und Hose freilag.

„Kommst du auch mit?“, fragte Angie und ihr erwartungsvolles kleines Engelsgesicht rührte an Maras Herz.

„Diesmal nicht, mein Schatz“, musste sie einräumen, und das Lächeln verschwand aus Angies lebhaftem Gesicht. Rasch fügte Mara hinzu: „Aber morgen musst du mir alles darüber erzählen, denn Grammie wird mit dir eine Zugfahrt im Park machen.“

„Ein Zug mit einer Pfeife?“

„Ich glaube, ja …“

Und sofort strahlte Angies spitzbübisches Gesichtchen wieder voller Vorfreude, und Mara knuddelte das Kind, während sie es zum Abendessen in die Küche trug.

Die Großvateruhr im Wohnzimmer schlug acht Uhr, und Mara merkte, wie sie sich bei jedem vibrierenden Schlag mehr versteifte. Sie dachte daran, sich einen Drink einzugießen, verwarf die Idee jedoch, denn es kam ihr vor wie ein Zeichen der Schwäche. Nachdem June mit Angie gegangen war, fühlte sich das große alte Haus dunkel und kalt an, und mit jeder Minute, die verstrich, sorgte die Anspannung dafür, dass ihr Magen zunehmend verrücktspielte.

Während der letzten halben Stunde hatte sie unmöglich nicht über Shane nachdenken können, und jedes Mal, wenn sein Bild sie bestürmte, spürte Mara wieder dieselben alten Gefühle, die er früher in ihr geweckt hatte: Faszination, Freude, Zufriedenheit, und schließlich die Verzweiflung. Nun aber war die Schönheit der Vergangenheit durch unschöne Empfindungen getrübt: die Kälte des Verrats und das Feuer des Zorns.

Es war mehr als vier Jahre her, seit Mara Shanes Vater angerufen und von ihm gehört hatte, dass Shane in Nordirland bei einem Terroranschlag umgekommen sei. Mara war bekannt gewesen, dass Shanes berufliche Tätigkeit als Kameramann beim Fernsehen manchmal gefährlich sein konnte, und sie hatte auch gewusst, dass dieser spezielle Bericht über Nordirland schwierig und riskant sein würde. Als sie ihn aber mit ihren Sorgen um seine Sicherheit konfrontierte, hatte Shane nur abgewinkt und betont, dass dieser Film – eine offene Dokumentation der politischen Lage in Nordirland – wichtig sei, nicht nur für seine persönliche Karriere, sondern auch für das öffentliche Bewusstsein. Er hatte die Hoffnung, mit dem Film die Gründe aufzeigen zu können, weshalb auch nach dem Friedensabkommen 1997 die Unabhängigkeitsbewegung, die ganze Generationen überdauert hatte, weiter schwelte und durch Attentate auf sich aufmerksam machte.

Shane hatte die Risiken und Gefahren des Auftrags heruntergespielt, und Mara hatte widerstrebend seine durchdachten Erklärungen und die endgültige Entscheidung, den Trip auf die Insel zu machen, akzeptiert. Später erkannte sie, dass es ihr eigener törichter Versuch war, sich hinter dem Schleier von Halbwahrheiten zu verstecken, weil das Wissen um die Gefahren, mit denen Shane konfrontiert sein könnte, für sie unerträglich gewesen wäre.

Als Shane sie im Flughafenterminal allein zurückließ, hatte Mara noch nicht gewusst, dass sie schwanger war. Wenn sie gewusst hätte, dass sie ein Kind in sich trug, hätte sie ihn vielleicht überzeugen können, bei ihr und dem Baby zu bleiben. Dann hätten sie heiraten können, wie sie es sich erhofft hatte. Aber wie die Dinge standen, hatte sie ihn nie mehr wiedergesehen – bis er mehr als viereinhalb Jahre später in ihr Büro marschiert kam.

Von dem Anruf bei Shanes Vater hatte Mara sich erhofft, mit dem Vater ihres Kindes Kontakt aufnehmen und ihm die freudige Nachricht mitteilen zu können. Shane war zu diesem Zeitpunkt bereits mehr als sechs Wochen unterwegs gewesen, und während dieser langen einsamen Zeit hatte sie außer einer hastig gekritzelten Postkarte nur einen Anruf erhalten, bei dem die Verbindung so schlecht war, dass sie ihn kaum verstehen konnte. Und dann plötzlich nichts mehr.

Aber die heisere Stimme, mit der Shanes Vater sich meldete, und das beklemmende Schweigen, als sie ihn nach Shane fragte, hatte die große Angst, die sich in ihr aufgebaut hatte, weiter gesteigert. Noch bevor der alte Mann ihr die Nachricht überhaupt flüsternd mitteilen konnte, hatte sie längst verstanden, dass Shane sie verlassen hatte – für immer. Ohne den schmerzlichen Verlust überhaupt wirklich fassen zu können, gelang es ihr, den Schrei, der ihr in der Kehle steckte, zu unterdrücken, und versicherte dem Fremden am anderen Ende der Leitung murmelnd ihr Beileid. Sie wollte auflegen, tat es aber nicht, sodass sie für den Rest des Abends ein leises Tuten im Ohr hatte, während sie wie betäubt schweigend vor sich hin starrte. In dieser Nacht weinte sie sich in den Schlaf. Es dauerte lange, bis sie irgendwann eingeschlummert war, aber sie fand keine Ruhe und die Tatsache verfolgte sie bis in ihre Träume: Shane war tot.

Die restliche Woche weinte sie immer wieder und war unfähig, die Bruchstücke ihres Lebens zusammenzufügen. Sie konnte nicht essen, war ständig müde und litt an Übelkeit. Als Peter Wilcox, ein alter Freund von der Highschool, auf einen Besuch vorbeischaute, traf er Mara an, als sie mit zerzausten Haaren auf der Couch lag, bittere Tränen weinte und erfolglos gegen ihre Morgenübelkeit ankämpfte. Er half ihr ins Badezimmer, und der Anblick ihres dünnen Körpers, der sich unter dem unkontrollierbaren Brechreiz schüttelte, während sie den Kopf über das

Waschbecken hing, hielt ihn nicht davon ab, sie zu trösten und ihr Mut zu machen.

Er übernahm das Kommando und half ihr beim Anziehen. Mitfühlend hörte er ihr zu, als sie ihm unter heftigem Schluchzen erzählte, was mit Shane passiert war. Und sie erzählte ihm auch von dem Kind.

Peter hatte die Kraft besessen, die Entscheidungen zu treffen, die Mara nicht treffen konnte. Er hatte Verständnis für ihre Trauer um Shane und zwang sie, sich im Krankenhaus untersuchen zu lassen, weil es sowohl für ihre Gesundheit als auch die des Babys notwendig war. In dieser stürmischen, leidvollen Phase gab es nur eins, was Mara beruhigen konnte – das Wissen, dass sie Shanes Kind unter dem Herzen trug.

Langsam kam sie wieder zu Kräften, und auch wenn er nie ganz verschwand, ließ der Schmerz der Trauer nach. Peter half ihr durch ihre tiefsten Depressionen. Er hatte Worte des Trostes für sie, starke Arme, und vor allem war er einfach freundlich zu ihr, niemals kritisch und voreingenommen. Offenbar wollte er sicherstellen, dass für sie gesorgt wurde. Und während die Tage verstrichen, konnte Mara spüren, dass Peter auf dem besten Weg war, sich in sie zu verlieben. Obwohl sie seine tiefen Gefühle nie erwidern konnte, schien es nur vernünftig zu sein, ihn zu heiraten. Sie hatte ein Kind, um das sie sich kümmern musste, und Shane war tot – jedenfalls hatte sie das geglaubt.

Zu den ersten Auseinandersetzungen in ihrer Ehe kam es erst, nachdem Angie geboren war. Mara hatte den Eindruck, dass mit dem sichtbaren Beweis der Leidenschaft, die sie für einen anderen Mann empfunden hatte, die Entfremdung zwischen ihr und Peter einsetzte. Obwohl Angie den Namen Wilcox trug und das Geheimnis ihrer Abstammung niemals ein Thema war, schien die ganze Aufmerksamkeit, mit der Mara das Kind überhäufte, Peter zu stören und seine Abneigung gegen das kleine blonde Mädchen zu verstärken.

Mara und Peter stritten sich manchmal sehr heftig. Dann verließ er das Haus und kehrte auch schon mal tagelang nicht mehr zurück. Sie hatte Gerüchte über seine angeblichen Affären gehört, aber die hatte sie ignoriert und sich einfach geweigert, zu vergessen, wie freundlich er zu ihr gewesen war, als sie es am dringendsten brauchte. Schließlich kam der Schock seiner Krankheit und am Ende der fortschreitende Verfall eines jungen und bislang gesunden Mannes.

Die Standuhr schlug die Viertelstunde, und Mara wurde in die Gegenwart zurückgerissen. Scheinwerferlicht fiel durch die Fenster, und auf der Zufahrt verklang das Geräusch eines Automotors. Es musste Shane sein. Als die Türglocke Shanes Ankunft meldete, überkam sie ein Gefühl der Vorfreude – oder war es Furcht?

Auf dem Weg zur Tür riss Mara sich zusammen und versuchte, ihren rasenden Puls, der ihre verwirrten Gefühle verriet, zu beruhigen. Als sie die Tür jedoch aufzog und der Spalt breiter wurde, musste sie sich plötzlich eingestehen, wie vergeblich ihre Bemühungen um Gelassenheit waren. Shane war noch immer viel zu sehr der, der er gewesen war, als sie ihn noch unbekümmert geliebt hatte. Verlockend tauchten wohlbekannte Gefühle wieder in ihr auf, und sie wünschte, sie könnte in der Zeit zurückreisen, zurück in eine vertraute Situation, die sorglos und voller Liebe war.

Shane verzog die harte Linie seines Mundes zu einem leichten Lächeln, und seine Augen schienen lebendig zu werden, als er zu ihr hinuntersah. Sie konnte seinen Blick regelrecht auf ihrer Haut fühlen, sodass sie sich selbst in ihrem Kleid aus rosa Seidenkrepp nackt vorkam. Shane lockerte seine Krawatte und fuhr sich unentschlossen mit den Fingern durch die Haare. „Du siehst umwerfend aus“, murmelte er finsteren Blickes, so als wäre es ein verräterisches Eingeständnis. „Aber schließlich hast du es schon immer verstanden, elegant auszusehen, nicht wahr?“

Seine Stimme war wie ein verlockender Zaubertrank für sie, und sie hatte das Bedürfnis, den entwaffnenden Bann zu brechen. „Shane … Ich …“

Er unterbrach sie. „Möchtest du mich nicht in dein Heim bitten?“ Ein wenig herablassend zog er eine Augenbraue hoch.

„Ich dachte, wir gehen aus."

„Das werden wir auch. Aber vielleicht sollten wir vorher ein paar Dinge besprechen. Meinst du nicht?" Er sprach mit großem Nachdruck, als wären vier Jahre einfach eine viel zu lange Zeit, um den zunehmenden Abgrund überbrücken zu können, der sie voneinander trennte.

Unsicher atmete Mara tief durch und merkte, dass sie nicht vor die Tür getreten war, als wenn ihr kleiner Körper ihn davon abhalten könnte, ihr Haus zu betreten. Sie wusste nicht genau, warum, aber ihr war klar, dass sie ihn nicht ins Haus lassen konnte, in ihr Privatleben, in ihr Herz. Nicht noch einmal.

„Können wir nicht im Restaurant miteinander reden?", fragte sie, die schwache Barriere zu ihrem Heim weiter aufrechterhaltend.

„Würdest du dich unter Menschen sicherer fühlen?"

„Nein ... Ja ... Oh Shane, in den letzten vier Jahren ist so viel geschehen. Vielleicht machen wir einen großen Fehler. Ich bin mir nicht wirklich sicher, ob ich will, dass ..."

„Natürlich willst du das", drängte er. „Genauso wie ich." Tief schaute er ihr in die Augen, und ohne bewusst darüber nachzudenken, gab Mara die Tür frei und ließ ihn herein.

Es gelang ihr, zu ihrer gewohnten Haltung und Liebenswürdigkeit zurückzufinden und sagte mit kaum verständlicher Stimme: „Entschuldige meine schlechten Manieren, bitte komm herein. Kann ich dir einen Drink anbieten?"

Seine Kiefernmuskeln schienen einen Augenblick zu entspannen. „Ja, danke. Einen Bourbon, falls du den hast."

„Ich erinnere mich", murmelte Mara und führte ihn durch das marmorgeflieste Foyer in den Salon. Auf dem Weg dorthin spürte sie förmlich, wie er sich hinter ihr im Haus umschaute und ihre intimsten Lebensbereiche sondierte. Obwohl er nichts sagte, war seiner Haltung die Missbilligung anzusehen. Mit seinen schwarzen Augen musterte er eingehend den eleganten Salon mit seinen kostbaren Möbeln, und nichts entging ihm: die freundlichen mintgrünen Vorhänge aus Brokat; die pfirsichfarbenen Bezüge aus Leinen und Samt, die die Chippendale-Stühle aufhellten; die mit kunstvollen Schnitzereien versehenen großen antiken Tische, die schon seit Generationen zum Wohnsitz der Familie Wilcox gehörten; die leinenbespannten Wände, an denen stolz die Porträts der Vorfahren präsentiert wurden; und sogar der dichte Flor des persischen Teppichs. Nichts entging ihm, weder die Fenstertür zum Garten noch der handgemeißelte Kamin aus italienischem Marmor. Mara konnte sehen, dass Shane angespannt war und sich innerlich wand. Als sie ihm seinen Drink reichte, achtete sie darauf, dass ihre Finger seine nicht streiften, denn sie hatte Angst, dass die Leidenschaft, die so lange in ihr geschlummert hatte, plötzlich aufflammen könnte.

Shanes ernster Blick fiel auf den Kamin, und Mara erstarrte. Das Glas Wein, das sie in der Hand hielt, blieb auf halbem Weg zu ihren Lippen reglos in der Luft hängen. Auf dem marmornen Kaminsims stand ein Foto von Angie, das sie im unschuldigen Alter von zwei Jahren zeigte. Das Porträt weckte Shanes Aufmerksamkeit, und logischerweise durchquerte er den Raum zum Kamin, um sich das Kind genauer anzusehen. Während sie ihm dabei zusah, schnürte sich Mara die Kehle zu, sodass sie kaum Luft bekam. Lieber Gott, wusste er Bescheid? Konnte er es erraten? Sollte sie es ihm sagen? Konnte sie das überhaupt? *Sie ist deine Tochter, Shane! Dein eigenes Fleisch und Blut.* Mara wollte die Worte laut herausschreien, schaffte es aber nicht. Zitternd hob sie das Weinglas an den Mund, und ließ die kühle Flüssigkeit durch ihre trockene Kehle gleiten.

„Ist das kleine Mädchen deine Tochter?", fragte Shane und sah sich das Porträt sehr genau an.

„Ja … ja, das ist richtig. Es … also ich meine, das Foto wurde vor fast zwei Jahren aufgenommen …", wisperte Mara und trank noch einen Schluck Wein. Sag es ihm! befahl ihr beharrlicher Verstand. Ganz gleich, was in der Vergangenheit geschehen ist, er hat das Recht zu erfahren, dass er ein Kind hat! Kein Kummer oder Leid, das du durch ihn erfahren hast, gibt dir das Recht, die Tatsache vor ihm zu verbergen, dass Angie von ihm ist. Er hat einen Anspruch darauf! Sag ihm die Wahrheit! Sag es ihm JETZT!

„Sie ist sehr hübsch", bemerkte Shane, „genau wie ihre Mutter." Er strich mit einem Finger über das Foto, als würde ihn das bezaubernde Antlitz des Kindes in seinen Bann ziehen, und Mara wusste genau, sie würde gleich in Ohnmacht fallen, wenn sie sich nicht zusammenriss. Hätte sie doch nur den Mut, ihm die Wahrheit zu sagen! Ein schwacher Schatten ließ Shanes Gesicht härter aussehen.

„Alles in Ordnung mit dir? Mara?", fragte er, denn er hatte plötzlich bemerkt, dass Maras Gesicht ganz weiß geworden war. Seine Stimme klang wie aus weiter Ferne zu ihr. „Fühlst du dich nicht gut?" Besorgt ließ er das Bild stehen und lief schon fast durch den Raum an ihre Seite. In dem Moment, als die Knie unter ihr nachgaben, hatte er auch schon den Arm um sie gelegt. Das Glas rutschte ihr aus der Hand und fiel auf den Teppich.

„Es gibt so viel zu erklären", flüsterte sie an seinem Jackett.

„Ich weiß, ich weiß, Baby", murmelte er und küsste sie auf den Kopf, während er sie drängte, sich auf das viktorianische Sofa zu setzen. „Versuche jetzt gar nicht erst, mir irgendetwas zu erklären. Geht es dir besser, oder brauchst du einen Arzt? Wo ist denn heute Abend das Hauspersonal?" Er warf einen Blick zum Flur und wollte schon aufstehen, als Mara ihm eine Hand auf den Arm legte.

„Ich habe kein Hauspersonal", sagte sie leise. Das Schwindelgefühl war verschwunden und die Farbe kehrte in ihre Wangen zurück.

„Kein Personal? Bei einem Haus in dieser Größe?"

„Niemand, der hier wohnt. Ich … habe eine Putzfrau, die einmal die Woche kommt. Dasselbe gilt für den Gärtner. Aber das wär's dann auch schon. Ich koche selbst, und June passt auf Angie auf."

„June? Eine Gouvernante? Wo ist sie?"

Wieder wurde Mara die Kehle eng. „Nein. June ist keine Gouvernante. Tatsächlich ist sie Angies Gr... Peters Mutter. Heute Abend ist Angie bei ihr."

„Verstehe", antwortete er scharf und trank einen großen Schluck. Nervös lockerte er seine Krawatte und sah Mara an, als würde er sie neu einschätzen. „Sie muss die Frau gewesen sein, die mich am Tag der Beerdigung rausgeworfen hat!"

„Dann warst du also tatsächlich dieser Fremde! Dena hat es bereits vermutet!"

Mara stockte der Atem. „Warum bist du an dem Tag gekommen?" Sie sah ihn mit ihren großen feuchten Augen direkt an, und auch er erinnerte sich an eine weniger belastete Zeit, in der sie beide jünger waren. Er konnte sich nicht mehr zurückhalten und streckte die Hand aus, um mit einem Finger den edlen Schwung ihrer Kinnlinie nachzuzeichnen. Zärtlich strich er eine goldblonde Haarsträhne an ihren Platz hinter dem Ohr, und bei der Berührung überlief sie ein Zittern. Tief seufzend schüttelte er den Kopf.

„An dem Tag bin ich gekommen, weil ich es einfach nicht länger aushielt, mich von dir fernzuhalten. Peters Beerdigung war ein willkommener Vorwand. Ich wollte dich sehen. Aber aus irgendeinem Grund hat deine Schwiegermutter das verhindert und wollte mich auf keinen Fall in deine Nähe lassen. Es war, als hätte sie einen ... dunklen Verdacht gegen mich. Das konnte ich ihren Augen ansehen. Ich habe ihr erklärt, dass ich ein alter Freund bin, habe ihr meine Karte gegeben, aber sie hat sich absolut geweigert ..." Seine Stimme verklang, und Mara konnte spüren, wie viel es ihn kostete, sich zu beherrschen. Er unterbrach seine zärtliche Berührung und nahm die Hand von ihrem Gesicht zurück.

„Dann ging es dir also gar nicht ums Geschäft", flüsterte sie.

„Keineswegs." Er schob die Fäuste in die Tasche und entfernte sich von ihr, bis er sich am Kamin, wo ihm die Distanz zwischen ihnen groß genug erschien, anlehnte und zu ihr hinübersah. Unwillkürlich biss er die Zähne zusammen.

„Und jetzt, Shane?“, fragte sie, wobei sie hoffte, dass ihre Stimme ihre konfusen Gefühle nicht verriet. „Was ist jetzt der Grund? Sind es Geschäfte, die dich wieder hergeführt haben?“

„Ja und nein.“ Seine Miene war so rätselhaft wie seine Worte. In seinen Zügen lag eine gewisse Freundlichkeit, gleichzeitig war sein Blick stahlhart. Einen Moment lang zögerte er, und Mara nahm wahr, wie seine Zurückhaltung einbrach, aber schnell hatte er sich wieder im Griff.

„Hast du gerade gesagt, dass du June deine Karte gegeben hast?“, erkundigte sie sich irritiert.

„Ja, aber sie wollte nichts mit mir zu tun haben. Hat sie sie dir nicht gegeben?“ Während er die Frage stellte, sah er die Antwort auch schon in ihren Augen. „Offenbar nicht. Ich weiß, es klingt absurd, aber diese Frau hat etwas gegen mich.“

„Das ist unmöglich. Sie kennt dich doch nicht einmal.“

Shane zuckte mit den breiten Schultern. „Jedenfalls ist das der Eindruck, den ich von ihr hatte.“

„Sie war sehr mitgenommen. Immerhin war es der Tag von Peters Beerdigung.“

„Wie gesagt, es spielt keine Rolle. Ich glaube, wir sollten fahren“, sagte er kurz angebunden. „Wir sind jetzt schon zu spät für unsere Reservierung.“

„Ich dachte, du wolltest reden …“

„Das will ich, und das werden wir auch. Aber du siehst aus, als könntest du ein gutes Essen brauchen, und dasselbe gilt für mich. Wir haben uns viel zu erzählen.“

Interessiert sah Mara ihn an. „Was ist mit deinem Angebot für Imagination?“

„Auch das werden wir besprechen.“

Es war ein windstiller, dunkler Abend, und als sie in seinem Sportwagen saßen, lastete das Schweigen, das Mara und Shane voneinander trennte, wie eine dicke, schwere Wolke auf ihnen. Beide sagten sie kein Wort aus Angst, den Frieden des Abends zu stören, und beide waren in ihre eigenen Gedanken versunken. Als Mara verstohlen zu Shane hinüberblickte, konnte sie seine dichten schwarzen Haare erkennen, die leicht vom Fahrtwind bewegt wurden, die gerade Nase, die ein wenig arrogant wirkte, und die Dunkelheit um seine tief liegenden Augen. Im Wagen, wo sie nur Zentimeter voneinander trennten, war sie sich seiner beunruhigenden Männlichkeit extrem bewusst, genau wie an dem Abend, an dem sie sich kennengelernt hatten. Das lag jetzt fast fünf Jahre zurück, aber sie konnte sich an diese Nacht so deutlich erinnern, als wäre es gestern gewesen.

Mara hatte überhaupt keine Lust gehabt, zu dieser Party zu gehen, die eine der Frauen im Büro als Überraschung für ihren Boss veranstaltete. Aber die Gastgeberin hatte darauf bestanden, und Mara hatte dem Druck nachgegeben, denn sie wollte nicht die einzige Angestellte sein, die es nicht fertigbrachte, Mr Blacks fünfzigsten Geburtstag mitzufeiern. Wenn auch widerwillig, sagte sie also zu.

Während sie mit ihrem Glas in der Hand spielte, legte Mara sich schon bald eine plausible Erklärung zurecht, weshalb sie das Fest früher verlassen müsste. Die Musik war laut, die Gäste noch lauter, und sie fühlte sich eindeutig fehl am Platz. Sie sah sich im Raum nach Sandy um, weil sie sich entschuldigen wollte, um dann schnell zu verschwinden.

Der Fremde mit den dunklen Augen musste später gekommen sein, denn Mara hatte ihn vorher nicht bemerkt. Als sie es aber schließlich tat, fiel ihr auf, dass er sie über den ganzen Raum hinweg eindringlich ansah. Seine schwarzen Augen wirkten freundlich, verführerisch, und obwohl mehr als zwanzig Leute dort gewesen sein mussten, hatte Mara in diesem schwebenden Moment, als ihre Blicke sich trafen, das Gefühl, allein mit ihm zu sein. Als er auf sie zukam, stockte ihr zwar der Atem, aber sie war nicht in der Lage, den Blick von seinem Gesicht abzuwenden.

Er hatte ein interessantes Profil, seine tief liegenden Augen waren schwarz wie die Nacht, und sein kräftiges kantiges Kinn wies ein leichtes Grübchen auf. Seine Nase war auffallend gerade, und um Augen und Mund zeichneten sich erste Lachfältchen ab. Mit einem amüsierten Glitzern in den Augen schlenderte er auf Mara zu.

Einen Augenblick herrschte ein peinliches Schweigen zwischen ihnen, bis Mara aus lauter Verlegenheit den Blick schließlich von seinen Augen losriss. Sie drehte den unberührten Drink in der Hand und betrachtete den kleinen Strudel, den sie damit bewirkte, wobei sie hoffte, nicht so nervös und deplatziert zu wirken, wie sie sich fühlte.

Der Mann lehnte sich an den Tresen, der Küche und Wohnzimmer trennte, und verblüffte Mara damit, dass er leise fluchte. „Gott, ich hasse diese Art von Partys, Sie auch?“, fragte er sie, nahm einen großen Schluck von seinem Drink und sah sie prüfend an.

„Geburtstagspartys?“, erkundigte sie sich. Sie fand die Frage seltsam und zuckte abweisend mit den Schultern. „Nein, sie sind schon in Ordnung, denke ich.“

Seine Lippen verzogen sich zu einer Art grimmigem Lächeln, und er sah ihr in die Augen. „Nein, Sie verstehen nicht. Ich habe nichts gegen Geburtstagsfeiern … normalerweise.“

Mara war deutlich verwirrt, und die Verunsicherung war ihrem zarten Gesicht anzusehen. Sie schüttelte den Kopf, und ihre blonden Haare streiften ihren Hals. „Sie haben recht, das verstehe ich nicht.“

„Sie verstehen es wirklich nicht, was?“, fragte er nach und war offensichtlich erstaunt. Ihre leichte Naivität machte ihn neugierig.

„Wenn Sie mir einfach sagen würden, wovon Sie sprechen“, schlug sie ein wenig sarkastisch vor. Sie hatte das Gefühl, dass er ein Spiel mit ihr spielte, dass nur er kannte.

„Merken Sie nichts? Sehen Sie sich doch einmal um. Fällt Ihnen nichts auf, wodurch wir beide uns von den anderen unterscheiden?“ Mit einer ausholenden Handbewegung wies er auf die übrigen Gäste im Raum.

„*Wir beide?*“, wiederholte sie und tat wie geheißen. Plötzlich dämmerte es ihr, und sie merkte, wie sie rot wurde. „Oh, verstehe", murmelte sie, und sah sich außerstande, seinem forschenden Blick standzuhalten.

„Dieser verdammte Bob Brandon und seine Frau! Sie versuchen ständig, mich mit einer Frau zu verkuppeln!" Er biss die Zähne zusammen, und Mara hatte das dringende Bedürfnis davonzulaufen. So klar wie er konnte sie sehen, dass sie als einzige Singlefrau ausersehen war, mit dem einen überzähligen Mann eine gerade Zahl zu bilden. Das erklärte auch, warum Sandra Brandon so darauf bestanden hatte, dass sie zu der Party kam. Als Mara am Tag zuvor im Büro versucht hatte, sich herauszureden, hatte Sandra regelrecht von ihr gefordert, dass sie daran teilnahm. Jetzt war Mara klar, warum sie so hartnäckig gewesen war, denn im Leben dieser Frau musste alles ausgeglichen sein, und so etwas wie ein ungebundener Mann durfte in ihrer Welt einfach nicht existieren.

Schwungvoll trank Shane sein Glas aus und stellte es auf den Tresen. Mara konnte sehen, wie er versuchte, seine Verärgerung über die unangenehme Situation zu zügeln. Zuerst dachte sie noch, er wäre enttäuscht, weil sie sein Date sein sollte, aber seine nächste Äußerung änderte ihre Meinung.

„Also, wenn Bob und Sandy glauben, dass ich ihre Hilfe in meinem Liebesleben brauche, was soll ich mich mit ihnen streiten?" Er lächelte spöttisch. „Wie wär's mit einem Tanz?"

Mara war verlegen, fühlte sich unwohl und war wütend auf Sandra. Sie konnte keinen Mann brauchen, der glaubte, er *müsse* sie den ganzen Abend unterhalten. Vergebens versuchte sie, sich um den Tanz zu drücken. „Das ist wirklich nicht nötig … Ich meine, ich …"

„Sie meinen ‚ja', nicht wahr?" Seine dunklen Augen ließen keinen Einwand gelten. Vorsichtig zog er sie in die Mitte des Raums. Es war eine ruhige Musik, die unter dem Lärm der Party kaum noch wahrnehmbar war. Unsinnigerweise fühlte Mara sich verlegen, als wäre alle Aufmerksamkeit auf sie gerichtet. Aber in dem Moment, als der große Mann mit den seltsam ansprechenden Augen die Arme um sie legte und sie vertraulich an sich zog, vergaß sie die übrigen Gäste. Ihre sämtlichen Sinne waren plötzlich wie elektrisiert, und die sanfte, sinnliche Musik sickerte durch das etwas ausgelassene Getöse der Menge und hüllte sie und den Mann ein, der sie hielt.

Anfangs waren ihre Bewegungen noch steif, aber als Shane sie näher an sich zog, begann Mara zu entspannen und schmiegte sich an seinen warmen schlanken Körper. Sie spürte seine Hand an ihrem Kreuz, mit der er sie führte. Ihr Kopf lag leicht an dem weichen Stoff seines Hemds, und sie schloss die Augen. Sie konnte sein Herz hören, das in einem ruhigen, gleichmäßigen Rhythmus schlug – anders als das wilde Trommeln in ihrem eigenen Brustkorb.

Als sie einmal kurz die Augen halb öffnete, fiel ihr Sandy Brandon auf, die mit einem selbstzufriedenen Lächeln beobachtete, wie sie in Shanes starken Armen lag. Aber obwohl Mara leicht rot wurde, fühlte sie sich mit diesem Fremden einfach wohl. Tanzend bewegten sich ihre Körper im Einklang mit der Musik, und es kam ihr vor wie ein Augenblick und gleichzeitig wie eine ganze Ewigkeit, als Shane sie am Handgelenk fasste und zur Tür zog, nachdem das Tempo der Stücke wieder schneller geworden war.

„Lassen Sie uns einen Platz suchen, wo nicht so viele Leute sind“, sagte er entschieden. Seine Stimme klang heiser.

„Was meinen Sie?“, fragte sie vorsichtig, und ihre Kehle wurde eng.

Er lächelte. „Ich schlage vor, dass wir gehen.“

„Zusammen?“, platzte sie skeptisch heraus.

„Selbstverständlich zusammen“, flüsterte er. „Sonst wird unser Plan doch nicht aufgehen.“

„Welcher Plan?“

„Nun“, antwortete er gedehnt und nahm scheinbar geringschätzig die Partygesellschaft ins Visier. „Ich weiß natürlich nicht, wie Sie das sehen, aber ich für meinen Teil bin es leid, dass Sandy Brandon die Kupplerin in meinem Leben spielt.“

„Ich wüsste nicht, wie Sie das ändern könnten. Sie ist eine

unverbesserliche Romantikerin, die es einfach liebt, die Leute miteinander zu verkuppeln."

„Aber es gelingt ihr nicht", stellte er trocken fest. „Vielleicht können wir das ändern, zumindest was uns betrifft."

„Wie?", fragte Mara verwundert.

„Sie werden schon sehen", behauptete er geheimnisvoll. „Haben Sie einen Mantel hier?"

Mara konnte der spontanen Intrige nicht widerstehen. Und als Sandy Brandon sah, dass Mara und Shane die Party verließen, war allein schon ihr überraschter Gesichtsausdruck das Wagnis wert, mit einem völlig fremden Mann mitzugehen.

Gemeinsam machten Shane und Mara sich in seinem protzig dröhnenden Sportwagen aus dem Staub. Erst jetzt sagte Mara sich, dass sie leichtsinnig war. Es entsprach so gar nicht ihrer normalerweise scheuen und zurückhaltenden Art, alle Bedenken nur wegen eines dummen Streichs einfach in den Wind zu schießen. Jedenfalls versuchte sie so, sich ihr Verhalten zu erklären. Wäre sie ehrlich mit sich selbst gewesen, hätte sie sich eingestehen müssen, dass sie einer Verlockung erlag, die sie noch nie zuvor erlebt hatte. Der dunkeläugige Fremde war einfach bezaubernd.

Mehr als eine Stunde lang fuhren sie mit dem Cabriolet durch die Gegend, und als würden sie beide den überstürzten Aufbruch bedauern, schwiegen sie zunächst. Aber je länger die dunkle Nacht an ihnen vorüberzog, und die Minuten verstrichen, desto mehr begann Shane zu erzählen und brachte Mara dazu, dass auch sie ihr Schweigen brach. Mara war völlig verzaubert von der Romantik der ganzen Geschichte: Diese Fahrt durch die Nacht, neben ihr ein viriler, gut aussehender Fremder, und sie, die keinen Gedanken mehr an die Uhrzeit oder die Realität verschwendete. Sie fühlte sich frei wie der Wind, der ihr das blonde Haar zerzauste und in wilden Wellen aus dem Gesicht blies. Was Shane sagte, klang ernsthaft und freundlich, und wenn er sie mit strahlenden Augen anlächelte, trug der Wind ihr Lachen in der Dunkelheit davon.

Es war beinahe Mitternacht, als Shane den Wagen anhielt. Dort, wo sie am Fluss parkten; sie waren weit von der Stadt entfernt – und Lichtjahre von der realen Welt. Der Mond spiegelte sich im Wasser, und der Himmel war übersät mit Sternen. Eine leichte Sommerbrise spielte mit ihrem Haar, und in der Luft lag der schwache Duft der Heckenkirsche.

Shane hielt ihre Hand, als sie am Flussufer spazieren gingen, und mehr als einmal musste sie sich an ihm festhalten, wenn sie mit einem Absatz ihrer Sandalen auf den Steinen am Uferrand abrutschte. Sie sprachen wenig und wenn, dann leise, so als wäre die Stille der Nacht ein empfindlicher Zauber, den sie nicht zu brechen wagten. Unter den schützenden Ästen einer Kiefer blieb er stehen und zog sie in seine Arme. Für einen zögernden zarten Kuss fanden seine Lippen ihren Mund, und Mara reagierte auf ihren warmen verführerischen Druck, indem sie ihn erwiderte. Der Kuss, der so zärtlich begonnen hatte, vertiefte sich, und Mara wurde von schwindelerregenden, geradezu unwirklichen Gefühlen überflutet. Mit einem tiefen Seufzer überließ sie sich dem Spiel ihrer Zungen.

Plötzlich erstarrte er, und leise fluchend löste er seine Lippen von ihrem Mund. Er drehte den Kopf von ihr weg zur Seite, als könnte er die brennende Begierde, die seinen Körper beherrschte, dadurch beschwichtigen, dass er in die Ferne schaute.

Mara hörte ihren eigenen keuchenden Atem, und während sich Enttäuschung in ihr ausbreitete, konnte sie beobachten, wie sein Körper sich spannte. Da begriff sie, dass er dem Verlangen zwischen ihnen Einhalt gebieten wollte, indem er sich von ihr distanzierte.

„Oh Gott“, stöhnte Shane und starrte in den Himmel. „Was mache ich da?“

Als er sie wieder ansah, legte er fürsorglich einen Arm um ihre schlanken Schultern. Liebevoll führte er sie zum Fuß des Baumes und half ihr, es sich auf dem weichen Nadelbett an den Baumstamm gelehnt bequem zu machen. Auch er stützte sich mit dem Rücken an den Stamm, und es dauerte nicht lange, da lag sie eher, als dass sie saß, geborgen in seinen starken Armen.

Für Mara existierten weder Zeit noch Vernunft. Sie war wie hypnotisiert von der milden Nachtluft und der Berührung des Mannes, der sie so vertraulich hielt. Sein Atem streifte ihre Haare, und ein leichter Moschusduft stieg ihr in die Nase. Die hauchzarten Küsse, die er auf ihrem Nacken verteilte, reizten ihre Haut und erregten ihre Sinne. Wild rauschte ihr das Blut durch die Adern.

„Mara", murmelte er mit kehliger Stimme. „Ich will dich …" Es war ein überflüssiges Geständnis, eine Tatsache.

„Ich weiß", war alles, was ihr dazu einfiel. Seine Hände ruhten verführerisch auf ihren Schultern. Der Abend war warm und verlockend. Nur eine leichte Brise unterbrach hin und wieder die Stille, wenn sie die Zweige der Kiefer ein wenig bewegte.

„Du bist wunderschön", meinte Shane und kitzelte ihren Nacken mit den Fingern. „Ich weiß, es ist verrückt, und ich habe nicht einmal eine Ahnung, wie ich es beschreiben soll, aber ich brauche dich, Mara. Nicht, weil du eine Frau bist, sondern weil du einzigartig bist … hinreißend. Du bist du, und ich sehne mich danach, mit dir zu schlafen."

„Du kennst mich doch nicht einmal", protestierte sie schwach, denn sie wusste sehr wohl, dass sie auf dem besten Weg war, der Magie dieser verführerischen Nacht zu erliegen.

„Aber natürlich tue ich das", flüsterte er heiser, und sie glaubte ihm. Sie glaubte der überzeugenden Berührung seiner Hände auf ihrer Haut. Sie glaubte der warmen Verlockung dieser Nacht. Und sie glaubte dem rauen Klang des Verlangens in seiner Stimme, als er ihr gestand, dass er nicht länger widerstehen konnte.

Er öffnete die Knöpfe ihrer Bluse, und sie hielt ihn nicht davon ab, ihre Haut mit den Lippen zu erkunden. Sie wusste nur, dass sie ihn wollte und brauchte, und ließ sich von ihm nie gekannte Sinnesfreuden zeigen; lernte durch ihn, dass es ein Bedürfnis gab, das ungestillt zu einer verzehrenden Sehnsucht wurde, die in ihr loderte. Sie entdeckten einander, und zum ersten Mal in ihren vierundzwanzig Jahren erfuhr Mara das bittersüße Verlangen und schließlich die Erfüllung der Liebe. Sie fand eine Befriedigung, die so stark war, dass sie jeden Schmerz auslöschte und das Begehren durch Ekstase ersetzte. In weiter Ferne blinkten die Lichter von Asheville, während Mara Stunden erlebte, die von Begehren und Hingabe erfüllt waren.

Die aufgehende Sonne weckte sie mit warmen Strahlen, die durch die Äste fielen, und Mara erkannte, dass sie niemals einen anderen Mann lieben könnte. Ihr Körper und ihre Seele gehörten Shane Kennedy, der praktisch ein Fremder für sie war, aber dennoch der vertrauteste Geliebte. Die Erinnerung an die Leidenschaft, die sie unter der Kiefer geteilt hatten, überwältigte sie in ihrer Intensität.

Als sie sich bewegte, öffnete Shane faul ein Auge und blinzelte im Morgenlicht, das ihn blendete. Mit offensichtlichem Interesse beobachtete er, wie Mara versuchte, ihre Nacktheit zu verhüllen, und ein verführerisches Grinsen stahl sich in seine Miene. Mara wurde verlegen, und hielt ihre blaue Chiffonbluse als dürftigen Schutz vor ihre entblößten Brüste.

„Mach das nicht!“, bat er.

„Was soll ich nicht machen?“, stellte sie sich dumm.

„Versteck dich niemals von mir.“ Er zupfte an der Bluse und zog sie ihr langsam aus den Händen. Auf höchst beunruhigende Weise schaute er direkt auf ihre Brüste, und das in Verbindung mit der frischen Morgenluft führte dazu, dass ihre Brustwarzen hart wurden.

„Ich will mich doch gar nicht … verstecken“, murmelte sie, aber ihre Stimme klang brüchig, und sie senkte den Kopf, sodass ihr Haar ihr Gesicht verbarg.

Seufzend richtete er sich auf und setzte sich neben sie. Sein Gesicht war ganz nah an ihrem, und er drehte ihren Kopf zu sich, sodass sie seinem forschenden Blick begegnen musste. „Was ist los?“, fragte er.

„Ich bin es nicht gewohnt, nackt mit einem Mann zusammen zu sein“, räumte sie heiser ein, errötete und schloss die Augen.

„Nun“, begann er nachdenklich und nahm sie fest in die Arme. „Ich denke, dann solltest du dich daran gewöhnen …“

Sie schüttelte den Kopf und befürchtete, dass sie anfing zu weinen. „Das kann ich nicht“, erwiderte sie.

„Natürlich kannst du das. Du hast einen schönen Körper und solltest stolz darauf sein. Du schämst dich doch nicht etwa?“

Schweigend sah sie ihn nur an und biss sich auf die Unterlippe, um das Schluchzen zu unterdrücken, und legte zur Unterstützung gegen den kaum noch beherrschbaren Ansturm der Tränen den Kopf auf die Knie.

„Mara.“ Er sprach mit fester Stimme. „Bitte, schau mich an. Stoß mich nicht von dir. Nicht jetzt. Und überhaupt nie! Du bedeutest mir viel zu viel.“

„Das musst du nicht sagen …“

„Sch-sch-sch. Ich sage nur, was ich meine“, gestand er feierlich. „Ich möchte, dass du zu mir kommst und mit mir zusammenlebst“.

Mara merkte, wie ihr Gesicht sich verzog, und die Tränen ihr nun ungehemmt über die Wangen liefen. „Mit dir zusammenleben?“, wiederholte sie heiser und wandte ihr Gesicht von ihm ab. „Ich … ich weiß nicht, ob ich mit dir zusammenleben kann. Und was das betrifft, mit irgendeinem Mann, ohne verheiratet zu sein.“

„Glaubst du nicht, dass wir uns ein wenig besser kennenlernen sollten, bevor wir von Heirat sprechen?“, fragte er und schüttelte sie liebevoll.

„Ich weiß nicht, was ich denken soll“, gab sie zu.

„Dann vertraue mir einfach, Mara. Vertraue mir …“

Und das hatte sie getan.

4. KAPITEL

Die Phase ihres Lebens, in der sie so unbedarft und glücklich mit Shane zusammengelebt hatte, war nun lange vorbei. Mara riss sich aus ihren Erinnerungen, als der schnittige silbergraue Wagen durch die belebten Straßen von Asheville fuhr und schließlich vor einem luxuriösen Hotelrestaurant zum Stillstand kam. Das große dreistöckige Gebäude, das aus der Zeit kurz nach dem Bürgerkrieg stammte, hob sich als glänzendes Relief gegen die Dunkelheit der Nacht ab. Es war weiß gestrichen und wies an allen Erkerfenstern die traditionellen grünen Fensterläden auf. Schimmernde Laternen, die sich im Fensterglas spiegelten, verbreiteten das Flair südstaatlicher Gastlichkeit und hießen Mara in dem weithin bekannten Etablissement willkommen.

Nur ungern ließ Mara sich wieder in die Gegenwart zurückversetzen und mit der Tatsache konfrontieren, dass Shane mit diesem Treffen eine undurchschaubare Absicht verfolgte. Sie befeuchtete ihre Lippen und fragte sich, ob auch er sich an ihre gemeinsame Vergangenheit erinnert hatte. Der Gedanke war verführerisch, aber illusorisch. Wenn er sie hätte sehen wollen, wenn er sie so sehr gebraucht hätte, wie sie ihn gebraucht hatte, hätte er sie niemals all die Jahre lang in dem Glauben gelassen, dass er nicht mehr lebte.

Das gedämpfte Laternenlicht und die warme Sommernacht riefen die Romantik und Leidenschaft zurück, die sie mit Shane geteilt hatte. Wie oft hatte sie in den vergangenen vier Jahren von einem solchen Abend geträumt, einem Abend mit dem einzigen Mann, den sie je wirklich geliebt hatte? Und wie oft hatte sie diese Fantasien schonungslos wieder verworfen, weil sie daran geglaubt hatte, dass Shane tot war, dass er für immer von ihr gegangen war.

Einmal mehr beschlich sie das Gefühl, betrogen worden zu sein, und ernüchterte sie. Shane musste ihren Stimmungsumschwung gespürt haben, denn als er ihr aus dem Wagen half, überraschte er sie mit einem dunklen, fragenden Blick.

Anmutig ging sie auf das koloniale Restaurant zu, wobei Shane souverän die Hand an ihren Ellbogen legte und sie mit einem leichten, aber deutlichen Druck führte. Sie versuchte, den Reiz seiner Berührung zu ignorieren, und konzentrierte sich auf das aufwendig ausgestattete Restaurant. Die helle Inneneinrichtung mit der glänzenden Wandtäfelung und einer blauen Blümchentapete half, sie wieder aufzuheitern. Und das Personal, das traditionelle Kolonialkleidung trug, ließ sie vorübergehend das Dilemma mit dem Mann, den sie noch immer so fieberhaft liebte, vergessen.

Shane lehnte das Angebot des Kellners ab, sich mit Mara zu ein paar anderen Gästen an einen langen weiß gedeckten Tisch zu gesellen, der das Gefühl häuslicher Gastlichkeit aufkommen ließ, wenn mehrere Leute die Spezialitäten des Kochs am Tisch herumreichten. Er zog es vor, in einem intimeren Ambiente zu speisen, und der freundliche Kellner führte sie in eine Ecke des Gastraums, wo sie ungestört an einem großen Fenster sitzen und den Ausblick auf einen privaten Ententeich genießen konnten. Bernsteinfarbene Lampen warfen ihr Licht auf das Wasser, und nahe am Ufer ließen sich einige der Wasservögel still auf der Oberfläche treiben.

Der Kellner wollte Mara den Stuhl halten, aber Shane lächelte dem Mann zu und half ihr selbst. Anschließend setzte er sich ihr gegenüber und sah ihr so tief in die Augen, als wollte er die entferntesten Winkel ihrer Seele ergründen. Ohne sie um Erlaubnis zu bitten, bestellte er für sie beide, und Mara vergaß vorübergehend das nagende Gefühl, betrogen worden zu sein. Ein Lächeln umspielte ihre Lippen, und die knisternde Spannung, die in der Luft lag, löste sich ein wenig, als sie bemerkte, dass Shane nach all den Jahren der Trennung noch immer genau wusste, was sie am liebsten aß, bis hin zu Pekannusskuchen.

Nachdem ihnen ein erlesener Cabernet Sauvignon eingeschenkt worden war und Shane den Wein gekostet hatte, setzte er dem Small Talk, an den sie sich seit Betreten des Restaurants gehalten hatten, ein Ende. Er schob die dunklen Augenbrauen zusammen und rieb sich mit der Hand über den Nacken. Geduldig nippte Mara an ihrem Wein und wartete darauf, eine Erklärung zu hören, Gründe, Alibis, Entschuldigungen, ALLES, was ihr helfen würde zu verstehen, warum er sie vor vier Jahren belogen hatte, und was er jetzt von ihr wollte.

„Ich habe dir gesagt, dass ich daran interessiert bin, Imagination Toys zu übernehmen", erklärte er und wartete auf ihre Reaktion.

Mara nickte leicht und ließ einen lackierten Fingernagel auf dem Rand des Weinglases kreisen. „Und ich habe dir gesagt, dass Imagination nicht zum Verkauf steht." An seinem Kiefer zuckte ein Muskel und er schlug die Stirn in Falten. Sein ganzer Körper versteifte sich.

„Ja, das hast du. Aber ich hatte gehofft, dass du es dir vielleicht noch einmal anders überlegst."

Zwar öffnete sie die Lippen, schloss den Mund dann allerdings wieder, und schüttelte nur den Kopf. Für Shane war diese besonnene Geste und ihre konzentrierte Stirn die verführerischste Provokation, die er sich vorstellen konnte. Wehmütig beobachtete er, wie ihre blonden Haare ihre Wange streiften, während sie nachdachte.

„Es tut mir leid, aber ich kann nicht verkaufen. Es ist nicht so, als wäre dein Angebot nicht verlockend …" Mit absoluter Aufrichtigkeit sah sie ihn aus ihren blauen Augen an.

„Es ist nur, dass ich mich verantwortlich fühle, nicht nur für die Firma, sondern auch gegenüber Peters Familie."

Etwas, das Wut sehr nahekam, beherrschte plötzlich seine Miene, und sein eben noch dunkel verführerischer Blick wurde eisig. „Verantwortlich gegenüber der Familie Wilcox?", fragte er ungläubig nach. „Deine Loyalität überrascht mich!"

„*Meine* Loyalität überrascht *dich*?", wiederholte sie fassungslos.

„Genau", fuhr er sie an. „Ich glaube wirklich nicht, dass Treue zu deinen besonderen Stärken gehört!"

„Wie kommst du darauf? Ich habe dich immer …" Sie unterbrach sich, denn das, was sie sagen wollte, blieb ihr im Hals stecken. Es war die Wahrheit. Im Herzen hatte sie nie einen anderen Mann geliebt. Sie war Shane treu geblieben, bis sie ihn für tot gehalten hatte und Peter sie davon überzeugen konnte, ihn zu heiraten. Aber selbst während ihrer Ehe hatte sie ihren Mann nie geliebt, jedenfalls nicht mit derselben brennenden Intensität, die sie für den Mann empfunden hatte, der ihr in diesem malerisch schönen Restaurant wütend gegenübersaß. Taktvoll versuchte sie, das Thema zu wechseln, und nachdem sie sich geräuspert hatte, konnte sie sprechen, ohne dass die Gefühle, die in ihr tobten, ihrer Stimme anzumerken waren.

„Heute Nachmittag hast du etwas von einem Alternativvorschlag erwähnt. Das würde mich interessieren. Und ich wüsste auch gerne, warum du so sehr an Imagination interessiert bist. Es muss doch Dutzende Spielzeugfirmen geben, die genauso gut infrage kämen."

„Da hast du vermutlich recht. Aber für Imagination habe ich mich deinetwegen entschieden. Aus keinem anderen Grund."

„Nicht gerade eine vernünftige Geschäftspraktik", stellte sie fest, zog aber die Augenbrauen hoch, um durchblicken zu lassen, dass ihr die bittere Andeutung in seiner Erklärung nicht entgangen war. Ihr Herz überschlug sich, und einen Augenblick dachte sie, dass er näher darauf eingehen würde. Aber als der Kellner kam, um ihr Geschirr abzuräumen und das Dessert zu servieren, hatte Shanes vertrauliche Stimmung sich scheinbar in Luft aufgelöst.

Als er weitersprach, tat er es in einem sehr kontrollierten, geschäftsmäßigen Ton. „Bist du über Delta Electronics informiert?", fragte er.

„Deine Firma?" Sie zuckte mit den Schultern und tupfte sich mit der Serviette die Lippen ab. „Ich weiß nicht viel, abgesehen davon, dass ihr Computer herstellt …"

„Und Software", korrigierte er, schob die Augenbrauen zusammen und fügte seufzend hinzu: „Ich schätze, ich sollte lieber mal von Anfang an erzählen."

„Das könnte hilfreich sein!“ Gespannt lehnte sie sich auf ihrem Stuhl zurück.

„Als ich aus Nordirland zurückkam“, begann er, aber bei diesen Worten erstarrte ihr Gesicht zu einer Miene der Fassungslosigkeit. Die ganze Anspannung der letzten Stunden spiegelte sich darin und ließ die Fassade südstaatlicher Höflichkeit bröckeln.

„Als du aus Nordirland zurückkamst?“, flüsterte sie mit deutlich stockender Stimme. „Einfach so?“ Sie schnippte mit den Fingern. „Du erklärst mir nicht einmal, was dir bei dieser schrecklichen Reportage zugestoßen ist und warum du mir vorgemacht hast, du wärest gestorben?“ In ihren Augen stand das Leiden, das sie vor vier Jahren durchgemacht hatte, und hörbar stieß sie den Atem aus. „Du wolltest gerade einen Vortrag über Computersoftware mit dem Satz beginnen ‚Als ich aus Nordirland zurückkam‘? Um Himmels willen, Shane, was ist da drüben passiert? Warum hat dein Vater mir gesagt, du wärest tot? So viele Jahre hast du mich glauben lassen …“ Die Stimme versagte ihr unter den Emotionen, und die Tränen stürzten ihr aus den Augen, liefen ihr über die Wangen und tropften auf den Tisch. Sie griff nach einer Serviette, die sie sich an die Augen hielt, während sie die schmale Hand zur Faust ballte und immer wieder damit auf den Tisch schlug, sodass das Silber und die Weingläser klirrten. „Warum? Warum?“, murmelte sie, und war sich nur vage der Tatsache bewusst, dass die Leute an den Nachbartischen begannen, sich für das Spektakel zu interessieren, das sie in ihnen bot. Sie ließ die Schultern hängen und gab es auf, gegen die Tränen anzukämpfen, die ihr aus den dunkel verschmierten Augen liefen.

Shane hatte sein Gesicht mit einer Hand halb bedeckt, als wollte er sich vor ihrer Qual schützen, während er sich ihren Ausbruch anhörte. Er konnte es nicht ertragen, sie in diesem verheerenden Zustand zu sehen, zumal er wusste, dass er der Grund für ihr Leid war. Ihm wurde klar, dass er sie aus dem Restaurant bringen musste, also zog er ein paar Scheine aus der Tasche und drückte sie dem Kellner in die ausgestreckte Hand, half Mara auf die Beine und führte sie an den missbilligenden Blicken und teils offen stehenden Mündern der wohlhabenden Gäste vorbei aus dem Gebäude.

Auf der Rückfahrt sprachen sie nicht miteinander, und mit großer Mühe gewann Mara ihre Fassung wieder. Beunruhigt durch das Schweigen des Mannes, der so nahe bei ihr saß, starrte sie in die Nacht hinaus. Mara war müde und erschöpft, und Shane fuhr, als wäre der Teufel hinter ihnen her. Die Reifen quietschten auf dem Asphalt, brutal wurden die Gänge eingeworfen, und Mara fragte sich verwirrt, ob er sie beide umbringen wollte. Auch egal, dachte sie müde. Aber dann brach ein Bild von Angies lachendem Gesichtchen in ihre einsamen Gedanken, und sofort wusste sie wieder, dass alles wichtig war. Es war sogar sehr wichtig. Ihr Leben, Shanes Leben, und ganz besonders das Wohlergehen ihrer Tochter.

Als die Scheinwerfer die Eichen erfassten, die die zweispurige Zufahrt umsäumten, und endlich die breite Frontveranda vor ihr auftauchte, empfand sie eine Welle der Erleichterung. Der anstrengende Tag hatte seinen Tribut gefordert, und sie war dankbar, zu Hause zu sein.

Shane begleitete sie zur Tür, und sie erhob keine Einwände, als er sie bat, mit hereinkommen zu dürfen. Nervös fummelte sie mit den Schlüsseln herum, und er half ihr, die Tür zu öffnen. Im Dunkeln berührten sich ihre Hände, und sie fühlte, wie es sie warm durchströmte. Sie versuchte, sich zu beruhigen und sich einzureden, dass es nur an ihren ganzen Erinnerungen lag, wenn sie so auf ihn reagierte, aber das Herzklopfen, das seine Berührung ausgelöst hatte, konnte sie nicht ignorieren. Shane stieß die Tür auf, und nachdem sie eingetreten waren, schloss er hinter ihnen ab. Mara protestierte nicht. Sie konnte gar nicht anders, denn es fühlte sich so normal an, dass er nach fast fünf langen, einsamen Jahren wieder bei ihr zu Hause war.

Noch immer ohne ein Wort zu sagen, schenkte er sich einen Drink aus der Flasche ein, die noch auf der Bar stand, und hielt ihr sein Glas als stille Frage entgegen. Aber sie schüttelte den

Kopf, denn das Letzte, was sie wollte, war ein Drink, der ihren müden Geist benebelte.

Mara ließ sich auf die weichen Kissen der Couch fallen, trat sich die Schuhe von den Füßen und schlug die Beine unter. Sie wartete. Bildete sie es sich nur ein oder hatten seine Hände wirklich gezittert, als er den Drink einschenkte? Er nahm noch ein zweites Glas, goss etwas Brandy hinein und trotz ihres Protests kam er damit auf sie zu.

„Du willst wissen, was in Belfast passiert ist?", fragte er kurz angebunden.

Sie holte tief Luft, sah ihm in die Augen und nickte.

„Also gut, aber nimm das, bitte." Er reichte ihr den Brandy.

„Du weißt doch, dass ich nichts mehr trinken will."

„Vielleicht überlegst du es dir noch anders", erwiderte er ernst, und ohne weiter zu fragen nahm sie den Drink an.

Shane setzte sich neben sie, sah sie jedoch nicht an. Stattdessen konzentrierte er sich auf die klare bernsteingelbe Flüssigkeit in seinem Glas und lockerte seine Krawatte, die er unwirsch schließlich ganz wegzog. Als er zu reden begann, klang seine Stimme gedämpft und wie aus weiter Ferne.

„Du weißt, dass wir zu mehreren dort waren?" Sie nickte. „Nun, alles lief wie am Schnürchen, und der größte Teil der Arbeit war abgeschlossen. Das übrige Team war bereits wieder auf dem Weg in die Staaten, und nur noch Frank und ich waren geblieben, um dem Film den letzten Schliff zu geben. Es war nicht mehr viel zu tun. Nur noch ein paar Einstellungen, die wir neu aufnehmen mussten, weil sie beim ersten Mal nicht ganz in Ordnung waren. Wenn alles nach Plan verlaufen wäre, hätten wir binnen einer Woche zurückfliegen können. Es war schon fast unheimlich, wie gut alles funktioniert hatte."

Er unterbrach sich, trank einen großen Schluck, und sein Blick wurde finster, während er sich weiter erinnerte. Mara spürte, wie sich ihr Magen zusammenzog. „Die Aufnahmen, die wir am letzten Tag noch machen wollten, waren in keiner Weise brisant. Es sollte bloß ein kurzer Dreh werden: Eltern und Kinder im

Park, solche Sachen halt. Da gab es eine Kathedrale, ein riesiges Gebäude, und die Gemeindemitglieder trafen gerade zur Messe ein. Es war ein herrlicher Sonntagmorgen …"

„Und dann?", drängte Mara, als seine Stimme verklang.

„Und Frank und ich hielten an, um eine kurze Aufnahme zu machen. Wir ließen alles im Transporter und nahmen nur die Schulterkamera und ein Handmikrofon mit.

Da liefen viele Menschen herum, alle Altersstufen. Eltern, Kinder, Babys, Großmütter. Sie standen herum und unterhielten sich oder stiegen die Treppe zu dem Gebäude hinauf. Kinder spielten und lachten im Park neben dem Gebäude, aber plötzlich hatte ich …" Er suchte nach den richtigen Worten. „Plötzlich spürte ich, hatte ich das Gefühl, dass etwas nicht stimmte. Ich hatte die Gärten neben der Kirchentreppe gefilmt und die Kamera gerade in dem Augenblick von der Kirche weggedreht, als von einem geparkten Auto irgendwo auf der Straße ein fürchterlicher Lärm ausging. Der Wagen explodierte, überall flog Metall herum, die Leute schrien und rannten um ihr Leben, die Balken der Kirche bebten, die Treppenstufen bekamen Risse … Ich sah Blut, Verletzte … Autos, die in parkende Wagen gekracht waren, um Menschen nicht zu überfahren, die auf die Straße stürzten. Und dann spürte ich einen Schmerz seitlich am Kopf. Ich hörte noch ein Baby schreien und verlor das Bewusstsein. Als ich wieder zu mir kam, lag ich in einem Krankenhausbett, und eine Schwester leuchtete mir mit einer Taschenlampe ins Auge. Zwei Wochen waren vergangen." Shanes Stimme klang so dumpf, wie Mara sich fühlte. In ihren Augen glitzerten Tränen, und nun trank sie doch einen Schluck von dem Brandy.

„Und die Kinder, die du beim Spielen gesehen hast?"

Shane sog die Luft ein und schüttelte den Kopf. „Das ist das Schlimmste daran. Gott sei Dank liefen viele noch im Park herum, aber ein paar wurden schwer verletzt, zum Teil ganze Familien." Er wandte ihr sein Gesicht zu, und Mara konnte sehen, wie Wut und Schuldgefühle seine Miene verzerrten. „Es gab mehrere Tote, und das alles ist meine Schuld, Mara."

„Was? Wie kannst du dir die Schuld dafür geben? Das ist doch verrückt …"

„Warum, glaubst du, wurde der Anschlag ausgerechnet vor dieser Kirche ausgeführt, genau zu diesem Zeitpunkt? Jeder wusste damals, dass wir einen Film über den Terrorismus drehten …"

„Nein!"

„Es dürfte wohl kaum allzu schwierig gewesen sein, sich auszurechnen, in welcher Gegend wir uns ungefähr aufhalten würden …"

„Das glaube ich nicht. Wie hätten sie das herausfinden sollen?" Seinem offenen Blick waren die Schuldgefühle, die ihn nun seit fast fünf Jahren plagten, anzusehen. „Das kannst du nicht sicher wissen …", flüsterte sie. Zugleich aber war sie sich bewusst, dass ihre Einwände lediglich die schwache Hoffnung ausdrückten, er könnte sich eines Tages selbst verzeihen.

Seine Gesichtszüge blieben qualvoll verzerrt. „Ich weiß es, verdammt! Ich weiß es einfach. Mit unserer Geschichte haben wir die Aufmerksamkeit auf dieses Stadtviertel gelenkt. Wir hatten uns dort mit einigen Leuten angefreundet, und die mussten zu den Oppositionellen gehört haben, verstehst du. Und irgendwie waren wir einfach nicht vorsichtig genug. Es hatte sich herumgesprochen, und wir haben den Terroristen eine gute Gelegenheit geboten, wieder einmal zuzuschlagen!"

Mara schloss die Augen, als könnte sie durch die Kraft ihres Willens das quälende Bild zerstören, das Shane sich ausmalte.

„Du kannst dir nicht die Schuld dafür geben!"

„Und wer trägt die Schuld, Mara? Wer?"

„Das System … Die Wirtschaftslage des Landes … Die Protestanten … Die Katholiken … Ich weiß es nicht."

„Nun, ich weiß es!" Mit diesem abschließenden vernichtenden Urteil trank Shane sein Glas aus. Er warf einen Blick zur Bar, als hätte er vor, sich noch einen Drink zu holen, stellte jedoch angewidert sein Glas zurück. „Glaubst du etwa, ich hätte nicht auch versucht, mich davon zu überzeugen, dass es nichts gab, was ich hätte tun können, um das zu verhindern? Dass alle einfach dem Schicksal zum Opfer gefallen sind? Aber spät nachts, wenn ich mir allein gegenübertreten muss, habe ich diese Bilder vor Augen, und ich weiß, dass ich die Tragödie irgendwie mitverschuldet habe!“

„Oh Shane“, murmelte Mara und hoffte, dass sie die Wunden, die in ihm schwelten, auf die eine oder andere Weise heilen könnte. Sie streckte die Hand aus und streichelte ihm zärtlich das Kinn. Winzige Schweißperlen, die sich über seiner Oberlippe gesammelt hatten, befeuchteten ihre Finger. Er schluckte und fuhr fort.

„Und so … Also irgendwie kam es zu einer Verwechslung. Im Krankenhaus dachten alle, dass ich Frank wäre und umgekehrt.“ Er sprach sehr leise. „Wir hatten unsere Ausweise nicht eingesteckt, sondern im Transporter gelassen, den wir abgeschlossen hatten. Und der wurde total zerquetscht, als ein Laster beim Bremsen ins Schleudern geriet, weil er versucht hatte, mehreren Verletzten auf der Straße auszuweichen. Unsere Ausweise, die Kameraausrüstung, Filme, Kleidung – alles befand sich in dem Transporter. Und irgendwie war es in dem Durcheinander nach der Explosion eine ganze Zeit lang bei der Verwechslung unserer Identität geblieben.“

Mara konnte sich den Rest der grausigen Geschichte denken. „Und Frank wurde getötet?“

„Er starb, bevor der Rettungswagen ihn ins Krankenhaus bringen konnte.“

„Oh Gott“, hauchte Mara und merkte, wie sich ihr der Magen umdrehte.

„So war es, Mara. Dad hat dich nicht belogen. Er hatte wirklich geglaubt, dass ich tot bin.“

„Oh nein.“ Mara hatte nicht aufgehört, sein markantes Gesicht zärtlich zu streicheln. „Es ist so viel mit uns geschehen …“

„Ich weiß, Mara, ich weiß.“ In einer zarten Berührung streifte er ihren Mund mit dem seinen, und sie empfand ein Verlangen, das sie seit Jahren nicht mehr gekannt hatte. Er strich mit der

Zunge über ihre Lippen und schmeckte das Salz der Tränen, die ihr über den Mund gelaufen waren. Heiser stöhnte er auf und zog sie näher zu sich heran. Als sie ihre Lippen teilte und ihre Zungen sich trafen, fühlte sie, wie ein tosender Strom feuriger Leidenschaft sie durchlief. Anfangs noch zögernd, dann aber mit zunehmender Leidenschaft streichelte er ihre Haare und wand die blonden Locken um seine Finger. Er schmiegte sein Gesicht an ihren Hals, fuhr mit dem Mund über ihre Kehle, ihre Ohrmuschel und ihre Schulter.

Er gab ihre Haare frei und aufreizend glitten seine Finger an ihrem Hals nach unten. Sie keuchte auf, als sein Daumen den Puls an ihrem Halsansatz fand und liebevoll umkreiste. Die verführerischen Bewegungen lösten einen Hitzewirbel in ihr aus, der sie nach mehr verzehren ließ. Seufzend sank sie an seine Brust und hörte sein Stöhnen, während er den oberen Knopf ihres Kleides berührte. Er nahm die kleine Perle in den Mund und schob sie geschickt durch die Schlaufe. Dabei streifte seine Zunge auf köstliche Weise die Rundung ihres Busens. Sein Kopf sank tiefer zum nächsten Knopf. Und wieder leckte er mit seiner feuchten Zunge verlockend über ihre Brust, nur um sich zurückzuziehen und Mara auf die süße Folter zu spannen. Langsam öffnete er ihr Kleid, aber nur so weit, dass er ihr elfenbeinfarbenes Dekolleté mit dem Gesicht streicheln konnte.

„Oh Shane“, stieß Mara seufzend hervor und fühlte, wie ein warmer Rausch sie erfasste. Ein quälender Gedanke verlangte von ihr, ihn aufzuhalten, aber sie brachte es nicht fertig zurückzuweisen, wonach sie sich vier lange Jahre gesehnt hatte. Sie wollte das herrliche Gefühl erleben, wenn sie sich ihm hingab, und wenigstens für ein paar Stunden allen Kummer und auch das Leid vergessen, dass sie die letzten vier Jahre getrennt hatte. Sie wollte ihm helfen, sich von der Schuld, die er mit sich herumtrug, zu befreien.

Er seufzte an ihrer Brust und vergrub gleich darauf sein Gesicht in den Falten ihres Rockes. Noch einmal hörte sie die Worte, an die sie sich aus ihrer ersten gemeinsamen Nacht erinnerte. „Mara, Gott, ich will dich so sehr. Mehr als vier Jahre habe ich mich nach dir gesehnt." Sein Geständnis war von seinem heißen Atem begleitet, der durch die Seide ihres Kleides hindurch brannte und ihre Beine liebkoste. „Lass mich dich wieder lieben."

Er glitt mit der Hand unter den Saum ihres Kleides und umfasste ihren Oberschenkel. Leise stöhnend öffnete sie die Beine. „Lass mich dich lieben, Mara", flehte er, und ihre Antwort war ein atemloses, lustvolles Keuchen. Als sie fühlte, wie seine Finger über ihren Schenkel nach oben wanderte, wölbte sie unwillkürlich den Rücken, und nun streichelte er ihre Beine. „Ich will dich, Mara, ich will dich, wie noch nie ein Mann eine Frau gewollt hat."

„Oh Gott … Shane, ich will dich auch."

Nach ihrem Geständnis, das ihn zutiefst erschütterte, nahm er sie auf die Arme, trug sie aus dem Salon und stieg mit ihr die breite Treppe hinauf. Sie schlang die Arme um seinen Nacken und überhäufte ihn mit Küssen. Oben an der Treppe zögerte er. Mit einer Kopfbewegung wies sie ihm den Weg zu ihrem Zimmer. An der Tür blieb er stehen, und zögerte eine Minute, während er sich prüfend in dem dunklen weiträumigen Schlafzimmer umsah.

„Ist es das Bett, in dem du mit Peter geschlafen hast?", fragte er heiser.

Die Frage ernüchterte sie auf der Stelle. „Nein", flüsterte sie. „Ich bin hier eingezogen, schon bevor er krank wurde."

„Hm!" Er schaute ihr in die Augen, und ließ sich mit ihr auf die Matratze sinken. Die Daunendecke senkte sich unter ihrem gemeinsamen Gewicht, und der kühle Satin schmiegte sich glatt und angenehm an ihre nackten Beine.

„Du weißt nicht, wie sehr ich dich vermisst habe", gestand Shane und sein Atem streifte warm ihr Ohrläppchen.

Mara hielt die Luft an, und als sie ausatmete, wagte sie es, endlich die Frage zu stellen, über die sie sich in den letzten zwölf Stunden den Kopf zerbrochen hatte: „Wenn das stimmt, Shane, warum? Warum bist du nicht zu mir zurückgekehrt?"

Flehend sah sie ihn aus ihren blauen Augen an, und ihr Anblick – die erwachsene Frau, die immer noch errötete wie ein unschuldiges Mädchen – war mehr, als er ertragen konnte. Ihre goldblonden Haare achtlos zerzaust auf der blauen Bettdecke; die rosige Haut, und diese Augen – blau wie der Morgenhimmel. Sie war reifer geworden, aber sie war ohne Schuld. „Es spielt keine Rolle. Nicht mehr. Jetzt bin ich hier“, flüsterte er und presste seine Lippen auf ihre.

Sie schloss die Augen und genoss die exquisiten Wonnen, die Shane ihr schenkte. Zu viele Jahre waren vergangen, und noch immer gab es zu viele unbeantwortete Fragen und Zweifel, aber sie ignorierte sie und überließ sich seinen Liebkosungen. Sie fasste mit den Händen in seine seidenweichen Haare, als ob sie durch die Berührung das Leid von vier trostlosen Jahren auslöschen könnte.

Shane zog ihr das Kleid aus und ließ es zu Boden gleiten. Mit seinen warmen Handflächen strich er fest über ihren Rücken und die geschmeidigen Rundungen ihrer Hüften. Er drückte sie eng an sich, und sie konnte sein männliches Verlangen und seine Lust fühlen. „Oh Mara“, flüsterte er, während er ihren BH öffnete. „Du bist schöner, als ich in Erinnerung hatte.“ Mit einer Hand umschloss er zärtlich eine der Brüste, was in Mara einen süßen Schmerz auslöste, der ihre Begierde noch verstärkte.

Warm und weich fuhr er mit seiner Zunge über ihren Busen und reizte ihre harte Knospe, bis Mara die Liebkosung kaum noch ertragen konnte. Er massierte sie mit Händen und Fingern, und endlich, gerade als sie dachte, es wirklich nicht länger aushalten zu können, nahm er die Brustwarze in den Mund, und die Lust rauschte wild durch ihren Körper. Sie bebte unter der Macht ihrer Gefühle.

Schnell entledigte sie sich ihrer restlichen Kleidung, das heißt, sie beseitigte das hauchfeine Hindernis, das sie noch von ihm trennte. Sie hielt die Luft an, während sie auf ihn hinuntersah: groß, schlank und männlich. Genauso wie sie ihn in Erinnerung hatte, und haargenau wie sie ihn sich hundertmal in ihren Fantasien ausgemalt hatte. Sie zeichnete mit den Fingern seine gewölbten, kräftigen Muskeln an Rücken und Bauch nach.

Seine Stimme durchbrach die Stille der Nacht. „Oh Gott, Mara … ich kann nicht mehr warten …"

Er küsste ihren Bauch, ihren Bauchnabel und ließ die Zunge gierig über ihre Haut gleiten, wobei er ihre Hüften immer näher an sich presste, bis er den Kopf zwischen ihren Oberschenkeln vergrub. Maras Kehle entstiegen leise schnurrende Laute, unterdessen er wieder und wieder ihren Namen murmelte.

In dem Moment, als sie glaubte, die erotische Folter nicht mehr aushalten zu können, schloss er sie in die Arme und drehte sich mit ihr um. Mit seinen Knien spreizte er ihre Oberschenkel und beugte sich über sie. „Tut mir leid, Mara, aber ich kann wirklich nicht länger warten", stöhnte er, senkte den Kopf und suchte ihren warmen Mund mit den Lippen.

„Ich auch nicht", flüsterte sie, und in einer einzigen Bewegung drang er in sie ein und überließ sich dem Verlangen, das ihn jahrelang gequält hatte. Sie spürte, wie die Lust sie überwältigte, als ihre Körper in vollkommener Vereinigung miteinander verschmolzen.

Shane schmiegte sich an sie, und Mara fühlte sich so jung wie seit Jahren nicht mehr. Schließlich erlag sie dem Bedürfnis ihres Körpers, kuschelte sich in seine starken Arme und schlief ein. Mara wusste, dass sie ihm von Angie erzählen musste, und wollte auch unbedingt alles erfahren, was er in Nordirland erlebt hatte. Aber sie konnte sich nicht überwinden, den Frieden zu stören, den sie gefunden hatten und miteinander teilten.

Spät nachts, als Shane sie mit neuer Leidenschaft weckte, dachte sie daran, wie absurd die ganze Situation war, behielt ihre Gedanken jedoch für sich. *Morgen früh. Ich werde alles mit ihm klären … Morgen früh.*

5. KAPITEL

Als der Morgen graute und die Sommersonne ihre warmen Strahlen aussandte, wachte Mara auf und fühlte sich ruhig und friedlich wie seit Jahren nicht mehr. Behaglich an Shanes kräftigen Körper gekuschelt, hatte sie traumlos schlafen können – ein warmes, köstliches Gefühl, das sie nun in einen rosa Mantel guter Laune hüllte, während sie sich träge auf dem Bett rekelte.

Sie betrachtete Shane, der neben ihr noch immer fest schlief. Das lavendelblaue Laken, das sie sich an die nackte Brust hielt, lag wie hingeworfen über seinem braun gebrannten Körper. Jegliche Anspannung schien von ihm gewichen zu sein, und seine Muskeln waren im Schlaf entspannt. Obwohl sich sein Bart am Kinn bemerkbar machte, sah er jünger aus als am Abend zuvor. Den Kopf auf einen ausgestreckten Arm gebettet, lag er auf der Seite.

Mara hatte die Morgensonne im Rücken und konnte die warmen Strahlen fühlen, die durch die dünnen Lamellen der Jalousie fielen und unregelmäßige Schatten auf seinen Körper warfen. Es dauerte nicht lange, da rührte er sich, von der Sonne geweckt, aber auch von Maras unverwandtem Blick.

Verschlafen öffnete er ein Auge und setzte ein schiefes, aber sehr reizvolles Lächeln auf, während er ihren Körper mit Blicken liebkoste. Er streckte sich, und in einer einzigen geschmeidigen Bewegung zog er ihr das Laken von den Brüsten. Seine Augen suchten ihren Blick, und sie konnte ahnen, wie die Flammen der Leidenschaft in ihren dunklen Tiefen abermals aufflammten.

„Weißt du eigentlich“, fragte er leise und zeichnete mit einem Finger den Umriss ihrer Brust nach, „dass du morgens noch schöner bist, als ich es im Kopf hatte?“ Er unterbrach sein verführerisches Tun. „Das hätte ich niemals für möglich gehalten.“

Sie hielt seinen Finger fest und unterband alle weiteren Erkundungen, indem sie ihn an die Lippen drückte. „Und weißt du eigentlich“, konterte sie vielsagend, „dass wir beide einen unglaublichen Berg von Dingen haben, die wir heute klären müssen.“

„Aber dazu haben wir noch den ganzen Vormittag Zeit“, versicherte er ihr, und strich ihr eine blonde Locke aus dem Gesicht.

„Nein … nein, Shane, die haben wir nicht.“

Ihre Entschlossenheit überraschte ihn. „Was meinst du?“, fragte er, plötzlich ernst geworden. Als er den gequälten Ausdruck in ihrem Gesicht bemerkte, ließ er von ihr ab, berührte allerdings noch ihr Gesicht, als wollte er so den ernsten Ausdruck davon vertreiben.

„Es gibt einiges, worüber wir reden müssen …“

„Nichts, was so weltbewegend wäre, um nicht warten zu können“, wandte er ein und presste sie eng an sich. Als seine Brust sich an ihre Brüste drückte, begann ihr Herz wild zu schlagen. Wieder einmal wirkte sein Zauber auf sie.

Aber sie war entschlossen, ihm von Angie zu erzählen, und unterbrach – wenn auch nur sehr ungern – einen weiteren Kuss. „Shane, es gibt so viel, was ich dir sagen will“, begann sie und versuchte das Feuer zu ignorieren, das er in ihr entfacht hatte. „Wir müssen einfach über ein paar Dinge reden.“

„Also, dann lass es uns jetzt sofort tun“, schlug er vor, umkreiste jedoch ihren Mund mit seinen Fingern und sah sie mit einem zufriedenen, beinahe schon sündigen Lächeln hingerissen an.

„Shane! Jetzt mal im Ernst … *bitte*“, beschwor sie ihn atemlos.

Er verlagerte sein Gewicht und musterte sie prüfend. Irgendetwas lastete ihr schwer auf der Seele, so viel stand fest. „Also gut“, stimmte er zu und rückte etwas von ihr ab. Die wenigen Zentimeter, die sie nun auf dem Bett voneinander trennten, kamen Mara wie eine unglaubliche Distanz vor. Er stützte sich auf einen Ellbogen, schob sich ein Kissen unter die Schulter, schaute sie an und wartete darauf, zu hören, was auch immer sie glaubte, ihm unbedingt beichten zu müssen. Flüchtig dachte er an Peter Wilcox, und sofort hatte er ein saures, unangenehmes Ziehen in der Magengrube.

Sein eindringlicher Blick und sein verlockender, nur teilweise bedeckter Körper machten es Mara schwer, die Worte zu finden, die ihr eigentlich doch zufallen müssten. Wie sollte sie beginnen?

„Lass uns nach unten gehen", schlug sie vor und biss sich auf die Lippe.

„Ich dachte, du wolltest reden."

„Das will ich auch. Aber ich würde es vorziehen, das irgendwo anders zu tun, wo ich klarer denken kann ..."

Interessiert hob er kurz die Augenbrauen und sagte schulterzuckend: „Wenn es dir dann leichter fällt." Er suchte seine Kleidung zusammen, die in einem zerknitterten Haufen auf dem Boden lag, und überlegte, worum es bei der bevorstehenden Diskussion gehen könnte. Es lag eine Auseinandersetzung in der Luft. Das konnte er riechen.

Mara wusste, wenn sie ihm nicht so bald wie möglich von Angie erzählte, würde ihr geringer Mut sie verlassen. Sie fragte sich, wie er die Nachricht, dass er eine fast vier Jahre alte Tochter hatte, aufnehmen würde. Ob er ihr glaubte? Wie würde er reagieren? Mara glitt aus dem Bett und ging schnell zum Wandschrank, wo sie sich ihren aprikosenfarbenen Bademantel vom Bügel schnappte. Als sie hineinschlüpfte, konnte sie Shanes Blicke im Rücken spüren, ohne sich umzudrehen. „Wie schade", hörte sie ihn leise murmeln. Sie konnte sich vorstellen, wie sich jetzt das Verlangen in seinem Gesicht spiegelte, ging jedoch nicht darauf ein. Ärgerlich verknotete sie den Gürtel an ihrem Bademantel. Sie würde sich an ihren Vorsatz halten, ganz gleich, wie schwierig es auch sein mochte. Abgesehen davon, und zwar bevor irgendetwas anderes geschah, *musste* sie wissen, warum er so lange gebraucht hatte, um zu ihr zurückzukehren. Interessant wäre es auch zu erfahren, weshalb er nach vier einsamen Jahren des Schweigens auf einmal eine solche Sehnsucht nach ihr hatte.

Die verführerische Schlafzimmerstimmung wurde abgelöst von der leichten Heiterkeit, die die Küche ausstrahlte. Die Zubereitung des Kaffees brachte Mara wieder in die Realität zurück. Aber noch während sie sich Shane gegenüber an den kleinen Frühstückstisch setzte, war sie sich nicht sicher, ob sie den Mut aufbringen würde, alle Fragen zu stellen, die sie quälten. Sie rührte Sahne in ihren Kaffee und beobachtete geflissentlich, wie die dunkelbraune Flüssigkeit in ihrer Tasse die helle milchige Creme absorbierte.

Sie riss sich zusammen, hob den Kopf und sah ihm in die schwarzen Augen. Während sie ihn eindringlich musterte, stieg ihr das kräftige Aroma des Kaffees in die Nase. Und als würde Shane die Bedeutung ihrer Frage ahnen, setzte er eine vollkommen sachliche Miene auf, und sein Blick wurde durchdringend.

„Du wolltest reden", drängte er sie sanft.

Sie leckte sich über die Lippen, eine Bewegung, die er hinreißend ablenkend fand. Zögernd und mit leiser Stimme bestätigte sie aufrichtig: „Ja, das stimmt." Oh Gott, warum war das nur so schwer? „Es gibt Dinge, die wir besprechen müssen. Dinge, die ich wissen muss, und Dinge, die *du* wissen musst."

Er zog eine Augenbraue hoch. „Sprich weiter ..."

Mara seufzte tief, trank einen Schluck von dem kochend heißen Gebräu und ließ den Blick durchs Fenster über die grüne Rasenfläche schweifen, an den jetzt leeren Ställen vorbei bis hin zur Kulisse der prächtigen Berge. Wo sollte sie anfangen? Wie konnte sie ihm erklären, dass er eine Tochter hatte? Das Schweigen ging ihr auf die Nerven, also wandte sie sich ihm wieder zu und stellte fest, dass Shane sie immer noch unverwandt anschaute. Diesmal fand sie jedoch die Stärke, seinem direkten Blick zu begegnen. Wenn auch leicht atemlos, klang ihre Stimme fest, und sie hielt ihre Hände ruhig, die zu zittern begonnen hatten, weil sie die Kaffeetasse so fest umklammerte.

„Shane, ich muss wissen, warum du nicht zu mir zurückgekehrt bist. Ich verstehe einfach nicht, warum du vier Jahre gebraucht hast, um aus der Versenkung wieder aufzutauchen."

Seinem Gesicht war anzusehen, wie Zweifel und Verwirrung in ihm aufkamen. Fast schon wirkte er misstrauisch. „Ich dachte, das hätte ich gestern alles erklärt." Seine Stimme klang rau, aber auch ein wenig verunsichert.

Mara schloss die Augen und biss sich auf die Unterlippe. Es würde schwieriger werden, als sie gedacht hatte. „Ich verstehe, dass du im Krankenhaus warst und eure Identität dort verwechselt wurde. Deshalb ist mir auch klar, dass dein Vater mich nicht belogen hat. Als ich ihn damals anrief, musste er glauben, du wärest tot." Sie trank einen großen Schluck Kaffee. „Aber", fuhr sie fort, „was ich nicht verstehe, ist, warum du, als du schließlich aus dem Krankenhaus entlassen wurdest, warum du da nicht ... Warum bist du nicht ...?" Ihre Stimme verklang.

„Zu dir zurückgekehrt", beendete er den Satz für sie. „Das verstehst du nicht?", fuhr er sie an, und Wut und Fassungslosigkeit verzerrten seine Züge. Die unterschiedlichsten Emotionen spiegelten sich auf seinem Gesicht wider. Beherrscht von dem Zorn, den er die letzten vier Jahre unterdrückt hatte, wurde er laut. „Ich *bin* zu dir zurückgekehrt, Mara, nachdem ich zwei Monate in einem Londoner Krankenhaus gelegen hatte! Und als ich hier ankam, was habe ich da gefunden? Hast du auf mich gewartet, wie ich es von dir erwartet hatte? Nein! Selbstverständlich nicht. Das war zu viel verlangt, nicht wahr?" Auf diese Weise bestritt er von der anderen Seite des Tisches ihren Vorwurf.

Mara erstarben die Worte auf der Zunge, während er sie weiter kritisierte.

„Weißt du, ich hatte mich gefragt, warum du nie auf meine Briefe geantwortet hast. Und ich fand es seltsam, dass dein Telefon abgemeldet war, ohne dass eine neue Nummer mitgeteilt wurde. Aber ich habe es herausgefunden, nicht wahr? Auf die harte Tour. Ich fand heraus, dass die Frau, die ich liebte, und von der ich geglaubt hatte, dass auch sie mich liebt, einen anderen Mann geheiratet hatte. Innerhalb von drei Monaten, Mara ... Drei mickrige Monate!" Verächtlich verzog er die Lippen, als er sie ansah und seine versteckte Wut zeigte.

Mara wollte protestieren, aber er fuhr in seinem rauen Ton fort, als wäre der Damm des Schweigens, der diese Qualen gebannt hatte, auf einmal wie weggespült. Ihr blieb gar nichts anderes übrig, als fassungslos zuzuhören.

„Nicht nur das, liebe Mara“, höhnte er. „Du warst auch noch schwanger, richtig? Ich frage mich, wie lange du eigentlich vorhattest, mich an der Nase herumzuführen? Mein Trip nach Nordirland kam dir da doch sehr gelegen, was?“

Verwirrt und frustriert schüttelte sie den Kopf. Die Tränen schossen ihr in die Augen, sodass sie ihn nur noch verschwommen sah. Aber er machte weiter, denn er war noch nicht fertig mit seiner Tirade.

„Ich weiß nicht, wie ich so blind sein konnte“, bekannte er voller Selbstverachtung. „Du musst dich mit Wilcox bereits getroffen haben, als ich noch hier war, oder jedenfalls sehr kurz danach. Die ganze Zeit, als ich weg war, habe ich geglaubt – nein, ich habe erwartet –, dass du mir treu bist. Aber ich schätze, das war zu viel verlangt, richtig? Kaum war mein Flugzeug in der Luft, hast du dir praktischerweise einen neuen Liebhaber zugelegt, oder etwa nicht? Sag mir …“ Seine Stimme versagte unter dem Gefühl, von dem er gehofft hatte, es vor ihr verbergen zu können. „Sag mir doch mal, wie lange du meintest, die Farce mit mir aufrechterhalten zu können? Hast du dich mit Wilcox getroffen, als ich noch in Asheville war? Was war es? Sein Geld, das dich angezogen hat?“ Seine Augen versprühten Wut und Empörung.

„Nein!“, schrie sie und hatte endlich ihre Stimme wiedergefunden. Drohend hielt er sie am Handgelenk fest.

„Lügnerin!“

„Nein, nein!“ Beschämt und fassungslos schüttelte sie den Kopf. War das derselbe Mann, der noch Minuten zuvor im Bett so zärtlich und umsichtig war? „Peter war niemals mein Liebhaber!“

Shane riss sie am Handgelenk näher, sodass sie halb auf dem Tisch lag. Die Kaffeetasse fiel klappernd zu Boden, zerbrach und die dunkle Flüssigkeit spritzte auf ihren Bademantel. Shanes gequältes Gesicht war jetzt nur noch wenige Zentimeter von ihrem entfernt, und sein wütender, heißer Atem streifte ihre Wangen.

„Lüg mich nicht an!“, herrschte er sie an.

Empört schloss sie die Augen, und ohne nachzudenken,

konnte sie nur noch feststellen, wie ihre freie Hand weit ausholte, und dann verpasste sie ihm mit aller Kraft, die sie aufbringen konnte, eine Ohrfeige. Majestätisch erhob sie den Kopf über seine erniedrigenden Beleidigungen.

„Du Mistkerl! Wie kannst du es wagen, mir Untreue vorzuwerfen!", schoss sie zurück. „Ich habe nie einen anderen Mann auch nur angesehen, geschweige denn mit einem geschlafen!"

„Wie kannst du erwarten, dass ich dir das glaube?"

„Es ist die Wahrheit!" Sie presste die Lippen zusammen, und ihre Augen glitzerten wie Eis. „Wenn du mich mal loslassen und mir auch nur eine Minute zuhören würdest, könntest du mit diesen lächerlichen Unterstellungen aufhören."

Shane verengte die Augen. Er wusste, dass er misstrauisch sein sollte, aber ihr aufrichtiger Blick und die hochmütige Verachtung, mit der sie ihn ansah, untergrub seine Entschlossenheit. Er lockerte den Griff um ihr Handgelenk. Sie zog ihre Hand zurück und rieb sich das Gelenk, ohne ihn dabei aus den Augen zu lassen.

„Also dann, was hast du mir zu Wilcox zu sagen?", fragte er in einem barschem, vorwurfsvollen Tonfall. „Warum hast du ihn geheiratet?"

„Um Himmels willen, ich dachte, du wärst tot!" Sie ließ sich auf ihren Stuhl zurückfallen und rieb sich die müden Augen. „Shane, wenn du mal ein bisschen runterkommen und zuhören könntest, werde ich versuchen, es dir zu erklären." Ein Zittern in der Stimme strafte ihre autoritären Worte Lügen.

Shane stand auf und durchkreuzte die Küche, während er sich mit den Fingern durch die schwarzen Haare fuhr. Er lehnte sich an einen der Kirschholzschränke, verschränkte die Arme vor der Brust und sah sie warnend an. Während er sie beobachtete, waren seine Muskeln fest gespannt. Sie log nicht, das sagte ihm sein Instinkt. Und der Stachel ihrer Verachtung brannte noch auf seiner Wange. „Also gut", gab er ungeduldig nach, so leise, dass er kaum zu hören war. „Ich höre dir zu."

„Es ist richtig", begann sie, und sah ihm unverwandt in die Augen. „Ich war schwanger, als ich geheiratet habe."

Bedrohlich presste er den Mund zusammen, aber er schwieg, und steinernen Blickes bedeutete er ihr fortzufahren.

„Aber es ist nicht das, was du glaubst. Weißt du, ich … Ich war bereits schwanger, als du abgereist bist. Nur hatte ich das damals noch nicht gewusst. Und dann …“ Ihre Stimme zitterte, und sie fing an, eine Papierserviette, die auf dem Tisch lag, in kleine Schnipsel zu reißen. „Und dann, als du nicht angerufen hattest oder mal geschrieben, habe ich mir Sorgen gemacht. Ich habe deinen Vater angerufen, weil ich mich unbedingt mit dir in Verbindung setzen wollte, und da habe ich dann erfahren, dass du tot bist …“

„Du wolltest dich mit mir in Verbindung setzen?“ Zutiefst verärgert wollte Shane ihr nicht glauben. „Warum? Brauchtest du meine Anschrift, um mir eine Einladung zur Hochzeit zu schicken?“ Sarkastisch verzog er die Lippen. „Warum, verflucht noch mal!“ Er schlug mit der Faust auf den Tresen.

„Du hörst mir nicht zu. Ich wollte mich mit dir in Verbindung setzen … Ich musste dir von dem Baby erzählen …“

„Als ob mich das interessiert hätte!“

„… unser Baby, Shane. Verstehst du denn nicht? Ich war schwanger mit *deinem* Kind!“

„Oh Gott“, stöhnte er und schüttelte den Kopf. „Nein … Das ist zu weit hergeholt …“, begann er. Aber die Wut in seinen Augen erlosch, als ihm die Wahrheit dämmerte. Sein Blick wurde leicht unsicher, und unter seiner Sonnenbräune verlor er die Farbe aus dem Gesicht. „Was versuchst du mir da zu sagen, Mara?“, fragte er, wobei er die Lippen kaum bewegte. Seine Miene war ein Ausdruck ungläubiger Fassungslosigkeit. Er umklammerte den Rand des Tresens, als müsste er sich stützen.

„Um Gottes willen, Shane“, schrie Mara und stieß den Atem aus der Lunge. „Ich versuche, dir zu erklären, dass Angie deine Tochter ist, und ich Peter nur geheiratet habe, weil es das Beste war, was ich für *unser* Kind tun konnte!“

„Du kannst nicht von mir erwarten, dass ich dir das glaube … das alles“, erwiderte er scharf. Aber sein Blick, dunkel wie die Nacht, flackerte hin und her.

„Es ist die Wahrheit", hauchte Mara. „Warum sollte ich lügen?"

Shane schob sich eine widerspenstige Haarlocke aus der Stirn, und Mara sah, dass seine Hand zitterte. „Du kannst nicht im Ernst von mir erwarten, dass ich dir abnehme, du wärest mit meinem Kind schwanger gewesen, und hättest praktisch im selben Moment, in dem du annehmen musstest, ich wäre tot, einen Ersatzvater gefunden. Das ist einfach viel zu unwahrscheinlich."

„Unwahrscheinlich oder nicht, genauso war es. Und alles nur, weil ich dachte, du würdest nicht mehr leben!" Sie sah ihn mit ihren blauen Augen, die von der Enttäuschung über seine Reaktion überschattet waren, eindringlich an. „Angie ist deine Tochter!"

„Warum … Warum hast du mir das nicht alles schon gestern Abend gesagt?"

Sie lächelte bitter. „Gestern war ich völlig verwirrt und geschockt. Ich hatte nicht damit gerechnet, dich noch einmal wiederzusehen. Und nachdem das passiert ist, wollte ich sicher sein, den richtigen Zeitpunkt zu finden, schätze ich." Nachdenklich schob sie die hübschen Augenbrauen zusammen. „Ich brauchte Zeit, um mir über alles klar zu werden …"

„Damit meinst du, dass du dir überlegt hast, es mir nicht zu sagen", warf er ihr vor.

„Niemals!"

„Oh Gott", stöhnte Shane, als ihm die Bedeutung ihrer Worte aufging, und es klang wie ein qualvolles Gebet. Mara log nicht. So unglaublich es zu sein schien, Angie war seine Tochter. Und nachdem er das jetzt wusste, fiel ihm die Ähnlichkeit mit dem Foto von ihr auf, das er am Abend zuvor in der Hand gehalten hatte. Peter Wilcox hatte in den vier Jahren, in denen er nicht da war, sein Kind aufgezogen. „Und wie", stotterte er völlig überwältigt von ihrer Erklärung, „bist du auf den Gedanken gekommen, dass es gut für sie wäre, wenn du jemand anders heiratest?" Seine Frage durchschnitt die Luft wie ein goldener Säbel.

„Was hätte ich sonst tun können?“, beschwor sie ihn, und ihre Augen füllten sich mit Tränen der Verzweiflung, als sie sah, wie seine Miene sich in eine undurchdringliche Maske verwandelte.

„Du hättest ehrlich und stark genug sein können, um das Baby allein zu behalten, ohne dich von den gesellschaftlichen Moralvorstellungen in Asheville unter Druck setzen zu lassen. Du hättest *meinem* Kind *meinen* Namen geben können, wenn es denn tatsächlich meins ist!“

„Du hast doch das Foto auf dem Kaminsims gesehen. Sie ist deine Tochter, Shane, ob du es glaubst oder nicht! Und ich werde nicht dulden, dass du mir aus der vorteilhaften Perspektive des Rückblicks sagst, was ich mit meinem Leben hätte anstellen sollen!“ Sie stand auf und konfrontierte ihn mit einem eiskalten Blick. „Ich dachte, du wärst tot, Shane – TOT! Nicht vermisst. Und im Traum hätte ich nicht daran gedacht, dass du dich vor mir verstecken könntest. Ich wusste nur, dass du tot bist, und habe *niemals* erwartet, dich je wiederzusehen. Das hättest du verhindern können, wenn du zu mir gekommen wärst. Ich finde nicht, dass ich mich bei dir für irgendetwas zu entschuldigen hätte. Für nichts. Peter wollte mich heiraten, und ich war einverstanden. Ich wollte, dass unser Kind unter normalen Lebensumständen aufwächst, mit liebenden Eltern. Bei allem, was ich getan habe, hatte ich an erster Stelle immer Angies Wohlergehen im Auge! Kannst du das nicht sehen?“

„Was ich sehe, ist, dass du geplant hattest, Wilcox zu heiraten, und für mich ist das gleichbedeutend mit Prostitution … Ihm das Kind eines anderen Mannes als seins unterzujubeln!“

Frustriert schlug Mara mit der geballten Faust auf den Tisch. „Wage es nicht, so etwas Absurdes auch nur anzudeuten!“, warnte sie ihn. „Ich habe Peter zu keinem Zeitpunkt etwas anderes erklärt, als dass Angie dein Kind ist. Und er hat die Freundlichkeit und den Anstand besessen, mich und Angie trotzdem zu akzeptieren. Er hat gewusst, dass sie dein Kind ist, aber aus praktischen Gründen haben wir allen anderen gesagt, dass sie von ihm ist.“

Eine ganze Weile herrschte Schweigen. Scheinbar völlig fasziniert von dem kultivierten Rasen, dem strahlend weißen Zaun und dem leeren Paddock, schaute Shane aus dem Fenster. Dabei rieb er sich heftig den Nacken mit einer Hand, so als wollte er, bevor er sich Mara wieder zuwandte, einen Teil der Wut wegwischen, die in ihm tobte.

„Shane", erklärte sie gelassen, „wenn ich auch nur die geringste Ahnung gehabt hätte, dass du lebst …"

„Was ist denn mit meinen Briefen?", fragte er.

„Ich habe nie irgendwelche Briefe von dir bekommen, und die Post wurde von meinem alten Apartment hierher nachgesandt …"

„Nun, irgendwer hat sie erhalten, da kannst du sicher sein. Sie wurden mir nie zurückgeschickt!" Er legte eine Pause ein, und seine Stirn bewölkte sich, während er nachdachte. „Und was hättest du gemacht, Mara, wenn du gewusst hättest, dass ich lebe? Hättest du auf mich gewartet? Ist es das, was du mir sagen willst?"

„Natürlich."

Er schnitt ihr das Wort ab, indem er ärgerlich mit der Hand durch die Luft fuhr, schloss die Augen und schüttelte den Kopf. Dann ging er an ihr vorbei durch die Küchentür nach draußen. Mara seufzte tief, als das Fliegengitter hinter ihm zufiel. Auch in ihr brannten Zorn und Entrüstung, und sie wusste, dass es das Beste war, ihn jetzt in Ruhe zu lassen und ihm Zeit zu geben, die Tatsache zu akzeptieren, dass er ein Kind hatte. Was hatte sie auch erwartet? Dass er vor Freude jubeln, sein Kind auf der Stelle lieben würde und die Liebe zwischen ihnen wieder so war wie früher?

Sie bückte sich und fing an, die Teile der zerbrochenen Kaffeetasse aufzusammeln, während sie weiter nachdachte. Wie sagte man noch? – Man kann die Zeit nicht zurückdrehen? Nun, das traf wohl zu.

Mara nahm sich die Zeit, den Boden zu wischen und die Küche aufzuräumen, bevor sie Shane nach draußen folgte. Nachdem sie ihre aufgewühlten Emotionen wieder unter Kontrolle hatte, wusste sie, dass sie der Diskussion über Angie ein Ende setzen musste. Ob es Shane nun gefiel oder nicht, er hatte eine Tochter, auf die er Rücksicht nehmen musste.

Ihre Entschlossenheit geriet leicht ins Wanken, als sie ihn auf der oberen Treppenstufe der langen überschatteten Gartenveranda sitzen sah, den Kopf in die Hände gestützt. Mittlerweile stand die Morgensonne hoch am Himmel, und nur ein paar weiße Wolkenfetzen trieben um die Gipfel der Berge. Der Duft von Pinien und Heckenkirschen lag in der Luft, und unabhängig von dem tiefen Groll, der Shane und Mara trennte, versprach der Tag perfekt zu werden.

Falls Shane bemerkt hatte, dass sie in sein Refugium eindrang, schenkte er ihrer Anwesenheit keine Beachtung. Er ließ den Kopf in den Händen und fuhr fort, in den herrlichen Tag zu starren, ohne wirklich etwas zu sehen.

Mara wedelte kurz mit der Hand den Staub von einer Stelle auf der Treppe und setzte sich neben ihn. „Vielleicht hätte ich es dir lieber nicht sagen sollen“, flüsterte sie mehr zu sich selbst und strich den aprikosenfarbenen Bademantel über den Beinen glatt.

„Sei nicht albern. Ich will es wissen“, murmelte er ohne Gefühl in der Stimme. „Abgesehen davon kannst du nicht vor der Wahrheit davonlaufen, Mara, so wie du es getan hast, als du Wilcox geheiratet hast.“

Mara seufzte schwer. „Ich habe dir gesagt, dass ich Peter geheiratet habe, weil ich glaubte, es sei für Angie das Beste.“

„Ist das wirklich so?“, schoss er erbittert zurück. „Und was ist mit dir? Hast du es nicht dir zuliebe getan?“ Mit seinen dunklen Augen umfasste er das große Kolonialhaus, die ausgedehnte Veranda, die eleganten Gärten und den Rest des gepflegten Anwesens. „Hier lebt es sich gar nicht so schlecht, was? Jedenfalls sehr viel leichter, als ein Kind allein aufzuziehen. Ich nehme nicht an, dass du sehr lange gebraucht hast, dich an diesen Lebensstil zu gewöhnen, stimmt’s?“

„Du verstehst nicht …“

„Du kannst darauf wetten, dass ich das nicht verstehe! Mara, wie konntest du einen anderen Mann heiraten, nachdem du wusstest, dass du mein Kind in dir trägst? Und was ist mit all den Nächten nach eurer Hochzeit? Du erwartest doch nicht etwa von mir, dass ich dir glaube, du und Wilcox hättet niemals Liebe gemacht? Für so dumm kannst du mich unmöglich halten!“

Gegen ihren Willen begannen die Tränen, die sie zurückgehalten hatte, über ihre Wangen zu laufen, aber sie schaffte es, seinem Blick standzuhalten. „Nein, Shane, ich erwarte nicht von dir, dass du etwas Derartiges glaubst. Sonst würde ich lügen. Ich habe mit Peter geschlafen, und in den drei Jahren, die wir verheiratet waren, immer wieder.“ Shane zuckte bei ihren Worten zusammen, und seine dunklen Augen glühten verbittert. „Aber du musst daran denken“, fügte sie warnend hinzu, als sie sein zorniges Gesicht sah, „dass ich dich für tot gehalten habe. Andernfalls, und das schwöre ich dir, hätte ich Peter – und was das angeht, auch keinem anderen Mann – je erlaubt mich zu berühren! Das musst du mir einfach glauben!“

Shanes Miene verdüsterte sich, während er sie musterte. Ihren Augen war deutlich anzusehen, dass sie ehrlich war, und auch die Art, wie sie trotzig das Kinn reckte, die Tränenspuren auf ihren Wangen und ihre gesamte Körperhaltung überzeugten ihn, dass sie ihre Seele vor ihm bloßlegte.

Innerlich stöhnend griff er nach ihrer Hand und drückte sie an seine Lippen. „Oh Baby“, seufzte er und ließ die breiten Schultern hängen. „Was ist mit uns geschehen? Warum können wir einander nicht vertrauen?“ Sanft zog er sie auf seinen Schoß und vergrub das Gesicht an ihrer Brust. „Ich glaube dir, Mara. Ich glaube dir.“

Zitternd vor Erleichterung umschlang sie ihn, als hätte sie Angst, er könnte verschwinden. Immer wieder von atemlosem Schluchzen unterbrochen, würgte sie die Worte hervor: „Ich kann nicht so tun, als hätten Peter und ich nicht miteinander geschlafen ... Und ich erwarte auch nicht, dass du mir treu geblieben bist ...“ Er wollte sie unterbrechen, aber sie legte ihm einen Finger an die Lippen. „Lass uns einfach nicht mehr davon reden oder auch nur daran denken. Ich will nichts von den anderen Frauen in deinem Leben wissen, und Peter ist tot. Es gibt nur uns beide. Die Vergangenheit spielt keine Rolle."

„Und es gibt Angie", erinnerte er sie und hielt sie fest an seinen Körper gepresst. Sie konnte seinen Herzschlag hören, der tief in seinem Brustkorb als Echo zurückklang. Still liefen ihr die Tränen über die Wangen, aber diesmal waren es Tränen des Glücks, das ihr so lange vorenthalten geblieben war.

„Komm mit, Mara. Lass uns nach oben gehen und uns anziehen. Es gibt da eine junge Dame, die ich unbedingt kennenlernen will. Und wir beide haben viel zu tun."

„Was zum Beispiel?", fragte sie leise.

Schweigend sah er sie einen Moment lang an, dann breitete sich ein trauriges Lächeln über sein Gesicht. „Wie zum Beispiel unsere Tochter abzuholen und so schnell wie möglich zu heiraten."

Allem Drängen ihres Körpers zum Trotz, löste sie sich langsam aus seiner Umarmung. „Das ist nur nicht ganz so einfach, Shane", flüsterte sie. „Wir können nicht heiraten."

Er hielt noch ihre Hand und umschloss nun ihre Finger, während die Muskeln in seinem Gesicht sich verhärteten. „Natürlich ist es so einfach, Mara. Wir können sofort heiraten. Was sollte uns daran hindern?"

„Es gibt Dinge …"

„Was für Dinge?", fragte er und runzelte die Stirn.

Ihre Stimme klang zwar weich und leise, aber entschieden. „Es geht nicht nur um uns, verstehst du. Wir müssen auch an andere Menschen und deren Gefühle denken."

„Was ist das für ein Spiel, Mara, das du da spielst? Andere Menschen interessieren mich nicht im Geringsten!" Er stand auf, zog sie zu sich hoch und zwang sie, ihm in die Augen zu schauen. Dabei umklammerte er ihre Schultern über dem Bademantel, und hielt sie mit seinen starken Armen ein Stück von sich weg. Seine sonst zärtlichen Finger krallten sich rau in ihre

Arme, und in seinem Gesicht spiegelte sich das Misstrauen. „Um Gottes willen, Mara“, beschwor er sie. „Was kümmern uns andere Leute? Wir haben eine Tochter, an die wir denken müssen, oder etwa nicht?“ In seinen Augen erwachte wieder der Zweifel.

„Natürlich müssen wir das, Shane, aber du kannst von einem dreijährigen Kind nicht erwarten, dass es dich einfach so als seinen leiblichen Vater annimmt, zumal sie nicht einmal gewusst hat, dass es ihn gibt. Sie hat Peter für ihren Vater gehalten. Und das war er auch! Angie braucht Zeit, sich daran zu gewöhnen. Und ich ebenso!“ Letzteres war ihr so herausgerutscht, und die Worte überraschten sie selbst. Dennoch blieben ihre kühlen blauen Augen unbeirrt und entschlossen.

„Was willst du damit sagen?“

„Geh es langsam an, Shane.“

„Du hast Zeit gehabt.“

„Angie nicht! Denk an sie!“

„Ich denke an sie, verdammt, aber ich weiß nicht, ob ich nach all den Jahren noch länger warten kann, jetzt, nachdem ich weiß, dass sie von mir ist.“

„Du wirst es müssen! Wir alle brauchen Zeit, um erst einmal durchzuatmen. Wir haben alle ein paar heftige Schläge abbekommen, findest du nicht? Du und ich … wir haben beide ein paar unglaubliche, fast unüberwindbare Hürden genommen, um uns wiederzufinden. Und die Zeit filtert gewöhnlich all die unnötigen Dinge im Leben heraus und heilt die Wunden. Wir brauchen Zeit, und die brauchen wir jetzt.“

„Du willst Zeit schinden!“

„Will ich nicht! Denk doch nur einmal darüber nach, Shane.“

Widerstrebend ließ er Mara los, und sie trat einen Schritt zurück. Voller Verwirrung und Zweifel glitzerten seine Augen wie zwei schwarze Diamanten. „Es fällt mir schwer, das alles zu akzeptieren“, räumte er ein. „Zuerst erzählst du mir, dass ich eine dreijährige Tochter habe, die ich nicht kenne, und dann sagst du mir, dass ich sie nicht bei mir haben darf.“

„Für dich ist es nicht schwieriger als für mich“, mahnte Mara ihn. „Vor weniger als vierundzwanzig Stunden habe ich noch geglaubt, du bist tot, und jetzt höre ich, dass du dich vier Jahre lang absichtlich vor mir versteckt hast. Vier Jahre!“

„Nicht absichtlich“, stellte er klar und suchte wieder Trost in der Aussicht auf die Berge. „Vergiss nicht, ich dachte, du hättest mich betrogen.“

„Es gibt einfach so viel, das wir klären müssen, siehst du das nicht ein?“, fragte sie, streckte die Hand aus und berührte seine Wange.

„Ich weiß nicht, ob ich so lange warten kann“, wiederholte er übellaunig, und rieb sich frustriert die Arme. „Ich will Angie sehen, jetzt sofort, und ich möchte, dass sie Kennedy heißt. Wenn ich ein Kind habe, will ich, dass dieses Kind auch meinen Namen trägt. Es wurde lange genug so getan, als wäre Wilcox ihr Vater!“

Mara ließ ihre Hand von der Wange auf seine Schulter gleiten, aber wenn er die tröstende Geste bemerkt hatte, zeigte er keine Reaktion. „Ich bitte dich nicht darum, auf etwas zu verzichten, was dir rechtmäßig zusteht. Das würde ich nicht wollen. Ich bitte dich nur um ein wenig Geduld. Vielleicht wirst du das verstehen, wenn du Angie kennenlernst, wenn du sie wirklich siehst, sie berührst, mit ihr sprichst. Sie ist ein bisschen altklug. Vielleicht auch zu verwöhnt. Und sie ist erst drei. Sie muss dich erst einmal kennenlernen, bevor wir versuchen können, ihr zu erklären, dass du ihr ‚wirklicher‘ Vater bist.“

In Shanes Gesicht spiegelte sich ein ganzer Sturm der Emotionen. Verzweifelt wollte er Mara glauben und vertrauen, und an ihrer Argumentation fand er nichts auszusetzen. Aber ein tiefes Urbedürfnis hatte ihn im Griff, das ihn drängte, sofort zu beanspruchen, was ihm rechtmäßig zustand.

„Und es gibt auch noch andere Leute, an die wir denken müssen“, deutete Mara an.

„Wer?“ Ärger und Frustration brodelten direkt unter der Oberfläche seiner äußerlichen Gefasstheit.

„June, zum Beispiel, und …“

Shane unterbrach sie erbost. „June?“, höhnte er verächtlich. „Peters Mutter? Du sorgst dich um ihr Wohlergehen?“

„Selbstverständlich tue ich das. Sie ist gesundheitlich nicht ganz auf der Höhe, und der Schock, wenn sie hört, dass Angie gar nicht ihre Enkelin ist … Also, ich glaube nicht, dass ihr das besonders guttun würde. Ich möchte nichts tun, was ihren Zustand verschlechtern könnte.“

„Ihr Zustand? Reden wir von derselben Frau, die mich am Tag der Beerdigung an der Tür abgefertigt hat und mich nicht mit dir sprechen lassen wollte?“, fragte er voller Abscheu. „Du machst dir Sorgen um ihr Wohlergehen, nachdem sie jede Möglichkeit hatte, meine Tochter zu kennen und als ihre Enkelin zu lieben? Hör auf mit dem Theater, Mara, June Wilcox hat bereits mehr bekommen, als sie verdient!“

„Es geht ihr nicht gut“, wollte Mara erklären, aber Shane brachte sie mit einem betrübten Lächeln zum Schweigen.

„Meinem Vater auch nicht“, presste er hervor. „Tatsächlich ist er in einem Altersheim und hat nie auch nur geahnt, dass er eine Enkelin haben könnte, geschweige denn eine, die bald vier Jahre alt sein wird. Möchtest du ihm die Freude nehmen, Angie kennenzulernen, nur um die Farce deines Lebens als treue Ehefrau von Peter Wilcox weiterzuspielen?“

„Nein … Aber …“ Innerlich kochend rieb Shane sich den Staub von den Händen und lehnte sich an einen der schweren weißen Pfosten, die das Dach der Veranda stützten, verschränkte die Arme vor der Brust und musterte Mara. Wortlos bedeutete er ihr, ihm das weiter zu erklären. Sie konnte sehen, dass er genug von diesem Gespräch hatte und dass der Zorn sich unter der Oberfläche seiner scheinbaren Beherrschung erhitzte. In seinen ebenholzschwarzen Augen glühte eine kaum kaschierte Wut, und Mara sah sich in die Situation versetzt, mit allen Mitteln versuchen zu müssen, das Gespräch, das jederzeit in einen weiteren Streit umkippen konnte, unter Kontrolle zu halten.

„Aber was?“, hakte Shane nach, als sie nicht weitersprach, und äußerte seine eigenen Vermutungen: „Aber die Gefühlslage von

Peters Mutter ist von größerer Bedeutung als die des Großvaters, den Angie wirklich hat? Der Mann liegt in Atlanta in einem Altersheim und ist kaum in der Lage, allein zu essen. Er *weiß* nicht einmal von seinem Enkelkind. Ist es das, was du mir sagen willst?"

Heftig schüttelte Mara den Kopf, und ihre goldblonden Haare streiften in weichen Wellen über den hellen aprikosenfarbenen Bademantel. „Natürlich muss dein Vater es erfahren", sagte sie leise.

„Wann, Mara? Heute? Nächste Woche? In sechs Monaten? Überhaupt? Wann wird deiner Meinung nach der richtige Zeitpunkt dafür sein?", fragte Shane, ballte die Hände zu Fäusten und öffnete sie wieder. „Wie lange wirst du bereit sein, zu warten, und auf die Gesundheit meines Vaters setzen?"

Auf einmal sah Shane alt aus. Seine hastig übergeworfene Kleidung war zerknittert, und der Bartschatten verdunkelte die untere Hälfte seines Gesichts. Die kaum verhaltene Wut, die ihn ergriffen hatte, als er Maras Standpunkt erfasste, vertiefte die Furchen der Arroganz auf seiner Stirn. In stummer Herausforderung, seine Vermutungen zu widerlegen, hielt er seine dunklen Augen misstrauisch auf Maras Gesicht gerichtet.

Mara konnte nicht antworten. Die Gefühle hatten sich derart in ihr verwirrt, dass sie keinen Ton herausbrachte. Wie konnte sie auch erwarten, dass er sie verstand? Wie konnte sie ihn bitten, zu warten? Und dennoch, was sollte sie sonst tun? Es hatte vier Jahre gedauert, sie beide an den Punkt zu bringen, an dem sie jetzt standen. Sollte etwa binnen weniger Minuten wieder alles auseinanderfallen?

Shane hinterfragte ihre nachdenklichen Überlegungen: „Bist du sicher, dass deine Sorge wirklich nur Angie gilt, und Peters Mutter?"

„Du musst verstehen, dass …"

„Was, Mara?", hakte er nach. „Dass du Angst davor hast, dein bisschen Einfluss und Kontrolle über das Wilcox-Vermögen zu verlieren? Deine Rolle als Peters Witwe hat dir doch die leitende Position in dem Unternehmen verschafft, nicht wahr?"

„Peters Nachlass hat damit gar nichts zu tun!"

„Nein?"

„Natürlich nicht! Wenn ich mir solche Sorgen um meinen Aktienanteil machen würde, glaubst du, ich wäre so dumm, dir von Angie zu erzählen?", schoss sie verärgert zurück. „Ehrlich gesagt, Shane, ich glaube, ich kenne dich nicht mehr. Wie kannst du nur so schlecht von mir denken, nach allem, was uns verbunden hat?"

„Warum sollen wir dann warten?", bohrte er weiter. „Ich habe June Wilcox gesehen und bezweifle, dass sie wirklich krank ist. Und was Angie betrifft, ich denke, sie wird sich wahrscheinlich ohne große Schwierigkeiten an mich gewöhnen. Wenn ich mich nicht irre, geht es dir bei deinem Einwand doch nur um das Wilcox-Vermögen. Hast du etwa keine Angst, dass Peters restliche Familie sein Testament anfechten wird, sobald Angies wahre Identität bekannt wird? Und dass sie versuchen werden, alles zurückzubekommen, was Peter dir und Angie hinterlassen hat? Woher sollten sie schließlich wissen, dass Peter in das Geheimnis um Angies Abstammung eingeweiht war? Sie hätten nur dein Wort darauf, richtig? Und das wird nicht viel zählen, glaube mir. Was die Familie Wilcox angeht, wirst du als Verräterin dastehen, Mara, und ich bezweifle, dass sie dir weiterhin die Leitung von Imagination Toys überlassen werden …", er ließ den Blick über das weite, in Sonnenlicht gebadete Gelände schweifen, „oder dir gestatten, die Herrin dieses Hauses zu sein …"

„Nein!", schrie Mara und lehnte sich Halt suchend an das glänzend weiße Geländer. „So wird es nicht sein!"

„Beweis es mir!"

„Was? Ich … ich verstehe nicht."

„Aber sicher doch." Seine raue Stimme nahm einen honigsüßen Ton an. „Du musst nichts weiter tun, als mir das Recht einräumen, Anspruch auf mein Kind zu erheben!"

„Das werde ich machen, und das weißt du." Sie legte die Stirn in die Hände. „Ich brauche nur etwas Zeit …"

„Du hattest vier Jahre!", fuhr er sie an.

„Und die hast du mir beschert, nicht wahr?“ Er ließ die Arme, die er abwehrend fest vor der Brust verschränkt hatte, an den Seiten herunterfallen. Sein Blick wurde etwas weicher, und während er seine Unterlippe mit den Fingern zusammenkniff, betrachtete er sie nachdenklich.

„Also gut, Mara, du hast gewonnen. Ich werde dir etwas Zeit geben, damit sich alle an mich gewöhnen können. Aber nicht lange!“

„Ich … wir … brauchen nicht lange.“

„Gut. Wie wär's mit einer Woche. Wird das reichen?“

„Zwei wären besser …“

„Schön! Dann also zwei.“ Sein Lächeln war beinahe echt. „Aber das muss reichen … Dann wird nichts mehr verzögert!“ Seine dunklen Augen nahmen einen zufriedenen Glanz an, als hätte er einen ganz besonders angenehmen Gedanken. „Also“, schlug er vor, „warum ziehst du dich nicht an, und wir fahren los. Ich möchte Angie so bald wie möglich kennenlernen.“

Die Freude, die Mara eigentlich hätte empfinden müssen, wollte nicht aufkommen. Irgendetwas an Shanes Stimmungswandel war beinahe zu schön, zu routiniert, zu glatt. Und das belastete sie auch noch, während sie hastig unter die Dusche sprang und sich anzog.

6. KAPITEL

Die Fahrt nach Asheville verlief ruhig und schnell. Shane schien sich auf den Verkehr zu konzentrieren und brütete schweigend über seinen Gedanken, während Mara vorgab, sich für die Aussicht auf die Berge zu interessieren. Die flachen, sanften Hügel mit den alten Holzzäunen und den hellen Einsprengseln von Wildblumen verschwanden allerdings rasch aus ihrem Sichtfeld, denn schon bald fuhr der schnittige Sportwagen auf der Interstate 26 über das klare Wasser des French Broad River und passierte die Stadtgrenzen von Asheville.

Wie immer, wenn sie in die Stadt kam, empfand Mara einen gewissen Stolz. Umgeben von einer ausgedehnten Bergwildnis mit den höchsten Gipfeln, die der Osten der Vereinigten Staaten zu bieten hatte, schien das Asheville Plateau und die Stadt, die seinen Namen trug, sie willkommen zu heißen. In die Höhe ragende, stattliche, moderne Büroanlagen standen stolz neben älteren, detailverliebten Gebäuden aus der Jahrhundertwende, und die ganze Stadt war mit den großen Bäumen der Berge gesegnet – Kiefern, Eichen, Kastanien ... Mara ließ die vertraute Kulisse, die ihr jedes Mal Ehrfurcht einflößte, auf sich wirken. Die klare Bergluft und das helle Morgenlicht verliehen dem Glanz der geschäftigen Stadt eine zusätzliche Intensität.

Shane lenkte den Wagen auf den Parkplatz eines der älteren Hotels in der Nähe des Stadtzentrums und half Mara beim Aussteigen. Galant nahm er ihren Arm und führte sie zum Fahrstuhl. Während sie in den vierten Stock hinauffuhren, trommelte er ungeduldig mit den Fingern an die Holzverkleidung, und in seinem Zimmer sah Mara schweigend und leicht amüsiert zu, wie Shane hin und her flitzte, sich umzog und rasierte, als dürfte er keine Sekunde Zeit verlieren. Insgeheim freute sie sich über die Unruhe und Nervosität, die die Aussicht in ihm weckte, Angie zu begegnen. Dennoch konnte sie, was diese Begegnung anging, eine gewisse Skepsis und Unruhe nicht loswerden. Wie würde Angie auf Shane reagieren? Und was war mit June? Warum hatte Mara das Gefühl, dass es noch eine ernstere, unterschwellige Spannung gab, die Shane ergriff, sowie der Name ihrer Schwiegermutter fiel? War er eifersüchtig auf die Beziehung, die diese Frau mit seinem Kind hatte, oder steckte mehr dahinter?

„Komm, lass uns gehen", rief Shane ihr zu und riss sie aus ihren Gedanken. Er lief zur Tür, fummelte an seiner Krawatte herum und griff nach seinen Schlüsseln – alles in einer Bewegung.

„Immer mit der Ruhe", riet Mara, stand vom Bett auf, wo sie gesessen hatte, und wollte ihm helfen, die Krawatte zu binden. „Wir haben noch den ganzen restlichen Vormittag …"

„Siehst du denn nicht, dass ich es eilig habe, verdammt!", brummte Shane und zerrte ungeduldig an der Krawatte.

„Viel zu eilig", sagte sie schmunzelnd und berührte eine Stelle auf seiner Wange, wo er sich offenbar beim Rasieren geschnitten hatte.

Als er das amüsierte Glitzern in ihren Augen bemerkte, stahl sich ein schiefes, träges Lächeln auf seine Lippen. „Dir macht das alles wohl mächtig Spaß, was? Du freust dich richtig darüber, zu sehen, wie ich mich überschlage, weil ich es so eilig habe, meine Tochter zu sehen."

Mara konnte nicht verhindern, dass sie rot wurde. „Ich glaube, du hast recht", gab sie zu und wich seinem Blick aus. „Es ist herzerwärmend zu sehen, wie deine menschlichere Seite an die Oberfläche kommt. Und", sie sah ihm fest in die Augen, „… es ist eine unglaubliche Erleichterung, zu sehen, wie viel Angie dir bedeutet." Einen Augenblick versagte ihr die Stimme. „Ich … ich hatte Angst, du würdest vielleicht gar nichts von ihr wissen wollen, wenn du von ihr erfährst."

Seine Miene wirkte gequält. „Wie konntest du so etwas nur denken?"

„Es war eine lange Zeit, Shane."

„Viel zu lange", stimmte er ihr zu, legte seine Arme um sie und hauchte ihr einen Kuss auf die Stirn. „Du weißt, dass ich sehr gern hierbleiben und den ganzen Morgen mit dir im Bett verbringen würde", murmelte er und streifte das große bequeme Bett mit einem Blick, „aber ich will wirklich unbedingt mein Kind kennenlernen. Darauf habe ich jetzt schon viel zu lange gewartet."

Auf Shanes ungeduldiges Klopfen hin reagierte niemand, also öffnete Mara, nachdem sie ein paar unbehagliche Augenblicke gewartet hatte, mit ihren eigenen Schlüsseln die Tür zu Junes Apartment. Laut rief sie nach ihrer Tochter und Schwiegermutter, erhielt jedoch, bis auf ein dumpfes Echo aus den leeren Räumen, keine Antwort.

Shane folgte Mara durch den Flur in die Wohnräume des ordentlich aufgeräumten modernen Apartments. Außer ein paar Kleidungsstücken, die kurzerhand auf der Rückenlehne einer blumengemusterten Couch drapiert worden waren, gab es kein Anzeichen dafür, dass Angie sich hier aufhielt. Ohne Angie und June wirkte das Apartment kalt und steril, die Teppiche und Möbel, die in kühlen Blautönen gehalten waren, schmucklos akkurat und unnütz.

Mit deutlicher Verachtung sah Shane sich im Wohnzimmer um, und seine dunklen Augen wurden erst weicher, als er Angies ramponierte Decke entdeckte, die sie achtlos auf den Boden geworfen hatte. Er blieb stehen, um sie aufzuheben, und lächelte, als die rosa Decke sich entfaltete und eine fast nackte und leicht angeschmutzte Puppe freigab. „Kannst du dir nicht etwas leisten, das ein wenig … sauberer ist?", fragte er und musterte das zerzauste Kraushaar der Puppe und ihre trägen blauen Augen.

„Das habe ich versucht, glaube mir", antwortete Mara lachend. „Aber Lolly ist ihr lieber."

„Lolly?", wiederholte er angespannt. „Aber ihr stellt doch Spielzeug her. Kannst du denn da gar nichts finden, das … Lolly ersetzen könnte?"

Mara verzog die Lippen zu einem schmerzlichen Lächeln. „Schön wär's", murmelte sie und schüttelte nachdenklich den Kopf, „aber es scheint, dass unsere Angie – wie übrigens der

Rest aller Kleinkinder Amerikas – die Produkte der Konkurrenz bevorzugt."

„Lolly ist also kein Produkt von Imagination?"

Wieder schüttelte Mara den Kopf. „Paradox, nicht wahr?"

Zweifelnd sah Shane sich die Puppe genauer an. „Was für eine Schande!", flüsterte er und richtete sich zu seiner vollen Größe auf. Die Puppe noch immer vorsichtig in der Hand haltend, ließ er den Blick durch das Apartment schweifen, bis er an der Wand hinter der Couch hängen blieb. Seine Miene verfinsterte sich noch mehr, als er sah, dass auf sämtlichen Fotos, die die glatte weiße Fläche schmückten, Angie und Peter abgebildet waren. „Dein Gatte", äußerte er seine Vermutung mit einem bitteren Ton in der Stimme.

Ohne auf seinen Sarkasmus einzugehen, ging Mara zu der Wand, die mit Familienporträts überladen war. Sie stützte ein Knie auf die Couch, zeigte nacheinander auf ein paar der Porträts und erklärte im Tonfall einer Lehrerin: „Ja, das ist Peter mit Angie, als sie ungefähr sechs Monate alt war. Und das daneben ist ein Bild von June, ihrem Mann, Peter und seiner älteren Schwester Dena. Auf diesem Bild hier sind wir drei – Peter, Angie und ich. Damals war Angie etwa zwei Jahre alt, und es war kurz bevor seine Krankheit diagnostiziert wurde. June hatte darauf bestanden, dass wir es machen lassen. Und das große Porträt hier links zeigt die gesamte Familie einschließlich aller Cousins und Tanten. Die kleinere Aufnahme darunter wurde gemacht, als …"

Eins nach dem anderen zeigte Mara auf sämtliche Fotos, und Shanes offensichtliche Wut spornte sie nur weiter an. Ganz gleich, was geschehen würde, Shane musste lernen, die Tatsache zu akzeptieren, dass sie mit Peter verheiratet gewesen war. An der Vergangenheit ließ sich nichts ändern.

„Das reicht!" Shane brüllte schon fast und griff nach Maras Arm. „Für einen Vormittag habe ich genug über die Familiengeschichte der Wilcox erfahren. Lass uns gehen und Angie suchen. Was glaubst du, wo könnte sie sein?"

Mara befreite sich aus Shanes Griff. „June hatte erwähnt, dass sie mit ihr im Park eine Fahrt mit der Miniatureisenbahn machen wollte. Das ist gleich auf der anderen Straßenseite."

„Gut. Lass uns gehen."

„Glaubst du nicht, wir sollten warten? June hatte sich wirklich darauf gefreut, den Vormittag mit ihr zu verbringen."

„Wir gehen, Mara, und zwar jetzt. Du kannst doch nicht ernsthaft von mir erwarten, dass ich hier herumsitze – in diesem Schrein deines Ehemanns – und darauf warte, dass seine Mutter mein Kind zurückbringt?"

„Nein, wohl kaum ..."

„Dann hör auf, es vor dir herzuschieben, und lass uns gehen."

Shane nahm die paar Sachen, die er Angie zuordnete, und folgte Mara aus dem Apartment und über die Straße in eine der gepflegten Parkanlagen von Asheville. Es war fast Mittag, und obwohl es eigentlich ein sehr warmer Tag war, sorgten Bergwinde dafür, dass sich dieser Vormittag Ende August frisch und belebend anfühlte. Die Eisenbahnen mit einem kleinen Betriebswerk befanden sich auf der anderen Seite des Parks, und obwohl die Schienen sich weitläufig durch die üppige Vegetation am Rand der Gärten entlangwanden, rechnete Mara damit, June und Angie am ehesten in der Nähe des Miniaturbahnhofs finden zu können.

Schließlich konnte sie ihre Tochter hören, bevor sie etwas von ihr sah. Über dem Klappern der Räder auf den schmalen Schienen und dem gelegentlichen Pfeifen der Lokomotive erkannte Mara Angies Lachen und Rufen. Als sie um eine Kurve bogen und Großmutter und Kind sahen, blieben sowohl Shane als auch Mara wie angewurzelt stehen. Angie spielte in einer Art Sandkasten, während June auf einer Bank in der Sonne saß und sie über den Rand einer Zeitschrift hinweg im Auge behielt. Offenbar amüsierte Angie sich prächtig, und June schien den friedlichen warmen Vormittag zu genießen. Mara lächelte, konnte jedoch nicht verhindern, dass es sie wie immer traurig machte, wenn sie an June und ihre angegriffene Gesundheit dachte. Es war so offensichtlich, wie sehr June ihre Enkelin liebte und das Zusammensein mit ihr genoss, und Shane verbarg seine Abneigung gegen Peters Mutter nicht. Mara spürte, wie ihr Herz sich der älteren Frau zuwandte, die so freundlich zu ihr gewesen war. Bei Shanes Enthusiasmus für sein Kind und seinem Insistieren darauf, Angie legal zu seiner Tochter zu machen, würde June die schwache Verbindung verlieren, die sie zu ihrem verstorbenen Sohn zu haben glaubte. Für sie war Angie immer Peters Tochter gewesen, und Mara wusste, June würde am Boden zerstört sein, wenn die Wahrheit herauskam und sie erfahren musste, dass Shane Angies wirklicher Vater war. Würde June sich betrogen und belogen fühlen? Auf einmal erschien Mara ihr Leben ein verworrenes Labyrinth der Täuschung zu sein.

Shane umschloss ihre Hand fester, und nach einer kurzen Pause ging er direkt auf die nichts ahnende Großmutter und das Kind zu. Mara spürte, wie ihre Kehle sich mit jedem Schritt weiter zuzog. Nach all den Jahren, in denen sie sich nach einer Möglichkeit gesehnt hatte, wieder mit Shane zusammen zu sein, musste sie feststellen, dass sie nun fürchtete, was sie sich erträumt hatte. Wenn es so weit war, dass Shane seinen Anspruch auf Angie offiziell machte, wie würde June es aufnehmen? Und Dena … und auch Angie selbst? Wie war es möglich, dass Mara diese endgültige Konfrontation mit einem so unvergleichbaren Glücksgefühl und gleichzeitig mit zunehmendem Grauen erwarten konnte?

June blickte von ihrer Zeitschrift auf, die sie dann als Schutz gegen die helle Sommersonne über die Augen hielt. Sie beobachtete, wie Mara und Shane auf ihre Bank zukamen, und das herzliche Lächeln, das bei Maras Anblick in ihrem Gesicht aufgeleuchtet war, verblasste, sowie sie den Fremden wiedererkannte, der schnellen und entschlossenen Schrittes auf sie zueilte.

„Guten Morgen, Mara“, rief June und winkte ihr zu, als sie die Sorgenfalten auf der gewöhnlich glatten Stirn ihrer Schwiegertochter ausmachte.

Sowie Angie den Namen ihrer Mutter hörte, hob sie den

Kopf und stieß einen Freudenschrei aus, als sie Mara entdeckte. „Mommy!“, tschilpte sie, lief auf Mara zu und warf sich ihr in die Arme. Wie ein Äffchen klammerte sie sich an ihrer Mutter fest und schwatzte wild drauflos: „Grammie und ich sind Eisenbahn gefahren. Genau wie die großen aus dem Buch, und die haben Pfeifen und richtigen Rauch und …“ Ihre Stimme verklang, als sie Shane zum ersten Mal sah. Ihre schwarzen Augen begegneten den Augen ihres Vaters, und obwohl Shane lächelte, lag Argwohn in Angies Blick. „Wer ist der?“, fragte sie spitz und schob die Unterlippe vor. „Warum hat der meine Lolly und meine Schmuse?“

Mit einem Pummelärmchen hielt sie sich an Maras Nacken fest, während sie das andere ungeduldig nach ihren Sachen ausstreckte. Shane reichte seiner Tochter die Puppe, eingewickelt in die zerlumpte Decke. Wichtigtuerisch drückte Angie sie doll an die Brust, während sie Shane weiterhin zweifelnd beäugte.

Mara hatte Schwierigkeiten, ihre Stimme wiederzufinden, schaffte es aber schließlich doch, Shane vorzustellen. „Angie … June … Das ist Shane Kennedy, ein Freund von mir, und er interessiert sich für die Spielzeugfabrik.“

„Wir sind uns schon einmal begegnet“, bemerkte June, und mit deutlichem Desinteresse ergriff sie Shanes dargebotene Hand.

„Richtig, am Tag der Beerdigung“, bestätigte Shane liebenswürdig, während June die blauen Augen eiskalt verengte.

„Ich kann dich nicht leiden“, platzte Angie heraus und funkelte ihren Vater böse an.

Mara rang nach Luft und lief in mehreren Schattierungen dunkelrot an. „Angie! Das ist nicht freundlich! So etwas sagt man nicht. Entschuldige dich bei Mr Kennedy.“

Trotzig verschränkte das Kind die Arme vor der Brust. „Nein!“

„Angie“, drängte Mara angestrengt, die kurz davorstand, die Geduld zu verlieren. Sie stellte das Mädchen kurzerhand auf die Bank neben ihre Großmutter. „Jetzt sei bitte nett. Mr Kennedy ist Mommys Freund …“

Schweigen. Schreckliches, schweißtreibendes, peinliches, ungemütliches Schweigen. Angie drehte den Kopf so, dass sie dem direkten Augenkontakt mit ihrer Mutter entging, und um Junes Mundwinkel zuckte ein feines Lächeln. Sie schien eine gewisse Befriedigung aus Angies Verhalten und ihren schlechten Manieren zu ziehen.

Shane ignorierte Angies Reaktion vollkommen. „Du musst dich nicht entschuldigen, Angie", sagte er, und Mara warf ihm einen eindeutigen Blick zu. „Mir sind selbst auch schon viele Menschen im Leben begegnet, die ich nicht leiden konnte. Ich war nur nie ehrlich genug, das zuzugeben."

„Aber sie sollte sich nicht …", setzte Mara an, doch Shane wischte ihre Einwände mit einer Handbewegung beiseite.

„Du hast recht, wahrscheinlich sollte sie nicht so … unverblümt sein. Aber es macht nichts, jedenfalls macht es mir nichts aus."

Angie sah aus, als wüsste sie nicht recht, was sie von dem Gespräch halten sollte. Sie hatte fest mit weiterem Protest seitens ihrer Mutter gerechnet, und war überrascht, als der nicht kam. Verwirrt warf sie dem Freund ihrer Mutter einen verstohlenen Blick zu, setzte sich auf die Bank und begann, mit Puppe und Decke zu spielen, wobei sie Lolly erzählte, was sie an diesem Vormittag im Park und mit der Eisenbahn erlebt hatte.

„Entschuldigen Sie, Mr Kennedy", sagte June und erwiderte Shanes dunklen Blick. „Hatte Mara mir nicht gesagt, Sie seien daran interessiert, Imagination zu kaufen?"

„Das trifft zu."

„Nun, ich hoffe, sie hat Ihnen gesagt, dass die Firma auf gar keinen Fall und unter keinen Umständen verkauft wird!", erwiderte June scharf. Mara war überrascht. June hatte noch nie Interesse an dem Familienunternehmen gezeigt, geschweige denn eine Meinung zur Unternehmenspolitik geäußert.

„Das hat sie", bestätigte Shane, der an eine Eiche gelehnt zusah, wie Angie mit ihrer Puppe spielte.

„Also dann, ich glaube, ich verstehe nicht ganz, warum sie dann noch hier sind …", erklärte June ausweichend.

„Wie Mara gerade erwähnt hat, wir beide sind alte Freunde", antwortete Shane in einem weichen, fast schon intimen Tonfall. Mara merkte, wie ihr wieder einmal eine rote Welle in die Wangen stieg.

„Oh, dann bleiben Sie übers Wochenende hier in Asheville?"

„Mindestens", antwortete Shane gedehnt, und langsam breitete sich ein Lächeln über seine arroganten Züge.

June schürzte leicht die Lippen. „Wie ich sehe, wart ihr bereits in meinem Apartment", wandte sie sich an Mara. „Habt ihr alle Sachen von Angie mitgenommen? Ihr Nachthemd lag im zweiten Schlafzimmer."

„Nein, wir haben nur die Decke und die Puppe dabei. Aber ich dachte, die anderen Sachen kannst du mitbringen, wenn du Montag kommst, um auf sie aufzupassen."

„Also dann", begann June munter, aber mit einem Hauch von Verbitterung in der Stimme. „Wenn das so ist, will ich mich sputen." Sie nahm ihre Zeitschrift, warf sie in ihren Korb und erhob sich von der Bank. Die Anstrengung hatte zur Folge, dass sie blass wurde.

„Möchtest du nicht den restlichen Nachmittag mit uns verbringen … mit uns essen gehen?", bot Mara an.

„Ich glaube nicht", lautete die steife Antwort, die direkt an Shane gerichtet war. „Dena kommt später vorbei. Ich habe beim besten Willen keine Ahnung, warum. Ich kann mich schon gar nicht mehr daran erinnern, wann sie mich das letzte Mal hier besucht hat."

„Ich bin dir so dankbar, dass du auf Angie aufgepasst hast", flüsterte Mara und gab June einen Kuss auf die Wange. „Bestimmt hat sie es sehr genossen."

Junes Gesicht entspannte sich ein wenig, als sie zu Angie hinübersah, die sich wieder im Sandkasten beschäftigte. „Ja, ich glaube, das hat sie. Aber das Vergnügen war ganz auf meiner Seite." Junes lange, knochendürre Hand schloss sich fest um Maras. „Wir sehen uns Montagmorgen."

„Na schön."

„Tschüs Angie!“, rief June dem kleinen Mädchen zu, das lange genug ihr Spiel unterbrach, um ihre Großmutter ausgelassen anzulächeln und ihr erst mit der Hand und dann mit der Decke zuzuwinken.

Als June außer Hörweite war, richtete Shane seine Aufmerksamkeit wieder auf Mara. „Ich würde sagen, sie mag mich nicht besonders, was meinst du?“ Er nickte mit dem Kopf in die Richtung, die June eingeschlagen hatte.

„Wahrscheinlich hat es ihr nur nicht gefallen, dass du versucht hast, mich am Tag der Beerdigung ihres einzigen Sohnes zu sprechen. Sie war ziemlich mitgenommen.“

Gleichgültig zuckte Shane mit den Schultern, aber Mara musste einfach über ihre Schwiegermutter nachdenken. Die abweisende, unterschwellige Spannung, die deutlich spürbar war, als Mara ihr Shane vorstellte, ließ sich nicht leugnen. Und der vernichtende Blick hochmütiger Verachtung, mit dem sie Shane bedacht hatte – ein Blick, der so gar nicht zu June passte –, wies auf ein tief sitzendes Misstrauen hin, wenn nicht sogar Hass. Wie konnte es sein, dass June von Anfang an eine solche Abneigung gegen Shane hatte? Lag es, worauf Mara bereits hingewiesen hatte, daran, dass Shane die unausgesprochenen Gesetze der Höflichkeit verletzt hatte, als er versuchte, Mara am Tag der Beerdigung zu sehen?

„Deinen Vorschlag von eben finde ich prima“, unterbrach Shane ihre zerstreuten Überlegungen.

„Was … Was meinst du?“

„Mittagessen. Ich habe Hunger. Die Tasse Kaffee heute Morgen hat mir nicht ganz gereicht.“ Fürsorglich legte Shane einen Arm um ihre Schultern. „Hör auf, dir um June Sorgen zu machen. Es ist ihr gutes Recht, mich nicht zu mögen.“

„Es ist nur, weil ich es nicht verstehe. Das passt so gar nicht zu ihrem Charakter. Normalerweise ist sie ein warmherziger, offener Mensch.“

„Irgendwie fällt es mir schwer, das zu glauben.“

Weitere Mutmaßungen wurden unterbunden, als Angie mit

ihrer Decke im Schlepptau auf sie zukam. Mara lächelte ihr Kind an. „Hast du Hunger, Angie? Wie wär's, wenn wir etwas essen gehen?"

„Würstchen?", fragte Angie mit leuchtenden Augen.

„Würstchen?", wiederholte Mara. „Darauf hast du Lust?"

Heftig schüttelte Angie die blonden Locken und zeigte mit dem Finger auf einen Straßenverkäufer, der eine Metallkarre mit großen Speichenrädern und einem hellgrünen Sonnenschirm vor sich herschob.

„Dann also Würstchen", stimmte Shane zu und lächelte amüsiert.

„Bist du sicher?", fragte Mara und beäugte zweifelnd den schnurrbärtigen Verkäufer mit seinen dampfenden Waren.

„Was immer die junge Dame wünscht", antwortete Shane lachend, und schon lief Angie auf den Verkäufer zu.

„Findest du nicht, dass du ein wenig übertreibst?", fragte Mara. „Angie ist schon jetzt viel zu verwöhnt. Das Letzte, was sie braucht, ist ein übermäßig nachgiebiger Vater."

„Wir werden sehen", sagte Shane rätselhaft und sah dem davonlaufenden Kind mit seinen dunklen Augen hinterher.

Den restlichen Nachmittag verbrachten sie mit Angie im Park. Anfangs noch scheu, ließ Angie sich schließlich auf Shane ein und gewährte ihm sogar das Privileg, ihre Decke tragen zu dürfen, als sie durch die Stadt spazierten. Auf dem Stadtplatz fand im Rahmen des Sommerfests ein Kunsthandwerksmarkt statt, und Shane bestand darauf, die verschiedenen Arbeiten der Handwerker aus den Bergen oder der Cherokee-Indianer zu besichtigen. Für Angie kaufte er ein perlenbesticktes Armband, das sie stolz am Handgelenk trug. Und als die Schatten am Nachmittag länger wurden, trug Shane das müde Kind an seiner Schulter zum Wagen zurück, den er in der Nähe von Junes Apartment geparkt hatte.

Die Rückfahrt nach Hause verlief ebenso ruhig wie die Hinfahrt in die Stadt. Die Dämmerung breitete sich über der Landschaft aus und ein dunkelroter Sonnenuntergang bildete den

Hintergrund für die violett gefärbten Berge. Angie schlief ruhig auf dem Rücksitz und ließ über dem leisen Brummen des Sportwagens nur hin und wieder ein zufriedenes Seufzen hören. Ohne ein Wort zu sagen, grübelte Shane beim Fahren vor sich hin, und Mara konnte regelrecht fühlen, wie seine düsteren Gedanken ihn erfassten. Sie hatten das Wilcox-Anwesen schon fast erreicht, bevor er das Schweigen brach, das sich auf sie herabgesenkt hatte.

„Ich weiß nicht, ob ich meinen Teil unserer Vereinbarung einhalten kann", gestand er.

„Unsere Vereinbarung? Welche Vereinbarung?"

„Unsere Abmachung, dass ich dir zwei Wochen Zeit lasse, um die Dinge zu klären, bevor wir Angie sagen, dass ich ihr Vater bin."

„Du hast es versprochen", erinnerte sie ihn und legte besänftigend eine Hand auf seinen Jackenärmel.

„Ich weiß ... Ich weiß, aber ...", er unterbrach sich und versuchte die richtigen Worte zu finden, während er zurückschaltete und in den langen zweispurigen Zufahrtweg einbog. „Aber das war, bevor ich sie kannte. Sie braucht mich."

„Und?"

Er verzog die Lippen zu einem ironischen Grinsen. „Darauf hast du gewartet, nicht wahr? Also ja, du hast recht. Ich brauche sie auch. Das wolltest du doch hören, nicht wahr?"

Mara stiegen die Tränen in die Augen, und ihre Stimme nahm einen tieferen Ton an. „Das zu leugnen wäre eine Lüge. Weißt du, also Peter und Angie sind nie gut miteinander ausgekommen ..."

„Was meinst du?"

Shane hielt den Wagen an und zog den Schlüssel aus dem Zündschloss. Angie bewegte sich zwar, fiel aber gleich wieder in einen sorgenfreien Schlaf.

„Peter fühlte sich durch Angie gestört."

Shane berührte Mara an der Schulter, und durch ihre dünne Baumwollbluse hindurch konnte sie die Wärme seiner Fingerspitzen spüren. „Er fühlte sich durch sie gestört?", flüsterte er.

„Aber ich dachte, du hast ihn geheiratet, um ein normales Familienleben führen zu können. Das hattest du mir doch erzählt."

Mara nickte. „Ja, so war es auch, und ich dachte, es würde funktionieren. Aber ich hatte mich geirrt. Nachdem sie geboren war, hat sich alles verändert. Und er hatte nie ein enges Verhältnis zu ihr. Weder als Baby noch als Kleinkind ..."

Shane stützte einen Arm auf das Lenkrad und legte den Kopf in die Hand. Er sprach zwar ruhig und leise, aber seine Stimme war voller Wut. „Er hat ihr doch wohl nichts getan?"

Mara stockte der Atem. „Oh nein. Peter war nie gewalttätig oder grausam. Nein, nein ... Aber er hatte keine Geduld mit ihr oder hat sie völlig ignoriert. Er wollte weitere Kinder haben ... seine Kinder. Aber nachdem ich gesehen hatte, wie wenig er sich für Angie interessierte ..." Sie zuckte mit den Schultern.

„So also hat deine ‚perfekte Ehe' ausgesehen?"

„Ich habe nie behauptet, dass sie perfekt war. Ich glaube auch nicht, dass es so etwas gibt."

„Nein?"

Entschlossen reckte sie das Kinn und sah ihm in die Augen. „Nein."

„In den letzten vier Jahren hast du dich sehr verändert, Mara."

„Das glaube ich nicht. Ich bin nur realistischer geworden. Das Leben hat etwas an sich, das einen zwingt, seine Träume aufzugeben."

„Du darfst deine Träume niemals aufgeben, Mara."

„Hast du das nicht getan?"

Er nahm ihr Kinn in die Hand, strich mit einem Finger über ihre fein geschwungene Wange und betrachtete sie. „Niemals", flüsterte er und streifte ihren Mund mit seinen Lippen.

„Sind wir zu Hause?", fragte Angie vom Rücksitz, rieb sich die Augen und erhaschte nur einen flüchtigen Eindruck von dem intimen Kuss.

„Ja, Schätzchen", antwortete Mara, öffnete rasch die Tür und hob Angie heraus. „Komm, wir gehen ins Haus, und ich mache uns schnell etwas zum Abendessen."

„Kann ich mit den Kätzchen spielen … Southpaws Babys?" Angie suchte das Fundament des Hauses mit den Augen ab, um zu sehen, ob die Katzenmama dort herumstreifte.

„Ein paar Minuten, Liebes. Bis das Essen fertig ist."

Strahlend lief Angie sofort in Richtung Gartenveranda.

Es war kurz vor neun, als sie mit dem Essen fertig waren, die Küche aufgeräumt hatten, Angie gebadet war und schlafend im Bett lag. Sie hatte die Kätzchen gefunden und Shane überredet, unter die Gartenveranda zu kriechen, um sie zu holen. Ungeachtet Southpaws leiser Proteste zog Shane die Kätzchen heraus und half Angie, im verglasten Teil der Veranda ein Bett für sie zu bereiten. Southpaw schien von dem neuen Arrangement nicht sonderlich begeistert zu sein, aber Angie war entzückt, die vier molligen grau-weißen Kätzchen nun aus der Vogelperspektive betrachten zu können. „Du kannst mir helfen, Namen für sie zu finden", hatte sie Shane versprochen, der mehr als begeistert die Chance ergriff und die Namen seiner Footballfavoriten beisteuerte.

„Ich finde, O. J. ist kein besonders schöner Name für ein Miezekätzchen", vertraute das kleine Mädchen Mara an, als sie ins Bett gebracht wurde.

„Das finde ich auch nicht." Mara lachte. „Aber wenn er Shane gefällt, sollten wir vielleicht lieber dabei bleiben."

„Find ich doof", betonte Angie gähnend, und Mara gab ihr einen kleinen Kuss auf die Stirn. Angie kuschelte sich ins Kissen, und noch ehe Mara das Licht ausschalten konnte, atmete das kleine Mädchen bereits tief und gleichmäßig.

Shane stand im Türrahmen, beobachtete die vertrauliche Szene zwischen Mutter und Tochter, und fragte sich, wie er es geschafft hatte, wieder so von Mara eingenommen zu sein. Es war nicht das, was er geplant hatte, und in Gedanken warf er sich seine Schwäche ihr gegenüber vor. All die Jahre der Bitterkeit und Täuschung begannen von ihm abzufallen, und er wusste, dass er sich, wenn er es denn zuließe, wieder in sie verlieben könnte, genauso leicht, wie er es vor fast fünf Jahren getan hatte. Allmählich beschlich ihn das ungute Gefühl, dass er nie wirklich aufgehört hatte, sie zu lieben, und er überlegte, ob es überhaupt einmal eine Zeit gegeben hatte, in der sie ihm gleichgültig gewesen war, so wie er es sich eingeredet hatte. Aber als sie sich jetzt bückte, um seinem Kind einen Gutenachtkuss zu geben, und ihre goldblonden Haare das Mondlicht einfingen, empfand er nur noch warme Fürsorglichkeit. War es Mara, die ihm so viel bedeutete, oder erlag er bloß den latenten Vatergefühlen für das Kind, das er bis heute Morgen nicht einmal gekannt hatte? Jetzt, wo er über Angie Bescheid wusste – vermischte er da nicht seine Gefühle für Mara mit den eben erst entdeckten Emotionen für das kleine blonde Mädchen mit der leichten Stupsnase und dem spitzbübischen Funkeln in den schwarzen Augen?

„Sie hält nicht viel von den Namen, die du den Kätzchen gegeben hast“, flüsterte Mara ihm zu, schloss leise die Tür hinter sich und ging über den langen Flurläufer zur Treppe.

„Das habe ich gehört.“ Shane schmunzelte und folgte ihr.

„Kannst du ihr das verdenken? Wo gibt es denn so etwas, dass neugeborene Kätzchen nach Footballstars benannt werden? Kein Wunder, dass sie die Namen unpassend findet.“

„Ich glaube, das Wort, das sie gebraucht hat, war ‚doof‘“, erwiderte Shane und bemerkte, wie Mara wehmütig lächelte. „Sie hat nicht gerade Angst zu sagen, was sie denkt, nicht wahr?“

„Nicht unsere Angie“, bestätigte Mara.

Shane lachte leise über das forsche Kind; offenbar amüsierte ihn der Gedanke.

„Oh, du findest das lustig, was?“, hänselte Mara. „Also, warte nur ab. Du wirst dein Fett schon abbekommen. Ich kann dir sagen, ihre Ausbrüche können peinlich sein, verdammt peinlich!“

Shane berührte Maras Arm, als sie von der Treppe kamen und zum rückwärtigen Teil des Hauses gingen. „Du weißt doch, es heißt: ‚Kindermund tut Wahrheit …‘“

„Ich weiß“, bestätigte Mara, ohne ihn das Zitat zu Ende bringen zu lassen, und schaltete das Licht in der Küche an. „Und ich schätze, du hast recht“, räumte sie zögernd ein. „Wie auch immer, ich würde nichts an ihr ändern wollen.“

„Ich schon“, konterte Shane und knipste das Licht wieder aus. Bis auf das blasse Mondlicht war die Küche wieder dunkel.

„Was?“, fragte Mara atemlos. Die ungezwungene Stimmung und der scherzhafte Ton ihres Gesprächs hatten sich von einer Minute auf die andere verändert, als die Dunkelheit den Raum erfüllte. Fast konnte sie *spüren*, wie Shane, der ohne sie zu berühren neben ihr stand, zu ihr durchdringen wollte. „Was würdest du an Angie ändern wollen?“, fragte Mara leicht bestürzt. Den ganzen Nachmittag hatte sie den Eindruck gehabt, dass Shane von seiner eigenwilligen Tochter völlig bezaubert war.

„Ich will sie zurück, Mara“, flüsterte Shane, und verlockend streifte er mit den Fingern ihren Oberarm. „Die drei Jahre, die ich sie nicht gekannt habe, nicht in ihrer Nähe war … Ich will sie zurückhaben.“

Sie brauchte einen Augenblick, bevor sie antwortete. Das Schweigen war belastend und quälend, und nur mit Mühe fand sie ihre Stimme. Sie legte ihre Hand auf seine und drückte sie fester an ihren Arm. „Diese Jahre sind vergangen, Shane … Wenn sie so wichtig für dich gewesen wären, hättest du sie dir nehmen sollen, als du die Chance dazu hattest.“

„Verflucht, Mara! Ich hatte keine Chance!“

„Oh Shane“, seufzte sie, wandte sich ihm zu und sah ihm tief in die Augen, die im Dunkeln fast ebenholzschwarz aussahen. „Wir können die Vergangenheit nicht mehr ändern. Es ist schwer, ich weiß, und wir haben beide Fehler gemacht. Aber es bleibt uns gar nichts anderes übrig, als jetzt damit zu leben.“

„Ich denke, du hast recht“, räumte er nachdenklich ein, auch wenn er wenig überzeugt klang. Zärtlich berührte er mit der Fingerspitze eins ihrer Augenlider und strich über den dichten Pinsel ihrer Wimpern.

Mara schloss die Augen und lehnte sich an ihn. „Lass uns den Rest des Wochenendes versuchen, all unsere Probleme und die Vergangenheit zu vergessen. Können wir uns nicht einfach auf die Gegenwart und die Zukunft konzentrieren?", fragte sie, an seine Brust geschmiegt.

Zögernd griff er nach ihrer rechten Hand. Bevor er antwortete, holte er tief Luft und verschränkte seine Finger mit ihren. „Das kommt darauf an."

„Worauf?"

„Auf zwei Dinge. Erstens möchte ich gern von dir hören, wie du dir vorstellst, dass dir zwei Wochen den Mut verschaffen könnten, den du brauchst, um dich June Wilcox zu stellen und ihr zu sagen, dass Angie mein Kind ist." Seine Finger schlossen sich fester um ihre Hand.

„Ich habe dir bereits gesagt, dass es June nicht gut geht." Mara riss die Augen auf, und selbst im schattigen Mondlicht konnte sie sehen, wie erneut der Zorn in Shane aufflammte. Aber warum? Er umklammerte ihre Hand so fest, dass sie schon befürchtete, er würde sie zerdrücken, und sie senkte den Blick auf ihre ineinander verwobenen Hände, die in der Dunkelheit zwischen ihnen hingen.

„Das Zweite, was ich gern von dir wissen würde, ist, weshalb du noch immer deinen Ehering trägst, obwohl dein Mann nicht mehr lebt? Hat das eine besondere Bedeutung? Oder ist es für dich nichts weiter als das letzte kleine Beweisstück dafür, dass du mit Peter Wilcox verheiratet warst und du das nicht aufgeben magst? Vielleicht war eure Liebe aber auch von einer solchen Dauerhaftigkeit, dass du den Gedanken nicht ertragen kannst, diesen Ring abzulegen?" Shanes Worte waren eiskalt, und sie zerstörten die Intimität des Augenblicks. Mara kämpfte darum, ihre Hand zu befreien, die er nur widerstrebend losließ.

Einen Augenblick war sie unsicher, aber dann zog sie mit theatralischer Entschlossenheit das breite goldene Band langsam und sorgfältig vom Finger und legte es auf die Fensterbank, wo es im Mondlicht blinkte.

„Zufrieden?", fragte sie ihn und schaltete das Licht wieder an. Sofort verwandelte sich der Raum in die warme Küche mit den rostroten Akzenten. „Warum willst du ständig mit mir streiten,

Shane? Woran liegt es, dass du immer dann, wenn ich glaube, wir wären konkret einen Schritt weitergekommen, um die Dinge zu klären, jedes Mal einen anderen Vorwand findest, die Vergangenheit aufzurühren?“ Ihre Augen blitzten so provozierend, wie sie es meinte. „Der Grund, weshalb ich diesen Ring trage, ist offensichtlich, zumindest gilt das für die meisten Menschen. Er schützt mich vor unerwünschter männlicher Aufmerksamkeit.“ Damit drehte sie sich um und stellte den Wasserkessel auf den Herd, um Tee zu kochen. Sie war sauer und konnte ihren Zorn kaum zügeln. Warum liebte sie ihn immer noch so verzweifelt? Er war unberechenbar, so launisch; ständig unterlag er diesen starken Stimmungsschwankungen, und dennoch liebte sie ihn.

Die Pfeife am Wasserkessel riss sie aus ihren Gedanken. Vorsichtig füllte sie zwei Tassen mit dem kochendheißen Wasser und ließ eine seltene Mischung Pekoe darin ziehen. Ohne ihre Empörung zu verbergen, reichte sie Shane eine davon.

„Du hast wohl eine Menge Verehrer, was? Jetzt, wo der gute alte Peter nicht mehr ist.“ Mit fragwürdigem Interesse hob er die schwarzen Augenbrauen und sah sie über den Rand seiner Tasse hinweg an.

„Darum geht es nicht ...“

„Also dann, bitte ...“ Als Geste der Ermunterung, in ihrer Erklärung fortzufahren, kehrte er eine Handfläche nach oben und sagte zweifelnd: „Kläre mich auf!“

Nervös klopfte Mara mit den Fingerspitzen an den Tassenrand. Irgendwie fühlte sie sich von ihm in die Enge getrieben und manipuliert. Dennoch blieb ihr gar nichts anderes übrig, als diesen geschickt platzierten Köder aufzugreifen. Misstrauisch musterte sie ihn, bevor sie auf seinen Vorschlag einging, und müde seufzte sie über ihren Teeblättern. „Ich denke, es ist kein Geheimnis. Seitdem ich nach Peters Tod die Leitung von Imagination übernommen habe, gibt es ein paar aufdringliche Gentlemen – und den Begriff benutze ich im weiteren Sinne –, die in ihrer hohen Meinung von sich selbst offenbar glauben, dass ich als kleine Frau, die das Kommando über ein großes Unternehmen hat, ihre sachkundigen Ratschläge – oder zumindest ihre Körper – brauche, um mit Peters Ableben und der furchtbaren Verantwortung als Geschäftsführerin fertigzuwerden. Ganz offensichtlich können die meisten Männer sich nicht vorstellen, wie ich ohne Mann und Vater für mein Kind sorgen kann, gar nicht davon zu reden, wie ich obendrein auch noch das Unternehmen managen kann." Nachdem Mara einmal zu reden begonnen hatte und sich für das Thema erwärmte, sprudelte alles nur so aus ihr heraus. „Ich bin zu einer Art Zielobjekt geworden, Shane, und das gefällt mir überhaupt nicht." Herausfordernd hob sie stolz das Kinn. „Ich gehöre nicht zu den Frauen, die jeden dahergelaufenen Mann einfach *brauchen*." Ihre Wangen hatten sich erhitzt, und sie legte eine Pause ein, um sich zu beruhigen und etwas weniger wütend fortzufahren: „Ich begreife nicht, warum einige Männer hier in der Gegend sich nicht vorstellen können, dass eine Frau Imagination Toys leiten kann ..."

„Vielleicht haben sie die Bilanzen gesehen und festgestellt, dass die Firma Verluste macht, seit du die Zügel in der Hand hast."

„Das ist nicht fair, Shane", sagte sie warnend und war auf einmal bereit, sich mit ihm zu streiten. „Die Firma macht schon länger Verluste, lange bevor ich die Leitung übernommen habe. Das hat bereits geraume Zeit, bevor Peters Krankheit diagnostiziert wurde, angefangen, und auch wenn es mir noch nicht gelungen ist, das Ruder herumzureißen und wieder schwarze Zahlen zu schreiben, lehne ich es ab, die volle Verantwortung zu übernehmen. Ich lasse mir die Schuld an der Rezession nicht zuschreiben!"

„Du machst es dir zu leicht! Die Rezession ist nichts weiter als eine bequeme Entschuldigung! Du kannst dir die Bilanzen der meisten Firmen in dieser Region ansehen und wirst feststellen, dass sie es immer noch schaffen. Woran liegt es eigentlich, dass Imagination mit der Konkurrenz nicht mithalten kann?"

„Wir hatten Pech mit ein paar Produkten …“

„Das gehört zum Handwerk, Mara. Jede Firma hat ‚Pech‘ zu verkraften, aber ein paar scheinen darüber hinwegzukommen und schaffen es wieder, Gewinne einzufahren.“

„Ich glaube, ich verstehe nicht recht, worauf diese Unterhaltung hinausläuft“, fuhr Mara ihn an und knallte ihre Teetasse auf den hölzernen Tresen. „Soll das eine Kritik an der Art sein, wie ich die Firma führe?“

„Noch nicht.“

„Aber du hast es vor?“, fragte sie ungehalten.

„Vielleicht, wenn es nötig sein sollte“, kündigte er an.

„Und warum dann jetzt diese ganze Diskussion?“

„Ich hatte dich nur nach deinem Ehering gefragt.“

„Und ich habe dir lediglich erklärt, dass ich den Ring nur deshalb trage, weil ich gewisse Geschäftsleute davon abhalten will, mich zu belästigen. Ist das so schwer zu verstehen?“ In Maras Augen loderte ein blaues Feuer und herausfordernd stellte sie sich vor ihn. Als er sich nicht sofort auf das Wagnis einließ, den Streit fortzusetzen, schob sie ihn an: „Und wirklich, gib es doch zu! Ist es nicht genau das, was du wie alle anderen auch gedacht hast? Dass ich unmöglich in der Lage sein kann, die Spielzeugfabrik erfolgreich zu führen?“

Er lächelte, und keineswegs beschämt.

„Das habe ich mir gedacht!“, stellte sie fest, schüttelte den Kopf und spitzte die Lippen, bis sie weiß wurden. „Also, nur weil ich eine Frau bin, heißt das noch längst nicht, dass ich dem Job nicht gewachsen wäre. Ebenso wenig heißt das, dass ich von *irgendeinem* Mann Hilfe brauche!“

Shane stellte seine Tasse neben ihre auf den Tresen. „Ich denke, eins sollten wir ein für alle Mal zwischen uns klarstellen“, erwiderte er mit ruhiger Entschlossenheit. „Ich bin nicht nach Asheville gekommen, um dir in irgendeiner Weise zu helfen.“

„Aber ich dachte …“

„Es spielt keine Rolle, was du dachtest. Ich bin mit der ausdrücklichen Absicht hergekommen, die Firma zu kaufen. Das weißt du. Weil du es ablehnst zu verkaufen, muss ich umdisponieren."

„Was soll das heißen?"

„Ich möchte nur, dass du weißt: Mein Privatleben wird nicht notwendig meinen Standpunkt in Bezug auf Imagination beeinflussen, auch nicht, nachdem ich jetzt erfahren habe, dass ich Angies Vater bin. Wenn überhaupt, wird mich das in meiner Haltung nur bestärken!"

„Ich verstehe nicht", gestand sie ausdruckslos.

„Nein? Komm schon, Mara, du bist eine kluge Frau. Spiel mir nichts vor."

„Ich spiele dir nichts vor, Shane. Ich versuche nur, dich zu verstehen."

„Dann verstehe wenigstens das: Mir gefällt die Vorstellung nicht, dass wir beide letzte Nacht in diesem Haus miteinander geschlafen haben."

„Wie bitte?" Mara war verblüfft. „Wovon redest du?" Die Wendungen, die das Gespräch nahm, verwirrten sie sichtlich. Auch war sie verletzt, weil er offenbar nicht dieselbe rückhaltlose Ekstase und Wonne bei ihrem Liebesspiel erlebt hatte wie sie.

„Ich rede davon, wie es ist, die zweite Geige neben der Erinnerung an einen verstorbenen Ehemann zu spielen", presste Shane hervor, und sein Blick verdunkelte sich. „Weißt du, wie schwer es mir gestern Abend gefallen ist, dich in seinem Haus, seinem Bett, seinen Laken zu lieben? Alles um mich herum, dich eingeschlossen, hat einmal Peter Wilcox gehört! Hast du auch nur eine Ahnung davon, wie ich mich jedes Mal fühle, wenn ich seinen Namen höre oder sein Bild sehe? Ist dir nicht klar, dass ich mich jedes Mal, wenn ich Angie ansehe, frage, wie sehr Peter sie wohl beeinflusst haben mag? Was hat sie für ihn empfunden? Hat sie ihn geliebt? War er freundlich zu ihr? Hat er sie verletzt oder seelisch missbraucht?" Er schwieg einen Augenblick, aber bevor Mara dazu kam, seine Unterstellungen zu entkräften, setzte er seine Tirade fort. „Und dasselbe gilt für die Spielzeugfabrik. Ich will im Schatten der Erinnerung an einen anderen Mann weder leben noch arbeiten. Das ist für mich inakzeptabel."

„Um Himmels willen, Shane, kannst du nicht einmal, wenigstens für einen Moment, Peter vergessen?"

„Wie denn?" Er packte sie an den Schultern, schüttelte sie und zwang sie, ihm direkt in die gequälten Augen zu sehen. „Wie denn, Mara?", wiederholte er. „Alles, was mein sein sollte, hat er genommen ..."

„Er hat dir nichts genommen, was du nicht gegeben hättest, Shane. Und abgesehen davon, was soll das bringen? Peter ist tot!"

„Aber er hat einmal gelebt, nicht wahr?" Unwillkürlich schüttelte er sie wieder. „Und er hat mit dir geschlafen, richtig? Wie oft hast du ihn in dein Schlafzimmer eingeladen, so wie gestern Abend mich? Wie oft hast du gestöhnt, wenn du dich ihm hingegeben hast, so wie du es bei mir getan hast?" Shanes grimmigem Gesicht war die Belastung der aufgestauten Gefühle anzusehen. Sein Zorn war so außer Kontrolle geraten, dass Mara fühlen konnte, wie seine Hände an ihren Oberarmen zitterten.

„Ich ... ich dachte, wir hätten beschlossen, das alles hinter uns zu lassen", sagte sie und strich ihm eine schwarze Haarlocke aus der Stirn.

„Das fällt mir schwer", gab Shane zu, wobei sein Griff sich ein wenig lockerte. „Und ... ich bin mir nicht wirklich sicher, ob ich überhaupt versuchen will, das zu vergessen. Nicht, solange wir in diesem Haus festsitzen – *seinem* Haus."

Sie schwiegen beide. Es war ein langes spannungsgeladenes Schweigen. Schließlich ließ Shane die Arme an den Seiten sinken und räusperte sich. Die Wut war ihm nach wie vor anzusehen und eine greifbare Kraft.

„Ich fahre ins Hotel zurück, Mara", erklärte er nachdenklich. „Ich rufe dich morgen früh an."

„Aber du kannst doch hier übernachten", lud sie ihn ein, denn plötzlich befürchtete sie, er könnte fahren und abermals aus ihrem Leben verschwinden.

„Nein, das kann ich nicht."

„Aber gestern Abend …"

„Gestern Abend war es etwas anderes. Hier gibt es viel zu viel, was mich an die Dinge erinnert, an die ich mich lieber nicht erinnern will." Er betrachtete ihren Körper, und sie konnte sehen, wie in den Tiefen seiner dunklen Augen die Funken der Leidenschaft erneut aufflammten. „Ich will dich, Mara, so wie ich dich immer wollte", gestand er. „Aber ich will dich zu meinen Bedingungen – nicht zu deinen oder denen von Peter Wilcox. Also werde ich, deinem Vorschlag entsprechend, zwei Wochen warten, und meinen Anspruch erst dann geltend machen. Aber nach diesen zwei Wochen", warnte er sie leise, „wird es so laufen, wie ich es will."

Als er sich umdrehte und gehen wollte, fand Mara ihre Stimme wieder und rief ihm nach. „Aber was ist mit Angie? Willst du jetzt einfach zwei Wochen lang wieder aus ihrem Leben verschwinden?" Was machte er da? Lieber Gott, warum verließ er sie, wie er es schon einmal getan hatte?

„Selbstverständlich nicht. Hast du nicht verstanden? Ich komme zurück." Ihren Augen war die Angst deutlich anzusehen, und am liebsten wäre er auf sie zugegangen, hätte die Arme um ihre zierlichen Schultern gelegt und ihr Versprechungen ins Ohr geflüstert, die er unmöglich halten konnte. Aber irgendwie fand er die Kraft, standhaft zu bleiben. „Wir sehen uns morgen früh", versprach er. „Und wir werden etwas unternehmen, nur wir drei. Aber", wieder vertiefte sich seine Stimme, „ich will einfach nicht mehr Zeit als nötig in einer Umgebung verbringen, die mich an deinen Gatten erinnert."

Mara trat einen Schritt auf ihn zu und hatte den Mund schon geöffnet, um zu protestieren, aber seine nächsten Worte hielten sie davon ab.

„Vergiss nicht, Mara, das alles war deine Idee. Du bist diejenige, die noch Zeit braucht, um sich umzustellen. Die nächsten zwei Wochen spielen wir nach deinen Regeln!"

In der Absicht, ihn umzustimmen, folgte Mara ihm bis zur Tür, aber irgendwie fehlte ihr die Entschlossenheit, etwas dagegen einzuwenden. Während er sich in seinen Audi setzte, den Wagen startete und über die Zufahrt preschte, blieb sie in der Tür stehen. Das Scheinwerferlicht verlosch in der Dunkelheit, und der silbergraue Wagen mit dem Mann, den sie liebte, verschwand in der Nacht.

Shane sah sich nicht mehr um, aber Maras Bild, eine dunkle Silhouette vor dem warmen Licht, das aus dem Haus fiel, war noch lange im Rückspiegel zu erkennen und brannte sich tief in sein gepeinigtes Gedächtnis ein.

7. KAPITEL

Das Wochenende war für Mara wie im Flug vergangen – viel zu schnell. Schon bei Tagesanbruch war der Sonntag schwül und heiß gewesen, und Mara hatte einen Picknickkorb mit Obst, Wein, Käse, Roggenbrötchen und Schinken gepackt. Pünktlich um zehn war Shane eingetroffen, und nach einer freudigen Wiedervereinigung mit Angie und den vier Kätzchen hatte er darauf gedrängt, aufzubrechen. Sie waren Richtung Südosten zum Chimney Rock Park gefahren und über die terrassierten Wege zum Hickory Nut Gorge und dem Hickory Nut Fall gewandert, einem der größten Wasserfälle im Osten Amerikas. Das klare Wasser, das in Wellen über die steilen Klippen fiel, und das üppige, dichte Blattwerk schienen der ungewöhnlich starken Hitze die Spitze zu nehmen. Shane musste Angie anschließend einen Teil des Wegs zum Chimney Rock tragen, aber er hatte sich nicht beklagt. Und als sie schließlich die gesamte fast hundertzwanzig Kilometer weite, spektakuläre, wenn auch leicht diesige Aussicht über die Bergschlucht und den Lake Lure genießen konnten, hatte sich der schweißtreibende Anstieg allein schon wegen des ehrfürchtigen Staunens im Gesicht des kleinen Mädchens gelohnt.

Nachdem jedoch die Dämmerung über die blaue Gebirgskette hereingebrochen war, hatte Shane Mara und Angie zu Hause abgesetzt und selbst wieder sein Hotel aufgesucht. Nach diesem langen, heißen Tag, an dem sie seine Gesellschaft genossen hatte, empfand Mara eine seltsame innere Leere, während sie zusah, wie sein Wagen von der Zufahrt verschwand. Ob Shane wohl irgendwann wieder in der Lage wäre, sie zu lieben? War es möglich, dass sie die Chance hatten, ein normales Familienleben aufzubauen, oder würde die Erinnerung an die Vergangenheit sie immer verfolgen und voneinander trennen? War die Liebe für ein Kind stark genug, um die Hindernisse zu überwinden, die sie auseinandertrieben? Wohin führte sie ihr Weg? Die Fragen nagten an ihr und ließen ihr keine Ruhe, sodass sie in dieser Nacht kaum Schlaf fand.

Als June am nächsten Morgen kam, um auf Angie achtzugeben, konnte Mara regelrecht fühlen, wie der kalte, stechende Blick ihrer Schwiegermutter durch die dünne Schicht Make-up die Auswirkungen ihrer turbulenten Gefühle für Shane wahrnahm.

„Hi, Grammie", rief Angie vom Küchentisch, wo sie eifrig einen Stapel aus drei Pfannkuchen mit Unmengen Brombeersirup in Angriff nahm.

Beim Anblick des kleinen Mädchens, das fast von Kopf bis Fuß mit violetten Sirupflecken bekleckert war, zeigte sich ein Lächeln in Junes abgehärmtem Gesicht. „Meine Güte, Angie! Sieh dich nur an. Heute Morgen wirst du auf jeden Fall ein Bad brauchen." Schmunzelnd fügte sie hinzu: „Es sei denn natürlich, du hast wieder vor, dich den ganzen Tag unter der Veranda bei diesen Kätzchen zu verstecken."

Angie legte ihre Gabel aus der Hand und sah ihre Großmutter fragend an. Mit all dem Sirup, der ihr im Gesicht und den Haaren klebte, sah sie geradezu komisch aus. „Oh nein. Die Kätzchen sind nicht mehr unter der Veranda", versuchte sie zu erklären. „Komm mit, Grammie. Ich zeig's dir." Angie sprang vom Stuhl und lief zur Hintertür, die gleich darauf krachend ins Schloss fiel.

Mara zuckte bei dem Geräusch zusammen. „Einen Moment mal", rief sie ihrer Tochter durch das Fliegengitter nach. „Warum isst du nicht erst mal dein Frühstück auf und gehst dann gemeinsam mit Grammie zu Southpaw?"

„Bin fertig!", versicherte Angie, wobei ihre Stimme distanzierter klang als nur durch die Entfernung zwischen Küche und Gartenveranda erklärbar. Offenbar war sie durch die Katzenbabys viel zu abgelenkt, um sich noch für ihr Frühstück zu interessieren.

„Bist du sicher, meine Kleine?", fragte Mara eher rhetorisch, als sie das nahezu unangetastete Frühstück sah. „Viel hast du nicht gegessen ..."

Angie streckte den Kopf durch die schmale Öffnung der Fliegengittertür und kam wieder in die Küche gelaufen. „Hab doch gesagt, ich bin fertig!", bekräftigte sie.

„Aber du hast die Pfannkuchen kaum angerührt."

Nachdenklich runzelte Angie die Stirn, beschloss jedoch, ihre Mutter zu ignorieren. Wie um das Thema Frühstück ein für alle Mal abzuhaken, wischte sie sich mit ihrer Serviette über den Mund und flitzte wieder durch die Hintertür nach draußen. Den halb verzehrten Stapel Pfannkuchen ließ sie auf dem Teller zurück, wo er den restlichen Sirup aufsaugen konnte.

Mara stand nach einer schlaflosen Nacht nicht der Sinn danach, sich so früh am Morgen mit Angie zu streiten. Vermutlich war es ein Erziehungsfehler, dennoch beschloss sie, Angies Ungehorsam und schlechten Manieren keine Beachtung zu schenken. Stattdessen versuchte sie, ihre pochenden Schläfen zu besänftigen. Die Kopfschmerzen, die sich schon am frühen Morgen eingestellt hatten, machten sich in ihrem Schädel nun lauter bemerkbar.

„Möchtest du eine Tasse Kaffee?", fragte sie steif, als sie Junes gequälten Augenausdruck sah. Mara hielt die Kaffeekanne hoch, um einen direkten Blickkontakt zu vermeiden. Bildete sie es sich nur ein, oder wirkte June tatsächlich gealtert und leidender als sonst?

„Ich mache mir später einen", antwortete die ältere Frau und schaute kurz zur Gartenveranda. Von Angie war nichts zu hören und June konnte annehmen, dass das kleine Mädchen wohl kaum stören würde, zumindest nicht in den nächsten paar Minuten. Nervös fasste sie sich an den Hals, bevor sie das Schweigen brach, das auf ihr und ihrer Schwiegertochter lastete.

„Am Samstagnachmittag habe ich Dena getroffen. Sie kam vorbei und wollte mich besuchen", begann sie und versuchte Maras Reaktion einzuschätzen.

„Und was wollte sie?", fragte Mara, trank einen Schluck Kaffee und griff nach Angies schmutzigem Geschirr.

„Sie war besorgt."

Mara fühlte sich zunehmend beklommen. Unbewusst kaute sie auf der Unterlippe, während sie das Geschirr zur Spüle trug und das Wasser aufdrehte. „Besorgt? Warum?"

„Zum einen um dich", antwortete June vorsichtig.

„Sonst noch was?"

„Die Firma." June schob die ergrauenden Augenbrauen zusammen und zögerte einen Augenblick, als hätte sie Angst, etwas Unangenehmes auszusprechen. „Offenbar findet sie, dass du zu dickköpfig bist, was den Verkauf von Imagination Toys angeht."

Grimmig lächelnd räumte Mara das bisschen Geschirr in die Spülmaschine. „Das ist mir bekannt", erklärte sie, trocknete sich die Hände an einem Baumwollhandtuch ab und drehte sich wieder zu ihrer Schwiegermutter um. „Aber verstehe bitte, ich will, dass die Firma es schafft, und ich glaube auch, dass es möglich ist. Sie jetzt zu verkaufen wäre ein Fehler. Da bin ich mir sicher", behauptete sie überzeugter, als sie es tatsächlich war. „Gerade jetzt, wo die Firma Verluste schreibt, würden wir keinen vernünftigen Preis für Imagination bekommen, selbst wenn wir verkaufen wollten. Sollte es uns aber gelingen, halbwegs die Kurve zu kriegen und wenigstens die Rentabilitätsgrenze zu erreichen, wäre der Preis, den wir dann verlangen könnten, wesentlich höher."

June schien erleichtert und zog ihre elfenbeinfarbene Strickjacke ein wenig enger über den schmalen Schultern zusammen. „Es ist ein bisschen kühl hier, nicht wahr?", sagte sie abgelenkt, und als würde ihr erst plötzlich wieder einfallen, worüber sie sich unterhalten hatten, kam sie auf das Thema zurück. „Also, Mara, ich freue mich, zu hören, dass du nicht erpicht darauf bist, Imagination zu verkaufen", erklärte sie. „Ich weiß, es ist eine schwere Aufgabe, während einer Rezession ein unrentables Geschäft zu führen, und manchmal mache ich mir Sorgen, du könntest viel zu viel arbeiten. Aber die Spielzeugfabrik gehört zum Erbe der Familie Wilcox. Vom Großvater meines Mannes Curtis bis hin zu Angie …" Mara fühlte, wie ihr Herz aussetzte, als Angie zum Bindeglied in Peters Familie erklärt wurde. June zögerte nur kurz. „Ich weiß, dass Dena die Firma mit allem Drum und Dran gern verkaufen würde“, stellte sie fest und presste die Lippen zusammen.

Nachdem sie ihre Jacke zurechtgezupft hatte, setzte June sich an den Tisch und protestierte nicht, als Mara eine Tasse schwarzen Kaffees und die Zuckerdose in ihre Reichweite stellte. Vorsichtig trank sie einen kleinen Schluck der kochendheißen Flüssigkeit, lächelte schwach und fuhr fort.

„Dena kann eigentlich nichts dafür, verstehst du?“

„Wofür kann sie nichts?“

„Für ihre Haltung dir gegenüber.“

Mara versuchte die versteckten Andeutungen mit einem Schulterzucken abzutun, aber das wollte June nicht dulden.

„Versuche nicht, mir etwas vorzumachen, Mara. Ich kenne meine Tochter, und ich weiß, dass sie nie viel für dich übrig hatte, schon von Anfang an nicht.“ Mara atmete tief durch. Noch nie waren die Spannungen, die zwischen ihr und Dena bestanden, thematisiert worden. Fast war es, als hätte man erwartet, dass sich unter dem Deckmantel südstaatlicher Höflichkeit das uneingestandene Problem irgendwie von selbst löste. Auch wenn Mara ihrer Schwiegermutter wirklich nahestand, sie hätte nie geglaubt, dass June jemals zugeben würde, dass sie von der Feindseligkeit zwischen Peters Schwester und seiner Frau etwas wusste.

„Weißt du, sie hat sich immer irgendwie minderwertig gefühlt“, gestand June, „und ich schätze, sie hatte allen Grund dazu. Curtis hat nie einen Hehl daraus gemacht, dass er sich einen Sohn wünschte, der das Familiengeschäft weiterführen sollte, und er konnte seine Enttäuschung darüber, dass Dena kein Junge war, nie ganz verbergen. Nicht, dass er sie nicht geliebt hätte, verstehst du. Aber, nun ja, es ist etwas anderes zwischen Vater und Tochter als mit einem Sohn.“ Traurig lächelte June in ihre Tasse. Als sie ihre blassblauen Augen hob, konnte Mara sehen, dass sie wirklich darunter litt und Mitgefühl für Dena hatte.

„Ich nehme an, ich hätte versuchen sollen, die Dinge zwischen Vater und Tochter ins Lot zu bringen, aber ich habe immer gedacht, dass sich alles ändern würde, wenn Dena erst einmal älter wäre. Ich hätte es besser wissen müssen. Curtis und Dena waren sich so ähnlich – angefangen bei den roten Haaren bis hin zu ihrem hitzigen Temperament! Wie auch immer, als Peter fünf Jahre später zur Welt kam, war Curtis außer sich vor Freude, endlich seinen ‚Sohn' zu haben. Dena musste sich einfach übergangen und vernachlässigt fühlen." June seufzte. „Mir ist klar, dass sich heutzutage mit der Frauenbewegung und allem die Dinge geändert haben und dieser Sohn längst keine so große Rolle mehr spielen dürfte. Aber Curtis hat in seiner Tochter nie etwas anderes gesehen als das Kind, das an zweiter Stelle stand, obwohl sie seine Erstgeborene war. Und selbst wenn sie die Neigung verspürt hätte, die Geschäftsführung zu übernehmen, er hätte ihr niemals die Chance dazu gegeben!"

June wirkte müde und erschöpft. „Du musst mir das nicht alles erklären", flüsterte Mara und legte der zerbrechlichen Frau eine Hand auf die Schulter.

„Oh, aber sicher!", erwiderte June heftig und stieß versehentlich gegen die Tasse, sodass der Kaffee in die Untertasse schwappte. „Ich weiß, dass Dena, nun ja, sie kommt manchmal ein wenig boshaft rüber, aber du sollst wissen, dass das keine Fehde gegen dich ist."

„Das weiß ich", räumte Mara ein. „Mach dir deswegen keine Sorgen."

„Ich kann nicht anders. Sie hat dir in der Vergangenheit sehr viel Ärger bereitet, aber ich glaube, das liegt nur daran, weil sie sich übergangen fühlt. Zum einen wegen der mangelnden Aufmerksamkeit ihres Vaters, und zum anderen wegen Peters Testament. Dann hat Bruce auch noch die Verlobung gelöst, nachdem er erfuhr, dass nicht sie den größten Teil von Imagination Toys erben würde, was natürlich wenig hilfreich war."

Mara schauderte, als sie daran dachte, wie aufgelöst Dena war, als ihr unberechenbarer Verlobter, ein Rechtsanwalt, sie nur wenige Monate vor der geplanten Hochzeit sitzen ließ.

„Was könnte ich deiner Meinung nach in Bezug auf Dena

tun?“, fragte Mara, die das Gefühl hatte, dass June eine bestimmte Absicht verfolgte, wenn sie über diese schmerzhaften Erinnerungen redete.

„Ich weiß nicht. Ich habe Dena oder ihre Gründe nie wirklich verstanden. Aber sie scheint zu glauben, dass es für alle Beteiligten das Beste wäre, Imagination an diesen Kennedy zu verkaufen.“ Mara fiel auf, dass June den Unterkiefer vorschob, als sie von Shane sprach.

„Und du?“, fragte Mara leise. „Was willst du?“

June zögerte einen Augenblick. „Die Firma war immer der Lebensnerv der Familie Wilcox. Ich … ich würde es sehr ungern sehen, wenn sie an einen Fremden verkauft wird.“ June klang streng, beinahe hasserfüllt, was Mara überraschte.

„Alle Entscheidungen, die den Verkauf von Imagination betreffen, werden mit den Anteilseignern der Firma erörtert, also allen Familienmitgliedern. Das weißt du doch, nicht wahr? Nur weil Angie und ich den größten Aktienanteil haben, heißt das noch längst nicht …“

Die Fliegengittertür schlug zu und kündigte Angies Rückkehr in die Küche an. „Mommy! Grammie! Namath hat die Augen auf!“, rief sie völlig atemlos. „Kommt gucken! Schnell!“

Mara lachte nervös, war jedoch froh, dass ihr von dem intensiven Gespräch mit ihrer Schwiegermutter eine Pause vergönnt war. Sie folgte Angie und June durch die Tür in den verglasten Teil der Gartenveranda, in dem die empfindlicheren Hängepflanzen untergebracht waren. In dem kleinen Wintergarten war es jetzt schon warm, und abgesehen von einer leichten Brise, die von den Bergen herüberwehte, versprach der Morgen, Junes Äußerungen zum Trotz, einen weiteren heißen Tag. Genau wie Angie angekündigt hatte, begann das größte der grauen Kätzchen die Augen zu öffnen.

„Seht ihr, ich hab’s euch gesagt“, flüsterte Angie mit sichtlicher Freude, während sie das kleine Fellbündel hochhielt.

„Das hast du“, bestätigte June lächelnd. „Nun sag mir doch noch mal, wie hast du das Kätzchen gerade genannt?“

„Namath“, antwortete Angie und runzelte die Stirn. „*Den* Namen hat Mr Kennedy ihm gegeben.“

Sowie von Shane die Rede war, wurde June eindeutig blass. Einen Augenblick glaubte Mara, die ältere Frau könnte ohnmächtig werden, aber kaum hatte sie stützend eine Hand an ihren Ellbogen gelegt, kehrte die Farbe in Junes Wangen zurück.

„Er … hat die Katzen nach Footballspielern benannt?“, erriet June mit offensichtlichem Abscheu.

Mara nickte nur schweigend, während Angie weiter von den Kätzchen plapperte. Der Reihe nach zeigte sie auf O. J., Franco und Bradshaw. June war entsetzt, ohne jedoch zu versuchen, Angies Begeisterung zu dämpfen.

„Findest du O. J. schön?“, fragte Angie unschuldig.

„Es ist … in Ordnung“, brachte June kleinlaut zustande, und Angie schien sich mit dieser Billigung ihrer Großmutter zufriedenzugeben.

„Ich finde Whiskers schöner“, meinte sie noch, und June nickte zustimmend.

„Ich muss jetzt zur Arbeit, Schätzchen, sei schön lieb zu Grammie, ja?“

Angie riss sich lange genug von den Kätzchen los, um ihrer Mutter einen Kuss auf die Wange zu geben. Mara sah, wie June abwesend vor sich hin starrte. „Glaubst du, sie wird dir heute nicht zu viel?“

„Selbstverständlich nicht.“

„Bist du sicher?“

„Mach dir keine Sorgen“, antwortete June mit einem traurigen Lächeln. „Wir kommen bestens miteinander zurecht.“ Die aufrichtige Zuneigung ließ ihre müden Augen wieder strahlen.

Die Traurigkeit, die sie bei ihrer Schwiegermutter wahrgenommen hatte, hing Mara auf dem Weg nach Asheville nach, und obwohl sie versuchte, die gedrückte Stimmung abzuschütteln, gelang es ihr nicht. Die warme Morgensonne, der Duft von Wildblumen, der idyllische Anblick von Pferden, die auf dem

Hochplateau grasten – nichts davon kam gegen das melancholische Gefühl an, das sie befallen hatte. Alles, woran sie denken konnte, betraf ihre Sorge um Junes Gesundheit, Shanes Ungeduld und Angies Wohlergehen. Wie um alles in der Welt sollte sie ihr Dilemma lösen und June sagen, dass Shane Angies Vater war? Und wie würde das kleine Mädchen die Neuigkeit aufnehmen? Würde sie es verstehen? Konnte sie das überhaupt?

Der Tag hatte gerade erst begonnen, und Mara seufzte bereits, als sie die Tür zu ihrem Büro öffnete.

„Mrs Wilcox!", hörte sie eine junge Frauenstimme hinter sich, und sah, dass Lynda ihr nachlief. „Es tut mir leid, aber ich konnte ihn nicht davon abhalten!"

„Wen? Lynda, wovon reden Sie?"

„Mr Kennedy … der Mann, der Freitagnachmittag hier war." Bei der Erinnerung an den Freitagnachmittag und das Wiedersehen zwischen ihrer Chefin und diesem Fremden wurde Maras Vorzimmerdame rot.

Mara lächelte und fragte mit nur einer Spur von Ungeduld: „Ja?"

„Er … also, er hat absolut darauf bestanden …"

„Worauf hat er bestanden?"

„Ich habe ihm gesagt, dass das nicht geht, dass niemand außer Ihnen Ihr Büro betreten darf. Aber er hat mich einfach herumkommandiert, und … also …"

Mara stieß die Tür zu ihrem Büro auf und sah das Objekt der Entrüstung ihrer Sekretärin majestätisch hinter dem Schreibtisch sitzen, wo er mit einem Stift in der Hand irgendwelche Bilanzen durchging, die er sich, weiß der Teufel wie, beschafft hatte.

Mara lächelte gezwungen. „Es ist in Ordnung", versicherte sie der verwirrten jungen Frau. „Mr Kennedy hat meine Erlaubnis, mein Büro zu betreten … und … ähem … alle Unterlagen einzusehen, die er sehen will."

Erleichtert atmete das Mädchen auf. „Gott sei Dank", murmelte sie leise vor sich hin und lief rasch über den Flur zu ihrem Schreibtisch zurück.

Mara kochte vor Wut. Sie schloss die Bürotür hinter sich und lehnte sich Halt suchend daran an, bevor sie Shane zur Rede stellte.

„Was glaubst du eigentlich, was du hier zu suchen hast?", fragte sie und musterte ihn misstrauisch. „Lynda war außer sich vor Sorge, sie könnte etwas falsch gemacht haben."

Shane warf den Ordner mit den Unterlagen, in die er sich vertieft hatte, auf den Schreibtisch. „Was?" Endlich konzentrierte er seine Aufmerksamkeit auf Mara.

„Ich habe gesagt, dass Lynda strikte Anweisung hat, niemanden ohne meine ausdrückliche Erlaubnis hier hereinzulassen. Es überrascht mich, dass du das durchgesetzt hast, ganz zu schweigen davon, dass du unsere Buchhaltung dazu bewegen konntest, dir diese Ordner auszuhändigen."

„Ich fange gern früh mit der Arbeit an und wusste nicht, wann du reinkommst. Ich wollte nicht warten." Er sah wieder auf den Ordner und runzelte die Stirn.

„Also hast du einfach entschieden, mein Büro zu okkupieren …"

„Fürs Erste."

Allmählich verlor Mara die Beherrschung und es fiel ihr schwer, das zu verbergen. Sie durchquerte das Zimmer, warf ihre Handtasche in einen Schrank und marschierte zum Schreibtisch. „Wie wär's, wenn du mir einmal verrätst, was du da eigentlich treibst", schlug sie vor und stellte sich neben ihn.

Vielleicht lag es an ihrem herablassenden Ton, über den er sich ärgerte, jedenfalls hob er den Ordner vom Schreibtisch und wedelte arrogant damit in der Luft herum. „Wie kannst du auch nur ansatzweise erwarten, ein Unternehmen auf diese Weise führen zu können?", fragte er anklagend.

„Was meinst du? Wovon reden wir?" Mara war verblüfft.

„Ich meine, dass ich nicht begreife, wie du annehmen kannst, dich erfolgreich auf dem Markt behaupten zu können, wenn du mit einer derart antiquierten Bürosoftware arbeitest. Kein Wunder, dass Imagination in den roten Zahlen steckt!"

„Ich schätze, das alles ist mir gerade ein bisschen zu viel“, erklärte Mara und wies auf die diversen Ordner, die sich auf ihrem Schreibtisch stapelten, „aber ich verstehe kein Wort von dem, was du sagst.“ Sie konnte nicht verhindern, dass sich ein Hauch von Sarkasmus in ihre Stimme schlich.

„Damit will ich sagen, dass du versuchst, einen Brunnen mit einem Teelöffel zu graben …“ Ihre Verwirrung und ihr empörter Blick ließen ihn fortfahren. „Was ich dir zu erklären versuche: Spielzeuge sind ein großes Geschäft, und in einer rezessiven Konjunktur muss jeder Spielzeughersteller nicht nur innovativ, sondern auch technologisch auf dem neuesten Stand sein. Imagination macht da keine Ausnahme. Man kann den Papierkram nicht derart umständlich bearbeiten, dass es einen ineffektiv macht.“

„Damit willst du sagen, dass Imagination modernisiert werden muss?“

„Richtig.“

„Und … ich nehme an, du hältst die Anschaffung einer modernen Verwaltungssoftware für den ersten Schritt?“

„Du brauchst ein System, das alle Abteilungen, alle Arbeitsgänge aufeinander abgestimmt …“

„Was ich nicht brauche, ist jemand, der mir sagt, wie ich Geld ausgeben muss, das ich nicht habe. Schon gar nicht einen Computer- und Softwareentwickler!“

„Du kannst es dir nicht leisten, nicht zu investieren.“

„Du bist der geborene Vertreter“, bemerkte sie schnippisch.

„Ich meine es ernst, Mara. Wie viele Leute hast du, außer Hammel, noch in der Buchhaltung beschäftigt?“

„Drei.“

„Und die Lohnkosten nebst Zulagen werden insgesamt schätzungsweise um die vierzigtausend Dollar im Jahr liegen?“, vermutete er.

Mara nickte nachdenklich.

„Eine gute Verwaltungssoftware würde wesentlich weniger kosten, und du hättest jederzeit die Übersicht über die Lagerbestände, die Liquiditätsbilanz, die Produktionskosten …“

„Spar dir deine Worte." Sie zog sich einen Stuhl heran und setzte sich. „Das weiß ich alles. Aber ich hatte weder die Zeit noch das Geld, die Firma auf ein solches Programm umzustellen. Du kannst sagen, was du willst, es ist eine kostspielige Investition."

„Ich denke, du hast kaum eine andere Möglichkeit."

„Warum nicht?"

„Weil ich darauf bestehen werde, wenn du meine Unterstützung haben willst. Auf gar keinen Fall werde ich in eine Firma investieren, die nicht in der Lage ist, effektiv den Lagerbestand und die Produktionskosten oder auch den Erfolg von Werbekampagnen und anderen verkaufsfördernden Maßnahmen nachzuhalten. Wir leben im Zeitalter der Computertechnologie, Mara, und du kannst nicht erwarten, ein wettbewerbsfähiges Unternehmen so zu betreiben wie vor zwanzig Jahren."

„Augenblick mal", fiel Mara ihm ins Wort und hob abwehrend die Hände, um weitere Argumente von ihm zu bremsen. „Du spannst die Kutsche vor das Pferd. Bevor du weitere Entscheidungen über die Firma triffst, findest du nicht, es wäre eine gute Idee, mir einmal genau zu sagen, was du meinst, wenn du davon sprichst, in Imagination zu investieren?"

Er lächelte finster und sagte: „Na schön."

„Also?", fragte sie beklommen, widerstand jedoch dem Impuls, sich auf die Unterlippe zu beißen, und betrachtete stattdessen seine scharfen Gesichtszüge, die dichten schwarzen Augenbrauen, seine Unterlippe, die er grüblerisch ein wenig vorgeschoben hatte, den leichten Bartschatten, der sich bereits am Vormittag zeigte. In seinem dunkelblauen Geschäftsanzug mit der auffallend roten Krawatte und dem frischen weißen Hemd wirkte er zwar arrogant, zugleich aber auch irgendwie faszinierend maskulin. Nachdenklich tippte er sich mit dem Bleistift an die Lippe.

„Ich hatte dir bereits gesagt, dass ich nicht die Absicht habe, ohne Gegenleistung der Firma finanziell unter die Arme zu greifen. Und da du dich weigerst, sie zu verkaufen, bin ich bereit, in die Firma zu investieren."

„Wie?“

„Ich habe mich schlau gemacht. Du verfügst nicht über eine Mehrheitsbeteiligung.“

Mara zog sich der Magen zusammen. „Das ist richtig“, gab sie zu.

„Wie auch immer, ich weiß, dass es unmöglich sein wird, genügend Firmenanteile zu erwerben, um das Ruder in die Hand zu nehmen. Das liegt schon allein daran, dass June Wilcox ihre Anteile niemals an mich verkaufen würde.“

„Auch das trifft wahrscheinlich zu.“

„Deshalb habe ich beschlossen, so viele Anteile zu erwerben, wie die Familie zu verkaufen bereit ist. Und dann werde ich der Spielzeugfabrik ein Darlehen zum Basiszinssatz anbieten, damit einige notwendige Anschaffungen finanziert werden können.“

„Wie zum Beispiel eine Bürosoftware von Delta Electronics?“

„Erst einmal, ja.“ Mara spannte die Muskeln. „Aber auch einige Maschinen, um die Fabrik umzurüsten.“

„Umzurüsten für was?“

„Ein Fließband für die Fabrikation von Spielkonsolen. Der Grund, weshalb ich so sehr daran interessiert bin, in das Unternehmen einzusteigen, ist der, dass ich eine neue Serie Videospiele auf den Markt bringen will, die vor allem in Atlanta hergestellt werden. Die vorgefertigten Komponenten könnten hierhergeschickt werden, um in spezielle Spielkonsolen oder auch in kleine Lernhilfsmittel für pädagogisches Spielzeug eingebaut zu werden.“

„Kannst du das nicht alles in Atlanta machen?“, fragte Mara verwundert. „Brauchst du dazu wirklich Imagination?“

„Machen wir uns nichts vor. Abgesehen von dem, was ich darüber gelesen habe, weiß ich sehr wenig über die Herstellung und den Verkauf von Spielzeug. Imagination hingegen verfügt über eine beachtliche Liste von Vertragshändlern, hat weithin den Ruf, haltbare, verlässliche Produkte herzustellen, und im Übrigen einen recht guten Bekanntheitsgrad. Abgesehen davon“, fügte er in einem leicht ominösen Tonfall hinzu, „brauchst du mich mehr, als ich dich brauche.“

„Bist du dir da so sicher?“

Shane lehnte sich in dem Schreibtischsessel zurück und verschränkte die Hände hinter dem Kopf. „Ich weiß, du hattest viel Pech, ob nun verdient oder nicht.“

„Verdient?“

„Sieh's ein, Mara. Die Probleme von Imagination haben weitgehend mit der Tatsache zu tun, dass in den letzten zehn Jahren, seit Peter die Firma übernommen hatte, die Profite stark zurückgegangen sind – wenn man von dem einzigen Lichtblick einmal absieht, nämlich diese witzigen Plastikpüppchen, die nach diesem Science-Fiction-Kinohit auf den Markt kamen.“

„*Interplanetary Connection*“, sagte Mara seufzend. Auch wenn sie es nur ungern zugab, sie wusste, dass Shane recht hatte.

Offenbar merkte Shane, dass ihre Stimmung sich verändert hatte, und der niedergeschlagene Blick, der ihre Augen trübte, flößte ihm Schuldgefühle ein, ganz als wäre er der Grund all ihrer Probleme.

„Soweit ich weiß, hat die Produktionsfirma sich für einen anderen Hersteller entschieden, der die Spielzeugproduktion für die Fortsetzung des Films übernehmen wird.“

„Das stimmt.“ Mara wandte sich ab und blickte durchs Fenster auf die fernen Gipfel der Blue Ridge Mountains.

„Warum?“

Sie presste die Lippen zusammen, drehte sich um und stellte sich seinem fragenden Blick. „Dafür gibt es mehrere Gründe“, begann sie. „Zum einen hat der Produktionsfirma unsere Verpackung nicht gefallen. Ich habe ihnen gesagt, wir würden sie auf unsere Kosten verändern. Dann waren sie mit der Werbekampagne nicht zufrieden, und ich habe eingewilligt, eine unabhängige Firma ihrer Wahl damit zu beauftragen.“

„Also, wo liegt das Problem?“

„Es hat etwas damit zu tun, dass einige der außerirdischen Wesen in dieser Folge etwas exotischer aussehen. Offenbar sind sie viel komplizierter gestaltet als die Außerirdischen in *Interplanetary Connection*, und die Produzenten glauben, dass ein geschmeidigeres Plastik die Actionfiguren lebendiger wirken lässt."

„Und du bist anderer Meinung?"

Mara schüttelte den Kopf. Sie verschränkte die Hände und tippte sich mit dem Zeigefinger nachdenklich ans Kinn. „Nein, ich bin bereit, fast alles mitzumachen, was Solar Productions sich wünscht, aber leider scheint die Konkurrenz den Markt zu beherrschen, was weiches Plastik angeht; zumindest können sie die Actionfiguren wesentlich günstiger produzieren als wir."

„Und wer ist dieser Konkurrent?"

„Das wird natürlich alles vertraulich behandelt, und Solar Productions wird es uns nicht sagen, aber ich vermute, dass es die San Franciscan Toys ist, ein ziemlich junges Unternehmen aus Kalifornien. Offenbar steht ihnen ein Budget zur Verfügung, auf das die NASA neidisch wäre, und sie haben eine Marketingkompetenz, mit der sie es fertigbringen, selbst noch das billigste, minderwertigste Spielzeug zu verkaufen, wie zum Beispiel die Lolly-Puppe, an der Angie so sehr hängt."

Als der Name seiner Tochter fiel, entspannten sich Shanes Gesichtszüge. „Und wie geht es ihr heute Morgen?"

„Bestens. Sie ist noch immer völlig begeistert von den Kätzchen."

Es ergab sich eine Gesprächspause, und Shanes Lächeln erlosch. „Hast du June heute Morgen gesehen?", fragte er, fast schon flüsternd.

„Ja."

„Und hast du es fertiggebracht, ihr zu sagen, dass ich Angies wirklicher Vater bin?"

„Ich habe daran gedacht, aber ich konnte es einfach nicht", gestand Mara. „Sie sah heute Morgen so … erschöpft aus, und da wollte ich kein Risiko eingehen."

„Wenn es der Frau so verdammt schlecht geht, wie kannst du

sie mit Angie allein lassen? Es könnte ein Unglück geschehen. Machst du dir keine Sorgen um sie?"

Wütend massierte Mara sich die Schläfen. „Natürlich mache ich mir Sorgen", fauchte sie.

„Und?"

„Hast du einmal über die Alternativen nachgedacht? Eine Vorschule kommt bei meinen unregelmäßigen Arbeitszeiten nicht infrage. Und bislang habe ich noch kein privates Kindermädchen gefunden, das Angie dieselbe Aufmerksamkeit und Liebe entgegenbringen würde, wie June es tut. Es gibt keine Alternative. June ist die beste Wahl. Abgesehen davon tut es ihr auch gut, mit Angie zusammen zu sein."

Als Shane vielsagend die Augen zur Decke drehte, ging die Bürotür auf und Dena stürzte herein. Sie begann zu reden, bevor sie Shane hinter dem Schreibtisch bemerkte. „Ich habe zehn Minuten gewartet, dann wurde mir klar, dass du wohl vergessen hast ..." Sie brach mitten im Satz ab, als sie den großen Mann an Maras Schreibtisch sah und die knisternde Spannung in der Luft bemerkte. Man musste kein Genie sein, um zu erraten, dass sie mitten in eine Auseinandersetzung geplatzt war. Und wie es aussah, war es ein privater Streit. Dena blieb kurz vor dem Schreibtisch stehen und schob den prallen Aktenordner unter ihrem linken Arm zurecht.

„Oh, Dena", rief Mara und schlug sich mit der Hand an die Stirn. „Unsere Besprechung habe ich völlig vergessen ..." Sie schüttelte den Kopf über ihre eigene Dummheit und fügte hinzu: „Entschuldige bitte ... Ich glaube, Shane Kennedy kennst du noch nicht." Shane erhob sich aus seinem Sessel und reichte Dena die Hand.

„Es freut mich, Sie kennenzulernen", sagte Dena mit ihrem hübschesten Südstaatenakzent und legte ihre schmale Hand in Shanes.

„Das Vergnügen ist ganz auf meiner Seite", entgegnete Shane und ließ die dunklen Augen blitzen, um seine Worte zu unterstreichen.

Neugierig beobachtete Mara den Austausch zwischen den beiden. Welches Spiel mochten sie da miteinander spielen? Dena lächelte schüchtern und entzog Shane langsam ihre Hand.

„Willst du unsere Besprechung noch einmal verschieben?“, wandte sie sich an Mara, ohne dass sich ihr Lächeln aus der Stimme oder den glänzend grünen Augen verlor. Ihre rotblonden Haare waren auf attraktive Weise so frisiert, dass sie ihr in lockigen Strähnen auf die Schultern fielen, und das elegante Kostüm von Halston schmiegte sich eng an ihren Körper. Dena war von Kopf bis Fuß als professionelle PR-Managerin gestylt.

„Welche Besprechung?“, erkundigte sich Shane. „Ich hoffe, ich habe Ihre Pläne nicht durchkreuzt.“ Der Satz klang unschuldig und natürlich genug, aber Mara entging die innere Anspannung in seinen Worten und Blicken nicht.

„Mara und ich wollten das Werbebudget durchgehen“, erklärte Dena leichthin, setzte sich auf die Couch gegenüber dem Fenster und schlug die schlanken Beine in geübter Eleganz übereinander.

„Vielleicht sollten wir über das Budget lieber später reden …“, schlug Mara nervös vor. Warum hatte sie das Gefühl, dass es sehr viel besser wäre, Dena und Shane auseinanderzuhalten? Aus unerfindlichen Gründen empfand sie die beiden zusammen absolut bedrohlich.

Dena ignorierte Mara. „Shane Kennedy“, sinnierte sie laut und schürzte launisch die feuchten Lippen. „Sie sind der Mann, der daran interessiert ist, unsere Firma zu erwerben?“

„Das war ich.“

„Jetzt nicht mehr?“, fragte sie schmollend und warf Mara einen Blick zu, der ihre Enttäuschung kaum verbarg.

Shane machte es sich wieder im Sessel bequem. „Mrs Wilcox lehnt den Verkauf ab.“

Denas Augen verengten sich leicht, und für einen kurzen Moment verlor sich ihr gut aufgesetztes Lächeln. Aber gleich darauf fand sie zu professioneller Gelassenheit zurück und verkniff sich jeglichen Kommentar zu Maras Entscheidung.

Shane las die Frage in Denas Augen und ging darauf ein. „Mara hat mich davon überzeugt, eine alternative Position gegenüber der Firma einzunehmen. Das heißt, wenn der Vorstand dem zustimmt.“

„Alternative Position?“, fragte Dena scheinbar arglos, und nur Mara bemerkte, wie sie die Kiefermuskeln spannte und das Kinn entschlossen vorschob.

„Ich denke daran, Anteile der Firma aufzukaufen und ihr ein Darlehen zu gewähren, sodass Imagination den Betrieb aufrechterhalten könnte.“

„Nett von Ihnen“, murmelte Dena ein wenig sarkastisch. Sie war damit beschäftigt, Shane neu einzuschätzen, ihn zu taxieren. Irgendetwas war an ihm, das sie mehr beunruhigte als seine offenbare Männlichkeit … eine unangenehme Vertrautheit … Das Gefühl ließ sie nicht los. Was hatte er nur an sich, das ihr so zu schaffen machte? Während sie ihn betrachtete, spielte sie nervös mit ihrem Kugelschreiber. Schließlich fragte sie ihn: „Und was haben Sie davon, Mr Kennedy?“ Mara hielt die Luft an. Bis zu diesem Augenblick hatte Dena den Anschein gewahrt, eine kompetente, interessierte Anteilseignerin zu sein. Jetzt aber lag eine unnachgiebige Härte im Blick der rothaarigen Frau, die Mara auf die Nerven ging.

„Nennen Sie mich Shane“, antwortete er mit einem freundlichen Lächeln. „Machen Sie sich keine Sorgen … Dena.“ Nur zögernd benutzte er ihren Vornamen, aber dazu nickte sie höflich. „Es wäre kein einseitiges Unterfangen. Ich gehe davon aus, dass Delta Electronics bei dem Vorhaben einen ausgezeichneten Profit machen wird.“

„Hmm …“, lautete ihre unsichere Antwort.

„Und wenn Sie mich jetzt bitte entschuldigen wollen, ich muss mich an die Arbeit machen“, erklärte Shane. „Mara, als Erstes brauche ich ein Büro mit Telefon und Internetanschluss. Meinen Laptop habe ich dabei. Diese ganzen Ordner hier müssen dorthin und …“ Nachdenklich strich er sich mit einem Finger übers Kinn.

„Sonst noch Wünsche?“, fragte Mara ironisch.

„Ja.“ Entschlossen schnippte er mit den Fingern. „Sorge du dafür, dass möglichst noch in dieser Woche eine Vorstandssitzung stattfindet, und ich werde ein schriftliches Angebot vorbereiten, das ich allen Mitgliedern vorlegen kann.“

Mara spannte den Rücken. Er war so effizient, so verdammt effizient. Was immer er tat, er tat es auf autoritäre Weise und mit geschäftsmäßigem Interesse.

„Du kannst Steward Callisons Büro benutzen“, erklärte sie ihm, packte einen Stapel Ordner und hielt ihm die Tür mit dem Fuß auf. „Er ist in Urlaub und wird vor Mitte September nicht zurückkommen. Solltest du dann noch hier sein, werden wir schon eine andere Lösung finden.“

Auch Shane lud sich mehrere Ordner auf, griff nach seiner Aktentasche und folgte Mara über einen langen hellen Flur in den winzigen Raum, der Stewards Büro war. Falls er die Unterbringung beengend fand, beklagte er sich nicht, sondern stapelte seine Arbeit nur ordentlich auf einer Ecke des Schreibtischs.

Sie mussten ein paarmal hin- und herlaufen, um alle Ordner in Shanes Büro zu transportieren. Als Mara ihr Büro endlich wieder für sich hatte, stellte sie überrascht fest, dass Dena noch immer, fast schon wie hingegossen, auf dem kleinen Lederdiwan saß.

„Dann lass uns jetzt am besten gleich das Budget besprechen“, schlug Mara vor, die sich endlich auf ihren rechtmäßigen Sessel hinter dem Schreibtisch fallen lassen konnte. Sie zog eine Mappe aus ihrer Schublade und schlug sie auf.

„Hat das nicht Zeit?“, fragte Dena zerstreut.

„Aber ich dachte …“

Dena machte eine wegwerfende Handbewegung. „Das Budget kann warten. Was mich interessiert, ist, warum du so stur dagegen bist, Kennedys Angebot anzunehmen, Imagination komplett zu übernehmen?“

„Das habe ich dir doch längst erklärt.“

„War sein Angebot nicht hoch genug?“

„Bis zu den Dollarzeichen sind wir gar nicht gekommen.“

„Dann hast du dem Mann keine Chance gegeben!“, warf Dena ihr erbost vor.

„Hör zu, Dena. Ich habe dir bereits gesagt, dass ich an einem Verkauf nicht interessiert bin. Jedenfalls nicht jetzt. Shane hat ein sehr interessantes Alternativangebot gemacht, das er den Anteilseignern vorlegen will. Wenn die Mehrheit seinen Vorschlag annimmt, kann sich das Unternehmen vielleicht noch immer aus dieser Krise befreien.“

„Und was, wenn nicht? Was dann, Mara?“, fragte Dena, die immer wütender wurde, schneidend. „Dann werden wir neben einer Liste anderer Gläubiger, die so lang ist wie mein Arm, auch noch bei Kennedy Schulden haben. Was hätte er uns dann genützt?“

Geduldig hörte Mara ihr zu. Ihre eigene Verärgerung zeigte sich nur daran, dass sie leicht mit den Fingern an die leere Kaffeetasse auf ihrem Schreibtisch trommelte.

„Warum, um Himmels willen, gibst du nicht einfach auf? Du warst nie dafür geschaffen, diese Firma zu leiten, und mittlerweile solltest du selbst in der Lage sein, das zu erkennen. Seitdem du die Geschäftsführung übernommen hast, sind die Verluste so weit angewachsen, dass es keinen Ausweg mehr gibt. Ergreif deine Chance, solange sie dir geboten wird! Verkaufe die ganze verfluchte Firma und sei froh, dass du sie los bist! Kennedy nur ein paar Anteile abzutreten und ihm zu gestatten, uns weiteres Geld zu leihen, ist nichts weiter als ein Aufschub des Unvermeidlichen.“

„Du schlägst also vor, dass ich das Geld nehme und mich aus dem Staub mache?“

„Kurz gesagt, ich denke, ja.“

„Warum? Warum ist dir so viel daran gelegen, die Firma loszuwerden? Wenn du nichts damit zu tun haben möchtest, warum verkaufst du nicht einfach deine Anteile an Shane und hast deine Ruhe?“

„Das würde dir gefallen, nicht wahr?“, konterte Dena.

„Was meinst du?“

„Du möchtest mich gern loswerden. Ich weiß, dass ich dir ein Dorn im Auge bin, und wirklich, das war nie meine Absicht. Aber es geht mir ungeheuer auf die Nerven, dass du, also jemand, der mit niemandem in unserer Familie wirklich verwandt ist, die Geschäftsführung von Imagination übernommen hast."

„Dena", setzte Mara an und überlegte sich anschließend sehr genau, was sie sagte. „Ich kann verstehen, dass du dich über mich ärgerst. Und ich weiß, dass du findest, du hättest als erstgeborenes Kind deines Vaters den Hauptanteil erben sollen, aber …"

„Hör auf mit dem Theater, Mara", herrschte Dena sie an und gab die anmaßende Pose auf der Couch auf. „Und mach dir gar nicht erst die Mühe, zu versuchen, mich davon zu überzeugen, dass du ‚das Richtige' für mich, meine Mutter oder dein Kind tust, indem du Peters Wünschen nachkommst. Das zieht bei mir nicht, nicht im Geringsten", erklärte sie verbittert.

„Dena …"

„Lass es bleiben, Mara", blieb Dena hartnäckig, erhob sich von der Couch und sah ihre Schwägerin herablassend an. „Was mich betrifft, heißt es alles oder nichts, was die Firma angeht."

Sie machte auf dem Absatz kehrt und wollte gehen, aber Mara hielt sie zurück, indem sie abgekämpft vorschlug: „Gib der Sache doch wenigstens eine Chance."

„Im Leben nicht!" Mit dieser abschließenden barschen Ansage marschierte Dena majestätisch aus dem Büro und zog leise die Tür hinter sich zu.

Mara knirschte mit den Zähnen und versuchte sich wieder zu beruhigen. Die kommenden zwei Wochen würden jedenfalls nicht leicht werden.

8. KAPITEL

Die erste Woche, in der Shane in Asheville blieb, verflog in atemberaubenden Tempo. Die Belegschaft wurde neu eingeteilt, und nachdem einer von Shanes Mitarbeitern mit der Basissoftware „Deltas Finest" sowie mehreren Modulen und einigen neuen Computern eingetroffen war, wurden in allen Abteilungen Unmengen von Daten eingegeben und Mitarbeiter geschult. Mit dem Warenwirtschaftssystem wurden über Kundenmanagement, Rechnungswesen, Buch- und Lohnbuchhaltung, Lagerverwaltung, PR bis hin zum Betriebsmanagement alle Abteilungen vernetzt und festgelegt, wer auf welche Daten Zugriff hatte.

Bei all der Hektik hatte Mara zunächst Zweifel, ob der Aufwand sich lohnte, aber als Shane ihr die leichte Handhabung der Verwaltung vorführte, war sie begeistert und ließ sich dann auch gern von ihm zeigen, wie sie jederzeit die tagesaktuellen Daten aus allen Abteilungen abrufen konnte. Shane versicherte ihr, dass sie in wenigen Wochen eine Expertin im Umgang mit der Software sein werde und nie wieder darauf verzichten wollte.

Zu Hause, wo Mara eigentlich Entspannung finden sollte, war die Lage weiterhin schwierig. Junes Gesundheit machte ihr wirklich Sorgen, denn manchmal wirkte die ältere Frau viel zu zerstreut, und die gräuliche Blässe in ihrem Gesicht ließ sich auch nicht mit dem teuersten Make-up verbergen. Angie war quirlig wie immer, und Mara fragte sich, ob das lebhafte Kind nicht eine zu große Last für June sein könnte. Aber jedes Mal, wenn Mara auf ihre Gesundheit zu sprechen kam, fand June einen Weg, das Problem zu umgehen. Mara legte ihr sogar nahe, einen Termin mit Dr. Bernard auszumachen, aber dieser Rat wurde geflissentlich ignoriert.

Angie war damit beschäftigt, die Welt zu entdecken. Die meiste Zeit verbrachte sie mit den vier tolpatschigen Kätzchen, und dass sie Shane vergötterte, war für jeden erkennbar, auch für June. Unter irgendeinem Vorwand war June ein paarmal länger geblieben, mindestens so lange, bis Shanes schnittiger silbergrauer Wagen in die Auffahrt bog. Und als June sah, mit welcher ungezwungenen Vertraulichkeit Shane mit Angie umging, hatte Mara sie dabei ertappt, wie sie gequält den Mund zu einer dünnen Linie verzog. Auch Angies unschuldig liebevolle Reaktion blieb June nicht verborgen. Welche Gefühle der Zuneigung Angie gegenüber Peter gehegt haben mochte, sie waren vergessen, wenn das Kind mit Shane zusammen war. So viel stand fest.

Mara war hin- und hergerissen. Sie sorgte sich um June, hing liebevoll an ihrem Kind und liebte Shane mit einer Leidenschaft, die manchmal wie verrückt in ihrem Körper brannte. Während der letzten Woche hatte sie ihn ein paarmal bei der Arbeit beobachtet, wenn er in irgendein technisches Problem versunken war, und jedes Mal hatte ihr Körper schmerzhaft nach ihm verlangt. Nach der ersten Nacht, die sie zusammen verbracht hatten, war er abends nicht mehr bei ihr geblieben, und irgendwie fühlte sie sich betrogen. Sie wusste, auf diese Weise wollte er ihr sagen, dass sie nicht mehr miteinander schlafen würden, solange sie June nicht über Angie aufgeklärt hatte.

Mara war klug genug, um zu wissen, dass er sie nach wie vor begehrte, vielleicht sogar mehr als je zuvor. Ein paarmal hatte sie bemerkt, dass er sie ansah, als wollte er sie mit seinen Augen streicheln, und es war deutlich, wie er für sie brannte. Aber er beherrschte sich und wartete ruhig ab, dass sie der Welt von Angie erzählte. Mara spielte mit dem Gedanken, ihn zu verführen und seine eiserne Beherrschung vielleicht zu brechen, aber sie zögerte, denn dabei ahnte sie mehr Probleme voraus, als sie beide bereits hatten.

Es war der Tag, an dem die Vorstandssitzung stattfand, als die latente Spannung zwischen ihnen zum Ausbruch kam.

Wenig hilfreich war dabei, dass es schon im Morgengrauen heiß zu werden versprach und die Winde aus den Bergen, die die Hochebene von Asheville gewöhnlich abkühlten, ausblieben. Stattdessen war die dumpfe schwüle Hitze schon in aller Herrgottsfrühe nervenzermürbend drückend, und überall, sowohl im Haus als auch draußen im Freien, schien es Staub und lästige Insekten zu geben, die Mara sonst kaum bemerkte. Und Angie, die eigentlich immer gern den Tag zu Hause verbrachte, klammerte sich unruhig an Maras Beine, quengelte und weinte und wollte, dass Mara bei ihr blieb.

Mara stand vor dem Spiegel und versuchte einen leichten Schimmer Pflaumenblau auf ihre Lippen aufzutragen, während Angie neben ihr stand und sich lauthals beklagte. Das Gesicht der Kleinen war ganz rot von der Hitze und ihrem stürmischen Temperament. Mara legte den Lippenstift aus der Hand und kniete sich hin, um ihr auf gleicher Ebene zu begegnen. Sofort spürte sie das Kribbeln einer Laufmasche, die ihr vom Knie aus nach oben lief. Sie blendete die Tatsache aus, dass sie schon jetzt zu spät kommen würde und wohl auch kaum noch eine zweite Strumpfhose im Haus hatte, und nahm das Lockenköpfchen ihrer Tochter in die Hände.

„Was ist los, Angie?", fragte sie, wischte dem Kind eine Träne von der erhitzten Wange und griff nach einem Kosmetiktuch, um ihm die Nase zu putzen.

„Ich will nicht, dass du weggehst", schluchzte Angie.

„Aber Schätzchen, du weißt doch, dass Mommy arbeiten muss."

„Nein!"

„Sag mir, was dir solchen Kummer bereitet", bat Mara. „Ich kann dir doch nicht helfen, wenn du mir nicht sagst, was los ist. Nicht weinen, erzähl's mir einfach."

„Ich … ich will nicht bei Mrs Reardon bleiben … Ich will Grammie!", forderte Angie und stampfte herrisch mit dem nackten Fuß auf.

„Aber Liebes, Grammie wird doch später hierherkommen. Du weißt, dass sie heute bei der Vorstandssitzung dabei sein muss."

„Nein, muss sie nicht!"

„Angie", schlug Mara einen autoritären Ton an. Mrs Reardon ist eine sehr nette Frau. Jeden Freitag kommt sie her, um Mommy zu helfen …"

„Aber sie spielt nicht mit mir.“

„Schätzchen, sie hat sehr viel zu tun. Sie muss das Haus sauber machen, aber ich würde wetten, wenn du sie nett fragst, wird sie dir auch ein Buch vorlesen.“

„Ich kann sie nicht leiden!“

„Aber natürlich kannst du das.“ Mara fiel es schwer, ihre Verzweiflung nicht anklingen zu lassen. Das Letzte, was sie an diesem Morgen brauchen konnte, war eine ausgewachsene Auseinandersetzung mit ihrer Tochter. Das schlechte Gewissen, Angie allein zu lassen, begann an ihr zu nagen, und sie fragte sich, ob eigentlich alle Mütter, die in Vollzeit einer Arbeit nachgingen, die ihnen Spaß machte, dieses Aufwallen der Schuldgefühle kannten? „Komm mit, Mommy muss eine neue Strumpfhose suchen“, rief sie dem Kind zu und ging wieder ins Schlafzimmer, wo sie die obere Schublade ihrer Kommode durchwühlte. Die Digitaluhr auf ihrem Nachtisch erinnerte sie daran, dass sie bereits zwanzig Minuten zu spät kommen würde. Irgendwie musste sie Angie beruhigen. Mara wusste genau, dass sie sich nur schwer auf die Vorstandssitzung konzentrieren könnte, wenn sie Angie verließ, solange sie unglücklich war. Und heute brauchte sie mehr denn je jedes Quäntchen Konzentration, das sie aufbringen konnte.

„Hey, ich habe eine Idee“, deutete Mara in dem geheimnistuerischen Ton an, den Angie so gern mochte.

Sofort wurde das Kind neugierig. Sie senkte das blonde Köpfchen, hob die Schultern und ließ die dunklen Augen blitzen. „Was?“, flüsterte sie konspirativ.

„Warum hilfst du Mrs Reardon nicht einfach beim Putzen?“

Angie machte ein langes Gesicht und misstrauisch beäugte sie ihre Mutter. Die Zurückhaltung ihrer Tochter ignorierend, erklärte Mara ihre Idee.

„Hier …“, sie griff wieder in die obere Schublade, „… hast du eins von Mommys alten Taschentüchern. Damit kannst du die Fenster putzen und die Möbel polieren. Und sieh mal hier“, Mara ging wieder zurück ins Badezimmer, während sie gleichzeitig ihre neue Strumpfhose hochzog. Schnell fischte sie unter dem Waschbecken eine blaue Flasche hervor. „Das ist eine Flasche mit Glasreiniger, den kannst du auf die Fenster sprühen und mit dem Taschentuch abwischen. Sieh her!“ Mara sprühte den Reiniger auf den Spiegel und sah zu, wie ihr Bild sich im Seifenschaum verzerrte. Dann faltete sie das Tuch und wischte den Spiegel sauber.

Angie hatte zwar den Verdacht, dass Mara sie nur aus ihrer schlechten Laune locken wollte, und hätte eigentlich lieber weitergequengelt. Dennoch war sie von den Versuchen ihrer Mutter beeindruckt, zumal sie ihr noch nie zuvor erlaubt hatte, eins dieser Reinigungsmittel auch nur anzufassen. Also streckte sie, wenn auch mit gebremster Begeisterung, ein Patschhändchen nach der klaren Glasflasche aus, die zur Hälfte mit blauer Flüssigkeit gefüllt war. „Meinst du, Mrs Reardon erlaubt mir das wirklich?“, fragte Angie, als sie auch schon ins Schlafzimmer lief, ihrer Mutter schnell noch einen heimlichen Blick zuwarf und einen ordentlichen Schaumfleck auf die teure Satinsteppdecke sprühte. Trotzig wartete sie auf das, was nun kommen würde.

„Angie Wilcox! Was hast du dir dabei gedacht?“, platzte Mara los und versuchte den Schaum von der Decke zu wischen. „Du darfst nicht damit spielen, jedenfalls nur, wenn du es richtig machst und Mrs Reardon dir dabei hilft! Und nie, wirklich niemals, darfst du die Möbel besprühen oder noch eine Bettdecke!“, warnte Mara ihre Tochter, während sie wie wild an dem Fleck rieb. Schließlich gab sie es auf, zog die Decke vom Bett und warf sie zu einem zerknitterten Haufen neben den Korb mit der Schmutzwäsche.

„Das weißt du doch wirklich besser!“, schimpfte Mara, während sie Angie aus dem Zimmer und zur Treppe führte.

Unter einem ehrwürdigen Porträt von Peters Großvater blieb Angie plötzlich stehen und blickte in ihr Zimmer. Mara hätte sie beinahe umgelaufen. „Ich glaube, ich bleib lieber hier oben“, überlegte das Kind laut. „Lolly braucht ein Bad, und ich glaube, das mach ich jetzt.“

„Oh nein, das machst du nicht“, erwiderte Mara schnell, nachdem sie erfasst hatte, in welche Richtung die Gedanken des kleinen Mädchens wanderten. Maras dünner Geduldsfaden drohte zu reißen. „Wenn du vorhast, mit diesem Glasspray zu spielen, wirst du das schön dann machen, wenn Mrs Reardon dabei ist.“

Einen Augenblick lang schürzte Angie die Lippen und zögerte noch, entschied sich aber schließlich gegen eine weitere Auseinandersetzung mit ihrer Mutter. Als hätte sie Angst, jemand könnte sie ihr abnehmen, drückte sie die Sprühflasche ganz fest an sich, schnappte sich ihre ramponierte Decke und folgte Mara die Treppe nach unten.

Mrs Reardon war leicht zu finden, denn der Staubsauger dröhnte aus dem Wohnzimmer. Als Mara den Kopf zur Tür hereinsteckte, stellte sie die Maschine ab. Dieses Zimmer gehörte zu Maras Lieblingszimmern im Haus. Groß und komfortabel war es mit einem gemütlichen Kamin und Pinienholzwänden ausgestattet, deren Lasur alt und vergilbt war, was dem Raum ein warmes, heimeliges Aussehen verlieh. Das karierte Sofa und der Ledersessel bildeten einen Kontrast zu den übrigen, mehr formellen Möbeln der anderen Räume. Mit großen Fenstern, die den Blick in den Garten hinter dem Haus freigaben, gediehen hier große Blattpflanzen, und wenn Mara von der Arbeit kam und entspannen wollte, kam sie immer hierher. In diesem Zimmer herrschte eine warme und legere Atmosphäre, und zu ihren wertvollsten Erinnerungen gehörten Stunden, in denen sie mit Angie auf der Couch saß und ihr etwas vorlas oder half, Türme aus Bauklötzchen zu bauen.

„Ich muss jetzt gehen“, rief Mara der rundlichen Frau in mittleren Jahren zu, die immer ein freundliches Lächeln hatte und eine frische blumenbedruckte Schürze trug. „Angie hat schon gebadet und gefrühstückt. Und, oh, ich habe ihr eine Flasche mit Glasreiniger gegeben. Sie möchte Ihnen helfen, das Haus sauber zu machen“, log Mara ein wenig verlegen.

„Das sehe ich!“, sagte Mrs Reardon lachend, wobei sie die Goldkronen über ihren Backenzähnen zeigte. Sofort wirbelte

Mara herum und sah, wie Angie wissbegierig ein antikes silbernes Kaffeeservice einsprühte.

„Bitte, Angie, sei vorsichtig“, flehte Mara sie an und gab dem pausbäckigen Mädchen einen Kuss auf die Stirn. Dann drehte sie sich wieder zu Mrs Reardon herum, schulterte ihre Handtasche und hob ihre Aktentasche auf. „Ich werde voraussichtlich den ganzen Tag im Büro sein, falls Sie mich brauchen. Und June wird am frühen ... oder spätestens am Nachmittag zurück sein.“

„Gut, gut ... Ich bin ja den ganzen Tag hier“, stimmte Mrs Reardon abgelenkt zu, während sie sich die Schnur des Staubsaugers ordentlich um ihren kräftigen Arm wickelte. „Machen Sie sich keine Sorgen.“

Mara fühlte sich angespannt wie eine Sprungfeder, als sie die Hintertür öffnete und durch die blühenden Büsche zu ihrem Wagen eilte. Lag es an ihrer allzu lebhaften Fantasie oder hörte sie tatsächlich just in dem Moment, als sie sich in den Wagen setzte, Glas klirren? Sie wartete noch zwei weitere Minuten, denn sie wusste, dass Mrs Reardon aus dem Haus kommen würde, falls tatsächlich ein Unglück geschehen war, dann warf sie den Motor an. Was auch immer es gewesen sein mochte, Gott sei Dank schien Mrs Reardon mit der Katastrophe fertiggeworden zu sein. Mara seufzte erleichtert und passierte die zwölf Eichen, die der Zufahrt gnädig Schatten spendeten. Langsam fuhr sie zum Highway, wo sie dann aber aufs Gaspedal trat und auf die Stadtgrenze von Asheville zuraste, um die verlorene Zeit wieder einzuholen. Trotz Klimaanlage war die Fahrt heiß und staubig, und als sie endlich auf ihrem Parkplatz in der Tiefgarage anhielt, fühlte sie sich völlig ausgelaugt. Warum scheute sie diese Vorstandssitzung so sehr? Ein ungutes Gefühl, das Furcht sehr nahekam, war ihr zunehmend auf den Magen geschlagen.

„Du kommst spät“, fuhr Shane sie an, als Mara ihr Büro betrat. Er lehnte an der Fensterbank und stützte seine große Gestalt mit beiden Händen darauf ab. In seinem hellbraunen leichten Anzug und dem gedeckt weißen Leinenhemd wirkte er frisch und gestärkt, seine dunkelblaue Krawatte – nur einen Ton heller als seine Augen – saß akkurat an ihrem Platz. Im Vergleich mit Shanes Aussehen hatte Mara das Gefühl, völlig zerzaust und zerknittert zu sein.

„Ich weiß, dass ich zu spät bin."

„Die Sitzung beginnt in weniger als zehn Minuten!"

„Ich weiß … tut mir leid."

„Ist das alles, was du sagen kannst?"

Mara warf ihre Handtasche in den Schrank und knallte ihre Aktentasche auf den Schreibtisch. „Mach mich nicht an, okay?"

Er richtete sich auf und strich seinen Anzug glatt. Ihm fiel auf, dass ihre normalerweise makellose Erscheinung mehr als leicht in Unordnung geraten war. Eigentlich mochte Shane sie lieber so; sie wirkte sehr viel verletzlicher, sehr viel jünger; jünger als er sie in Erinnerung hatte. Dennoch war er alarmiert, denn es passte so gar nicht zu ihr.

„Einen schlechten Start gehabt?", erkundigte er sich, runzelte die Stirn und ging auf sie zu.

„Hätte besser sein können." Sie strich über die Seiten seines schriftlichen Angebots und zählte nach, ob genug Kopien vorhanden waren. Dabei wich sie seinem Blick aus.

„Was ist los?", fragte er. Es klang wie ein Echo der Frage, die sie erst vor einer halben Stunde Angie gestellt hatte.

„Nichts … alles … ich weiß nicht genau."

„Es geht um Angie, nicht wahr? Ich denke, du solltest mir davon erzählt."

„Lass es uns einfach vergessen bis nach dem Meeting, okay?"

Er nahm ihr die Seiten aus der Hand und hob ihren Kopf an, sodass sie ihm gerade ins Gesicht sehen musste. „Was macht dir Sorgen?", fragte er knapp und ließ seine Finger über ihren Hals und ihre Arme wandern.

„Shane, nicht."

Die weiche blaue Seide ihres Kleides streifte sanft über ihre Haut, und durch den dünnen Stoff konnte Mara die verlockende Wärme seiner großen Hände fühlen, die sie drängten … massierten … liebkosten …

„Sieh mal, Mara, wenn mit Angie irgendetwas nicht stimmt, glaube ich, dass ich ein Recht habe, das zu erfahren …“

Die Tür flog auf. Erschrocken und verlegen entzog Mara sich Shanes verführerischer Umarmung. Sie merkte, wie ihr schuldbewusst die Hitze in die Wangen stieg.

„Oh“, sagte Dena und zog neugierig die Augenbrauen hoch. Hatte sie da etwa gerade zufällig eine wichtige Entdeckung gemacht? „Ich … ich wollte nicht stören …“, begann sie und trat einen Schritt zurück, während sie mit ihren grünen Augen die intime Szene erfasste.

„Das haben Sie nicht“, behauptete Shane kurzerhand und lächelte höflich, wenn auch leicht irritiert. „Wir wollten uns gerade zum Konferenzraum aufmachen. Ist alles vorbereitet?“

„Ja … mit Ausnahme von Vetter Arnie warten bereits alle.“ Die Verwirrung und das Unverständnis waren ihrem perfekten Gesicht weiterhin anzusehen, und rätselnd erforschte sie Shanes Gesichtszüge mit ihren mandelförmigen Augen.

Einen Augenblick glaubte Mara, Denas Miene richtig zu deuten, und das Herz blieb ihr stehen. Sie weiß es, dachte sie. Lieber Gott, Dena weiß, dass Shane Angies Vater ist! Aber erstaunlich schnell gewann sie ihre Fassung wieder und fand zu ihrem gesunden Menschenverstand zurück. Wenn Dena von Angies Abstammung wüsste, hätte sie längst ihren Vorteil daraus gezogen, es sei denn, sie plante, die Information zu nutzen, um Mara bei der Vorstandssitzung in Verlegenheit zu bringen! Mara merkte, wie sich ihr der Magen umdrehte. Noch nie zuvor hatte sie so viel Angst vor einer Vorstandssitzung gehabt, aber sie riss sich zusammen und lächelte schwach.

„Schön.“ Wenn sie doch bloß die Röte verbergen könnte, die ihr noch immer in den Wangen brannte. „Lasst uns gehen!“ Bewaffnet mit sämtlichen fünfzehn Kopien von Shanes Angebot und so viel Zutrauen, wie sie aufbringen konnte, ging Mara den beiden voran über den nüchtern weißen Flur zu dem Raum, der leicht übertrieben Sitzungssaal genannt wurde.

Die Kapitänsstühle um den glänzenden Walnusstisch waren

größtenteils besetzt. Offenbar war die Klimaanlage ausgefallen, und nur ein Deckenventilator rotierte gemächlich über der Versammlung, ohne gegen die stickige Luft im Raum allerdings viel auszurichten. Das Gemurmel, das eben noch in vollem Gang war, brach ab, als Mara den Raum betrat und ihren Platz am Kopf des Tisches einnahm. Sie hatte ein sehr flaues Gefühl im Magen, setzte aber ein gezwungenes Lächeln auf und blickte den Verwandten ihres verstorbenen Mannes, von denen sie die meisten seit der Beerdigung nicht mehr gesehen hatte, nacheinander in die Augen.

Dabei streifte sie die interessierten, aber zurückhaltenden Mienen der Anwesenden um den Tisch nur kurz, und konzentrierte sich auf June, die, so wie sie sich seit Peters Tod immer in der Öffentlichkeit zeigte, ganz in drückendes Schwarz gekleidet war. Angespannt lächelte sie ihrer Schwiegertochter zu und befingerte nervös die einzelne Reihe echter Perlen an ihrem Hals. Dena nahm neben ihrer Mutter auf einem Stuhl Platz, und der Kontrast zwischen Mutter und Tochter war schockierend. Dena wirkte umwerfend jung und strotzte vor Gesundheit. Ein paar Locken ihrer dicken roten Haare, die sie im Nacken zusammengesteckt hatte, fielen ihr weich ins Dekolleté; das schlichte, elegante elfenbeinfarbene Seidenkleid betonte ihre schlanke Figur; und der dezente, aber kostspielige Schmuck glitzerte an ihrer makellosen Haut. Alles zusammen verlieh es Dena genau die Klasse, die sie schöner erscheinen ließ als sonst.

Nachdem sie die Vorstellungen formlos hinter sich gebracht hatten und allen Kaffee serviert worden war, eröffnete Mara die Sitzung. Irgendwie war sie in der Lage zu sprechen, wenn auch mit einem sehr beklommenen Gefühl in der Brust. Die nervösen Blicke und das grimmige Lächeln, mit dem einige Familienmitglieder sie bedachten, machten es ihr nicht leichter. Wussten sie alle Bescheid? Konnten sie etwa sehen, dass Shane Angies Vater war? Hielten sie sie für eine Hochstaplerin … eine Art Kronprätendentin? Mara war zwar klar, dass ihre ruhelosen Gedanken an Paranoia grenzten, aber sie machten ihr dennoch zu schaffen. Wie, in Gottes Namen, sollte sie aus der Sache rauskommen?

Früher oder später würde die gesamte Familie, einschließlich June und Dena, erfahren, dass Shane der Vater von „Peters Kind" war. Was dann? Und wenn alles doch so sinnlos zu sein schien, warum versuchte sie überhaupt die Illusion aufrechtzuerhalten? Sowie die Wahrheit herauskam, würde die Familie Peters Testament unweigerlich anfechten, und es würde zu einem furchtbar hässlichen Gerichtsverfahren kommen.

Mara machte sich nicht wirklich Sorgen um sich selbst; sie wusste, dass sie so stark sein konnte, wie es nötig war. Aber was war mit Angie und June? Die Presse würde sich auf die Story stürzen. Wie konnte Mara ihr Kind und ihre angegriffene Schwiegermutter schützen?

Ein paar unerlässliche Punkte der Tagesordnung wie der Finanzreport und die umständliche Verlesung der Protokollniederschrift der letzten Sitzung wurden so schnell wie möglich abgehakt. Nach außen hin gelassen, gab Mara schließlich den Anlass für die Einberufung der Sitzung bekannt, erläuterte detailliert die finanziellen Probleme der Spielzeugfabrik und händigte allen Teilnehmern die vorbereiteten Papiere aus.

Shane erhob sich, um der Familie Wilcox sein Angebot zu unterbreiten. Er sah genauso aus, wie er war: jung, tough und selbstsicher. Sein leicht schiefes Lächeln wirkte echt, und mit seinen dunklen Augen erfasste er gleichzeitig jede einzelne Person im Raum. Er sprach deutlich und nahm in seiner Rede Bezug auf seine schriftlichen Ausführungen. Nachdem er erklärt hatte, warum Delta Electronics an Imagination interessiert war, und sein Angebot zusammengefasst hatte, sah er Mara, die ihn nervös beobachtete, mit einem zuversichtlichen Lächeln in die Augen. Leise drehte sich der Ventilator über ihren Köpfen, Klänge gedämpfter Musik verschmolzen im Hintergrund, Papier raschelte beim Umdrehen, und nur ein gelegentliches Husten störte Shanes Monolog.

Mara bemerkte, dass die jutefarbenen Vorhänge mit der Luftbewegung schwangen und dass ein paar von Peters Verwandten unruhig auf ihren Stühlen herumrutschten. Aber größtenteils schien der Vorstand sich durchgehend auf Shane zu konzentrieren; er besaß die Aufmerksamkeit aller.

Mara hörte ihm zu und versuchte gleichzeitig herauszufinden, welche Wirkung Shanes Worte auf die Familienmitglieder am Tisch hatten. Einige waren offensichtlich vollkommen überzeugt, dass Shane genau wusste, was er tat. Zu ihnen gehörte Vetter Arnie, der so weit ging, zustimmend mit dem kahlen Kopf zu nicken, wenn Shanes Ausführungen etwas komplizierter wurden. Andere schienen Zweifel zu haben, und ihre zurückhaltenden Blicke verrieten die Fragen, die aufkommen würden. Der Rest zeigte durch ausdruckslose Mienen, dass sie offenbar nicht recht wussten, was sie davon halten sollten.

Shanes Rede war kurz und knapp. Als er fertig war, legte er seine Mappe geräuschvoll auf den Tisch, klappte sie zu und setzte sich. „Also“, fragte er abschließend und trank einen großen Schluck aus der Kaffeetasse, die noch unberührt vor ihm stand, „gibt es irgendwelche Fragen?“

Eine Sekunde lang schien die Zeit stillzustehen; niemand sagte ein Wort. Im nächsten Moment schienen alle gleichzeitig zu reden. Shane lächelte amüsiert in sich hinein, aber Mara flatterte der Magen in sorgenvoller Erwartung. Endlich herrschte wieder Ruhe im Sitzungssaal.

„Wollen Sie mir etwa erzählen ... ich meine, uns erzählen“, begann Peters Cousine Sarah, „dass Imagination Toys ... bankrottgehen wird, wenn wir Ihr ... ähem, also wenn wir das Angebot von Delta Electronics nicht annehmen?“ In Sarahs eisblauen Augen stand die Angst geschrieben, und sie klang einigermaßen fassungslos. Während der gesamten vierunddreißig Jahre ihres Lebens hatte sie noch nie auch nur in Erwägung gezogen, etwas anderes sein zu können als wohlhabend.

„Das wäre wohl etwas übertrieben dramatisch“, antwortete Shane mit einem gutmütigen Lächeln, das Sarah beruhigen sollte. „Aber laut der neuesten Finanzberichte, die mir Imagination Toys zur Verfügung gestellt hat, befindet sich die Firma in Schwierigkeiten ... in ernst zu nehmenden Schwierigkeiten.“

„Papperlapapp!“, schaltete Peters Tante Mimi sich ein und deutete mit einer eleganten Geste ihrer behandschuhten Hände an, dass es eine Erklärung dafür gab. „Die Firma leidet, wie ihr alle wisst, nur ein wenig unter der Wirtschaftslage. Die Rezession, oder wie auch immer diese Clowns in Washington das nennen mögen.“ Als hätte sie damit alle Probleme vom Tisch gefegt, lächelte sie süß, und ihr dritter Ehemann tätschelte ihr verständnisinnig den Arm.

Sarah ignorierte Tante Mimi. „Aber wie kann das sein, dass Imagination in Schwierigkeiten steckt? Ich dachte, die Firma sei mehrere Millionen wert!“ Nervös spielte Sarah mit ihrem Feuerzeug, dass sie der Länge nach immer wieder umdrehte, während sie ihre besorgte Frage formulierte.

Mara wollte die Beantwortung dieser Frage nicht Shane überlassen und erklärte beherrscht: „Selbstverständlich ist die Firma einiges wert, Sarah. Aber in den letzten Jahren sind die Gewinne drastisch zurückgegangen, und um Imagination auf den Beinen zu halten, brauchen wir zusätzliches Kapital in der Kasse.“

„Nehmen Sie es mir nicht übel, Mr Kennedy“, äußerte Sarahs Bruder Rich seine Meinung, „aber mir gefällt die Vorstellung wirklich nicht, dass jemand, der nicht zur Familie gehört, sich finanziell an dem Unternehmen beteiligt. Seit Generationen war es ein Familienunternehmen, und ich finde, wir sollten versuchen, familienintern eine Lösung für unsere Probleme zu finden. Nichts für ungut, wenn Sie verstehen, was ich meine.“

Wieder erhob sich Gemurmel im Raum, und alle schienen mit Richs taktvollem Vortrag zu sympathisieren. Wieder war Mara an der Reihe, etwas dazu zu sagen. „Ich bin voll und ganz deiner Meinung, Rich“, sagte sie und lächelte ihn aufrichtig an. Rich strahlte regelrecht; er war so stolz auf sich. „Also“, fuhr Mara liebenswürdig fort, „wer möchte gern als Erster investieren? Delta Electronics ist bereit, eine halbe Million Dollar aufzubringen …“ Mara ließ den Blick über die Gesichter schweifen, und die meisten Augenpaare, die bis dahin aufmerksam auf sie gerichtet waren, senkten sich.

Im Saal war es totenstill, und Mara spürte, dass sie ihren Standpunkt klargestellt hatte. Niemand in der Familie war bereit, so viel Geld in die erfolglose Spielzeugfabrik zu stecken. Widerstrebend begann die Familie sich mit der unangenehmen finanziellen Lage sowie der Tatsache auseinanderzusetzen, dass Shanes Angebot nahezu ein letzter Rettungsversuch war.

Schließlich war es Denas sinnliche Stimme, die Mara aufhorchen ließ und dafür sorgte, dass die Angst ihr langsam an der Wirbelsäule hochkroch. Während der ganzen Sitzung hatte Dena Shane nicht aus den Augen gelassen. Sie hatte ihn taxiert, ihn genau beobachtet, und jetzt war der Rotschopf bereit, seinen Zug zu machen.

„Mara hat natürlich recht", bestätigte sie gönnerhaft, während sie der Reihe nach in die angespannten Gesichter der Anwesenden blickte. „Keiner von uns ist in der Lage, eine solche Summe für Imagination aufzubringen, nicht wahr? Und ich möchte vermuten, dass selbst wenn wir zusammenlegten, die finanziellen Mittel der Familie Wilcox für die notwendige Investition nicht ausreichen werden." Ihr Lächeln zerschmolz in eine entschlossen finstere Miene. „Und woran liegt das?", fragte sie rhetorisch. Niemand sagte etwas. Shanes Blick hatte sich verfinstert, und Mara fühlte, wie ihr die Farbe ins Gesicht stieg. Außer dem entnervenden Klappern, das Sarah mit ihrem Feuerzeug verursachte, war nichts zu hören. Dena beantwortete ihre Frage selbst. „Die Antwort ist einfach. Im letzten Dreivierteljahr, seit Peters Tod, hat Imagination Toys uns allen nicht einen einzigen müden Cent an Dividenden ausgezahlt! Und wessen Schuld ist das?"

„Die Gründe dafür sind dir bekannt, Dena. Wir haben das letztes Jahr erörtert, und der Vorstand hat meinem Vorschlag zugestimmt, die Dividenden einzubehalten", konterte Mara. Sie war sich bewusst, dass Peters gesamte Familie sie ansah, einige mitfühlend, andere vorwurfsvoll. „Wir waren uns bei der letzten Sitzung alle einig, dass es besser wäre, zu versuchen, die Firma wieder in Schwung zu bringen, anstatt sie durch die Dividenden komplett ausbluten zu lassen."

„Das hat ja viel genützt", schnaubte Dena, und Vetter Rich lächelte zustimmend.

Wenig überzeugt von Maras Argument, schüttelte Dena die rote Lockenpracht und nutzte den Sitzungssaal als Bühne, um den schwelenden Konflikt mit ihrer Schwägerin auszutragen. Shane ließ das arrogant schöne Gesicht der rothaarigen Frau nicht aus den Augen. Und Dena äußerte ihre Meinung: „Ich schätze, dass ich einfach nicht ganz verstehe, warum wir die Firma, wenn sie doch eine solche Last ist, nicht gleich ganz verkaufen." Theatralisch hob sie die schlanken Schultern. „Soweit ich weiß, hatte Mr Kennedy angeboten, sie komplett zu erwerben."

Um den Tisch herum wurde hörbar nach Luft gerungen. „Warum wurden wir nicht darüber informiert?" – „Davon habe ich nichts gewusst!" – „Was geht hier überhaupt vor?" Kurze Gesprächsfetzen hallten in dem kleinen geschlossenen Raum wider, wurden hin und her geworfen, und mehrere Augenpaare blickten mit unverhüllter Fassungslosigkeit auf Mara.

Mara merkte, wie Shane sich neben ihr anspannte, aber sie legte ihm eine Hand auf den Arm, um ihn zurückzuhalten. Das wiederum war ein Akt, den gewiss jeder im Raum bemerkt hatte und der weitere Fragen aufwarf. Da konnte sie sicher sein.

„Einen Augenblick!", fuhr Junes kühle Stimme durch die Luft. Sie klammerte sich so fest an den Tisch, dass ihre Fingerknöchel weiß wurden, und erhob sich mühsam. „Hört auf, Mara deswegen zu beschuldigen … und Dena, du solltest dich schämen!" Ihr eiskalter Blick verwies Dena in die Schranken. „Der Grund, weshalb Mara Mr Kennedys ursprüngliches Angebot, die Firma ganz zu übernehmen, nicht in Erwägung gezogen hat, ist der, dass *ich* ihr davon abgeraten habe."

Majestätisch hob June das stolze Kinn. „Wie Rich eben so großmütig betont hat, ist Imagination Toys seit Generationen in der Hand der Familie Wilcox." Rich verlor die Farbe aus dem runden Gesicht. „Und nur, weil nicht alles so läuft, wie wir es uns wünschen, heißt das noch längst nicht, dass wir gleich das Handtuch werfen sollten." Kühl und souverän taxierte June einen Verwandten ihres Gatten nach dem anderen mit ihrem eindringlichen Blick. Es stand völlig außer Frage, wer die Matriarchin der Familie war.

„Tatsächlich bin ich mit Rich ganz einer Meinung." Ein wenig freundlicher ließ sie die Augen auf ihrem Neffen ruhen. „Ich wünschte, es gäbe einen Weg, durch den wir vermeiden könnten, zur Rettung der Firma Hilfe von außen anzunehmen, aber es scheint, dass wir keine allzu große Wahl haben. Entweder nehmen wir Mr Kennedys Angebot an – und mir scheint, es ist eine faire Sache für beide Seiten –, oder wir stufen Imagination von der nationalen Spielzeugfabrikation zurück auf ein Unternehmen, das sich nur auf den Absatz im Südosten beschränkt."

Wieder erhob sich allseits aufgeregtes Gemurmel.

Offenbar völlig erschöpft von dieser Tortur, sank June auf ihren Stuhl zurück.

Verdrießlich schürzte Dena die Lippen und vermied es, in Maras Richtung zu schauen. Der Rest der Familie brummelte und grummelte untereinander. Tante Mimi wirkte völlig entgeistert, Cousine Sarah erschüttert und nervös und Vetter Rich sichtlich ernüchtert.

Nachdem noch ein paar konkrete Fragen zu dem Angebot beantwortet waren, gab die Familie sich zufrieden und stimmte, wenn auch ein wenig unwillig, dafür, eigene Unternehmensanteile an Shane zu verkaufen und ein Darlehen von Delta Electronics anzunehmen. Es war eine lange, zermürbende Angelegenheit, und es dauerte bis fast zwei Uhr nachmittags, ehe alle Details geklärt waren.

Nachdem sehr viel später endlich sämtliche Mitglieder des Vorstands gegangen waren – nicht ohne sich vorher noch die Zeit zu nehmen, kurz mit Shane zu plaudern und ihre Meinungen, Zweifel und Hoffnungen für die Zukunft der Spielzeugfabrik zu äußern –, fühlte Mara sich völlig ausgelaugt und erschöpft. War der Vormittag mit Angie schon nicht gut gelaufen, so hatte die Vorstandssitzung sich als ein absolut nervtötendes Gerangel erwiesen. Endlich war es geschafft, und der Kampf war zu ihren

Gunsten entschieden, aber dennoch musste sie sich fragen, ob es all die Mühe wert war.

„Lass uns etwas essen gehen", schlug Shane vor, als sie wieder in Maras Büro unter sich waren.

„Ich habe keinen Hunger", lehnte Mara ab und fuhr sich mit den Fingern durch das dichte Gewirr ihrer blonden Haare. „Abgesehen davon habe ich tausend Dinge zu tun."

„Du musst etwas essen."

Sie machte eine wegwerfende Handbewegung und lächelte gezwungen. „Nein danke. Mir reicht eine Tasse Kaffee. Wirklich, das alles ist mir so auf den Magen geschlagen, dass ich nicht einmal an Essen denken mag."

Shane ignorierte ihre Einwände und holte ihre Handtasche aus dem Schrank. „Also ich werde jetzt etwas essen gehen, und du könntest mir zumindest Gesellschaft leisten. Komm schon, es wird dir guttun."

„Aber ich habe massenhaft Arbeit vor mir."

„Das gilt für uns alle, nur kommt man mit einem leeren Magen nicht sehr weit."

„Na gut", willigte sie erschöpft ein. Nach der Auseinandersetzung mit den Vorstandsmitgliedern war sie viel zu müde, um sich noch weiter zu streiten.

Natürlich hatte Shane recht gehabt, und der frische Meeresfrüchtesalat hatte ihre Stimmung erstaunlich aufgeheitert. Shane hatte sich fürsorglich gezeigt, beinahe schon liebevoll, und darauf bestanden, dass sie über alles andere redeten, nur nicht über die Firma. Zum ersten Mal an diesem Tag konnte Mara sich wirklich entspannen, und obwohl es nicht zu ihren Gewohnheiten gehörte, an Arbeitstagen Alkohol zu trinken, gönnte sie sich ein Glas kühlen Chablis.

Kaum hatte sich die Wirkung des Weins in ihrem müden Körper ausgebreitet und sie unbesonnen gemacht, als Shanes gute Laune verflog. Er trank sein Glas aus, bestellte eine Tasse Kaffee und starrte in die dunklen Tiefen der Flüssigkeit, als suche er dort nach den Antworten für sein Leben. Seine finstere Miene war beeindruckend, und eine Weile wich er sogar Maras Blick aus, was so gar nicht seinem Charakter entsprach.

„Heute Abend fahre ich übers Wochenende nach Atlanta“, begann er, rührte den Kaffee in der Tasse um und trank einen Schluck. „Ich fände es schön, wenn ihr beide, du und Angie, mich begleiten würdet.“

Mara ging nicht gleich auf die Einladung ein. „Aber ich dachte, du würdest noch eine Woche bleiben.“

Shane lächelte grimmig über seine eigenen finsteren Gedanken. „Das habe ich auch vor, aber leider muss ich in Atlanta etwas erledigen, das keinen Aufschub duldet. Bis Montagnachmittag werde ich dort bleiben.“

Seine Einladung stand als unbeantwortete Frage zwischen ihnen, und Mara wünschte, sie besäße die Stärke und das Vertrauen, sie anzunehmen. „Ich … ich weiß nicht …“

„Darf ich das so verstehen, dass du June von meiner Beziehung zu Angie nichts erzählt hast?“

„Nein … noch nicht …“

Shane schlug mit der Faust so fest auf den Tisch, dass das Besteck klirrte und das Wasser in den Gläsern überschwappte.

„Zum Teufel, warum nicht?“, fragte er aufgebracht.

„Du weißt, warum.“

„Ich habe mir all deine Erklärungen angehört, Mara, und sie sind nichts weiter als übertriebene Ausreden!“

„Aber Angie …“

„Angie würde es besser gehen, wenn sie wüsste, dass ich ihr richtiger Vater bin und sie liebe!“

„Aber … June …“

„Es mag dich überraschen, Mara, aber June ist mir herzlich egal, und das gilt auch für jedes andere Mitglied in diesem Zirkus, den du Familie nennst. Heute Nachmittag habe ich sie alle kennengelernt, und jeder Einzelne von ihnen würde die Firma mit Freuden verkaufen, wenn sie glauben könnten, einen Profit dabei zu erzielen.“

„Nein!“

„Mach die Augen auf, Mara. Je länger du wartest, desto schwieriger wird es sein.“ Er beugte sich vor und flüsterte ihr heiser über den Tisch hinweg zu: „Und solltest du irgendwelche lächerlichen Hoffnungen hegen, ich würde vielleicht doch nicht unbedingt darauf bestehen wollen, Angie legal zu meiner Tochter zu machen, dann denk lieber noch mal darüber nach …“

Mara merkte, wie ihre Hände zitterten, aber glücklicherweise blieb ihre Stimme fest und verriet ihre aufgewühlten Gefühle nicht.

„Du weißt, dass ich nicht vorhabe, dich zu betrügen, und ich habe versucht, mit June zu sprechen. Das habe ich *wirklich*.“

„Aber?“, soufflierte er wutschnaubend.

„Es ist schwierig.“

„Du machst es schwierig!“

„Du weißt, dass es June gesundheitlich nicht gut geht … Während der Sitzung heute wirst du sicherlich gesehen haben, wie anstrengend es für sie war.“

„Das, liebe Mara, war eine Demonstration von Stärke, nicht von Schwäche.“

„Ich rede nicht davon, wer im Unternehmen die Zügel in der Hand hat, Shane, ich rede von körperlichem Wohlbefinden. Man muss kein Arzt sein, um zu erkennen, dass diese Frau krank ist!“, betonte Mara und funkelte ihn verärgert an.

„Meiner Meinung nach ist June Wilcox so stark, wie sie sein will. Ihr Auftritt bei dem Meeting heute ist mir Beweis genug. Falls sie krank sein sollte, ist es wahrscheinlich psychosomatisch!“

„Deine eigennützigen Interessen machen dich blind!“, warf Mara ihm vor.

„Ist es etwa nicht eigennützig, mir zu verweigern, was mir zusteht?“

„Du wirst es bekommen, Shane. Das verspreche ich dir.“

„Wann, Mara? Wann?“

Mara stützte den Kopf in die Hände und rieb sich die Schläfen, um die Kopfschmerzen zu lindern, die ihr schon den ganzen Tag zugesetzt hatten. „Ich weiß es nicht", sagte sie leise. „Ich weiß es wirklich nicht. Kannst du nicht ein wenig Geduld aufbringen, bitte, nur ein bisschen länger?" Flehend und verständnisheischend sah sie ihn unter dem dichten Schirm ihrer Wimpern mit ihren blauen Augen an und flüsterte: „Es wird nicht lange dauern."

Selten zuvor war Shane etwas so schwergefallen, aber er zwang sich, ihren herzzerreißenden Blick zu ignorieren, und erwiderte nur knapp mit gut verstellter Stimme: „Du hast noch eine Woche." Mara überlegte, ob er schon immer so dominant gewesen war, so ernst. War es falsch von ihr, ihm sein Kind vorzuenthalten, und sei es auch nur für eine weitere Woche?

„Du bist egoistisch", murmelte sie.

Als Antwort erhielt sie ein hohles Lachen. „Nein, meine Liebe, wenn ich einen Fehler gemacht habe, dann den, dass ich nicht egoistisch genug war! Aber glaube mir, das hat sich geändert. Ich will nichts weiter als das, worauf ich ein Recht habe. Angie ist meine Tochter, Mara, und ich will sie haben! Bald!"

„Und das wirst du auch."

Er rief nach dem Kellner und bezahlte die Rechnung. Schweigend gingen sie zur Firma zurück, jeder versunken in seine eigenen verzweifelten Gedanken. Warum muss das alles nur so schwierig sein, fragte Mara sich. Gab es denn keine einfache Lösung für das Glück, das sie sich beide wünschten?

An diesem Abend verabschiedete Shane sich mit nur einem spröden Auf Wiedersehen. Er war freundlich, aber formell, und obwohl Mara das Bedürfnis hatte, auf ihn zuzugehen und ihn zu berühren, verharrte sie stoisch hinter ihrem Schreibtisch. Würden sie wohl je in der Lage sein, ihr Dilemma zu lösen und eine Familie zu werden? Als sie versuchte, ihm mit einem strahlenden Lächeln zu antworten, misslang es kläglich und geriet zu einer flachen, zittrigen Linie, die sich in den Mundwinkeln kaum nach oben bog.

Abwartend hörte sie zu, wie seine Schritte auf dem langen Flur vor ihrem Büro verhallten. Nie hatte sie sich mehr allein gefühlt und nie so hohl und leer.

Auf dem Weg nach Hause war alles heiß und staubig. Selbst die wilden Sommerblumen am Straßenrand ließen unter der drückend schwülen Hitze die Köpfe hängen, und als Mara ihr Ziel erreichte, lag ein feuchter Schweißfilm auf ihrer Haut. Die riesigen Eichen mit ihren schimmernden silbergrünen Blättern, die die Sonne reflektierten, waren ihren müden Augen eine willkommene Wohltat. Nach dem langen Tag im Büro, der entnervenden Vorstandssitzung und dem Streit mit Shane hatte Mara sich kaum noch aufs Fahren konzentrieren können, zumal sie ständig die Augen vor der gnadenlosen Nachmittagssonne zusammenkneifen musste. Als sie jetzt den Renault an seinem gewohnten Platz neben der Garage abstellte, nahm sie die Sonnenbrille von der Nase und blieb noch auf eine weitere Minute der Gewissensprüfung im Wagen sitzen, die Hände locker am Lenkrad. Hatte Shane recht? Hatte sie June gegenüber das Thema Angie wirklich nur deshalb nicht angesprochen, weil sie versucht hatte, Peters Mutter den Schmerz zu ersparen, den sie ihr damit zufügen könnte? Oder waren das alles Ausreden, nicht nur vor Shane, sondern auch vor sich selbst? Und wäre es vielleicht sogar möglich, June jetzt sofort von Shane zu erzählen, um die Wahrheit herauszulassen, die ihr wie ein Stein im Magen lag? Wie würde ihre Schwiegermutter die Nachricht aufnehmen, vor allem jetzt, nachdem Shane gerade zum Anteilseigner von Imagination geworden war?

Die Sonne zwang Mara, aus dem Wagen zu steigen und sich ihrer Schwiegermutter zu stellen. Sie sah keine andere Möglichkeit, als die Katze aus dem Sack zu lassen und June die Wahrheit zu sagen. Also wappnete sie sich vor der seelischen Zerreißprobe, die sie auf sich zukommen sah. Als sie das Haus von der Gartenveranda aus betrat, streifte sie ein frischer Luftzug aus der zentralen Klimaanlage und blies die klebrige Feuchtigkeit aus ihrem Kleid.

„Mommy?", rief ein schrilles Stimmchen. „Bist du das?" Mara hörte ein aufgeregtes Getrappel, und beinahe wäre Angie mit ihrer Mutter zusammengestoßen, als sie um die Ecke schoss.

„Hallo, Süße. Wie ist es dir heute ergangen?", fragte Mara und ihr müdes Gesicht erhellte sich beim Anblick ihres Kindes.

In kindlicher Nachahmung erwachsener Gleichgültigkeit zuckte Angie nur mit den schmalen Schultern.

„Hat Grammie dir erlaubt, im Planschbecken zu schwimmen?", fragte Mara, als sie ihre Tochter aufhob und bemerkte, dass sie unter dem hellrosa T-Shirt ihren Badeanzug trug.

„Ja, ich hab geschwommen … und die Kätzchen auch!", bestätigte Angie mit einem breiten, spitzbübischen Grinsen.

„Oh nein", stöhnte Mara, als June auch schon kichernd in die Küche eilte, um Maras Befürchtungen zu zerstreuen.

„Es geht ihnen wieder gut. Mach dir keine Sorgen."

„Aber diese Katzenbabys", stieß Mara hervor, der die ganze Szene lebhaft vor Augen stand, „sie sind so winzig … Ich glaube nicht, dass sie überhaupt schon alle die Augen offen haben."

„Ob du es glaubst oder nicht, sie können schwimmen, wenigstens für ein paar Minuten." June lachte, und fügte etwas ernster hinzu: „Southpaw war allerdings völlig außer sich, und wenn auch mit großem Widerwillen, ist sie in den Pool gesprungen und hat die tropfnassen Wesen in Sicherheit gebracht."

„Oh Angie", seufzte Mara, „wir stecken die Kätzchen niemals, wirklich niemals in Wasser. Das mögen sie überhaupt nicht." Mara klang sehr ernst.

„Sie brauchen ein Bad", erklärte Angie, und ihr rundes Gesicht war ein Ausdruck reinster Unschuld.

„Dafür wird Southpaw schon sorgen …" Mara merkte, dass Angie zum ersten Mal verstand, dass sie einen schrecklichen Fehler gemacht hatte, und als ihrer Tochter die Tränen in die Augen steigen wollten, wechselte sie rasch das Thema. „Was ist denn das?", fragte sie und tippte auf einen bräunlichen Schmierfleck, der auf Angies Wange prangte.

„Grammie und ich haben heute Brownies gemacht", verkündete Angie wichtig.

„Ach wirklich?" Liebevoll lächelte Mara ihre Tochter an und gab ihr einen Kuss auf die zerzausten blonden Locken. „Und sind sie auch was geworden?"

„Mehr lecker als deine!"

„Das liegt nur daran, dass Grammie ein besonderes Rezept hat", erwiderte Mara lachend und stellte das Kind wieder auf den Boden. Auf einmal spürte sie, dass all ihre Sorgen und Ängste verflogen waren. Sie war daheim bei ihrem bezaubernden Kind, und die Probleme aus dem Büro schienen weit entfernt und unwichtig zu sein. Angie, schlaues Kind das sie war, konnte der Miene ihrer Mutter unschwer entnehmen, dass die Sache mit den Katzen ausgestanden war, und gab sich damit zufrieden, im Zimmer neben der Küche mit ihren Plastikbausteinen zu spielen.

„Das ist mal ganz was Neues", bemerkte June und blickte über den Rand ihrer Lesebrille hinweg zu ihrer Enkelin.

„Was meinst du?" Mara öffnete den Kühlschrank und holte einen Krug heraus.

„Ausnahmsweise spielt Angie einmal mit einem Spielzeug von Imagination. Das kommt nicht sehr oft vor", erklärte die ältere Frau nachdenklich.

„Nein, du hast recht", bestätigte Mara, schenkte sich ein großes Glas Eistee ein und bot ihrer Schwiegermutter auch eins an. „Wenn es darum geht, sich für ein Spielzeug zu entscheiden, ist Angie leider ein leuchtendes Beispiel aller amerikanischen Kinder heutzutage. Woran liegt das? Was stimmt mit unseren Produkten nicht?", überlegte Mara laut und runzelte gleich wieder die Stirn.

„Es tut mir leid. Ich wollte dich nicht an die Sorgen aus dem Büro erinnern", entschuldigte sich June. Sie nahm die orange Schürze ab, die sie sich vor das schwarze Kostüm gebunden hatte, und faltete sie ordentlich zusammen, bevor sie sie in die Schublade zurücklegte. Während Mara ihrer Schwiegermutter über den Rand des Glases hinweg dabei zusah, fiel ihr auf, dass June sehr viel besser aussah als am Morgen. Von Strapaze oder physischer Schwäche, die während der Vorstandssitzung so offensichtlich gewesen war, schien nichts mehr übrig geblieben zu sein. Nur ein paar Stunden waren seit der Sitzung vergangen, sodass die Verwandlung fast unmöglich schien. Sollte Shane etwa recht haben? War ihr schlechter Gesundheitszustand nur ein praktischer Vorwand, eine psychosomatische Pose, die June an- und abstellen konnte, wie sie es brauchte?

Mara kannte June nun seit mehr als vier Jahren. Und selbst wenn diese Frau ihre Macht in der Familie offensichtlich wie mit dem Schwert in der Hand ausübte, konnte Mara sich unmöglich vorstellen, dass June wissentlich versuchen würde, jemanden zu täuschen, auch und vor allem nicht die Familie.

„Wie ist es gelaufen … mit Angie?“, fragte Mara und hoffte, spontan und locker zu klingen.

„Oh, gut. Wirklich gut“, antwortete June. Sie setzte sich auf einen der Bistrostühle am Küchentisch und wirkte plötzlich irritiert. „Wenn ich mit dem Rest meiner Familie so gut klarkäme wie mit Angie, wäre das Leben sehr viel leichter. Das kann ich dir versichern!“ Angewidert zog sie die Mundwinkel nach unten.

„Du sprichst von der Vorstandssitzung?“ Mara nahm June gegenüber am großen Erkerfenster der Küche Platz.

June lächelte wehmütig. „Du kennst mich so gut“, flüsterte sie. Ist das so? überlegte Mara. Kenne ich dich überhaupt? Nun zeigte sich in Junes Gesicht wieder die Aufregung, und nervös spielte sie mit den Fingern am Rand ihres Glases.

„Wirklich“, sprudelte es ärgerlich aus June hervor. „Dieser Rich, was für ein verdorbener Hund doch aus ihm geworden ist, und aufgeblasen ist er obendrein! Woher hat er nur diese selbstgerechte Art? Doch ganz bestimmt nicht von Mimi, seiner Mutter!“ Flehend drehte June die Augen zum Himmel. „Und dann Dena. Was soll ich dazu sagen? Sie ist meine eigene Tochter, aber ich schwöre dir, sie hat nicht einen Funken Verstand in ihrem entzückenden Köpfchen!“ Blasse, wässrige Augen richteten sich auf Mara. „Ich hoffe, dieses Meeting war nicht zu hart für dich. Die Familie kann boshaft sein, wenn sie alle beschließen, sich zu verbünden."

„Das Meeting ist doch gut gelaufen", schwindelte Mara und fragte sich, ob June ihr aufgesetztes Lächeln durchschaute.

„Schön! Dann lass uns jetzt nur hoffen, dass wir die Spielzeugfirma aus dieser Krise führen!"

„June", begann Mara und vergewisserte sich, dass Angie nebenan außer Hörweite – inzwischen mit dem Puppenhaus – spielte. Beklommen rieb Mara an einem Fleck auf der Tischdecke herum, und vor lauter Angst zog sich ihr der Magen zusammen. „Es gibt etwas, worüber ich mit dir reden wollte."

„Oh?" June richtete sich auf, oder bildete Mara sich das nur ein?

„Es geht um … Shane …"

Zuerst schloss June den Mund fest zu, dann fiel sie Mara in demselben Ton ins Wort, in dem sie so erfolgreich die Vorstandssitzung beherrscht hatte. „Ich denke, wir haben lange genug über Mr Kennedy und seine Beteiligung an Imagination geredet. Findest du nicht?" Majestätisch erhob sie sich vom Tisch, als wollte sie ihren Worten körperlich Nachdruck verleihen.

„Es geht nicht um die Firma." Mara hatte leise gesprochen, aber plötzlich lag eine knisternde Spannung in der Luft.

Die Lippen zu einer dünnen Linie verzogen, griff June nach ihrer Handtasche. „Ich muss gehen, und das hat nichts damit zu tun, dass ich kein Interesse daran hätte, was du mir über Mr Kennedy zu sagen hast, aber nun ja …", ihre dünnen Schultern sackten unter dem Gewicht ihrer Worte zusammen, „… ich bin einfach nicht sonderlich angetan von dem Mann." Sie bemerkte den leidenden Ausdruck in Maras Augen und sah, dass sie rot geworden war. Es war wirklich so, June liebte die junge Frau, die dort an dem Ahorntisch mit der karierten Tischdecke saß, als wäre sie ihre eigene Tochter. „Vielleicht bin ich nicht fair", fügte sie seufzend hinzu. „Aber seit dem Tag, als er hier hereingeplatzt ist … und *gefordert* hat, dich zu sehen … Ich weiß nicht." Einen

Augenblick versagte ihr die Stimme, und in einem kaum verständlichen heiseren Flüstern fügte sie hinzu: „Du weißt, von welchem Tag ich spreche, dem Tag, an dem Peter beerdigt wurde."

Mara nickte und kämpfte gegen das Mitleid an, das sie empfand, wenn sie an die Trauer ihrer Schwiegermutter dachte.

„Es fällt mir sehr schwer, ihn zu akzeptieren", erklärte June.

„Er versucht, der Firma zu helfen."

„Das weiß ich ... und, nun ja, vermutlich wüsste ich es auch zu schätzen, wenn es mich nicht so störte." Zögernd holte sie tief Luft. „Aber irgendetwas ist an ihm ... Ich kann nicht recht den Finger darauf legen – ich vertraue dem Mann einfach nicht."

„Warum bist du dann bereit, ihn in Imagination Toys investieren zu lassen?", fragte Mara bestürzt. Junes blassblaue Augen wirkten eiskalt, und sie schien um den heißen Brei herumzureden und der eigentlichen Konfrontation aus dem Weg zu gehen.

„Oh", fuhr June resolut fort, „versteh mich nicht falsch! Ich glaube nicht, dass er so dumm sein wird, zu versuchen, die Firma ausschließlich in seinem Interesse zu manipulieren. Dazu ist er zu klug. Aber", misstrauisch hob sie vielsagend einen Finger in die Luft, „Leute wie er sind mir schon öfter begegnet, und seine Rücksichtslosigkeit ist etwas, das ich nicht mag und dem ich nicht trauen kann."

„Ich verstehe nicht, was du meinst", sagte Mara nur.

„Ach, Kind." June schloss einen Moment die Augen. „Ich bitte dich nur, vorsichtig mit ihm zu sein. Jeder kann doch sehen, dass du dabei bist, dich in ihn zu verlieben. Und ich gebe dir einen Rat, um den du mich nicht gebeten hast und den du wahrscheinlich auch nicht hören willst. Dieser Mann ... er ist gefährlich. Er wird keiner Frau treu sein." Von ihrer imperialen Position über Mara stehend nagelte sie diese regelrecht mit dem Blick am Küchenstuhl fest. „Lass nicht zu, dass er dich verletzt ... oder Angie. Das ist alles, worum ich dich bitte."

Mara war fassungslos. Junes theatralisches Gehabe war anscheinend genau das – Theater. Dennoch spielte sie ihre Rolle mit der Kraft einer Frau, die das Leid und die Wut des Betrogenseins selbst erlebt hatte.

Mara hatte wirklich vorgehabt, June anzuvertrauen, dass Shane in Wahrheit Angies Vater war, aber Junes Verachtung und Geringschätzung ihm gegenüber hatte ihr die Sprache verschlagen. Ohne es offen auszusprechen, hatte June in deutlichen Worten klargestellt, dass sie Shane Kennedy nicht mochte und in ihm eine Bedrohung für alles sah, was sie liebte, Angie eingeschlossen!

Während Mara zusah, wie Junes alter himmelblauer Lincoln Continental über die Zufahrt schnurrte, fragte sie sich, wie sie jemals den Mut aufbringen sollte, der älteren Frau die Wahrheit zu sagen.

9. KAPITEL

Shane kehrte nicht zurück. Nach einem langen, einsamen Wochenende fortdauernder Gewissensprüfungen war Mara enttäuscht, als er Montagnachmittag anrief und mitteilte, dass seine Geschäfte ihn noch bis Mittwoch oder Donnerstag in Atlanta festhielten. Das Gespräch wirkte gekünstelt, die nicht gestellten Fragen schienen die Telefonverbindung zu blockieren und den Abstand zwischen ihnen um unmögliche Meilen weiter zu vergrößern. Shane musste nicht fragen. Mara konnte seine Spannung *fühlen* und wusste, dass er hoffte, sie würde ihm sagen, dass sie Peters Familie aufgeklärt und ihnen von Angie erzählt hatte. Aber genau das konnte sie nicht.

Die Woche, die vor ihr lag, dehnte sich. Zu Hause dachte sie über Shane nach und fragte sich, wo er sein mochte und was er wohl gerade tat. Dabei half es wenig, dass Angie pausenlos von ihm redete und fragte, wann er wieder zurückkäme, oder ob er für immer gegangen war, so wie Daddy.

Aus irgendeinem Grund hatte Mara das Gefühl, dass die Beziehung zu ihrer Schwiegermutter sich verschlechtert hatte. Das Gespräch über Shane war eine Belastung und schien einen Abstand zwischen den beiden Frauen geschaffen zu haben. June war zwar nach wie vor von Angie bezaubert, aber Mara spürte, dass die ungezwungene Vertrautheit, die sie mit ihrer Schwiegermutter verbunden hatte, verschwunden war, höchstwahrscheinlich für immer.

Warum aber konnte Mara nicht einfach die Stärke aufbringen, June in aller Ruhe zu eröffnen, dass Shane Angies leiblicher Vater war, und ihr die delikate Situation erklären? Sicher würde sie es verstehen. Schließlich waren die schrecklichen Umstände, in denen sie sich alle irgendwie verfangen hatten, nicht Maras Schuld, richtig? Warum dann diese Gewissensbisse? Warum hatte Mara noch immer das Gefühl, dass Junes Glück und Gesundheit auf ihren Schultern lastete? Die Fragen bedrängten sie in der Nacht und störten ihre Tage.

Es war Donnerstag, als Mara bemerkte, wie nervös sie inzwischen war. Als Shane am Tag zuvor noch immer nicht nach Asheville zurückgekommen war, war Mara nicht nur enttäuscht, sie hatte regelrecht Angst. Lebhafte Erinnerungen an die Vergangenheit bedrängten sie: das Bild, wie sein Flugzeug durch die Nacht über den Atlantik auf ein Land zuflog, das offenbar nie zur Ruhe kam; das dumpfe Leiden, das sie überfiel, nachdem sie durch seinen Vater von Shanes brutalem Tod erfahren hatte; die schreckliche Morgenübelkeit in Verbindung mit dem Schmerz der Gewissheit, den Vater ihres ungeborenen Kindes niemals wiederzusehen; und schließlich die Freude und das Gefühl betrogen worden zu sein, als er wieder auftauchte. Mara wusste nicht, ob sie die seelische Stärke aufbringen würde, weiterzuleben, wenn er ein zweites Mal nicht zu ihr zurückkehrte. Glücklicherweise hatte sie Angie. Sollte Shane ihr wiederum den Rücken zuwenden, hatte sie immer noch ihr Kind ... sein Kind.

„Du bist sentimental“, schimpfte sie laut mit sich selbst. „Jetzt hat die Hitze dich schließlich geschafft.“ Auf der Suche nach ihrem Lieblingskuli durchsuchte sie die obere Schreibtischschublade und fluchte, als sie merkte, wie ihre Hände zitterten. „Verdammt! Wenn diese Mechaniker nicht bald hier auftauchen und die Klimaanlage reparieren ...“

„Was dann?“, fragte Dena, die ungebeten einfach in Maras Büro platzte.

„Oh, das weiß ich noch nicht, aber die ganze Woche versprechen sie jetzt schon zu kommen ...“ Mara schaute von ihrer Schreibtischschublade auf, und als sie Denas boshaftes Lächeln sah, beschlich sie eine dunkle Ahnung, die ihr einen Schauer über den Rücken jagte. „Wolltest du heute nicht früher gehen?“, fragte sie, richtete sich auf und nahm Dena genauer ins Visier.

Denas Lächeln wurde breiter. „Stimmt“, bestätigte sie und ließ sich auf die Couch fallen.

„Und jetzt bist du wieder zurückgekommen?“ Mara warf einen Blick auf die Wanduhr und stellte fest, dass es schon fast sieben war. „Warum?“

„Ich habe im Haus angerufen, und Mutter hat mir gesagt, dass du heute länger arbeitest, also dachte ich, ich schau mal vorbei, um ein wenig mit dir zu plaudern." Und wieder zeigte Dena dieses leicht anzügliche Lächeln.

„Plaudern?" Wohl kaum, dachte Mara und drehte nervös den Stift in der Hand. „Worüber?"

„Über Angie!"

Mara erstarrte. Der Stift hörte auf sich zu drehen und landete auf der Schreibtischplatte.

„Was ist mit Angie?", fragte Mara heiser. War sie verletzt … oder Schlimmeres? Was war passiert? Sie hatte schon eine trockene Kehle, bevor sie überhaupt daran denken konnte, dass nicht einmal Dena eine Befriedigung aus dem Leid des Kindes ziehen würde. Und genau das war der Ausdruck, der Denas aparte Gesichtszüge beherrschte: Befriedigung.

„Also", begann Dena, blickte scheinbar gedankenverloren zur Decke, um die Spannung zu steigern. Dena liebte das Theatralische, und sie spielte ihre Rolle gut. „Eigentlich geht es nicht nur um Angie … genau genommen hat auch Shane damit zu tun."

Mara unterdrücke die Befürchtung, die sich ihr aufdrängte. „Was ist mit Shane?", fragte sie ruhig.

„Mir ist aufgefallen, wie er sich verhält, wenn er mit dem Kind zusammen ist."

„Und?"

„*Besitzergreifend* wäre wohl das richtige Wort für die Art, wie er mit ihr umgeht." Dena bekräftigte das Gesagte mit einem Nicken und funkelte Mara mit ihren grünen Augen an. „Ja, ich würde sagen, er ist sehr besitzergreifend."

„Er mag Angie sehr."

„Darauf würde ich wetten!", sagte Dena sarkastisch und verzog die glänzenden Lippen zu einem selbstzufriedenen Lächeln.

„Dena", sagte Mara, und die Luft blieb ihr im Hals stecken. Sie wusste, was sie von der feurigen Frau zu erwarten hatte, versuchte, deren ungestüme Art jedoch zu bremsen, indem sie so tat, als hätte sie das Heft in der Hand und die Situation unter Kontrolle. Sie richtete sich zu voller Größe auf, glättete ihr Kleid, um trotz der Hitze kühl zu wirken, ging um den Schreibtisch herum nach vorne und lehnte sich daran an. „Warum hörst du nicht einfach auf, auf den Busch zu klopfen, und sagst mir, was los ist. Dann können wir beide nach Hause gehen."

„Warum hat Shane ein derart besitzergreifendes Interesse an Peters Kind?"

„Ich habe es dir gesagt. Er mag Angie."

„Hm! Shane Kennedy macht mir nicht unbedingt den Eindruck, dass er zu den Männern gehört, die sich für Kinder begeistern."

Nun war Mara an der Reihe zu lächeln. „Ich denke, da irrst du dich. Trotz seiner harten Geschäftspraktiken ist Shane ein sehr liebevoller Mann."

„Du musst es ja wissen."

„Was willst du damit sagen?"

„Oh, komm mir nicht so naiv, Mara. Ich kenne dich besser! Die Rolle der dummen Jungfrau mag bei meiner Mutter ziehen, aber bei mir kommst du damit nicht durch! Genauer gesagt, mir wird ganz schlecht davon!" Die letzten Worte schleuderte sie Mara mit einer solchen Vehemenz entgegen, dass diese leicht zurückwich. Hasste Dena sie wirklich so sehr? Warum?

Maras Gesicht spannte sich. Sie dachte daran, Dena die volle uneingeschränkte Wahrheit zu sagen, zögerte jedoch. Es war besser, erst mit June zu sprechen. Ihre Stimme klang schwach, und sie wusste, dass sich Schweißperlen auf ihrer Stirn bildeten, dennoch zwang sie sich, Dena wenigstens teilweise zu informieren. Sie hatte ein Recht darauf. Ganz gleich, wie sehr Dena sie ablehnte, sie war Peters Schwester und hatte ein Recht, die Wahrheit zu erfahren.

„Es stimmt, Shane ist sehr viel an Angie gelegen ..."

„Und auch an dir", fuhr Dena sie an. „Ich wäre eine Idiotin, wenn mir nicht auffiele, wie er dich ansieht." Einen Moment lang huschte eine gewisse Traurigkeit über ihr Gesicht, und etwas leiser fügte sie hinzu. „Er … sieht dich an, als würde er nie wieder damit aufhören wollen." Sie biss sich auf die Lippe und ihre Selbstzufriedenheit und ihr Feuer schienen ihr leicht zu entgleiten.

„Er hat mich gebeten, ihn zu heiraten. Er möchte Angie adoptieren."

Maras überraschende Mitteilung schreckte Dena offenbar auf.

„Das kommt etwas plötzlich, nicht wahr?", fragte sie und sah Mara berechnend an.

„Ein wenig … mag sein …"

„Ich frage mich, was die Vorstandsmitglieder davon halten werden. Erst nötigst du sie, dem Verkauf von Anteilen an Shane Kennedy zuzustimmen, und dann, flink wie ein Wiesel, heiratetest du den Kerl, womit deine und Shanes Anteile in Verbindung mit Angies Treuhandfonds die Kontrolle über Imagination hätten. Praktisch, findest du nicht? Viel zu praktisch!" Vorwurfsvoll funkelte sie Mara an.

„Oh nein, Dena, so ist das nicht …"

„Wie ist es dann? Ich sage dir nur, wonach es aussieht – eine vorschnelle Heirat, um die Kontrolle über die Firma zu gewinnen!"

„Ich kenne Shane seit Jahren …", versuchte Mara zu erklären und merkte, wie sie unter ihrem eigenen Gewicht nachgab und leicht auf den Schreibtisch sackte. Dena spürte ihren Vorteil, entfaltete ihre langen Beine, die diesmal in Jeans steckten, und baute sich vor ihrer Schwägerin auf.

„Darauf würde ich wetten … Und ebenso würde ich darauf wetten, dass du dich nebenbei schon seit Jahren mit ihm triffst."

„Was meinst du?", fragte Mara leise, obwohl Dena sich mehr als deutlich ausgedrückt hatte.

„Ich glaube, du und Shane habt eine Affäre und …" Mara wollte protestieren, aber Dena schüttelte ihre rote Mähne, und mit einem Blick, der jeden in Stein verwandeln könnte, setzte sie ihre Anschuldigungen fort. „Ich glaube, dass du schon seit Jahren mit ihm zusammen bist, lange vor Peters Tod."

Dena war Mara immer näher gerückt … so nahe, dass Mara den berauschenden Duft von Denas Parfüm schmecken konnte, als sie sich mit der Zunge über die Lippen fuhr.

„Du glaubst, dass ich Peter betrogen habe?“ Mara erschrak darüber, wie kalt ihre eigenen Worte klangen.

„Etwa nicht?“ Dena hingegen klang, als würde sie Feuer spucken, und es war völlig klar, dass es für sie eine rein rhetorische Frage war.

„Selbstverständlich nicht!“ Frustriert ballte Mara die schmalen Hände zu Fäusten. „Ich … ich habe Shane für tot gehalten!“

„Das behauptest du“, stachelte Dena sie an.

„Du glaubst mir nicht?“

„Nicht eine Sekunde!“

Mara nahm sich Zeit, kurz die Augen zu schließen, lange genug, um sich zu fangen und ihre angegriffenen Gefühle unter Kontrolle zu bringen. Schließlich schüttelte sie den Kopf und machte eine wegwerfende Handbewegung.

„Hör zu, Dena. Es spielt keine Rolle, ob du mir glaubst oder nicht. Solange Peter gelebt hat, war ich ihm treu. Das weiß ich, und Peter wusste es auch. Es ist mir egal, was du damals gedacht hast oder was du jetzt denkst.“ Mara merkte, wie ihr die Hitze in die Wangen stieg, aber sie schwor sich, die Situation und diese Auseinandersetzung zu meistern, ganz gleich, mit welcher Boshaftigkeit Dena noch aufwarten mochte. Sie hatte nicht vor, ihre Selbstachtung und Würde bei diesem Streit zu verlieren.

Dena trat einen Schritt zurück, um etwas Abstand zwischen sich und ihre Schwägerin zu bringen. Sie wusste, dass Maras entschlossener Blick ein Zeichen dafür war, dass sie mit dem Rücken zur Wand stand, und konnte nur hoffen, Peters Frau nicht zu weit getrieben zu haben. Schließlich ging es ihr darum, Informationen zu sammeln, deshalb wollte sie Mara nicht völlig verärgern. Dena kannte ihre Schwägerin gut genug und wusste, dass Mara das Gespräch beenden würde, wenn sie sich dazu gezwungen sah. Und dann hätte Dena nie wieder die Chance, herauszufinden, ob sie mit ihrem Verdacht richtig lag.

„Ist ja gut, ist ja gut“, murmelte sie, ließ sich auf den nächstbesten Stuhl fallen und kaute an einem Fingernagel herum. Dabei wich sie Maras Blick aus und schien sich auf den Saum ihrer mintgrün karierten Bluse zu konzentrieren. „Es tut mir leid … Ich wusste nicht, dass du geglaubt hattest, Shane wäre tot.“ Als sie die Augen hob, standen Tränen darin, und auf einmal wirkte sie viel älter als siebenunddreißig, die sie tatsächlich war.

Mara spürte, wie alle möglichen Gefühle an ihrem Herzen zerrten, aber sie blieb vor ihrem Schreibtisch stehen, ohne sich zu rühren. Wenn sie etwas über Dena wusste, dann mit Sicherheit, dass ihre Schwägerin die Kunst des Dramas beherrschte. Waren ihre Tränen wirklich ein Zeichen von Bestürzung oder nichts weiter als ein Requisit ihrer theatralischen Show?

„Vielleicht … vielleicht irre ich mich auch. Aber wenn ich Shane mit Angie sehe … wie er so ganz verrückt nach ihr zu sein scheint …“ Dena legte eine Pause ein. „Und das gilt für beide Seiten. Auch Angie scheint ihn zu lieben, ein Gefühl, das sie für Peter nie hatte.“

„Das ist nicht wahr …“

„Lüg mich nicht an, Mara! Ich habe Augen im Kopf!“

Mara merkte, wie sie ins Wanken geriet, weil sie Mitleid für Dena empfand. In der Vergangenheit hatte Dena sie so oft angegriffen, dass sie ihr nie und nimmer trauen sollte, so viel wusste sie. Aber beim Anblick ihrer Schwägerin, wie sie so zusammengesackt auf dem Stuhl hockte, beschloss sie gegen besseres Wissen, ihr noch eine Chance zu geben.

Und erst, nachdem sie die Worte ausgesprochen hatte, wusste Mara, dass sie dabei war, einen Fehler zu machen. „Also gut, Dena … was genau versuchst du mir zu sagen?“, fragte sie leise.

Dena nahm sich ein Papiertaschentuch vom Schreibtisch und tupfte sich die Tränen ab. „Oh, Mara“, seufzte sie in echter Verzweiflung. „Ich weiß, dass ich manchmal einfach schrecklich zu dir war. Und ich weiß auch, dass es nicht deine Schuld ist, wenn Dad den größten Teil der Unternehmens Peter hinterlassen hat. Aber manchmal scheint mir das alles so unfair zu sein!“

„Ich weiß."

„Nein, nein, das weißt du nicht. Das kann niemand wissen!", entgegnete Dena zunehmend frustriert und verärgert. „Vielleicht wäre das alles … wäre das alles gar nicht so wichtig, aber mir kommt es so falsch vor!"

„Wovon sprichst du?"

„Wie sich alles entwickelt hat! Zuerst hattest du Peter, und ob du nun klug genug warst, es zu bemerken oder nicht, mein Bruder hat dich abgöttisch geliebt!"

Mara schnürte sich die Kehle zu.

„Und ich", fuhr Dena fort, „ich war so dumm, zu glauben oder zu hoffen, dass Bruce dasselbe für mich empfindet." Ihre Stimme zitterte. „Oder dass es wenigstens *irgendjemand* tun würde."

„Oh, Dena …"

„Nein, unterbrich mich nicht!", rief Dena und sammelte ihre Kräfte. Die Temperatur im Zimmer schien um einige Grade weiter angestiegen zu sein. „Und jetzt … jetzt taucht Shane Kennedy unter dem Vorwand hier auf, in die Firma investieren zu wollen und fällt dir passenderweise in die offenen Arme! Und nicht nur das, er liebt dich, Mara. Gott, wie er dich liebt!", betonte sie, und ihr schmales Gesicht verzog sich unter dem Schmerz von siebenunddreißig unerfüllten, ungeliebten und verlorenen Jahren. „Und … und er will sogar Angie." Dena seufzte. „Weißt du eigentlich, wie unglaublich das ist?" Ohne die Qual in ihrem Gesicht zu verbergen, schaute sie zu Mara auf. „Das alles kommt mir so unglaublich vor … eine Romanze wie aus dem Märchen. Es ist fast, als wäre …" Ihre Stimme versagte.

„Als wäre was?", fragte Mara nach und hielt die Luft an.

„Als wäre Angie *sein* Kind, mein Gott!", flüsterte Dena.

Die Stille war elektrisierend, und die Hitze in dem kleinen geschlossenen Raum pochte Mara gnadenlos in den Schläfen. Sie nahm ein paar Anläufe, um auf Denas Andeutung zu reagieren, und jedes Mal versagte sie, denn sie brachte kein Wort heraus, um die Wahrheit zu leugnen. Mit rot erhitztem Gesicht ließ Dena sich auf ihrem Stuhl hängen, und lediglich ihr erwartungsvoller Blick deutete darauf hin, dass sie eine Reaktion von Mara erwartete. Und dieser Blick war eine stille Bitte, ihr die Wahrheit zu sagen.

Mara griff nach ihrer Handtasche und klemmte sie sich unter den Arm. Nachdem sie den Schock überwunden hatte, sah sie Dena an und lächelte traurig. „Du hast recht, Dena. Angie ist Shanes Tochter. Ich war schwanger mit ihr, und als ich ihn erreichen wollte, um ihm die Neuigkeit mitzuteilen, habe ich erfahren, dass er tot ist. Es ist … es ist eine lange Geschichte, und letztendlich ist es das Einzige, was für dich von Bedeutung ist, dass ich deinen Bruder geheiratet habe."

„Aber Peter? Wusste er Bescheid?"

„Dass das Kind von einem anderen Mann war?" Mara schloss die Augen und kämpfte mit den Tränen, die jedes Mal, wenn sie an diese langen, grauenhaften Tage und die Verzweiflung dachte, die sie nicht mehr hatte loslassen wollen, nachdem sie glauben musste, Shane wäre gestorben. Jung, gefällig und stark hatte Peter ihr geholfen, den Verlust zu verkraften und einen Lebenssinn in der Tatsache zu finden, dass sie Shanes Kind unter dem Herzen trug. „Ja", flüsterte sie heiser. „Peter wusste es, und ich glaube, dass Angie ihm auf seine Art sehr viel bedeutet hat und dass er sie geliebt hat."

„Aber … wie konntest du? Wie konnte er …?"

Mara schüttelte den Kopf und brachte ihre Schwägerin damit zum Schweigen. Ungewollt begannen die Tränen ihr nun doch über die Wangen zu laufen. „Du darfst nicht vergessen, dass wir, Peter und ich, beide glaubten, Shane wäre tot."

Nachdem sie einen Moment schweigend nachgedacht hatte, stellte Dena die Frage, die ihr als Erstes in den Kopf kam. „Was ist mit Mutter? Wirst du es ihr sagen?" Es klang eher wie eine Forderung als eine Frage.

„Natürlich." Wieder spürte Mara die Angst.

„Wann?", wollte Dena wissen.

„Ich weiß nicht … bald, hoffe ich."

„Würdest du es ihr überhaupt sagen, wenn ich nicht zwei und zwei zusammengezählt und gesehen hätte, dass Angie von Shane ist?“, fragte Dena, die mühelos wieder zu ihrem gewohnten Sarkasmus zurückfand. Sie erhob sich vom Stuhl, zog ihre Schlüssel aus der Jeanstasche und lehnte sich an die Tür, wo sie unverfroren wartete.

Maras Antwort erfolgte in einem eisigen Tonfall, denn das Mindeste, was sie von Dena erwartet hatte, war ein wenig Mitgefühl, nachdem sie nun um die Wahrheit wusste. „Ich hatte vor, es ihr bis Ende dieser Woche zu sagen.“

„Das glaubst du doch selbst nicht!“ Dena lachte freudlos. „Ich wette, du hattest vor, Shane zu heiraten, bevor du Mutter die ganze traurige Geschichte erzählen wolltest, und selbst dann möchte ich bezweifeln, dass du das Rückgrat besessen hättest, wirklich ehrlich zu sein.“

Mara erschrak über Denas scharfe Worte. „Du hast recht“, räumte sie besonnen ein. „Ich habe gezögert, June von Angie zu erzählen.“ Dena lächelte boshaft. „Aber nicht aus den Gründen, an die du denkst. Hast du dir jemals die Zeit genommen und dir die Mühe gemacht, mit deiner Mutter zu reden und dich nach ihrer Gesundheit zu erkundigen? Sie ist krank.“

„Oh, lass es einfach, Mara. Verschone mich mit weiteren derart fadenscheinigen Ausreden! Du hast es Mutter nicht erzählt, weil du Angst vor ihr hast und vor dem, was sie dir antun könnte. Ohne das Vermögen der Wilcox, meine Liebe, seid ihr, du und das Kind, praktisch arme Leute!“, höhnte Dena.

Über ihre Sticheleien war Mara jedoch erhaben. „Deiner Mutter geht es nicht gut, Dena. Ich habe versucht, sie dazu zu bewegen, Dr. Bernard aufzusuchen, aber ich bin sicher, dass sie immer noch nicht bei ihm war.“

„Versuche nicht, das Thema zu wechseln“, explodierte Dena. „Worüber wir hier reden, ist die Tatsache, dass du meine gesamte Familie belogen hast, indem du dein Kind als Erbin des Wilcox-Vermögens ausgegeben hast!“ Um ihrer brutalen Anklage Nachdruck zu verleihen, wies Dena mit einem langen juwelengeschmückten Finger auf Mara, wobei sie die Schlüssel, die sie in der Hand hielt, schüttelte, um den Punkt zu betonen, auf dem sie herumritt. Sie verzog die Lippen zu einem dünnen, siegreichen Lächeln und fuhr unbewusst mit der Zunge darüber. Nicht einmal in ihren wildesten Träumen hätte sie erwartet, dass Mara ihr ein totales, umfassendes Geständnis liefern würde. Triumphierend strahlten ihre grünen Augen.

„Nein. Ich hatte nie die Absicht …"

„Oh ja, ich weiß", fiel Dena ihr kalt ins Wort. „Deine Absichten waren ehrenhaft. Nun, versuch doch einfach mal, das alles dem Vorstand zu erzählen. Die ganze Familie ist davon betroffen, und wir wurden alle hinters Licht geführt. Der Vorstand wird in Aufruhr sein, und du kannst Gift darauf nehmen, dass sie irgendein juristisches Schlupfloch finden werden, um Peters Testament anzufechten! Was du getan hast, nennt man Betrug!"

Maras anfänglicher Schock über Denas leidenschaftlichen Ausbruch ließ nach und wurde abgelöst von kochender Wut und Empörung, als ihr strapazierter Geduldsfaden riss. „Soll das eine Drohung sein?", fragte sie herausfordernd.

„Darauf kannst du wetten!"

„Warum?"

„Weil ich es will, Mara. Ich will alles! Es ist mein Geburtsrecht. Imagination Toys ist mein Blut …"

„Dein Blut?", fragte Mara lachend. „Soll das ein Witz sein? Du warst bereit, die Firma dem erstbesten Interessenten komplett zu verkaufen. Versuche nicht, mich von deiner Loyalität zu überzeugen."

Langsam breitete sich in Denas Miene ein Lächeln aus. „Oh, aber das war doch, bevor ich sicher sein konnte, dass Angie nicht von Peter ist. Bisher war alles nur Vermutung. Jetzt kenne ich die Fakten!"

„Und du planst, diese ‚Fakten' gegen mich zu verwenden, ist es das?"

Denas Gesicht erfror zu einer überdramatisch beleidigten Maske. Sie wirkte ernsthaft getroffen, aber nur für einen Moment. „Gegen dich? Lieber Himmel, nein." Sie zeigte wieder dieses teuflische Grinsen. „Für mich? Ja!"

„Wie?", fragte Mara und wunderte sich, warum sie ihrer Schwägerin überhaupt noch zuhörte. Es lag auf der Hand, dass Dena besessen davon war, die Kontrolle über Imagination zu gewinnen.

„Weißt du eigentlich, wie lange ich darauf gewartet habe?" Dena verengte die Augen zu Schlitzen. „Jahre! Während unserer ganzen gemeinsamen Kindheit habe ich mit der unumstößlichen Tatsache gelebt, dass Peter von Vater bevorzugt wurde. Und als Dad starb, war sein Testament für mich ein weiterer Schlag ins Gesicht! Er hat mir weniger als ein Viertel des Vermögens vermacht, während Peter alles bekommen hat! Aber das war noch nicht das Schlimmste. Übertroffen wurde das alles noch, als Peter jung starb und seine Frau, die nicht einmal blutsverwandt mit der Familie ist, den größten Teil der Firma geerbt hat, und dazu das Haus. Weißt du, wie wütend ich war? Wie ungerecht das alles ist? Natürlich nicht! Das kann niemand wissen." Dena presste die Lippen fest zusammen.

Zum ersten Mal seit mehr als vier Jahren konnte Mara ihre Schwägerin klar sehen. Und trotz aller Drohungen und Machtspiele empfand sie auf einmal Mitleid mit der besessenen Frau. „Dena", sagte sie freundlich, „hast du schon einmal mit einem Fachmann darüber gesprochen?"

„Was meinst du?", fragte Dena, obwohl sie wusste, worauf Mara hinauswollte.

„Ich meine, du solltest einmal mit einem Psychiater über deine Gefühle sprechen."

„Na, das würde dir wohl gefallen?", höhnte Dena, als wäre der Gedanke völlig absurd. Angewidert schüttelte sie den Kopf. „Ich kann nicht fassen, wie durchschaubar du manchmal bist. *Ich* brauche keine Hilfe von einem Psychiater, und Mutter braucht keinen Arzt. Du kannst also damit aufhören, dir alles Mögliche einfallen zu lassen, nur um uns dir zu verpflichten, denn das wird nicht funktionieren!"

„Ich hatte nie …“, keuchte Mara.

„Oh, aber sicher, Mara. Du bist genau wie ich, nur willst du es nicht zugeben. Seit Jahren kämpfen wir beide um die Macht im Unternehmen, und jetzt bin ich am Zug, weil ich diese peinliche kleine Geschichte über Angies zweifelhafte Abstammung nämlich an die Presse durchsickern lassen werde, wenn du nicht jegliches Interesse an der Firma aufgibst und als Präsidentin zurücktrittst. Ich denke, der Redakteur der Klatschspalte und vielleicht sogar der Redakteur des Wirtschaftsteils unserer Stadtzeitung könnten es unglaublich amüsant finden.“

„Das würdest du nicht tun.“

„Willst du wetten?“ Dena legte den Kopf zur Seite und schaute zur Decke, als wäre sie ganz in Gedanken versunken. „Was hältst du von dieser Schlagzeile? – ‚Dame der Gesellschaft benutzt Kind, um Spielzeugfabrik zu kontrollieren‘. Oder besser noch: ‚Chaos bei Imagination Toys: Fragwürdige Vaterschaft der Erbtochter‘.“

„Ich weiß, du wirst es kaum glauben“, erwiderte Mara und hob herausfordernd das Kinn, „aber es interessiert mich wirklich nicht, was die Zeitungen aus der Geschichte machen könnten.“

„Dein gesellschaftliches Ansehen in Asheville ist dir aber nicht egal.“

„Ich habe dir gesagt, dass mich nichts Dergleichen wirklich interessiert“, wiederholte Mara. Sie hatte genug von Denas Drohungen und Vorwürfen, hielt ihre Tasche fest in der Armbeuge und ging auf Dena und die Tür zu. „Ich gehe jetzt, Dena“, sagte sie ruhig. „Wenn du noch länger hierbleiben willst, nur zu. Aber ich werde nicht bleiben und mich sinnlos mit dir streiten. Wir kommen keinen Schritt weiter, und ich bin es leid, meine Zeit zu vergeuden. Du hast gehört, was ich zu der Geschichte zu sagen habe. Mach damit, was du willst. Offensichtlich werde ich dich nicht davon abhalten können. Aber ich bin wirklich der Meinung, du solltest die Gefühle deiner Mutter berücksichtigen. Ich … Es war kein Scherz, als ich dir sagte, dass ich glaube, sie ist ernsthaft krank, und ich mache mir Sorgen um sie.“

„Wieso liegt dir so viel an meiner Mutter?“, fragte Dena mit neuerlichem Misstrauen.

Mara seufzte. „Weil June immer sehr gut zu mir war und weil sie Angie sehr liebt.“

„Oh, tatsächlich?“, fragte Dena mit einem ungläubigen Grinsen. „Dann wäre es doch wohl das Mindeste gewesen, nach Peters Tod aufrichtig mit ihr zu sein und sie darüber aufzuklären, dass das Kind, das sie als ihr einziges Enkelkind schätzt, von einem anderen Mann stammt! Stattdessen hast du dich hinter einer Lüge versteckt, Mara!“

„Mag sein“, räumte Mara wehmütig ein, seufzte in sich hinein, brachte jedoch irgendwie ein schwaches Lächeln zustande. „Aber ich hatte nie damit gerechnet, Shane wiederzusehen.“

„Na und? Es war immer sein Kind, ob er nun lebte oder tot war!“

„Hör zu, Dena. Ich bestreite nichts davon. Worum ich dich bitte, ist lediglich, dass du nichts sagst oder tust, womit du deine Mutter aufregen könntest. Ich werde versuchen, sie davon zu überzeugen, Dr. Bernard zu konsultieren, und sobald ich weiß, dass sie nicht ernsthaft krank ist, werde ich ihr die ganze Wahrheit erzählen, das verspreche ich dir.“

Denas Antwort wartete Mara nicht mehr ab. Sie ging über den langen Flur zum Fahrstuhlschaft und schaltete das Licht der Büroetage aus. In der Dunkelheit hörte sie Denas Stimme über den Flur hallen, die ihr mit ihrem wohlklingenden Südstaatenakzent hinterherrief: „Du willst dich nur davor drücken, liebste Schwägerin!“ Und als die Fahrstuhltür aufging und Mara die leere Kabine betrat, hörte sie noch Denas schrilles, zufriedenes Lachen, das ihr unwillkürlich einen Schauer über den Rücken jagte. Wie verzweifelt, wie besessen, wie neurotisch war diese intrigante Rothaarige bloß?

In der Tiefgarage unter dem Gebäude herrschte friedliche Stille, und die beginnende Abenddämmerung hatte sie schon weitgehend in Dunkel getaucht. Herrlich kühle Luft kam Mara entgegen, als sie eilig aus dem Fahrstuhl trat und zu ihrem Parkplatz nahe dem Eingang des Gebäudes ging. Erschöpft rutschte sie auf den weichen Vinylsitz ihres Renaults, stieß ein kaum hörbares Seufzen aus und nahm sich ein paar Sekunden Zeit, um sich wieder zu beruhigen. Sie legte den Kopf aufs Lenkrad und ließ die blonden Haare nach vorn um ihr Gesicht fallen.

Wie konnte nur alles so verrückt werden? fragte sie sich. Währenddessen versuchte sie, die Angst und den Ärger abzuschütteln, die noch an ihr hafteten. Ihr ganzes Leben hatte sich in ein Rätsel verwandelt, auf das sie keine Antwort fand.

„Verdammt“, murmelte sie, während sie den Motor anwarf und langsam anfing, sich Sorgen zu machen, was Dena wohl unternehmen würde, nachdem sie ihr Geständnis gehört hatte. „Verdammt, verdammt, verdammt.“ Wieso war in ihrem Leben auf einmal alles so kompliziert? Und alles nur wegen einer kleinen Unwahrheit.

„Oh, mach dir um mich keine Sorgen“, hatte June geantwortet, als Mara sie bat, sich von Dr. Bernard untersuchen zu lassen. „Du hast genug Probleme, da musst du dich nicht auch noch mit meiner Gesundheit belasten. Es geht mir gut. *Wirklich.* Du machst dir zu viele Gedanken.“

Es hatte einiges an freundlicher Überredungskunst gebraucht, und Mara war keineswegs völlig überzeugt, dass die ältere Frau tatsächlich tun würde, was sie versprochen hatte, aber am Ende hatte June, wenn auch widerstrebend zugestimmt, sich untersuchen zu lassen. Als Mara auf einen Termin drängte, hatte June sich allerdings nur vage geäußert, was nicht so recht zu ihrem Charakter passte. Dennoch war Mara halbwegs beruhigt. Zumindest hatte June versprochen die Praxis aufzusuchen, und bereits das war ein kleiner Sieg, und mehr, als Mara sich hatte erhoffen können.

Es war spät geworden, als Angie endlich gebadet hatte. Aber der Anblick des Kindes mit dem frisch gewaschenen Gesichtchen, den lachenden dunklen Augen und dem Lichtschein aus feuchten goldigen Löckchen ließ Mara zumindest vorübergehend ihren Arbeitsdruck und die Probleme mit Dena vergessen. Angie, die von Kopf bis Fuß in einem mit kleinen Tieren bedruckten Pyjama steckte, hatte etwas an sich, das alles andere in der Welt unbedeutend erscheinen ließ. Mara nahm sich die Zeit, ein relativ kompliziertes Puzzle zusammenzusetzen, und Angie lachte begeistert, als sie erkannte, dass das Bild die Form von zwei hinreißenden kleinen Kätzchen annahm.

Es klingelte an der Tür, und Angie rutschte von ihrem Stuhl. Fast wäre sie noch auf einer Küchenfliese ausgerutscht, als sie wichtig über die Schulter zurückrief: „Ich mach auf, Mommy."

Als Mara aus der Küche eilte, zog Angie auch schon an der Messingklinke einer Hälfte der doppelten Haustür und ächzend gelang es ihr, sie aufzuziehen. Auf der halbdunklen Veranda stand Shane. Mara merkte, wie ihr Herz bei seinem Anblick einen Sprung tat. Er wirkte müde und erschöpft. Seine schwarzen Haare waren zerzaust, und das leichte Silbergrau an seinen Schläfen war im Dunkeln der Nacht deutlich erkennbar. Beim Anblick seiner Tochter war die Müdigkeit jedoch schlagartig aus seinem Gesicht verschwunden. Er hockte sich auf ein Knie, hob die Kleine auf und drückte sie so fest an seine Brust, als wollte er sie nie wieder loslassen.

Ebenso herzzerreißend klammerte Angie sich an Shane, und in seinem Gesicht, das er an den kleinen Hals seines Kindes geschmiegt hatte, löste eine quälende Emotion die andere ab. Seine Liebe war so offensichtlich und aufrichtig, dass Mara sich von der bewegenden Szene abwenden musste, um nicht vor lauter Frustration und Selbstvorwürfen in Tränen auszubrechen. Wie konnte sie Shane das naturgegebene Recht vorenthalten, als Vater seines Kindes anerkannt zu werden?

Widerstrebend stellte er Angie wieder auf den Boden zurück und beantwortete jede einzelne der endlosen Fragen, die sie ihm stellte.

„Wir machen ein Puzzle mit Kätzchen", plapperte Angie aufgeregt. „Willst du es sehen?"

„Selbstverständlich", antwortete Shane ernst. „Vielleicht kann ich helfen."

„Ich weiß nicht“, meinte Angie und runzelte nachdenklich die Stirn. „Sogar Mommy findet das ganz schön schwer …“

Shane warf Mara einen amüsierten Blick zu, dem die Freude an seinem Kind anzusehen war. „Nur ein Grund mehr, dass ich es einmal versuche“, rief er Angie, die schon auf dem Weg in die Küche war, lachend hinterher.

„Sie hat dich vermisst“, flüsterte Mara.

„Nicht halb so sehr, wie ich sie vermisst habe“, murmelte Shane, und schon hatte Mara mit schweren Anwandlungen von Schuldgefühlen zu kämpfen.

Gefährlich auf einer Stuhlkante balancierend, hing Angie über dem Tisch, und es war ihr bereits gelungen, einige Puzzleteile zusammenzusuchen, bevor Mara und Shane in die gemütliche Küche kamen. Gutmütig lachend hob Shane den kleinen verwegenen Racker auf und setzte ihn sich auf den Schoß. Angie quietschte vor Freude, und Vater und Tochter nahmen gemeinsam das Puzzle in Angriff und fügten die verzwickten Pappformen zusammen.

Während Shane und Angie die Köpfe unter der Tiffanylampe zusammensteckten, setzte Mara Wasser auf. Wenig später breitete sich der köstliche Duft eines Gourmetkaffees in der Küche bis hin in die kleine Essecke aus, wo Vater und Tochter mit dem Puzzle beschäftigt waren. Mit Neid und Stolz beobachtete Mara, wie die beiden in einer Welt versanken, die nur ihnen gehörte. Shanes muskulöse Schultern, Angies kleine, flinke Hände; Shanes zerzaustes rabenschwarzes dichtes Haar und Angies wirre blonde Locken; Shanes raues, tief tönendes Lachen, dazu Angies melodisch hell klingendes Stimmchen; und nicht zuletzt beider tiefschwarze ausdrucksvolle Augen.

Mara goss gerade den Kaffee in die Tassen, als sie mit ihrem Projekt fertig wurden. Zu Angies Erstaunen und Freude waren die ungleichen Teile des einfach ausgesägten Puzzles in wenigen Minuten zusammengefügt, und die verspielten Kätzchen auf dem Bild sahen Angie wieder an.

„Setzt Imagination viele von diesen Dingern ab?“, fragte Shane und begutachtete die Box des Spiels.

Mara reichte ihm eine Tasse mit dem dampfend heißen Kaffee. „Ein paar …“

„Sag’s nicht, lass mich raten. Die Konkurrenz ist besser als wir?“

Mara lächelte gequält. „Ich wünschte, ich könnte dir widersprechen, aber leider hast du wieder einmal recht. San Franciscan hat Imagination drei zu eins beim Verkauf von Puzzles übertroffen, dasselbe gilt für Puppen, Knete, Bälle … Such dir was aus.“

„Bei Computerspielen für Kinder nicht?“

„Keine Ahnung“, Mara seufzte. „Bis zu deinem Einstieg in die Firma hatten wir mit dem Elektronikmarkt nichts zu tun.“

Angie unterbrach sie, denn plötzlich war ihr etwas ganz Wichtiges eingefallen. „Mommy, kommt Snoopy heute im Fernsehen?“

„Oh, Schätzchen, tut mir leid. Das hatte ich ganz vergessen!“ Mara warf einen Blick auf die Uhr. „Du hast aber noch Glück; wenn du dich beeilst, kannst du die letzten zwanzig Minuten sehen.“

Angie flitzte ins Wohnzimmer und stellte schon mal den Fernseher an, während ihre Eltern etwas langsamer folgten. Sie bestand darauf, dass Shane sich auf die Couch setzte, und nachdem sie noch schnell durchs Haus gerannt war, um ihre Decke und Lolly zu holen, kam sie wieder zurück und kletterte auf Shanes Schoß.

Es war ein langer, ermüdender Tag gewesen, voller beunruhigender und stürmischer Emotionen, die Mara stundenlang zugesetzt hatten. Das Schlimmste war die Auseinandersetzung mit Dena, und Mara hätte Shane gern davon erzählt, aber die unausgesprochene Spannung, die in der Luft lag, hielt sie davon ab. Obwohl sie emotional längst erschöpft war, wusste sie einfach, dass ihr eine weitere Konfrontation mit Shane bevorstand. Das lag weniger an dem, was er sagte, als an dem, was er nicht sagte, und auch an den undurchdringlichen Blicken, die er in ihre Richtung warf. Auf seiner Stirn lagen tiefe Sorgenfalten, ein Zeichen für Mara, dass er bereit für ein Showdown war. Lediglich Angies

Anwesenheit hatte ihn davon abgehalten, die Fragen zu stellen, die in den schwarzen Tiefen seiner Augen lauerten.

Das Snoopy Special war längst vorbei. Während sie neben Shane auf der Couch saß und Interesse für eine langweilige Varieté-Show vortäuschte, konnte Mara fühlen, wie sich die Spannung zwischen ihnen von Minute zu Minute weiter aufbaute. Am liebsten hätte sie die Augen geschlossen und dieses gemütliche Wohnzimmer mit seinen holzgetäfelten Wänden und Bücherregalen wieder in ihr Lieblingszimmer zurückverwandelt, in dem sich die beiden Menschen befanden, die sie am meisten liebte. Aber obwohl Angie wie auch Shane nur wenige Zentimeter von ihr entfernt saßen, fühlte sie sich isoliert und empfand eine wahnsinnige Angst. Sie wusste genau, dass Shane bald von ihr würde hören wollen, warum sie nicht endlich den Mund aufgemacht und June über Angies Abstammung aufgeklärt hatte. Nervös spielte Mara mit ihrer Kaffeetasse, ein Verhalten, das Shane nicht verborgen blieb. Nur die zarte Unschuld des kleinen Mädchens, das sich auf Shanes Schoß zusammengerollt hatte und dem jeden Moment die Augen zufallen würden, hatte die bevorstehende Auseinandersetzung bisher gebannt.

Während sie in dem ungemütlichen Schweigen verharrten, war Angie binnen weniger Minuten in einen tiefen, traumlosen Schlaf gefallen. Mara wollte das Kind nehmen und nach oben ins Bett bringen, aber Shane schüttelte den Kopf und schob Mara sanft beiseite, während er sich mit Angie im Arm von der Couch erhob. Als er das Zimmer verließ, konnte Mara sehen, wie Angies Lockenköpfchen sicher an Shanes Brust ruhte. Mara fiel es schwer, ihnen nicht zu folgen, aber sie wusste intuitiv, dass Shane ein paar ruhige Minuten mit seinem Kind allein sein wollte.

Also trug sie die Kaffeetassen in die Küche und räumte sie in die Spülmaschine. Anstatt die Intimität zwischen Vater und Tochter, die ihnen so lange versagt geblieben war, zu stören, schob Mara die Hände in die Taschen ihrer Jeans und ging über die Gartenveranda hinaus in die dunkle Nacht. Obwohl die Temperatur seit dem späten Nachmittag deutlich gesunken war, fühlte die Luft sich noch immer viel zu warm an und war ungewöhnlich schwer von Feuchtigkeit. Der Himmel war diesig verschleiert, und nur ein paar glitzernde Sterne erhellten die dunkle Weite über ihr; es war eine schwüle, heiße Spätsommernacht, und es schien sich Regen anzukündigen.

In dieser Nacht, die ihr den Atem nahm, war die einzige Erleichterung eine leichte mit einem Hauch von Pinienduft gewürzte Brise, die Mara die Haare aus dem Gesicht blies, im Nacken anhob und die kleinen feuchten Schweißperlen kühlte, die sich auf ihrer Haut gebildet hatten. In Gedanken versunken ging sie über den stillen Gartenweg, ohne den berauschenden Duft der spät blühenden Pflanzen oder das leise Summen der Insekten wahrzunehmen. Nachdem sie die große, etwas trockene Rasenfläche überquert hatte, gelangte sie an den weißen Zaun, der den gepflegten Garten von der Koppel trennte. Sie legte die Arme auf die obere Holzplanke, stellte den linken Fuß auf die untere und blickte über die Wiese, wo sie den Schatten einer Katze entdeckte, die Jagd auf Feldmäuse machte. Aus weiter Ferne hörte sie den Ruf einer Nachteule und das Rumpeln eines Lastzugs auf dem Highway.

Mara spürte Shanes Gegenwart, bevor sie sein leises Husten und das vertraute Quietschen der Fliegengittertür hörte, als sie über den Boden der Veranda schrammte. Mara drehte sich um und sah, dass im zweiten Stockwerk des imposanten Hauses kein Licht mehr brannte und Angie gewiss in ihrem Bettchen fest schlief.

Maras dunkle Gestalt weckte in Shane Erinnerungen an eine sorglosere Zeit seines Lebens, in der sie beide jünger und miteinander glücklich gewesen waren. Es hatte etwas Kindliches, wie Mara dort am Zaun stand, als wäre sie ein heranwachsendes Schulmädchen, das in der Dunkelheit vor sich hin träumte. Diese Gestalt, eine Silhouette unschuldiger Weiblichkeit, trieb gefährliche Spiele mit seinem Verstand und lockte ihn, auf sie zuzugehen.

Kurz vor ihr blieb er stehen, schob die Hände in die Gesäßtaschen seiner Jeans und betrachtete sie, als sie sich ihm zuwandte. Ein paar Strähnen ihrer goldblonden Haare wurden vom Wind angehoben und schimmerten silbrig im diesig verschleierten Licht des Mondes. In der stillen Abgeschiedenheit dieser Sommernacht schauten sie einander tief in die Augen, während in der Ferne Donner grollte.

Wie in Zeitlupe streckte er eine Hand nach ihr aus, strich zart an ihrer Kinnlinie entlang, über ihre Kehle und den Ansatz ihrer Brust, nur um dann frustriert die Hand sinken zu lassen. Mara spürte, wie ihre Knospen sich versteiften und gegen den weichen Stoff ihrer Kleidung drängten. Das Atmen fiel ihr schwer, und als sie etwas sagen wollte, um die abgrundtiefe Kluft zu überbrücken, die sich zwischen ihnen auftat, war sie nicht dazu in der Lage. Die Worte der Liebe ließen sie im Stich. Die Entschuldigung, die ihr auf der Zunge lag und mit der sie wiedergutmachen wollte, dass sie ihm das Recht nahm, seine Tochter offiziell anzunehmen, verlor sich in der Dunkelheit. Sie brauchte ihn … wollte ihn … sehnte sich nach seiner Berührung, und dennoch steckten die Worte, die helfen könnten, die Wunden zu heilen und sie beide zu verbinden, irgendwo tief in ihr fest.

„Mara … oh, Baby“, beklagte er sich, legte die Hände auf ihre Schultern und hielt sie auf Distanz von sich, während er sie gleichzeitig durch die warme Berührung erregte. Als sie spürte, wie er seine Finger auf ihrer Haut kreisen ließ, überlief sie ein Schauer. Es war der Schauer eines so tiefen Bedürfnisses, dass es jeden Teil von ihr entflammte. Er erregte sie allein durch die Stärke seines eigenen Verlangens.

Gierig folgte er der willkommenen Einladung ihrer geöffneten Lippen, beugte den Kopf und umkreiste ihren Mund mit seiner Zunge, bevor er in die süße, feuchte Höhle eintauchte. Mit einem leisen Stöhnen sank Mara an seine Brust, und überließ ihren Körper Shanes leidenschaftlichen, hungrigen Berührungen. Sie vergrub die Finger in Shanes dichten welligen Haaren und teilte ihm ohne Worte mit, wie verzweifelt sie sich nach ihm sehnte … wie sehr sie ihn brauchte.

„Warum lässt du mich so leiden?“, fragte Shane und presste sie mit der stürmischen Kraft an sich, die aus der Verweigerung geboren war. Bereitwillig schmiegte sie sich an seinen bebenden Körper. „Warum quälst du mich?“, flüsterte er an ihrem Hals. Verführerisch fuhr er mit den Lippen an ihrem Ohr entlang. „Und warum, warum *brauche* ich dich so sehr?“ Er schmiegte sein Gesicht in ihr weiches Haar. „Ich *will* dich, Mara“, murmelte er in heißem, verzweifeltem Verlangen. „Gott, wie sehr sehne ich mich nach dir!“ Seine Stimme und seine Hände schienen gleichzeitig jeden kleinsten Teil von ihr zu berühren, und Mara spürte, wie er ihre verspannten Rückenmuskeln mit den Fingerspitzen rieb und mit Nachdruck knetete.

Weit weg erhellte ein Blitz den Nachthimmel, und einen kurzen atemlosen Augenblick sah Mara Shanes Gesicht. Seine Miene war angespannt. Seine überschatteten Augen waren die eines Mannes, den seine eigenen verräterischen Gedanken plagten.

„Ich ... es ist doch nicht so, als würde ich irgendwelche Spiele mit dir treiben“, beteuerte sie, den Ärger und die Frustration in seiner Miene richtig deutend. „Das musst du doch wissen.“ Forschend schaute sie ihm in die schwarzen Augen. Wieder suchten und fanden seine Lippen ihren Mund, und alle Worte, die er im Sinn gehabt haben mochte, waren im Fieber der Umarmung wie weggeblasen.

Mara umschlang ihn, klammerte sich an ihn und hielt ihn fest, als fürchtete sie, er könnte noch einmal in der Nacht verschwinden und für sie verloren sein. Verlass mich nicht, dachte sie verzweifelt. Bitte, Shane, verlass mich nie wieder! Aber auch diese Worte gingen unter in der Leidenschaft der Nacht. Die Tränen, mit denen sie schon den ganzen Tag zu kämpfen hatte, stiegen ihr nun ungewollt in die Augen, und obwohl sie sich weiter dagegen wehrte, liefen ihr die salzigen Tropfen über die Wangen, befeuchteten ihre Lippen und verliehen dem heißen Kuss den herben Geschmack ihrer Verzweiflung.

Als er ihr leises Weinen bemerkte, erstarrte er und versuchte offenbar sich zurückzuhalten. Aber es dauerte nicht lange, bis er stöhnend aufgab, und ohne zuzulassen, dass ihre Körper sich voneinander trennten, ging er langsam und vorsichtig in die Knie und zog sie aufs Gras. In weiter Ferne leuchtete ein blasser, gezackter Blitz vor den Bergen auf, und das dumpfe Echo des Donners hallte in den umliegenden Hügeln wider.

„Wo liegt das Problem?", fragte er sie. Sein Blick war zurückhaltend, doch er strich ihr zärtlich das Haar aus dem Gesicht. Wehmütig lächelnd fing er eine Träne mit dem Finger auf und führte sie an seine Lippen.

Ähnlich traurig lächelnd legte Mara sich auf den Rücken und verschränkte die Arme unter dem Kopf. Shane stützte sich ab, sodass er halb lag, halb saß, und beugte sein Gesicht so nahe über ihres, dass sie wahrnahm, wie sein warmer Atem ihre Haare bewegte. Shane wirkte ehrlich besorgt, und plötzlich sah sie den jüngeren Mann, den sie immer so wahnsinnig geliebt hatte. Wusste er eigentlich, *konnte er fühlen*, wie verzweifelt sie ihn liebte und wie sehr sie sich in den letzten Tagen seinetwegen gequält hatte? ... Wie sehr sie sich in den letzten vier Jahren nach ihm gesehnt hatte?

„Gibt es etwas, das kein Problem ist?", beantwortete sie schließlich seine Frage.

„Nichts ist ein Problem", korrigierte er sie und drückte sanft einen Finger auf ihren Mund, um sie zum Schweigen zu bringen. Schließlich gab er dem Verlangen nach und lockte sie, die Lippen zu öffnen. Langsam ging sie darauf ein, nahm seinen Finger in den Mund und genoss den bittersüßen maskulinen Geschmack.

Heiser stöhnte Shane auf, und Mara fühlte, wie er vor unterdrückter Lust zitterte. Nachdem ein paar Minuten verstrichen waren, stützte er sich auf den Ellbogen auf und öffnete mit der freien Hand die Knöpfe ihrer Bluse. Im Mondlicht flatterte der hauchdünne Stoff im Wind auseinander. Hingerissen und voller Verlangen, ein Verlangen, das nur sie erfüllen konnte, beugte Shane sich über Mara und drückte sein Gesicht in die Mulde zwischen ihren Brüsten, während der Donner auf die Blue Ridge Mountains zurollte. „Oh Gott, Mara", stöhnte er und presste sich eng an sie. „Du bist so schön!“ Mit zitternden Händen schob er die Bluse ganz von ihren Brüsten und beobachtete sehnsüchtig, wie ihre Brust sich unter ihrem unregelmäßig keuchenden Atem hob und senkte. Durch den dünnen Stoff ihres BHs hindurch waren ihre aufgerichteten Brustspitzen erkennbar, als warteten sie auf seine Hände und seinen Mund.

Er legte die Hand auf ihr Herz, das wie verrückt hämmerte und ihm verriet, wie sehr die Leidenschaft in ihr brannte.

Langsam bewegte Shane seine Finger, und während er Mara tief in die Augen schaute, glitt er mit der Hand über die Spitze ihres BHs und reizt die harte Knospe darunter. Maras Lippen entfuhr ein langes, tiefes Seufzen. Und als sie durch den weichen Stoff hindurch seinen heißen Atem spürte und fühlte, wie seine Lippen ihre Brust liebkosten und streichelten, konnte sie die bittersüße Begierde nicht länger ertragen. Sie bog sich ihm entgegen, um seinen Körper zu berühren, und drückte seinen Kopf fester an ihre Brust, indessen sie sich den wundervollen Gefühlen hingab, die ihren Körper durchströmten.

„Oh Shane“, murmelte sie und rief dann seinen Namen immer wieder laut hinaus in die stürmische Nacht. Seine Antwort war ein Stöhnen, womit er ihre Lust noch mehr anfachte, und sie an nichts anderes mehr denken konnte als an die Befriedigung der Leidenschaft.

Ihr Begehren stieg in schwindelerregende Höhen. Ohne weiter Zeit zu verlieren griff sie nach den Knöpfen seines Hemds. Nachdem sie seinen muskulösen Oberkörper von dem Kleidungsstück befreit hatte, ließ sie kühn die Finger weiter nach unten in den Bund seiner Jeans gleiten. Da aber holte er tief Luft und hielt ihre Hände fest. „Oh Mara“, flüsterte er stotternd, „tu mir das nicht an.“ Gequält schloss er die Augen.

Verwirrt und enttäuscht entzog sie ihm ihre Hände und drehte verzweifelt den Kopf zur Seite. „Ich … ich glaube, ich verstehe nicht“, gestand sie, hin- und hergerissen zwischen dem großen Verlangen nach ihm und der schmerzlichen Enttäuschung über seine Zurückweisung.

„Ich auch nicht“, räumte er ein. Angewidert von sich selbst, weil seine Willenskraft ihn verlassen hatte, und verärgert, weil er ihr damit wehtat, sank er ins Gras und schaute suchend zu den wenigen Sternen hinauf. „Es tut mir leid“, sagte er leise und fragte sich, warum er immer das Gefühl hatte, sich entschuldigen zu müssen. „Ich hatte es dir bereits gesagt: Unter diesen Bedingungen kann ich nicht mit dir zusammen sein … unter Peter Wilcox’ Bedingungen.“

„Peter hat mit uns nichts zu tun …“

Seine unausgesprochene Frage hing in der Luft, und Mara las sie in Shanes Blick.

„Du musst mir nichts sagen, Mara“, flüsterte er. „Ich weiß, dass du June nicht von Angie erzählt hast.“ Shanes Stimme klang tonlos vor Enttäuschung.

„Ich habe es versucht“, brachte sie entschuldigend vor. Ein Blitz zuckte am Himmel und erhellte die Berggipfel. Bedenklich nahe polterte der Donner.

„Das reicht nicht“, warf er ihr vor. „Du musst es ihr sagen!“

„Sie … sie wird den Arzt aufsuchen, irgendwann nächste Woche, glaube ich. Sowie ich weiß, dass alles mit ihr in Ordnung ist, werde ich mit ihr reden … und ihr alles sagen.“

„Zu spät.“.

„Shane, sei doch vernünftig …“

„*Vernünftig?*“, widerholte er fassungslos. „Vernünftig? Ich schätze, dass ich mehr als vernünftig *war*.“ Etwas ruhiger fügte er hinzu. „Und genau das war mein Fehler.“ Er setzte sich auf und betrachtete forschend ihre gequälte Miene. Sein Hemd stand offen und das Spiel seiner Muskeln hatte eine elektrisierende Wirkung auf Mara. Abermals spürte sie, mit welchem Drängen ihr Körper auf seine verführerisch maskuline Statur reagierte.

„Du unterstellst mir, dass ich nicht fair bin…“, sagte sie vorwurfsvoll, aber ihre Stimme klang schwach.

Aufhorchend zog er eine Augenbraue hoch. „Nein, das tue ich nicht. Was ich dir sagen will, ist, dass du nicht erwarten kannst, beides zu haben.“ Schweigend ließ er seinen Blick über ihren gesamten Körper gleiten. Ihre Bluse war noch zurückgeschlagen, und der Anblick ihrer Brüste im weißen Mondlicht fachte sein Verlangen an. Widerstrebend riss er sich von ihrem sanft gewölbten Bauch los …

„Du irrst dich. Das erwarte ich absolut nicht“, schmollte sie.

„Natürlich tust du das! Gib es zu, Mara, du willst alles: Angie, die Spielzeugfabrik, das Wilcox-Vermögen, gesellschaftliches Ansehen und mich. Und ich hasse es, als Letzter auf dieser Liste zu stehen!“ Er verengte die dunklen Augen zu Schlitzen.

„Das ist nicht wahr … du stehst nicht an letzter Stelle. Oh Shane, weißt du denn nicht wenigstens das?“

„Ich weiß, dass du dich davor drückst.“

„Ich bemühe mich, es nicht zu tun …“

„Nun, meine Liebe“, sagte er höhnisch und brachte sein Gesicht zentimeternah an ihres heran, „dann wirst du bereit sein müssen, den Preis zu zahlen. Und das wird nicht leicht sein.“

„Den Preis?“, fragte sie. „Von welchem Preis redest du?“ Selbst in der Dunkelheit der Nacht unter wolkenverhangenem Himmel konnte Shane erkennen, dass sie wirklich verwirrt war.

„Siehst du denn nicht, was geschehen wird?“, fragte er. „Kannst du dir nicht vorstellen, was unweigerlich auf dich, auf uns niedergehen wird, wenn du deiner Schwiegermutter erst einmal die überraschende Ansage gemacht hast, dass Angie von mir ist? Das ganze verdammte Dach wird einstürzen! Die gesamte Familie Wilcox wird zu ihren Anwälten rennen und versuchen, sich das zu sichern, was ihnen ihrer Meinung nach zusteht. Das wird ein einziges gewaltiges Chaos geben, Liebling, und du wirst dabei im Mittelpunkt stehen.“

Er hielt einen Augenblick inne, um zu sehen, wie sie auf seine Überlegungen reagierte. Mara hatte sich auf die Ellbogen gestützt und hörte jedem Wort, das er sagte, gebannt zu.

„Und was ist mit der Presse?“, fuhr er fort. „Die Zeitungen werden sich um die Story reißen, meinst du nicht?“

Denas spöttische Bemerkung etwas früher an diesem Abend hallte ihr in den Ohren wider. „Oh Gott“, stöhnte sie.

„Und das ist nicht einmal das Schlimmste. Wahrscheinlich wird man uns wegen Kollusion verklagen, als hätten wir die ganze Aktienübernahme gemeinsam geplant. Und“, seine Stimme klang noch ernster, „bei alledem wird Angie das Angriffsziel sein!“

„Nein!“ Bedrohlich nahe krachte ein Donner.

„Du wirst es nicht verhindern können.“

„Aber … wenn du das doch alles gewusst hast … Warum bist du ein solches Risiko eingegangen und hast eine halbe Million Dollar in Imagination investiert?“

„Es ist eine sichere Investition, ob du es glaubst oder nicht“, erklärte er mit einem grimmigen Lächeln. „Und die Imagination Toys braucht mich sehr viel mehr als ich sie.“

„Oh Shane“, murmelte sie. „Ich weiß nicht, ob ich dann noch in der Lage bin, mit der Familie zu kämpfen.“

„Natürlich bist du das. Und was auch immer sie sich einfallen lassen werden, um uns eine gemeinsame Absprache nachzuweisen, bei Gericht werden sie nicht damit durchkommen. Mach dir deswegen keine Sorgen, ich habe die Vorarbeit schon geleistet.“

„Du kennst Dena nicht …“

Im grellen Licht eines Blitzes war zu sehen, wie Shanes Augen sich zu einem durchtriebenen Blick verengten. „Ich habe sie letzten Freitag bei der Vorstandssitzung erlebt, und mach dir keine Sorgen. Ich bin sicher, dass ich mit Dena fertig werde …“

Mit dicken Tropfen kündigte sich ein spätsommerlicher Wolkenbruch an. Schnell zog Shane Mara auf die Füße und gemeinsam eilten sie zum Haus. Als sie sicher den verglasten Teil der Veranda erreicht hatten, standen sie nah beieinander, ohne sich jedoch zu berühren, und beobachteten gemeinsam, mit welcher Gewalt das Gewitter losbrach.

Wie die dunkle Nacht selbst ließen auch Shanes zutiefst beunruhigende Gedanken nichts Gutes ahnen. In einem gleichmäßigen Rhythmus klopfte der Regen auf das Verandadach, wusch den Staub des Sommers ab und gurgelte sturzbachartig nach unten. Mara klebten die Sachen am Körper, und kleine Regentropfen, in denen sich das Licht aus der Küche spiegelte, liefen in glitzernden Rinnsalen an Shanes braun gebranntem Hals herunter.

„Ich erwarte von dir, dass du es June morgen erzählst“, verkündete Shane und wischte sich mit dem Handrücken die Feuchtigkeit aus dem Gesicht.

„Ich weiß nicht, ob ich …“

„Du hast keine andere Wahl.“ Sein Ton war noch schneidender als die Worte selbst. Er legte die Hände an die Hüften und sah zu den Bergen hinaus, ehe er sich zu Mara umdrehte und die Arme vor der Brust verschränkte. Mara fühlte sich von seinem verschleierten Blick wie an die Glasscheibe genagelt. Sie erwartete das Schlimmste und merkte, wie ihr Rücken sich vor Angst versteifte. Was sie nicht merkte, war, wie verführerisch sie aussah – Gesicht und Haare feucht vom Regen und mit den Sachen, die an ihrem schlanken Körper klebten.

Shane sprach bewusst langsam: „Du sollst wissen, dass ich in Atlanta viel Zeit mit Henderson verbracht habe … meinem Anwalt.“

„Ja und?“, erkundigte sie sich steif.

„Wir haben über vieles geredet, zum Beispiel über Kollusion und Betrug, also das, was die Familie Wilcox uns zweifellos vorwerfen wird.“

„Sprich weiter“, drängte sie und wappnete sich vor dem letzten Schlag, den sie erwartete.

„Abgesehen davon habe ich ihm von Angie erzählt.“

Nun hatte die Furcht Mara ernsthaft im Griff. Sie krallte die Finger an die Glasscheibe, und ihr Atem kam flach und unregelmäßig. „Und?“, fragte sie nach. „Was hat er gesagt?“

„Nun“, begann er und rieb sich den Nacken. „Unterm Strich läuft es darauf hinaus, dass du mich entweder sofort heiratest und ich Angie adoptiere, wobei das Familienregister geändert wird, um klarzustellen, dass sie mein natürliches, biologisches Kind ist, oder ich werde ein Sorgerechtsverfahren gegen dich einleiten.“

Bei dieser Drohung bekam Mara weiche Knie. „Nein! Oh

Shane, das … das würdest du nicht tun!“, rief sie fassungslos. „Du kannst sie mir doch nicht … wegnehmen …“

„Du weißt, dass ich das nicht will, aber …“

„Tu mir das nicht an!“, heulte sie lauter als der Sturm.

„Du lässt mir kaum eine andere Wahl, findest du nicht? Einen Treuhandfonds habe ich bereits für sie eingerichtet, aber das allein reicht nicht. Verdammt, Mara, das ist einfach nicht genug!“ Er schlug mit der Faust an die Glasscheibe. „Ich will sie bei mir haben, verdammt, und ich habe vor, alles dafür zu tun!“

„Ich habe dir doch gesagt, dass ich dich heiraten will“, verteidigte sich Mara.

„Wann?“, wollte er wissen, und knisternd zuckte ein Blitz durch die Luft.

„Nachdem ich sicher sein kann, dass June gesund ist.“

„In diesem Leben gibt es keine Sicherheiten, Mara. Ich habe dir zwei Wochen Zeit gelassen, und die sind jetzt um!“

„Aber, Shane …“

„Da gibt es nichts mehr zu diskutieren!“ In der Dunkelheit schimmerten seine Augen wie Obsidian. „Ich sage dir, was geschehen wird: Ich werde mit allen Mitteln gegen dich vorgehen, um das Sorgerecht für mein Kind zu bekommen, es sei denn, du heiratest mich morgen. Und wenn du glaubst, du kannst dich auf einen Rechtsstreit einlassen – gut, dann sehen wir uns vor Gericht. Aber mach dir klar, dass ich keine Kosten scheuen und jeden Stein umdrehen werde, um wenigstens einen Teil des Sorgerechts für *mein* Kind zu bekommen!“

„Shane, bitte … tu uns das nicht an. Bitte, drohe mir nicht“, flehte sie mit ängstlichen Augen.

„Das ist nicht meine Entscheidung, Mara. Die liegt ganz bei dir!“

„Nächste Woche werde ich es June sagen, das schwöre ich dir …“, begann sie und schluchzte fast, während ihr die Tränen bereits in den Augen standen. „Aber nimm mir bitte nicht mein Baby!“ Maras Gesicht verzog sich voller Angst und Todesqualen. Warum forderte er so viel und gab so wenig? Sie hatte ihn mit einer Leidenschaft geliebt, die selbst nach vier langen Jahren nicht abgeklungen war, aber jetzt kam es ihr vor, als hätte er sie nie geliebt. Warum konnte er nicht Verständnis aufbringen und warten, wenigstens noch ein bisschen länger?

Ein Blitz zuckte über den Himmel, und der Donner dröhnte so laut hinterher, dass die Balken der alten Südstaatenvilla bebten. Auch der Wind war stärker geworden, aber durch den ganzen Lärm des Gewitters hindurch glaubte Mara, ein leises Kinderschreien zu hören …

„Angie!“, keuchte sie, als ihr aufging, dass das Mädchen wahrscheinlich schreckliche Angst hatte. Sie wandte sich zur Küche, aber Shane war schneller als sie. Er rannte durchs Haus und hechtete immer zwei Stufen auf einmal nehmend die Treppe hinauf. Wieder donnerte es, und das kleine Mädchen schrie.

Shane erreichte Angies Zimmer in weniger als einer Minute, und als Mara völlig außer Atem dort eintraf, hatte er das schluchzende, verängstigte Kind bereits in den Armen. Besänftigend flüsterte er auf sie ein und streichelte ihr liebevoll über die Haare. „Es ist alles in Ordnung, Schätzchen“, murmelte er an ihrem kleinen Kopf. „*Daddy* ist jetzt bei dir, und er wird niemals, niemals wieder zulassen, dass du dich fürchtest.“

Wie erstarrt blieb Mara in der Tür stehen, und Shanes dunkler Blick forderte sie heraus, die Worte des Trostes und der Liebe zu bestreiten, mit denen er als Vater sein Kind beruhigte.

10. KAPITEL

Shanes Nachtwache endete nicht vor dem frühen Morgen. Selbst lange nachdem das Gewitter sich ausgetobt hatte und Angie in seinen Armen eingeschlafen war, weigerte er sich zu gehen. Unter anderen Umständen wäre Mara bei dem Anblick ganz warm ums Herz geworden, aber in der Realität erinnerte Shane sie durch seine kraftvolle Gegenwart nur an seine Drohungen, während er unruhig mit seinem Kind in den Armen schlummerte. Sie konnte nicht fassen, dass der Mann mit den zerzausten schwarzen Haaren und dem dunklen Bart, der Mann, den sie liebte, so weit gehen würde, ihr das Kind zu nehmen, wenn sie ihn nicht heiratete. Nicht ein einziges Mal hatte er sie gebeten, aus Liebe mit ihm zusammenzuleben. Nein, es ging ihm nur darum, das zu bekommen, was ihm aus seiner Sicht zustand.

Obwohl Mara ihn von Herzen liebte und wusste, dass Menschen aus weniger ehrenwerten Gründen heirateten, wurde sie wütend, wenn sie daran dachte, dass er sie dazu nötigte ... mit ihrem Kind als Druckmittel. Und während Shane also mit der schlafenden Angie auf dem Schoß im Ledersessel am Kamin saß, stellte Mara fest, wie sehr sie es ihm verübelte, dass er tatsächlich alles tun würde, um seinen Willen durchzusetzen. Es dauerte einige Stunden, bevor sie endlich einschlafen konnte.

Als in der Morgendämmerung die ersten Sonnenstrahlen über das Hochplateau krochen, und die Sonne frische Schatten auf den feuchten Rasen warf, wachte Shane auf. Mit zufriedener Miene trug er Angie nach oben in ihr Zimmer. Nachdem er sich vergewissert hatte, dass das kleine Mädchen wahrscheinlich bis spät in den Morgen hinein schlafen würde, streckte er sich und ging wieder nach unten. Mara lag noch so, wie er sie verlassen hatte, zusammengerollt unter einer karierten Decke auf der Couch im Wohnzimmer. Er wusste, dass sie nachts nicht viel Schlaf bekommen hatte, und er wusste auch, dass er der Grund für ihre Schlaflosigkeit war. Schön wär's, dachte er, wenn ich nur glauben könnte, dass eine schwelende Leidenschaft für mich sie so unruhig macht. Aber wie die Dinge standen, war ihm klar, dass es seine Drohungen waren, die ihr den Schlaf geraubt hatten. Er überlegte kurz, ob er zu weit gegangen sein könnte. Verlangte er zu viel von ihr? Während er sie betrachtete, zauberten die Sonnenstrahlen, die durch die Fenster fielen, goldene Reflexe auf ihre zerzausten Haare. Die Anspannung, die ihr Gesicht gestern Nacht älter erscheinen ließ, war der Ruhe des Schlafs gewichen.

Zum ersten Mal, seit er Peter Wilcox' Nachruf gelesen hatte, war Shane Kennedy sich nicht mehr sicher. War er dabei, einen großen, nicht wiedergutzumachenden Fehler zu begehen, nicht nur was Mara betraf, sondern auch seine Tochter? Hatte Mara recht, wenn sie ihm Egoismus vorwarf, der so weit ging, dass er nur noch an *seinem* Glück interessiert war? Einen Augenblick lang schwankte er. Dann aber flammte Angies verängstigtes Gesichtchen, schonungslos von einem Blitz erhellt, in seiner Erinnerung auf. Seine Lippen verzogen sich zu einem grimmigen Lächeln. Nein, er hatte recht, verdammt, er hatte einfach recht!

Shane war gegangen, als Mara sich schließlich rührte. Sie kniff die Augen vor der hellen Sonne zusammen und brauchte eine Minute, um zu merken, dass sie in ihren Kleidern im Wohnzimmer lag. Es musste nach drei Uhr gewesen sein, als sie endlich eingeschlafen war. Sie streckte sich und zählte die Schläge der Großvateruhr mit … fünf, sechs, sieben, acht. Sie schreckte hoch. June würde in fünfzehn Minuten da sein!

Während sie das Zimmer etwas aufräumte und Kaffee aufsetzte, dachte sie an das Gewitter und Angies Angst, Shanes Drohungen und eine unerfüllte Leidenschaft. Auf der Zufahrt knirschte der Kies, und Mara wusste, dass sie sich ihrer Schwiegermutter stellen musste. Die Vorstellung, dass Shane ihr ein Ultimatum gesetzt hatte, machte ihr zwar noch zu schaffen, aber, versicherte sie sich selbst, sie war es June schuldig, die Wahrheit zu sagen. Heute war der Tag.

Ihre Entschlossenheit wurde allerdings leicht erschüttert, als sie sah, wie June die Schultern hängen ließ und wie weiß ihre zusammengepressten Lippen aussahen.

„Guten Morgen", rief sie der älteren Frau in gespielter Fröhlichkeit zu.

„Das wünsche ich dir auch", antwortete June. „Gehst du heute nicht arbeiten?" June musterte Mara in ihrer ramponierten Jeans und der verknitterten Bluse.

„Doch ... es ist nur, dass Angie letzte Nacht nicht gut geschlafen hat, und, nun ja, wir haben sozusagen hier unten im Zimmer gecampt."

Junes Gesicht entspannte sich vor Erleichterung. „Ich weiß, was du meinst; bei dem Gewitter konnte ich auch stundenlang kein Auge zutun!"

„Wie ... wie geht es dir heute Morgen?"

Die Frage veranlasste June, die Schultern zackig zurückzunehmen, und ohne zu blinzeln begegnete sie Maras besorgtem Blick. „Ich habe dir gesagt, dass ich ein wenig müde bin, aber abgesehen davon, geht es mir einfach gut." Ihr Tonfall stellte klar, dass das Thema für sie damit erledigt war. Mara war jedoch keineswegs überzeugt, dass Junes Blässe allein mit Schlafmangel zu erklären war. Das zeigte sich auch an der Art, wie sie ihre dünnen Lippen zu einem Ausdruck des Unwohlseins verzogen hatte. Für Mara war es offensichtlich, dass June Schmerzen hatte.

Nachdem sie June eine Tasse Kaffee gereicht hatte, ging Mara nach oben, um nach Angie zu sehen, die noch immer fest schlief. Und nachdem sie sich rasch geduscht hatte, warf sie ein weiches, in Fliedertönen bedrucktes Kleid über und ging wieder nach unten, fest entschlossen, June die Wahrheit zu sagen. Aber wie es aussah, hatte Peters Mutter die herannahenden Schritte nicht gehört. Als Mara in die Küche kam, sah sie, wie June am Tisch saß und mehrere bunte Pillen aus einer Vielzahl von Fläschchen schluckte.

Als sie aufschaute und Mara in der Tür stehen sah, spiegelte sich in Junes Miene ihr Schuldgefühl. Schnell fing sie sich wieder, und um eine gewisse Würde bemüht, verschloss sie die Fläschchen und steckte sie in ihre Handtasche zurück.

Mara konnte kaum schlucken, während sie alles an dieser Situation registrierte. Junes Verfassung musste viel schlimmer sein, als selbst Mara erkannt hatte.

„Sind das die Beruhigungsmittel, die Dr. Bernard dir verschrieben hat?", fragte sie und schenkte sich selbst eine Tasse Kaffee ein. Obwohl sie bereits spät dran war, nahm sie sich die Zeit und setzte sich, in der Hoffnung mit ihr reden zu können, ihrer Schwiegermutter gegenüber.

„Ja", gab June zu und wedelte mit einer Hand nervös den Staub vom Aufschlag ihres moosgrünen Jacketts. „Unter anderem."

Mara verbrannte sich die Zunge, als sie einen Schluck der dunklen Flüssigkeit trank und June dabei über den Rand ihrer Tasse hinweg ansah. Warum wirkte die Frau so niedergeschlagen? Wie krank war sie wirklich? Finster blickte Mara in die Tasse und versuchte in einem beschwichtigenden Tonfall, das Thema wieder aufzugreifen.

„June", begann sie tadelnd, „du würdest es mir doch sagen, wenn du ernsthaft krank wärst, nicht wahr?"

„Selbstverständlich", antwortete die grauhaarige Frau brüsk, fand jedoch nicht die Stärke, Maras besorgtem, eindringlichem Blick standzuhalten.

„Und du würdest mich wissen lassen, wenn es zu viel für dich wäre, auf Angie aufzupassen?"

„Ja, Mara, das würde ich." Diesmal sah sie Mara mit ihren wasserblauen Augen verständnisheischend an.

„Aber heute Morgen, weil du nicht gut geschlafen hast, glaubst du nicht, dass Angie zu anstrengend für dich sein könnte?"

„Unsinn! Sie strengt mich nie an! Und … und … na ja, falls ich heute tatsächlich müde werden sollte, wird doch Silvia Reardon noch kommen, um sauber zu machen, nicht wahr? – Ich bin mir sicher, sie wird mir helfen."

„Natürlich wird sie das“, bestätigte Mara nachdenklich. June sah sie flehend an, und Mara hatte nicht das Herz, ihr den Wunsch zu verweigern. Sie stellte die Kaffeetasse auf den Tisch, stand auf und griff nach ihrer Handtasche. „Du wirst mich aber anrufen, wenn du Hilfe brauchst, versprochen? Shane ist heute im Büro. Also kann ich schnell nach Hause kommen, wenn du mich brauchst.“

Als Shanes Name fiel, fror Junes Lächeln ein, und Mara fragte sich flüchtig, ob Dena ihrer Mutter die Wahrheit gesagt haben könnte. Während der ganzen Fahrt nach Asheville und den größten Teil des Vormittags zerbrach Mara sich besorgt den Kopf über ihre Schwiegermutter und ließ ihr Handy nicht aus den Augen.

Am Nachmittag kam Shane in ihr Büro. Er war zwar schon seit dem frühen Morgen in der Firma, hatte jedoch viel damit zu tun gehabt, sicherzustellen, dass jeder mit der neuen Software umgehen konnte.

„Ich fahre jetzt nach Atlanta“, verkündete er, nachdem er die Tür hinter sich geschlossen und auf dem Stuhl vor Maras Schreibtisch Platz genommen hatte. Die Hände unter dem Kinn verschränkt, beobachtete er jede Gefühlsregung, die sich in ihrem Gesicht zeigte. „Kommst du mit?“

„Übers Wochenende?“, fragte sie ausweichend. Sie hatte etwas auf ihren Notizblock gekritzelt, hörte jetzt aber damit auf und sah ihm in die Augen.

„Für den Rest deines Lebens.“

Mara holte tief Luft, die sie müde wieder ausatmete, legte den Stift aus der Hand und lehnte sich in ihrem Sessel zurück.

„Du weißt, dass ich mir das wünsche, Shane.“ Sie sah aus, als ob sie jedes ihrer leise gehauchten Worte ehrlich meinte.

„Was hält dich davon ab?“

„Ich kann einfach nicht, noch nicht.“

Shane biss die Zähne zusammen, und sein dunkler Blick ließ ahnen, dass er vorhatte, seinen Drohungen von letzter Nacht Taten folgen zu lassen.

„Heute Morgen habe ich versucht, mit June zu reden. Aber ich habe sie dabei überrascht, als sie irgendwelche Tabletten einnahm. Und ich mache mir sehr große Sorgen um sie", erklärte Mara.

„Wie kann ich dir begreiflich machen, dass June Wilcox' Probleme nicht deine sind?", fragte er. „Und was diese paar Tabletten angeht … Liest du keine Zeitungen? Da geht's um Drogenabhängigkeit, ob es nun Valium ist, Aufputschmittel, Beruhigungsmittel, was auch immer. Das beschränkt sich nicht auf Kalifornien. Viele Männer und Frauen, ob arm oder reich, nehmen …"

„Das ist es aber nicht!", fiel Mara ihm ins Wort. Sie schrie schon fast, denn ihre erschöpften Nerven waren gespannt wie eine Bogensehne. „Sie ist krank, um Himmels willen!"

„Dann sollte sie einen Arzt aufsuchen!"

„Das wird sie auch!"

„Und bis dahin, wann auch immer das sein wird, soll ich mich mit dem Gedanken trösten, dass es wahrscheinlich bald so weit ist?", erkundigte er sich ungläubig.

„Es geht doch nur noch um ein paar Tage …"

„Das glaubst du! Und was ist, wenn sich deine Vermutung bestätigt? Was ist denn, wenn die Ärzte herausfinden, dass mit June ernsthaft etwas nicht in Ordnung ist, was dann? Wie lange wirst du dann von mir erwarten, dass ich warten soll?"

„Es ist nicht viel, worum ich dich bitte", behauptete sie leise und hob würdevoll das Kinn.

„Es ist zu viel, Mara", erwiderte er vorwurfsvoll und stand auf. Schon hatte er sich zur Tür gewandt und wollte gehen, als Maras leise Stimme ihn zurückhielt.

„Shane, warte …", forderte sie ihn auf, erhob sich aus dem Sessel und streckte ihm die Hand hin.

Er machte auf dem Absatz kehrt, um sie anzuschauen, weigerte sich allerdings, ihre Hand zu ergreifen. Als er vor ihr stand, war den messerscharfen Zügen seines maskulinen Gesichts der ganze Ärger und die angestaute Wut aus vier Jahren Frustration anzusehen. Er verengte die Augen, sodass sie vor lauter Arroganz schon geradezu gefährlich wirkten, und sah auf sie herab, den Mund eindeutig verächtlich verzogen. „Ich habe gewartet, Mara. Gott, und wie ich gewartet habe. Und ich werde nicht, nein, *ich kann nicht* länger warten! Es scheint, du hast deine Wahl getroffen!"

Hilflos ließ er sie mitten im Zimmer stehen und drehte sich nicht noch einmal zu ihr um. Kein „Auf Wiedersehen", kein „Es tut mir leid", kein „Ich will Verständnis zeigen" und kein „Ich liebe dich". Nichts, nur ein machtloses Gefühl der Leere, das sich in ihrem Herzen ausbreitete.

„Mrs Wilcox ... Mrs Wilcox?", rief Lynda über die Gegensprechanlage auf Maras Schreibtisch. „Kann ich Ihnen jetzt das Diktat zur Unterschrift vorlegen? Mrs Wilcox?" Lyndas Stimme versetzte Mara schlagartig zurück in die Wirklichkeit.

„Ja, Lynda, aber warte noch ungefähr fünf Minuten, okay?" Mara brauchte ein paar Minuten, um ihre Haltung wiederzufinden.

„Sie sind die Chefin", scherzte Lynda fröhlich.

Mara nahm den Finger vom Knopf der Gegensprechanlage und ließ die heißen Tränen ungehemmt über ihr Gesicht laufen. Sie war müde, nicht nur weil ihr der Schlaf fehlte, sondern vor lauter Sorgen. Und sie war frustriert, denn sie sah sich gefangen in einer Situation, die sie nicht kontrollieren konnte. Zwischen der Sorge um eine Frau, deren eigene Familie sich wenig um sie kümmerte, und der Liebe für einen Mann, den sie nicht ganz verstand, fühlte sie sich hin- und hergerissen. Wenn auch nur für einen kurzen Moment, ließ sie den bitteren Tränen einfach freien Lauf. „Ich werde nicht verlieren, Shane", murmelte sie und tupfte sich die Augenwinkel mit einem Papiertaschentuch ab. „Ich weigere mich absolut, gegen dich zu verlieren oder auch gegen June. Irgendwie, das schwöre ich, werden wir einen Weg finden!"

„Störe ich?", fragte Lynda, die in der Tür stand und rot wurde, als sie bemerkte, dass ihre Arbeitgeberin geweint hatte. „Oh, also, wenn Sie das ... lieber später machen wollen, komme ich noch mal wieder", stotterte sie und wollte sich zurückziehen. Aber Mara hatte die Situation im Griff.

„Es ist in Ordnung, Lynda. Kommen Sie herein. Wir wollen doch beide heute Abend keine Überstunden machen." Mara schenkte der jungen Frau ein aufrichtiges Lächeln, und Lynda setzte sich auf den Stuhl vor dem Schreibtisch. Mit so viel Autorität und Gelassenheit, wie sie aufbringen konnte, klappte Mara die Unterschriftenmappe auf und begann ihre Briefe zu lesen. Erleichtert stellte sie fest, dass Lyndas Verlegenheit nachließ. Irgendwie, das versprach sie sich, würde sie auch den Rest des Tages noch überstehen und die Probleme lösen, mit denen sie konfrontiert war. Das kann doch nicht unmöglich sein, überlegte sie und richtete angesichts der Herausforderung den Rücken gerade. Es musste einfach funktionieren!

Mit neu gewonnener Zuversicht schloss Mara ihre Arbeit im Büro vor dem Wochenende ab. Seit Langem war es der erste Freitag, an dem sie gegen fünf Uhr gehen konnte. Obwohl der Verkehr im Zentrum von Asheville chaotisch und der Abend ziemlich warm war, lehnte sie es ab, sich davon die Laune verderben zu lassen. Anstatt die Klimaanlage im Wagen einzuschalten, ließ Mara die Fenster herunter und hörte auf die Geräusche der geschäftigen Stadt. Ein paar Hupen tönten ungeduldig, hin und wieder ließ ein Motorradfahrer eine Schimpfkanonade los, aber im Großen und Ganzen hatte sie das Gefühl, dass selbst mitten in der Hauptverkehrszeit eine Atmosphäre ruhiger Gelassenheit vorherrschte. Es war, als hätte Mara begonnen, ihrer Probleme Herr zu werden, nachdem sie einmal beschlossen hatte, sie zu lösen. Als sie endlich ihren Wagen über die Stadtgrenze manövrierte und die baumbestandenen Straßen sie aus den Vororten in eine ruhige Berglandschaft führten, trat Mara fester aufs Gaspedal und jagte ihr Sportcoupé nach Hause. Der Wind peitschte und zerzauste ihre Haare, aus dem Radio klang heitere, beruhigende Musik, und vor ihr lag ein ruhiges, warmes Sommerwochenende mit Angie. Sie lächelte, als sie daran dachte, mit ihr ein Picknick am Fluss zu machen.

Was June anging, so hatte Mara sich davon überzeugt, dass sie mit der älteren Frau freundlich und fair umgehen konnte. Ihr Plan war einfach: Es war an der Zeit, den Stier bei den Hörnern zu packen und anzufangen, ihr eigenes Leben zu organisieren. Ob June einverstanden war oder nicht, Mara hatte sich vorgenommen, Dr. Bernard selbst anzurufen und ihn zu bitten, ihre Schwiegermutter einmal komplett durchzuchecken. Und anschließend, wenn June es verkraften konnte, wollte sie Angies Großmutter über die Identität ihrer Enkelin aufklären. Sollte Junes Gesundheit einer umfassenden Beichte entgegenstehen, wollte Mara es ihr auf andere Weise schonend beibringen.

Mit einem Hochgefühl, das weit über die Wipfel der alten Eichen hinausreichte, die sie daheim willkommen hießen, lief sie ins Haus und rief ihre übliche Begrüßung. „Angie … June, ich bin wieder da."

Aber das Haus klang erstaunlich leer. Keine Trippelschritte oder lachendes Geplapper, das Angie vorauseilte. Der Fernseher war ausgeschaltet, und im ganzen Haus war außer dem gleichmäßigen Ticken der großen alten Uhr und dem leisen Summen der Klimaanlage nichts zu hören. Maras Stimme wurde ihr als Echo zurückgeworfen, und obwohl sie versuchte, es zu ignorieren, verhöhnte sie ein leises Zittern der Angst. Das Haus *fühlte* sich einfach nicht richtig an. „Angie?", rief Mara etwas lauter.

Mrs Reardon musste da gewesen sein, denn alles war makellos sauber. Und wie Mara feststellte, als sie den Blick über den Rasen schweifen ließ, war auch das Gras frisch gemäht. Der Gärtner Mr Staples hatte also draußen gearbeitet. Junes himmelblauer Lincoln stand an seinem gewohnten Platz in der Garage. Aber das Haus war leer. Mara schaute in allen Zimmern nach. Angies Bett war ordentlich gemacht. Hatte sie denn am Nachmittag gar nicht geschlafen? Und noch immer kein Zeichen von Großmutter und Kind.

Anstatt jedoch in Panik zu geraten, ging Mara wieder nach unten in die Küche. Vielleicht hatte June eine Nachricht hinterlassen. Vielleicht war jemand vorbeigekommen und hatte sie zu einer kleinen Fahrt oder einem Spaziergang entführt. Eher unwahrscheinlich. Und keine Nachricht. Ordentlich gestapelt stand etwas Geschirr in der Spüle, der einzige Hinweis darauf, dass sich noch jemand in dem verlassenen Haus aufgehalten hatte, nachdem Mrs Reardon gegangen war.

Als nun ernsthaft die kalte Furcht von ihr Besitz zu ergreifen drohte, ging Mara zur Veranda und stellte mit einer gewissen Erleichterung fest, dass Southpaw mit ihrer Familie in der Sonne döste. Aber von Angie keine Spur.

„Mara, bist du das?", hörte sie Junes vertraute Stimme, als die Fliegengittertür über die Bohlen der Veranda schrammte. Fast wäre Mara vor Schreck zusammengezuckt, war aber erleichtert, als sie June in einem schattigen Teil der großflächigen Veranda auf einer gelben Chaiselongue liegen sah. Das Sonnenlicht, das durch einen Kastanienbaum im Garten fiel, warf tanzende Schatten auf Junes zarte Gesichtszüge.

„Hast du nicht gehört, wie ich gerufen habe?", fragte Mara lachend, ging zu ihr und sah die offene Zeitschrift, die auf den Boden gefallen war.

„Also, ich muss eingeschlafen sein", entschuldigte sich June und versuchte sich zu strecken. Als ihre verkrampften Muskeln sich nicht bewegen wollten, verzog sie das Gesicht vor Schmerz. „Ich hatte diesen Artikel über Blumenarrangements gelesen und nehme an, dass mein Schlafmangel mich doch noch eingeholt hat", gestand sie und runzelte verlegen die Stirn. Sie zog die Lesebrille von der Nase und steckte sie in ihre Handtasche.

„Für uns alle war es ein langer Tag", bestätigte Mara, während sie mit den Augen die Hecke absuchte, wo Angie sich manchmal versteckte. Die Sonne war noch immer hell, deshalb musste sie die Augen zusammenkneifen. „Wo steckt Angie?"

June erstarrte und riss ängstlich die Augen auf. „Was meinst du? Ich dachte, sie wäre bei dir …"

„Aber ich war doch arbeiten", rief Mara ihr ins Gedächtnis und fragte sich, ob der erschöpfte Kopf ihrer Schwiegermutter allmählich anfing, ihr Streiche zu spielen. „Ich habe sie bei dir gelassen … heute Morgen."

„Ich weiß, ich weiß", fauchte June fast schon hysterisch und blickte von Mara in den Garten und wieder zurück zu Mara. Nervös rang sie die Hände. Mara schluckte die Angst herunter, die ihr die Kehle zuschnürte, als June anfing zu erklären. „Aber ich dachte, ich meine, dieser Mann hat mir doch gesagt, dass ihr zu dritt irgendwo hingehen wolltet – in den Park oder so … am Nachmittag."

„Was?", rief Mara keuchend, beherrschte sich jedoch, als sie sah, wie ihre eigene Angst sich in Junes Augen spiegelte. „Welcher Mann?" Sie versuchte, sich ihre Verzweiflung nicht anmerken zu lassen, als sie nach dem Arm der älteren Frau griff.

„Shane Kennedy!"

„Er war hier?"

„Das versuche ich dir doch zu sagen!", erwiderte June. „Er war hier. Das ist schon etwas her. Gegen halb drei, denke ich." Nervös spielte sie mit zitternden Fingern an ihrer Perlenkette herum. „Es war kurz bevor Angie normalerweise ihr Nickerchen macht." Mara rechnete schnell nach und kam zu dem Schluss, dass Shane gleich nach ihrer Auseinandersetzung im Büro hergekommen sein musste. „Und er hat mir gesagt, dass ihr euch den Nachmittag freinehmt und alle drei zu irgendeinem Jazzfestival im Park fahren wollt oder so etwas Ähnliches. Ich kann mich wirklich nicht mehr genau erinnern." Sie seufzte, denn sie hasste Shane und war völlig zerknirscht, weil sie sich ihm nicht widersetzt und das Kind bei sich behalten hatte. Mit ernstem Blick sah sie Mara eindringlich an. „Er hat mich belogen, nicht wahr? Er hat mich bewusst getäuscht, damit ich ihm das Kind gebe!"

„Ich … ich weiß es nicht", antwortete Mara so aufrichtig wie möglich und hoffte, dass ihre Schwiegermutter nicht merkte, welche Angst sie hatte.

June sank zurück auf die dicken gelben Kissen der Chaiselongue. „Weißt du, ich wollte sie nicht gehen lassen", gestand sie mit angespannter Stimme. „Ich wollte dich anrufen, aber er hat behauptet, dass du schon gar nicht mehr im Büro seist und das Handy im Park bei dem Lärm nicht hören würdest. Das war eine Lüge, nicht wahr?“

„Ich kann mich nicht erinnern, mit Shane irgendwelche Pläne gemacht zu haben …“

„Der Mann soll verflucht sein!“, zischte June und schlug mit ihrer schmalen, knochigen Faust auf die weichen Kissen. „Oh lieber Gott, Mara! Was habe ich nur getan?“, flüsterte sie, öffnete die Hand wieder und legte sie über ihre dünnen Brüste.

Mara hatte zwar Angst, aber jetzt nicht mehr um die Sicherheit ihres Kindes. Sie wusste, wie sehr Shane das kleine Mädchen liebte und niemals zulassen würde, dass ihr etwas zustieß. Wenn Angie bei Shane war, war sie in Sicherheit. Aber June wusste natürlich nichts von Shanes Liebe zu seinem Kind, einmal ganz abgesehen davon, dass Peters Mutter Shane zutiefst hasste. Mara sah die Angst in Junes besorgtem Gesicht und ihr war klar, dass sie die arme Frau irgendwie beruhigen musste.

„Es ist in Ordnung“, begann sie und legte tröstend eine Hand auf Junes dünne Schulter. June wandte den Blick ab.

„Nein, ist es nicht … Ich hätte sie niemals gehen lassen dürfen!“, entgegnete sie von Selbstzweifeln gequält. „Wenn Angie etwas zustößt, werde ich mir das niemals verzeihen!“

„Das wird nicht passieren, mach dir keine Sorgen“, versicherte Mara mit einem dünnen Lächeln, wohl wissend, dass sie nicht sehr überzeugend klang. „Es war nur irgendwie ein Missverständnis. Weiter nichts!“

June durchbohrte sie bei dieser Lüge mit einem Blick aus ihren wässrig blauen Augen.

„Nun komm schon“, blieb Mara hartnäckig, ignorierte Junes reuevolle Miene und half ihr beim Aufstehen. „Lass uns in die Küche gehen. Ich mache uns eine Limonade. Sicher wird Shane bald anrufen oder mit Angie nach Hause kommen.“ Sie schenkte ihrer blassen Schwiegermutter ein zuversichtliches Lächeln, und als sie ins Haus gingen, konnte sie nur hoffen, dass diese nicht merkte, wie sie vor lauter Angst feuchte Handflächen bekommen hatte. Was hatte Shane mit Angie vor? Er wollte doch nach Atlanta! Und was sollte dieser ganze Unsinn mit dem Jazzfestival im Park, wenn es überhaupt etwas zu bedeuten hatte?

Steif setzte June sich auf die Couch im Wohnzimmer und blickte stirnrunzelnd aus dem Fenster über den Garten hinweg in die Ferne, ohne etwas zu sehen. Wie besessen von ihren Sorgen um Angie und ihre Schwiegermutter eilte Mara wieder in die Küche. Was für ein Spiel war das, das Shane da spielte? Erhoffte er sich, die Konfrontation zwischen Mara und ihrer Schwiegermutter zu erzwingen, indem er einen Nachmittag sein Kind entführte? Vielleicht brauchte er auch einfach nur etwas Zeit mit Angie allein? Warum sollte er sie Mara wegnehmen? Sie konnte an nichts anderes mehr denken, und unaufmerksam schnitt sie sich den Finger an der Limonadendose, die sie gerade öffnete. Automatisch griff sie nach einem Papiertuch und wickelte es sich um den Finger, ohne wirklich zu wissen, was sie tat.

Das schrille Klingeln des Telefons riss sie aus ihren dunklen Gedanken, und als sie ungeduldig danach griff, verschüttete sie etwas Limonade auf dem Tresen. Ohne weiter auf das Chaos zu achten, hob sie den Hörer ans Ohr und meldete sich atemlos.

„Hallo? Shane?“ Lieber Gott, mach, dass er es ist, betete sie und schloss die Augen.

„Mara!“, tönte Shanes beherrschte Stimme durch die Leitung, und Maras weiche Knie gaben nach. Sie sank an den Tresen und bemerkte nicht einmal, dass die Limonade bereits heruntertropfte.

„Shane“, flüsterte sie, nachdem sie mit Mühe einmal geschluckt hatte. „Ich bin halb wahnsinnig vor Angst! Wo steckst du? Wo ist Angie?“ Ihre Finger schlossen sich fester um den elfenbeinfarbenen Hörer.

Es folgte eine bedrückende Pause, und Mara hörte geradezu, wie die Sekunden verstrichen. „Ich bin zu Hause.“

„In Atlanta?“ Sie schrie schon fast, aber als sie an June im Nebenzimmer dachte, fügte sie etwas leiser hinzu: „Und Angie?“

„Sie ist hier bei mir.“ Seine Stimme klang kalt und gleichgültig.

„Warum? Warum tust du mir das an?“

„Lass uns das nicht alles noch einmal durchkauen.“

„Aber ich verstehe nicht …“

Sie hörte sein tiefes resigniertes Seufzen. „Ich auch nicht. Jedenfalls nicht wirklich“, gab er zu. „Aber ich hatte das Gefühl, etwas tun zu müssen, um deine Aufmerksamkeit zu erhalten.“

„Meine Aufmerksamkeit zu erhalten? Indem du mir mein Kind raubst?“, fauchte sie aufgebracht und blickte verstohlen zum Wohnzimmer. Was konnte June von diesem Gespräch verstehen und sich zusammenreimen? Mit Sicherheit hatte sie das Klingeln des Telefons gehört und dürfte sich fragen, ob es Neuigkeiten von Angie gab. Und noch eine weitere Furcht überfiel Mara, denn theoretisch könnte June in diesem Augenblick vom Nebenanschluss aus alles mithören. Aber diesen Gedanken ließ sie wieder fallen. Das war lächerlich. Mehr als alles andere war June eine Lady, und sie würde sich nicht dazu herablassen, das Telefonat eines anderen zu belauschen.

„Bring sie zurück, Shane“, forderte Mara.

„Nein.“

„*Was?*“

„Ich habe Nein gesagt“, wiederholte er ruhig. „Wenn du sie haben willst, komm her und hole sie.“

„*Wenn* ich sie haben will?“, Mara rang nach Luft. „Oh Shane, mach das nicht. Spiel keine Spiele mit mir, und bitte, bitte benutze Angie nicht. Stell sie nicht zwischen uns. Das ist ihr gegenüber nicht fair!“, flehte Mara verzweifelt.

„Und mit einem Elternteil und einer Lüge zu leben, das ist fair?“, fragte er heiser.

„Das kann sich alles ändern, sehr bald.“

„Das habe ich schon einmal gehört!“ Seine Stimme klang völlig emotionslos.

„Shane, um Himmels willen, was machst du da? Kannst du nicht sehen, was du von unserem Kind verlangst?“

„Wenn du mir zuhörst, werde ich es dir erklären“, konterte

Shane. Mara klammerte sich mit beiden Händen an das Telefon, schloss die Augen und hörte konzentriert zu.

„Ja, ich habe June belogen", gab er zu, „und ich bin nicht stolz darauf. Aber ich wusste, dass sie mir nicht erlauben würde, Angie mitzunehmen, wenn sie nicht davon ausgehen musste, dass ich dich treffe.

Ich hatte gar nicht wirklich geplant, sie mitzunehmen. Ich war nur vorbeigefahren, um mich zu verabschieden, und Angie hat sich so gefreut, mich zu sehen. Sie war ganz schmutzig, von Kopf bis Fuß voller Erde, weil sie diesen Katzen nachgejagt ist, und ... Und ich konnte sie unmöglich zurücklassen. Ich konnte einfach nicht."

„Ich ... ich verstehe", flüsterte Mara, der die Tränen in den Augen standen. Das rührende Bild, das er ihr malte, konnte sie sich lebhaft vorstellen.

Er fuhr in seiner Erklärung fort. „Und natürlich war da June Wilcox, die *mein* Kind bewachte und dem im Weg stand, was allein uns gehören sollte, Mara. *Unsere* Familie. *Unser* Glück. Sie hatte *mein* Kind, und ich konnte es keine Sekunde länger mehr ertragen."

Wieder entstand eine quälende Pause, und Mara hörte, wie Shane tief durchatmete, bevor er weitersprach.

„Und so sieht es jetzt aus. Ich habe Angie spontan mitgenommen, aber auf der Rückfahrt, als sie im Auto eingeschlafen war, hatte ich Gelegenheit, mir eine Menge Gedanken zu machen, und ich habe beschlossen, sie hierzubehalten." Mara verschlug es den Atem. „Sie ist sicher und sie ist glücklich. Wenn du sie sehen willst, wirst du nach Atlanta kommen müssen."

„Das ist Erpressung!"

„Nein, Kidnapping", konterte er wütend. „Ich habe mit Henderson, meinem Anwalt, gesprochen und ihn beauftragt, das Sorgerecht für Angie zu beantragen."

„Nein", unterbrach sie ihn voller Panik. Aber Shane redete ungerührt weiter.

„Und wenn du nicht so schnell wie möglich hierherkommst,

werde ich die Lokalzeitung und auch ein paar dieser allseits beliebten Tratschblätter anrufen und ihnen die ganze Geschichte aus Sicht des Vaters erzählen, wozu selbstverständlich auch die Tatsache gehört, dass ich mein eigenes Kind kidnappen musste."

„Shane, lass …"

„Ich möchte nur verhindern, dass du dich irgendwelchen Illusionen hingibst, Mara. Du weißt, ich meine, was ich sage, und ich sage dir, dass ich mit allen Mitteln um das Sorgerecht für Angie kämpfen werde, wenn du es darauf ankommen lassen willst. Es ist mein Ernst, und es ist mir völlig egal, was es kostet, den besten Anwalt im Land zu engagieren. Ich bin bereit, mich auf ein Gerichtsverfahren einzulassen! Du auch?", fragte er unverfroren. Und im Hintergrund konnte Mara Angie plappern hören.

„Es … es muss nicht so weit kommen."

„Die Wahl liegt bei dir. Wenn du keinen Rechtsstreit willst, beweise es!"

„Wie?", fragte sie schwach.

Vom anderen Ende der Leitung, irgendwo weit weg in Atlanta, hörte sie deutlich, wie er seufzte. „Oh Mara, Baby", flüsterte er, „es könnte alles so einfach sein, wenn du nur willst. Wenn du dir wirklich solche Sorgen um Junes Gesundheit machst, kann ich das zwar verstehen, aber ich glaube, die Lösung des Problems ist, ihr so bald wie möglich die Wahrheit zu sagen. Sie ist stärker, als du glaubst, und ich bin sicher, sie wird es verkraften. Je früher du es ihr sagst, desto besser." Seine Stimme, jetzt heiser vor Emotionen, klang beschwichtigend und schmeichelnd. „Wenn es von dir kommt, wird es sie am wenigsten treffen …"

Mara hörte ein Klicken und musste annehmen, dass er aufgelegt hatte, dennoch hielt sie das Telefon weiterhin fest in der Hand und wollte nicht glauben, dass die schwache Leitung, die sie ansatzweise miteinander verbunden hatte, getrennt worden war. „Nein", flüsterte sie in den Hörer. „Nein … nein …"

Als ihr schließlich klar wurde, dass sie irgendetwas tun musste, legte sie wie betäubt den Hörer aus der Hand und drehte sich wieder zum Wohnzimmer um. Aber June stand bereits in der Tür und hielt sich am Rahmen fest.

„Das war Shane, nicht wahr?“, fragte sie vorwurfsvoll.

„Ja … und Angie ist bei ihm … in Sicherheit.“ Mara versuchte munter zu klingen und schenkte erst einmal die Limonade ein, um sich vor Junes fragendem Blick zu wappnen. Falls June mit ihren scharfen Augen die Schweinerei, die vom Tresen auf den Fußboden getropft war, bemerkt hatte, sagte sie nichts dazu.

„Warum hat er mich belogen?“ Die Frage fuhr Mara wie ein Messer in den Rücken.

„Das hat er nicht … Ich meine, offenbar ist es zwischen mir und ihm zu einem kleinen Missverständnis gekommen. Weiter nichts.“ Mara zuckte mit den Schultern, nahm eins der beiden hohen frostigen Limonadengläser in die Hand und reichte es June, wobei das Glas sichtlich zitterte.

„Du erzählst mir nicht alles!“

Mara trank einen Schluck. „Hmm … nein, aber das werde ich.“ Mara ging ins Wohnzimmer und hoffte, einen gelassenen Eindruck zu machen. Sie ließ sich auf den Sessel fallen und nahm eine Haltung ein, die sorgenfrei und unbekümmert wirken sollte. „Shane hat Angie nach Atlanta mitgenommen, und das hatte ich völlig vergessen.“

June sah ihre Schwiegertochter zweifelnd an. Mara konnte es ihr nicht verübeln, dass sie misstrauisch war; ihre Geschichte klang viel zu sehr nach der hastig ausgedachten Lüge, die sie war. Also versuchte sie es mit einer ergänzenden Ausführung.

„Shane hatte irgendwann in der Woche mal mit mir darüber geredet, aber bei dem ganzen Wirbel in der Firma – du weißt schon, die neue Software, diese schrecklichen Videospiele, dazu die Quartalsberichte. Ich hatte es einfach vergessen. Und ich glaube auch wirklich nicht, dass wir etwas fest ausgemacht hatten.“ Sie zuckte mit den Schultern, lächelte ihre Schwiegermutter an und nahm einen großen Schluck aus ihrem Glas.

„Warum hat er mir denn nichts davon gesagt, als er hier war. Ich hätte Angies Tasche gepackt …“

„Nun ja“, Mara schluckte, „er dachte, dass ich ihr Sachen zum Wechseln mitbringe, und ich nehme an, er glaubte, du wüsstest bereits Bescheid. Es war keine Lüge, er hatte vor, mich im Park zu treffen. Ich glaube, er hat bei der Rezeptionistin eine Nachricht hinterlassen oder so, und die habe ich einfach nicht bekommen.“ Es war ihr schon fast anzumerken, wie peinlich ihr diese lächerlichen Entschuldigungen waren.

„Lynda macht auf mich eigentlich einen sehr tüchtigen Eindruck“, bemerkte June trocken, aber dennoch wirkten ihre Augen weniger angstvoll, und auch die dünnen schwachen Schultern entspannten sich leicht.

„Es ist egal, wie es zu dem Missverständnis kam“, antwortete Mara und lächelte matt. „Hauptsache, Angie ist in Sicherheit!“

„Da hast du natürlich recht“, stimmte June ihr zu. „Vielleicht habe ich ein wenig überreagiert. Es ist ja nur, weil ich Angie so sehr liebe.“ Maras Herz litt mit der kleinen alten Frau. „Und … dieser Shane Kennedy, er hat eine Art, die mir auf die Nerven geht.“ June erhob sich mühsam und griff nach ihrer Handtasche. Mara schluckte und wollte noch einmal versuchen, ihre Schwiegermutter über ihre Beziehung mit Shane aufzuklären, bevor sie gehen konnte.

„Er ist ein … beunruhigender Mann“, bemerkte sie und raffte sich zusammen. Junes ganzer Körper schien sich anzuspannen, aber Mara fuhr fort. „Das habe ich gedacht, als ich ihm zum ersten Mal begegnet bin, vor fast fünf Jahren …“

„Manche Menschen sind einfach so … Sie machen einen immer nervös“, erklärte June irritiert, als sie auch schon das Zimmer verließ und zur Hintertür ging. „Wir sehen uns Montag, wenn nicht vorher“, rief sie und fügte noch hinzu: „Ich wünsche dir eine schöne Zeit in Atlanta.“

„June, warte!“ Mara schrie es beinahe. „Ich muss mit dir reden. Es gibt etwas, das ich dir schon …“

June drehte sich um. Mit eiskalten Augen sah sie Mara an, als würde sie durch sie hindurchblicken, und warf sich ihren Umhang über, der von der lässigen Kultiviertheit der Südstaaten zeugte. „Kann das nicht warten, meine Liebe?“ Ohne eine Antwort abzuwarten, erklärte sie. „Um sieben habe ich eine Verabredung zum Bridge, und schon jetzt bin ich wirklich viel zu spät dran.“ Betont schaute sie auf ihre Uhr, und die Ungeduld war ihr deutlich anzumerken.

„Es … es hat Zeit“, flüsterte Mara, und June bedachte sie mit einem Lächeln, das an den Ausdruck eines Menschen erinnerte, der seinem Hund den Kopf tätschelte, nachdem er einen Befehl ausgeführt hat.

„Schön“, rief June fröhlich, viel zu fröhlich. „Dann also bis Montag!“

„Natürlich“, flüsterte Mara und hätte sich ohrfeigen können, weil ihr Mut nicht gereicht hatte. Sie sah zu, wie June langsam zur Garage ging, wobei ihr das Gehen auffällig schwerzufallen schien. Und in derselben verhalten steifen Körperhaltung setzte June sich in ihr Auto, trat so heftig aufs Gaspedal, dass der schwere Motor des Lincoln in der Garage aufheulte, und betätigte das Lenkrad, bis der Wagen unbeholfen über die Zufahrt rollte.

Mara winkte ihr nach, solange sie das schwerfällige Fahrzeug sehen konnte, dann aber entfaltete sie einen wahren Wirbelwind an Aktivität. Sie lief durchs Haus und warf alles, was ihr für sich und Angie einfiel, in einen Koffer. Nur einmal hielt sie inne, als sie ins Zimmer ihrer Tochter kam und die abgenutzte Decke und die schmuddelige Puppe Lolly entdeckte. Beides drückte sie an die Brust und sah sich in dem hübschen leeren Zimmer mit den grün-weißen Farbakzenten um, betrachtete den Schrank, der mit vergessenen, ungenutzten Spielsachen angefüllt war, und das bequeme Bett, in dem Angie schlief. Shane kann mir mein Kind nicht nehmen, dachte sie verzweifelt. Das würde er nicht tun! Und doch lautete sein Versprechen, genau das zu tun, was sie am meisten fürchtete.

Ein Sorgerechtsverfahren, das sie vor ein paar Jahren noch gewonnen hätte, müsste heutzutage nicht mehr unbedingt zu ihren Gunsten entschieden werden, nicht seit landesweit den Rechten des Vaters so viel Aufmerksamkeit geschenkt wurde. Und die Tatsache, dass sie gelogen und die Vaterschaft ihres Kindes verheimlicht hatte – ganz gleich aus welchem Grund –, würde bei Richter und Jury nicht gut ankommen. Schon gar nicht, nachdem sie als Angies Mutter den größten Teil des Wilcox-Vermögens geerbt hatte. Und natürlich waren dabei auch Peters Verwandte zu berücksichtigen. Wenn sie hörten, welche Täuschung sie geplant hatte, aus welchen Motiven auch immer, wären sie allesamt mehr als bereit, gegen sie auszusagen. Mara hielt die zerlumpte Decke, als wäre sie ihr Kind. Ganz gleich, wie gut gemeint ihre Absichten gewesen sein mochten, alle, die über sie zu Gericht säßen, würden sie für schuldig halten!

Die andere Möglichkeit, die ihr offen stand, wäre, Shane zu heiraten, so wie er es vorgeschlagen hatte. Gott, wenn sie das doch nur könnte! Sie musste einfach die Wahrheit sagen, und es hinter sich bringen und diesen ganzen Mutmaßungen und dem ganzen Kummer ein Ende setzen. Zweifellos würde es nicht mehr lange dauern, bis Dena ihre Drohungen wahr machte.

Sie wollte Shane heiraten, daran bestand für Mara kein Zweifel. Wie viele Jahre hatte sie darauf gewartet? Der Gedanke, ihre kleine Familie zu vereinen, schien perfekt, wenn es da nicht den einen entscheidenden Makel gäbe. In den letzten Wochen hatte Shane ihr nicht ein einziges Wort der Liebe zugeflüstert. Die Tiefe seiner Leidenschaft wollte sie nicht bestreiten, das stand nie infrage. Aber sie bezweifelte, dass er sie liebte.

Ihre Ehe mit Peter war bereits vor seiner Krankheit längst nur noch Theater gewesen. Mara hatte ihrem Kind zuliebe einmal geheiratet, und diese eine lieblose Ehe hatte sie überlebt und geschworen, sich nie wieder auf so etwas einzulassen. Jetzt war sie mit demselben Problem konfrontiert. Mara wusste, dass Shane seine Tochter liebte, so wie auch sie ihr Kind liebte, aber sie wusste auch, dass die Liebe für ein Kind nicht ausreichte, um eine Ehe zu stützen. Was war denn mit der Beziehung zwischen Mann und Frau? War es nach all den Kämpfen, die sie miteinander durchlitten, und all den Wunden, die sie sich gegenseitig zugefügt hatten, überhaupt möglich, dass eine Ehe mit Shane funktionieren könnte?

Die Fragen, Zweifel und Ängste ließen ihr keine Ruhe, während sie die Katzen fütterte, das Haus abschloss und ihr Gepäck in den Kofferraum des gelben Renaults warf. Den Zettel mit Shanes Adresse hatte sie fest in der geschlossenen Hand zusammengeknüllt, obwohl sie sie längst auswendig kannte und ohne nachzuschauen in ihr Navi eingeben konnte.

Sie wusste, dass ihr der herzzerreißendste Kampf ihres Lebens bevorstand. Mara drehte den Schlüssel im Zündschloss, löste die Handbremse, stieß besorgt einen weiteren langen Atemzug aus und fuhr dann schnell die Zufahrt hinunter. Die Fahrt nach Atlanta sollte drei Stunden dauern. Mara biss sich auf die Lippe und warf mit wiedergewonnener Entschlossenheit die Gänge ein. Ganz gleich, was geschah, irgendwie musste sie Angie zurückhaben. Für immer!

11. KAPITEL

Obwohl die Angst sie zu überwältigen drohte, bemühte Mara sich während der Fahrt nach Atlanta die Ruhe zu bewahren. Es war noch taghell, als sie Asheville verließ, aber während sie ihrem Ziel in südwestlicher Richtung entgegenstrebte, ging die Sonne hinter den Bergen unter, und eine rosige Abenddämmerung senkte sich auf die sanften Hügel des Piedmont Plateaus. Die Landschaft Georgias war noch immer genauso schön wie in ihrer Erinnerung, und der schwere Duft der Georgia-Kiefern drang durch die offenen Fenster in ihren Wagen. Mara versuchte, sich aufs Fahren zu konzentrieren, und hielt sich an die Geschwindigkeitsbegrenzungen. Aber als die Minuten sich zu Stunden dehnten und es immer dunkler wurde, trat sie unwillkürlich etwas fester aufs Gaspedal ihres Sportcoupés.

So wie die Hinweisschilder auf der Fahrt an ihr vorbeiflogen, kamen und gingen auch die beleuchteten Meilensteine ihrer Reise und die Orte und Städte selbst, als wären sie grüne Flaggen, die sie anfeuerten, ihren Weg nach Atlanta fortzusetzen: Flat Rock, Tuxedo, Greenville, Lavonia ... Mara las die Namen und vergaß sie wieder. Sie wusste nur, dass sie mit jeder Stadt, die sie hinter sich brachte, ihrem Kind ... und Shane ein Stück näher kam.

Jedes Mal, wenn sie an ihn dachte, zog sich ihr der Magen zusammen. Shane spielte ein gefährliches Spiel, und Angie war in einer heiklen Position – das Seil bei einem Tauziehen zwischen Mutter und Vater. Die Wut, die Mara nach dem ersten Schock bei Shanes Anruf gepackt hatte, war zunehmend großer Angst gewichen. Wie ernst war es ihm? Wie weit würde er gehen, um seinen Anspruch auf Angie geltend zu machen? Und die tiefere, beängstigendere Frage: Wie weit würde sie gehen, um ihn davon abzuhalten, ihr das einzige Kind zu nehmen? Wenn eine Ehe zwischen ihnen doch nur funktionieren könnte! Wenn sie doch nur wieder zusammenkommen könnten! Wenn dieser Kampf zwischen ihnen doch nur ein Ende finden könnte! Um sie herum wurde es Nacht, und die Fragen und Befürchtungen schossen ihr genauso schnell durch den Kopf wie der endlose Strom der entgegenkommenden Scheinwerfer.

Mara war mehr als nervös, als sie endlich die blinkenden Lichter von Atlanta vor sich hatte. Sie war mit den Nerven völlig am Ende! In der Vergangenheit hatte sie immer gern an Atlanta gedacht und sich an angenehme Frühlinge erinnert – den Duft der blühenden Pfirsichbäume, die Schönheit der rosa Hartriegelblüten. In dieser Nacht jedoch empfand sie nur Verzweiflung und Einsamkeit, während ihr Wagen auf sein Ziel zuraste. Wie könnte sie jemals ihr Leben mit Shane verbinden? Wie sollte das überhaupt möglich sein? Je weiter sie sich den schimmernden Lichtern näherte, desto größer wurde ihre Angst, und sie sah auf die Stadt wie auf einen hinterhältigen, gut beleuchteten Leviathan, der in der Dunkelheit, die sie umgab, auf sie lauerte.

Mit dem Navi war es nicht schwer, die Adresse zu finden, wo Shane wohnte. Nicht weit von der Tuxedo Road entfernt lag Shanes Haus in einem der renommiertesten Wohnviertel der Stadt. Es war eine riesige Villa, die drei Stockwerke in die Nacht hinaufragte. Die Fläche des Anwesens war enorm groß und akribisch gut gepflegt, die lange Auffahrt wurde von Laternenmasten gesäumt und war gut beleuchtet. Kiefern, uralte Eichen, Magnolien und die allgegenwärtigen Hartriegelsträucher flankierten die herrschaftliche Villa und lockerten die geraden Linien des massiven Ziegelsteinbaus auf.

Mara hielt den Wagen an und schaute still zu dem beeindruckenden Gebäude hinauf, das Shane sein Heim nannte. Warmes Licht aus den zweieinhalb Meter hohen Fenstern verschmolz mit der Dunkelheit und wurde von den hohen weißen Säulen der weitläufigen Eingangsveranda reflektiert. Glänzend schwarze Holzläden flankierten die Fenster, und die beiden glühenden Wandleuchten neben der Haustür wirkten einladend. Sie zögerte nur kurz, bevor sie in die Nacht hinaustrat und stolz die drei Steinstufen zu der massiven Eingangstür hinaufstieg. Schmale

Facettenfenster in beiden Hälften der weißen Tür lockten sie, einen Blick hineinzuwerfen, aber sie hielt sich zurück und zog es vor, Shane direkt in die Augen zu schauen.

Sie musste ihren ganzen Mut zusammennehmen, um auf die Klingel zu drücken; aber zu wissen, dass Angie sich in dem imposanten Herrenhaus aufhielt, spornte sie an. Nachdem sie zitternd auf den Knopf gedrückt hatte, lauschte sie, und über dem leisen Summen des ruhigen Verkehrs hörte sie den Klang eines Glockenspiels, das ihre Ankunft verkündete. Ihr eigener Herzschlag klang ihr laut in den Ohren, und gleich darauf wurde das Summen der Stadt von einem anderen lauteren Geräusch übertönt. Es war der Widerhall trommelnder schneller Schritte, kleine Füße, die aufgeregt zur Tür eilten. Mara stellte den Koffer ab und kniete sich gespannt auf ein Bein. Der Kloß, der sich in ihrer Kehle gebildet hatte, schwoll an, als die Tür aufgezogen wurde und Angie im Schein der Innenbeleuchtung erwartungsvoll mit ihren schwarzen Augen hinausschaute und dem tränenverschleierten Blick ihrer Mutter begegnete.

„Das *ist* Mommy!“, rief sie über die Schulter und stürzte zur Tür heraus, um als krabbelndes Häufchen weicher Arme und Beine in Maras ausgebreitete Arme zu klettern. „Daddy hat gesagt, dass du kommst“, gab sie bereitwillig die Information preis, während sie sich an den Hals ihrer Mutter hängte.

„Hat er das?“, flüsterte Mara mit belegter Stimme.

Angie zögerte, denn plötzlich war ihr etwas Wichtiges aufgefallen, und mit ihren molligen Händchen griff sie nach Maras Kinn. Besorgt sah sie ihrer Mutter in die Augen. „Hast du dir wehgetan, Mommy?“, fragte sie unschuldig. „Tust du weinen?“

„Nein, nein, es geht mir gut.“ Mara schniefte und brachte ein zittriges und etwas schwaches Lächeln zustande. „Ich … bin einfach nur froh, dich zu sehen, weiter nichts.“

Angie runzelte die Stirn. „Shane hat gesagt, ich kann ihn Daddy nennen“, berichtete sie sachlich.

Mara biss sich auf die Lippe und sah ihr tief in die Augen. „Und was hältst *du* davon?“, fragte sie. Shanes herannahende

Schritte zwangen Mara aufzuschauen. Sie ließ den Blick nach oben wandern, über seine leicht abgetragene Jeans und das legere T-Shirt hinweg, hinauf zu seinem markanten Gesicht. Als ihre Blicke sich trafen, lief es ihr eiskalt über den Rücken, denn in seinem herrischen Blick war nirgends auch nur eine Spur von Mitgefühl zu erkennen. Seine Augen waren die eines Fremden, und die schwache Hoffnung, die sie für sie beide gehegt hatte, dass sie sich wieder lieben lernen könnten, flackerte und erlosch.

Mara kniete noch auf dem kühlen Steinboden der Eingangsveranda, und aus dieser Perspektive wirkte Shane größer als seine ein Meter zweiundachtzig. Wie aus weiter Ferne beobachtete er steinernen Blickes die innige Wiedervereinigung von Mutter und Kind.

„Was *hältst* du denn davon, mich Daddy zu nennen?", fragte er Angie, und sein Blick wurde eine Spur freundlicher, als seine Tochter sich zu ihm umdrehte und ihn strahlend anlächelte.

Gleichgültig zuckte Angie mit den kleinen Schultern und sah ihren Vater mit ihren großen unschuldigen schwarzen Augen forschend an. Ihr kleines Gesicht wurde richtig ernst. „Ich kann meinen Daddy nicht leiden", gestand sie.

Shane versteifte sich, das Kind nickte zur Bestätigung und erklärte kurz und bündig: „Der ist kein bisschen nett. Ich bin froh, dass der weggegangen ist."

„Angie!", flüsterte Mara vorwurfsvoll.

„Nein, nein!", schaltete Shane sich ein und wischte Maras leisen Tadel mit einer Handbewegung beiseite. „Ich möchte das gerne hören. Warum freust du dich?", fragte er Angie.

„Der kann mich nicht leiden", stellte Angie klar, ohne auch nur die Spur eines Gefühls zu zeigen.

„Woher weißt du das denn?", fragte Shane weiter, und Mara wartete gespannt.

„Der hat mich angeschrien. Die ganze Zeit." Und als wäre ihr plötzlich etwas eingefallen, wand Angie sich aus den Armen ihrer Mutter und lief kichernd über den Flur. „Komm mit, Mommy. Guck mal, was wir hier haben!" Die Kleine steckte in einem Schlafanzug mit Füßen, mit dem sie über das warme Eichenparkett schlittern konnte, und verschwand am Ende des langen Flurs um eine Ecke.

Langsam stand Mara auf und wollte nach ihrem Koffer greifen, aber Shanes Hand kam ihr dazwischen, und seine langen Finger schlossen sich um den weichen Stoff ihres rosa Jackenärmels.

„Stimmt das … was Angie gesagt hat? Hat dein *Mann* tatsächlich *mein* Kind misshandelt?“ Der Griff seiner Hand wurde fester.

Mara verschlug es den Atem. Ungeduldig schüttelte Shane ihren Arm und im gedämpften Licht der Veranda konnte sie sehen, wie seine Nasenflügel bebten. „Hat er ihr wehgetan?“ Seine Stimme klang tief, fast schon wie ein Knurren. „War er grausam?“

„Selbstverständlich nicht“, schoss sie zurück und bemühte sich vergeblich ihren Arm aus seinem Fesselgriff zu befreien. In ihren Augen funkelte der stumme Zorn, den sie jetzt schon seit Stunden zu bändigen versucht hatte. „Du solltest wissen, dass ich niemandem erlauben würde, sie zu verletzen. Peter nicht, und nicht einmal *dir*!“

„Aber was Angie gesagt hat …“

„Er hat sich über sie geärgert, weiter nichts.“ Mit einem heftigen Ruck befreite sie ihren Arm.

„Oft?“

„Oft genug.“

„Wie konntest du … eine solche Situation nur dulden?“, fragte er vorwurfsvoll, griff nach dem Koffer und hob ihn in einer ruckartigen Bewegung vom Boden auf, bei der sich die Muskeln an seinem Arm wölbten und das Ausmaß seiner lang unterdrückten Wut nachdrücklich zum Ausdruck kam.

„*Ich* habe getan, was *ich* tun musste. Und zwar das, was ich für richtig gehalten habe!“

„Indem du einem Mann, der sie offensichtlich gehasst hat, erlaubst, ihr Vater zu sein?“, fragte er spöttisch und verzog verächtlich die Lippen. „Was bist du für eine Mutter?“

„Jedenfalls eine entschieden bessere Mutter als du Vater warst!“, fauchte sie zurück. „Vielleicht erinnerst du dich – du warst derjenige, der vier Jahre lang von der Bildfläche verschwunden war und mich hat glauben lassen, er sei tot. Und jetzt kann ich auch sehen, was der wahre Grund dafür war, richtig?“

„Was soll das sein … der *wahre* Grund?“, fragte er sarkastisch.

„Das ist ja wohl offensichtlich, meinst du nicht?“ Sie ließ den Blick über die Inneneinrichtung schweifen, soweit sie sie sehen konnte – die kostbaren antiken Bilder, die die Wände schmückten, die dicken Teppiche, die auf warmen Hartholzfußböden lagen, den Kristallleuchter und schließlich das gesamte Anwesen. „Du warst viel zu sehr damit beschäftigt, ein Vermögen zu machen, um Zeit für deine Familie zu haben!“

„Meine Familie war mit jemand anderem verheiratet!“

„Weil du mich verlassen hast!“

„Ich habe angerufen, verdammt … und ich habe dir geschrieben, aber du hast es vorgezogen, meine Briefe zu ignorieren!“

„*Ich* habe deine Briefe nie bekommen, wenn du sie denn wirklich geschrieben hast!“

„Oh, die habe ich geschrieben. Und du kannst darauf wetten, dass irgendjemand sie bekommen hat, vielleicht dein lieber Gatte oder – nur vielleicht – doch du selbst. Vielleicht hast du aber beschlossen, auf Wilcox zu setzen. Immerhin war er zu der Zeit sehr viel vermögender als ich.“

„Das ist lächerlich!“

„Das sehe ich anders. Und vor allem glaube ich, dass du jetzt eine verzweifelte Frau bist, die sich in ihrem eigenen Lügennetz verfangen hat!“

„Wenigstens würde ich niemals so tief sinken, ein Kind zu entführen!“

„Mein Kind, Mara … *Meins!*“ Damit machte er auf dem Absatz kehrt und ging wieder ins Haus zurück, wobei er den Koffer schwang, als wöge er nichts.

Angies Stimme unterbrach die hitzige Diskussion, und verhinderte die ironische Antwort, die Mara auf der Zunge lag. „Komm, Mommy, guck mal, was wir hier haben!"

Mara ging langsam hinter Shane her und versuchte nicht darauf zu achten, wie seine Jeans sich beim Gehen über Oberschenkeln und Hintern spannten, und genauso weigerte sie sich, den Bewegungen seiner Arme und Schultern Aufmerksamkeit zu schenken, während er den Koffer trug und ihn an der Treppe absetzte. Warum, fragte sie sich, hatte er noch immer eine solche Wirkung auf ihre sämtlichen Sinne, obwohl sie doch so wütend auf ihn war, wie sie wütender nicht sein konnte?

Nachdem sie das riesige Foyer durchquert hatten, gelangte Mara an der Rückseite des herrschaftlichen Hauses in einen großen Raum, der gleichzeitig Wohn- und Arbeitszimmer zu sein schien. Die Einrichtung wirkte sehr maskulin und war in rostroten und braunen Tönen gehalten. Und anders als das Foyer und weitere Räume, die Mara im Vorbeigehen gesehen hatte, war dieses Zimmer modern möbliert. Shanes Schreibtisch, aus glänzendem Nussbaumholz, stand in der abgesetzten Nische eines Erkerfensters, und ein moderner Aktenschrank aus Kirschholz diente als kleiner Raumteiler, der dem Schreibtisch ein wenig Abgeschiedenheit verschaffte. Trotz der warmen Außentemperatur glühte ein gemütliches Feuer in dem Marmorkamin. Daneben stand eine abgenutzte ochsenblutrote Ledercouch mit einer handgearbeiteten Wolldecke in goldbraunen Tönen, die nachlässig hingeworfen auf der Rückenlehne lag. Und zwischen den Möbeln, auf einem Flechtteppich direkt vor dem Kamin, türmte sich eine unglaubliche Ansammlung von Spielzeug.

„Was ist das?", fragte Mara, deren Empörung in Ungläubigkeit umschlug, als sie ihre Tochter sah, die vom Anblick des bunten Spielzeugs völlig verzückt war.

„Sieh mal, Mommy, hier ist eine neue Lolly", rief sie und hielt die neueste Version der beliebten Puppe hoch. „Und das ist ein elektrischer Zug, und … und ein paar Ponys, die können sprechen …" Angie begann, den Spielzeugberg zu durchstöbern, und hielt die Sachen, die sie besonders interessierten, für ihre

Mutter hoch. Alle Spielsachen waren brandneu und zeichneten sich, wie Mara bemerkte, sämtlichst dadurch aus, dass nicht eins davon das Markenzeichen von Imagination trug.

„Ist Weihnachten dieses Jahr früher gekommen?", fragte sie und drehte sich zu Shane um, der in der Tür lehnte und sie und Angie beobachtete, wobei er sich über Maras frustrierten Blick zu freuen schien. „Und wenn der Weihnachtsmann schon gekommen ist, warum hat er dann nicht auch etwas vom Montageband von Imagination mitgebracht?"

„Es ist ein Experiment." Offensichtlich amüsiert über ihre Verwirrung zuckte Shane mit den Schultern.

„Über Frustrationsgrenzen?", tippte sie. „Du hast also einen Weg gefunden, mich hierherzulotsen, nur um mir deine Spielzeugsammlung von der Konkurrenz vorzuführen?"

Shanes tiefes polterndes Lachen riss die Wand der Missverständnisse ein, die sich zwischen ihnen aufgebaut hatte. „Selbstverständlich nicht", sagte er und kam ins Zimmer, wo er sich mitten ins Durcheinander setzte. Er warf einen Fußball aus Schaumgummi in die Luft und sah zerstreut zu, wie er von der Decke abprallte. „Das ganze Spielzeug habe ich gekauft, als ich letztes Wochenende hier unten war. Mein Computer sagt mir nämlich, dass das die dreißig populärsten Spielzeuge sind, die heute in Amerika verkauft werden; und keins davon ist von Imagination."

„Das hätte ich dir auch sagen können." Mara seufzte, sank auf die Couch und nahm einen kleinen Kipplaster in die Hand.

„Aber", argumentierte er, „du hättest mir nicht sagen können, warum gerade *diese* Spielzeuge so beliebt sind."

„Weiß der Himmel", murmelte sie und schaute wehmütig zu Angie hinüber, die angesichts des ganzen Spielzeugs völlig aus dem Häuschen war. Die neue Lolly wurde kopfüber mitgeschleift, während sie all die anderen Spielsachen sichtete.

„Also, ich hatte mir überlegt, ich könnte vielleicht herausfinden, was diese Spielsachen zu solchen Verkaufsschlagern macht, wenn ich mal ein paar davon mit nach Hause nehme und sie mir genauer ansehe."

„Während du gleichzeitig der Konkurrenz die Taschen füllst", flüsterte Mara.

„Saure Trauben, Liebling", gab er zurück und ließ die Andeutung eines Lächelns erkennen. „Abgesehen davon – sieh doch selbst! Angie ist ganz fasziniert davon."

„Oh, ihr gefällt fast jedes neue Spielzeug", konterte sie ironisch, „solange es nicht von Imagination ist."

„Genau, was ich sage." Shane erhob sich vom Teppich und schob die Hände in die Taschen seiner Jeans. Bei der Bewegung spannten sich seine Armmuskeln, und wieder einmal verfinsterte sich sein Blick. Mara spürte die veränderte Stimmung, und plötzlich schien der Raum zu klein zu sein. Sie spürte seine Gegenwart und seine intensive physische Anziehungskraft.

Einen kurzen Augenblick sahen sie sich gegenseitig in die Augen, und die Fragen und Zweifel, die sie trennten, standen auf einmal wieder zwischen ihnen. Mara konnte sich nicht rühren, konnte nicht atmen. Die Falte zwischen seinen Augenbrauen wurde tiefer, und die Muskeln an seinem Kiefer schienen hervorzustehen. „Hast du Hunger?", unterbrach er das unangenehme plötzliche Schweigen, denn auch ihm war die subtile Veränderung der Atmosphäre nicht entgangen. „Angie und ich wollten uns gerade hinsetzen. Komm mit, Angie, lass uns für Mommy mal etwas zum Abendessen machen." Erwartungsvoll wippte Angies blondes Köpfchen auf und ab.

Es dauerte nicht lange, bis das Essen fertig war. In Shanes Küche mit dem lässigen ländlichen Charme, dem Fliesenboden und einem Indoor-Grill ging die Arbeit leicht von der Hand, und in wenigen Minuten waren die Steaks gebraten, der Salat gemischt und die Kartoffeln dampfend aus der Mikrowelle gezogen. Sie setzten sich in das offizielle Esszimmer, und während Shane eine Jahrgangsflasche Cabernet Sauvignon öffnete, zündete Mara die fünf weißen Wachskerzen im Kerzenleuchter an. Angies dunkle Augen strahlten bei all der Festlichkeit, und während Mara ihr Kind über den Rand des Weinglases hinweg beobachtete, wurde ihr klar, wie sehr das kleine Mädchen Shane vergötterte. Und mehr als deutlich war auch, dass es ihm umgekehrt genauso ging, und er für sie nur das Beste wollte. Das intime Ambiente, die Liebe zwischen Vater und Tochter, das warme, stattliche alte Haus: Alles zusammen kam Mara so stimmig vor. Und das Lachen … Wie lange war es jetzt her, dass sie Angie so frei und ungehemmt lachen gehört hatte? Mara fühlte sich, als wäre sie zu guter Letzt nach Hause gekommen.

Nach dem Essen, bei dem ihre Tochter im Mittelpunkt gestanden hatte, ertappte Mara sie, als sie gähnte. „Komm her, mein Schatz", sagte sie und nahm ihr Kind auf die Arme. „Wir wollen dich mal lieber ins Bett bringen."

Trotz Angies absehbarer, wenn auch gespielter Proteste, stieg Mara mit ihr die Treppe hinauf. Shane folgte und trug den Koffer zu einem Zimmer im ersten Stock.

Dieses Zimmer war doppelt so groß wie Angies Zimmer in Asheville, und als Mara eintrat, sah sie Shane misstrauisch an. Die Wände waren frisch tapeziert mit einer zartgelben Dornröschentapete, und das dazu passende Himmelbett und die Kommode sahen aus, als wären sie erst kürzlich geliefert worden. Der Raum war vollständig eingerichtet bis hin zu einem Schreibtisch, der aus demselben dunklen Kiefernholz gefertigt war wie die Bettpfosten, und einem frei stehenden Ganzkörperspiegel.

„Sieht aus, als hättest du sie erwartet", flüsterte Mara.

„Das habe ich auch", bestätigte er und zupfte nachdenklich an seiner Unterlippe.

Angie kuschelte sich tief in die Daunendecke, und an die weichen neuen Laken geschmiegt, schloss sie die Augen. Shane verließ das Zimmer nach ein paar Minuten, aber Mara blieb noch und wartete, bis Angies tiefer rhythmischer Atem sie davon überzeugt hatte, dass das Kind fest schlief. „Ach, Angie", murmelte sie leise und strich ihrer Tochter eine verirrte Locke aus dem Gesicht. „Was sollen wir nur machen?"

Als Mara die Treppe aus geschliffenem Eichenholz wieder herunterkam, sah sie, dass die meisten Lichter im Haus gelöscht waren. Nur der Schein des Feuers im Wohnzimmer leuchtete ihr den Weg zu Shane zurück. Nachdem Angie jetzt friedlich schlief, war es an der Zeit, alle Probleme auf den Tisch zu bringen. Hoffentlich gelang es ihnen, einen Teil des Schadens, der durch die letzten einsamen Jahre entstanden war, wieder zu beheben.

Shane saß auf der Couch, starrte ins Feuer und hielt ein halb volles Glas Scotch in der Hand. Als Mara hereinkam, schaute er kaum auf, sondern gab vor, in der rot leuchtenden Glut der schwelenden Holzscheite zu lesen. Er hob sein Glas, um Mara einzuladen, sich gleichfalls zu bedienen, was sie jedoch mit einem Kopfschütteln ablehnte. Beklommen blieb sie in der Tür stehen.

„Wir … wir können so nicht leben", gab sie zu, ging langsam durch den Raum und stellte sich direkt in seine Blickrichtung vors Feuer, wo sie die Hitze der Glut an ihren Waden spürte.

„Da hast du vollkommen recht. Das können wir nicht", bestätigte er entschieden und begann, angefangen bei ihren Zehen, die aus den Sandalen hervorschauten, den Blick nach oben gleiten zu lassen, über ihre Waden, die Rundungen ihrer Hüften und Brüste hinweg, bis hin zu ihrem Gesicht – dem Gesicht, das ihn nachts verfolgte und ihm vor lauter brennendem Verlangen und tiefer Sehnsucht den Schlaf raubte. Gott, wie lange hatte er gewartet, um sie wiederzugewinnen?

Mara fühlte, dass er sie mit seinen Blicken auszog, jedoch nicht nur bis auf ihre erhitzte Haut, sondern bis in ihre tiefste Seele. Langsam stand er auf, nahm noch einen Schluck von seinem Drink, kam auf sie zu und blieb nur wenige Zentimeter vor ihr stehen. Sie hob den Kopf, um seinem forschenden Blick zu begegnen. Quälendes Schweigen senkte sich auf sie herab, und die Flammen warfen Schattenmuster auf Shanes stolzes Gesicht.

„Du hattest nicht das Recht sie mitzunehmen", flüsterte Mara.

„Ich hatte jedes Recht."

Wieder das bedrückende Schweigen.

„Du hast sie *benutzt*."

Er verzog die Lippen zu der harten, kühlen Farce eines Lächelns. „Das habe ich nicht. Was ich getan habe, war, ihr die Wahrheit zu sagen."

„Die Wahrheit, dass du ihr richtiger Vater bist?"

„Genau." Mit einer kräftigen Hand stützte er sich am Kaminsims ab und mit der anderen berührte er eine ihrer Locken.

„Und wie hat sie es aufgenommen?"

Er lächelte weich. „Ihr scheint die Idee zu gefallen. Sie ist zu jung, um es wirklich zu verstehen."

Mara stieß die Luft aus, die sie angehalten hatte, und fühlte, wie Shanes Finger von ihren Haaren über ihren Hals glitten. Ihr Herz überschlug sich vor lauter Sehnsucht nach seiner Berührung, und sowie er ihre Halskuhle erst streifte und sie dann in langsamen verführerischen Kreisen streichelte, stellte er fest, dass ihr Puls raste. Er verweilte einen Augenblick dabei, dann aber begann er am Ausschnitt ihres Kleides zu spielen.

„Ich bin froh, dass du gekommen bist", murmelte er mit belegter Stimme an ihrem Haar. „Ich habe so lange gewartet …" Seine warmen sinnlichen Lippen fanden ihre und er gab ihr einen Kuss, der rückhaltlose Leidenschaft und Erfüllung versprach.

„Ich … ich bin froh, hier zu sein", gestand sie und ließ sich von ihm auf den Boden ziehen. „Lieber Gott, Shane", flüsterte sie, „ich bin so froh, hier zu sein."

Noch während sie auf den Boden sanken, gelang es Shane, sich seines Hemdes zu entledigen, und die Schatten der Flammen flackerten und tanzten auf seiner harten maskulinen Brust. Mit einer einzigen flinken Bewegung hatte Shane die Schleife ihres Wickelkleides geöffnet. Fieberhaft hob und senkte sich ihre Brust, die nur noch durch den dünnen Stoff ihres Unterkleides geschützt war. „Es ist so heiß hier drin", murmelte sie, während die Berührung seiner Hände die Begierde in ihr anfachten. „Ich … ich habe das Gefühl, vor Lust zu vergehen …"

„Das wollen wir doch hoffen", flüsterte er mit vor Verlangen heiserer Stimme. „Ich *brauche* dich so sehr." Er verteilte zarte Küsse auf ihrer Wange, ihren Augen, ihrem Hals und etwas tiefer auf die französische Spitze ihres Unterrocks. Unter dem durchscheinenden Kleidungsstück richteten sich ihre Brustwarzen auf. Sein heißer Atem, in dem ein Hauch von Scotch mitschwang, strich über sie und löste ein Urverlangen in ihr aus, das ihren Geist und ihren Körper vollkommen beherrschte. „Oh Mara, Baby, lass mich dich hier lieben, in unserem Heim, weit weg von all unseren Problemen."

Ihr hingebungsvolles Seufzen und ihre Hände, die ungeduldig über seine Haut fuhren und seine Lust noch weiter steigerten, waren alles, was Shane an Ermunterung brauchte. Langsam schob er ihr das Kleid von den Schultern und streifte einen Träger des Unterkleides herunter, sodass ihr Busen im Feuerschein entblößt vor ihm lag. Er senkte die Lider. „Warum begehre ich dich so sehr, warum?", stieß er keuchend hervor. Als er die Augen wieder öffnete, brannte die Leidenschaft darin, gegen die er so sehr gekämpft hatte.

Zitternd streckte Mara die Arme aus und umfasste seinen Kopf, zog ihn mit dem sanften Druck ihrer Fingerspitzen nach unten, näher zu sich, bis Shanes Lippen ihre harte Brustspitze erst streiften und dann umschlossen. „Liebe mich, Shane", flehte sie. „Bitte ... liebe mich ..."

Er verlagerte sein Gewicht, griff zum Reißverschluss seiner Jeans, und im nächsten Moment wusste sie, wie stark er sie begehrte.

„Heirate mich, Shane", forderte sie, und das unverhüllte Flehen in ihren Augen begegnete der Leidenschaft in seinen. „Heirate mich", flüsterte sie wieder und wieder, während sie miteinander eins wurden.

Als der Sturm seiner Lust abgeklungen war, hielt er sie in seinen Armen und starrte in die wenige noch verbliebene Glut des Feuers. Er hörte nicht auf, ihre Schultern und Brüste zu streicheln, aber er wirkte gedankenverloren ... irgendwie abwesend.

Schließlich seufzte er, setzte sich auf und zog auch sie in eine sitzende Haltung. In der Sicherheit der starken Arme, die sie hielten, hatte Mara das Gefühl, noch immer zu glühen, während sie schweigend ins Feuer starrte.

„Ich will, dass du mich heiratest", sagte er, und Mara spürte, wie seine Muskeln sich anspannten.

„Das werde ich auch.“ Sie meinte es aufrichtig. „Ich … will es auch.“

„Wann?“ Die Frage hing in der Luft, während Mara noch zögerte, aber es dauerte nicht lange. Was auch immer sie sonst noch an diesem Abend erfahren und verstanden hatte, sie hatte begriffen, dass sie Shane unmöglich das Recht auf sein Kind nehmen konnte. Und mit der Zeit, wenn sie ihm ihre Liebe bewiesen hatte, so hoffte sie, würde er auch ihre Liebe erwidern.

„Montag werde ich June die ganze Geschichte erzählen … und diesmal werde ich sie zwingen, mir zuzuhören. In einer Woche können wir verheiratet sein.“

Er fasste ihr Kinn und zwang sie, ihm in die Augen zu schauen. „Bist du sicher?“

„In meinem ganzen Leben war ich noch nie so sicher“, antwortete sie und kuschelte sich zufrieden an ihn.

„June und die gesamte Familie Wilcox … Sie können uns wegen der Firma einen Kampf liefern …“

„Das weiß ich“, murmelte sie, „aber kommt Zeit, kommt Rat.“

„Wärst du bereit, hier zu leben, in Atlanta?“

„Wenn das der Ort ist, wo du sein wirst …“

Er lächelte schief und gab ihr einen Kuss auf den Kopf. „In Ordnung … gut. Aber du musst dir darüber im Klaren sein, dass wir die Spielzeugfabrik verlieren können oder zumindest deinen Anteil daran.“

Mara seufzte tief. „Das ist mir klar, und ich weiß auch, dass ich hart gearbeitet habe, um die Firma über Wasser zu halten. Aber, um ganz ehrlich zu sein, ich war nicht gut genug, sie aus der Krise zu führen, und sie *gehört* nun mal zum Vermögen der Familie Wilcox. Vielleicht sollte sie ihnen ganz gehören.“

„Wir werden sehen“, murmelte er, aber einmal mehr verhärtete sich seine Miene vor Entschlossenheit. „Wir werden sehen …“

Schon am frühen Morgen zeigte sich, dass es ein heißer Tag werden würde. Nach einem schnellen Frühstück bestand Shane darauf, Mara die Sehenswürdigkeiten und Annehmlichkeiten von Atlanta zu zeigen. Die Fahrt zur Peachtree Street dauerte nur ein paar Minuten. Nachdem Shane den Wagen geparkt hatte, nahm er Mara und Angie zu Fuß mit auf eine Besichtigungstour durch die Stadt. Dazu gehörten auch ein paar der schönsten und vornehmsten Hotels, wie zum Beispiel das Peachtree Plaza mit seinem Aufgebot an Geschäften sowie das Spielzeugmuseum von Atlanta. Die kühlen Räume des Museums waren eine willkommene Erleichterung nach dem regen Treiben der geschäftigen Stadt in der warmen Sonne.

Mara und Angie waren begeistert von dem Museum und der außergewöhnlichen Ausstellung antiken Spielzeugs, von dem einiges aus dem frühen neunzehnten Jahrhundert stammte. Auch gab es dort eine Spielzeugsammlung aus aller Welt, die besonders Angie begeisterte. Recht entschieden stellte sie fest, dass ein paar der Puppen, vor allem die aus Holland mit ihren Holzschuhen und den bemalten Gesichtern, sogar noch hübscher waren als Lolly.

Am frühen Nachmittag musste Angie getragen werden, und völlig erschöpft schlief sie in Shanes Armen ein. Als die Kleine erfuhr, dass sie wieder nach Hause gebracht wurde, um ein wenig zu schlafen, war sie enttäuscht, aber Shane machte es wieder gut, indem er ihr anbot, am nächsten Tag mit ihr den Zoo zu besuchen. Sofort hörte sie auf zu schmollen, und ließ sich ohne großen Protest auf den Rücksitz setzen.

Auch Mara fühlte sich erschöpft, aber die heitere Gelassenheit, zu der sie in der Nacht zuvor bei Shane gefunden hatte, verließ sie nicht. Da Angie auf dem Rücksitz schlummerte, redeten sie auf der Rückfahrt nicht viel. Shane nahm einen Umweg und wies Mara im Vorbeifahren auf einige Sehenswürdigkeiten hin, und zum ersten Mal seit Jahren fühlte Mara sich völlig entspannt, und die Probleme, die ihr mit der Familie Wilcox bevorstanden, schienen ihr gering zu sein und in weiter Ferne zu liegen. Ihr gesamtes Bewusstsein richtete sich auf Shane und darauf, wie sehr sie ihn liebte. Er hatte die ganze Zeit recht gehabt, musste sie sich reumütig eingestehen. Sie hätte June die Wahrheit sagen sollen, gleich nachdem sie Shane wiedergesehen hatte.

Als sie aus dem Wagen stiegen, klingelte das Telefon. Shane beeilte sich, ins Haus zu kommen, aber als er den Hörer abnahm, war die Verbindung abgebrochen. Aus irgendeinem Grund überkam Mara ein unbehagliches Gefühl, das sie kaum wieder loswurde.

Nachdem sie das Frühstücksgeschirr abgeräumt hatte, sah Mara sich, angeführt von Angie, auf dem Gelände um. Die Gärten waren wundervoll gepflegt, und selbst jetzt im Frühherbst konnte Mara sich vorstellen, wie sie mit den vielen Azaleen und Rhododendronbüschen, die von stattlichen Hartriegelbäumen flankiert wurden, im Frühling aussehen würden.

„Ich frage mich, wer sich um all das kümmert", dachte sie laut.

„Sieh nicht mich an", rief Shane lachend und gesellte sich zu ihnen. „Was das angeht, bin ich zu nichts zu gebrauchen. Ich habe sozusagen einen schwarzen Daumen."

„Du hast also einen Gärtner?"

„Ja. Er ist Rentner und hat früher einen Golfplatz gepflegt. Zwei- bis dreimal in der Woche kommt er her und hält den Garten instand, und seine Frau kümmert sich um das Haus."

Mara ließ den Blick über die drei Stockwerke bis zum Dach wandern. Bei Tageslicht wirkte das Haus noch gewaltiger und größer, als es in der Nacht ausgesehen hatte. „Um all das kümmert sich eine einzige Frau?"

„Ich bin nicht unordentlich ..."

„Aber trotzdem. Das Haus ist so *riesig*."

Lächelnd beugte er sich vor und flüsterte ihr ins Ohr: „Wir brauchen ein großes Haus. Wir müssen doch genug Platz haben für Angies sämtliche Brüder."

Mara musste kichern. „Ich denke, damit können wir uns noch ein wenig Zeit lassen", machte sie sich über ihn lustig. Sie gingen wieder zum Haus zurück und Mara sah, wie Angie versuchte, auf einen kleinen Baum zu klettern. „Angie", rief sie ihr zu, „gib acht, dass du dir nicht wehtust! Wir gehen wieder rein. Kommst du mit?“

„Nur noch eine Minute!“

Während Mara in die Küche zurückging, begab Shane sich in sein Arbeitszimmer. „Es gibt ein paar Sachen, die ich im Büro erledigen will“, erklärte er, „und dann gehen wir zum Essen aus!“

Mara sah ihm nach, wie er in der vertrauten lockeren Gangart über den Flur schritt. Ja, dachte sie bei sich, hier könnte ich ziemlich glücklich sein. Von ihrem Aussichtspunkt neben der zentralen Arbeitsinsel in der Küche konnte sie Angie durchs Fenster beobachten, wie sie draußen spielte und neben einem flachen Goldfischteich herumhüpfte. Mara sah es kommen. Angie stand kurz davor, hineinzuwaten, um einen Fisch zu fangen!

Als Mara an der Tür stand und Angie warnte, sich vom Teich fernzuhalten, klingelte wieder das Telefon. Kaum hatte sie sich davon überzeugt, dass Angie nicht ins Wasser ging, hörte sie Shanes herannahende Schritte.

„Es ist für dich“, erklärte er kurz angebunden.

„Was?“

„Der Anruf ... es ist deine Schwägerin, wie heißt sie noch, Dena?“

„Dena“, bestätigte Mara und fragte sich, wie Dena dazu kam, sie hier aufzuspüren. „Oh Gott“, stöhnte sie leise.

„Mara, um Himmels willen, bist du’s?“, kreischte Dena durch die Leitung, als Mara sich meldete.

„Ja ... Ja ... Dena?“, fragte Mara, als sie am anderen Ende der Verbindung etwas hörte, das sie als Schluchzen interpretierte. „Was ist los?“, fragte sie und konnte schon kaum noch schlucken. „Dena?“

„Es ist ... es geht um Mutter“, platzte Dena heraus.

„Was ist mit ihr?“

„Sie ist ... sie ist im Krankenhaus ... Von dort aus rufe ich auch an. Den ganzen Tag versuche ich schon, dich zu erreichen, aber du gehst nicht an dein Handy!“

„Beruhige dich doch mal“, flüsterte Mara, merkte jedoch, wie ihr eigenes Herz vor Angst klopfte. „Und jetzt erkläre mir alles der Reihe nach. Was ist passiert?“

„Ich … ich weiß es nicht …“, gestand Dena schluchzend. „Gestern Abend war sie bei irgendeiner Bridgepartie … und, also … sie ist einfach zusammengebrochen. Sie wurde mit einem Rettungswagen hier eingeliefert.“

„Und hat Dr. Bernard sie schon untersucht?“

„Neben fünf anderen Ärzten.“

„Wie krank ist sie?“, fragte Mara und hielt die Luft an.

„Sie sagen, … dass es ihr wieder gut gehen wird … Offenbar hat sie eine Reihe leichter Herzanfälle erlitten … Die meisten Untersuchungen sind jetzt abgeschlossen, und Dr. Bernard wird sie entlassen, wenn wir eine Krankenschwester finden, die sich um sie kümmert.“ Dena klang jetzt etwas ruhiger, und auch ihr Schluchzen war leicht abgeklungen.

„Hast du eine gefunden?“

„Dr. Bernard hat mir einen Namen genannt … Anne Hamilton.“

„Hast du sie schon angerufen?“

„Noch nicht. Ich dachte, ich sollte dich zuerst anrufen.“

„Also gut, hör zu“, übernahm Mara das Kommando. Ihre Stimme klang fest, während sie sich die Situation klarmachte. Wenn die Ärzte vorhatten, sie aus dem Krankenhaus zu entlassen, war June gewiss nicht so krank, wie Dena glaubte. „Ruf diese Krankenschwester an und sorge dafür, dass sie zu Junes Apartment kommt, sobald deine Mutter entlassen wird. Ich kann in etwa vier Stunden dort sein. Meinst du, du kommst so weit klar, bis ich da bin?“

„Ich … ich denke, ja.“

„Gut, wir sehen uns später.“ Mara hatte ein taubes Gefühl in den Händen, als sie auflegte. Als sie sich zum Flur umdrehte, sah sie Shane neben der Treppe stehen, der ihren Koffer bereits in der Hand hielt. Sein Blick war dunkel und nicht zu deuten.

„Es geht um June, nicht wahr?“, fragte er grimmig.

„Sie ist im Krankenhaus … Sie hat eine Reihe kleinerer Herzschläge erlitten, oder so etwas …“

„Lass uns fahren“, entschied er. „Angie, komm rein!“, rief er etwas lauter durch die offene Tür.

„Du musst nicht mitkommen“, bot Mara ihm an.

„Selbstverständlich muss ich das.“

Die Fahrt nach Asheville wurde durch die vielen Wochenendtouristen behindert, die gemächlich über die Straßen zockelten und den schönen Altweibersommertag genossen. Mara fühlte sich innerlich zerrissen vor lauter Sorge um ihre Schwiegermutter und wegen der Schuldgefühle, die sie belasteten. Was könnte diese Herzanfälle ausgelöst haben? Sie kam zu dem Schluss, dass es nur daran gelegen haben konnte, wie sie reagiert hatte, als sie erfuhr, dass June ohne ihre Zustimmung Angie mit Shane hatte gehen lassen. Der Gedanke nagte an ihr und jagte ihr eine Kälte ein, die bis auf die Knochen ging. Irgendwie musste der Schrecken, der sie in dem Moment erfasst hatte, sich auf June übertragen und die plötzliche Krise ausgelöst haben.

In Anspannung und Schweigen verstrichen die Stunden mit den Meilen, und als Mara die Skyline von Asheville sah, hatte ihr Magen sich vor lauter Angst und Furcht so weit verkrampft, dass sie einen stechenden Schmerz darin fühlte. Shane parkte den Wagen vor Junes Stadthaus und half Mara beim Aussteigen.

„Alles in Ordnung mit dir?“, fragte er besorgt.

„Nein, aber wenn ich mich davon überzeugt habe, dass es June wieder besser geht, wird alles in Ordnung sein.“

„Soll ich mitkommen?“

Mara schüttelte den Kopf. „Nein … das glaube ich nicht, jedenfalls nicht am Anfang. Sie … In deiner Gegenwart wird sie immer nervös, und ich möchte sie nicht schockieren. Abgesehen davon glaube ich, es wäre besser, wenn Angie sie nicht sieht. Jedenfalls nicht, bis ich weiß, dass es ihr den Umständen entsprechend gut geht.“

„Ich würde wetten, das hat sie absichtlich gemacht“, bemerkte

Shane und half Angie aus dem Auto. „Ich vertraue ihr nicht, genauso wenig wie dem Rest der Familie.“

„Wie kannst du so etwas sagen. Sie ist krank, Shane!“, erwiderte Mara scharf.

„Gehen wir Grammie besuchen?“, fragte Angie und wollte schon die Treppe hinaufsteigen.

„In ein paar Minuten“, antwortete Shane und ging in die Knie, um seiner Tochter ins Gesicht zu sehen. „Grammie ist ein bisschen krank, und sie braucht etwas Zeit, um sich zu erholen.“ Er warf Mara einen zweifelnden, unerfindlichen Blick aus seinen dunklen Augen zu. „Also, warum gehen wir beide nicht mal in den Park und kaufen uns ein Eis?“

Einen Augenblick war Angie durch die Frage verwirrt. „Und kann ich dann zu Grammie?“

„Natürlich kannst du das, meine Süße“, versprach Mara mit einem glanzlosen Lächeln, bevor sie die Treppe hinaufeilte.

„Mara?“, rief Shane ihr nach und schob die Hände in die Taschen.

„Ja?“

Es folgte eine Pause. „Viel Glück.“

Mara lächelte ihn an und klopfte an die Tür, bevor sie Junes Apartment betrat. Alles sah noch genauso aus wie immer, die kühlen Blautöne der Einrichtung, die dick gepolsterte Couch mit dem Blumenbezug und überall Familienfotos.

Leise wurde eine Tür geschlossen, und als Mara aufschaute, begegnete sie dem fragenden Blick einer berufsmäßig gekleideten, robusten Frau um die fünfzig. „Sie sind Junes Krankenschwester“, erriet Mara. „Ms Hamilton?“

„So ist es. Und wer sind Sie?“ Ms Hamilton verschränkte die Arme fest vor ihrem Busen.

„Ich bin Mara Wilcox, Junes Schwiegertochter“, erklärte Mara mit einem höflichen, steifen Lächeln. „Wie geht es ihr?“

„Schon sehr viel besser“, antwortete die Krankenschwester und entspannte sich ein wenig. „Dena hat Sie angekündigt.“

„Ist Dena auch hier?“

„Ich habe sie gebeten, nach Hause zu gehen. Sie war völlig

außer sich!“ Die Krankenschwester setzte sich aufs Sofa. „Sie können sie anrufen, wenn Sie möchten.“

„Nein, nein. Ich möchte nur wirklich gern meine Schwiegermutter sehen und ihr meine Hilfe anbieten, so weit ich das kann. Wie ernst ist ihr Zustand?“

„Dr. Bernard glaubt, dass sie in ein paar Wochen wieder auf den Beinen ist.“

„Aber ich dachte, sie hätte mehrere Herzanfälle gehabt …“

„Ja, aber glücklicherweise waren es nur leichte, und wenn sie sich an ihre Diät hält und ihre Übungen macht, wird es ihr wieder gut gehen. Sie muss nur alles ein wenig langsamer angehen, weiter nichts.“ Mara hörte zu, während die Krankenschwester fortfuhr, Junes Gesundheitszustand zu beschreiben. Sie empfand eine unendliche Erleichterung, als ihr klar wurde, dass June höchstwahrscheinlich bald wieder ein normales Leben würde führen können. „Sie ist wach. Möchten Sie jetzt reingehen?“

„Ja.“ Mara folgte Anne Hamilton in Junes Schlafzimmer.

Die Frau im Bett war für Mara kaum wiederzuerkennen. Dünn, abgehärmt und zerbrechlich, ohne eine Spur von Farbe auf den Wangen, sah June sehr viel schlechter aus, als Mara erwartet hatte. Mit blassblauen Augen schaute sie Mara an, als diese das Zimmer betrat.

„Mara … bist du das?“, fragte sie schwach.

„Ich … ich bin so schnell wie möglich gekommen. Oh June, wie geht es dir?“

„Noch immer quicklebendig“, antwortete June mit einem dünnen Lächeln. Sie wandte sich an die Schwester und bat: „Könnten Sie uns ein Weilchen allein lassen?“ Lächelnd stimmte Ms Hamilton zu, aber der zurückhaltende Blick, den sie Mara zuwarf, war eine deutliche Warnung, June bloß nicht aufzuregen.

„June“, begann Mara, und überlegte, wie sie ihr möglichst schonend beibringen könnte, welche Hochzeit bevorstand. „Es gibt etwas, das ich dir sagen möchte.“ Sie trat näher ans Bett heran, und June hob eine knochendürre Hand, um die Worte aufzuhalten, die Mara auf der Zunge lagen.

„Nein, Mara, ich bin an der Reihe", erklärte sie mit keuchendem Atem. „Ich habe den ganzen Tag darauf gewartet, dass du kommst, denn ich muss *dir* etwas sagen. Etwas, das ich dir schon vor langer Zeit hätte sagen müssen." Einen Augenblick schloss sie die Augen, und Mara fühlte sich erstickt und eingeengt. Der Geruch von Desinfektionsmitteln, die Fläschchen mit Tabletten, die dünn zugedeckte Gestalt auf dem Bett. Es wirkte alles so extrem und verstörend irreal.

June sprach weiter: „Ich weiß, dass Shane Angies Vater ist." Sie seufzte.

„Was? Aber wie?"

June ignorierte Maras Fragen und setzte ihr Geständnis fort. „Ich weiß es bereits seit einigen Jahren. Als Peter von seiner Krankheit erfuhr ...", ihr versagte die Stimme, „... als er erfuhr, dass er todgeweiht war und keine eigenen Kinder mehr haben konnte, hat er mir erzählt, dass ein anderer Mann, der als verstorben galt, Angies wirklicher Vater ist. Und wenn er Angie gegenüber so schroff zu sein schien, dann nur, weil Peter wusste, dass er keine eigenen Kinder haben konnte."

„Oh June!" Seufzend ließ Mara sich auf einen Stuhl neben dem Bett sinken.

„Mach dir keine Gedanken, ich hatte schon damals längst vermutet, dass Angie nicht von Peter sein konnte. In der Schule hatten wir ein paar Kurse Erbbiologie, und ich weiß, wie die Chancen stehen, dass zwei blauäugige Menschen ein dunkeläugiges Kind zeugen. Das ist so gut wie ausgeschlossen. Und", sie seufzte müde, „ich ... ich hatte ein paar Briefe abgefangen, die vor vier Jahren zum Haus nachgesandt wurden. Ich hatte einfach das Gefühl, dass Angies biologischer Vater irgendwo noch lebte." In Junes alternden Augen sammelten sich die Tränen. „Ich ... habe die Briefe noch, und ich habe sie nicht geöffnet ... Ich wollte es tun, aber ich konnte einfach nicht ..."

„Es ist in Ordnung", sagte Mara und legte eine Hand auf Junes Arm.

„Nein, nein, ist es nicht. Ich bin nichts weiter als eine törichte alte Frau, die nur ihr eigenes Interesse im Sinn hatte. Ich habe mir selbst etwas vorgemacht und mir eingeredet, dass ich anderen damit helfe. Aber so ist es einfach nicht. Und als Shane Kennedy am Tag der Beerdigung auf einmal vor der Tür stand, habe ich mich an die Absenderadresse auf diesen Umschlägen erinnert und wusste, dass er Angies Vater sein musste. Ich … ich hatte gehofft, er würde gehen und wieder verschwinden, aber im Grunde wusste ich, dass ich damit nicht rechnen konnte. Er hat so hartnäckig darauf bestanden, dich zu sehen."

Mara brachte keinen Ton heraus und konnte die Tränen kaum zurückhalten, die ihr aus Mitleid für ihre Schwiegermutter in die Augen stiegen.

„Ich habe es getan, weil ich Angie so sehr liebe", schluchzte June. „Ich konnte den Gedanken nicht ertragen, sie zu verlieren … und dich auch. Ich hatte Angst davor, eine dieser einsamen alten Frauen zu werden, die man im Park spazieren gehen sieht, ganz allein." Sie atmete schwer. „Oh Mara, es tut mir so leid. Ich habe mein Glück über deins gestellt …"

Mara schaute auf und sah Shane mit Angie auf dem Arm in der Tür stehen. Was hatte er von Junes Beichte gehört? Er stellte das kleine Mädchen auf den Boden, das ganz schnell ans Bett ihrer Großmutter huschte. „Grammie, geht's dir wieder gut? Guck mal, ich hab dir Blumen mitgebracht!", sagte sie aufgeregt und hielt einen ziemlich mitgenommen Strauß Gänseblümchen und Löwenzahn hoch.

„Danke schön, Liebes", murmelte June.

Shane trat ans Bett und sah die ältere Frau an. „Ich habe gehört, was Sie Mara gesagt haben."

„Es tut mir sehr leid", gestand June.

„Ich möchte nur, dass Sie wissen, dass ich Ihre Beziehung zu Angie niemals behindern werde. Ich kann erkennen, wie viel sie Ihnen bedeutet, und ich weiß, wie sehr sie Sie liebt. Ich billige nicht, was Sie getan haben, aber ich kann es verstehen."

„Geht … Mara … in dem Schreibtisch im Wohnzimmer", forderte June sie auf. „Die Briefe liegen in der unteren Schublade."

„Ich weiß nicht."

„Nimm sie dir", drängte June, die wieder ein wenig Farbe im Gesicht hatte. „Angie kann hier bei mir bleiben."

Unsicher ging Mara ins Wohnzimmer zurück und zu dem antiken Sekretär, den June als Schreibtisch nutzte. Sie merkte, wie ihr die Hände zitterten, und es war gar nicht so leicht, die ungeöffneten Briefe zu finden, die in Shanes deutlicher Handschrift an sie adressiert waren.

„Lieber Gott", stöhnte sie und öffnete den ersten der drei Briefe. Tränen benetzten ihre Wangen und fielen auf die Seiten, die sie in die Zeit vor vier langen Jahren zurückversetzten. Es waren vor allem Worte der Liebe, die dort standen, und der letzte Brief enthielt einen Heiratsantrag, der vier Jahre zurückdatierte. „Wenn ich das doch nur gewusst hätte", schluchzte sie und sah Shane, der ihr gefolgt war, in die Augen. „Wenn ich das doch nur gewusst hätte. Ich habe dich so sehr geliebt …"

Shane legte die Arme um sie und drückte sein Kinn an ihren Kopf.

„Jetzt weißt du es", murmelte er und schloss die Arme enger um sie, um sie sicher festzuhalten. „Bei Gott, Mara, ich habe dich geliebt und ich liebe dich noch immer, und nichts ist von Bedeutung, außer dass wir wieder zusammen sind."

„Was wird aus June und der Spielzeugfabrik?"

„Zerbrich dir nicht den Kopf. Ich habe einigen Familienmitgliedern ihre Anteile abgekauft, und ich denke, dass Dena und June, jetzt, nachdem sie ihr Leben neu überdenken, keine Einwände mehr erheben werden, wenn wir die Firma nach Atlanta verlegen."

„Bist du sicher?"

„Kommt Zeit, kommt Rat", sagte er mit einem weisen Lächeln. „Fürs Erste lass uns wieder reingehen und June und Angie sagen, dass wir heiraten werden. Ich habe so ein Gefühl, dass keine der beiden etwas dagegen einzuwenden hat."

– ENDE –

Lesen Sie auch:

Marie Force

D.C. Affairs: Fatales Geheimnis

Im Buchhandel erhältlich

Band-Nr. 25721
7,99 € (D)
ISBN: 978-3-86278-855-2

Vor dem Büro des Chiefs strich Detective Sergeant Sam Holland über ihre karamellfarbenen Haare, die sie während der Arbeit mit einer Spange bändigte, kniff sich in die Wangen, damit sie nicht so blass aussahen, und zupfte ihre graue Kostümjacke zurecht, die sie über einem roten Top mit Rundhalsausschnitt trug.

Um ihre Nerven und ihren chronisch nervösen Magen zu beruhigen, atmete sie tief durch, ehe sie die Tür öffnete und in den Raum schritt. „Gehen Sie gleich hinein, Sergeant Holland. Er wartet auf Sie."

Na fabelhaft, dachte Sam und lächelte der Rezeptionistin kurz zu. Sie unterdrückte den Impuls, einfach umzudrehen und wegzurennen, und trat ein.

„Sergeant." Der Chief, den sie einst Onkel Joe genannt hatte, stand auf und kam hinter seinem riesigen Schreibtisch hervor. Mit einem festen Händedruck begrüßte er sie. Seine grauen Augen musterten sie besorgt und mitfühlend. Beides war neu seit dem „Zwischenfall". Wie dem auch sei, es wurmte sie. „Sie sehen gut aus."

„Ich fühle mich auch gut."

„Freut mich, zu hören." Er bedeutete ihr, sich zu setzen. „Kaffee?"

„Nein danke."

Er schenkte sich eine Tasse ein. „Ich habe mir Sorgen um Sie gemacht, Sam."

„Das tut mir leid, und auch, dass ich die ganze Abteilung blamiert habe." Das war ihre erste Gelegenheit, persönlich mit ihm zu sprechen, seit sie nach einem Monat Beurlaubung zurückgekehrt war. Während dieser vier Wochen hatte sie den Satz wieder und wieder geübt. Sie hoffte, aufrichtig und überzeugend geklungen zu haben.

„Sam", meinte er seufzend und nahm ihr gegenüber Platz, den Becher in den großen Händen haltend. „Sie haben nichts getan, was Ihnen oder der Abteilung peinlich sein müsste. Jeder macht mal Fehler."

„Aber nicht jeder macht Fehler, die zu einem toten Kind führen, Chief."

Lange betrachtete er sie schweigend, als würde er über eine Entscheidung nachdenken. „Senator John O'Connor wurde heute Morgen ermordet in seiner Wohnung aufgefunden."

„Um Himmels willen! Was genau ist passiert?"

„Ich habe noch nicht alle Details. Aber nach allem, was man mir bisher gesagt hat, wurde er offenbar verstümmelt und ihm in den Hals gestochen. Der Stabschef hat ihn entdeckt."

„Nick", sagte sie leise.

„Wie bitte?"

„Nick Cappuano ist O'Connors Stabschef."

„Kennen Sie ihn?"

„Kannte. Doch das ist Jahre her", fügte sie hinzu, verblüfft und beunruhigt, dass die Erinnerung an ihn nach wie vor Macht über sie hatte. Allein seinen Namen auszusprechen beschleunigte ihren Herzschlag.

„Ich gebe Ihnen den Fall."

Es erstaunte Sam, dass man sie so unvermittelt wieder mit echter Arbeit beauftragte. Darum musste sie die eine Frage stellen: „Warum mir?"

„Weil Sie es brauchen, und ich auch. Wir benötigen beide ein Erfolgserlebnis."

Die Presse hatte ihn schonungslos attackiert, Sam, die Abteilung. Allerdings ihn das aussprechen zu hören tat weh. Ihr Vater war zusammen mit Farnsworth aufgestiegen, was wahrscheinlich der Hauptgrund dafür war, dass sie ihren Job nach wie vor hatte. „Ist das ein Test? Ich finde heraus, wer den Senator getötet hat, und meine Sünden sind mir vergeben?"

Er setzte seinen Kaffeebecher ab und lehnte sich nach vorn, die Ellbogen auf die Knie gestützt. „Die einzige Person, die Ihnen vergeben muss, sind Sie selbst."

Wütend über die Emotionen, die seine Worte in ihr auslösten, räusperte sie sich und erhob sich. „Wo wohnt O'Connor?"

„Im Watergate-Komplex. Zwei Uniformierte sind bereits

dort. Die Spurensicherung ist unterwegs.“ Er reichte ihr einen Zettel mit der Adresse. „Ich muss Ihnen nicht erklären, dass der Fall äußerste Diskretion verlangt.“

Ebenso wenig musste er hinzufügen, dass dies ihre einzige Chance zur Wiedergutmachung war.

„Wird das FBI nicht beteiligt sein wollen?“

„Kann sein, nur fällt das nicht in ihre Zuständigkeit. Und das wissen die auch. Sie werden mir trotzdem im Nacken sitzen, also berichten Sie mir direkt. Ich will alles wissen, und zwar zeitnah. Ich spreche es mit Stahl ab“, fügte er hinzu und meinte damit den Lieutenant, dem sie normalerweise Bericht erstattete.

Auf dem Weg zur Tür fiel ihr noch etwas ein. „Ich werde Sie nicht enttäuschen.“

„Das haben Sie noch nie.“

Die Hand auf dem Türknopf, drehte sie sich zu ihm um. „Sprechen Sie als Chef der Abteilung oder als Onkel Joe?“

Ein kurzes, aber aufrichtiges Lächeln erschien auf seinem Gesicht. „Beides.“

Nick saß unter den wachsamen Augen der beiden Polizisten auf Johns Sofa. Sein Verstand arbeitete fieberhaft an den niederschmetternd zahlreichen Dingen, die zu erledigen, den Details, die zu berücksichtigen, den Leuten, die anzurufen waren. Ununterbrochen klingelte sein Handy, doch er ignorierte es, nachdem er entschieden hatte, mit niemandem mehr zu sprechen, bevor er Johns Eltern gesehen hatte. Vor fast zwanzig Jahren hatten sie den vom Schicksal gebeutelten Stipendiaten, den ihr Sohn für ein Wochenende aus Harvard mitbrachte, sofort ins Herz geschlossen und ihn praktisch in die Familie aufgenommen. Nick schuldete ihnen so viel, darum sollten sie, wenn möglich, die Nachricht vom Tod ihres Sohnes auch von ihm erhalten.

Er fuhr sich durch die Haare. „Wie lange noch?“

„Die Detectives sind unterwegs.“

Zehn Minuten später hörte Nick sie, ehe er sie sah. Hektische Aktivität und eine plötzlich energiegeladene Atmosphäre gingen dem Eintreten der Detectives voran. Er unterdrückte ein Stöhnen. *Reicht es denn nicht, dass mein Freund und Chef ermordet worden ist? Muss ich jetzt auch noch* ihr *gegenübertreten? Gibt es hier nicht Tausende von anderen Cops? Ist sie wirklich der einzig verfügbare?*

Sam strahlte beim Betreten des Apartments sofort Autorität und Kompetenz aus. Angesichts ihrer jüngsten Probleme überraschte Nick das. „Klebt Absperrband vor die Tür", befahl sie einem der Officer. „Und führt Protokoll darüber, wer wann hier auftaucht. Niemand kommt oder geht ohne mein Okay. Verstanden?"

„Ja, Ma'am. Der Patrol Sergeant ist auf dem Weg, zusammen mit Deputy Chief Conklin und Detective Captain Malone."

„Sagen Sie mir Bescheid, sobald sie hier sind." Ohne einen Blick in Nicks Richtung schritt sie durch das Apartment und verschwand im Schlafzimmer. Ein junger, gut aussehender Detective mit zerwühltem Haar folgte ihr und grüßte Nick knapp.

Nick hörte Stimmengemurmel aus dem Schlafzimmer und bemerkte einen Kamerablitz. Fünfzehn Minuten später tauchten die beiden wieder auf, beide sichtlich blasser. Aus irgendeinem Grund verschaffte es ihm Genugtuung, dass die mit dem Fall betrauten Detectives nicht so abgebrüht waren, um unberührt vom Anblick des Mordopfers zu bleiben.

„Kümmer dich um die Überprüfung des Gebäudes", wies Sam ihren Kollegen an. „Wo zur Hölle bleibt die Spurensicherung?"

„Die hängt bei einem anderen Mord fest", informierte einer der anderen Polizisten sie.

Endlich wandte sie sich an Nick, und nichts in ihren hellblauen Augen wies darauf hin, dass sie ihn wiedererkannte oder sich an ihn erinnerte. Die Tatsache allerdings, dass sie sich weder vorstellte noch nach seinem Namen fragte, verriet ihm, dass sie sehr genau wusste, wer er war. „Es tut mir leid, wir brauchen Ihre Fingerabdrücke."

„Sind in der Akte“, murmelte er. „Zuverlässigkeitsüberprüfung der Kongressmitarbeiter.“

Sam schrieb etwas in ein kleines Notizbuch, das sie aus der Gesäßtasche ihrer grauen, figurbetonten Hose zog. Ihr schönes Gesicht schien sich seit ihrer letzten Begegnung nicht verändert zu haben. Er vermochte nicht zu sagen, ob ihr Haar noch so lang war wie früher, da sie es mit einer Klammer zurückgebunden hatte. Auch hatte sie immer noch einen wohlgeformten Körper und diese langen Beine.

„Kein gewaltsames Eindringen“, stellte sie fest. „Wer hat einen Schlüssel? Und wer hat keinen? Ich brauche eine Liste. Ich nehme an, Sie haben einen Schlüssel?“

„Ja, so bin ich hereingekommen.“

„War er mit jemandem zusammen?“

„Nicht fest, aber er hatte keine Probleme, weibliche Gesellschaft zu finden.“ Nick verschwieg, dass Johns lässiger Umgang mit Frauen und Sex für Spannungen zwischen den beiden Männern gesorgt hatte, da er befürchtet hatte, Johns Privatleben könne eines Tages problematisch für seine politische Karriere werden. Dass es auch zu einem Mord führen könnte, hatte er allerdings nicht erwartet.

„Wann haben Sie ihn zum letzten Mal gesehen?“

„Als er gestern Abend das Büro verließ, um zu einem Essen mit den Virginia-Demokraten zu gehen. Das muss gegen halb sieben gewesen sein.“

„Haben Sie mit ihm gesprochen?“

„Erst gegen zehn, als er mich darüber informierte, dass er auf dem Heimweg ist.“

„Allein?“

„Hat er nicht gesagt, und ich habe nicht gefragt.“

„Erzählen Sie mir, was heute Morgen passiert ist.“

Er lieferte ihr eine Kurzfassung der Ereignisse und schloss damit, dass er geglaubt hatte, der Senator habe wieder einmal seinen Wecker nicht gehört.

„Das ist also nicht zum ersten Mal passiert?“

„Dass er ermordet wurde schon."

Sie wirkte kein bisschen amüsiert. „Halten Sie das für komisch, Mr Cappuano?"

„Wohl kaum. Mein bester Freund ist tot, Sergeant. Ein Senator der Vereinigten Staaten. Ermordet. Daran ist überhaupt nichts Komisches."

„Dann sollten Sie sich auch darauf beschränken, die Fragen zu beantworten, und sich Ihren schrägen Humor für einen geeigneteren Zeitpunkt aufsparen."

Nach dieser Zurechtweisung erklärte Nick: „Er verschlief mindestens einmal im Monat den Wecker und das klingelnde Telefon."

„Trank er?"

„Zu gesellschaftlichen Anlässen, doch ich habe ihn nur selten betrunken erlebt."

„Verschreibungspflichtige Medikamente? Schlafmittel?"

Nick schüttelte den Kopf. „Er hatte einfach einen sehr tiefen Schlaf."

„Und sein Stabschef war dafür zuständig, ihn zu wecken? Gab es sonst niemanden, den Sie schicken konnten?"

„Dem Senator war der Schutz seines Privatlebens sehr wichtig. Es gab Gelegenheiten, bei denen er nicht allein war, und wir waren beide der Ansicht, dass sein Liebesleben die Mitarbeiter nichts anging."

„Dass Sie wussten, mit wem er schlief, störte ihn aber nicht?"

„Ihm war klar, dass er auf meine Diskretion zählen konnte." Nick sah auf, und die Wirkung des Blickkontakts traf ihn völlig unvorbereitet. Angesichts Sams leicht beunruhigter Miene fragte er sich, ob sie es ebenso spürte. „Seine Eltern müssen informiert werden. Und ich wäre gern derjenige, der es ihnen beibringt."

Sam musterte ihn lange. „Ich werde das veranlassen. Wo sind sie?"

„Auf ihrer Farm in Leesburg. Es muss bald geschehen. Wir verzögern in diesen Minuten eine Abstimmung, für die wir seit

Monaten gekämpft haben, und die Nachrichten werden sich dazu garantiert äußern."

„Um was ging es bei der Abstimmung?"

Er erzählte ihr von dem geplanten Zuwanderungsgesetz, seiner historischen Bedeutung und Johns Rolle als Mitunterstützer.

Sie nickte nur kurz und eilte davon.

Eine Stunde später saß Nick in einem nicht gekennzeichneten SUV der Metropolitan Police auf dem Weg nach Westen, Richtung Leesburg. Sam fuhr den Wagen. Ihren Partner hatte sie mit einer schwindelerregend langen Liste voller Anweisungen zurückgelassen und darauf bestanden, Nick zu Johns Eltern zu begleiten.

„Brauchst du etwas zu essen?"

Er schüttelte den Kopf. Bei der grässlichen Aufgabe, die vor ihm lag, konnte er nicht einmal ans Essen denken. Außerdem hatte sich sein Magen immer noch nicht wieder erholt.

„Wir können immer noch die Loudoun County Police oder die Virginia State Police bitten, die Sache zu erledigen", schlug sie bereits zum zweiten Mal vor.

„Nein."

Nach einigen Sekunden unangenehmen Schweigens sagte sie: „Es tut mir leid, was mit deinem Freund passiert ist und dass du ihn so sehen musstest."

„Danke."

„Willst du nicht rangehen?", fragte sie und deutete auf sein pausenlos klingelndes Handy.

„Nein."

„Wie wär's dann, wenn du es ausmachst? Ich halte es nicht aus, ständig ein klingelndes Telefon zu hören."

Er zog sein Blackberry aus der Gürteltasche. Bevor er es ausschaltete, rief er Christina an.

„Hallo", meldete sie sich und klang sehr erleichtert. „Ich habe schon mehrfach versucht, dich zu erreichen."

„Tut mir leid." Er lockerte seine Krawatte, öffnete den obersten Hemdknopf und betrachtete Sam, deren angenehmer weiblicher Duft sich im Inneren des Wagens ausbreitete. „Ich hatte mit den Cops zu tun."

„Wo bist du jetzt?"

„Auf dem Weg nach Leesburg."

„Oje." Christina seufzte. „Darum beneide ich dich wirklich nicht. Geht es dir gut?"

„Ging mir nie besser."

„Verzeih. Dumme Frage."

„Ist schon in Ordnung. Wer weiß schon, was man in einer solchen Situation sagen oder tun soll. Hast du die Abstimmung verschoben?"

„Ja, aber Martin und McDougal traf der Schlag. Sie wollen wissen, was los ist."

„Halt sie hin. Noch eine Stunde, vielleicht zwei. Das Gleiche gilt für die Mitarbeiter. Ich gebe dir grünes Licht, sobald ich mit Johns Eltern gesprochen habe."

„Mach ich. Inzwischen hat jeder mitbekommen, dass irgendwas geschehen ist, weil die Capitol Police einen Officer vor Johns Büro postiert hat und niemanden hineinlässt."

„Die Polizei wartet auf einen Durchsuchungsbefehl", erklärte Nick.

„Warum wollen sie einen Durchsuchungsbefehl für das Büro des Opfers?"

„Hat was mit der Überwachungskette bei der Beweissicherung und der Beschwichtigung der Capitol Police zu tun."

„Verstehe. Ich finde, Trevor sollte eine Erklärung vorbereiten, sobald wir so weit sind."

„Deshalb rufe ich an."

„Wir kümmern uns darum." Sie schien froh zu sein, etwas zu tun zu haben.

„Kannst du es Trevor beibringen? Oder soll ich mich darum kümmern?", fragte Nick.

„Ich denke, das schaffe ich. Aber danke, dass du fragst."

„Wie geht es dir?“, erkundigte er sich.

„Ich bin völlig geschockt – dieses vielversprechende Talent, einfach weg …“ Sie fing an zu weinen. „Und sobald der Schock nachlässt, tut es nur noch weh.“

„Ja“, meinte er sanft. „Keine Frage.“

„Falls du etwas brauchst, ich bin hier.“

„Ich werde das Telefon für eine Weile ausmachen“, informierte er sie. „Es klingelt ununterbrochen.“

„Ich werde dir die Erklärung mailen, sobald wir sie verfasst haben.“

„Danke, Christina. Ich melde mich später noch einmal bei dir.“ Nick beendete das Gespräch und warf einen Blick in seine E-Mails. Die in ihnen zum Ausdruck gebrachte Bestürzung und Besorgnis über den Aufschub der Abstimmung überraschte ihn kaum. Eine Mail stammte von Senator Martin persönlich und lautete: *Was zum Henker ist da los, Cappuano?*

Seufzend schaltete er das Blackberry aus und ließ es in seine Manteltasche gleiten.

„War das deine Freundin?“, erkundigte sich Sam und riss ihn damit aus seinen Gedanken.

„Nein, meine Stellvertreterin.“

„Oh.“

Weil er keine Ahnung hatte, worauf sie hinauswollte, fügte er hinzu: „Wir arbeiten sehr eng zusammen und sind gute Freunde.“

„Warum verteidigst du dich?“

„Was ist eigentlich dein Problem?“

„Ich habe kein Problem. Du bist derjenige mit den Problemen.“

„All die tolle Presse, die du in letzter Zeit bekommen hast, war kein Problem für dich?“

„Mir war nicht klar, dass dich das interessiert.“

„Tut es auch nicht.“

„Ja, das habe ich gemerkt.“

Er drehte sich ihr zu, um sie besser ansehen zu können. „Na

hör mal! Du hast doch auf keinen einzigen meiner Anrufe reagiert."

Sie schaute ihm überrascht ins Gesicht. „Was für Anrufe?"

Nachdem er sie einen Moment lang ungläubig angestarrt hatte, sank er in seinen Sitz zurück und richtete den Blick auf die Autos, die an ihnen auf der Interstate vorbeirauschten.

Für ein paar Minuten herrschte verlegenes Schweigen.

„Was für Anrufe, Nick?"

„Ich habe dich angerufen", antwortete er ruhiger. „Tagelang nach jener Nacht. Ich habe versucht, dich zu erreichen."

„Das habe ich nicht gewusst", erwiderte sie. „Niemand hat mir etwas davon gesagt."

„Das spielt jetzt auch keine Rolle mehr, schließlich ist es lange her." Aber wenn seine Reaktion auf ihr Wiedersehen nach sechs Jahren irgendeinen Schluss zuließ, dann den, dass es sehr wohl eine Rolle spielte.

Lesen Sie auch von Lisa Jackson:

2 Romane nur 8,99 €!

Lisa Jackson
See der Sehnsucht / Flammende Zweifel
Band-Nr. 25714
8,99 € (D)
ISBN: 978-3-86278-845-3
560 Seiten

2 Romane nur 8,99 €!

Lisa Jackson
Flammennächte / Eiskalte Versuchung
Band-Nr. 25651
8,99 € (D)
ISBN: 978-3-86278-507-0
560 Seiten

2 Romane nur 8,99 €!

Lisa Jackson
Was gestern war / Begierde und Betrug
Band-Nr. 25632
8,99 € (D)
ISBN: 978-3-86278-482-0
368 Seiten

2 Romane nur 8,99 €!

Nora Roberts
Dangerous Love
Band-Nr. 25728
8,99 € (D)
ISBN: 978-3-86278-866-8
432 Seiten

Deutsche Erstveröffentlichung

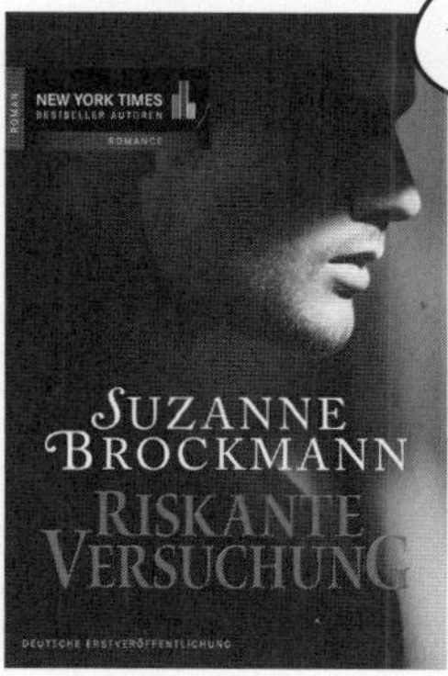

Suzanne Brockmann
Riskante Versuchung
Band-Nr. 25710
8,99 € (D)
ISBN: 978-3-86278-841-5
eBook: 978-3-86278-898-9
304 Seiten

Deutsche Erstveröffentlichung

Virna dePaul
HauchNah
Band-Nr. 25680
7,99 € (D)
ISBN: 978-3-86278-742-5
eBook: 978-3-86278-786-9
320 Seiten

Für alle Fans von J.D. Robb!

Band-Nr. 25721
7,99 € (D)
ISBN: 978-3-86278-855-2
eBook: 978-3-86278-853-8
384 Seiten

Marie Force
Fatales Geheimnis

Washington, D.C.: Der Geruch von Blut hängt noch in der Luft, als Sergeant Detective Samantha Holland das Apartment betritt. Brutal ermordet wurde Senator John O'Connor aufgefunden. Für die schöne Ermittlerin steht viel auf dem Spiel: Ihr letzter Fall war fast ihr Karriereende – und dieser scheint nicht besser zu werden! Ausgerechnet mit Nick Cappuano, dem besten Freund des Senators, muss sie zusammenarbeiten. Unausgesprochen steht die Liebesnacht zwischen ihr und Nick, die sie vor Jahren miteinander verbracht haben. Dass es bald schon wieder vor erotischer Spannung knistert, muss Samantha ignorieren. Denn mit den wichtigsten Zeugen zu schlafen? Verhängnisvoll. Denn nichts darf sie von der Jagd nach dem Mörder ablenken, der erneut zuschlägt.

„Drama, Leidenschaft, Politik und Spannung – dieses Buch hat einfach alles.“ *Book Junkie*